U0506700

陳允吉 著

佛教中國文學溯論稿

上海古籍出版社

永靖炳靈寺石窟 171 龕摩崖大佛像

敦煌莫高窟 45 窟坐佛北侧之胁侍像

敦煌莫高窟 321 窟佛龕頂部飛天圖像

辋川谷口印象

1995 年 10 月，本書著者與韓國籍博士生鄭德秀合
攝於輞川孟城坳遺址（攝影時為輞川鄉人民政府所在地）

鳳翔法門寺登樓眺望

甘肃夏河拉卜楞寺

雲南雞足山金頂楞嚴塔

目　　録

論佛偈及其翻譯文體

一

宗教與文學是人類生活行進到一定階段的産物，這兩類觀念形態的東西，好像一棵樹上長出的兩枝花朵，本來就存在着彼此互相含納的關係。佛教從它的創建之日起，即十分注意從印度文學肥厚的土壤中吸收養料，同南亞次大陸詩歌創作長久地保持着密切聯繫。我們在這裏所要講的佛偈，正是從上述溝通和吸收中出現的一種兼有宗教、詩歌雙方性質特徵的文化載體。

自佛教的本位視角來看，佛偈記錄了釋迦和其他聖者言論的一部分，也構成了其經典文體的主要形式之一。梵語之音譯"偈"的原意，大略相當於漢語中的"頌"或者"詩"。它在中國通常被稱作"偈頌"，這是一個利用梵漢對舉方法創造出來的詞彙。按印度古代佛教典籍的成書體例，僧侶徒衆們結集釋迦牟尼的言教，不外乎采取三種表述形式：

（1）修多羅 Sūtra，亦譯作素怛羅，即用一般日常口語所演説的法，意爲"貫穿經教使之不致散失"。這種口頭説法形式反映到書面上，頗接近於散文體裁，以其書寫時文句連結行列較長，故亦名曰"長行"。

（2）祇夜 Geya，即"前説之散文經義重結於韻語者"。由於長行之説法未盡，再運用韻文複述一遍，俾以達到互相補充證發之目的。祇夜在佛經中並不獨立存在，其功能僅限於同長行互配，是長行説法的相應部分，也叫做"重頌"或"應頌"。

　　（3）伽陀 Gāthā，爲全部用韻文宣説的法言，"單獨結構以演文義"，並没有散文與之配合，所以又被稱作"孤頌"。

　　修多羅、祇夜、伽陀，爲原始佛典"九分教"中間前面最重要的三個部分，它們分别都以文體上的特殊性自成一大類型，其後之六部分則以題材内容上的不同來進行編排。這説明佛教在其結集經典伊始，就對於文體問題給予足夠的注意。

　　根據佛教史學家的考證，印度佛典現有體制的形成確定，經歷了一個費時約二三百年的逐益完善過程，Gāthā（孤頌）很可能是佛陀説法最原始的一種形式。吕澂《印度佛學源流略講》一書指出：

　　　　釋迦宣揚其説，前後達四十五年，傳播的地區又相當廣，他還允許弟子們用地方方言進行傳習，宣揚時應該有一定的表述的形式。按照當時的習慣是口傳，憑着記憶互相授受，采用偈頌形式是最合適的了。因爲偈頌形式，簡短有韻，既便於口誦，又易記牢。

吕澂還進一步推定，釋迦牟尼在世時佛教學説的組織形式，即是以偈頌爲中心，由此還附帶産生了解釋偈頌的"緣起"，用以説明世尊説法的時間、地點和接受對象等一些具體事由。"緣起"在一般情況下需借助散文體裁來表述，這大概就是 Sūtra 的淵源所自。可見 Sūtra 出現的時間，肯定要比 Gāthā 遲一些，它在起初祇是 Gāthā 的解釋和詮注。至於 Geya（重頌）與 Sūtra 的配合，則是到後來才確立的一種較成熟的形式。Gāthā 與 Geya，在佛經文體中所起的作用雖有一些差别，但同樣都是利用韻文進行説法的形式，本文所指"佛偈"的範圍，完整地包含着這兩個部分。

　　鑒於佛籍浩如煙海，其出經時代又前後懸殊，它們的文體結構形式亦不完全相同。其中有極少數全以長行鈎結文句，如《梵網經》、《雜譬喻經》等皆屬此類。這些典籍篇幅都不大，主要是一些提綱式的律本或來源於修多羅藏中的契經，有的經典僅由一個本緣故事構成。與此相反，亦有較多經籍完全使用偈頌來表述，如西晉法炬、法立共譯之《法句經》，早期律典中的《義足經》，南傳巴利文佛典中的《波羅延經》、《法句》、《長老頌》、《長老尼頌》，以及漢譯論藏裏的《中論》、《百論》、《阿毘曇心論》等，就都以單一的偈頌形式來遞達它們的義理內容。這些佛典中的經、律部分，大多成書較早，在佛教史上往往有舉足輕重的影響。第三類是長行與偈頌間隔互用，即先以一段散文說法，然後再用韻文提挈其要領，如此循環反復，一直到全篇的終了。此種散、韻相間的演繹方法，在三藏諸部典籍中所見特多，大凡自結集釋迦自說原始教義之《阿含經》為其始作俑，而後所出的一些卷帙較繁的經本，基本上都沿襲采用了這一結構形式。中國歷史上最流行的那些著名的佛教大乘經典，如《法華》、《維摩》、《金剛》、《思益》、《涅槃》、《楞伽》、《華嚴》、《圓覺》等，也無不以長行、偈頌逐段相配為其顯著的文體特色。綜合上述情形，就可知佛偈在整個佛經體制中所處地位之重要。

二

有關佛偈的形成由來，詳細地講要牽涉到許多問題。簡而言之，它是釋迦及其徒眾們用來弘法和唱誦的宗教作品，為古印度詩歌推廣到佛教領域而與佛理互相結合的產物。印度古代的文學與宗教中間沒有明顯的界限，也很難找到一種可以完全擺脫宗教觀念的世俗詩歌，在詩歌中探索宗教思想被認為是理所當然的事情。蘇聯詩人愛侖堡在《印度印象》一文中說："在這個國家裏，哲學總是和詩學融合在一起，藝術家的觀察都是由思想家的明辨來補充的。"(《譯文》1957 年 4 月)佛偈以詩歌形式來表現宗教思想，非常深刻地染著着印度詩歌這種從本以來就具有的印記，今

按其内容形式特徵,似有以下幾點宜加注意:

（一）絶大多數佛偈被用於説理,故從它的基本性質來看,主要不是屬於文學作品,而是一種闡揚哲理思想和道德觀念的宗教格言。愛好抽象和超驗的思維是印度先民的民族性格,古天竺詩歌的豐富哲理性,在《梨俱吠陀》和《薄伽梵歌》中就得到充分的體現。偈頌作爲宣説佛教義理最直接的手段,又特別重視宗教倫理内容和各種哲學概念的界定分析。因此佛偈從總體上呈現出來的内容特點,就顯得相當抽象幽奥。這裏幾乎是一片無情世界的冥漠,除了驪括某些深沉曲折的理致外,就没有什麼具體生動的形象性可言。大乘佛典中的某些偈頌加强了色聲形相的描繪,但多數地方在浸沉於形而上哲理之探索方面卻更進了一步。這種崇尚説理的傾向,對喜歡沉思的古印度人來説或許不難接受,但畢竟哲理氣息冲淡了詩歌價值,其文句也因注重於表達理念而缺少文飾。如果與《摩訶婆羅多》、《羅摩衍那》兩大史詩精彩壯麗的風貌相比,佛偈無疑會給人枯燥呆板的感覺。當然也有一部分佛偈被用來演繹佛教故事,這些作品借鑒利用古天竺叙事詩的創作經驗,體現出很濃厚的文學情味。例如著名的佛教詩人和戲劇家馬鳴（Aśvaghosa）所造的《佛所行贊》,記述了釋迦牟尼一生的活動行迹,其中還穿插許多神話故事,合起來約有數千句偈頌,不啻氣勢恢宏磅礴,事件與性格的描述也非常具體細膩,是一部風行傳誦於古天竺全境的大型叙事詩。

（二）佛偈在形式上比較規範化,其句型格式,大體由四句組成一個詩節,每個句子則有相同而固定的八個音節。用這種固定音節的四句偈來演述佛理,是佛教承接了印度詩歌在形式上演進的成果。早在《梨俱吠陀》時代,印度的詩歌已具備十餘種結構格式,應用得較多的便有三種。其中四句構成一節、每句包含八個音節的這一詩體,到了《摩訶婆羅多》、《羅摩衍那》兩大史詩裏,就被唱詩者們所普遍采用而成爲史詩主要的詩體形式,並在很大程度上決定着其後天竺樂歌的變化趨向。這一富有表現力的詩歌體裁，從一個重要方面爲兩大史詩成爲不朽的傳世之作創造了條件，在《羅摩衍那》裏就專門有一段文字，熱情洋溢地歌頌梵語詩體發展史上這一特殊的成就。金克木在《梵語文學史》中指出，這種詩體在南亞次大陸，好像“我國的五言、七言一樣”，已成爲一種“可以一貫應用而不使聽衆厭倦的格律”。與此同時它也經常參以一些有規律的格調變化，以避免在吟誦長篇頌詩時覺得過分單調。佛經中的四句偈，與上述詩體屬於同一類型，即使有的時候稍加變化，仍然不會脫離此種格式結構的原來基礎。這表明佛偈句格體式之建立，也順應了古印度詩歌演變發展的主流。

　　（三）古天竺音樂事業發達，而詩歌與音樂之關係亦特爲密切。印度梵偈的吟誦創作，十分注意聲音的協調，具有較強的音樂性和節奏感，通常可以被之管弦加以歌唱。《大莊嚴論經》卷十一有條記載云：

　　　　爾時福梨伽善根已熟，佛婆伽婆出梵音聲，以偈告福梨伽……

這雖然是一條零碎的史料，但從裏面透露出來的消息，可讓我們約知天竺佛徒詠唱詩偈時情狀之一斑。以音樂來配合佛偈宣唱，目的是把偈頌裏的思緒轉折加以有力的強調，使之增添感染警悟的力量。這在某種意義上説，也是利用音樂形象來對佛偈的抽象枯燥作出一定補償。梁慧皎《高僧傳》卷二《鳩摩羅什傳》中，記及著名翻譯家鳩摩羅什談到天竺梵偈時謂：

　　　　天竺國俗，甚重文製，其宮商體韻，以入弦爲善。凡覲國王，必有贊德；見佛之儀，以歌嘆爲貴。經中偈頌，皆其式也。

　　又東晉高僧慧遠所作之《阿毘曇心序》，亦依譯人僧伽提婆對《阿毘曇心論》這部用偈頌寫成論書的贊美，對其梵文原偈的聲樂特點作了一番頌揚：

> 其頌聲也，擬象天樂，若雲籟自發，儀形羣品，觸物有寄。若乃一吟一詠，狀鳥步獸行也；一弄一引，類乎物情也。情與類遷，則聲隨九變而成歌；氣與數合，則音協律呂而俱作。拊之金石，則百獸率舞；奏之管弦，則人神同感。斯乃窮音聲之妙會，極自然之衆趣，不可勝言者矣。

印度的音樂與美術，喜歡到大自然中的聲響和綫條上去尋找靈感，以上這段引文所作的描述是非常真實的。鳩摩羅什和僧伽提婆都精通梵語，對天竺的民俗風情也比較熟悉，他們的介紹至少能說明梵偈與音樂實不相離，而其經常爲彼方之佛僧所歌嘆、唱詠則亦毋庸置疑。既然梵偈可以入樂，那末它在語言聲調高低抑揚的辨析上，就一定有相當嚴格的要求，與出於日常口語之長行殊不宜等同齊觀。又唯其注意了語言聲調的辨別，才有可能達到“聲隨九變而成歌”、“音協律呂而俱作”。然而梵偈與中國詩歌相比，有一個顯著的不同之處，是它並不像後者那樣在詩句的末尾押上韻腳。

爲了對佛偈有些具體的瞭解，我們從金克木《印度文化論集》中《試論梵語中的“有——存在”》一文所提供的資料，選出龍樹《中論》裏的兩個四句偈和鳩摩羅什的譯文來簡單察看一下。《中論》第二十七品《破邪見品》第三、第九頌云：

（原文）	（譯文）
abhūm atītam adhvānam	過去世有我，
ity etan nopapadyate	是事不可得；
yo hi janmasu pūrveṣu	過去世中我，
sa eva na bhavaty ayam〔3〕	不作今日我。
nābhūm atītam adhvānam	過去我不作，

　　　　　ity etan nopapadyate　　　　　　是事則不然；

　　　　　yo hi janmasu pūrvesu　　　　　　過去世中我，

　　　　　tato 'nyo na bhavaty ayam〔9〕　　異今亦不然。

《中論》爲研究般若學最重要的論書，體現了龍樹中觀派學説的精義所在，其中《破邪見品》這部分的内容，是論證世間萬有都無永恒不變的自我主體存在。金克木論文裏列舉了這一品中第三、第九、第十二、第十四頌等四例，它們圍繞着如何認識"現在"的"我"這一現象立論，分別從"過去"和"未來"兩個方面來證明這個"我"並非真實的存在，指出一切肯定諸法具備常恒自體的戲論無有是處。以上所引的第三、第九頌，主要是從"過去"這一方面來進行遮詮、論證的。因《中論》的梵文原本至今還在，故可與漢譯本對照比較。這兩首梵偈均由四句合成一個詩節，每個句子又包含了八個音節，而到鳩摩羅什的譯文裏，四句一節的結構形式並無多大變化，但每句之八個音節則已被譯爲中國的五言體詩了。

　　龍樹爲公元三世紀時人，是大乘空宗學説的主要組織者，《中論》全書闡發的學説已與原始佛教的義理大有差異，這裏再舉一個佛陀本人宣説的偈頌爲例子。《中阿含經》卷四十七《心品多界經》記述，釋迦牟尼在舍衛國孤獨園時，弟子阿難問佛何謂"緣起"，佛即以四句偈相告：

　　　　　因此有彼，無此無彼，
　　　　　此生彼生，此滅彼滅。

這一佛陀自説的著名偈頌，述説世間一切諸法俱處於不斷生滅變化之中，共同在互相依存的關係中存在，没有任何一個現象可以獨立、游離在這種關係之外。這種互相依存的關係，有同時互存關係，又有異時互存關係，而無論同時或異時的互存關係均表現爲因果關係。凡屬於人們所感知的"有"、"無"、"生"、"滅"現象，都是相對而不是絶對的，是互爲關係和條件的。所謂的"因"與

“緣”,就是指這種關係和條件。佛説世間所有現象均由因緣而起,故稱之爲“緣起”。在整個佛教學説體系中,“緣起説”是理論基礎,這首四句偈透徹地對“緣起”的概念加以闡釋,其重要性不言而喻。遺憾的是漢譯《中阿含經》依據的梵本早已失傳,使我們無法看到梵文偈頌的原來樣子,要是用巴利文《阿含經》(Nikāya)的相關部分來作些比照,則仍可一睹它在天竺文本裏的面貌。

<h2 style="text-align:center">三</h2>

佛教自西漢、東漢之交傳入中國,佛經翻譯在東漢後期逐漸具有規模,至東晉時代蔚爲大觀,而後南北朝、隋唐又有新的高漲和發展。轉譯梵文經本從體裁方面來説,包括了翻譯長行與偈頌兩大部分,經由譯師們認真比較中、印兩國語文體制的異同,它們分別被采用本土人熟稔的詩歌、散文(也包含駢文在内)與之對譯,並於此基礎上形成了漢譯佛典自己的體制構架。大量韻、散間隔的佛經譯文在中土出現,是中印文化交流史上的一件大事,對促進我國民間講唱和某些詩文作品體裁的生成演變,都具有極其深遠的意義。即以偈頌之譯文本身而言,這些與中國詩歌似同非同的韻語,也成了推動本地詩歌向多樣化發展的一項不可低估的助力。

按梵語在古印度雖屬雅語,但它也跟着時間的遷移不斷地在變異,加上地域之不同又經常有一些異體方言摻入,故梵文佛典的語言狀況仍較複雜。倘以偈頌與長行相比,則偈頌在語言應用上似乎要稍規範化些。日本渡邊海旭《佛教梵語聖典概觀》一文指出,今所殘存之梵語大乘經典中之偈頌,十分之八九用的是伽陀語 Gāthā Language,即一種大多應用於偈頌的詩體語言。“如《法華》、《無量壽》、《大莊嚴》、《悲華》、《十地》、《行願品》之聖典,原文中偈頌部分,多爲此伽陀語”。這種語言起源甚古,儘管不是

雅馴醇正的標準梵語，卻因其應用於詩體而比較單純劃一，容易
得到大家的認同，不像長行使用的日常口語那樣因人而異顯得非
常繁雜。聯繫到佛典的翻譯工作，這可以説是偈頌比長行有利的
一方面。

　　然而，更應該注意的是另一個方面。由於偈頌是韻文，其文
句簡煉而攝意較多，在譯述過程中還得比長行多顧及些語言形式
上的特點，再則漢語的譯文又必須保持字數整齊的詩歌形式。因
此總的説來，翻譯佛偈與翻譯長行相比，定然會遇到較多的麻煩
而顯得愈難致功。北朝著名佛學家僧肇在他所撰的《百論序》中，
嘗記其老師鳩摩羅什主持《百論》這一偈頌體著作的譯事始末云：

　　　　以弘始六年，歲次壽星，集理味沙門，與（羅）什考校正
　　本，陶練覆疏，務存論旨，使質而不野，簡而必詣，宗致劃爾無
　　間然矣。

又慧遠息影廬山，會罽賓沙門僧伽提婆來游，因請令出譯《阿毘
曇心論》。此論爲法勝尊者對《阿毘曇經》的鈎玄提要之作，全部
用詩頌寫成，始自《界品》，迄於《問論》，凡二百五十偈。譯成之
後慧遠爲作《阿毘曇心序》，叙及僧伽提婆轉譯這一論書時的情
況説：

　　　　提婆乃手執胡本，口宣晉言，臨文戒懼，一章三復。（慧）
　　遠亦寶而重之，敬慎無違。然方言殊韻，難以曲盡，倘或失
　　當，俟之來賢。

這些譯經序的記載，證明翻譯梵偈確是一椿很艱巨的工作，需要
譯人謹慎從事並付以甚多心血，而筆受綴潤，亦必至反復再三。
《阿毘曇心論》梵語應用特重音律之美，或由兹更增加了翻譯的難
度，所以一直到譯事大功告成，也還有一些"方言殊韻，難以曲盡"
之處需待日後賡揚。

四

　　中國的佛經翻譯史，自東漢至唐宋延續了約一千年，其間出譯的典籍紛然雜沓，要説翻譯的水準當然是不平衡的。但每個階段都有一些出色的翻譯家，他們在不同條件下通過努力使譯經事業逐步達到具足成就，如支婁迦讖、支謙、鳩摩羅什、僧伽提婆、曇無讖、佛馱跋陀羅、求那跋陀羅、真諦、玄奘、實叉難陀、義净等，於偈頌的譯述方面均作過一些卓著的貢獻。而佛偈經過了這一道由梵轉漢的複雜程序，終於爲中土讀者瞭解它的内容排除了語言上的障礙，其譯文之句型格式亦因約定俗成而流傳下來。經過漢語翻譯以後的佛經偈頌，其主要特徵大致如下：

　　（一）梵文原偈宣説的内容，連同它們的哲理意味和辨析概念的文義，一般都得到近似的轉譯。基於佛偈被認爲是一種神聖説教，因此正確傳遞頌文中的意思，即爲譯師們所處心積慮追求之目標。這就像高僧道安在《鞞婆沙序》裏述説的：“唯傳事不盡，乃譯人之咎耳。”中國自晉代以後譯經多主直譯，旨在務存原意，故大部分漢譯經典的偈頌文句，在“信”、“達”這兩方面還算比較可靠。倘若認真去尋找問題，固然譯得不太精確之處亦比比皆是，有的地方甚至完全失去原來意義，至於南轅北轍、指鹿爲馬等舛誤，難免成爲後人詬病或指摘的話柄。但以大體情況而論，漢譯佛經中的偈頌與梵文原偈相比較，内容上的差别還不是屬於最重要的。

　　（二）因佛偈主要用於説理，其抽象玄奥之面貌在譯文中並無多大改觀，讀起來仍然非常困難。爰論及其章句之行文風格，大率梵文原偈比較質直本色，漢譯偈頌則在不同程度上都做了一些修飾加工，相比之下較爲注意文辭之美。釋道安在《摩訶鉢羅若波羅蜜經鈔序》中曾説：“梵經尚質，秦人好文。”這誠然是一種風氣所趨,祇有玄奘等少數人的譯作才是例外。需要着重一提的是,中國晉宋時期的文章甚重駢儷與辭采,這對當時譯經文體也有很大影響,例如鳩摩羅什譯的《妙法蓮華經》、《維摩詰所説經》,求那跋陀羅譯的《楞伽阿跋多羅寶經》(即四卷本《楞伽經》),洵爲漢譯經典當中最富有文采的作品,其偈頌之譯文亦明暢閎美,與本土之美化文實相差無幾,内中有一些段落則尤臻精彩紛泊。如《楞伽阿跋多羅寶經》卷一《一切佛語心品》一段偈頌云:

> 譬如巨海浪,斯由猛風起。 洪波鼓冥壑,無有斷絶時。
> 藏識海常住,境界風所動。 種種諸識浪,騰躍而轉生。

這段引文由兩首四句偈合成,雖然講的是很深奧的道理,但具體描摹直觀生動,語言清剛遒勁,境界亦很廓大。在以上兩首四句偈裏,我們依稀已感受到了後來杜甫、韓愈某些作品所呈現出來的氣象。但這類詩偈,處於連篇累牘的佛經中僅僅是吉光片羽,實在難以從整體上改變偈頌譯文枯燥而缺乏詩味的基本特色。

（三）梵文原偈由四句組成一個詩節的結構,在譯文裏照舊被保存了下來。而原偈句子與句子之間等音節的特徵,經過翻譯後就轉化爲漢頌每句字數的相同。漢字的特點是由單音節構成,故梵文偈頌句子之音節相等,到了轉譯時最便捷的辦法,即莫過於用相同的字數來作些象徵性的表示。而且譯師們作這樣的處理,也迎合了本土人士的閲讀習慣和作詩觀念。它們分別被譯爲四言、五言、六言、七言等不同句式,少數經典的譯文中還出現過三言或八言的句子。這裏面五言的應用最爲廣泛,始於佛經傳譯之初,五言偈就在譯文中占據顯要地位。整個魏晉南北朝出譯的經典,其中五言偈頌之多,要大大超過其它幾種佛偈譯文句式的總和。本時期中國的詩歌創作,"五言居文詞之要,是衆作之有滋味者也,故云會於流俗"(鍾嶸《詩品序》)。譯人多用五言體來翻轉佛偈,顯然是出於有意識地適應中土詩歌發展的實際狀況,以便讓佛偈以較親切的形式與本地讀者見面。很突出的一個例子是曇無讖譯的馬鳴《佛所行讚》，通篇全用五言體來翻譯，體制結構恢張宏偉，可稱是我國佛經翻譯史上的一大奇觀。這部譯作共有偈頌九千三百多句，四萬六千餘字，總爲五卷二十八品，叙述之佛傳故事委宛曲折，極能聳動人心。梁启超《翻譯文學與佛典》一文論及於此，謂其"雖不用韻，然吾輩讀之，猶覺其與《孔雀東南飛》等古樂府相仿佛"。除了五言之外，七言偈的數量也比較多，這一句式在東漢支婁迦讖翻譯之佛典中已具一定規模，但在此後較長時間内，其應用尚遠不如五言那麼普及。大約要到東晉後期，它的比重有所增加，至隋唐時代遂進而成爲偈頌譯文之另一重要形式。這種消長趨勢，與七言詩在本土演進的情況也是相應合的。

（四）佛偈在翻譯過程中喪失最多的東西，恐怕還是它的音樂性和節奏感。洎於中、印兩國語言之差異極大，原偈梵音所體現的音聲節奏，翻譯時顯然已無法很好地加以傳遞和照應。梵文偈頌因有樂調配合，故能做到抑揚互協、口吻調利，"至於嘆詠、叮嚀反復，或三或四，不嫌其煩"（道安《摩訶鉢羅若波羅蜜經鈔序》），非常適合應用於念誦歌唱。但一經漢語轉譯，與原偈同樣不押韻脚這一點姑且不說，就是梵偈原有的語言聲調之美也不復存在，不管翻譯工作做得如何到家，總會感到它的文字讀音佶屈聱牙。這一宗障礙從翻譯本身來說是很難克服的，而讀誦的拗口也勢必會影響到偈頌的傳播。爲此當時的一些胡僧與本地沙門，仍要參考天竺梵唄樂調，裁製新聲配合短偈進行讚唱，作爲他們弘揚經教的一種輔助手段。考梵唄新聲的製作，在我國三國時代已經流行，至晉宋南北朝則愈爲風靡。《高僧傳》卷十三《經師篇》云："然天竺方俗，凡是歌詠法言，皆稱爲唄。至於此土，詠經則稱爲轉讀，歌讚則號爲梵音。"《法苑珠林》卷三十六《唄讚篇》云："尋西方之有唄，猶東國之有讚。讚者從文以結章，唄者短偈以流頌。"蓋此種新聲之裁製，並非用來嘆詠佛典中原有的偈頌翻譯文句，而是"以妙聲諷新製之歌讚"（湯用彤《漢魏兩晉南北朝佛教史》），即配合一些新創製的短偈來進行歌唱。譬如有關史傳中著録的《菩薩連句梵唄》、《瑞應》、《古維摩》等，大抵都是依據佛教故事創撰的詩偈體作品。它們的内容通俗易解，音節調諧而便於諷詠，隨着僧徒們的廣事宣唱，逐漸成爲此方人們喜聞樂誦的一種詩歌新體裁。

　　總之，與天竺佛典梵文原偈比較，譯文之顯得遜色、隔膜必定無疑。翻譯把一種語言變換成另一種語言，由此而造成原作中諸多優點遭到程度不同的損失，是一件令人惋惜但又無法避免的事。錢鍾書《林紓的翻譯》在談到這類問題時説：

> 翻譯總是以原作的那一國語文爲出發點而以譯成的這一國語文爲到達點。從最初出發以至終竟到達，這是很艱辛的歷程。一路上顛頓風塵，遭遇風險，不免有所遺失或受些損傷。因此，譯文總有失真和走樣的地方，在意義或口吻上違背或不很貼合原文。

縱然如此，古代譯師們的努力卻没有因此而白費，經過他們的小心移植和改頭換面，使梵偈的一些最基本的特點，還是盡可能地被保存在譯文不太自然的軀壳形式裏面。世界上的事情凡有所失也必有所得，漢譯經典佛偈的翻譯文體，爲了適應本土的國情與文化氛圍，曾較充分地攝入了中國詩歌輸送的滋養，終究又形成一些爲梵偈所不具備的新特色，其創造性似比長行的譯文要更勝一籌。尤其在現今梵文經典差不多已散佚殆盡的情況下，漢譯偈頌的文本就顯得彌足珍貴。

<h1 style="text-align:center">五</h1>

　　魏晉南北朝時期，中印文化交流處於緩慢地高漲的階段，至

唐宋則呈現出碩果累累的局面。在這一長段時間裏，佛教勢力不斷發展壯大，爲譯人翻出的衆多佛典在社會上的流傳暢通無阻。而偈頌這一佛教詩歌形式，亦通過閱讀、口念和轉經唱導等多條渠道，與中土廣大僧俗羣衆頻繁接觸，介入並干預他們的精神文化生活。一種外來新詩體進入華夏這個詩的國度，其譯文已具備若干中國詩的特徵，又充溢着異域宗教的莊嚴神秘氣息，能引起此方人士的新鮮感是不成問題的。況且，佛偈伴隨着釋迦教法之弘傳而與人們發生關係，使它在流傳過程中處於一種有利地位，因爲世尊説教的聖光多少可以掩蓋掉一些審美價值的缺乏，文辭的抽象難懂有時反而會引起讀者求索體味的興趣。雖然大多數中國人，並不把佛偈當做真正的詩來看待，但誰都不否認它與詩歌之間存在着親緣關係，祇要將從它那裏得來的感受稍微移挪一下，殊不難與本地詩歌達成某些呼應和溝通。例如三國時應璩所寫的詩歌中，即流露出幾分佛偈所常有的那種人生無常的思想，這與當時支謙、支恭明、康僧會依梵唄所製的短偈一起，成爲佛偈東傳後在這裏最初得到的回響。到了東晉時代，又有支遁、慧遠、鳩摩羅什、康僧淵等好幾位傳法高僧有意識地仿照佛偈，直接用漢語寫了一批按中國習慣在句尾押韻的詩頌，這也是印度影響較早在中國文學裏印染下來的痕迹。其中個別篇章，如鳩摩羅什的《贈沙門法和頌》云："心山育明德，流熏萬由延。哀鸞孤桐上，清音徹九天。"僅"由延"一處爲梵語音譯名詞，從完整的一首短頌來説還是頗有詩味的。

佛偈與中國詩歌的感觸交融，當然並不以上述數項成果爲止，它對後者廣泛持久的影響，表現在題材、思想、體制、音律、語言風格等多個深層次方面。同樣是在東晉佛教深入震旦文化之際，佛經偈頌作爲一種可供借鑒的説理詩歌藍本，在當時玄言詩的生成過程中曾起過關鍵性的作用。此外梵唄新聲短偈製作之普及，又與本土語音學研究的發明互爲依輔，從不同角度喚起文士們對於語言聲調問題的注意，有力地促成了南齊聲律説與永明新體詩的誕生。我國七言詩至梁陳間形式上趨於完善成熟，也頗以早期漢譯佛典裏的七言偈體爲其先導。至如曇無讖譯《佛所行贊》這樣的作品爲大家欣賞諷詠，其陶冶所及無疑會轉而催促《孔雀東南飛》等本土長篇叙事詩的演進成長。隋唐時風靡於世的王梵志詩，乃是偈頌體詩歌中國化、羣衆化的産物，這些勸世格言已經没有多少艱深抽象的玄理，卻飽含着俗情世態和諷刺嘲謔的意味，讀起來也遠比佛偈顯得自然。由梵志詩的盛行天下，進而帶出了寒山、拾得、豐干、龐蘊的詩偈式作品，以及船子和尚用詞曲寫的《撥棹歌》，包括宋、元、明、清一些佛僧和居士所作的“樂道歌”之類，全都是這個羣體家族中的成員。宋代道學家的詩亦以枯燥乏味著稱，質其遠源則未嘗不可推溯到玄言詩和佛偈。以詩歌的語言風格而論，偈頌譯文的感染較早在杜甫詩中見出一點端倪，而韓愈、孟郊、盧仝的作品所受之刻烙即甚爲顯著，這一傳承關聯，又把佛偈拗強剛勁的格調輾轉遞送給宋代的詩。最有意思的是，偈頌與長行互配的佛經體制，又是我國古代唱導及變文一類通俗講唱藝術形式的主要來源，無論唱導的歌贊或變文裏的唱詞，從源流上推考都與佛偈有密切關係。因講唱者考慮到切合本土普通羣衆的口味，這些歌讚、唱詞已變得非常淺顯，世俗意緒代替了冥思苦索，内容生動而不抽象枯燥，在語言應用上也一反偈頌生硬拗口的弊病，聽起來特別覺得親切宛轉、圓熟流暢。這一改造製作，爲我國後來的講唱歌辭奠定了基調，一直到近現代的民歌俗曲中，也照樣還在繼承和發揚着它的流風餘韻。

1992 年 9 月

漢譯佛典偈頌中的文學短章

　　佛典作爲釋迦牟尼和其他聖者言教的結集，其文體主要由偈頌和長行兩大部分構成。謂長行者，指此類口語説教書寫時文句連結之行列較長，約相當於我們平常習見的散文；偈頌的梵語原文爲 Gāthā，依其音聲可徑譯作"偈陀"、"伽陀"或"伽他"，意譯曰"頌"或者"詩"，簡言之乃是借助韻文來進行説法的形式。按印度三藏原典演繹佛旨，多數場合好以偈頌、長行交替使用，即先設一段散文説法，然後再綴一段韻文提挈其要領，如是散、韻相間，互爲證發，循環反復，逐段配置，直至全帙的終了。而偈頌之篇章結構與格律，則普遍采用四句合成一組、每句都整整齊齊包含着八個音節的"輸盧迦體"（Śloka）。這一體裁是古天竺吟詩者們的集體創造，它的淵源要追溯到遥遠的《梨俱吠陀》時代，在《摩訶婆羅多》、《羅摩衍那》兩大史詩裏已占主導地位，並長久風行於五天全境，爲當地廣大民衆所喜聞樂誦。佛法從這塊詩學高度發展的沃土上應運而生，利用它來傳播宗教意識頗易取得預期的效果。

　　佛典偈頌盈篇累牘，大率均被施之説理，倘究其自身的性質功用，基本上是一種闡揚哲理思想和道德觀念的格言。它們宣傳的教義精微艱深，不講求抒情言志及具體可感的形象，故總的説來顯得異常幽奧難懂，與普通屬於美文的詩歌殊不能同日而語。起自兩漢之交佛法東傳，至晉代譯經事業漸趨興隆，而衆多佛典内所記載的偈頌，亦隨之一批又一批地被譯成漢語，以其迥異於此方詩作的姿態呈現在世人面前。經過這道轉梵爲華的程序，雖給中土讀者接觸佛偈排除了語言障礙，連句式也被換成本地人熟悉的四言、五言、六言、七言,唯文義之枯澀玄奧卻無多大改變。倒是梵偈原有的音律節奏之美,反而因兩種不同語言的轉譯而喪失將盡,讀起來難免覺得佶屈聱牙。像這樣一些"似詩非詩"的東西,在慣受《詩》、《騷》傳統熏陶的華夏士子心目中,祇不過是徒具韻文軀壳的述理章句,除可供僧侶贊唱布道、信士苦心求索外,恐怕誰也不指望從中獲得如同讀本土詩歌時所體驗的那份感受。殆同中國翻譯佛典之歷史相始終,偈頌這一由域外傳入的事物,即從未被這裏的人們當做文學作品來加以認同。

　　佛典偈頌從整體上說當然不是文學作品,但在指出這一點的同時,又毋宜由此導致對問題作出以概代全的理解,似乎規模偌大的三藏典籍中,簡直就容不得什麼訴諸情文描寫的詩篇存在。而按其實,偈頌在佛典裏數若汗牛充棟,絕非所有場合都是依靠乾巴巴的説教,有時爲了幫助讀者喻解難以形求之法理,照樣並不拒斥對美文詩歌某些手法的借鑒。後秦鳩摩羅什譯《十住毗婆沙論》卷一即著偈云:"有人好文飾,莊嚴章句者。有好於偈頌,有好雜句者。有好於譬喻,因緣而得解。所好各不同,我隨而不捨。"説明襲用各種文學體裁和修辭技巧來美化經典文句,固不失爲僧伽徒衆辨析佛説了義的補充伎倆,其具體的習慣愛好亦常因人而異。佛偈體制本身即是詩歌的變種,不管它們如何崇尚冥搜無形,也決不可能成爲純粹抽象思維的一味和集。厥類大多體現於局部文句上的善巧方便,很容易因其過分細小瑣碎而被人們忽略,祇有在極少數情況下適逢諸多條件因緣和合,才會促成部分完篇獨立的美文詩破例地出現。如果我們參照漢譯藏經纂集的大致次第,到分散在各部典籍的偈句中去認真做些查找,則不難曉知這裏頭仍有一定數量文學性較強的詩頌雜厠其間。

　　首先從《阿含經》説起。漢譯佛典内"長"、"中"、"雜"、"增一"等四部《阿含》,是系統組織佛陀本人説教的原始佛教文獻彙集,號稱萬法盡歸於此無任何遺漏。夫釋尊執持之宗教主張,注重實際修持與履行清浄的倫理生活,不喜作形而上的玄理空談。他生前輾轉行化恒河流域四十餘年,倡行四種姓在解脫問題上一律平等,力求接近普通民衆的生活,連傳道時使用的語言亦是中印度摩揭陀一帶的方言。梁啓超《翻譯文學與佛典》一文嘗謂:"佛恐以辭害意且妨普及,故説法皆用通俗語,譯家惟深知此意,故遣語亦務求喻俗。"今存四部《阿含》漢譯本内的偈頌文句,例以平易樸素爲尚,兼之屢有刻意仿傚民歌而結撰的作品形諸篇端。譬如劉宋求那跋陀羅譯《雜阿含經》卷二十二,即記及下面兩首聯章並綴的短偈:

> 云何度諸流,云何度大海? 云何能捨苦,云何得清浄?
> 信能度諸流,不放逸度海。精進能除苦,智慧得清浄。

細揣該卷上下經文原擬抉發之旨趣,乃在指示比丘度世所應具足的幾項功德,這本來需用一大堆話才能講清楚的道理,於此卻憑兩首小詩就概括出了其中的要義。上引二偈前者設問數四,後者應對如流,語言真率明快,往返貫若連珠,直與我國民間《劉三姐》、《小放牛》裏男女對歌之風調差相仿佛,通篇透溢着輕鬆活潑的氣氛。類似於此去繁從簡的天趣自然之美,恰恰是世界各地通俗歌謠所共通必備的藝術特色。

《阿含經》内不僅有取法民謠的短歌,還可發掘出一些風趣的寓言體詩章。古天竺寓言之富猶若大林深泉,上溯至佛教創立前好幾百年,就已經有無數諷刺物語於該國到處流播。彼等叙事精煉生動,寄托深刻的徵戒意義,較之亞洲他國之寓言,又以動物題材特多而著稱世間。嗣後印度寓言逐漸由口傳轉入書面記載,佛典乃遂而成爲保存這類羣衆口頭創作的一大寶庫。經由《阿含經》輯録的寓言精品,悉數都是佛世尊用來隨機化俗的緣起,其演述情節很大程度上要借助於詩偈。考諸東晉僧伽提婆譯《中阿含經》卷十六,嘗載述《猪共虎鬥》寓言一則,這故事裏猪與虎兩個動物角色之間的對話，全然運用偈頌文體：

> 虎汝有四足，我亦有四足。汝來共我鬥，何意怖而走？
> 汝毛豎森森，諸畜中下極。豬汝可速去，糞臭不可堪。
> 摩揭、鴦二國，聞我共汝鬥。汝來共我戰，何以怖而走？
> 舉身毛皆污，豬汝臭熏我。汝鬥欲求勝，我今與汝勝。

此處共引錄四首五言偈，一、三兩首爲豬向虎挑戰時所説的話，二、四兩首是老虎給豬的答覆。豬倚仗自己滿身污穢，氣勢洶洶硬要同老虎決一雌雄，老虎則嫌惡對方糞臭熏天，蓋避之惟恐不遠焉，呵斥髒豬趕快走開。按第三首偈中提到的"摩揭"、"鴦"，當指摩揭陀（Magadha）和鴦伽（Aṅga），這兩個古天竺大國毗鄰接壤，其地咸在今印度比哈爾邦境内，囊括了恒河中下游一大片地方。豬稱摩揭陀、鴦伽都知道它同老虎即將開戰，裝出一副煞有介事的樣子。然而老虎早就猜透豬的心思，如此吵吵嚷嚷，無非是爲謀求鬥勝的虚名，那乾脆就送你個"勝利"吧。四偈合在一起不過八十字，而貯藏的内容絶不單薄，即令不加任何交代之辭，也盡可構成一個完整精彩的寓言故事。這篇物語嫻熟驅駕偈頌形式，把動物角色的形象刻劃得入木三分，其文學表現力之強勁實屬毋庸置疑。衹需讀者對豬的無賴習氣稍有感觸，便立刻會聯想起現實生活中顯示在某些人身上的那種性格類型。

要説喻意深長的詩頌體寓言，在四《阿含》中當然不止《豬共虎鬥》一篇。我們檢索後秦佛陀耶舍、竺佛念共譯之《長阿含經》，即能發現於該經卷十一内，猶記載着一則《野干稱師子》的動物故事：

> 野干稱師子，自謂爲獸王，欲作師子吼，還出野干聲。
> 獨處於空林，自謂爲獸王，欲作師子吼，還出野干聲。
> 跪地求穴鼠，穿塚覓死尸，欲作師子吼，還出野干聲。

一個極有趣味的諷刺短篇，通過三首五言偈前後鉤貫即告合成，它純用客觀的第三人稱叙事方法,所嘲弄的對象則是一頭野干。野干亦稱射干,梵語名悉伽羅(Sṛgāla),係佛典中間時常叙及的一種小獸。慧琳《一切經音義》卷七十云:"野干,梵語悉伽羅,形色青黃,如狗羣行,夜鳴聲如狼也。"又法雲《翻譯名義集》卷二云:"悉伽羅,此云野干,似狐而小形。"就是這麼一隻別無能耐的小東西,專靠"跪地求穴鼠,穿塚覓死尸"來充饑活命,可謂猥瑣下劣之至。但它偏不安分守己,居然還想冒充獅子的吼叫抖抖威風,企圖嚇唬一下其它的野獸,結果反因此而露了餡。像這樣嘲誚以弱充强的滑稽行徑,爲印度古代動物寓言裏觸涉最多的題材之一,本篇乃是該類作品中間自具面目的佼佼者。這不單是緣其體察物類及人情世態的深入精到,而且作爲一則依靠偈頌文體支撑起來的寓言故事,它所布置的重章叠句詩歌結構,又殊便反復諷詠,字裏行間充滿着對社會醜惡現象的鄙夷。

　　收入漢譯藏經的原始佛教典籍,尚有吳維祇難、竺將炎和支謙翻譯的《法句經》二卷。此經是一部全偈頌體撰作,由尊者法救摭取契經内的伽陀分類集成,俾以揭示佛陀宗教學説的精髓,有些佛學研究者亦依巴利文讀音管它叫"曇鉢偈"(Dhammapada)。吕澂先生《法句經講要》説它"樸質親切之中義藴豐富,其爲當年佛説之實録可無疑也"。綜《法句》全帙計七百五十二偈,到了漢譯本中均被翻成四言句或五言句。費長房《歷代三寶記》卷五叙及此經的出譯情況時謂:"維祇難既未善方音,翻梵之際頗有不盡,志存義本,辭句樸質。"今觀其譯文略無藻飾潤益,唯因翻經師們務重達意,故每能讓人覺得調暢易讀。而亟應引起我們注意者,是這些詩偈體現了世尊説法的一大特點,即他非常擅長運用譬喻"托此比彼,寄淺訓深",幫助大衆疏解聽講過程中間碰到的困難。兹列舉該經《無常品》及《華香品》、《明哲品》内存録之三章以見其例:

　　　　譬人操杖,行牧食牛,老死猶然,亦養命去。千百非一,

　　族姓男女，貯聚財産，無不衰喪。生者日夜，命自攻削，壽之消盡，如縈井水。

　　　如作田溝，近於大道，中生蓮華，香潔可意。有生死然，凡夫處邊，慧者樂出，爲佛弟子。

　　　弓工調角，水人調船，材匠調木，智者調身。譬如厚石，風不能移，智者意重，毀譽不傾。譬如深淵，澄靜清明，慧人聞道，心淨歡然。

　　季羨林先生《論釋迦牟尼》一文談到佛的説法方式，嘗指出他所采用的比喻"很多出於農牧"。原佛教之初創伊始，教團内的大批成員來自下層社會，其間不僅包括了農民、牧人和手工勞動者，甚至還有奴隸和賤民。儕輩文化程度普遍不高，固難直接從理論推求的途徑去體認佛法，因此擷取各種爲彼等熟稔之事物充當譬喻，就成了釋尊溝通廣大僧徒、實施循機啓化的重要方法。上文所列舉《法句經》裏的詩偈數章，分別移借牧牛、農耕及工巧匠治器等勞動人民最常見的情事，用來"比例開示"原始佛學的一些基本原理，以便使聽衆依傍自己的生活經驗而觸類旁通。它們引譬連類，遐想妙得，按之理趣盎然，輒能悦可人意，無妨當做托喻清遠的小詩來讀。

　　約公元前後二三百年左右，屬佛教擴大傳播和走向通俗化取得林奕成績的時期，而衆多記述佛傳、本生、緣起故事的撰集也隨之陸續出現。英國學者Ａ・渥德爾的《印度佛教史》認爲："佛教的普及流通到這個時期很大程度上依靠佛陀的神話故事。"這些宗教宣傳材料引人入勝，其文學價值之高爲舉世所公認，有的佛學家將它們一并歸入本緣類經典，僅收進漢譯藏經者即多達數十種。不過專就偈頌文體而言，本緣部經典常呈現出相當強烈的反差，一方面此中擁有像《佛所行讚》那樣恢張宏大的叙事結構，另一方面卻很少見到堪以獨立成篇的美文短章。要當一談的是此類典籍記載的若干贊佛詩，往往利用狹小篇幅提煉精警的內容，謳歌人天中尊熱情洋溢，爰論藝術技巧亦不無可采之處。例如隋闍那崛多譯《佛本行集經》卷二十八，就有一首七言體的四句偈作如是語：

> 樹木依時著花果，蜂鳥飢渴取氣香，日炙至時地自乾，昔佛甘露不可盡。

該偈旨在說理但兼重形象的雕繢，其前三句意謂世間之樹木、花果、蜂鳥，乃至日光、大地等一切事物，皆得依時生息而無有固定常恆的自性，隨着光陰的推遷都會發生變化；最後一句則揭櫫過去世諸佛遺教的甘露法味永久不移，是乃全詩之警策所在。審度這一首四句偈中間演叙的思理脈絡，實明顯存在着前抑與後揚兩個相反相成的層次，前者使用否定語氣反復進行鋪墊，後者復以肯定方式作出究竟決定。正因爲它在前面一再宣示萬有之生滅無常，所以結句斷言佛法的常住不變遂倍增其表現力度。

我國承傳之佛教獨盛大乘，故方等經允爲漢譯藏經各個部分的巨擘。斯類典籍體制規模之龐大、章句卷帙之浩繁、異譯文本之迭出，俱足演成世界佛經翻譯史上的壯偉奇觀。與《阿含》、《法句》等原始佛典相比，大乘方等經的文字顯然更注重文采和鋪張，所具之氣魄亦遠爲恢宏磅礴，且在交互使用長行、偈頌的基礎上肆力擴其波瀾，而經中所見多數偈頌段落之篇幅遂相應延長。這些詩頌敷陳叙列，紛衆復沓，主要被拿來贊嘆刹土莊嚴及諸佛菩薩的儀容法力，與現實生活的距離則越來越遠，反映出民歌風味的消減與想象繪飾的增強。另有不少作品通過證空説有探究諸法實相，特別重視各種哲學概念的界定分析，其內容之玄冥幽渺果難避免，然亦不乏頗有審美理趣的詩什。鑒於上述範圍的經典匯羅過於廣泛，殊無可能逐一加以詳細論列，在這裏僅就華夏歷史上最爲風行的幾部方等經略作梳理考察。

　　一談起漢譯大乘經典的詞章美,歷代方家莫不推挹鳩摩羅什的譯本而奉之爲圭臬。什公秉持天竺龍樹、提婆空宗學説,因生平遍歷西域、中土,備悉多種方言,"既深通其義,乃行傳譯";顧其門下之助譯弟子如道生、道融、僧叡、僧肇輩,又屬一時龍象秀傑,"學問文章,均極優勝"(湯用彤《漢魏兩晉南北朝佛教史》第十章《鳩摩羅什及其門下》),適足"領悟言前,辭潤珠玉,執筆承旨,任在伊人"(慧皎《高僧傳》卷三《譯經傳論》)。故羅什主持出譯之《妙法蓮華經》、《維摩詰所説經》暨《思益梵天所問經》等,皆以婉顯辯妙之華言對翻經文,信爲此方緇伍士流嗜讀之文字佳製,儘管這幾部經典内偈頌之總量不算很多,卻並不影響它們包含着某些傳誦人口的名篇。即如《維摩詰所説經》卷上"目净修廣如青蓮"等歌頌佛陀微妙相好的章句,以及《妙法蓮華經》卷七《普門品》内後來移入之嘆詠觀世音菩薩救難神力這段贊辭,其普及之程度幾至婦孺皆知,在長期的封建社會裏乃顯著地制約了中國民間的宗教信仰。又曇譯北本《大般涅槃經》四十卷,嘗被經録家列爲大乘五大部經之一。該經以世尊最後囑咐名義貫穿首尾,作爲其演叙藝術的醒目特徵,是喜好運用接連不斷的譬喻輔助説理,這種徵狀在《大般涅槃經》長行當中表現得尤爲淋漓盡致,至及偈頌部分,雖能找到個別設喻機智新巧之作,但從全體上看文學性要比長行遜色一些。爰論經文體制之魁偉碩大,唐實叉難陀等譯八十卷本《大方廣佛華嚴經》,蓋益甚於《涅槃》者也。《華嚴經》的偈頌譯文例以七言擔任主綱,句子齊整排宕而風格奧衍遒勁,這裏面摹述毗盧遮那往昔修行嚴净之蓮華藏世界及十方諸佛刹土的壯麗景觀,造物賦形璀燦詭幻,所寄托的宗教想象愈加熱烈奔放。通過這麽一類偈句與長行相配,形成了《華嚴經》神奇獨異的面貌,無怪當年蔡元培讀過此經後,就索性説它是一部"神話小説"。

　　按《華嚴》、《維摩》、《法華》諸經偈頌縱多文飾,唯其篇制一般都比較長，且如上文道及的那些形象化辭句，又往往需要與枯槁乏味之玄理演繹輾轉配合，庶能將某一層意思講完，拆碎下來便不成片斷，要從中挑出幾首簡短的美文詩來談何容易。大乘佛典誠然加强了色聲形相的描繪，但與兹同時其於浸沉抽象義理之探索方面卻更進了一步。若此兩種頗相悖背的趨向交叉碰撞，導致上述經書攝藏之詩頌普遍存在着"頻有好句，卒無佳構"的現象。倘説此間果曾萌生過少許符合單獨結篇要求的文學創作，那也必須將高度融會狀物與析理作爲其不可或缺的前提條件。依筆者一己之管見，從能否構成文學篇章這個角度看問題，大乘方等經内最具備藝術欣賞價值的，還是一些巧妙利用譬喻及象徵手法的哲理小詩。這類作品之所以獲得如是品格，關鍵並非由其格外重視綴潤莊嚴，而主要在於它們衹憑藉有限的幾個偈句，就精心塑造出了理事一如、彌綸合趣的圓滿藝術境界。試從鳩摩羅什譯《金剛經》與求那跋陀羅譯《楞伽經》内各舉一例作些研析。

　　鳩摩羅什譯《金剛般若經》一卷，旨在提示大乘緣起性空學説要點，自其出譯之初即"弘通甚盛"，至唐代復被禪宗奉爲根本典據，遂於華土越加熾盛暢行。釋印順《中國禪宗史》嘗謂："《金剛經》闡明無相的最上乘説，又不斷的校量功德，贊嘆讀誦受持功德，篇幅不多，是一部適於持誦流通的般若經。"此經分列二十七個主題逐條演述，實際上完整包括了般若的重要思想，並於卷末援設一頌當做全經所説道理的歸結：

　　　　一切有爲法，如夢幻泡影，如露亦如電，應作如是觀。

這首漢譯佛偈久負盛名，號爲《金剛》一經之"眼目"，它通過對緣起所生諸法性質的了別，力圖用般若智慧樹立一種審察世界的基本看法。蓋世間森羅萬有變化無常，而作爲構成各別事物之最小單位緣生諸法（dharma），亦無不隨順因緣刹那生滅，究其本質乃盡屬空幻假有，所謂實相即是非相。智者面對紛藉競動且又虛妄不實的現象界，能離一切相而無所住，就掌握到了"不取於相，如如不動"的般若正觀。至於偈頌全篇内容的着重點，顯然在於第二、三句演示有爲諸法自體的性空幻有上面，但詩偈的創作者於此選擇的表述方法殊爲别致，竟一連采用了六個文學譬喻，反復進行對照類比，期以證明由因緣和合造作之一切有爲法，無非如夢、如幻、如泡、如影、如露、如電，講到底都不過是瞬息即告逝滅的假象而已。把多個譬喻組合得這樣生動緊湊，算起來才寥寥十字，非惟指事寓意貼切深邃，鍛造詩境精粹絶倫，且熔裁煉句也極具匠心，不能不承認它是饒富才力的藝術創造。

又求那跋陀羅翻譯之《楞伽阿跋多羅寶經》四卷，俗稱四卷《楞伽》，這部佛典於印度流行較晚，卻與中土攀上了特殊的因緣。南北朝時菩提達磨航海西來，即以此四卷本《楞伽》印心傳授徒衆，由此開了華夏佛教設立宗教門户風氣之先。同《金剛般若》相比較，《楞伽經》在義理思想上已明顯朝着唯識學的主張靠攏，轉而趣向肯定諸法所依主觀精神本體的自性實有。《楞伽》認定一切存在如色與其它諸藴皆由心造，認識的對象不在外界而在内心，並對如來藏及阿賴耶識問題均有專門論述。今見存本經卷一之内以下八句詩頌，即是圍繞着"藏識"的自性現量這個中心問題來作宣説的：

> 譬如巨海浪，斯由猛風起。洪波鼓冥壑，無有斷絶時。
> 藏識海常住，境界風所動。種種諸識浪，騰躍而轉生。

所言"藏識"者，即阿賴耶識（ālayavijñāna）的另一稱呼，蓋屬大乘唯識學特重闡發的一種根本識體，它不但爲眼、耳、鼻、舌、身、意前六識和第七識末那識所依，而且還是宇宙萬法的本源和總依據，通常又被叫做第八識。緣阿賴耶識内能藏一切種子，世界上千差萬别的事物現象皆莫不由此中所藏之種子變現而起，故"藏識"與"阿賴耶識"二者乃異名而同實。從染分有漏法上來看，"藏

識乃無始時來戲論習氣爲因而不滅者"（呂澂《入楞伽經講記》），
"生無明住地，與七識俱，如海浪身，常生不斷"（求那跋陀羅譯四
卷本《楞伽經》卷四）。當外境之雜染爲前六識所感覺攝受，又通
過末那識的我執度量對藏識進行熏習，促使其間種子變現諸法的
潛能得以顯發，隨此便有種種分別虛妄現象的產生。這種熏習此
起彼伏，謂無始來，包含着無數同時與異時作用的疊加交替，就像
"洪波鼓冥壑"那樣靡有間斷之時，構成了刹那不停生滅的無限連
續。按阿賴耶識原如大海水之安定常住，祇是受到"境界風"的猛
吹後才顯得巨浪洶湧，結果導致衆生因"心爲識浪所轉"而長期沉
淪於無明暗夜。以上這些超驗的道理本屬幽眇無朕，很難用簡單
幾句話講個分曉，詩偈則在此摒棄了一般概念推究的套路，轉用
"狀物態以明理"的方法妙思精撰，令形而上之義學思想在特定色
聲描寫中達成象徵性的顯現。這兩首四句偈摹寫直觀意象廓大
鮮明，語言風格清剛遒勁，詩境閎深滂沛，筆力滲透紙背，即使把
它當作一首上乘的文學佳構也並不過分。

　　最後説一下律藏、論藏的情形。論藏是針對經典義理從事解
釋和論證的產物，其倚重抽象義理之闡發當然要更甚於經籍。如
前文舉到的那些藝術表現頗有特色的短篇詩偈，除在《大智度
論》、《大毗婆沙論》等文化含量較高的著作中偶能有所發現外，迨
至其它論書則罕見其例。爰言《中論》、《百論》、《二十唯識頌》、
《三十唯識頌》內某些攝意豐贍的四句偈，乃饒有述理透徹與思致
轉折之美，縱筆墨形容非其所長，卻時常被人們作爲精巧的哲理
詩歌來看待。反顧律藏諸典特別是廣律記載的伽陀，説理意味即
相對淡薄，可供鑒賞詠讀的美文詩數量亦比較多。這是因爲天竺
各佛教部派律本之生成，俱悉扎根於教團成員實際生活的土壤當
中，其間相當一部分偈頌都曾顯著地承受過世道情俗的浸益，有
的本身就是流行於當時民間的謠諺和格言。我們翻閱《十誦律》、
《摩訶僧祇律》、《四分律》、《善見律毗婆沙》等漢譯文本，輒能從中

搜剔出若干零星小偈，它們用淺切親近的語言付諸倫理説教，體現了對世人禍福命運的同情和關懷，屢屢讓許多讀者因之而爲其感染。然此類篇什畢竟脱不了宗教勸善作品的窠臼，充其量祇好算是抒情詩的流亞，第論律典所攝偈頌之文學成就卓著殊異者，必當首推唐代義浄出譯的根本説一切有部律。

　　義浄在我國佛教史上，屬堪與玄奘並肩媲美的翻譯大家。蓋奘、浄二師皆以博學高才著稱，而且各自都有長時間在印度游學參訪的經歷，對佛學的理解又極深湛，他倆涉足佛典譯事，“其文字教理之預備，均非前人所可企及也”（湯用彤《隋唐佛教史稿》第二章《隋唐傳譯之情形》）。智昇《開元釋教録》卷九則指出：“浄雖遍翻三藏，而偏攻律部，譯綴之暇，曲授學徒。”贊寧《宋高僧傳》卷一《義浄傳》也説：“然其傳度經律，與奘師抗衡；比其著述，浄多文。”今見存浄公之譯著如《根本説一切有部毗奈耶》、《根本説一切有部苾芻尼毗奈耶》以及《藥事》、《破僧事》、《雜事》等，足能代表他平生傳譯印度佛籍的主要業績。舉凡研究者談到義浄的翻譯成果，大抵對其遞達梵語音義之嫻洽與考核名物之精審都作了高度評價，唯絶少顧及它們在翻譯文學方面所顯示的意義。其實義浄本人觀察生活非常細緻，也有很好的駕馭文學語言的能力，故由他新譯之有部律内含納的美文作品數目甚爲可觀，而其中清新可誦的偈頌篇章殆不勝逐段盡舉。例如見於《根本説一切有部毗奈耶雜事》卷二十三的五言偈《春時可游戲》，便是一首文意俱美的抒情小品：

　　　　　春時可游戲，春時可爲樂。我即是春花，共爲游賞事。

以上四句一氣呵成，暢言春時游戲賞玩之樂，質其始初宜屬古天竺游吟詩人的即興口占。如是隨遇而感發的天然韻語，載入《雜事》後卻被移花接木，並拿詩中個別詞句轉作委曲附會的解釋，使之充當猛光王女天授之兄裝瘋賣傻時口吐的“狂言”。然根據作品文字本身提供的綫索，可斷定其爲一首賞春詠懷詩決無問題。儘管該偈抒寫的純粹是詩人之高興情思，捨此則別無外境物象模劃的痕迹，但單憑它那種無比愉悦輕快的筆調，亦能讓讀者間接地感受到春天節物風光的駘蕩美好。至下半首"我即是春花，共爲游賞事"兩句，詩人發覺自身和周邊的春色融合在一起，於念頃間將審美主體移置與化入自然美客體，由兹營造了一個倩人心醉神迷的藝術境界，其構思方式之新穎獨到，展露出了南亞次大陸古先民情智活動喜愛奇突想象的特點，爲迄止《雜事》譯述以前華夏本地詩壇之所未嘗有。

　　義浄新譯一切有部毗奈耶裏的詩頌佳篇，多半寓藏於這些典籍所演叙的文學故事中間，它們廣泛涉及當時當地的世俗生活内容，亦不大回避歌詠愛情一類題材，甚至個别作品還通篇呈現出浪漫的傳奇色彩。試檢《根本説一切有部毗奈耶雜事》同書之卷二十八，亦曾記及一則大藥王子與少女毗利的因緣物語。這個故事的女主人公毗利聰明可愛，智慧超羣，她能從容不迫地應付各種挑戰，隨口解答别人提出的一道道難題，最後遂同王子結成眷屬。當物語講到王子大藥在麥田道旁與少女邂逅相逢時，即以偈頌向毗利問路：

　　　　身著無縷不織衣，元非氍綫所成就。一眼宜應指示我，何路當往妙花城？

　　而少女給王子指點去向，同樣也是用的詩偈：

　　　　滑路宜應去，澀道不須行。遥見大叢林，近邊而可過。復見作麨地，有樹著赤花。棄左右邊行，當尋此道去。

佛典譯文面貌的形成，總離不開翻譯家所處時代的文化氛圍。上面轉録的兩段漢譯偈頌，其表現形態實與我國古典詩歌中的七絶、五律相差無幾，這正是唐初本土近體詩之格律漸臻成熟境地的折光投射。前一首七言偈係大藥主動殷勤通款，兼包自叙及發問兩方面的内容，優游道來非常符合男主人公的身份。後兩首五言偈爲毗利真摯的反饋，順適愜當的八句短詩，不啻將通往妙花城的路徑叙述得宛然在目，而且也並不缺乏一份説偈者對行路人的純情關愛。王子道旁問訊，少女指示纖悉，啓聞答對，恍若音聲可辨，在這幅散發着南亞泥土芳香的風俗畫面裏，禁不住泄漏出了雙方一見傾心的消息。如此温馨而挾帶着一些"艷情味"（śṛṅgāra）的詩歌，偏偏被載入用於指導佛徒持戒修行的律本之内，就尤足令人感到驚喜和珍奇了。

　　通過本文依次所作的一系列舉證論述，使我們在一個較廣的接觸面上，察識到在漢譯佛典多如山積的偈頌章句裏，確乎間雜着少量彌富審美趣味的短小篇什。這些作品體現了古天竺的人文精神，又是認識我國古代翻譯詩歌珍貴的感性材料。它們散見於三藏諸部典籍，或以注重緣情體物取勝，或假民歌形式演繹物語，有的汲引羣衆的日常生活經驗施行道德教化，有的則巧使譬喻、象徵手法幫助揭示深奧哲理，雖體貌風格殊異不一，隨機宣説應變無方，但具備顯著的文學性乃是其共有的朕兆，同樣可視爲真正意義上的美文詩歌。且不論其能否在佛典中間形成足夠的氣候，這終究是一種活生生的客觀存在。讀者瀏覽佛典偈或睹其蹤迹，就好像長久徒行於蕭瑟曠原上的旅客，看慣了灰黄單調的顏色，驀然之間竟瞥見一簇簇稀疏靚麗的小花，頓時會覺得心神爽朗，從而更激發起他對世界和生命的熱愛。這種樂觀欣悦情緒的得來，與其説是宗教思想啓迪感召的結果，還不如歸因於受詩歌藝術的陶冶。而佛典作爲涵蓋着多元文化的巨大載體，其於文學方面所獲致的斐然成就，即此亦可略窺一斑矣。

　　　　　　　　　　　　　　　　　　　1999 年 6 月

什譯《妙法蓮華經》裏的文學世界

《妙法蓮華經》（Saddharmapuṇḍarīka）簡稱《法華經》，其内容廣泛開演大乘教義，重點討論諸法實相、如性、實際、法界無差別等命題，揭示佛陀出世本懷。就中空無相的空性説與《般若》相攝，究竟處的歸宿目標與《涅槃經》相通，主旨是會三乘方便而入一乘真實。該經之核心部分約形成於公元前一世紀，嗣後長期流傳印度、中亞各地，至公元十世紀佛教在南亞消亡，其於印度即趨絶迹，晚近又在尼泊爾發現了它的梵文原典。《法華》傳入中土凡經三譯，推後秦鳩摩羅什法師翻譯的本子最爲風行。《中國佛教》第三輯高觀如所撰"妙法蓮華經"一條指出：

> 在什譯前一百二十年，即西晉太康七年（286），就有竺法護譯出《正法華經》十卷，二十七品。什譯後一百九十五年，即隋仁壽元年（601），又有闍那崛多、達摩笈多重勘梵本，補訂什譯，名爲《添品妙法蓮華經》七卷，二十七品。以上三譯，今皆並存。據《開元釋教錄》卷十一、十四載：還有《法華三昧經》六卷，《薩芸芬陀利經》六卷，《方等法華經》五卷三譯闕本。但據現代學者考證，似屬誤傳，實際祇有今存的三種譯本。歷代以來世所廣泛流傳、講解注疏，唯據什譯。什譯本原是七卷二十七品，且其《普門品》中無重誦偈。後人將南齊法獻共達摩摩提譯的《妙法蓮華經·提婆達多品》第十二和北周闍那崛多譯的《普門品偈》收入什譯，構成七卷二十八

品。其後又將玄奘譯的《藥王菩薩咒》編入，而成了現行流通
本的内容。[①]

鳩摩羅什係我國四大佛經翻譯家之一，其入長安主持譯事以前，
早已"道流西域，名被東國"，足迹遍歷罽賓、疏勒、温宿、涼州等
地，嘗於龜兹停住弘傳佛法二十餘年。因此近世之佛學研究者如
吕澂、任繼愈諸家，頗疑羅什翻譯《妙法蓮華經》時援用的底本，很
可能是當時流傳在西域一帶的龜兹文本。泊於他研核諸部學説，
廣誦大乘經典，對佛學義理洞徹秘奥，備悉天竺及中亞文字，加諸
通達華言，並有衆多助譯弟子爲之斟酌綴潤，使什譯《法華》述義
嫻洽簡浄，譯文婉顯優美，透示出高度的文學價值，這從一個重要
方面爲它日後的熾盛傳播創造了有利條件。在慧皎《高僧傳》所
列舉的講經、誦經僧徒中，以講誦此經者，人數獨占鰲頭；而整個
南北朝時期，曾爲其作疏纂解的沙門信士竟多達七十餘家。

　　論定一部外來佛典的文學性，必須兼顧原作與翻譯兩造，故
除應注意它譯文具有的詞章美外，更主要的是察看經中叙述緣
起、文體形式與塑造藝術形象等方面所提供的新因素，當然也還
要考慮到它對本土文學之嬗變演進發生的實際影響。就從這麼
一個涉及面較廣的範圍内衡量，什譯《法華經》無愧是一個突出標
誌，它確已將原經的諸多優勝處成功地傳送給了千千萬萬中國讀
者。《妙法蓮華經》宣説教義好用事相配合，它圍遶釋尊於王舍城
耆闍崛山演示大法開展叙述，着力渲染佛與無數菩薩、天神的殊
勝行迹。他們居住聚集在莊嚴佛國，爲輝煌赫奕之光焰所籠罩，
卻始終懷着拯濟和浄化世間的熱忱，能以種種善巧方便誨勵救度
衆生，並由此演繹出一系列離奇俶詭的因緣本事。倘自佛教的獨
特視角來看，這固然是釋迦如來引導世人入佛知見的一種手段；

------

① 　中國佛教協會編《中國佛教》第三輯，知識出版社，1989年。

但轉就文學一端而言,倒讓經文平添無限趣味,通過説教者張皇幽眇的宣講,向聽受的人打開了一個神奇瑰麗文學世界的大門。真如陳觀勝先生所稱嘆的那樣,什譯《妙法蓮華經》翻出至今"一千五百年來,一直是中國佛教藝術和修行的靈感","藉着它高超的想象力、壯觀的場面、遠大的眼光、直喻和寓言,吸引並且保持了人們的注意力"[①]。兹文基於以上認識,擬於本經之中查證歸納若干材料,分別從三個方面作些梳理和進一步的探涉。

一

大乘佛典與原始佛典相比,其文學性有了顯著增强,這一質文丕變的分野被區劃得如此鮮明,根本原因在於大乘佛教成立後經典撰述體例的革故鼎新。按原始佛典的形成,乃由衆多親身聆聽過佛陀教導的弟子們共同結集,以大家一起會誦的方式來組織經文内容。彼等叙及世尊向弟子們施教,開頭總得交代一下説法的時間、地點和場合,俾以記録佛陀確曾經歷過的事情。既然這些記載僅僅是作爲引起佛説的楔子,所以文字崇尚簡樸平實,無需再作多餘的文飾。然而到了大乘經典裹,以上所説的情況旋即發生變化。雖然大乘經表面上還保持着弟子們記誦釋尊言教的順序,但總體面貌卻被注入了另一種氣質,原先簡單的幾句話可附會成一大段窮形極相的摹述,紀實性的内容遂完全讓位給想象虛構。在這裹有限的感性經驗遭到了鄙薄,經典結撰者的靈感主要來源於那些邈遠和詭幻的事物,與此互相關聯着的是在行文辭句上轉向有意識的莊嚴藻繪。此種較前截然不同的風氣,實由《法華》與《維摩》兩部早期大乘經典首揭其端。

---

① 　陳觀勝 *Buddhism in China*,轉引自鄭僧一《觀音——半個亞洲的信仰》二《法華經》,華宇出版社,1987 年。

　　《妙法蓮華經》卷一之開卷伊始，即用其繁喧而誇張的筆調，描繪出一幅靈山法會的宏大圖景。時佛世尊正在演示微妙的大乘經義，預與聽法者不但有大比丘萬二千人，還有文殊、觀音、彌勒、寶積、勇施、月光、得大勢、常精進等菩薩摩訶薩八萬人，再加上釋提桓因、明月天子、自在天王、大梵天王、四大天王及其眷屬成千上萬，天龍八部及其眷屬，諸小王及轉輪聖王亦各來集。當於此刻天雨曼陀羅華，雜色諸花、彩綫繽紛墜落，普佛世界六種震動，"是諸大眾，得未曾有，歡喜合掌，一心觀佛"。若茲林林總總的菩薩比丘、諸天龍神駢闐厠列，濟濟一堂，恭敬頂禮人天中尊，諦聽佛説《無量義經》，展現了釋迦牟尼佛國娑婆世界最隆盛的場面。看來這裏所有的空間幾乎都已填塞充滿，而莊嚴神聖的宗教氣氛也被營造得無以復加。經文的演繹者之所以如此肆力鋪排，顯然是爲了突出佛陀的至高尊勝和説法的奧妙深邃，以便讓讀者借助經中刻劃之色聲形相來獲得某種直觀的信仰主義體認。盡管憑想象摹劃出來的東西了無事實根據，唯其施用於宗教宣傳卻頗能聳動民眾的視聽，因此也容易達到傳播和擴大佛教影響之目的。英國學者A.渥德爾《印度佛教史》談到《法華經》時，嘗一針見血地寫道："這部經文的作用很簡單的爲佛教造成巨大的聲勢，鼓勵對它的信仰，把它戲劇化。"[1]有的研究者或出自對"戲劇化"這一徵候感受特別親切，甚至不無過譽地將《妙法蓮華經》稱爲"世界上最偉大的宗教戲劇之一"[2]。

　　大乘佛經圖狀的佛國奇妙莊嚴，而莊嚴奇妙之佛國又遠不止娑婆世界一處。從《法華經》精心建構的世界圖式上看，整個宇宙含攝佛刹之多猶如恒河沙數不可計量，遍於娑婆世界東西南北、

① 〔英〕A.渥德爾《印度佛教史》第十章《大乘和中觀派》，王世安譯，商務印書館，1987年。

② 鄭僧一《觀音——半個亞洲的信仰》二《法華經》，華宇出版社，1987年。

四維上下，咸爲數不清的妙莊嚴佛土所包圍，這些紛衆刹土之佛世尊，被冠以阿閦、寶相、無量壽、師子音等種種名號，各自教化護持着一方世界，並且都有一大批志求無上正覺的菩薩與之相伴隨。諸方佛土相隔的距離縱然非常遥遠，但因佛與菩薩有大神通力的幫助，絶不會給他們的交往溝通帶來任何困難。譬如該經卷一《序品》就講，釋迦牟尼佛嘗於靈山會上"放眉間白毫相光"，頓時照見東方萬八千世界靡不畢現，洞察其間之六趣衆生纖毫不遺，"又見彼土現在諸佛，及聞諸佛所説經法，並見彼諸比丘、比丘尼，優婆塞、優婆夷，諸修行得道者"，"復見諸菩薩摩訶薩，種種因緣，種種信解，種種相貌，行菩薩道"。這是從釋迦佛娑婆世界的本位上去觀察其他佛國世界，而與之取向相反的例子，則見於同經卷四的《見寶塔品》。此品叙及釋尊開演《法華經》之際，久遠劫前早已滅度的多寶佛塔從地涌出，復有十方恒沙刹土諸佛，各率弟子前來聽講，遍滿此世界虛空之中，圍繞着釋迦如來布列八方。世尊乃施其大神通力，變現出二百萬億兆國土給這些來賓敷設座位，叫江湖、海洋、山脈悉皆消失，通爲一國佛土。"是時諸佛，各在寶樹下坐師子座，皆遣侍者問訊釋迦牟尼佛"。真是禮尚往來、感應頻繁，他方諸佛菩薩的威儀善緣盡能爲此方佛所照見，而此方佛説法亦有十方諸佛菩薩各集於坐次，不同刹土的佛教聖者去來朝覲參學，簡直就像走訪親戚朋友一樣自由方便。如是諸佛刹土共相輝映、互有交涉的神異景觀呈現在《妙法蓮華經》内，意味着"佛世界擴大到無限，引起佛、菩薩們的互相交流"[①]。當這種觀念爲越來越多的教團成員接受和掌握，於是遍十方世界無數佛與菩薩的名字隨即迅速傳播開來，印度佛教就進入了大乘佛法的新時代。

---

①　釋印順《初期大乘佛教之起源與開展》，轉引自郭朋《印順佛學思想研究》第三章《對於"菩薩"的出現與佛陀觀的演變的論述》，中國社會科學出版社，1991 年。

　　蓋佛世界被無限地擴大，當與信衆對神化佛陀的熱情不斷增長有關，一個依托大乘運動樹立起來的文學化佛世尊形象，到《妙法蓮華經》裏已基本上具備了完形。考原始佛典所記之佛陀，乃一彌富人情味的衆生導師，他一生經歷過許多常人同樣經歷過的事，在迦毗羅衛當王子時嘗“受欲六年”，出家之初又因奉持苦行而走了一長段彎路，後來靠靜坐思維修證獲致覺悟。他反對婆羅門教“祭祀萬能”的主張，爲傳播佛道到處行化不辭辛勞，親手建立了用以弘傳教法的僧伽組織，平生多次遭罹頭痛、腹瀉等疾病的困擾，其色身殆不免仍要受自然規律的支配，最後在拘尸那迦城郊的娑羅林中示滅離世。誠如《增一阿含》卷十八《四意斷品》所記世尊之自述云：“如來亦當有此生老病死，我今亦是人數。”印度馬克思主義史學家 D.D.高善必《印度古代文化與文明史綱》一書，還根據這些紀實材料，指出釋迦牟尼本人晚年曾經詼諧地説過，自己老邁的軀體“猶如一輛業已磨損的老車，祇是勉力維持尚未散架”而已[1]。雖則四部《阿含經》並不缺乏天神、神通之類的描述，但它們留給後人關於釋尊的大體印象，依然是一個歷史上真實存在、並具有現實人格的具體人物。而《妙法蓮華經》所大事形容的佛，則已實現了由人到神的升格。他無始無來，永恒不滅，作爲娑婆世界最高智慧的象徵，一變而演成超世而神秘的絕對存在，遂而被賦予了“壽量無有邊際”的特性。

　　談到這一顯著的質變，我們不妨查勘一下該經卷五《如來壽量品》，內中即有幾段佛對如來壽量問題説法的記載：

　　　　一切世間天人及阿修羅，皆謂今釋迦牟尼佛出釋氏宮，去伽耶城不遠，坐於道場，得阿耨多羅三藐三菩提。然善男子，我實成佛已來無量無邊百千萬億那由他劫。

---

[1]　〔印〕D.D.高善必《印度古代文化與文明史綱》第五章《從游牧部落到定居社會》，王樹英等譯，商務印書館，1998年。

我成佛已來，復過於此百千萬億那由他阿僧祇劫，自從是來，我常在此娑婆世界說法教化，亦於餘處百千萬億那由他阿僧祇國導利眾生。

如來見諸眾生樂於小法、德薄垢重者，爲是人說，我少出家，得阿耨多羅三藐三菩提。然我實成佛已來久遠若斯。但以方便教化眾生，令入佛道，作如是說。

如是我成佛已來，甚大久遠，壽命無量阿僧祇劫，常住不滅。諸善男子，我本行菩薩道所成壽命，今猶未盡，復倍上數。然今非實滅度，而便唱言當取滅度，如來以是方便教化眾生。

按照這樣的時新觀點，原始佛典中有關佛陀的記述無異便失去了它的實在性，而"涅槃"的意義也就非得重新作出解釋不可。那麼釋迦牟尼之離宮出家，到尼連禪河邊實踐苦行，坐伽耶菩提樹下徹悟度世道法，乃至娑羅林入般涅槃等，都不過渠爲教化導利眾生而設施的權巧方便，即若幻化木人所表演的戲劇情節那樣盡屬子虛烏有，佛陀的真實性說到底是在於法身之"常住不滅"。

這個壽量無邊的佛，兼有不可思議的神通和威力，連容貌長相亦和普通人迥然相異。他具足"金色三十二"，"八十種妙好"（卷二《譬喻品》），其出世之際"慧雲含潤，電光晃曜，雷聲遠震，令眾悅豫"（卷三《藥草喻品》），可以分身百千萬億遍布十方，通體所有毛孔皆放大光明，俱悉照見三千大千世界微塵刹土，彈指則大地震，發語則天雨花，跏趺入座輒歷十小劫，能觀知一切諸法根本歸趣，度脫無量無邊菩薩及聲聞眾，爲天神、藥叉、龍神之所恭敬圍繞。與原始佛典樸素的紀實文字相比，《妙法蓮華經》傳寫的佛陀，乃是一位高踞佛國中央師子座上常恒萬能的佛，他無時不在注視和監護着此方刹土的萬類羣動，娑婆世界的一切都要由他來精心安排。緣其形象已被不加節制地拔高，完全可以滿足宗教戲劇程式的需要。這一尊帶有象徵性的佛，固然將釋迦原有篤厚的人格力量化解殆盡,如同釋印順語重心長地指出的,"缺乏了人間佛教的親切性,也就缺乏了道德的感化力"①,卻因其想象豐饒奇偉、氣度盤礴恢宏,而且含納大量神話成分而更契合信眾對佛陀的期盼,尤其能夠引起一般民間層面上對佛陀的仰慕和崇拜。類似於此的演繹越是顯得譎秘驚人,就越加會招來虔誠熱烈的反饋。這部著名的大乘經典給人們傳遞的信息十分明確,有像釋迦如來這麼許許多多神通廣大的佛一起來興隆佛法,必定會對有情眾生的福祉和利益作出無上貢獻。

在《法華》、《維摩》描繪的刹土世界裏,佛形式上爲占據中心位置的主宰,但大乘佛教所演示的佛陀,從一定程度上説是屬於虛本位的,這裏最活躍的成員乃是菩薩。按"菩薩"一詞,爲梵語"菩提薩埵"(bodhisattva)之略稱,意譯即發大心求無上正覺的有情眾生,係伴隨大乘思想興起而形成的一個夾雜着較多神學色彩的概念。《注維摩詰所説經》卷一僧肇云:"菩薩正音云菩提薩埵。菩提,佛道名也;薩埵,秦言大心眾生。有大心入佛道,名菩提薩埵。"大乘佛教倡言修行當以成佛爲究竟,而果能證此佛道者非菩薩莫屬,故菩薩所具備之功德修養顯然要高於成就小乘聖果的阿羅漢。鳩摩羅什譯述之《維摩詰所説經》,即通過褒美處大乘菩薩位的維摩詰居士種種匪夷所思的事迹,對舍利弗、目犍連、大迦葉、富樓那、迦旃延、阿那律、須菩提、阿難等大阿羅漢極盡其嘲弄譏彈之能事。上述聲聞弟子在維摩詰面前都出過洋相,故聽到佛要派人前去探望這位以身示疾的居士,一個個急忙推諉聲稱"不堪詣彼問疾",祇有文殊菩薩才可完成佛的托咐並與對方論難匹敵。《妙法蓮華經》則站在大乘的立場上調和聲聞、辟支二乘,其經文内雖不直接貶斥阿羅漢,然他們充其量祇是作爲陪襯的形象

---

① 釋印順《文殊與普賢》,轉引自郭朋《印順佛學思想研究》第四章《對於彌陀净土與文殊、普賢的論述》,中國社會科學出版社,1991 年。

出現，菩薩已確定無疑地成爲佛弟子中聲勢最顯赫之部分。本經
卷六的《常不輕菩薩品》、《藥王菩薩本事品》，卷七的《妙音菩薩
品》、《觀世音菩薩普門品》、《普賢菩薩勸發品》，悉將發願濟度衆
生的菩薩當作主要傳寫對象，從而成爲是經闡揚大乘修持法門的
聚光點。綜觀什譯《法華經》之全帙，可以説從未間斷過菩提薩埵
活動的蹤迹，諸如文殊、觀音、彌勒、堅滿、大樂説、智積、常精進、
常不輕、宿王華、妙音、無盡意、持地、藥王、普賢等大菩薩，皆依世
尊説法之次第紛紛登臺亮相，在佛座之前串成一道流動而華光閃
爍的風景綫。儕輩姿態懿雅，具足妙相，獨往獨來，不拘小節，應
世匡俗，變化幻戲，脱略戒律與僧伽集體生活的束縛，以自在神通
暢游於娑婆世界。又因諸菩薩摩訶薩所立的誓願方面各有偏重，
其所示現的性格類型亦殊異不一，即此往往衍生出好多與之相應
的物語故事。有如是一大批菩薩在佛典摹劃的境界中川流不息
地游戲經行，不但能促使《法華經》創造的藝術形象增添新鮮活
力，且自經文内容的編結整合上講，也爲保持其前後的連貫性起
到穿針引綫的作用。

　　遵照大乘佛學的説法，菩薩可補處佛位，卻不離開有情衆生
的範圍，復能用佛道成就衆生所有功德。以故菩薩崇拜之風行，
無疑在人們觀念中密切了衆生與佛陀兩者之間的關係。諸佛爲
衆生開示方便，而菩提又屬於衆生，衆生之根本心性共佛相通，佛
與衆生同體意樂。《妙法蓮華經》並無明文提出"佛性"的概念，唯
其主張菩薩、緣覺、聲聞及一切衆生皆能成佛，故盡人皆有種植善
根、證成佛道的可能性。然而佛的知見"實非衆生本有"，還得依
賴於調教和指點，即"由佛引道而令其受持也"[①]。灌注在《法華
經》内的一宗旨趣，乃是抉示衆生依佛言教信解思維修行，便都有
希望獲得大乘涅槃的勝果。該經卷二《譬喻品》至卷四《五百弟子

① 吕澂《妙法蓮華經方便品講要》，《吕澂佛學論著選集》卷二，齊魯書社，1991 年。

受記品》，嘗反復不斷地演述佛爲四衆弟子授記的事例，預言他們於未來世具足菩薩行道時當得成佛。日本學者木村泰賢的論文《龍樹、世親系的大乘佛教》認爲，《法華經》裏所描寫的佛世尊，其任務是"授與人人將來成佛之記別"；而佛陀之"壽量無邊"及其法身的"常往不滅"，適可"涉於未來永遠而保證一切衆生成佛"。哪怕稟受女身之比丘尼，或是作惡多端的提婆達多，"終亦給予記別"，其條件爲在無限的輪回轉世過程中間，"必有一次曾就過去佛聽過《法華經》"①。進而論之，佛國不單是人類憧憬歸依的快樂精神家園，實際上還向畜生道羣品敞開它的大門，甚至連鬼道的羅刹女也由持誦經典而納福無量。《妙法蓮華經》卷四《提婆達多品》，特別叙及一位受持正法的龍女。她年齡才及八歲，天生智慧利根，善知衆生諸根行業，諸佛所説甚深秘藏悉能受持，爲文殊師利入龍宮之所化度，即發菩提心得不退轉，了達諸法辯才無礙，"慈悲仁讓，志意和雅"。厥後緣在佛前奉獻價值三千大千世界的摩尼神珠，"忽然之間變成男子，具菩薩行"，"即往南方無垢世界，坐寶蓮華，成正等覺"。

　　龍女這個神魔性動物形象，原係古天竺民間傳説那伽（Nāga蛇）故事裏面的主角。她身爲龍王的女兒，潛居江湖大海而喜好出游，個性熱情要强，渴望獲得幸福的愛情生活，嘗因在外遭受困辱被人搭救，遂贈送寶珠作爲酬謝，並要求與恩人匹配成爲眷屬。龍女雖具龍身而可隨意變現人形，經常延請凡人到龍宮裏去作客和品嘗美味佳肴，於聰明曄麗之外又挾帶着某些嗜血的野性。印度佛典的漸次形成跨越了漫長歲月，就中嘗攝入大量與那伽故事相關的成分，今爬梳散見藏經各部典籍之物語記載，輒能發現一些叙述那伽女報恩求偶情節的材料片斷。《法華》所演龍女以菩

① 〔日〕木村泰賢《龍樹、世親系的大乘佛教》，收入張曼濤主編《現代佛教學術叢刊》第 98 册《大乘佛教之發展》，大乘文化出版社，1979 年。

薩身份修證佛道的傳説,宜視爲佛典對民間故事進行改造和再創作的一宗典型事例,它一方面將那伽故事中女主人公獻珠的對象移栽到佛陀身上,另一方面又按照佛教倫理標準抹去它的野性且令其雅馴化。佛土世界多了如此一個角色,體現出大乘菩薩道無所不能包容的精神,即便是並非屬於人天趣的畜類衆生,衹要發弘誓願、勤修六度,那照樣會有殊勝無比的光明未來。

　　上述這位龍女依附《法華經》的轉譯傳入我國後,由其"志意和雅"一直備受此方人士的青睞,不過大家對經文所謂"變成男子"、"具菩薩行"、"成正等覺"云云,倒並沒有太在意,更多的是把她當作一個清純嫻雅的女孩來付以關懷。久而久之,她乾脆同《華嚴經》内的善財一並演爲觀音大士的脅侍,給人的感覺幾與本土道教傳説裏的玉女、金童差相仿佛。造成這種搭配格局的直接原委,主要緣乎《華嚴》、《法華》分別繹述的善財和龍女,都曾往南方去尋覓道真;而觀世音菩薩的道場,也恰好在南印度海中的補怛洛迦。實叉難陀譯八十卷本《華嚴經》演及善財聽從鞞瑟胝羅居士的建議,到南方補怛洛迦山覲見觀自在即觀世音菩薩,即有一段情景俱出的文字描述:

> 爾時善財童子,一心思惟彼居士教,入彼菩薩解脱之藏,得彼菩薩能隨念力。憶彼諸佛出現次第,念彼諸佛相續次第,持彼諸佛名號次第,觀彼諸佛所説妙法,知彼諸佛具足莊嚴,見彼諸佛成正等覺,了彼諸佛不思議業。漸次游行,至於彼山,處處求覓此大菩薩。見其西面巖谷之中,泉流縈映,樹林蓊鬱,香草柔軟,右旋布地。觀自在菩薩,於金剛寶石上結跏趺坐,無量菩薩皆坐寶石,恭敬圍繞,而爲宣説大慈悲法,令其攝受一切衆生。①

---

① 實叉難陀譯《大方廣佛華嚴經》卷六十八,《佛藏要籍選刊》第 5 册,上海古籍出版社,1994 年。

此段經典譯文前半多用整齊排列的句式，後半圖狀景物宛然在目，向以筆意隽美著稱於世，對稍具文化知識的中國佛教徒來説，可謂盡人皆知的典故，殊易被人拿來當作把善財附會成觀音脅侍之由頭。返顧《妙法蓮華經》内龍女南行證佛一事，她要到達的目的地適與善財童子相同，這條記載極有可能在完成該項組合時起到了牽引媒介的作用。觀音、善財、龍女三位聖者最終會集在一起，應歸因於《法華》和《華嚴》兩部大乘經典的暢行盛傳。追溯得更深遠些，印度南方又是大乘佛教的策源地，當公元前一、二世紀，後來轉變爲大乘的大衆部各派，"在南印得到了突出的發展"①，故《華嚴》、《法華》叙述的善財、龍女去南方求道證覺，似都具有暗示其所奉之教理最初發軔地的象徵意義。佛教傳播史上形形色色神祇之分張撮合，通常會受觸發於某種偶然因素，但留心審察其遞嬗遷演的始末，則不難探測出個中潛藏着的文化意蘊，以及不同民族生活意識之浸潤與審美價值取向的變化。

　　世界衆多文化類型提供的實例證明，任何一部具足文學成就的宗教典籍，爰論其思維定勢乃至塑造藝術形象的顯要特徵，皆莫能游離於生成它的那個特定民族生活環境之外。印度古代有無數神話傳説風靡兩河流域與德干高原，這麼多很大程度上由非理性思考造成的羣衆口頭創作，雖然所叙之情事悠謬荒幻，卻在極長時間裏對本地人保持着新鮮魅力。諸如四部《吠陀經》及《摩訶婆羅多》、《羅摩衍那》兩大史詩，以其奇情壯采贏得所有文學愛好者的禮贊，"還滿足了一代接一代人的宗教的、詩歌的，以及道德的需要"②，就同南亞地區廣大民衆親近宗教、擅長神秘幽眇之想象構思關係至密。徵諸《妙法蓮華經》等早期大乘佛經所顯示的情形，蓋亦同樣得益於這種富饒想象力的沾溉。

---

① 　呂澂《印度佛學源流略講》第二講《部派佛學》，上海人民出版社，1979 年。
② 　〔英〕麥克斯·繆勒《比較神話學》，金澤譯，上海文藝出版社，1989 年。

古天竺的先民們思想通脱，素以酷好結構超世幻境馳名遐邇，尤其喜歡將主觀想象中的事物加以系列化。他們對於宇宙世界的看法，不管從時間還是空間上都有詳盡的叙述，根本無需經過什麼驗證，便一套又一套地講得頭頭是道，還經常用巨大的數字來劃定各種時空範疇的界限。例如一個大劫等於四十三億二千萬年，滿中宇宙則囊括了無數三千大千世界，總之在古印度人的眼裏，宇宙世界在時空兩方面均是無限量的。世界的靡有止境，爲神靈活動提供了廣闊舞臺，神權崇拜是當地人們精神生活中一大醒目徵候。該國女學者 R.塔帕爾的《印度古代文明》一書談到："雅利安人最早的宗教思想是原始的萬物有靈論，他們給四周無法控制和理解的各種力量賦予神性，並且使之人格化，成爲男女衆神。"[1] 南亞次大陸最早的宗教祭詩本集《梨俱吠陀》，就謳歌過衆多同自然現象相關的神道，其中最重要的有天神伐樓拿、火神阿耆尼、太陽神蘇里亞、雷神因陀羅、風神樓陀羅、雨神帕闍尼斯、水神阿帕斯等。在公元前六至公元前四世紀，婆羅門教供祭的神祇名目紛繁，除尊奉大梵天、毗濕奴、濕婆三大主神外，且敬事帝釋天（由吠陀神因陀羅演化而來）、大地之神淨居天等餘各諸神，這些神靈均被宣稱操縱着決定衆生命運的權能。即如古老的《摩奴法典》所云，是神明"創造和支配這由動和不動的物類組成的世界"[2]，衹有通過祭祀方可獲得神的垂顧與賜福。

佛教創建於上述時期，它的哲學思想嘗明顯地受到婆羅門教中數論派某些觀點的啓益，但釋迦牟尼的宗教解脱主張，卻始終執守着人生這一本位，又致力明辨婆羅門教崇尚祭祀之無益，而必須依靠求道者本身的思維證覺，這樣無異就否定了神的意志對

---

① 〔印〕R.塔帕爾《印度古代文明》第二章《雅利安文化的冲擊》，林太譯，浙江人民出版社，1990 年。

② 《摩奴法典》第一卷《創造》，馬香雪轉譯，商務印書館，1982 年。

宗教修持所起的決定作用。緣兹原始佛典呈現的面貌，總的說來
相當質樸平實，當然這裏面也有若干篇章敷演天堂、地獄的景象，
但絕少於談及佛教義理時去渲染重重叠叠的他方世界圖景。凡
屬於《阿含經》内涉及的神道，與普通人相比或許會更有些能耐，
卻無法成爲人類禍福命運的主宰。他們不過是屬於另一個生命
界别，同人一樣要在三界中間輪回，若欲達到解脫還得接受佛的
化導。然而釋尊所持之人生本位觀念，放到神學氣氛彌漫的古天
竺社會歷史條件下看，畢竟是一種與其主流思潮扞格相悖的異
端。儘管在佛滅後兩百年左右的時間内，佛教以蓬勃氣勢得到迅
猛發展，壓倒了婆羅門教而"執印度各派之牛耳"[1]，但要長久維繫
它的始初形態卻異常艱難。婆羅門教一旦重整旗鼓，即以强烈的
精神回應反過來擠逼佛教；而後者爲了繼續生存發展，不得不采
取吸收對方思想成分的變通辦法適應這種氛圍。與此同時，它還
把婆羅門教中很多神祇搬進自己的營壘，以壯大聲勢，或者利用
他們作爲胚胎來翻造新的佛教神明。佛教的大乘運動轉而肯定
神權，是它向印度正統宗教意識的部分復歸。許地山先生所撰的
論文《大乘佛教之發展》，曾詳細地剖析過大乘佛學所攝受的婆羅
門教意識形態，内中亦包括了吠檀多學派和《薄伽梵歌》的影響[2]。
這一過程從對佛陀的升格和神化開始，隨之有成羣結隊帶有梵相
的菩薩絡繹出現。於是大梵天、帝釋天、浄居天和其他諸天衆神，
四大天王暨金剛力士，下及天龍八部、藥叉、羅刹，一切動物神和
植物神，統統都當上了佛國世界裏的成員。待至等塵微刹土布滿
宇宙，無量億兆諸佛填塞虚空，如《法華》、《維摩》、《彌陀》、《華嚴》
等注重文學藻飾的方等經典，遂具備了誕生行世的成熟條件。

---

① 湯用彤《印度哲學史略》第五章《佛教之發展》，中華書局，1988 年。
② 許地山《大乘佛教之發展》，收入張曼濤主編《現代佛教學術叢刊》第 98 册《大乘佛
　教之發展》，大乘文化出版社，1979 年。

厥類佛典包含的詭思異想畢該極致,誠然已經失去了《吠陀經》裏那種人類童年時期特有的氣派,旨在建立遍及所有刹土世界共同適用的佛教新秩序,不過就其摹狀事物之諸多朕兆來看,還是與古印度人慣用之思維方式息息相通的。這些大乘經傳譯入震旦,剛爲中土文人學士接觸,猶未免引起驚詫錯愕,范曄《後漢書·西域傳論》便將其稱之爲"好大不經,奇譎無已,雖鄒衍談天之辯,莊周蝸角之論,尚未足以概其萬一"①。經過長年累月反復的熏染浸漬,才覺得司空見慣而逐漸受其潛移默化,因之達成某種共識而有力地拓展了本土人的想象力。我國後世的講唱文學和民間傳說,動輒搬演天界、地獄、龍宮之類圖景,並一再張揚如來法會的宏大場面,緣起因果說則被有意識地用來幫助鈎貫故事綫索,從轉世輪回觀念裏又延伸出夥多有趣的情節。所謂"阿僧祇劫"、"恒河沙數"、"三千大千世界"等佛典事數名相,亦成爲物語演繹者挂在口上的時髦常談。更應注意者還有一大批外來神魔角色進入作品,儕輩形神兼備,精彩紛泊,姿貌奇特,性格刻劃入木三分,從而大大豐富了古典小説戲曲藝術形象的畫廊。如是可喜之新變得以成立,實賴翻譯佛典流布傳遞之力多矣。

二

馬克思在《〈黑格爾法哲學批判〉導言》裏説得好:"一個人,如果想在天國的幻想的現實性中尋找一種超人的存在物,而他找到的卻祇是自己本身的反映。"②人類文明演進的全部事實也表明,是人類創造了宗教而不是宗教創造了人。以故佛典所描述之宗教境界和神聖形象,毋論其構思賦物如何的巧妙殊特,究其本質

---

① 范曄《後漢書》卷八十八《西域傳論》,中華書局點校本,1964 年。
② 《馬克思恩格斯選集》第一卷,人民出版社,1972 年。

乃無非人的自我異化，一概都擺脱不了人類現實生活原型的制約。爰言藏經内號爲希世秘聞、超邁獨絶的佛理宣説，也總得要用人間社會約定俗成的方式來作表達。

喜好驅駕譬喻幫助讀者領會佛陀知見，是《妙法蓮華經》内容結構與行文布局上一項卓著成就，正像日本佛學家水谷幸正《初期大乘經典的成立》一文所説，就中"譬喻的表現之處是非常的明顯"①。該經卷一《方便品》即曾宣稱：過去、現在、未來暨十方無量世界諸佛，悉以"種種因緣譬喻言辭，而爲衆生演説諸法"。這個顯現出大乘佛教理論色彩的觀點縱貫其文本全體，並於衆多場合一再加以强調和申述：

> 我今亦復如是，知諸衆生有種種欲，深心所著。隨其本性，以種種因緣譬喻言辭方便力，而爲説法。（卷一《方便品》）
>
> 佛悉知是已，以諸緣譬喻，言辭方便力，令一切歡喜。（卷一《方便品》）
>
> 如是諸世尊，種種緣譬喻，無數方便力，演説諸法相。（卷一《方便品》）
>
> 譬喻亦言辭，隨應方便説，今我亦如是，安隱衆生故。（卷一《方便品》）
>
> 佛以種種緣，譬喻巧言説。（卷二《譬喻品》）
>
> 諸佛於法，得最自在，知諸衆生，種種欲樂，及其志力，隨所堪任，以無量喻，而爲説法。（卷二《信解品》）
>
> 迦葉當知，以諸因緣，種種譬喻，開示佛道，是我方便，諸佛亦然。（卷三《藥草喻品》）
>
> 以若干因緣譬喻言辭，種種説法，所作佛事，未曾暫廢。

---

① 〔日〕水谷幸正《初期大乘經典的成立》，收入張曼濤主編《現代佛教學術叢刊》第98册《大乘佛教之發展》，大乘文化出版社，1979年。

（卷五《如來壽量品》）

　　　以深淨妙聲，於大衆説法；以諸因緣喻，引導衆生心。
（卷六《法師功德品》）

所謂諸佛世尊悉以因緣譬喻演示妙法，這類話題聽起來好像聲勢浩大，實則是從釋迦牟尼本人説法特點裏面附益擴張出來的物語。一件原本很平常的事情被形容得如此玄虚，當然就没有什麼真實性好談了。不過綜合以上轉録的幾條材料，至少可以證知，《妙法蓮華經》對因緣譬喻的方便作用確乎給予高度重視。而兹經之竟能演成一部緇伍士流均極嗜讀之美化文佳構，多半要歸功於它在設置譬喻問題上抱有的積極態度。

　　佛典裏通常所説的"譬喻"，梵名叫做"阿波陀那"（Avadāna），其於釋門中間久被視爲一種權巧方便的説法手段，關涉到它的具體含義，印、中兩國佛教典籍咸有明確的訓釋。如《大智度論》卷三十三云："阿波陀那者，與世間相似柔軟淺語。"《大乘阿毗達磨雜集論》卷十一云："譬喻者，謂諸經中有比況説，爲令本義得明了故，説諸譬喻。"古天竺高僧衆賢《順正理論》第四十四云："言譬喻者，爲令曉悟所説義宗，廣引多門，比例開示。"我國天台宗創始人智顗《妙法蓮華經文句》卷五則云："譬者比況也，喻者曉訓也，托此比彼，寄淺訓深。"參據以上提示，我們自能明了，大凡譬喻皆不出如是固定格局，其根本特點即在利用淺顯切近事物之比況來幫助信衆喻解難懂的法理。而《大智度論》所言之"與世間相似柔軟淺語"，實際上也包含了"托此比彼，寄淺訓深"的意思。毫無疑問，譬喻乃是全人類共同創造的文明成果，但它在古印度卻更容易招致人們的垂青。可追溯到《奥義書》時代和佛教初創階段，此地早已把它同算數一樣列爲知識階層必須掌握的技藝，後來又成批進入宮廷貴族用以傳授子弟的教科書内，故自剖析事理、演繹物語，乃至最普通的人際交流，都必定有大量的譬喻參雜其間。

釋迦牟尼學養廣博優厚，他於説法之際雅善引譬連類開悟衆生，考《中阿含經》所作的記述，即有一位名叫波羅牢伽彌尼的婆羅門居士，稱贊過佛陀"所説極妙，善喻善證"①。今天我們閱讀《阿含》、《法句》内無數譬喻小品，尚能依稀體驗一下他當年那種生動而機智的講演風采。

如果從嚴格意義上來判别，"譬喻"所示的情況又甚複雜。臺灣學者丁敏著述的《佛教譬喻文學研究》一書，嘗就此作過很系統的了别觸理，指出在漢譯佛典中被翻爲"譬喻"的梵文有許多，按其詞義略可分爲三種類型：

（1）相當於修辭學中的譬喻，如 upamā，aupamya，sadr'sa 等，它們的指意俱與"借彼喻此"的修辭方法有關，通過找到兩件或兩件以上事物相似點後轉相比况，藉兹將深奥的哲理巧妙而淺顯明白地宣示出來，爲古印度人所非常喜歡運用。

（2）例證，如 dr̥ṣṭānta，nidar'sana，udāharaṇa 等，屬因明三支（宗、因、喻）中譬喻支的"喻"，系説教人演述某一道理之後，令其充當實際例證。這些例證在佛典裏通常帶有明顯的陳述故事性質，以此印證所演教理而加強其説服性。

（3）佛典"九分教"或"十二分教"之一部分，avadāna，（apadāna），也是一種佛教的文學形式，大略用於記載佛及弟子、居士等聖賢之行誼風範，其間每每貫穿着業習牽引、因果報應的内容，俾以實施義理和戒律的隨機教化。②

綜縈上述三類梵文詞語，其前二類主要指譬喻的性質。Avadāna 則從功用方面而言，然與 upamā、dr̥ṣṭānta 兩類仍可互相兼攝溝通，由此可鑒古印度人對事物厘析界定之細緻嚴密。第論

---

①　《中阿含經》卷四，《佛藏要籍選刊》第 4 册，上海古籍出版社，1994 年。

②　參考丁敏《佛教譬喻文學研究》第一章《緒論》，中華佛學研究所論叢 8，東初出版社，1996 年。

譬喻喻體本身的表現形態，則大要不出修辭方法與演繹物語兩種
套路，前者務求練達易明，後者就必須配置一定的故事情節。這
兩種譬喻形式，在原始佛典中都有數不清的成功例子，到了大乘
佛經中又有新的擴展。比較《寶積》、《般若》、《法華》、《維摩》、《涅
槃》等大乘經援引譬喻各自獲致的成就，蓋以《法華》、《涅槃》兩經
最爲出類拔萃。《大般涅槃經》的特點是高度重視修飾文句，長於
串合多個活潑短小的修辭性譬喻，使其前後銜連貫達，逐次推演
遞進，往往顯得妙語連珠、慧光照眼。而《妙法蓮華經》所綴之譬
喻，似更注意發揮其充當説理例證的作用，篇幅亦相對較長，且於
故事情節的結撰敷衍方面尤爲致力，在展示佛經文學譬喻的廊廡
格局上益發具備型範意義。

　　參照我國天台家的判別，《妙法蓮華》一經二十八品，約可分
爲本、迹二門。前十四品屬如來之迹門説法，重點揭橥三乘歸一
諦義，認爲聲聞、緣覺、菩薩等果位，皆是佛陀針對有情衆生根性
之方便説教，並非究竟真實，祇有成佛才是達成涅槃解脱的唯一
途徑。後十四品係如來本門説法，主要抉示大乘佛陀觀的根本，
同時宣説受持、誦讀、書寫、解説《法華經》及如法修行等種種功
德。《法華》雖然也説諸法實相等義學問題，但在理論上談得至爲
簡略。以此它這兩大部分旨趣之闡發，似乎都不太借重哲學思辨
和理念的推演，其開示方法頗多求助於旁敲側擊之顯現，而就中
譬喻一端乃愈預其力者焉！始自該經卷二《譬喻品》迄止卷五之
《如來壽量品》，便有"火宅"、"窮子"、"藥草"、"化城"、"衣珠"、"髻
珠"、"醫子"七個譬喻依次叙列，用以"開權顯實"闡明大乘法門的
一些重要觀點。洵如智顗《法華玄義》所云，"內從'火宅'至'醫
子'，凡七譬"[1]，這就是佛教史上著名的"法華七喻"。如是七則譬
喻分別具有一個結構較爲展開的喻體，不僅物語情節引人入勝，

---

①　智顗《法華玄義》卷一上，《大正藏》第 33 册。

而且在長行講完故事後，還有一段重頌（Geya）與之呼應配合。要說其體制形式上的恢張完備，恐怕在整個佛經譬喻中間亦不多見。它們的譯文調暢可讀，充溢着世間生活情趣，無例外地都是饒有文學意味的作品。茲取其中"火宅"、"窮子"、"化城"三喻稍事薦介。

　　"火宅喻"位居"法華七喻"之首，向被視爲顯現《妙法蓮華經》全帙精神風貌的一處"心眼"。該譬喻言一大長者其年衰邁，蓄積田産財富無量，居宅廣大唯有一門，堂閣朽敗梁柱傾壞，多諸人衆止住其中，周匝俱時欻然火起。而長者諸子於此宅內，火來逼身心不厭患，樂著嬉戲無求出意。爾時長者心存哀憫，欲令諸子得免斯害，知其先心嗜好珍玩異物，遂設方便誘彼出離，告言："有羊車、鹿車、牛車三種珍玩今在門外，汝等宜速出此火宅，隨汝所欲咸當賜與。"諸子聞説適其願故，競共馳走出於火宅，露地而坐皆得安隱。長者乃共賜其子一高廣大車，駕以白牛有大筋力，種種諸藏悉皆充滿。就是這麽一個有趣的故事，内中所有細節的安插設施，均服膺於宣傳特定佛學義理的需要，如以"大長者"比喻佛世尊，"火宅"比喻三界苦海，"諸子"比喻世間一切衆生，"羊車"、"鹿車"、"牛車"比喻聲聞、緣覺、菩薩三乘，"高廣大車"比喻佛乘。而質其終篇隱括之理性寓意，即指如來善持大方便力救拔世間，"初説三乘引導衆生，然後但以大乘而度脱之"。一言而蔽之，實即《法華》本經的核心思想"會三乘方便，入於一乘真實"是也。如此藴含着多層理致之經典要義，果能付諸一具體生動物語來作輔助表達，俾其事相與義理之間達到完好的印合，則造作此譬喻者匠心之微妙周密乃灼然可見。"火宅喻"以佛的説法爲引綫，叙事涉理開闔自如，僅什譯本長行所作的演繹即有一千八百五十餘字，再加上相應的四言體重誦偈六百六十句，合在一起接近四千五百字，數得上屬佛經同類作品裏頭篇幅極長的了。周一良先生《論佛典翻譯文學》嘗云："作爲純文學看，譬如《妙法蓮華經》裏的火宅喻一段，原文便是極優美的文學作品，而羅什譯文也頗足以傳達原文的情趣。"①殊可引起我們珍視的是，兹喻韻文部分摹寫火宅之恐怖和大火焚燒時的混亂，濃墨重彩，恣意鋪排，險象環生，百怪迭呈，確實有點"如火如荼"的意味，連在一起閱讀令人怵目驚心，凸顯出了古天竺詩歌叙事寫景偏好張皇幽眇的脾性。

　　"窮子喻"事出《妙法蓮華經》卷二《信解品》，綜其長行、重頌共計二千八百三十餘字，同爲這組譬喻中間叙事詳盡的文字佳製。本篇所演之物語略謂：有人幼年捨父逃逝，久住他國，日益窮困，因謀衣食還向本國。其父先來求子不得，中止一城，家境巨富，其諸倉庫悉皆盈溢，多有僮僕臣佐吏民，每因念子心懷悔恨。爾時窮子傭賃，展轉行至父舍，住立門側，遥見其父踞師子床，種種嚴飾，威德特尊。窮子見父有大力勢，輒覺恐怖，疾走而去。時富長者見子便識，知彼窘迫難就豪貴，遂置方便，雇以糞除，好言相慰，待如所生。窮子自謂作客賤人，二十年中常除糞穢，心意猶尚樂爲鄙事。後值富長者羅疾不瘳，即便委付窮子掌管庫藏，其即受教領知衆物，而無希取一餐之意。父親經由累歲調伏觀察，知子胸次已臻通泰，乃於臨終大會親族賓客，父子相認，並授與無量財物珍寶。寓托在這個故事内的宗教喻意，當屬曉示世尊例能對治衆生"樂著小法"的弊欲，巧施方便，隨宜化導，促使此輩"思維蠲除諸法戲論之糞"，俟其一旦根性成熟，必定深信理解大乘佛法。"窮子喻"雖然不像"火宅喻"那樣倚重鋪演誇張，卻以叙事筆意宛轉暢達見勝，凡於該篇中所設的多處關鍵情節，例加細緻刻畫使之畢盡委曲，讓現實生活的本來樣子如實地展現在讀者面前。特别是譬喻演叙這對父子離合遭遇時采用的欲擒故縱手法，還能隨着故事情節的曲折延展，頻頻引發起讀者的關切和懸念。

①　周一良《論佛典翻譯文學》，郁龍余編《中印文學關係源流》，湖南文藝出版社，1987 年。

毋庸置疑，這個物語內兩位主要角色地位與思想之阻隔，審可視作印度古代社會貧富之間極度殊異現象的真實寫照。

在整個"法華七喻"中，載入本經卷三《化城喻品》的"化城喻"形制最爲短小，其長行及有關之偈頌部分相加不足七百字。"化城"故事講一導師善知道路通塞，將諸行旅欲過五百由旬曠絕無人險道往珍寶處，才至中路，人衆畏難懈退，稱言我等疲極，不堪再走。導師藉其方便力，於險道中過三百由旬化一大城，告衆人曰："汝等勿怖，莫得退還，今此大城可於中止，隨意所作。"於是疲極之衆，心大歡喜，遂入化城，生已度想，快得安隱。爾時導師知彼無復倦意，即滅化城謂言："汝等去來，寶在近處。"遂率大衆繼續前行。若茲物語所道情事至爲單純，然設喻之寄意構思則益極嫻熟精巧，給人們留下的印象十分深刻。按"法華七喻"内之"火宅"、"醫子"各篇，皆以善能忖度刻劃世人的心理活動爲其特色，從"化城喻"所表現出來的情形亦復如是。通過虛擬一座化城讓許多人獲得一種精神上暫時的滿足，殆與我國古代"望梅止渴"的傳説有着異曲同工之妙。吕澂先生《印度佛學源流略講》談到"化城喻"的寓意時説："小乘衹是方便假設的化城，而不是要到達的目的地，真正要到的地方是菩薩乘、佛乘。因此，大乘才是真實的。"[1]

復觀"七喻"餘下之四則，它們的篇幅大致都在千字左右，而其間所托附的喻意仍與前文論及之三則一脈相承。如卷三《藥草喻品》的"藥草喻"，將一乘法譬作普洽世間之澍雨，悉令卉木叢林及諸藥草各得生長，顯示佛能了別衆生根性，適其所需而爲説法。由於此喻之譯文辭采豐葺華茂，完全可把它當做一篇優美的散文來讀。卷四《五百弟子受記品》之"衣珠喻"，謂有人醉卧時親友繋一寶珠於其衣内，是人醒後渾然不覺，游行謀生甚大艱難。值後

---

[1]　吕澂《印度佛學源流略講》第三講《初期大乘佛學》，上海人民出版社，1979 年。

親友會遇見之，乃笑其徒有寶珠，猶自勤苦憂惱以期活命。又卷
五《安樂行品》的"髻珠喻"，則借轉輪聖王髻中明珠不以與人的故
事，喻說《法華經》爲諸佛如來秘藏之最上乘，故長守護，不妄宣
示。最後卷五《如來壽量品》的"醫子喻"，乃言一醫人持好藥救治
誤服毒藥之諸子，然中有迷失本心者拒不從命，是醫因巧設方便
轉往他國，遣使還告"汝父已死"。爾時諸子聞父背喪，自惟孤露
無復恃怙，常懷悲感心遂醒悟，即服良藥毒病皆除。此喻如來爲
度世間，以真、俗二諦教誨衆生，雖不實滅而言滅度。至於本經所
陳述的其他譬喻，固亦不乏清新雋永之作，例如卷四《法師品》的
"鑿井喻"，卷五《從地涌出品》的"父少子老喻"等，一皆理事忻合
無間，讀之輒覺便誦可喜。而尤足耽玩味索者，是卷六《藥王菩薩
本事品》演及讀誦《法華》功德，另有一小段經文作如是語：

> 此經能大饒益一切衆生，充滿其願，如清涼池，能滿一切
> 諸渴乏者，如寒者得火，如裸者得衣，如商人得主，如子得母，
> 如渡得船，如病得醫，如暗得燈，如貧得寶，如民得王，如賈客
> 得海，如炬除暗。

此間連用十二"如"字，上下一氣呵成，引類排比，復沓紛至，文脈
暢達，節奏感強，堪稱佛典譯文裹的絕妙好辭。唐代著名佛學家
道宣所撰《〈妙法蓮華經〉弘傳序》，對該經施設譬喻配合説理之卓
犖功效嘗作精湛論述云："朽宅通入大之文軌，化城引昔緣之不
墜，繫珠明理性之常在，鑿井顯示悟之多方。詞義宛然，喻陳惟
遠。"①進而他又指出，《妙法蓮華》一經所以能超越漢唐數百年間
譯入中國衆多的佛籍而"受持最盛"，其文學譬喻"機教相扣"妙用
之功實不可抹煞。

　　因爲譬喻在佛典當中分布極廣，它們的表現形態和藝術徵候

---

① 　釋道宣《〈妙法蓮華經〉弘傳序》，《釋氏十三經》，新文豐出版公司，1980 年。

很難做到齊整劃一,但可肯定其中必有相當大一部分,實際上已
具備構成寓言的諸種條件。夫寓言之與譬喻初無異解,考漢譯佛
典内所習見之“譬喻”一詞,即涵蓋了經、律、論三藏記載的全部寓
言;反之中國古先哲所謂的“寓言”云云,亦同然未把一般的譬喻
排斥在外。淹至晚近文體的劃分日趨細密,“寓言”才被人們理解
爲“譬喻的高級形態”,認爲它除了必須配備首尾一貫的物語情節
外,而叙事之扼要精煉,暨及所曉喻的道理還應該體現某種諷刺
儆戒意義,也同樣是其得以成立莫能或缺的前提。拿今人所執持
的這套標準度量,那麼攝録在藏經《阿含》、《本緣》、《經集》各類典
籍裏的諸多緣起,誠可一并歸入文學寓言的行列。印度素有世界
古代寓言搖籃的美稱,這裏的人民從很古的時代起,就創造出許
多風趣而又富有教育意義的寓言和童話。“這些寓言和童話大概
都是口頭創作,長期流傳在人民中間”[1],曾爲佛典結集提供了取
之不竭的生動素材。現時我們從《百喻》、《舊雜譬喻》、《雜譬喻》、
《衆經撰雜譬喻》等經内見到的此類傑構,徹查其來源,乃多數是
活躍在當時羣衆中間的口傳故事,經移植和改頭換面後,才成爲
佛典内容的一部分。如是采擷民間寓言,莊嚴經典文句,對僧伽
徒衆來説固屬習以爲常,但要將如許新鮮活潑的東西和較抽象的
佛教義理協調起來,畢竟是一件勉爲其難的事。即如《百喻經》輯
入的那些精美諷喻小品,猶不免會呈露出若干把喻意與喻體牽强
湊合的痕迹。而回過頭再來看《妙法蓮華經》這七則譬喻,倒有六
則立足於正面引導而不在諷刺,所演物語情節結構又顯得頗爲鬆
散,缺少了點集中、提煉和幽默感,故當今研究者照例均不以“寓
言”目之,寧願管它們叫做“文學譬喻”。然而這並不意味着“法華
七喻”藝術魅力的匱乏,我們換一個視角予以審度,這組譬喻又是
與本經内涵融成一體的原創性撰作,兼被嚴格按照世尊説法的口

---

[1]　季羨林《〈五卷書〉譯本序》,人民文學出版社,1959 年。

吻緊密地編織在經文之內，非惟達成了演繹因緣同抉示理諦兩者中間的高度統一，且從其體貼入微之心理描繪，隨機宣示的自由布局方式，以至委婉舒徐與愛好鋪展的説故事風格，亦頗能顯現佛經敘事文學在藝術上的普遍追求。如木村泰賢所撰《龍樹、世親系的大乘佛教》一文，評論到《法華經》"火宅"、"窮子"、"化城"等"最巧妙的譬喻"，就毫不含糊地斷言，"即使把他於文學方面看，也具有極高度的價值"①。

"法華七喻"等篇的文學價值既如上述，該經之梵本又借羅什及道睿諸師以優美曉暢的文字譯爲華言，兹土僧侶士子頻繁與彼接觸，受其陶冶至深者往往對之亹亹忘倦、欲罷不能。而儕輩衆中尤令人注目的，要數晚唐的著名文學家李商隱，他在《上河東公啓》這幾篇書札内自稱："伏以《妙法蓮華經》者，諸經中王，最尊最勝，始自童幼，常所護持。"②嗣後還説："又以七喻之微，較五常之要，吻然合契，永矢同塗。"③詩人於此將這七個譬喻同本土的"五常"相提並論，一體奉爲指導人生實踐的重要教示，足見上述佛經翻譯章句在他心目中地位之崇高。當然李義山集内並無譬喻之類文制，唯其作爲一位敏感沉摯的優秀詩人，平生從未放棄對美好理想的追尋，而這種求索又浸入他全部的詩文創作。他撰寫過大量詠史詩和愛情詩，幾乎莫不借助描摹各色各樣具體的故事來宣泄議論慨嘆，於綿邈流麗筆觸之間，賦予作品以深厚的蘊藉，通常都會把作者不便直説的意思寓托在裏面。我們瞭然李商隱詩歌以上篤好隱喻的特點，即不難發現其與《法華經》"火宅"諸篇確有某些"吻然合契"的地方。

---

① 〔日〕木村泰賢《龍樹、世親系的大乘佛教》，收入張曼濤主編《現代佛教學術叢刊》第 98 册《大乘佛教之發展》，大乘文化出版社，1979 年。
② 李商隱《上河東公啓》三首之二，《李義山文集箋注》卷五，影印《文淵閣四庫全書》集部 21 册，臺北商務印書館，1983 年。
③ 同上。

　　"法華七喻"的強悍感染力，還能從它們屢被歷代文士當作典故來使用見出若干形迹，檢索南北之季寔至李唐的詩文篇什，若類事例之多，委實不勝枚舉。諸如梁武帝《浄業賦》云："隨逐無明，莫非煩惱；輪回火宅，沈溺苦海。"江淹《吳中禮石佛詩》云："火宅斂焚炭，藥草匝惠滋。"沈約《内典序》云："苦樂翻回，愚智相襲，莫不火宅輪鶩，人壽颸遷。"王簡棲《頭陀寺碑文》云："蔭法雲於真際，則火宅晨涼；曜慧日於康衢，則重昏夜曉。"陸倕《天光寺碑》云："解髻傳珠，抽衣受寶，化違宅火，功超河岸。"梁簡文帝《十空詩六首》之三《如響》云："愍哉火宅中，兹心良可去。"梁元帝《梁安寺刹下銘》云："髻珠夙曉，懷寶詎宣。"徐陵《齊國宋司徒寺碑》云："無色之外，方爲化城；非想之中，猶稱火宅。"温子升《定國寺碑序》云："引諸子於火宅，渡羣生於海岸。"邢子才《景明寺碑》云："坐積薪於火宅，負沈石於苦海。"隋煬帝《受菩薩戒疏》云："希優游於大乘，笑止息於化城。"王維《西方變畫贊序》云："我心猶疑，未認寶藏；商人既倦，且息化城。"同人《能禪師碑》云："商人告倦，自息化城；窮子無疑，直開寶藏。"同人《登辨覺寺》云："竹徑從初地，蓮峰出化城。"同人《與蘇、盧二員外期游方丈寺》云："聞道邀同舍，相期宿化城。"綦毋潛《登天竺寺》云："郡有化城最，西窮叠嶂深。"同人《宿龍興寺》云："燈明方丈室，珠繫比丘衣。"杜甫《酬高使君相贈》云："雙樹容聽法，三車肯載書。"同人《上兜率寺》云："白牛車遠近，且欲上慈航。"同人《山寺》云："窮子失净處，高人憂禍胎。"耿湋《題藏公院》云："藥草誠多喻，滄溟在一毫。"釋皎然《兵後經永安法空寺寄悟禪師》云："微蹤舊是香林下，餘燼今成火宅中。"同人《聽素法師講法華經》云："纔敷藥草義，便見雪山春。"釋廣宣《寺中柿樹一蒂四顆詠應製》云："君看藥草喻，何減太陽功。"白居易《郡齋暇日憶廬山草堂》云："三車猶夕會，五馬已晨裝。"同人《贈曇禪師》云："欲知火宅焚燒苦，方寸如今化作灰。"另有寒山詩《余勸諸稚子》一首，則以極淺切的語言寫道：

　　　　余勸諸稚子，急離火宅中。三車在門外，載你免飄蓬。
露地四衢坐，當天萬事空。十方無上下，來去任西東。若得
個中意，縱橫處處通。①

是詩充斥着禪宗理趣，又可當作“火宅喻”之本地型縮本來看。如
上衆多詩文例句比肩接踵，所涉的内容殆無一不與“法華七喻”相
關，這幾則佛經譬喻對中土士人精神生活染著的深刻，由此斑斑
點點一齊呈露在讀者的視野範圍之内。

　　　衆所周知，中國和印度一樣爲世界有數幾個古代寓言的發祥
地之一，早在先秦時代譬喻即被廣泛應用於論辯説理，而與其相
伴隨的文學寓言創作發達的勢頭，亦由兹一直綿延承續至兩漢三
國。但到兩晉南北朝後，卻有很長時間趨於沉寂，當於此際佛典
譬喻大批的傳譯流播，就剛好填補以上缺失。“佛教傳入中國的
積極影響之一便是帶來了印度寓言，爲中國寓言創作注入了新鮮
血液。”②衆多的外來物語介入本土文化結構，必然激活稗官巷議
的生存空間，其與華夏文學的冲擊碰撞，終於導致唐代中葉寓言
的復興。有唐安史亂後，我國的寓言創作再度繁榮，關鍵在於天
竺佛經寓言之持久熏習與本地文學崇尚諷喻的傳統成功結合。
探求本時期華梵雙方譬喻文學感觸相通的軌迹，則在古文家柳宗
元、劉禹錫的部分作品中表露得最爲清晰。譬如劉禹錫於謫貶夔
州期間撰成之《因論七篇》③，就是這種涉外藝術文化交流中産生
的一項可喜成果。該文采取分張並列的結構形式，由“鑒藥”、“訊
甿”、“嘆牛”、“儆舟”、“原力”、“説驥”、“述病”等七個各自獨立的
譬喻聯綴成章，通過對説譬喻者生活裏所遇幾件事情感觸之叙

---

① 　《全唐詩》卷八百六，中華書局，1960 年。
② 　陳蒲清《中國古代寓言史》第十七節《印度寓言的傳入及其影響》，湖南教育出版
　　社，1983 年。
③ 　《劉禹錫集》卷六，上海人民出版社，1975 年。

寫,用以"寄淺訓深"闡明相應的政治人生哲理。拿作者自己的話來説,即屬於"放詞乎無方,措旨於至適"的"寓言之徒"。儘管劉夢得將這一譬喻羣體歸入"寓言"一類,其實放到今人文體區分標準下進行界定,似乎叫做"文學譬喻"更加合適些。它們推陳出新,在當時文壇上標榜出特異的形態,雖不乏儆戒意義,但和一般的諷刺性作品迥然有別,非唯其物語結構顯得鬆散鋪展、喻理與喻體的相互關係銜連扣合,甚至連參合其間的事緣也恰好是七個。劉禹錫本人在夔州任上亟以"事佛而佞"著稱,可相信此文之創作肯定蒙受過"法華七喻"的影響。

<h2 style="text-align:center">三</h2>

　　《妙法蓮華》一經的文學意義,還突出地表現在它卷七《觀世音菩薩普門品》中間。該品傾事全力傳寫刻劃的大慈大悲觀世音菩薩,他作爲一位佛教聖者關愛煦育含生羣品,發心救度一切衆生苦厄,具有寬廣仁厚的胸懷與卓異殊勝之個性特徵,非常符契世間人的祈願,乃大乘佛典塑造得最成功的藝術形象之一。正是依靠《普門品》的文學化描述及其譯文之暢達易讀,使觀世音的名字廣泛流播震旦大地,進而達到了家喻户曉、婦孺皆知的程度。無論信衆經歷、秉性和從事職業的不同,但祇要一聽到觀音顯靈的事迹,都立刻會激起欣懌和景仰之情,好像慈愛無比的菩薩就站立在他們的身邊一樣。李聖華《觀世音菩薩之研究》一文嘗謂:"中國諸神,有能似觀音與中國人心理發生密切關係者,可云絶無。"[①]藉兹簡短數語,益見這位菩薩摩訶薩在華夏民衆宗教信仰裏所占的重要地位。

---

①　李聖華《觀世音菩薩之研究》,郁龍余編《中印文學關係源流》,湖南文藝出版社,1987年。

　　《妙法蓮華經·普門品》中“觀世音”這一名號,學術界通常均認爲由梵文 Avalokiteśvara 對譯而來。該梵文詞語確切的音譯云“阿縛盧枳低濕伐羅”,爰言見諸不同漢譯經典的意譯,則有“觀世音”、“光世音”、“觀世念”、“現音聲”、“觀世自在”、“觀自在”等多種譯名稱謂。其中前列四者之攝義大致相同,而“觀世念”、“現音聲”、“觀世自在”三個名字又未嘗爲譯師們所普遍采納,比較起來“光世音”還用得稍微多一些。要説於漢譯佛典之中出現頻率甚高,且在譯意上確實呈現出某些分歧的,就衹有“觀世音”和“觀自在”兩種主要譯法,於是便引來了這二者究竟孰是孰非的問題。玄奘《大唐西域記》論及此節,即曾勘定“阿縛盧枳低濕伐羅”之正譯應作“觀自在”,其餘如“觀世音”等舊譯名皆由翻經師們訛謬所致[1]。然而檢討歷史事實,“觀自在”的這一譯稱卻不是出於奘師之首創,就連被玄奘一起批評過的鳩摩羅什,也在爲他自己所譯的《維摩詰所説經》作注時鄭重指出:觀世音“亦名觀自在”[2]。足證什公生世的南北朝前期,這兩個譯名早已進入翻經家的眼界内,很難講其中哪個一定是“訛謬”的“舊譯”。以此《大唐西域記》的説法,就不能讓人完全消除疑慮。而比玄奘時代稍後些的法藏,乃於其《華嚴經探玄記》裏另立新説,認爲造成這兩種譯名在漢譯佛典并存各用,起因是梵本原文字母拼寫的不一致[3]。寖至中唐澄觀所著的《大方廣佛華嚴經疏》,更在法藏論述的基礎上進一步斷言,觀音的名稱始自梵文原典即有“二種不同”,故佛經的翻譯者亦因之而“隨異”焉[4]。

　　按法藏、澄觀運用他們掌握的悉曇學知識提出以上主張,所采用者爲梵文語詞結構的分析方法,並没有從天竺原經當中舉出

---

① 　玄奘《大唐西域記》卷三“醯羅山等地”條下撰者自注,上海人民出版社,1977 年。

② 　《注維摩詰所説經》卷一鳩摩羅什注,上海古籍出版社影印本,1990 年。

③ 　法藏《華嚴經探玄記》卷十九,《大正藏》第 35 册。

④ 　澄觀《大方廣佛華嚴經疏》卷五十七,《大正藏》第 35 册。

實際例子，在當時無非衹是一種推想，詎料迄至今世居然能爲地下發掘所證實。1927 年我國新疆出土的公元五世紀末葉梵文《妙法蓮華經》古抄本，有一片殘葉上五次涉及到"觀世音"一詞，其原文無有例外均作 Avalokitaśvara[①]。該詞雖與我們知道的 Avalokiteśvara止一個字母之差，唯假此即能找出將它翻譯爲"觀世音"或者"光世音"的理由，這一點經過晚些時候日人後藤大用氏的語意學闡釋，又得到了非常明確可信的表述[②]。依據厥項發掘成果所形成的米羅諾夫報告，更正了長時期來人們的習慣看法，導致不少晚近佛學家認同如下結論：漢譯佛典内之所以有"觀世音"和"觀自在"二譯名的差别，蓋肇因於印度佛典原來就具備着 Avalokitaśvara 與 Avalokiteśvara 兩個與之相對應的梵文稱謂，它們指的是同一個神話人物，前者説他能夠觀聽世間衆生的聲音，後者則推尊其爲自行存在於佛國世界的救世主。這兩個名字共同被梵文原典所著録，分别從不同角度揭示出體現在這位佛教聖者身上的大乘救世精神。

　　觀世音係伴隨佛教大乘思想一并生起的菩薩，同時也刻烙着南亞古老文化傳統的鮮明胎記。世界上有些印度學研究者和文化史家，總是喜歡將觀音之生成歸諸於受伊朗或埃及神話的刺激，這類議論取證不夠確切、結論似是而非，與所謂的"諸神同源論"恍若一轍，不能用來正確解釋研究對象產生的縱深背景。實則像印度這樣一個幅員遼闊和古代文明高度發達的國家，在歷史上曾孕育、分娩出衆多聲聞退邇的神話人物，這主要還是受益於它本身的文化積累和當地人的民族生活意識。古天竺最早湧現出來的一批菩提薩埵，大多可自本地外道神壇上辨認出儕輩先前

① 　參考鄭僧一《觀音——半個亞洲的信仰》一《觀音》，華宇出版社，1987 年。
② 　參考孫昌武《中國文學中的維摩與觀音》第三章《觀音信仰的弘傳》，高等教育出版社，1996 年。

的蹤影，誠如文殊、普賢之演成頗受婆羅門教大梵天和帝釋天的
熏染陶育一樣，觀世音的原型應追尋至《梨俱吠陀》記載之"雙馬
童"(Aśvinau)①。此乃一對由兩匹孿生金翅飛馬牽車負載的美麗
天神，見諸漢文典籍有時亦按其梵音譯爲"阿史文"或"兩阿施
文"。金克木先生的《梵語文學史》談到，"雙馬童"的"主要能力是
救苦救難"，在《梨俱吠陀》內共獲得五十餘首頌歌，其名字重複出
現達四百次以上，論頌歌之數量占據該書所頌神明裏頭的第四
位②。徐梵澄先生的論文《韋陀教神壇與大乘菩薩道概觀》則稱，
"兩阿施文"是朝曦與晚霞之雙生兄弟，同娶庇佑長育牛羊之神普
商(pūsan)的妹妹"日光女郎"爲妻，屬天上光明諸神最常被提到
的，職責在於保護衰弱及年老未婚的女子③。彼雙馬童置身於吠
陀神之行列，雖然不是很主要的角色，但他們熱心替人排憂解難，
見存於《吠陀經》中的敘述又相當多，一定程度上成了世間眾生憧
憬幸福和光明的象徵，故其曾經被古印度人民廣泛傳誦，殆爲無
需懷疑之歷史真實情形。而嗣後以此爲基礎，從這裏生發出一位
慈悲救世、能爲眾生度諸苦厄的觀世音來，讓佛教徒們把他倆的
若干稟賦與功能轉遞傳送給後者，並付以典型化而使之具有明確
完美的神性，如是過程也非常符合初期大乘佛教造神運動的總體
趨勢。要之觀世音菩薩這一宗教藝術形象的生成，必定先有關及
他的一些傳說充任前導，此類物語浸漬着南亞次大陸土生土長的
神學觀念，照例不乏文學意趣，均屬佛教信眾的集體口頭創作。
它們由隱而顯，從稗瑣小語逐步轉變爲具備比較完整情節的故
事，通過了許多人的輾轉授受於一定地域範圍內流播。等到《妙

---

① 參考徐靜波《觀世音菩薩考述》，該文收入《觀音菩薩全書》，春風文藝出版社，
　　1987年。
② 金克木《梵語文學史》第一編第二章《梨俱吠陀本集》，人民文學出版社，1964年。
③ 徐梵澄《韋陀教神壇與大乘菩薩道概觀》，《中國佛學論文集》，陝西人民出版社，
　　1984年。

法蓮華經・普門品》將其攝入書面記載，剛好説明它們的影響正在日益增廣。

　　南亞次大陸誕生的觀世音傳説，約公元前一、二世紀已嶄露頭角，《妙法蓮華經・普門品》則屬較早觸涉這個話題的文獻資料。儘管《普門》等品在《法華經》內是後來才添加進去的附益部分，然其撰成之年代至遲也不會晚過公元紀曆之初這條界限。再説這些續出篇章的創作旨趣，又大抵都是用來敷陳和發揮本經闡述的主要思想，因此理所當然可被納入全經的"框架結構"而"形成一個整體"①。爰自《妙法蓮華經》問世向下延伸八九百年，印度的觀音信仰漸次彌漫五天全境，在很長的歷史時段裏，斯土陸續繁殖衍生之相關新傳説，亦由其不斷攝納人們的想象和願望而呈現出趣味無窮的變化。它們之流布影響所及，不僅充實了大乘和密教經典的記述，而且還波及到佛藏以外的世典。英國學者 A.A. 麥唐納《印度文化史》即曾指出：

　　　　後世有《伽難陀毗優訶》（Karanda-Vyuha）一書頗近於印
　　　度《古史記》（Purana）之類，此書特別頌揚觀自在菩薩
　　　（Avalokiteśvara），説他無限的憐憫衆生，除非衆生都得超脱，
　　　他是不願成佛的，從來沒有像這樣博愛的佛教人物將獲得超
　　　脱表白得那樣有力。②

《法華》以後所出佛經典籍裏面之觀音記載，較重要者有《華嚴》、《無量壽》、《觀無量壽佛》、《悲華》等經，其中《華嚴經》明言觀音菩薩的道場即在南印度補怛洛迦，爲善財童子南行五十三參咨稟問學的大善知識之一，適同《法華・普門品》的內容達成互補。而

①　　侯傳文《〈妙法蓮華經〉的文學性解讀》，季羨林主編《印度文學研究集刊》第四輯，上海譯文出版社，1999 年。
②　　〔英〕A.A.麥唐納《印度文化史》第四章《吠陀期後之前期》，龍章譯，上海文化出版社影印本，1989 年。

《無量壽經》和《觀無量壽佛經》內描摹的觀世音,乃與大勢至一并成爲西方淨土阿彌陀佛之脅侍,擔當着接引無量善男信女往生極樂世界的重任;雖然西方淨土的觀音被確定在一生補處菩薩位上,卻因此而失去了他獨立存在的觀世主身份。及至《悲華經》中,則又演繹出一段觀世音原是無諍念王第一太子不眴的前生故事。公元七世紀後產生的密教經典,如《千手千眼無礙大悲心陀羅尼經》、《十一面神咒心經》、《不空羂索神咒心經》諸部,其想象力爲密教"神變加持"觀念所支配,注重狀述觀世音神秘詭異的變相,旨在借助外在形態之誇飾來暗示他的無窮法力,卻絕少觸及這位聖者宗教救世精神的本質方面。不過密典裏有關千手千眼觀音的記載,倒在北傳和藏傳佛教流播地區產生過甚爲深刻的影響。徵核比較上列多種佛典載述,要以《法華經·普門品》的文字最爲原始,所作之敘列亦允稱詳備,由於它的結撰生成,遂基本上鑄定了所開演主人公的文化內涵和性格模式。觀音作爲一個起源甚早的神話人物,能夠給後世廣大羣衆造成不可磨滅的印象,此品之傳遞與弘揚無疑當居厥功之首。

　　《觀世音菩薩普門品》位處《妙法蓮華經》第二十五品,係是經演至最後的一處警策所在,縱其非屬《法華》原有之核心部分,第因備受人們重視而往往掩蓋掉經中的其他內容。《普門品》通過佛陀與無盡意菩薩之間的對話,致力描摹觀音遨游巡行於娑婆世界、隨其觀聽世間音聲而拯救衆生痛苦劇難的事迹。"若有無量百千萬億衆生,受諸苦惱,聞是觀世音菩薩,一心稱名。觀世音菩薩即時觀其音聲,皆得解脫。"透現在該品之內的敘事措思之妙,是它充分運用佛經往復啓問作答的表述方式,精心羅織一系列簡賅生動的素材,依次敘說,將觀音的種種救世因緣刻劃得活靈活現。經文臚舉的這些大士普門救濟故事,基本上都是取材於民間傳說,重在說明觀世音的無所不在與有難必救。他善持方便力化身說法度脫六道衆生,凡屬遇難值險、瀕臨絕境的人又能及時得到他的援助,概言之便是所謂"十四施無畏"和"三十三示現"。這一切正如 A.渥德爾《印度佛教史》説的,不管是誰遇到什麽災難,"祇要記得觀音菩薩的名字,你就可以得救"[1],由此圓滿地顯示出這位救星慈悲法力的靡不周遍。而緊隨其後的,則是一個極具烘托效果的結尾。當佛陀講完觀音的自在神力及其成就之功德,頓令無盡意菩薩大爲感動,"即解頸衆寶珠瓔珞"願施觀音以充供養。時觀世音推讓數四不肯收納,經釋尊相勸方才"受是瓔珞"析作二分,"一分奉釋迦牟尼佛,一分奉多寶佛塔"。這處饒有戲劇性的細節設置,給凝重肅穆的佛國裏帶來了一股人間氣息。我們經意賞玩《普門品》全文,當能體識到它確像由如來、觀音、無盡意等佛國聖賢串成的一出短劇,盡可移作臨場表演,個中所有對話、旁白乃至角色的一舉一動,都是爲了突出觀音救世使命的崇高和莊嚴。

第從修辭定勢、章句熔裁上品評,《法華·普門品》同樣值得我們稱道。按什公振錫入主長安譯事,方當兹土南北兩地駢文創作勢焰輝赫之際,他的經典譯文固深受時世流俗沾益,於華夏佛經翻譯史上尤以句約義富、特重摛采著稱。而《普門品》内經羅什翻出之長行部分,計有一千八百餘字,除頭尾及一些居間起鈎牽連接作用的附加成分外,其實質性内容均係對觀音救難度世事迹的叙列敷演。摭取衆多相同類型事件聯綴到一起進行鋪陳,爲佛典受印度文學影響所形成的一宗顯著特色。如是手法用於廣角展現紛衆畢呈的事物,每能有條不紊地叙寫客觀對象並增添文章氣勢,不過處理欠當也會造成文義煩冗或章句的流宕無歸。如上所云該品幾個長行段落,悉以善事鋪排爲歷代才士矚目。它們在保持全經統一翻譯風格的前提下,纂組故實務求靈便,驅役辭句

① 〔英〕A.渥德爾《印度佛教史》第十章《大乘和中觀派》,王世安譯,商務印書館,1987 年。

時參變化，兼又疏通文氣，斫削浮詞，提煉整攝，寓多於一。通過譯師的慘淡經營，使本品譯文演説事緣原始要終，鱗次櫛比，排比鋪張而不失精到之致，逞意衍叙而無滯壅之弊，表明了譯述者有很高的詞章修養。釋僧睿《法華經後序》嘗謂，鳩摩羅什法師主持翻譯《妙法蓮華經》，"於時聽受領悟之僧八百餘人，皆是諸方英秀、一時之傑也"①。可知參與什公《法華》譯事者，蓋大有妙解翰藻之沙門在。即以《普門品》譯文獲得的殊勝成就論，顯已達到那種"外文綺交，内義脈注，跗萼相銜，首尾一體"②的純熟境界，應將其列爲一篇不可多覯的美化文作品。

　　《法華經·普門品》的美文價值，亦然體現在它的偈頌裏面。按通行本該品之長行演説甫畢，還有重頌一段續隨其後。這段重誦偈爲羅什出譯之原本所無，究其原委，可能是《法華》的早期梵本《普門品》祇備長行一體，要到後來才有與之相應的重頌增入。今吾人所見《普門品》内載録的偈頌，實由闍那崛多於北周時根據較晚的梵本翻出，繼而又被移入什譯《妙法蓮華經》一并流通，兹節録其間若干偈句以見類例：

　　　　假使興害意，推落大火坑，念彼觀音力，火坑變成池。或漂流巨海，龍魚諸鬼難，念彼觀音力，波浪不能没。或在須彌峰，爲人所推墮，念彼觀音力，如日虚空住。或被惡人逐，墮落金剛山，念彼觀音力，不能損一毛。或值怨賊繞，各執刀加害，念彼觀音力，咸即起慈心。或遭王難苦，臨刑欲壽終，念彼觀音力，刀尋段段壞。或囚禁枷鎖，手足被杻械，念彼觀音力，釋然得解脱。咒詛諸毒藥，所欲害身者，念彼觀音力，還著於本人。或遇惡羅刹，毒龍諸鬼等，念彼觀音力，時悉不敢

<hr>

① 僧睿《法華經後序》，《出三藏記集》卷八，《佛藏要籍選刊》第 2 册，上海古籍出版社，1994 年。
② 劉勰《文心雕龍·章句》，范文瀾《文心雕龍注》卷七，人民文學出版社，1958 年。

害。若惡獸圍繞,利牙爪可怖,念彼觀音力,疾走無邊方。蚖蛇及蝮蝎,氣毒烟火燃,念彼觀音力,尋聲自回去。雲雷鼓掣電,降雹澍大雨,念彼觀音力,應時得消散。

如上引録的一長串重頌,在宣示觀音自在神通方面反復渲染,筆力穿透紙背,了無習見佛偈的晦澀氣味。若逐一分解開來看,則内中所有四句偈達意均甚完整,格調幾與我國古代之五言絶句相仿。它們按次銜接貫連,形成一個頗具規模的重章疊句結構,而每頌都是讓第三句"念彼觀音力"擔當樞軸,兼於下頌之開頭綴一"或"字作爲轉折,藉此層層推動以調諧全篇節奏,殊便廣大信衆受持熟記。該段晚譯偈頌本來不太出名,緣被攝入傳播極盛的什譯《法華經》後,乃隨之暢行天下。考《舊唐書》嘗記開元名相姚崇臨終著述遺令,告誡子孫慎莫枉爲消災祈福一類弊法,其作者所針對駁斥的浮屠虚妄之談,即有"刀尋段段壞"、"火坑變成池"兩句在内①。參究姚氏兹文披露的信息,就不難測知它們在盛唐社會風靡的程度。

宗教想象反映了被顛倒的世界,也是對現實人生困乏缺憾的逆向補償。《法華經·普門品》宣揚的佛教他力救濟思想,核心在於强調觀音救苦救難的現時效應,把菩薩之慈憫與力能同世人的功德利益直接挂起鈎來,其獲救之道則惟繫乎當下簡易的念誦稱名。這一觀念經過了文學化的表現,猶如虚空中繽紛的花朵那樣炫人眼目,特別容易打動民衆的心靈,使許許多多生活的失路者感到慰藉。他們處境迫蹙但又孤立無告,殷切企盼擺脱痛苦煩惱之折騰,在世間途徑完全蔽塞的情況下,遂轉而祈求大士爲自己的平安幸福提供保障。所以《妙法蓮華經·普門品》的這些記載,實足曠日持久地安撫着一代又一代人的靈魂,凡亞洲大乘佛教弘

---

① 《舊唐書》卷九十六《姚崇傳》,中華書局點校本,1975 年。

傳各地觀世音信仰的形成，大致都離不開它的傳習和支撐。《普門品》精神影響之遙遠與至巨，非惟在本地區矗立了一尊爲不同語言、膚色人羣共同頂戴的偶像，復論文學構思、創意上的潛在影響，本品所確定的叙事模式，亦時能誘發起持誦者們創作類似傳説的衝動，從而給這股獨特的菩薩崇拜潮流不斷添注着活力。公元七世紀玄奘西行求法，適逢天竺對 Avalokiteśrave 的敬信臻於登峰造極，其回國後撰述的《大唐西域記》就屢曾載及流播於當時印度半島各地的觀自在靈應物語①。而該品傳譯入此方以降數百年內，整個華夏社會動蕩不寧，兵燹、饑荒，災禍連結，民生凋敝，性命塗炭，實際生活中極難排解的酸楚苦毒，導致大批士庶嚮往佛經構置的安樂境界，渴望獲得觀世音菩薩的垂憫和護持、超拔。故《普門品》這份宗教關懷同現實情勢之間的巨大反差，成了孕育本土無以數計觀音傳説的温床，這些采用想象性願望形態出現的再生故事，無疑替中國通俗文學增闢了一大門類新穎題材，並且依靠它們在傳播過程中形成的慣性，將其前後遞進的連環影響一直延伸至明清時代。

我國古代觀音紓難故事的結撰，宜於西晉竺法護出譯《正法華經》後即初見端緒，但把這種自發的個別事例轉變爲一項流俗雲會的風尚，則應主要歸功於什譯《妙法蓮華經》的推廣普及。我們確信到了東晉末葉，觀世音業已受到本地佛門弟子的特殊恭敬。自兹伊始，經南北朝寖至隋唐，有關大士如何拯濟衆生疾苦的種種傳聞，向爲民間和上層社會一個常談不厭的話題，殆至“書牒及智識永傳，其言威神之事，蓋不可數”②。如許豐富的羣衆創作流播當時人口，迄今大多被歷史塵埃埋没，然通過劉義慶《宣驗

---

① 　參看玄奘《大唐西域記》卷一、卷三、卷五、卷八、卷九、卷十、卷十一，上海人民出版社，1977 年。

② 　陸杲《繫觀世音應驗記》，孫昌武點校《觀世音應驗記三種》，中華書局，1994 年。

記》、王琰《冥祥記》、戴孚《廣異記》、陸長源《辨異志》之類筆乘，讀者仍能接觸到一部分殘存下來的作品。我嘗留意於摭拾此等物語之佛籍或類書，還有《辨正論》、《法苑珠林》、《續高僧傳》、《法華經傳記》和《太平廣記》等多種。近年由中華書局刊印、孫昌武先生點校的日本京都青蓮院藏六朝《觀世音應驗記》三種，咸屬中土失傳彌久的珍貴小說資料，對研究華夏早期觀音信仰及其在文學上之反映頗具價值。例如該書收入之南齊陸杲《繫觀世音應驗記》，共集録觀音幫人脫險解困的故事六十九則，自其第一到第五十四則，便完全參照《普門品》長行叙列大火、水漂、羅刹、刀斫等諸難的原來順序進行編次，每個部分結尾處則俱援引經中原文加以標識，故其依樣畫葫蘆的模擬痕迹十分明顯。綜觀本階段問世的觀音救難傳説，似都未超越當日志怪小説"叢殘小語"的窠臼；而審察它們撰述、纂集之本旨，亦不出"記經像之顯效，明應驗之實有，以震聳世俗，使生敬信之心"[1]，帶有强烈的弘道輔教色彩，且大多數只是仿襲《普門品》的記載稍作具體敷演。雖云叙事綫條粗拙簡率，情節配置重複互見，藝術上並無突出的可取之處，卻因彼等寄托着世人的熱切期望和功利目的，是以具備一種爲普通志怪小説所缺乏的針對"現實社會直接逼近的心理傾向"[2]。

　　華土關涉觀世音垂迹、度人及賜福的傳説，質其生成及風行之年代，大致都要比前揭之救難故事相對滯後些，迨至佛教基本實現中國化的唐宋時期，才進入創作高潮。但正因上述原委，使這些遲來的物語被融進較濃厚的本土意識，在它們造作與流播過程中也遂而有了更多即興發揮的餘地。想象觀世音菩薩能以各種身份、姿態降趾人間，不用分説係導源於《妙法蓮華經·普門

[1]　魯迅《中國小説史略》第六篇《六朝之鬼神志怪書（下）》，人民文學出版社，1958年。
[2]　〔日〕小南一郎《〈觀世音應驗記〉排印本跋》，孫昌武點校《觀世音應驗記三種》，中華書局，1994年。

品》的"三十三示現",問題是這類觀念輸入中國後呈現出的新變,
似乎又顯得漫無邊際和非常隨便。徵諸本土的佛教史料,嘗有所
謂"楊柳"、"蓮臥"、"白衣"、"水月"、"游戲"、"施樂"、"魚籃"、"巖
戶"、"青頸"、"蛤蜊"等"三十三觀音"之説法,然而如是牽合一長
串大士化身的名號,使之達成一種聚集效應,純粹是爲了同《普門
品》演繹的内容取得呼應。倘就我國歷史上民間實際流布過的觀
音名稱而論,那必定遠遠不止這個數目。隱匿在這類有趣現象的
背後,起着主導作用的往往是塵世情俗因素,而反映到與之相伴
的一些口頭傳説裏,所演的觀世音度人等情事就顯得不那麼莊重
和嚴肅了。譬如初傳於北宋的魚籃觀音物語一則,講述唐元和年
間,菩薩化一美少婦,現迹陝右金沙灘,竟以許諾婚配來鼓勵當地
村民持誦《普門品》及《般若》、《法華》等經,此中摹狀的大士言行
舉止,即洋溢着親合凡間生活的世俗氣息。魚籃觀音物語曾迭經
加工增飾,後來還衍生出了《魚籃觀音寶卷》和戲曲《觀世音菩薩
魚籃記》;包括明代余翹《鎖骨菩薩》北曲三折及凌濛初的《鎖骨菩
薩雜劇》,也同它最後部分的情節構思有直接傳承關係。追蹤以
上傳説題材在文學史上遷演遞進的軌轍,可清晰覺察出其間主人
公聖光的逐漸消減與浮世風情的蔓延滋長。另外如"送子觀音"、
"延命觀音"、"施藥觀音"等,則又從不同方面滿足膜拜者的要求。
這樣的菩薩形象誠然與民衆日常生活靠得很近,卻因其浸透着世
人的各種瑣屑欲願,而通過感應來獲得福利之手段亦十分簡單,
故殊難形成藝術格調高揚的作品。

　　發生在河南汝州一帶的"妙善公主"傳説,乃震旦之觀世音
物語中間戛然獨造、藝術感染力特強的力作。緣乎它所述故事
不再受到一般救難傳聞模式的拘限,並具備一個首尾連貫的完
整情節結構,甫能充分表述本土羣衆對觀音大悲精神的理解。
關於這一民間傳説的起源,南宋朱弁《曲洧舊聞》嘗有一段文字
載云:

> （北宋）蔣穎叔（之奇）守汝日，用香山僧懷畫之請，取唐
> 律師（指道宣）弟子義常所書天神言大悲之事，潤色爲傳。載
> 過去國莊王，不知是何國王，有三女，最幼者名妙善，施手眼
> 救父疾，其論甚偉。①

舉凡曾廣泛流傳於古代社會的宗教性傳說，按例都會杜撰一樁天
神造作的譎秘話頭，或者假托得自某個名人之傳授，來解釋它的
生成緣由，其動機無非是想借此抬高這些物語的地位，使之擴大
影響並獲得一股超乎常情的傳播力量。厥類話頭事出有因，但查
無實朕，非屬史實材料而可以作爲一種文化史的研究資料，與其
拿來充當考訂作品產生確切年代的證據，還不如說是現實生活裏
俗文學故事流播狀況的折光投射。故前錄引文內之“取唐律師弟
子義常所書天神言大悲之事”云云，實則兼包着上面列舉的兩種
穿鑿附會路數，其所叙之事固不應以信史看待，但從中仍然提供
出了一些對研究者來說毋宜忽略的消息。我們仔細尋繹《曲洧舊
聞》這條記載，可推知該傳說在北宋以前已經形成，它的創作者是
無數受觀音崇拜思潮影響的善男信女。而蔣之奇所做的貢獻，僅
僅是根據其較早的書面記載予以潤色加工罷了，絕不能因此而改
變它原本是羣衆集體口頭創作的性質。

“妙善傳說”之梗概略謂：觀世音初爲昔時妙莊王第三女，名
曰妙善，自幼篤信佛法。稍長父王令其配嫁，她卻固請削髮爲尼。
妙莊王盛怒之下將她逐出王宮，妙善即住山坳叢林堅意修行。父
王發現女兒抗旨出家，便率兵衆將她捉拿，在京城斬首示衆，並使
她的靈魂墮入地獄。玉皇大帝聞訊，命閻羅救起妙善靈魂，讓她
復活於香山紫竹林中。從此妙善矢志普度衆生，示現爲觀世音菩
薩。後來妙莊王患重病久治不愈，醫者告知他須用親骨肉的血手

---

① 朱弁《曲洧舊聞》卷六，《叢書集成新編》第 84 册，臺灣新文豐出版公司，1984 年。

眼方能見效。爾時長女妙顔和次女妙音，都不肯捐獻他們的手眼。妙善得知此事，不念父王舊惡，乃自砍下雙手、挖出雙眼，合成藥丸救活父王。妙莊王因此疚愧萬分，着工匠替他肢體殘缺的愛女塑一軀"全手全眼"像，不料匠人將"全手全眼"訛聽成"千手千眼"，於是就塑造出了一尊千手千眼的觀世音像來。這一民衆創作在觀音大悲心懷中注入本土崇尚的孝道，通過激烈戲劇冲突揭示大士自身的卓犖品質，叙事曲折緊湊，飽含悲劇情味，把成千上萬羣衆所憶念和期待之觀音形象作了藝術的再現。某些研究者還談到，此故事的主體框架與莎士比亞《李爾王》多有印合之處，儘管它們的思想内涵不可同日而語，然而在以自我犧牲精神及骨肉至情來打動讀者這點上，兩部作品又顯示出了高度的一致性。若兹傳説晉身於我國民間文學領域，可謂一掃往日觀音濟世物語的固定俗套。

　　華夏唐代以來盛行的密教千手千眼觀音像，其雛形當直溯至公元一世紀左右印度婆羅門教的雕刻中間。這是一種夾雜着南亞原始意識的象徵手法，神道具備着許多隻手和許多隻眼，表示他的觀察與力能均遠勝於普通凡間人。極有意思的是"妙善故事"作爲一件本土產品，對此種草昧荒幻之想象境界似乎全然不感興趣，它堅定恪守着華夏文化的本位，努力從這像法中間去召回《妙法蓮華經·普門品》的現實救世精神。英國漢學家 G.杜德橋《妙善的傳説》一書[①]，曾就兹物語進行過深入的源流研究。根據杜氏此書所作的考證，這個傳説演叙的施手眼報恩事蓋受啓益於《法華經·藥王菩薩本事品》，"妙莊王"一名則出自該經之《妙莊嚴王本事品》，而所謂"妙音"者，也照例可從同經《妙音菩薩品》内檢出其典據。總而言之，"妙善故事"摭拾綜合《法華經》的多項

---

① 　*The Legend of Miao-Shan*，Glen Dudbridge，Ithaca Press for the Board of Faculty of Oriental Studies，Oxford University，1978.

素材,加以改造製作,使之形成一個中國式的家庭格局,並且爲神話人物觀世音菩薩尋找到了她"凡人的屬性"①。按汝州香山自唐代即以觀音證道處所著稱,"妙善公主"傳說在五代北宋之交應運萌生,顯係爲此既成事實張本,第論其故事基型的順利演成,除受《妙法蓮華經》記載的傳遞影響外,亦甚有賴於當地所建千手千眼觀音像的深入人心。講得更加宏觀一點,它還同誕生時代很相近之魚籃觀音物語一樣,是我國大士造像由男身轉向女身,進至定型化的重要標誌。該物語融攝的文化内涵如此贍博,理所當然地成了後人登臺搬演或進行書面再創作的祖本。諸如講唱文學中的《香山寶卷》,戲曲《大香山》、《觀音救父記》、《觀世音修道香山記》,以及元代管道昇《觀音大士傳》、明代朱鼎臣《南海觀音全傳》、民國初年江村《觀音得道》等小說,俱悉屬其經過加工和鋪展擴容的後裔,在歷史上逐步匯合成一個規模不小的同類題材文學作品羣體。

　我國演繹他類題材而兼涉觀世音的創作,最習見的有變文《目連救母》、雜劇《月明和尚度柳翠》、白話小說《會骸山大士誅邪》數種。然彼等所叙與菩薩直接相關之情事終嫌單薄,尚未能給予人們深切的藝術感受。要説的確在這方面施以工細筆墨,而描摹又臻精熟嫻練境地者,宜當首推著名古典小說《西游記》。

　考《西游》之結撰成書,嘗充分吸納本土歷來神話傳説的積澱,對藉佛典爲載體之華梵文化交流所産生的成果又甚用心擷取,從它屢次談到《法華》、《華嚴》和提挈觀自在菩薩修行法門要義的《心經》,便可測知大士在這部小説裏舉足輕重的地位。雖然《西遊記》的主角是唐僧師徒四人,而論其全本故事情節之貫穿鈎連,則觀音在個中起到了無法替代的作用。正是她奉如來法旨前

①　張瑞芬《從佛教經典到民間傳説——李靖、妙善故事之變異》,《興大中文學報》第 5 期,1992 年。

往東土,依次化導沙僧、八戒、悟空,令其"改邪歸正,懲創善心";復救玉龍,使之變作白馬,備就錦襴異寶袈裟及錫杖,爲取經人打點好脚力行裝。她又親臨長安法會,以大乘義難倒玄奘,促使這位高僧在唐太宗支持下赴西天求法。唐僧一行路上經歷八十一難,每逢窮愁困厄之際,輒有觀音菩薩前來化解救助,護佑他們勝利抵達目的地覲見佛祖。小説通過逐個關節的叙述交代,表明觀音乃是這出有聲有色取經活劇的總導演和組織者。縱然書中如上布置仍留下若干《普門品》浸習的印記,但鑒於這些情節同一項艱苦卓絕奮鬥的壯舉聯繫在一起,她的救難行動亦因而被提高了倫理、藝術品位。《西游記》對觀世音的刻畫傳寫,自外形上賦予她娟秀端嚴的優雅風度,並着重抉示菩薩内心的慈悲、仁愛和善良。她不啻睿智軼羣、法力高超,又同普通人一樣具備喜怒哀樂,偶爾還要説上幾句風趣話,於栩栩如生表現之中透射出堅毅的性格力量。即倔强傲岸如齊天大聖,在參拜觀音時總那麽温順調伏,對她始終懷有敬重仰慕之情。當行者被唐僧斥責回絶,居然會帶着滿心委屈,趕到珞珈山向大士作了一番哭訴。像這樣生趣盎然、情文俱茂的天才傑作,達成神性與人性的完美結合,洵可代表什譯《法華》行世之後本土觀世音文學形象塑造的具足成就。

2000 年 3 月

〔**著者附識**〕本文是由我與盧寧同志合作完成的。在撰寫過程中,承查屏球先生熱心提供海外有關資料,特此志明,兼致謝忱。

東晉玄言詩與佛偈

　　中國文學史上所謂的"玄言詩"，就它特殊的界定含義來説，乃指產生於東晉中期，並在作品中間大量敷陳玄學義理，以致造成其內容與當時流行之清談混同莫分的詩歌。與這類作品相伴隨的那股創作潮流，是東晉玄談引發出來的消極結果，縱嘗一度籠罩詩壇，然又明顯帶有後續力不足之徵候，反映了當時士流力圖將玄理簡單地移植到詩歌裏面的一次不成功的嘗試。

　　玄言詩着重表現玄理，題材偏狹專門，但並非絕不旁及其它方面的內容。它們時而兼包某些自然景物描摹，於中宣泄詩人的遺世情思，因此被個別研究者認爲是山水田園詩發生、形成過程中"一個關鍵的邏輯環節"[1]。倘論及其基本特徵，則總是以述説形而上的玄虛哲理爲其主要職志，"雖各有雕采，而辭趣一揆"[2]，"莫不寄言上德，托意玄珠"[3]，從本質上看，玄言詩是屬於談論至道本體的哲學詩，"直接論道而不藉助於象徵手段"[4]。它們將理旨的推演置於首要地位，黜落尋常、直觀的形象繪寫，因其語意晦澀，令人不堪卒讀。這種屢爲後人詬病的詩風，大興於東晉玄學清談的高潮當中，上踵南渡初際游仙詩的尾閭，下啓義熙以還山水詩之端緒，自東晉成帝咸康年間起，前後約風靡了六七十年左

---

①　陳順智《魏晉玄學與六朝文學》第八章《東晉玄言詩論》。
②　劉勰《文心雕龍・明詩篇》。
③　沈約《宋書》卷六十七《謝靈運傳論》。
④　王葆玹《正始玄學》第八章《正始玄學的認識論》。

右。此中牽涉到的作家，包括王、謝、桓、庾、許、孫、張衆多名門勝流，兼有不少僧徒介入，其中最有代表性的詩人，則是許詢、孫綽和支遁。他們沆瀣一氣，遞相仿效，共同推演出了一個詩歌崇尚玄理、舉陳要妙的局面。

儘管玄言詩盛行時間不長，旋即淹没在山水詩推逐競涌的潮頭中間。它們的出現是中國詩歌長河中一段小小逆折，隱匿着水底不同方向潛流的冲碰撞擊，殊難單用詩人一時的愛好來解釋。這麼多述理詩作到東晉中期一齊破門而出，並於數十年内成爲"江左風流"形諸文字的一大標誌性事物，必定有其賴以生起的各種現實依據和特定時代條件，這是無待煩言即能爲人們所明了的。

一

關於玄言詩興起之緣由，見諸六朝時代的史籍及文學批評著作，實不乏名家撰述爲之探因立説。如劉勰《文心雕龍》之《明詩》、《時序》各篇，於兹即具多處評説，其《時序篇》曰：

> 自中朝貴玄，江左稱盛，因談餘氣，流成文體。是以世極迍邅，而辭意夷泰，詩必柱下之旨歸，賦乃漆園之義疏。

又鍾嶸《詩品序》云：

> 永嘉時，貴黄老，稍尚虚談，於時篇什，理過其辭，淡乎寡味。爰及江表，微波尚傳，孫綽、許詢、桓、庾[①]諸公詩，皆平典似《道德論》，建安風力盡矣。

按：彦和、仲偉以上論述，悉皆注意兩晉士人清談在玄言詩形成過程中所起的主導作用，這一判斷抓住事物産生的基本原因，業已

---

① 桓庾，胡適《白話文學史》以爲指桓温、庾亮，一説指桓偉、庾友、庾蘊、庾闡。

成爲該類作品探涉者的一致共識。今考魏晉間名士闡發玄學思想，其早先不外乎通過口頭清談、援筆作論及注釋疏解《易》《老》《莊》等幾種形式。其中唯獨清談"剖玄析微，賓主往復，娛心悦耳"[①]，具備着拓展學説的方法論品格，兼乎預與人數頗衆而與當時名士的日常生活靠得很緊。返觀玄言詩呈現的那種優游不迫、隨感而發的説理特色，也比較容易和清談達成銜接與貫通。要擔當將淵玄義旨擴大到文學領域中去的任務，恐怕就非其莫屬了。既然玄言詩所寫的東西和清談内容並無多大區别，則二者關係之密切固屬毋庸置疑。

　　然而，劉、鍾兩位批評家就此發表的議論，不過是"游目騁懷"式的感觸所得，畢竟語焉不詳。他們僅僅指出了玄言詩的興起同清談有關，卻沒有接着回答讀者會理所當然地提出的一個疑問：即在同樣盛行清談的條件之下，因何玄言詩未曾生成於曹魏、西晉，而偏要遲至東晉中期方才出現？再説他們論及西朝、江東玄風之因循變演，有些提法猶與當時實際情況未必完全符契，更沒有就參合於這股潮流内各種因素的相互關聯進行認真檢討，充其量衹是叙其大略而已。光憑上文所引的這麼幾句話，讀者仍無法了知事情的來龍去脈。

　　與《文心雕龍》、《詩品》簡單的述評相比，針對這個問題做過較爲翔實確切之闡介者，尚有《世説新語·文學篇》"簡文稱許椽云"下，劉孝標注引檀道鸞《續晉陽秋》的一條記載，其云：

　　　　（許）詢有才藻，善屬文。自司馬相如、王褒、揚雄諸賢，世尚賦頌，皆體則《詩》、《騷》，傍綜百家之言。及至建安，而詩章大盛。逮乎西朝之末，潘、陸之徒雖時有質文，而宗歸不異也。正始中，王弼、何晏好《莊》、《老》玄勝之談，而世遂貴

焉，至過江佛理尤盛①。故郭璞五言始會合道家之言而韻之。
詢及太原孫綽轉相祖尚，又加以三世之辭，而《詩》、《騷》之體
盡矣。詢、綽並爲一時文宗，自此作者悉體之。至義熙中，謝
混始改。

檀道鸞其人未見正史記載，生平事迹頗難稽考，但他處世時代肯
定要比劉勰、鍾嶸更早些。余嘉錫先生《世説新語箋疏·文學第
四》案及此條注釋，至謂《宋書·謝靈運傳論》暨《詩品》所涉東晉
玄言詩之叙述，皆一并導源於《續晉陽秋》上述這些觀點。而比照
沈約、劉勰、鍾嶸等辨析晉宋詩歌源流因革的諸家説法，“檀氏此
論實首發其藴矣”，以故《續晉陽秋》這一條記載參照、運用價值殊
高，宜當列爲研究玄言詩生成原委的重要背景材料。

　　誠如余嘉錫先生所言，《世説》劉注引檀道鸞著《續晉陽秋》的
這段話鈎貫綫索，校核異同，從源流上來觀察晉宋詩歌的發展動
向，對許詢、孫綽玄言詩什興盛之端委、中途介入因素及演成之全
過程，都作了切中肯綮的論列，極其富於啓迪意義。綜觀個中檀
氏執持之要旨，約略有三端：其一，着重指出玄言詩與我國《詩》、
《騷》以來詩歌傳統之歧異，從根本上來説實爲一體制問題。他在
這段材料中間，反復强調“皆體則《詩》、《騷》”，“而《詩》、《騷》之體
盡矣”，“自此作者悉體之”，其用語不憚復沓如是，蓋亦致意再三
焉爾，目的是要人們對這種詩歌體制上的分歧加以重視。其二，
認爲東晉玄言詩思想内容上的早源，應追溯到曹魏正始年間王、
何玄學，嗣後“《莊》、《老》玄勝之談”益爲世人崇奉，及至永嘉南渡
而勢焰愈熾。東晉初年詩歌受玄談之熏染灼烁尤勝西朝，文士撰

<hr />

① 　至過江佛理尤盛，余嘉錫《世説新語箋疏》據《文選集注》卷六十二公孫羅引檀氏
　　《論文章》改爲“至江左李充尤盛”。按倘從余校，似突出李充於玄言詩形成過程中
　　之地位太過，且無其它史料可資佐證。第謂《世説》劉注通行本之標點句讀，則確
　　乎疑竇叢生。今特於此句下改用句號，而其前句“世遂貴焉”下改成逗號，殆整段
　　文義即涣然冰釋矣，非必待校勘後方能解決者。謹陳管見，以質正於碩學方家。

作頗好以點綴《老》、《莊》理語炫耀自鶩，乃是確定無疑的事實。因此起自正始及至南渡初際，這一長段時間皆可視爲醞釀、滋生玄言詩的準備階段。其三，寖至許詢、孫綽等輩，一方面"轉相祖尚"曹魏、西晉以來清談舊習，另一方面又加以"三世之辭"，所作詩什遂"平典似《道德論》"，一變而以演繹抽象玄學義理爲主。對於當時正在逐漸加深融會玄理程度的詩歌來説，這種"三世之辭"實爲前所未有的新因素，洎乎它們的干預介入，終至造成了東晉中期整個詩壇沉溺玄風的局面。

參據《續晉陽秋》這條記載的抉示，可知關於玄言詩起因問題的探討，除了要顧及玄學清談對它所起的誘發作用外，還不能忽略"三世之辭"此項特殊因素的存在。而所謂"三世之辭"云云，從一般意義上説，那無非是指從天竺傳來的佛陀言教。釋迦牟尼站在"緣起論"的立場上觀察世界人生，喜歡用過去、現在、未來三世代表一切事物的無限因果連續，同樣可用來説明有情衆生的業感轉世輪回，故人們通常把佛教稱作"三世説"。余嘉錫先生《世説新語箋疏》亦謂："《文選抄》引'三世'上有'釋氏'二字。"這表明將"三世之辭"理解爲佛的説教，不會引起任何歧義。

佛教傳入我國，當然是在西漢、東漢之交，至東晉已有近三百年。但在它初到中國的這個階段裏，作爲一種勢單力薄的外來事物，尚不能大顯身手，需要依附於此方的鬼神方術，後來又充當玄學的附庸，俾爲自身謀得一塊生存立足之地。大致在永嘉南渡之前，它對本土固有文化還缺乏足夠的影響力。東晉王朝建立在一場深重浩劫之餘，離亂飄蕩倍增人們空幻的厭世情緒，現實苦難觸發起無數士庶皈依宗教的熱情。佛教本身亦因譯經漸具規模、僧伽組織越加健全和本地沙門人數激增等原因而獲得很大發展，開始走上獨立傳播的道路，其活躍程度遠非昔日的狀況可比。正如湯用彤先生《漢魏兩晉南北朝佛教史》所説："東晉之世，佛法遂深入中華文化。"①這一形勢變遷，廣泛牽動着世人的精神生活，及於哲學理論範疇，則集中地反映在佛教般若學對東晉玄學的滲透上面。是時衆多釋徒從容參與清談，文人士子傾心攀緣佛教，構成了空前熱烈的文化交流景觀。"夫《般若》理趣，同符《老》、《莊》；而名僧風格，酷肖清流，宜佛教玄風，大振於華夏也。"②可以毫不誇張地説，晉室南渡在中國思想史上劃出了一條明確的分界綫，其前後玄學清談所寓托的内涵即有顯著不同。劉師培先生《中國中古文學史講義》指出：西晉玄學所言之名理"不越《老》、《莊》"，迨及東晉士大夫之談玄便"均以佛理爲主"，而文人所作詩歌也隨之益增"析理之美"③。許詢、孫綽號稱"一代文宗"，集詩人、名流和居士於一身，剖析他們所表現的哲學思想，浮屠成份要明顯超過《莊》、《老》舊學。孫綽著有《道賢論》和《喻道論》，旨在用佛理統攝與調和儒、道思想。許詢嘗立寺奉佛於山陰，並在會稽王齋頭任法師支遁的都講，兩人對答論難，咸以精熟内典著稱。而名僧支遁尤開東晉時代風氣之先，洵爲當時援佛入玄的帶頭人物，又是許、孫等人精神上的導師。他結合般若即色論樹立《莊》學新義，所撰《逍遥游論》、《即色玄游論》標揭妙理，警動世俗，成了江東一代勝流從事清談的理論基準。據《晉書·謝安傳》及《王羲之傳》載，支遁曾與謝安、王羲之、孫綽、李充、許詢共寓居會稽，"出則漁弋山水，入則言詠屬文"，"皆以文義冠世"。儕輩繼郭景純游仙詩融會道家神仙言後，轉而吸收釋氏"三世之辭"，寄興趣於創撰抽象説理的篇制方面，致使這類冲虚平典之作大行於時。我們順着東晉整體文化運動的趨勢作些審度，即不難了然玄言詩的生起與興盛，確與佛教之深入本土文化結構這個大背景有關。

────────────

① 　湯用彤《漢魏兩晉南北朝佛教史》第十二章《傳譯求法與南北朝之佛教》。
② 　湯用彤《漢魏兩晉南北朝佛教史》第七章《兩晉際之名僧與名士》。
③ 　劉師培《中國中古文學史講義》第四課《魏晉文學之變遷》。

二

　　進入九十年代以來，研治魏晉玄學與文學已成爲中哲史及古典文學界關心的熱點，呈獻的學術著作亦相當豐碩。舉凡羅宗强先生的《魏晉玄學與士人心態》，陳順智先生的《魏晉玄學與六朝文學》，孔繁先生的《魏晉玄學與文學》，盧盛江先生的《魏晉玄學與文學思想》，均涉足這塊園地作過辛勤耕耘，可謂各有勝解和創獲。爰及江左玄言詩與釋氏之關係，則上述諸家大多靡遑論述，唯盧著《魏晉玄學與文學思想》作了一些觸涉。盧盛江先生不贊成説玄言詩受到過佛教的影響，並致力對檀道鸞《續晉陽秋》的看法提出質疑，問題是他所持的論據尚較薄弱，故顯得説服力不强。至於論文方面，筆者以爲張伯偉先生《玄言詩與佛教》一篇很可注意。該文在察看中印文化交流的寬闊視野下面，廣搜遺佚，詳加徵核，利用佛典、外書衆多材料，細緻研討當時"佛學與玄學"、"佛理詩與玄言詩"之間的浸潤互融現象，對緣乎外來佛教因素之介入、造成玄言詩生起的有利時機和條件這一客觀情勢，作了充分和切實可信的説明。佛理詩與玄言詩是東晉中期並生同榮的兩類詩作，了達其間的交關相通和浸潤互融，無疑就是把握到了佛教與玄言詩發生關係的一條渠道。基於此文取材富贍，立論有據，其於本題考索所開掘的深度確比前人成果進了一層。通過張伯偉先生的這番研究，玄言詩之生成乃很大程度上得力於佛教在中土的深入傳播，已是無可懷疑的事實了。探明此點，實即弄清東晉玄言詩興起之契機是也。

　　但弄清玄言詩產生的契機，並非意味着對它起因探索的終了，甚至還不能説已經摸透了問題之症結所在。如玄言這一類詩體生成於我國歷史上某個時期，堪謂與此事相關諸元聚成一股合力作用的結果，不僅需由時代思想文化大環境爲它營造適宜的時機和條件，並且總得有一個異常直接而又積極活動着的近因來催促它盡快分娩出世。到了東晉時代，決定玄言詩能否生起的關鍵，事實上已不是思想意識形態而在於詩體問題。所以這個可爲玄言詩的形成起到直接促進作用的因素，根據檀道鸞《續晉陽秋》揭示的綫索來推斷，理應在明辨玄言詩與我國《詩》、《騷》體制迥然互異的基礎上，到同它關係至爲密切的佛教"三世之辭"裏去找尋。

衆所周知，中國文學《詩經》與《楚辭》兩大淵藪，向爲此邦人士撰作美化文追求的理想目標，亦是震旦詩歌百代尊崇的不祧之祖。徵諸華土自古相承的觀點，詩主要是用來抒情言志和賦物造形的，而沒有賦予它演繹抽象義理的功能。先秦兩漢時代的散文可兼容文學和哲學等不同內涵，但哲學思想卻進不了詩歌這塊寶地。此種傳統觀念因襲彌久，體現到一代又一代詩人的創作中間，例能顯示出其巨大慣性。如是之定勢的不易改變，與其歸因於詩人的主觀感情傾向，毋寧説是民族文化本身具備的特質使之然。就像湯用彤先生在《魏晉玄學與文學理論》一文中所云：

> 各種文化必有其特別具有之精神，特別采取之途徑，雖經屢次之革新與突變，然罕能超出其定型。①

如兩漢賦頌、建安詩歌之親近《風》《雅》、取法《楚辭》自不必細説，即持追新多變的西晉、永嘉諸作來考察，縱然其間或少或多挾帶一些摻雜玄理的文句，第論其篇帙之大體面貌，實與《詩》、《騷》的法度格局相去未遠。接下去談到郭璞的游仙詩，其"會合道家之言"無需諱飾。不過這些篇什所寫的事物，大旨不出輕舉陟天、徜徉蓬壺之類，非常注意描繪靈界仙境的神異景象，"特其

---

① 湯用彤《魏晉玄學與文學理論》，收入作者《理學·佛學·玄學》一書。

文采獨高，彪炳可玩”①，一樣不離開抒情狀物，以茲“辭多慷慨，乖遠玄宗”②，並非重在演繹《老》、《莊》抽象哲理。可見我國詩歌連綿遷延至晉室偏安之初，不管其局部藝術特徵之變化如何層出不窮，總的説來還没有超越出傳統《詩》、《騷》體制的軌轍。

要説事情的突變，就發生在東晉中期。爾時庾闡、支遁、王羲之、許詢、孫綽、桓温、庾亮、湛方生、張翼等輩繼起，以佛玄兼通之清談家身份操縱文壇，他們不滿足於在作品中夾雜幾處玄理文句，變本加厲地把詩歌當做直接談玄論道的工具。有了此種作詩觀念的轉變，玄言詩才有可能跟着興起。這羣道俗文士俱蓄高世之心，彌善恬淡之辭，“乃談玄以製詩”，一味求索不可湊泊的宇宙至理和本體，所使用的語言亦益趨質木平典。這樣寫出來的作品，徒具韻文軀殼，其内容枯澀幽奥，殆與哲學著作等而無異。它們與中國原有的緣情體物之作比較，相距何啻千里之遥，難怪檀道鸞要感嘆《詩》、《騷》之體盡矣了。玄言詩在佛教開始深入華夏文化之際登上詩壇，算得上是我國文學史上一次短暫的詩體鼎革，諸如此類與此方傳統習慣背道而馳的大膽改作，在缺乏外來事物溝通的情況下是殊難達成的。當時經翻譯過來的大量天竺佛偈，業已具備了對本地詩歌潛移默化的能力，完全可充當許、孫、支等創作説理篇章的藍本。這種詩體上的參照和借鑒，就是對催促玄言詩成熟分娩具有關鍵意義的直接動因。

“佛偈”是“佛經偈頌”的簡稱，其梵語原文 Gāthā 的音譯叫“伽他”、“伽陀”或“偈陀”，意譯則爲“頌”，隱包着“聯美辭而歌頌”之義。我國古代佛教徒習慣上説的“偈頌”和“詩偈”，均係利用梵漢對舉方法合成的翻譯名詞。夫釋尊説法並用韻、散，采取韻文形式來結句表述的便是“偈陀”，它與散文形式之“修多羅”（Sūtra）

①　余嘉錫《世説新語箋疏・文學第四》。
②　鍾嶸《詩品》中。

即"長行"配合相間，成爲構築起佛經文體互爲依輔的兩大支柱。
《出三藏記集》卷七引佚名《法句經序》云："偈者結語，猶詩頌也。
是佛見事而作，非一時言，各有本末，布在衆經。"又《大唐西域記》
卷三"醯羅山等地"條釋"頌"字云："舊曰偈，梵文略也。或曰偈
陀，梵音訛也，今從正音，宜云伽陀。伽陀者，唐言頌。"現在我們
自佛經內所見之偈頌，即釋迦牟尼及其徒衆們持以弘法和唱誦的
宗教作品，其梵偈多數以四句爲一首，每句包括八個音節，並饒有
聲韻節奏之美，悉可攝入管弦，付諸贊嘆歌詠。無如它們作爲直
接宣説佛教思想的手段，大略均被用來表現哲學概念和佛理思
辨，殊乏抒情氣息和形象描繪，給人的印象自然枯燥晦澀，實在看
不出有多少文學性。這些充斥着幽奧哲理的詩頌生長在南亞次
大陸，説來並不很奇怪。因爲愛好淵玄漠冥的沉思正是印度先民
的特有脾性，古天竺詩歌豐富的哲理意蘊，在《梨俱吠陀》、《薄伽
梵歌》中同樣得到過鮮明體現。佛偈如是重視抽象義理的探究演
述，非常深刻地染上了印度詩歌從本以來就有的印記。

　　肇自東漢末年，佛偈就隨着經典傳譯進入華土，僅舉其時支
婁迦讖所譯的幾部大乘經典，其間譯出之偈頌段落即未嘗少見。
嗣經三國、西晉支謙、支恭明、康僧會、竺佛念、竺法護、竺叔蘭等
一大批譯師的努力，迄至東晉初葉，佛偈出譯之數量已甚可觀，其
譯文形式也很快被固定下來。爲與中土流行的詩歌篇句結構保
持一致，它們分別被譯成三言、四言、五言、六言、七言、八言等各
種句式，以五言偈頌最居顯要地位；而梵偈四句一首的結構特點，
也剛好與本地詩歌不謀而合。整個魏晉南北朝時代翻譯的佛典，
五言偈頌之多要大大超過另外幾種伽他譯文句式的總和，譬如東
晉時代新譯出的《中論》、《百論》、《阿毗曇心論》等論書要籍，乃一
概以五言偈的形式結句謀篇。漢譯佛偈內容上的抽象費解照舊
未變，而梵偈原來具有的音節調諧之美，卻在轉梵爲華的譯述過
程中喪失殆盡，加上翻成漢語的偈頌文字每句末尾都不押韻，念

誦起來佶屈拗口誠屬無可避免的了。

　　這些從他國傳來的新事物"似詩非詩",最初完全運用於僧徒布道場合,罕與本地的士大夫發生實際接觸。那些熟讀《詩》、《騷》的文士偶或一見,也不會將它們當做文學作品來認真看待。儘管模仿佛偈的梵唄很早就在一定民間範圍內流傳,但對於文人詩的影響卻蔑聞於此際。到了東晉中期,上述隔閡一下子被佛教迅猛發展的勢頭所捅破,佛偈的傳播空間得到大大拓展。這時衆多詩壇名流,可通過閱讀內典、參預譯事、座下聽經、裁製唄贊等各種途徑,領受厥類印度詩歌翻譯文體的浸習熏陶。謝靈運《山居賦》叙及東晉、劉宋間道俗安居講經之情狀,即有一段有聲有色的描述:

> 安居二時,冬夏三月,遠僧有來,近衆無闕。法鼓朗響,頌偈清發,散華霏蕤,流香飛越。析曠劫之微言,説像法之遺旨。①

其下康樂又自注云:

> 衆僧冬、夏二時坐,謂之安居,輒九十日。衆遠近聚萃,法鼓、頌偈、華、香四種,是齋講之事。析説是齋講之議。乘此之心,可濟彼之生。南倡者都講,北機者法師。

按:謝客《山居賦》之述作,當值宋文帝世詩人罷守永嘉後閑居會稽之次。即在這以前數十年,正好支遁、許詢亦嘗於此爲會稽王齋筵開講《維摩詰經》,許詢南倡爲都講,支遁北機任法師。據説晉簡文帝司馬昱曾親臨這次齋會,而其餘座下的聽經者,又大多是篤好談論佛玄、雅善言詠屬文的道俗之士,他們肯定也經歷過這種"法鼓朗響,頌偈清發"的熱烈場面。彼時佛偈風靡傳誦之盛,緇伍白衣與其關係之密,藉茲乃可見出一斑。

---

① 　嚴可均輯《全宋文》卷三十一。

　　晉室南渡之初,江左詩壇形勢一度不很明朗。自西朝起始玄學思想對文人詩的感染影響,至此正在日益增强其滲透的力度,但礙於"體則《詩》、《騷》"這一牢固的觀念,過江諸彦還没有直截了當地拿詩來談玄説理,但像以往那樣不斷向作品裏加添些玄理文句的做法,卻已經走到了盡頭。郭璞游仙詩委實是東晉玄風甚囂塵上的産物,唯作者一碰到詩體問題上的障塞,寧願回歸到《莊》、《騷》中去激發超現實幻想的靈感,以致他筆下所描繪的神仙境界,反而與清談家矚望的目標拉開了距離。既然傳統《詩》、《騷》體制擋住了創作追求新變的要求,如果没有新因素的介入,玄學清談就難能自發"流成文體"。恰恰就在此時,佛偈作爲一種剛被注滿活力的外來事物於社會上周遭流布,它們大摇大擺地闖進華夏文化的殿堂,無疑給那些想把詩歌變成説理工具的人們帶來驚喜。這些譯成漢語的偈頌,本身就是詩歌演繹抽象哲學義理的現成樣品,其内容殊易與佛玄結合的清談義旨感觸融通,從篇句結構上看,也和中土詩歌大略相當。衹要參照其模樣稍加改頭換面,在天竺瓶子仿製品中裝入"葡萄酒滲水"的飲料,就决然能寫出一反《詩》、《騷》傳統,轉而以冥搜至道本體爲其主要職志的玄言詩來。若兹借鑒、移植外來詩體之改造製作過程,放到當時佛教强有力影響的文化背景下來審察,顯得至爲順理成章。

<h2 style="text-align:center">三</h2>

　　玄言詩依靠"三世之辭"佛偈的加入而誕生,但這種借鑒和移植做得十分粗糙,嚴格地講,它們衹能算是"依葫蘆畫瓢"的産物,還遠未達到真正中國化的程度。這樣的作品雖可在東晉士族階層的圈子内盛極一時,終因悖於國情而缺乏感人的力量,過不了多少時間即告偃旗息鼓。一旦時風轉移,就成了論詩家不斷譏彈的話柄,流傳至今的篇什亦寥寥無幾。章炳麟《辨詩》有謂:"世言

江左遺彦，好語玄虛，孫、許諸篇，傳者已寡。"①余嘉錫《世説新語
箋疏》論及興公、玄度詩，也説它們"沿襲日久，便無異土飯塵羹"，
"良由依人作計，其精神不足以自傳，可無庸爲之嘆惜矣"②。這麼
多原作的湮没散失，自然會給後人探究玄言詩增加許多困難。就
以許詢、孫綽的玄言詩章來説，縱經許文雨、余嘉錫、逯欽立諸家
細心輯逸，數量依然少得可憐，甚至想要找一二首他們的代表作
來做些具體分析，竟然成了一件談何容易的事。

　　稍有不同的倒是支遁詠製的詩什，依賴佛書的記録整理，幸
運地留存下來一部分完整作品可供檢閲。大概出於他屬方外人
的考慮，故一般史料及詩論列舉玄言詩的代表作家，大率衹及許
詢、孫綽，較少提到他的大名。其實支遁才藻警絶，作詩造詣甚
高，慧皎《高僧傳》嘗稱"凡遁所著文翰，集有十卷，盛行於世"③。
他在玄言詩興起這股潮流中扮演的角色，其重要性絶不亞於許、
孫兩家。鄭振鐸先生的《插圖本中國文學史》在縱論江左詩歌蒙
受的印度影響時，就指出"支遁在諸和尚詩人裏是最偉大的一
位"，他沉浸於哲理之中的詩作"是我們所未之前見的"④。而清末
民初著名學者沈曾植先生，也曾高度評價支道林於晉宋詩歌史上
的地位，明確地將他視爲開謝靈運風氣的先驅人物。沈氏《王壬
秋選〈八代詩選〉跋》又云："支、謝皆禪玄互證，支喜言玄，謝喜言
冥，此二公自得之趣。"⑤試取支遁保存至今的作品略事窺探，疑未
嘗不可測知一些關於玄言詩與佛偈之間傳遞往來的消息。

　　查考道宣《廣弘明集》卷三十《統歸篇第十》，計存録支遁之五
言詩共一十八首。此中《四月八日贊佛詩》一首，《五月長齋詩》一

---

①　章炳麟《辨詩》，收入《中國近代文論選》下册。
②　余嘉錫《世説新語箋疏·文學第四》。
③　慧皎《高僧傳》卷四《支遁傳》。
④　鄭振鐸《插圖本中國文學史》第十四章《南渡及宋的詩人們》。
⑤　沈曾植《海日樓題跋》卷一，轉引自張伯偉《山水詩與佛教》一文。

首,《八關齋詩》三首,《詠禪思道人》一首,即屬人們通常說的"佛理詩"。另如《詠懷詩》五首,《述懷詩》二首,《詠山居》一首,乃是典型完篇的"玄言詩"。其它還有幾首兼述佛玄理旨,並尊"玄聖"、"釋迦",很難確定究竟應該把它們劃入哪一類。按所謂"佛理詩"和"玄言詩"區分界別之標準,主要不是看作者身份,而取決於作品演述的思想內容。東晉之世釋徒高詠《莊》、《老》玄言,才士敷演瞿曇微旨的情形比比皆是,故支公集中同時收入佛理、玄言兩方面的篇章,適足見出其時上流社會的精神生活趨向。

　　爲對支遁這兩類作品取得一些實際瞭解,於茲各錄一首爰作例證:

　　　　三春迭云謝,首夏含朱明。祥祥令日泰,朗朗玄夕清。菩薩彩靈和,眇然因化生。四王應期來,矯掌承玉形。飛天鼓弱羅,騰擢散芝英。綠瀾頹龍首,縹蕊翳流泠。芙蕖育神葩,傾柯獻朝榮。芬津霈四境,甘露凝玉瓶。珍祥盈四八,玄黃曜紫庭。感降非情想,恬怕(泊同)無所營。玄根泯靈府,神條秀形名。圓光朗東旦,金姿艷春精。含和總八音,吐納流芳馨。迹隨因溜浪,心與太虛冥。六度啓窮俗,八解濯世纓。慧澤融無外,空同忘化情。

　　　　　　　　　　　　　　　　——《四月八日贊佛詩》

　　　　端坐鄰孤影,眇罔玄思劬。偃寒收神轡,領略綜名書。涉《老》哈雙玄,披《莊》玩太初。詠發清風集,觸思皆恬愉。俯欣質文蔚,仰悲二匠徂。蕭蕭柱下迴,寂寂蒙邑虛。廓矣千載事,消液歸空無。無矣復何傷,萬殊歸一途。道會貴冥想,罔象掇玄珠。悵怏濁水際,幾忘映清渠。反鑒歸澄漠,容與含道符。心與理理密,形與物物疏。蕭索人事去,獨與神明居。

　　　　　　　　　　　　　　　　——《詠懷詩》五首之二

上引二詩一佛一玄，皆出自綜攬内學、名書的支公之手，真可謂無獨有偶。它們體制同爲述理篇制，雙數句均注意押韻並一韻到底，論詩歌語言風格之肖似亦如出一轍。所不同者《贊佛詩》之説理尚多借用佛像儀形、法會氣氛來作烘托，到下半首才完全講抽象的東西；而《詠懷詩》則幾乎全部是在演述形而上的哲理，尤能體現出玄言詩的典型形態。同時它們各自應用的概念、術語也多少有些差異，如前者好言"四王"、"六度"、"八解"、"四境"、"菩薩"、"化生"，後者乃云"雙玄"、"二匠"、"柱下"、"蒙邑"、"玄珠"、"罔象"。但這中間並没有一條絶對的界限，雙方所用的術語無妨互相套用，倘若將這一邊的語詞移到那一邊，照樣不會産生突兀的感覺。譬如《贊佛詩》中就有"玄根泯靈府"這一具有濃重玄學氣息的句子，反之《詠懷詩》裏"心與理理密，形與物物疏"兩句，也甚爲顯著地反映出佛教般若思想熏灼的痕記。推而廣之，説到這兩首作品所分别代表的佛理詩和玄言詩，它們中間可予溝通互融的迹象一定多得不勝枚舉。

　　張伯偉先生《玄言詩與佛教》一文列舉出大量事實，用以説明佛理詩和玄言詩之間的浸潤融通，"從一個側面展現了中土文化和外來文化的互相接觸、互相交融"。筆者非常贊同他的主張，但需要補充强調一下的是，這種浸潤互融之所以表現得如此普遍，根本原因要歸結到它們詩體來源上的一致性。我們不應忽略，憑借着模擬佛偈、再加上句尾叶韻所形成的佛理詩，其出世時間不早不晚，同玄言詩一樣是在東晉中期，更何況這兩類詩什的作者又往往莫分彼此。打個譬方，就好像一胎孿生孕育成的兩兄弟，非但面貌酷似，氣息亦復相通，你中有我而我中有你。那末，玄言詩亦曾受到過佛偈翻譯文體的沾溉，不正是事物變演發展邏輯之必然嗎？

　　有關本文論題的探溯，遠在半個多世紀前，黄侃先生《詩品講疏》談到東晉玄言詩，即有一段發人深思的評述，他説：

　　　　若孫、許之詩，但陳要妙，情既離乎比興，體有近於偈語，
　　徒以風會所趨，仿效日衆。

而後黃氏撰作《文心雕龍札記》至《明詩篇》，又重新轉録《詩品講
疏》這幾句話，還特意將“偈語”一詞改爲“伽陀”（Gāthā），使之愈
加清晰醒目。所謂“情既離乎比興，體有近於偈語”，表明他考慮
問題的重點也是放在詩歌體制上面。據此可以了知，那時黃季剛
先生對玄言詩與佛偈的親緣關係，早就有所覺察。當我們通過以
上一連串論證之後，回過頭來重温一下他的遺言，便益發感到這
位前輩學者識度的精審超拔了。

　　　　　　　　　　　　　　　　　　　　　1996 年 12 月

中古七言詩體的發展與佛偈翻譯

關於中國七言詩體的淵源由來，近現代有不少學者曾作過考溯研究。例如梁啓超、陳鐘凡、容肇祖、逯欽立以及日本的青木正兒等，均斷定七言詩係從楚辭中脱胎演變而來。這一說法與古代劉勰、胡應麟、顧炎武諸家所作的論述觀點一致，基本上是屬於一種對傳統成説的發揮。另一種主張則認爲七言詩主要出自秦漢的民歌和謠諺，此説以羅根澤《七言詩之起源及其成熟》、余冠英《七言詩起源新論》二文爲代表，而以余冠英先生的論點尤爲鮮明突出。由於他們的述作在發掘了較多新材料的基礎上立論，故在晚近數十年内頗受學術界的重視。此後有的學者探討這個問題，傾向於將以上兩説合併起來，以爲七言詩應起源於“歌謠的楚辭”，或“體小而俗的楚辭”，由此折衷調合而成爲新的一説。這種説法雖然比較圓通，不足之處是缺乏多方面有力的論據來加以證明，至少在目前還不能當做定論來看待。但是不管怎麼説，七言這一我國文學史上極有生命力的詩體形式，最早毫無疑問是在中華本地民間俗歌的土壤上萌生和興起的。

而七言這一爲我國絶大多數人普遍喜愛的詩歌形式，從它的誕生之日起，又開始展現出了其曠日持久的成長演變歷史，它成熟期的到來比四言、五言詩要晚得多，所走過的這條道路似乎也有更多的崎嶇曲折。在這個過程中它受到了來自諸多方面因素的干預和影響，不同時代新因素的介入與感觸相通，都造成了七言詩內部矛盾運動的加劇，使這一詩體形式不斷豐富而益極其變化，並從中繁衍、派生出多種格律體裁的詩歌新形式。我們從源流上來審視這一詩體的演進過程，必須注意到一個迄今尚鮮爲人認知的重要事實，這就是早期漢譯佛典中數量衆多的七言偈在中土流布，對於我國中古時代七言詩形式結構上的臻於成熟，作爲一種旁助力量也確曾起過一定的促進作用。

一

　　這裏所説的早期漢譯佛典，大略是指自東漢一直到兩晉、劉宋間翻譯的佛教經典，從我國的佛經翻譯史上看，此時期正處在佛經之由其最初傳譯而逐漸抵達它們發生較顯著影響的過程中。七言偈是我國翻譯之佛典中出現甚早的一種偈頌譯文形式，洎於東漢支婁迦讖所譯的《佛説般舟三昧經》裏，就已經有數量不少的七言偈存在，而且其中有些句段在篇幅上亦具備一定的規模，它們把若干個四句偈串合在一起，構成了七言佛偈比較完整的譯文體制。這一情況寖至吳國支謙、西晉竺法護譯出的經本中，得以進一步地延展並有更清晰的體現，偈頌譯文之"弘達欣暢"亦愈勝於前者。爰及東晉、劉宋時代，中國的佛經翻譯進入了高潮階段，一些卷帙浩繁的大部經典如《增一阿含經》、六十卷本《華嚴經》的譯出，以七言句來轉譯印度佛偈的風氣益趨於盛，其應用之廣泛即有超過四言、六言之勢，以後又一躍而成爲數量僅次於五言偈的另一種漢譯佛偈的主要形式。

　　我們現在從大藏經裏，可尋找到諸多在中國譯經史上出譯較早的佛典，裏面都包含着一些篇幅長短不等的七言句偈段落。例如：

　　（一）東漢支婁迦讖譯《佛説般舟三昧經》卷上《譬喻品》；

　　（二）東漢支婁迦讖譯《佛説般舟三昧經》卷中《無著品》；

　　（三）曹魏沙門白延譯《佛説須賴經》；

　　（四）吳支謙譯《佛説維摩詰經》卷上《佛國品》；

（五）《大寶積經》卷十五西晉竺法護譯《凈居天子會》；

（六）西晉竺法護譯《賢劫經》卷一《法供養品》；

（七）西晉竺法護譯《佛説弘道廣顯三昧經》卷二《得普智心品》；

（八）西晉竺法護譯《修行道地經》卷二《分别相品》；

（九）西晉竺法護譯《大哀經》卷五《四無畏品》；

（十）西晉竺法護譯《離垢施女經》及《佛五百弟子自説本起經》；

（十一）東晉法顯譯《大般泥洹經》卷一《長者純陀品》；

（十二）東晉僧伽提婆譯《增一阿含經》卷一《序品》；

（十三）東晉佛馱跋陀羅譯《大方廣佛華嚴經》卷一、二《世間净眼品》及卷六、七《賢首菩薩品》；

（十四）北涼曇無讖譯《大方等大集經》卷一《瓔珞品》及卷八《海會菩薩品》；

（十五）劉宋曇摩密多譯《佛説象腋經》；

（十六）劉宋求那跋陀羅譯《央堀魔羅經》。

以上早譯佛典七言偈頌呈現的形態特徵，大體上皆是以四句爲一單元；如果分辨得更細緻些，則不妨説是采用了兩句再加上兩句的方式來進行銜接貫連的。這種形式結構保存了印度梵偈每四句合成一個詩節的原貌，與中國當時的四言、五言詩多以四句爲一遞進單元亦頗有類似之處，所不同的是佛偈一般在篇幅上要比中國詩歌長得多。譬如支婁迦讖譯的《佛説般舟三昧經·無著品》中，就有一處由八十八句七言偈連綴而成的詩頌段落；而東晉僧伽提婆譯出的《增一阿含經》卷一《序品》，其卷首之一大段七言偈頌又長達二百三十六句。更甚者是佛馱跋陀羅翻譯的六十卷本《華嚴經》之《賢首品》内，竟有兩處七言偈分别爲五百七十八句和七百十六句。這些外來的佛教詩歌，在經書裏盈篇累牘，諷詠起來鋪張浩瀚，一首四句偈接着一首四句偈迴環反復，顯得氣勢恢宏而富於表現力度。它們因佛教的弘傳而進入本土人的文化生活圈子，"給我們詩壇以清新的一種哲理詩的空氣"（鄭振鐸《插圖本中國文學史》第十五章《佛教文學的輸入》），真可謂是一宗異軍突起的現象。

佛偈的翻譯文體在中國社會流播，誠然與本土人的詩歌審美意識存在很大的反差，這就像梁啓超在《翻譯文學與佛典》一文中指出的，它們"外來語調之色彩甚濃厚"，"若與吾輩本來之'文學眼'不相習"。漢譯偈頌通常是不講究押韻的，七言偈頌之譯文亦然，這一處理方式也可算是保持了天竺梵偈原無押韻的本色。然而印度梵偈藉助於梵語固有的音聲之美，原來具有很強的音樂性和節奏感，譯成漢語以後難免會在這方面遭到許多損失，要使此方人士誦讀起來一點不感到彆扭殊不可能。不過佛偈的翻譯者在轉譯的過程中，還是作了極大努力把它們儘量譯得口吻調利一些，俾以迎合本土人的誦讀習慣。他們所采用的辦法主要包括：（一）多用同格的語句鋪排叙列，以力求其譯文一氣貫注；（二）碰到長篇的七言偈頌，則在各個四句偈的末尾套用同一個名相事數；（三）以幾組韻部不同的漢字在偈頌偶句末尾參差交替使用，彼此映襯間隔，使之體現出一定的韻律感；（四）在極個別的七言偈頌零星短章裏，還出現過一些隔句押韻的例子，這猶如當時的四言、五言詩一樣，碰到偶句時在其句末押上韻脚。這最後一類情況之所以能在佛偈譯文中出現，自中國詩歌與佛偈譯文本身所具備的形式特徵方面去作些思索，並不會讓人感到過分的奇怪。因爲漢譯佛偈每四句爲一單元、兩句兩句銜接貫連的這一結構，本來就是與中國四言、五言詩采用的那種隔句押韻方法暗相應合着的，此二者雖非同一件事但距離祇是差了一小步。要是譯經師們對於中土詩歌的叶韻規格要求尚爲熟稔，又不憚在偈頌翻譯潤色的過程中注入較多心力，他們就完全有可能跨越過這一小段距離，順沿着佛偈的篇句形式結構，由兩句兩句的詩意遞進層次牽引出上述隔句押韻的理想結果來。

自東漢至兩晉、劉宋，衆多的譯人常用七言句來轉譯佛偈，這個事實起碼能夠説明，七言詩在當時中國的民間社會已甚爲活躍。我們從很普通的道理上去理解，凡佛典翻譯史上譯人們所掌握、運用之某種與梵偈進行對譯的漢語韻文形式，總應該是在本地的韻文創作中早就出現，並且亦一定是爲大多數人所習見的東西。倘若此期間七言詩在中國的土地上尚未誕生，或者雖已生成但在社會上根本没有什麽影響，那末在這時的漢譯佛典裏竟然有這麽多的七言偈句涌現，就會變得太不可思議而無法解釋了。又何況所謂的"七言"以及"四言"、"五言"、"六言"之類的説法，這些無非都是中國古代詩歌裏的概念。如按印度梵偈的情況而論，則幾乎別無例外地都是很整齊的每一句八個音節，因梵語不像漢語那樣具有單音節的特點，故佛偈並無此方人士作詩觀念中那種每句字數多少、句子型式長短之別。佛經的翻譯者僅僅是根據了梵偈原句的攝意多寡，或者乾脆祇是考慮到翻譯上的方便，才把原來音節上完全等同一律的梵語偈頌文句，用漢語分別轉譯成四言、五言、六言、七言等多種不同句式，極少數地方還采用了三言和八言的譯文句式。他們用中國原有的詩句形式"來裝飾新輸入的辭藻"，將一種外來的事物改頭換面，主要目的當然是爲了使這些偈頌譯文與本地詩歌形式盡量趨向一致，從而比較容易爲中國廣大的民衆與士人所接受。

但是，佛偈翻譯文體畢竟不同於華夏本地的詩歌，這些似詩非詩的宗教韻文，除了被蒙上一層釋迦説法的聖光外，怎麽説亦殊難與中國的詩歌融會合流，在當時士人的眼裏誰也没有把它們同"緣情綺靡"的美化文詩歌混在一起。如果我們以漢末至劉宋這段歷史時期爲背景，將這一長段時間漢譯佛典裏的七言偈與當時的七言詩作些平行的比較，就能發現不但這兩者之間形式上的歧異還是很顯著的，而且雙方所表現出來的發展態勢也大不相

同。蓋漢譯之七言偈頌經由支婁迦讖、支謙等最早一批譯人的創
設應用，又經過竺法護等譯經沙門的沿襲認同，這一譯文體制便
很快地被固定了下來，在嗣後之中國譯經史上越千年而無有多大
變化。這大概是因爲傳到此土的梵經偈頌，本身就是一種固定的
書面記載，所以其譯文形式也較易在不太長的時間裏達成定型
化。而返觀這個時期七言詩呈現出來的形體面貌，則尚處於一種
進步緩慢而又遷演不居的變動狀態之中，雖然微小的增損變化經
常在發生，但遠未到達它形式上成熟定型的階段。在這長達幾百
年的時間裏，中國本地人創作的美化文七言詩，無論是民歌還是
文士之作，它們的形式結構特點，尚較多地殘留着由秦漢其雛型
時代的作品更始嬗變而來的胎記。這不單表現於它們的篇幅狹
小局促，不如佛經七言偈那樣宏肆鋪張，更重要的還在於其篇章
句子結構的駁雜和不統一。與漢譯佛典裏七言偈頌基本以四句
爲一單元、兩句兩句轉遞銜接的固定結構模式相比較，當時七言
詩的内部結構顯得相當紛亂，還没有形成一套爲大家遵循恪守的
劃一整齊的楷式。而篇句結構乃是詩歌整體形式的樞軸和關鍵
所在，它的不統一，也勢必會影響到作品在調諧韻律上進行規範
化的日程。

　　佛典七言偈與本土七言詩結構模式上的這一大差別，儘管在
極長時間内給人的感覺至爲醒目，但這樣的情形卻並非是一成不
變的。到了劉宋以後，隨着我國七言詩體的不斷演進，它的篇句
結構樣式逐漸地由多元趨向於單一，以兩句兩句來進行銜接貫連
就擴展爲它最主要的結構形式。它與佛偈之間原來存在的這種
差異，至此遂變得不是那麽的涇渭分明了。進入齊梁時代，七言
詩的這一演變勢頭繼續發展，終於促成了雙方在篇章句子結構上
達到完全的一致，而隔句押韻也跟着一下子成爲七言詩體叶韻的
普遍規則。釋太虛在他所撰的《佛教對於中國文化之影響》這篇
論文中說："佛教之經典翻譯到我國，或是五七言之新詩體，或是

長行。長行之中，亦有説理、述事、問答，乃至譬喻等，與中國之文學方面，亦有極大之裨助。"像上面所説的這種隨着時間的推移，因而造成了我國七言詩與漢譯七言佛偈兩者之間在篇句結構模式上乖合異同關係的變化，其間所潛藏包含着的動因究竟是什麼？能不能因此而認爲，這種微妙的現象已在一定程度上顯示出了佛偈與七言詩雙方曾發生過某些感應溝通呢？這就值得引起我們的高度注意。

二

　　關於七言詩的起源問題，本文不擬做專門的探涉，但就筆者個人的觀點而言，則比較傾向於羅根澤、余冠英兩先生主張的説法。楚辭對後代的七言詩有顯著影響，這一點毋庸置疑，但七言詩體的主源應該是秦漢的民歌和謠諺。羅、余兩先生在他們所寫的論文裏，從正史、類書、緯書、樂府及鏡銘集録等多種舊籍廣搜博討，輯出了爲數甚多的秦漢七言詩句實例，極有助於我們較全面地瞭解這一詩體最初階段的形態。

　　七言詩在秦漢時代，它的活動範圍主要是在民間社會，與人們日常生活的關係殊爲密切，並多數出現於即興口占、指物賦形、臧否人物，乃至嘲弄戲謔或其它實際應用的場合，有的則是一些闡明事理的格言銘文。這類作品談不上有多少文學性，在當時人看起來衹是些脱口而出的通俗韻語，既無完整的篇制結構，亦非主要用來言志述情，絶不像四言、五言詩那樣，曾先後被人們奉爲正宗詩歌的圭臬。非常有趣的是，在西晉竺法護譯的《普曜經》卷五《召魔品》裏，其一般性的敍述場合均用五言偈頌，但碰到諸多魔軍恐嚇世尊的話，就各用一首七言四句偈來表述，這一選擇多少能反映出些七言詩在當時人們心目中的地位。作爲我國兩漢時代一種特殊的韻文類別，它在此際形式上最鮮明的特徵，首先是它句子與句子間的結構十分鬆散,相互之間缺乏有機的銜接貫通,前一個句子與後一個句子在文義上未必保持着明顯的連續性,有時甚至可以單獨一句成章,而在叶韻這方面,也照例都是采用了每一句末尾統統押上韻脚的辦法。余冠英先生在解釋上述現象時説,這大概與秦漢間人諷詠七言句的音調特別緩長有關。其次,是這一階段所見之七言詩,有相當多的一部分存在於雜言詩之中,要末就是少數幾個七言句的簡單聯結。而那種純粹由清一色的七言句連貫串合起來,篇幅章法上亦有一定要求的"通體七言"之成立,則是發生在東漢式微以後的事情。

在現今我們所能見到的通體七言詩中,漢季王逸的《琴思楚歌》也許是時間最早的一首,無如此詩尚帶有一些儆戒性箴銘的意味,理過乎情而且語言亦較俚質粗樸,故不爲後世之文士所重視。倒是三國時代魏文帝曹丕的《燕歌行》,卻經常被一些文學史家譽爲我國第一首由文人所作的通體七言而能入樂的作品。詩云:

> 秋風蕭瑟天氣涼,草木搖落露爲霜,羣燕辭歸雁南翔。念君客游多思腸,慊慊思歸戀故鄉,君何淹留寄他方。賤妾煢煢守空房,憂來思君不敢忘,不覺淚下沾衣裳。援琴鳴弦發清商,短歌微吟不能長,明月皎皎照我床。星漢西流夜未央,牽牛織女遥相望,爾獨何辜限河梁。

這首《燕歌行》主要的形式特徵有二:(一)它已是一首很整齊的通體七言,但叶韻還原封不動地保留着漢代七言詩逐句押韻的方法,在每句之末都押上了韻脚;(二)該詩全篇的章句結構,以每三句爲一遞進層次,由之依次輾轉遞送詩意,並體現出整首作品氣脈的延續連接。這種句子與句子間的銜接配搭方式,在樂府詩中通常被稱爲"三句一解"。顯而易見,如果我們將這首《燕歌行》與秦漢時代的七言歌謠相比,此詩無疑已經擺脱了它前身那種結構

鬆散的狀態。它不但首尾連貫、層次分明,同時也能作爲一篇獨
立完整的文學作品出現於當時的詩壇。而整首詩歌抒情性的明
顯增强,亦讓讀者受到較深刻的藝術感染。這一進步的取得是非
常不容易的,無怪蕭滌非先生在他《漢魏六朝樂府文學史》裏,對
曹丕這一首空前傑構推崇備至,認爲它"不僅爲樂府產生一新體
制,實亦爲吾國詩學界開一新紀元"。

　　曹丕《燕歌行》具備的這種三句一解的結構,其實在王逸的
《琴思楚歌》裏早已有所表現,僅僅是王逸那首詩各部分之間的溝
通不像《燕歌行》那樣暢達而已。今考《太平御覽》卷九一六引録
漢代崔駰七言詩三句,看來亦基本上具備了三句一解的輪廓胚
胎。可見這一種詩句結構模式生成的時間不會遲於漢末,問題是
到曹丕所處的時代,它才得到了一位帝王和有舉足輕重影響的詩
人創作實踐的認可,所發生的作用自然非同凡響。而在曹丕此詩
問世後一百年左右的時間裏,詩壇的名家如西晉的陸機,東晉、劉
宋之交的謝靈運、謝惠連兄弟,他們都曾寫過以《燕歌行》爲題的
七言樂府詩,按其章句結構形式,皆不出曹丕前詩采用過的三句
一解的套路。此外如《晉書·五行志》所載的京洛童謡,甚至是魏
鼓吹曲中的《舊邦》一闋,亦均取此種結構,將詩句分成若干層次
來進行貫穿鈎結。這些事實説明在魏晉、劉宋這一個階段,三句
一解這一結構形式,在當時的七言樂府詩裏被運用得相當頻繁。

　　然而,三句一解並非是這時期七言詩的唯一構成形式,我們
讀魏晉、劉宋的詩,發現還有一部分七言詩的内部結構,亦采取了
兩句兩句逐次遞進的方式來進行連綴貫穿。這類篇句結構的淵
源,同樣可以追蹤到漢代,如後漢李尤的《九曲歌》一首,總共祇有
兩句詩,諸如此類不成篇幅的零星短歌,大抵就是漢末以還通體
七言之中兩句兩句傳遞方式的濫觴。我們取逯欽立編輯的《先秦
漢魏晉南北朝詩》作些尋檢,可舉出產生於魏晉間的《隴上歌》一
首,晉《舞曲歌辭》中《白紵舞歌》三首,均爲整首詩歌體現這一結

構特徵的七言樂府歌辭。如晉代《白紵舞歌》之第三首云：

> 陽春白日風花香，趨步明玉舞瑤瑠。聲發金石媚笙簧，
> 羅袿徐轉紅袖揚。清歌流響遠鳳梁，如矜若思凝且翔。轉盼
> 遺精艷輝光，將流將引雙雁行。歡來何晚意何長，明君御世
> 永歌昌。

此詩與曹丕《燕歌行》對比，它們之間詩句結構形式上的不同就一目
了然。而在三句一解和兩句兩句銜接轉遞兩種結構之外，在這段時
間裏尚有若干通體七言詩，它們往往在同一篇中交互使用以上兩種
詩句的鈎結貫穿形式。例如王嘉《拾遺記》中所載之《白帝子答歌》
一詩，托名爲上古神仙之作，實則是出於時人的手筆，其云：

> 四維八埏眇難極，驅光逐影窮水域，璇宮夜靜當軒織。
> 桐峰文梓千尋直，伐梓作器成琴瑟。清歌流暢樂難極，滄湄
> 海浦來棲息。

全篇共有七句詩，分爲三、二、二幾個遞進層次，另有一些作品的
句數與遞進層次的排列順序或與此稍有不同，但它們整首詩的句
子大體上總是成奇數，而且篇幅都比較短。這種狀況不在少數，
同樣應列爲當時七言詩銜接貫連句子的結構形式之一。

　　承上所述，可知我國自漢末到晉、宋之交這個階段裏的七言
詩，雖在確立完形篇制的通體七言方面比漢代大進了一步，但詩
歌內部的句子結構卻尚未經過統一的整合規範。這時期七言詩
的章句結構舉凡有三：（1）三句一解；（2）兩句兩句銜接轉遞；
（3）三句一解與兩句兩句銜接轉遞交替使用。這三種結構形式在
七言詩中紛然互陳，其形勢之消長及演進趨向此時尚不甚明瞭。
而與這種詩句結構之不統一相關聯着的，就是此際所有七言樂府
詩在叶韻方面反映出來的情況，不管是屬於一韻到底，還是采用
轉韻方法，都一概沒有跳出漢代每句押韻的窠臼。

　　劉宋中期的鮑照，是我國文學史上最早一個大量寫作七言樂府的詩人。七言詩發展到了他手裏，如晉代《白紵舞歌》中已出現過的那種以兩句兩句來進行遞轉銜接的章句結構，由於經過了詩人成功的創作實踐而在大多數作品中樹立起來，一下子成爲七言詩體占主導地位的結構形式。至於在叶韻上，鮑照亦打破原來的格局而改用隔句押韻的新方法，並注意增強詩歌音律的錯落變化。鮑氏文集中《擬行路難》十八首，最能顯示出詩人改革七言詩體形式的卓犖成就。詩人的努力使我國七言詩甩開了長期遲迴不前的局面，爲它朝着比較成熟的境界趨進發展劃定了明確的方向。但平心而論，鮑明遠的這些新作，衹能説是初步奠定了七言詩以兩句兩句爲轉遞單元的基本格局，而並未能給這一詩體提供一種達成規範化的形式結構。展示在鮑氏所寫的七言樂府詩中，猶不免時常夾帶一些雜言的成份，真正的通體七言則爲數不甚多，而且其中個別的作品，還照樣保留着每句押韻的陳規舊習。所有這些新舊因素交雜並陳的現象，適足以表明七言詩在鮑照的時代正處於一個過渡性階段。

　　七言詩的進化如此遲緩，故迄於梁代前期，我們想在現存史料中找到一首形式上較成熟的七言詩尚顯得非常困難。但到了梁代之末，這樣的作品就不是絶無僅有的了，如果要在這批作品裏挑出一二篇典型的新體制七言詩，首當其選者則非梁元帝的《燕歌行》和王筠的《行路難》莫屬。另外蕭子顯也有一首《燕歌行》，爲應和梁元帝同名樂府之作，在體制上很具規模，衹是其中夾了兩處五言句，這樣作爲一首通體七言就顯得不夠完整。梁元帝蕭繹所作的《燕歌行》這首詩，是歷代研究古樂府學者經常提到的名篇，其云：

　　　　燕趙佳人本自多，遼東少婦學春歌。黃龍戍北花如錦，
　　　玄菟城前月似蛾。如何此時別夫婿，金羈翠毦往交河。還聞

入漢去燕營，怨妾愁心百恨生。漫漫悠悠天未曉，遥遥夜夜
聽寒更。自從異縣同心別，偏恨同時成異節。橫波滿臉萬行
啼，翠眉暫斂千重結。並海連天合不開，那堪春日上春臺。
乍見遠舟如落葉，復看遥舸似行杯。沙汀夜鶴嘯羈雌，妾心
無趣坐傷離。翻嗟漢使音塵斷，空傷賤妾燕南垂。

王筠的《行路難》則云：

千門皆閉夜何央，百憂俱集斷人腸。探揣箱中取刀尺，
拂拭機上斷流黄。情人逐情雖可恨，復畏邊遠乏衣裳。已縿
一蘭催衣縷，復擣百和裛衣香。猶憶去時腰大小，不知今日
身短長。裲襠雙心共一袜，袙複兩邊作八襊。襻帶雖安不忍
縫，開孔裁穿猶未達。胸前卻月兩相連，本照君心不照天。
願君分明得此意，勿復流蕩不如先。含悲含怨判不死，封情
忍思待明年。

這兩首樂府詩均爲篇制完整的通體七言，而兩句兩句銜接轉遞的
結構又始終如一地貫穿在全詩之中，上述兩個形式特點成功的結
合，即我國七言詩發展到梁代而臻於成熟的核心標誌。爰論及叶
韻方法之改變，這是基於以上兩句兩句轉遞銜接的章法結構獲得
普遍確認以後所附帶引起的變化，因爲此種結構形式一旦在七言
詩中得到推廣，那末韻律的協調就非采用隔句押韻不可。以上三
個方面的同時具備和有機結合，就給七言詩鑄成了一個規範化的
形式，由之使其走完了這段多種結構並陳的曲折道路而登上一個
新起點。當然，梁代以後的七言詩還在繼續演進，一直到初、盛唐
時才真正抵達它庶幾完美的境地，用後來人的眼光回過頭來看這
兩首梁代人所作的詩，總難免會感到它們尚未"大暢厥體"。而從
這一詩體中分張派生出來的七絕、七律、七言排律等多種新體裁，
又都是這以後詩歌演變中出現的新東西。然而，我們如把問題限
制在七言古詩這個範圍裏來討論，則不妨認爲這些作品已敲開了

通向七言詩成熟殿堂的大門。清人吳喬《圍爐詩話》卷二云："七言創於漢代,魏文帝有《燕歌行》,古詩有'東飛伯勞',至梁末而大盛。"馮班《鈍吟雜録·古今樂府論》云:"七言創於漢代,魏文帝有《燕歌行》,古詩有'東飛伯勞',至梁末而七言盛於時。"錢木庵《唐音審體》亦云:"七言始於漢歌行,盛於梁。梁元帝爲《燕歌行》,羣下和之,自是作者迭出,唐初諸家皆效之。"他們的這些論述,大體符合中古七言詩體發展的實際進程。

　　根據上面所做的這一簡要叙述,我們可以從中瞭解到,中古時期七言詩由多種結構形式過渡到統一的兩句兩句銜接轉遞、隔句押韻,時間斷限應在宋、齊、梁幾個朝代。這種詩體形式的規範化至梁末在較大程度上得到了定型,而此前的劉宋、南齊則是至關重要的一段時期。宋、齊兩代圍繞着七言詩遷演的蹤跡,有衆多因素聚集在一起並積極施加各自的影響,儘管它們發生作用力的走向未必很一致,但通過相互的牽引制約終究能形成一股合力,在推動着七言詩的體制朝着一個特定的方向發展。劉宋鮑照的新作在體式結構上的諸多不統一,正好反映出他這些詩歌承受了多方面因素的交叉感染。而南齊一代,從表面上看似乎没有什麼可觀的七言詩流傳下來,不過關涉到這一詩體本身潛在的矛盾運動,卻比鮑照時代有一個更具體直接的目標,事實上已爲梁元帝《燕歌行》、王筠《行路難》這類作品登上詩壇做好了鋪墊。探測活動在上述過程中的諸多原因,必須考慮到我國古代音樂的變遷,當時民歌的促進,南北朝賦體文學的感染,以及四言、五言詩體的觸類旁通等等方面。而作爲這種事物與事物之間相互關聯的一條鏈帶,我們同樣不能忽視,佛偈翻譯文體在個中所起的作用也非常重要。

三

　　佛偈是源出於印度的外來事物,經過翻譯這道程序又具備了某些與中國詩歌相近似的特點。它們的内容主要是演繹抽象的宗教哲理，普遍地顯露出理致掩蓋情文的偏畸，但其譯文既然有了與中土美化文詩歌相仿佛的軀殼形式，文化水平較高的本地人士接受起來並不困難，内容的幽奧有時倒反而會引起他們求索體味的興趣。東晉時代佛教開始大舉進入震旦文化，崇佛的信仰主義思潮一時籠蓋着華夏大地，佛偈之傳播亦以此日見廣泛深遠。它們由佛法東傳之初的純粹書面記載，到這時候已轉變成一項爲無數僧侶士衆經常念誦默會的事物，其流布所及，真有移易風俗人心的力量。處於這一中印異質文化熱烈交會的時期，漢譯佛典裏那種固定而篇制完整的通體七言，以及每四句爲一單元、兩句兩句轉遞銜接的結構形式，在表達較爲複雜的文意内容方面，確實具有一定長處，與當時已定型了的四言、五言詩在章句結構上亦能取得較多的一致。魏晉時期七言詩經歷了一個緩慢的自發變演過程，這種翻譯文體可與之在長時期内平行不悖地相處，兩者之間並沒有多少相通往來。然而當七言詩的演變由自發而逐漸進入自覺階段時，它們這些特點就容易引起人們的注意，極有可能被詩體改革者當做改進七言詩較理想的型範之一。而標誌着我國七言古詩開始進入成熟期的梁代某些樂府詩章，正是因爲比較完整地接納了佛偈"通體七言"與"兩句兩句銜接轉遞"二者相互結合的既定程式，並使之成爲其自身模式結構當中的核心部分，加以固定下來，才促成了這一詩體經歷數百年的曲折遷演而走上規範化的大道。

　　研究這一層形式體制上的影響傳承關係，固然不能排斥本土一些作家有直接模仿佛偈體來寫七言詩的可能性，但更需注意的是某些中介媒體在這裏面所起的傳遞作用，爲此我們在這裏要着重談一下梵唄與唱導歌贊。所謂的"梵唄"，爲當時佛教界人士所製作的一種合樂歌贊，它的樂調爲參照梵音而重加裁製的新聲，歌贊則是依傍佛偈譯文的再創作。梵唄與單用一定聲調讀詠佛經經文之"轉讀"最大的不同,在於它可以離開佛經原文,直接利用漢語來寫作新的詩頌。這些中國化的詩頌體作品,可以隨即被之管弦,所以較能體現出漢語的聲韻特點,並富於切合本土人欣賞習慣的音樂性。大約在三國時代中土已有梵唄轉讀流行,而後這類弘宣佛經的手段日益風靡,又有力地促成了東晉時代轉經唱導的產生。唱導是對佛經内容加以通俗化的宣傳形式,即"宣唱法理,化導衆心",是到目前爲止我們可從史料中加以考知的我國講唱文學最原始的形態。它肇始於東晉佛學大師廬山慧遠,至宋、齊間在建康一帶的僧俗羣衆中已極盛行。論唱導的體制形式特點,今考諸舊籍,可知它同後來的變文一樣是韻散間隔、有説有唱,這一體裁實際上即從轉讀、梵唄發展而來,説到底皆本諸於佛經之"長行"和"偈頌"的互相配合:

$$
佛經文體\begin{cases} 長行(散文體)\xrightarrow{轉讀}叙説(散文體) \\ 偈頌(韻文體)\xrightarrow{梵唄}歌贊(韻文體) \end{cases}\Bigg\}唱導體制
$$

梵唄與唱導歌贊,俱爲佛法傳入中國以後産生的宗教詩歌,它們的句式略同於佛偈,有四言、五言、六言、七言,並以五、七言爲最多。我們無法肯定,在宋、齊時代所作的這類佛教詩頌中,是否已經普遍地應用了七言句的形式。但據慧皎《高僧傳》卷十三《經師篇》的記載,可斷定南齊時代的善聲沙門,確曾撰作過一些七言體的梵唄新偈。而到了南北朝後期,有些唱導師在齋會上從事禮導,竟能連續唱詠出一長串五言或七言的歌贊。這些和尚真是天才的口頭文學創作者,他們宣唱的歌詞體制鋪陳恢張,聲音貫若連珠,往往達到了足令聽者忘倦的程度。

像這樣一些宗教入樂歌辭,與佛偈譯文有一脈相承的關係是不用懷疑的。但它們孕育、分娩於中國社會,並且直接利用漢語來進行創作,與本地的詩歌一樣注意押韻。這多方面條件的配合,就必然反映出鮮明的中國氣派和應世入俗的特徵,而文字上的明白曉暢又是它們共同的特色,與佛偈譯文相比,自然要在許多地方更加靠近此方的美化文詩歌。我們依據現有資料提供的綫索來推測,當時七言體的歌贊新偈,最早的一批作者大概是以僧人爲主,後來便有較多能詩的士大夫加入。此輩生於南朝佛法隆盛之際,大抵對佛教抱着虔誠的信奉態度,生活當中有一大部分時間用來談空説有,也間而摹襲僧人的製作,自己寫一些闡揚佛旨、發心歸依的七言篇什。因爲他們善解音律,能純熟掌握修辭技巧,對詩歌形式問題亦多有體驗,故極能起到爲之張本的作用。這些灌注着佛教内容的七言詩頌,於彼時之緇流士庶中必有較廣之流傳,而其所處的地位又在佛偈譯文與中國美化文七言詩的兩端之間,遂最有資格充當一種中介媒體起到溝通雙方的作用。它們承襲佛偈譯文的諸多特點而加以適應中土國情的改造,而後又進一步把它們自己的形式面貌去影響本地的詩歌。而事實上,從早期漢譯佛典七言偈所施發出來的潛移默化力量,傳送到我國七言詩的這一方,也確實是主要通過這條渠道來進行中轉遞達的。

　　於此我們作如是説,當然衹是一種推斷,要證明它還需要有確鑿的事實材料,特別是必須聯繫產生於當時的具體作品,來實事求是瞭解一下梁代以前釋子、士人所作的這類七言詩頌的形態面目。鑒於宋、齊間釋教傳播方興未艾,僧徒熱心從事唄贊唱導,士大夫中間亦佞佛成風,可想而知這樣的作品當時數量一定甚夥,惜乎至今絶大多數已湮沒無聞。但要是我們下功夫去認真尋找,則未嘗不能從有關典籍裏發現一些蛛絲馬跡。譬如在唐代歐陽詢《藝文類聚》和明代臧懋循《詩所》中,即載録了若干片斷的材料可供我們參考。而保存得較爲完整的,還有清代嚴可均《全齊文》卷十三輯録了南齊王融所作之《净住子頌》七言詩十一首。這是一組看起來很完整的七言詩頌,内容充溢着佛教的倫理觀念和教化意味，詩體形式上卻呈現一種嶄新的面貌，通過它們，頗可見出該時代文士仿照歌贊新偈所撰佛理詩歌的概況。茲錄其第二、第四、第五、第六、第八、第十共六首，俾便利我們在詩體形式上作些勘察和研究：

　　春山之下玉抵禽，漢水之陽璧千金。清業神居德非重，潔己愚侶道已深。愛憎喜怒生而習，榮華芳旨世所欽。鴻才巨力萬夫敵，誰肯制此方寸心。逸驥狂兕獷不御，繁羈密枑儻能禁。遣情遺事復何想，寂然無待恣幽尋（《大忍惡對篇頌第二》）。

　　豫北二山尚有移，河中一洲亦可爲。精誠必至霜塵下，意氣所感金石離。有子合掌修名立，時王擢髮美譽垂。自來勤心少騫墮，何不努力出憂危。勝幡法鼓縈且擊，智師道衆紛以馳。有常無我儻既列，無明有縛孰能窺（《一志努力篇頌第四》）。

　　越人鑄金誠有思，魏后妝木亦云悲。中賢小節猶可戀，去聖彌遠情彌滋。祇樹蕭條多宿楚，王宮寂寞趖遺基。設像居室若有望，閟儀駐景曖如之。連卿共日獨先後，道悠命奔將無時。傾懷結想惻以慕，乖靈寫照拂塵疑（《禮舍利寶塔篇頌第五》）。

　　出不自户將何由，行不以法欲焉修。之燕入楚待駿足，凌河越海寄輕舟。仁言爲利壯已博，聖道弘濟邈難求。通明洞燭煥曾景，深凝廣潤湛淵流。翼善開賢敷教義，照蒙啓惑滌煩憂。功成弗有名弗居，淡然無執與化游（《敬重正法篇頌第六》）。

　　俟河之清逢聖朝，靈智俯接一其遥。白日馳光不流照，葵藿微志徒傾翹。遍盈空有盡三界，綿塞宇宙罄八遼。德光業遠升至覺，寂寞常住獨能超。煎灼慾火思雲露，沈汩使水

望舟橋。弘慈廣度昔有誓，法輪道御且徐驥（《勸請增進篇頌
第八》）。

悠悠九土各異形，擾擾四俗非一情。驅車秣馬徇世業，
市文鬻義衒虛名。三墨紛紜殊不會，七儒委鬱曾未并。吉凶
拘忌乃數術，取與離合實縱橫。朝日夕月竟何取，投巖赴火
空捐生。咄嗟失道爾迴駕，沿彼流水趣東瀛（《迴向佛道篇頌
第十》）。

按歐陽詢《藝文類聚》卷七十六，亦輯錄王融的《净住子頌》五首，
其中有四言頌二首、五言頌二首、七言頌一首。嚴可均《全齊文》
除迻入七言頌十一首外，其它尚有四言、五言頌各十首，完好地收
錄了王融所撰這組佛理詩頌的全部篇章。王氏這十一首七言頌，
自一至十首作品的具體形式結構完全相同，唯獨最後第十一首的
詩句中襯入了三個"兮"字，大約此篇旨在對前面三十首詩頌作一
總結，故作者有意識地讓它的某些句子略呈小異。胡應麟《詩
藪·內編》卷三嘗云："齊一代，遂無七言。"又云："齊人一代，絕少
七言歌行。"關於南齊時代無七言詩的説法，長時期來獲得了衆多
文學史研究者的認同，而王融一人即於《净住子頌》中同時寫了十
一首七言之作，這個數量在當時顯得甚爲可觀，其史料價值之高
自不待煩言。

"净住子"其人，即南齊著名的貴族竟陵王蕭子良。他號稱
"敦義愛古"，敬信佛教甚篤，又傾心結交文學才雋之士。《梁書》
卷一《武帝紀》云："竟陵王子良開西邸，招文學，高祖（指梁武帝蕭
衍）與沈約、謝朓、王融、蕭琛、范雲、任昉、陸倕等並游焉，號曰八
友。"《南齊書》卷四十《竟陵王子良傳》，謂其熱衷於浮屠儀式法
事，"數於邸園營齋戒，大集朝臣衆僧，至於賦食行水，或躬親其
事"，而轉經唱導等佛教化俗宣傳，按當時習慣就是穿插在這種齋
會過程中進行。《高僧傳》卷十三《僧辯傳》及《慧忍傳》載，南齊永

明七年二月，竟陵王子良召京師善聲沙門於西邸，共同斠酌梵唄舊聲，詮品新異，對佛教詩歌音樂作了一次系統的整理，並多有新聲詩偈問世。時僧辯爲作《古維摩》一契，《瑞應》七言偈一契，最是命家之作。而慧忍所得，最爲長妙。他以帝冑名王之尊，同佛教、文學兩方面都保持着極密切的關係，乃是促成佛教與中國詩歌互相溝通的有力人物之一。

據釋道宣《廣弘明集》中《統略浄住子序》所記，竟陵王子良嘗自名"浄住子"，著有《浄住子浄行法門》二十卷，由琅琊王融爲之作頌。嚴可均氏《全齊文》卷七蕭子良《浄住子序》篇末案云："《浄住子》有專行本，張溥刻《竟陵王集》全載之，凡三十一章，今不具錄，每章有王融頌，今編入王融集中。"像這樣在散文體的論著中每一章都有詩頌，似多少還能見出一些佛經與唱導體制韻、散間隔影響的痕記。王融爲南齊的詩壇名流，且與蕭子良"特相友好，情分殊常"，兼以"文辭辯捷，尤善倉卒屬綴，有所造作，援筆可待"（《南齊書》卷四十七《王融傳》）。他曾代竟陵王作書與當時著名佛學家劉虬探討釋理，有的史料上還説他是名僧法獻的俗家弟子，是一位既精通詩歌，又深受南朝佛教藝術文化氣息浸漬的文士。他作爲竟陵王西邸文學集團中重要的一員，對蕭子良組織的那些意在溝通佛教與詩歌關係的活動不會無所參預，而且憑着他詩人的敏感和才力，對這裏面的奧妙也必然有相當的悟解。所以，他這一組爲蕭子良佛法論著屬綴的詩頌，包括十一首七言詩頌在内，無論從哪個角度去推論，都與就在他身邊流行的梵唄新聲及唱導歌贊有着割不斷的關係。這些作品從其淵源上來説，亦應列爲是本地詩人承受了佛偈譯文某些影響之後而產生的新事物。

了然於這些七言頌的創撰緣起及其與佛偈翻譯之關聯，我們再把它們放到中古七言體詩發展的流程中來加以考察，根據前面所録的六首作品呈現的形式特徵，做些前前後後的對勘比較，即能見出，此類佛理詩頌作爲佛偈譯文與中國美化文七言詩之間的傳媒，對於促成梁末七言古詩之趨向成熟所起的作用實至關重要：

第一，按《浄住子頌》裏這些七言詩頌，體制結構已達到較高程度的統一，它們不但使魏晉以來七言詩多種篇句結構模式紛然並呈的現象一掃而空，同時也比劉宋鮑照的詩作更接近於梁末成熟型的七言體作品。如前文所説，鮑照所作的七言樂府，尚帶有較多雜言成份，並時常要冒出一些三句一解及每句押韻之類的情況，説明它們尚未經過統一的整合規範；而王融的這些七言詩頌，就無一例外都是標準的通體七言，其間詩意遞進之兩句兩句轉送及采用隔句押韻方法，也已經成爲它們完全劃一的結構韻律特點，論其具體的形式面目，則已與梁末《燕歌行》、《行路難》等一類篇章略無二致。所不同的僅僅是梁元帝、王筠這兩首著名樂府采用了換韻的方法，與《浄住子頌》的七言詩一韻到底總是有些差別。但是一首詩的換韻或不換韻，主要還是依據作品篇幅的長短來考慮確定，這本身可由作者自己掌握而絕非是一個不能變通的格律要求。問題的實質恰恰在於，從我們現在所能見到的史料來看，我國中古時代的七言體詩發展至此，才能算在真正意義上達成了"通體七言"、"隔句押韻"和"兩句兩句銜接轉遞"這三個要素完整的配合，這樣就由這些佛理詩頌爲梁末成熟七言詩的出現提供了一個規範化的模型。而且它們産生的時間，又適在與梁代相接的南齊，宜於爲梁元帝、王筠等一些作家所參仿和借鑒。

第二，從大量運用對偶句這一徵兆上看，上述佛家韻語似對梁末的七言樂府詩亦有顯著的感染影響。喜歡在詩中以駢對的句格來修辭行文，自西晉開始就已成爲我國五言詩創作的一種時髦風尚，但七言詩所呈的形勢卻遠非如此。我們順着次序讀逯欽立的《先秦漢魏晉南北朝詩》，可知遲至劉宋時代這一體裁的詩歌還是不怎麼講究駢對的，當時的詩人們確實未嘗在七言詩中去經意追求行文的駢儷化。不過至於蕭梁之末，情況就有了很大改觀，這時期七言詩創作崇尚駢字屬對的風氣雲蒸霞蔚，如梁元帝、王筠、蕭子顯等人所撰的七言樂府詩，均傾意排列綴用儷字偶句以求一展其作品的新姿。這類現象反映爲一個時代文人創作心態和審美觀念的變化，質其原委，則在較大程度上亦得力于《淨住子頌》等佛理詩頌的啓發和感觸相通。王融這些七言頌的一大醒目標記，是其中奇偶相對的句子比比皆是，我們在產生這些作品的南齊以前，從來沒有看到過這樣注重駢對的七言詩歌。雖然這裏面大部分駢句的對仗並不那麼工整，卻演示出了七言詩形式技巧進化的一種新趨向，而梁末以後七言樂府大量運用駢偶句這一潮流的漫涌，可肯定離不開這些佛教歌贊、詩頌在其上游爲之推波助瀾的作用。

　　第三，爰論及詩歌之語言特色，如上佛家韻語固然因寓托佛理而在個別地方顯得較爲費解，但整體的語言風格相當通俗暢達。而貫注於這些篇什中間的氣調脈絡，亦能達到首尾通連而又有一定抑揚變化，故讀起來琅琅上口，給人以一種節奏分明、貫若連珠的悅耳感受。諸如此類的語言藝術成就，在佛偈譯文裏是斷斷不可能達成的，卻明白無誤地被蒙受其影響的中國佛理詩頌做到了。因爲這些詩頌本身利用漢語創作，兼取中土美化文七言詩與佛偈譯文兩者之長，充分吸收當時梵唄、唱導審音調聲的新成果，轉而對本土的七言詩體作出重要的改進，由茲在中國韻文史上開創了一種特定的詩歌語言風格。這種語言風格不同於魏晉七言詩的委婉舒徐，與秦漢七言歌謠之俚質粗樸更異其趣，而以淺切明暢、圓熟流轉爲其主要的特徵，説得透徹些是總帶有幾分佛教化俗唱詞的那股味兒。這是一種爲人們喜聞樂誦的東西，所以在南北朝後期到初唐時代，竟風靡、籠罩了七言詩壇兩百年之久，使衆多名篇辭風語調上都深受其染著影響。就以梁元帝《燕歌行》、王筠《行路難》這兩首作品來説，它們在這一方面對於前者承繼的痕迹也是非常明晰的。

　　總之，像王融《淨住子頌》這類用七言體寫成的佛家韻語，它們作爲佛偈譯文與中國美化文七言詩之間的中介傳媒，確曾在一個關鍵性時刻介入了鮑照以還本土七言詩的變革過程，並在顯著程度上牽掣着此後七言詩歌形式上演進的流向。這一事實影響所及，直接關係到梁末一些成熟型七言樂府詩的出現。它們一方面承受了來自佛偈譯文的熏習、影響，另一方面又把自己的形式特徵傳送給後代的七言詩。我們把本文所作的論述綜合起來，就可以對中古七言詩體的發展與佛偈翻譯之間的關係有一個大致的瞭解，而佛經通過傳譯進入中國後對本土文學影響之深遠，由兹亦能略見其中之一斑。爲了方便讀者掌握佛偈翻譯與中國七言詩之間的來龍去脈，謹於此畫一圖表對本文所述的内容作一小結：

漢譯佛典　　梵唄七言詩頌　　文人所作的　　　梁末成熟期
七　言　偈　　唱導七言歌贊　　七言詩頌　　　的七言樂府詩

1992 年 11 月

　　〔附注〕兹文寫作過程中，在某些觀點和材料運用上曾受王運熙先生《七言詩形式的發展和完成》一文的啓發，特加注出，以明源流。

關於王梵志傳説的探源與分析

探治王梵志詩，必然要涉及到《桂苑叢談》和《太平廣記》共同載述的一條材料。《桂苑叢談》一書，嘗轉錄《史遺》若干條傳説記載，其中有關王梵志的一條全文如下：

> 王梵志，衛州黎陽人也。黎陽城東十五里有王德祖者，當隋之時，家有林檎樹，生癭大如斗。經三年，其癭朽爛。德祖見之，乃撤其皮，遂見一孩兒抱胎而出，因收養之。至七歲能語，問曰："誰人育我？"及問姓名。德祖具以實告："因林木而生，曰'梵天'，後改曰'志'。我家長育，可姓王也。"作詩諷人，甚有義旨，蓋菩薩示化也。

又《太平廣記》卷八十二，亦據同一資料來源（明刻本《廣記》作《逸史》）輯入了這個物語，雖文字與《桂苑叢談》所記略有出入，而叙述之故事情節則大致相同。

今按《太平廣記》編成於北宋初年，《桂苑叢談》爲晚唐僖宗、昭宗時人馮翊子严子休撰述，《史遺》的成書年代還要更早一些。而所謂王梵志是黎陽人云云的説法，實際上在敦煌 P.4978 殘卷唐開元時人爲諷刺挖苦楊筠而戲作的《王道祭楊筠文》中已見端倪，表明這個傳説在盛唐以前即廣爲世人熟知。正因如此，才會有人借用"王梵志"的大名來爲自己嘲弄別人張本。傳説又云"王德祖"生活的年代爲"當隋之時"，這一句話很明顯的是唐代人叙説故事的口吻。根據以上諸點，我們可推定該傳説的產生，大約是在唐初時期。如是一個物語，能被多種唐宋舊籍輾轉記載，這本身就是故事極有傳播力度的朕兆之一。它以王梵志詩的廣泛流傳爲依托背景，對研究王梵志詩具有非常重要的意義。

這一物語雖較簡短，然内容頗涉荒誕，情節配置亦多勉强牽合之處。譬如，傳說中把"梵志"這個名字同"因林木而生"隨意牽連在一起，末尾還加上"作詩諷人，甚有義旨"之類很不自然的話，手法殊爲拙劣可笑。這樣的材料記載，顯然不能把它當做信史來看待。曾有不少王梵志詩的研究者，如胡適、潘重規、張錫厚、朱鳳玉等先生，想借用它來弄清王梵志個人的時代、生平，結果碰到了許多無法解決的難題。這倒並非由於他們的考證工作做得不夠到家，而是這條材料本身所體現的性質，原來就不適宜應用於史事和作家經歷的考訂方面。正確地説，上述傳説祇是在王梵志詩興起和傳播過程中附會而生的一個神話故事，它的價值不在於提供可靠的史料依據，亦並非隱蔽地暗示了某一個人的特殊經歷。然而，它作爲隋唐之世王梵志詩流傳風行實際狀況的折光投射，卻能顯示當時民間對這些通俗詩歌所持有的一種神秘觀念。這個故事孕育、誕生於庶民社會，通過廣大羣衆的口頭流播，日具完形，它展現了一般俗文學故事所常有的特點，可從某個傳世較早的同類傳説裏找到它故事形態的原型。

基於對王梵志這一傳説性質、特點的理解，自本世紀五十年代起，國際敦煌學界就有少數研究者，開始注意到它的故事來源問題，以後又有一些學者繼續關心這種探究。但迄今，還不能説在這方面業已取得了決定性的突破。就以日本入矢義高和法國戴密微兩位著名學者而言，他們論述《叢談》、《廣記》轉錄的《史遺》這個傳説，一致認定它是一個神話類的故事，並不具有記録或暗喻真人真事的史實價值，所闡發之識解洵爲精到。以致他們的這一抉示，成爲數十年來從總體上研究王梵志詩的主要創獲，到現在已被越來越多的學人們所認可和接受。至於談到對梵志傳説的探源，入矢氏和戴氏似乎都沒有盡傾其心力去廣搜博討，而僅僅在探及其它一些論題時簡單地提到：《史遺》故事很可能是摹仿、移植中國古代"伊尹生於空桑"一類傳說的產物。這種推論當然不能說全無依傍，"伊尹"故事確是華夏起源甚早的傳說，曾對後代的神話傳說發生過深遠影響，而此中所叙之伊尹爲胎兒時出現的那種奇異徵象，頗讓人同王梵志傳說裏的某些描述發生聯想。不過仔細比較，二者的具體情節尚多差別。一個是說伊尹的母親懷孕時自身化爲空桑，這種玄幻的變化是用以保護胎兒免受洪水的浸害；另一個則謂王梵志降生時從樹瘦中抱胎而出，並不涉及所謂保護胎兒的問題。縱然這兩個物語都蒙上荒誕虛幻的色彩，但考核彼此所呈的故事形態，實在看不出有什麼前後相通感觸的迹象，它們理應分屬於兩個各自獨立的神話傳說體系。如果將它們視爲同一類型的傳說，顯然缺乏充足的理由。

1984 年，臺灣傅錫壬發表《王梵志、桃太郎與果生故事》一文，則把桃太郎"果生"傳說與梵志傳說放在一起考察，試圖從一個新的角度來解釋《叢談》、《廣記》這則傳說故事之成因。然而自果實中感生出桃太郎的説法，與王梵志的出生於樹瘦之中也仍然是兩碼事，即便此二者均是以植物類的東西作爲胎兒的藏身處所，果實與樹瘦說到底還有區別。樹瘦爲樹木上的贅生物體，它的形狀易同婦女懷孕時隆起的腹部觸發想象的溝通，固不宜與自然生長出來的果實混爲一談。我們所知流傳世界各地的神話，凡述及聖人、英雄、異人誕生時寓托的遐想，在不少情況下都撇開了人身，而將別的事物當做胎兒的載體，這無妨說是人類構造神話運動中普遍表現出來的思維特徵。但在這種大略相近的想象形式下，卻包容了衆多的故事族羣。故審察這些神話相互之間的關係，務必顧及此中每個故事形成、傳播的各種具體條件，不能僅僅根據某兩個故事有幾分相像，就輕易斷定它們同屬於一個母源。如傅錫壬這樣綜合分析情節有些相似的兩則傳說，祇能算是一種平行的比較研究，而不是梳理一個故事系統傳承與變演的源流。所以傅氏此項研究,亦無法從根本上弄清王梵志傳説的來源問題。

　　比傅氏的研究更值得注意者,是近些年來項楚針對上述課題所作的探討。項楚在爲他《王梵志詩集校注》一書撰寫的《前言》中,較多采納了入矢義高和戴密微的觀點,認爲《桂苑叢談》引述的《史遺》傳説"顯然是一個神話",並對它的物語形態進行了認真的比較、考溯。他指出,王梵志傳説裏那些虛構的神話情節,絶非爲這個故事所單獨具有,像這樣一些荒誕不經的描摹,同樣能夠在古代的另一些傳説裏找到。爲此項楚先生徵諸舊籍,從元代虞集《道園學古録》和宋代馬純《陶朱新録》裏引出兩條十分有趣的材料:

　　　　考諸高昌王世家,蓋畏吾而之地有和林山,二水出焉,曰禿忽剌,曰薛靈哥。一夕,有天光降於樹,在兩河之間,國人即而候之,樹生癭,若人妊身然。自是,光恒見者越九月又十日,而癭裂,得嬰兒五,收養之。其最稚者曰卜古可罕,既壯,遂能有其民人土田,而爲之君長。
　　　　　　——虞集《道園學古録》卷二十四《高昌王世勳之碑》

　　　　交州界峒中檳榔木忽生癭,漸大,俄聞其中有啼聲。峒丁因剖視之,得一兒,遂養於家。及長,乃一美婦人,婉若神仙。
　　　　　　　　　　　　——馬純《陶朱新録》

這兩段引文涉及若干民族及地理問題,需稍做些詮釋。《道園學古録》這則傳説中所云的"畏吾而",今稱"維吾爾",古代譯爲"回紇"。"卜古"亦譯爲"僕固",北方少數民族部落之一,自隋末、唐初成爲回紇之一支。回紇民族的主體早先稱爲"鐵勒",其發祥地在今蒙古國境内土拉河(即禿忽剌河)和色楞格河(即薛靈哥河)流域,後魏時臣屬於突厥,"無君長,居無恒所,隨水草流移"(《舊唐書》卷一百九十五《回紇傳》）。該部族入隋後漸趨强盛，唐代初年脱離突厥，始合併僕固、同羅、回紇、拔野古、覆羅等五部，並以"回紇"爲統一稱號（回紇 Uigûr，即含"聯合"、"同盟"之意），至八世紀後期即奄有塞北廣大地區。回紇曾幫助唐王朝平定安史之亂，自肅宗時開始與唐屢議和親，由頻繁文化交往而建立了更密切的關係。唐文宗開成五年(840)，回紇爲點戛斯所破，其一支西遷至吐魯番盆地，稱爲"高昌回紇"。《陶朱新録》傳說中提到的"交州"，其地唐代屬安南都督府，治所在今越南河内一帶。而所謂"峒"，即指叢山之中一塊平原。以上材料，包含着兩個傳說，它們一北一南，均生成於中國周邊民族聚居地區，前者着力渲染高昌回紇古代部族領袖降生時的怪異徵兆，後者則講了一個交州峒中"美婦人"出生和被人收養的物語。

　　真令人感到驚訝，《道園學古録》和《陶朱新録》記載的這兩個傳說，從故事發生的地域上看，與王梵志傳說本來風馬牛不相及，但它們的故事情節竟會顯得如此異乎尋常的一致。這三個神話傳說裏的主人公，無論英雄、美婦人和詩人，均無有例外地一樣懷胎於樹癭之中，隔了一些時候嬰兒自樹癭内生出，旁人就把孩子收養下來，以後長大都成爲出類拔萃的人物。神話構建荒誕的情節，目的無非是要神化其中叙述的主要人物，而貫穿於這三個物語中的叙事主綫，亦如出一轍相互雷同印合。這自然不好再用偶然的巧合來作解釋，它們之間事實上存在着某種親緣關係。項楚以上發現，給《史遺》這一傳說找到了兩件面目與之惟妙惟肖的作品，足可證明該傳說那些悠謬離奇的情節應別有來源，而決非像潘重規先生所説的那樣：它是黎陽人王德祖在樹癭掩蔽中收養了一個"棄兒"的真實記録。了然於此，就爲探明王梵志傳說生成的原由克服了一大障礙。

　　然而問題在於，依據我們現在掌握的材料，看上面引録的兩個故事進入書面記載的時間，似乎都要比王梵志傳說來得晚。項

楚曾以《高昌王世勛之碑》下文，尚有"傳三十餘君後"與唐議和親
等事的記述，推斷卜古可罕降生故事流傳已很久遠。其實此類與
神話傳説相關的世系表述文字，可信程度大抵很差，不足以拿來
考訂神話産生的年代。所謂"傳三十餘君"的説法，同《舊唐書》回
紇古代"無君長"的記載顯有矛盾；而傳説所謂的"而瘻裂，得嬰兒
五"，則明明白白象徵着唐代初年通過合併而構成回紇民族的五
個部落分支。至於碑文傳述之卜古可罕及回紇與唐和親時的一
些人物，在回紇古代歷史上實無蹤迹可考。王國維《觀堂集林》卷
二十《書虞道園高昌王世勛碑後》云："此事全與史不合，蓋回鶻西
徙以後，已不能紀遠，其所記多荒忽不足信，不如兩《唐書》之得事
實矣。"按《道園學古録》所記的上述故事，當是唐以後回紇之僕固
民衆爲傳誦、美化他們祖先而撰造的神話，並非遠從古先民那裏
世代相承流傳下來的史詩式作品。項楚提供的另一個交州美婦
人物語，最早爲宋人所著録，其書面記載甚爲簡率，看來也不大可
能有源遠流長的傳播歷史。這兩個傳説流傳於西北、日南，與王
梵志傳説很少發生接觸染化的機會，倘探涉這三個故事的相互關
係，很難説究竟是誰影響了誰。極有可能，它們以如此雷同的故
事形態生成於不同地域範圍内，是由於其各自俱曾接受過某一傳
説藍本所施與的影響。該傳説藍本疑在中國及其鄰近地區早有
傳播，並且從情理上去推測，故事裏演繹的一宗重要情節，也應該
與樹瘻之中生出一個孩子密切相關。

　　項楚援引《道園學古録》、《陶朱新録》這兩條材料，本意確實
是想考溯一下梵志傳説的由來，而且有些論述亦很能啓益心智，
他無疑已呈獻了一項給人深刻印象的成就。可惜他對古代不同
傳説體系之間的歧異，尚缺少精細分辨，遂未能抓住上面三個故
事的特定形態繼續探進一步，説來説去還是將這個故事的源頭上
推到"伊尹生於空桑"的傳説。故項氏的考證也没有找出王梵志
傳説的真正來源，他無非是在靠近這個目標的周圍兜了一大圈，

最後仍然返還到入矢義高和戴密微的結論上面。

　　這個傳説故事原型到底在什麼地方呢？我認爲要觸摸到它的有關綫索，必須聯繫王梵志傳説産生的具體文化環境，注意以下兩點：（一）從大氛圍上來講，隋唐時代爲佛教在中土弘傳的鼎盛時期，華梵藝術文化之交感融會至此也進入了收穫季節，而作爲傳送天竺思想文化媒體的佛教經典，在這種異質文明交流過程中所起的作用尤爲重要。王梵志詩雖説"不守經典，皆陳俗語"，但這並不改變其服膺於佛教化俗宣傳需要的基本性質，不管其思想内涵或詩歌外在形式，都與當時人們廣爲持誦的佛教經典維繫着割不斷的聯繫。王梵志的傳説産生在梵志詩熾盛流行的基礎之上，當然不可能游離於這一重關係之外。（二）從傳説故事的特定範疇講，《叢談》、《廣記》轉引《史遺》這個傳説與佛典的瓜葛則顯得更直接一些，因爲佛典原來就是傳説故事的一大寶庫。佛典内搜羅了繁多的古印度民間故事，其數量之繁富如無盡藏，嗣後通過翻譯將它們帶進中國，並讓這些外來物語在震旦大地上逐漸傳播開來，成爲刺激本土叙事文學演變發展的一種活躍因素。自魏晉南北朝到唐世，可謂是佛經故事起深刻影響於中國新故事創作的時期，此際在中國本土出世的許多新鮮物語，往往得力於它們的感觸潤益，而挪借、附會其情節構思者亦時有所見。如關於王梵志這樣一個宣揚"菩薩示化"的神異傳説，似饒有可能是在參照、摹襲某一個佛經故事原型的情況下結構完成的。

　　事實也果真如此。今檢《大藏經》第十四册《經集部》内，有後漢安世高所譯《佛説㮈女祇域因緣經》及《佛説㮈女耆婆經》二卷，兩者説的是同一個古天竺物語，唯經文之詳略稍有差異。它們在故事的開頭一段，皆有自樹瘻之中生出一個孩子的叙述，據此可知王梵志傳説出現之前，如此幽眇奇譎的想象早已爲佛經故事所具備。兹擇其文字稍簡者，將《佛説㮈女耆婆經》中有關部分的原文照録如次：

　　佛在世時，維耶離國王苑中，自然生一柰樹，枝葉繁茂，實又加大，既有光色，香美非凡。王實愛此柰，自非宮中尊貴美人，不得噉此柰果。其國中有梵志居士，財富無數，一國無雙，又聰明博達，才智超羣，王重愛之，用爲大臣。王請梵志，飯食畢，以一柰賞與之。梵志見柰香美非凡，乃問王曰：“此柰樹下，寧有小栽可得乞不？”王曰：“大多小栽，吾恐妨其大樹，輒除去之，卿若欲得，今當相與。”即以一柰栽與。梵志得歸種之，朝夕灌溉，日日長大，枝條茂好。三年生實，光彩大小，如王家柰。梵志大喜自念，我家資財無數，不減於王，唯無此柰，以爲不如，今已得之，爲無減王。即取食之，而大苦澀，了不可食。梵志更大愁惱，乃退思維，當是土無肥潤故耳。乃捉取百牛之乳，以飲一牛；復取一牛乳，煎爲醍醐，以灌柰根。日日灌之，到至明年，實乃甘美，如王家柰。而樹邊忽復生一瘤節，大如手拳，日日增長。梵志心念，忽有此瘤節，恐妨其實。適欲斫去，復恐傷樹，連日思惟，遲迴未決。而節中忽生一枝，正指向上，洪直調好，高出樹頭，去地七丈。其杪乃分作諸枝，周圍傍出，形如偃蓋，華葉茂好，勝於本樹。梵志怪之，不知枝上當何所有，乃作棧閣，登而視之。見枝上偃蓋之中，乃有池水，既清且香，又如衆華，彩色鮮明。披視華下，有一女兒，在池水中。梵志抱取，歸長養之，名曰柰女。至年十五，顏色端正，天下無雙。

上引漢譯經文中所説的柰樹瘤節，即指樹木贅生之隆起部分，也就是王梵志傳説裏的“樹瘦”之類。庾信《枯樹賦》云：“戴瘦銜瘤，藏穿抱穴。”説明樹上所生的“瘦”和“瘤節”，實屬同一回事。這個天竺物語想象力甚豐，多采用鋪墊、烘托手法，綫條單純而節奏緩慢，以有條不紊的叙事技巧使讀者一直保持着懸念，結構上要比《史遺》的王梵志傳説完整得多。但論其主要情節，則同樣講了一個孩子自樹瘦中出生而被人收養的經過。去掉那些非關緊要的枝蔓，讀者看一眼就會明白，它與王梵志、卜古可罕、交州美婦人三個傳說是屬於同一個故事類型。

按"奈女耆婆"故事，爲印度一極長之古老傳説，其規模幾可與著名的《太子須達拿本生》相埒。該傳説着重演繹奈女的兒子耆婆（一譯作祇域）爲一神醫，他能照見人的五臟，與病者療疾經常用開腦、破腹等法，殊有起死回生之術。《奈女耆婆經》和《㮈女祇域因緣經》中大部分篇幅，均被用來一一誇示耆婆（或祇域）行醫的神秘事狀，上述奈女降生情節祇是全篇傳説的一個引子而已。這兩卷佛經於後漢即已譯入中土，梁代沙門僧旻、寶唱又將它的故事編入《經律異相》卷三十一。此後神醫耆婆的名字，遂久爲華夏人士所知聞，如《宋史》卷二百七《藝文志六》，即著錄《耆婆脈經》三卷、《耆婆六十四問》一卷、《耆婆要用方》一卷。陳寅恪先生《三國志曹冲華佗傳與佛教故事》一文嘗指出，我國有關神醫華佗的民間傳説在中古時代興盛流播，實多獲益於佛典"奈女耆婆"故事的啓發和沾漑。而從《太平廣記》裏與王梵志傳説同卷所引《大唐奇事》之"王守一"條，也尚能依稀看出一些它對唐世本土物語浸染濡沫的痕記。要説奈女降生時的一些神異事迹，則在敦煌S.2440《温室經講唱押座文》中便有所涉及。諸如此類文學上的碰撞交感現象，證明此佛經故事在中國漢地肯定有廣泛的流傳，從釋迦經教在東亞的行程蹤迹來看，它完全有可能把自身覆蓋面擴大到產生上述另外兩個傳説的地方。這樣就造成一種有利氣候，俾"奈女降生"故事能順應着人們的精神需求，在不同的地點、時間條件下，陸續地牽引和誘發出王梵志、卜古可罕和交州美婦人等三個新生的神話傳説來。這三個新傳説共同蒙受過一個印度佛經故事的熏習，從其奇特的想象方式中得到啓示，並仿照、挪借了前者的故事成分來結撰自己的情節。儘管這些後來產生的故事叙述的枝節尚有差異，主要人物的性別、身份亦不一致，但它們毫無疑問是同一傳說家族裏的成員，均異常清晰地保留着分娩於"奈女"故事那個母體的胎記。

　　"奈女降生"故事在唐初充當了一個藍本，爲新生起的王梵志傳說所移植和附會，這在後者呈現的物語形態中可找到諸多有力的證據。《史遺》這個傳說縱然聳人聽聞，但它作爲一個神話故事的成品，卻没有顯示出多大的創造性。因爲整個王梵志傳說的脈絡結構，差不多完全是在抄襲"奈女"故事的套路上形成的，而且這裏面涉及的一些情節，也大率屬於對前者刻板的模擬。王梵志這位以詩歌開導衆生的化身菩薩，與古天竺的奈女一樣誕生於果樹的瘤節之中，在這以前兩個樹瘦均"若人妊身然"漸漸長大，此後印度梵志和黎陽人王德祖同樣擔負起了養育孩子的責任。神光籠罩下降生的嬰兒，又需要凡人來照顧，俾其成年後可完成應世入俗的使命，這樣就反過來賦予了故事主要人物一些人間烟火氣息。特別有意思的是，"奈女"、"梵志"二傳說分別提到的奈樹和林檎樹，除了栽種在某個故事人物家裏這處細節一致外，即從果樹的品種分類上看，其關係之近密亦非同一般。《本草綱目・果部・奈》李時珍《集解》謂："奈與林檎，一類二種也，樹、實皆似林檎而大。"王梵志傳説用林檎樹來代替佛經故事中的奈，不外乎是一種就近的移借，於兹殊能窺見新傳説之撰造者搬弄現成材料加以改頭換面的手法。這兩個物語前呼後應，其間題材、内容和情節上的影同斑斑可考，假若不是梵志傳説有意模仿"奈女"這一故事原型，那就絶對不會出現如此亦步亦趨的局面。

　　綜觀"奈女"、"梵志"兩個物語的情節結構特點，可發現故事裏所説的"奈樹"和"林檎樹"，在一定程度上説，都是爲了交代主人公名字的來歷而設施的。佛經故事叙述印度某梵志家栽一奈樹，日後樹上出現諸多神異事迹，並自其瘤節之中生出一個女孩，她之名曰"奈女"顯然同那棵奈樹有關。王梵志傳説蹈襲了佛典原型的舊轍，故其涉及到主人公的名字由來，似亦力圖通過王德祖家的林檎樹求得某種譬解。不過新傳説在這一點上所做的表述，實在没有談出多少道道，遠不像"柰女"故事講的那樣順理成章。試想，一個男孩從林檎樹瘦内"抱胎而出"，憑這緣故就給他取個名字叫"梵志"，總讓人感到難以理喻。因爲"梵志"之與"林檎"，中間並没有什麽必然的聯繫。傳説中所謂的"因林木而生，曰'梵天'，後改曰'志'"，充其量不過是一種拆字游戲，旨在向人們暗示"梵"字上半部的形體就已經寓明了神話人物出生的原委。傳説的編造者想從中灌注一種模糊的啓示，結果反而弄巧成拙了。此類幼稚的附會本無足取，但究竟是什麽緣由，導致了他們硬要在不能自圓其説的情況下強詞奪理呢？今細探個中之症結，乃恰恰是由於在這些搪塞、附會之辭後面，被有意無意地掩蓋着一宗重要事實：《史遺》傳説裏"梵志"這一名字的真正來源，實則同樣是出於該傳説對佛經原型裏人物稱謂的襲用。基於"柰女"傳説早有一位配角稱爲"梵志"，同時又因"梵志"這個名詞曾反復出現在故事的漢譯經文裏面，至爲招人眼目。故王梵志傳説在仿照上述藍本結撰自己的情節時，可以毫不費力地將這個詞兒移栽到新傳説的主人公頭上，並使它由一個原來表示人物身份的普通名詞，變成了一個特定神話人物所單獨擁有的專有名詞。兩個傳説在不同的意義上都容納了這個詞，而後者對它的采用無疑同前面一個傳説有着因果的關聯。這套移花接木的伎倆，往往如杜甫《北征》詩裏説的一樣"天吴及紫鳳，顛倒在短褐"。陰差陽錯、東拼西凑極難避免，在衆多俗文學故事形成過程中也屢見不鮮。倘從另一角度來審視，也未嘗不能説是民間意識簡率天真的表現，這類使我們感到幼拙而不太有味的故事，其中的大多數都是由質樸的誠心所造成的。

　　既然《史遺》傳説之"梵志"一名別有承借，那就不用分説，在它前面的這個"王"姓也一定是屬於虛擬的了。神話人物本身缺乏客觀實在性，因此無論給他冠以任何姓氏，實際上都不具備用於考訂某個人身世、經歷的價值。衆所周知，"王"姓和"張"、"李"一樣，俱爲中國最常見之姓氏，其枝葉分派遍布天下，故極容易被傳説創撰者拿來配擬在他們虛構出來的人物身上，如同"張三"、"李四"、"王五"之類，毋宜不加分辯就當做真實存在的具體人物看待。一部《太平廣記》中，叙述的仙狐神鬼中有個"王"姓者不在少數。如該書卷三百一"汝陰人"條，即記述如下一則物語：

> 汝陰男子姓許，少孤，爲人白皙，有姿調。好鮮衣良馬，游騁無度，常牽黄犬，逐獸荒澗中，倦息大樹下。樹高百餘尺，大數十圍，高柯旁挺，垂陰連數畝。仰視枝間，懸一五色綵囊，以爲誤有遺者，乃取歸。而結不可解，甚愛異之，置巾箱中。向暮，化成一女子，手把名紙直前，云："王女郎令相聞。"致名訖，遂去。有頃，異香滿室，漸聞車馬之聲。

此篇衍叙許某遇合仙姝的傳聞，其間"女郎"爲一神人，卻指使樹下彩囊化出的女子與凡人通款，手持名紙稱她的女主人姓"王"。有一個確定的姓氏，較有助於加強作品的藝術效果，而這個姓氏的由來，則純粹靠説故事人的臨時編派。更叫人忍俊不禁的，在敦煌變文《醜女緣起》裏，還居然給天竺波斯匿王女兒金剛的夫婿硬按上一個"王"姓，讓宮裏的女眷們親昵地呼他爲"王郎"。由以上兩例可知，見諸於隋唐時代的通俗叙事文學作品，像《史遺》傳説那樣替"梵志"這個神話人物加上個"王"姓，説起來衹是一件司空見慣、一點也不足爲奇的事情，從這裏無法推導出王梵志是一個真實人物的結論。

在談到王梵志詩的作者問題時，日本學者游佐昇曾引用過一首寒山詩，頗能披露出此中一些消息。該詩有道：

> 我住在村鄉，無耶亦無孃。無名無姓第，人喚作張王。並無人教我，貧賤也尋常。自憐心的實，堅固等金剛。

詩中以第一人稱口吻，吐露了當時鄉村裏一部分民間詩人的心態。這些人社會地位不高，時常面臨着貧困窘境的脅逼，又程度不同地受到過一些佛教思想的熏染。儘管此輩未必都屬入矢義高、游佐昇所説的“化俗法師”，但不少人確實對佛教抱有虔誠的信仰，其中主要的成分是在家的普通信衆和知識分子。他們有一定的文化教養，愛好吟作淺近通俗的詩歌，但目的在於勸誘世俗和表達自己的生活、倫理意識，而並非計較在詩壇留下一個真實姓名，所以你無妨説他們姓“張”，亦可以説他們姓“王”。總之，對於這樣一個階層的人士來講，詩歌用誰的名義來傳遞給別人無關宏旨，重要的是必須讓它們發揮“遠近傳聞，勸懲令善”的作用，如果能夠將自己的詩同一位神異人物的名字挂起鈎來，使之獲得一股超乎常情的流播力量，那一定是爲大家非常嚮往和樂於趨從的。“王梵志”這個大名的出世，正是迎合了此種衆趨性格和羣情所需，不管它在最初形成時如何出於湊合附會，祗要一旦流傳衆口，就會像與此名字緊密關聯着的梵志詩一樣遠播四方。

　　通過以上論述，《史遺》關於王梵志的這條材料不是史實記載已無疑問，但我們並不能因此而低估了它文化史料的認識意義。傳説材料的真僞問題有其相對性，關鍵是在研究實踐中要對材料的性質進行準確判別，並加以合理的應用。王梵志傳説終究是一定歷史文化背景的產物，它植根於民衆生活的土壤中，能通過其獨特方式折射出它所賴以生成的事物具體形態。正如有人指出的那樣，該傳説中交代的“衛州黎陽”和“當隋之時”這兩點，總是體現了某些比較確定的實際含義，不能認爲它沒有提供任何一點具有可信性的東西。

　　像《史遺》王梵志傳説這樣的記載，與其將它看成某一位詩人身世、經歷的記錄，毋寧把它視爲王梵志詩這種通俗文學作品流播狀況的曲折映現。王梵志詩從本質上説是一種口頭文學，爲很

長一段時間裏衆多無名詩人的集體創作，並於流播過程之中發揮
其最大的藝術感染作用。現在我們看到的敦煌寫卷和其它記載，
僅僅是它們口頭流播形態的書面記錄而已。《史遺》傳説也是羣
衆交口授受的産品，而在這個傳説的背後，則隱藏着一個範圍更
加廣大的羣衆詩歌創作活動的事實。我們探索、分析《史遺》傳
説，可相信"王梵志詩"最早生成於隋代，衛州黎陽一帶乃是其發
源地。黎陽爲隋、唐時期佛法很興盛的地方，在這裏建造了著名
的"浚縣大佛"，具備産生這類宗教化俗詩歌的社會基礎。它們在
開始時聲勢並不很大，故並未加上一個特別的名稱，到了唐初引
起較多人的注意，於是才同"王梵志"這一名字聯繫起來。過後梵
志詩的流播範圍愈益擴大，至盛唐以前已傳到遥遠的敦煌、西域
地區，王梵志傳説因此又展現出一些新內容。范攄《雲溪友議・
蜀僧喻》嘗謂："梵志者，生於西域林木之上，因以梵志爲名。"這同
樣不可能是史實記載，而恰好是《史遺》傳説的變種。俗文學故事
本身具有變異性的特點，洎於作品發生實際作用的地方變了，故
事裏主人公的出生地點也會相應跟着起變化。《雲溪友議》這條
記載與《史遺》傳説呈現的某些差異，主要是由於故事傳播地區的
遷徙所造成的。對這兩條資料，我們無需花費精力去評論哪一條
記載正確，哪一條記載錯誤，因爲它們同是屬於俗文學材料，不能
完全用傳統考據學的眼光去衡量和審視。

1994 年 4 月

〔**附識**〕去今二載春杪，友生夏廣興同志借查考文獻之便，於臺灣大乘文
化出版社《現代佛教學術叢書》第十九册《佛教與中國文學》內，替我檢得郭
立誠先生 1944 年寫成之《小乘經典與中國小說戲曲》專論一篇，此中具列
"奈女耆婆經與王梵志"一條，即曾提到梵志傳説與奈女故事頗有關係。郭
文屬我此前所未寓目，爲志前賢早識之明，謹録該條全文如下：

十三、奈女耆婆經與王梵志

王梵志是一個白話詩人,在《太平廣記》卷八十二有他的故事。說在隋文帝時黎陽人王德祖家有林檎樹生瘤如斗,三年方破,內有小兒,德祖收養之,即王梵志也。他的詩和寒山、拾得詩是一樣的,都是語淺而含有哲理的作品。按《奈女耆婆經》是說維耶離國國王的御園中有美奈,王賜梵志一枚,梵志回家種之園中,樹極茂盛,樹邊忽生一瘤節,日月增長,瘤上又生一枝,枝葉形如偃蓋,下有一小女,梵志收養之,因生於奈樹,故名奈女。後爲瓶沙王婦,生神醫耆婆。奈果、林檎都是類似的植物,或是王梵志爲不知來歷棄兒,因彼詩似佛偈,又含佛教思想,故有此異特傳說爾。傳者因習聞印度奈女故事,故附會梵志亦生於樹瘤中也。

2002 年 6 月 19 日

論敦煌寫本《王道祭楊筠文》爲一擬體俳諧文

　　自敦煌藏經洞大量王梵志詩寫卷出土,至上世紀五十年代後期,學者們懷着極大的興趣尋繹原卷,考校内典外書,並根據各自對《史遺》所記王梵志傳説的理解從事探討,涉及到這些通俗詩歌的作者及其年代問題,漸次形成了兩種針鋒相對的觀點。其中一者以胡適《白話文學史》爲代表,確認王梵志系衛州黎陽人,他生逢隋文帝時,其處世年代約當公元 590 年至 660 年,是歷史上真實存在的一位白話詩人;另一種觀點則以入矢義高《論王梵志》一文爲標誌,該文注重原材料的分析,運用證僞的方法對《史遺》傳説和胡適的結論提出衆多質疑,傾向於肯定王梵志是個神話傳奇人物,而否定他作爲一個歷史人物的客觀實在性。第論及這些通俗詩歌的創作年代,亦認爲不應限定在隋末唐初的範圍之内。正值如是兩種觀點分張角立,差不多要形成旗鼓相當局面的時候,敦煌寫本《王道祭楊筠文》卻於此際公諸於世,從而充當一項新的因素介入這場討論中間,乃在顯著程度上制約了敦煌學界對上述問題認知的取向。

一

　　敦煌 P.4978 殘存《王道祭楊筠文》,爲該寫本正面之第二段文字,與它同在一面的第一段文字缺其前半部分,它則少了後半部分若干語句。這條材料藏於法國巴黎國家圖書館的敦煌文書裏，原先不爲世人所曉，1958 年由旅法華人學者吳其昱先生首次在《通報》總第六期上予以介紹，至此我們才得以瞭解它的面貌。茲錄其殘留部分的文字如下：

> 維大唐開元二七年，歲在癸丑二月。東朔方黎陽故通玄學士王梵志直下孫王道，謹清酌白醪之奠，敬祭没逗留風狂子、朱沙染痴兒弘農楊筠之靈。唯靈生愛落荒，不便雅語，僕雖不相識，藉甚狂名。前度承聞尚書、阿蓋婆並蒙見用，計茲果報，天恩不爲。君□子合思而自將，豈得重煩聖聽。諺云：何年窠裏覓兔，計君幾許痴心；鸕鶿上於鐵牛，選場中豈（以下殘缺）①

雖然祇是個殘篇，但觀其行文，顯與當時祭文常用的格式差相符合，所寫的內容亦大致清晰。洎於這段文字裏出現了王梵志的大名，而敬祭“弘農楊筠”亡靈之當事人，據稱又是他的“直下孫”王道，加諸其間關於年月、干支、地點、官職的記敘又顯得言之鑿鑿，好像真同開解梵志詩作者的謎團深有干係。故此文一經《通報》披露，即受到海內外梵志詩研究者的高度重視。

　　回顧王梵志詩近百年的研究史，可以說還沒有一條其它的新材料，能夠像 P.4978《王道祭楊筠文》那樣，在很長的時間內持續地招來學人們關注的目光。面對這篇殘缺祭文的發現，包括神田喜一郎、任半塘、潘重規等幾位老一輩敦煌學家，均給以熱情洋溢的評價，一致首肯該文是辨明王梵志信有其人的珍貴資料，對弄清詩人之生平與時代具有極高的價值。譬如任半塘先生，他在以往纂撰《敦煌歌辭集總編》時，曾經對“梵志”名下，究竟一人，抑不止一人抱着存疑態度，但接觸《祭文》之後，就轉而斷言這爲確定王梵志的真實存在“留下了鐵證”。寖至上世紀八十年代，梵志詩

① 　此段引文的解讀和標點，均吸收了項楚先生的校勘成果，爰加指出，以明來源。

的研究進入非常熱絡的時期，海峽兩岸發表的論文數量甚多，並
先後出版了張錫厚的《王梵志詩校輯》和朱鳳玉的《王梵志詩研
究》。這兩部專著網羅放失遺材，闡發詩歌微意，咸爲全面探汲王
梵志詩的系統力作，其於論及詩人之生平時代，同然秉承、申述胡
適的主張，旨在努力勾勒王梵志一生的具體行迹，并且都把
P.4978寫本作爲支撐自己觀點的一條重要材料。而趙和平、鄧文
寬的《敦煌寫本王梵志詩校注》，其第四部分考論梵志的平生經
歷，則乾脆將祭文提到的開元二十七年，拿來當做察看詩人活動
大約年代的下限。在談到《祭楊筠文》對梵志詩研究顯示的意義
時，張錫厚先生《唐初民間詩人王梵志考略》一文嘗作過如下的
概括：

> 　　這篇祭文的重要意義在於：第一，明確肯定王梵志是"東
> 朔方黎陽"人；第二，王梵志還有"通玄學士"之稱；第三，開元
> 二七年，王梵志已卒，其孫并能爲人作祭文。這就充分説明
> 王梵志是生於黎陽的實在人物，他生活的時代至遲也要早於
> 開元年代。①

此話出自張先生之口，實則代表了當時不少人的共同認識。讀者
從其充分肯定的語氣裏，不難覺察到其中所包含着的一份信心和
執着，似乎《祭楊筠文》這條新材料的發現，確能幫助梵志詩的研
究解決一大懸案。既然該祭文的作者就是王梵志血脈正傳的嫡
孫，那麼生育於黎陽的白話詩人王梵志於隋末唐初的真實存在，
便容不得再有任何懷疑了。

　　然而，懷疑的人畢竟還有。事情的癥結並不在於前列諸位研
究者所做的考證是否到家，而恰恰是被他們寄予厚望的這篇《王
道祭楊筠文》，究竟能不能拿來充當考訂王梵志生平與時代的史

---

① 　張錫厚《唐初民間詩人王梵志考略》，收入《王梵志詩校輯》附編，中華書局，1983 年。

實依據。針對上述課題最早提出異議的，當數法國著名漢學家戴密微教授。他用心審度該祭文之文本，並於《王梵志詩附太公家教・引言》中就此揭橥好多疑點：一，此篇名曰"祭文"，但描述的卻是一位小丑般的人物，而且對他所講的一些話，也顯得滑稽而難以理解，其間存在着明顯的矛盾和不合拍；二，朔方與黎陽的地理位置相距甚遠，祭文謂黎陽屬東朔方，亦然是離奇而不合情理的；三，說王梵志是"通玄學士"，即云王梵志爲政府機構之官員，所有他的作品都推翻這種可能性；四，開元二十七年的干支並非癸丑，癸丑應爲開元元年。他表達的這些意見，第一點是說P.4978《王道祭楊筠文》不像真正的祭文，第二、三、四點則指出它史實上的舛訛和破綻。綜合以上數點，戴氏認爲此文無非是一篇滑稽的游戲文學作品，了未具備構成可靠史實材料之必要條件，因此毋宜將它當做斷定王梵志確有其人的證據來使用。戴密微在這裏，表現出他處理文獻的清醒眼光，唯介入到當時梵志詩的研究領域內，卻不免與其主流意識相悖，所發生的實際影響亦緣此頗受限制。即便是《王梵志詩附太公家教》一書刊布後的十年內，表示疑慮者倒往往有之，而能夠公開出來認同和回應他觀點的，算來僅有日本學者菊池英夫一人。若斯獨唱寡和的境況，需待嗣後項楚就此爭議進而提供諸多拓展性的認識，才有了根本的改變。

　　1991 年，項楚先生的《王梵志詩校注》出版，由於著者熟習中古的文獻和語言民俗，故能針對梵志詩研究既經碰到的不少疑案，做出自己合理的判斷和闡釋，由之而賦予此書以後出轉精的特色。就在這部《校注》的一個題爲《敦煌遺書中有關王梵志三條材料的考訂與解說》的附錄裏，項氏把《祭楊筠文》列爲需予探及的專題之一細加檢討，其結論同樣認定該祭文爲一幽默的游戲文字，所謂"祭文"云者，實屬玩笑之語。講得更徹底些，它"祇不過是作者編派來挖苦攻擊楊筠的一張傳單罷了"。

　　按項氏之立論,無疑曾受到戴密微的啓迪,第與前者之點到
輒止比較,殆確乎朝着澄清 P.4978 寫本的真相邁進了一步。這
不啻是由於項楚對前者所揭示的若干疑點,嘗逐條付以瞻詳的論
证,使之益趨切理厭心而具有更强的説服力;同時他還善於運用
相關的材料,經過審慎的比勘對照,務求凸顯該祭文和其它游戲
文字之間存在着的内部聯繫。其中非常突出的一例,是他考察
P.4978全卷,發現在《王道祭楊筠文》前面那段文字,居然也是一
篇游戲之作,它以春社宴集爲題,極盡調侃取笑之能事,與《太平
廣記》卷二百五十二輯入《啓顔録》之《千字文語乞社》極爲相似。
這就證明它們從内容上看原屬同氣相求、文以類聚,而 P.4978 寫
卷亦稱得上是"一個幽默文字集殘卷"。爰論項氏闡介《祭楊筠
文》的尤精闢處,則莫過於他對該文實際作者與楊筠雙方關係所
做的分析,以此爲人們解讀這篇奇作掃除了一大障礙。其云:

　　　　"王道"的名字,我認爲是虛構的。王道是王梵志的"直
　　下孫",亦即嫡系孫,這無疑是一條饒有趣味的材料。不過按
　　照常理,作祭文者與被祭者,應該有一定的關係,例如親屬朋
　　友之類,可是這篇祭文卻説"僕雖不相識",可見他們並無關
　　係。如果是遥祭古人,當然不可能相識,可是體味"前度承
　　聞"以下一段文字,楊筠並非古人。實際上,作者無疑是與楊
　　筠熟悉的,"王道"則是一個編造的人名,當然不可能與楊筠
　　相識。作者編造這個人名,好比"匿名"(古人或稱"無名子")
　　一樣,是爲了用來隱藏撰文者的真實身份。可是爲什麽偏偏
　　要編造是王梵志的"直下孫"呢?這卻不是偶然的。因爲王
　　梵志是幽默的大師、諷刺的巨匠。《祭文》的作者正是要借重
　　王梵志的大名,冒充是王梵志諷刺藝術的真傳。[1]

────────────

[1]　項楚《敦煌遺書中有關王梵志三條材料的校訂與解説》,收入《王梵志詩校注》附
　　録,上海古籍出版社,1991 年。

上面引録的一長段評論，當屬項楚依據自己的治學經驗，深入觀察文本内容、體制結構後獲得的知言。像這樣把握特定的考究對象致力辨明事勢、揣度人情，正是探索古代文學一種必不可少的手段，其精神實質仍與我們常説的"知人論世"原則相一致。唯因項氏敏鋭地揭中《王道祭楊筠文》的要害，故能由表及裏，指出潛匿在其字面含義背後之真實内涵，把事情的來龍去脈基本上講清楚了。顧自《王梵志詩校注》問世迄至今日，筆者尚未聽説有誰曾對項氏的看法表示過相左意見，儘管這並不意味着大家毫無保留地贊同他的識解，但至少説明梵志詩的研究者在碰到這一條材料時，已不能不加考慮：用它來厘定詩人的生平事迹究竟有無切實的可行性。

　　信如前文所述，戴密微、項楚觸涉 P.4978《王道祭楊筠文》，均聚焦在討論這一敦煌出土材料本身的性質問題上。按古代祖輩流傳下來的人文遺産豐富多樣，遍及前人生活實踐和思想情感訴求的方方面面，單以書面記録的文獻而言，裏頭固有大批忠於歷史原貌的紀實性資料，然亦不乏爲滿足世人娛心取樂的游戲之作，兼而囊括了其它各色類型性能迥異的簡册文本。敦煌藏經洞内發現的數萬件寫卷，應是此宗情形在一個時代横斷面上的縮影。這些性質判然不同的文字材料，悉可酌其效能分別置於各自合適的場合盡其所用，關鍵是在開始實際操作之前，首先要檢查一下材料與預期的研究目的是否對路，否則很可能造成事與願違的結果。戴、項於《祭楊筠文》的性質如是經意辨析，適足引起大家對上述這一環節的重視，自規範學術工作的角度看甚有正面價值。至於談到《祭文》的游戲文學特徵，其論議亦灌注着一種由良好學養培植起來的通識，但仔細推敲，實證的成份還是少了一些。戴氏憑藉的是識力和經驗，項楚雖倚重徵引某些比照材料，察其主體部分則猶以情理的推導居多，而主要的缺點，是未能從游戲文學的文體方面去進行舉證考量，故仍留有充實論據的較大空間。此類不足之所以産生,恐與兩位學者對《祭文》缺少準確的定位有關,諸如僅僅指出它是一篇滑稽的游戲文字,即因其概念籠統而影響了他們對該文的形態作更貼近的觀測。事實上這篇《祭楊筠文》處在游戲文學龐雜的集合體中,的確有它特定的族羣歸宿,並理所當然地爲其作品隊列裏的一員,按兹文内容、文體結構上所呈現的若干特異點,蓋未始不是那個族羣衆多篇章共同禀具的徵狀。我們欲了達此間裏藏着的隱情,捨爬梳古代游戲文學之源流及演進軌轍外,實别無其它方法。

二

　　通過戲玩嘲謔達成某種精神上的滿足,乃人類不同民族共有的思想行爲方式,所謂的"滑稽味"必定産生於人們的現實生活之中,又時常與文學藝術的創造衝動結伴相隨。緣此世界上各個國家和地區文學史的嬗變進程,率凡都會將游戲文學這一大品類包容在内。姑以歐亞大陸三個文明古國論,洵如希臘民衆對滑稽的愛好曾促成古典喜劇的蓬勃發展,古天竺人則明確地把"滑稽味"(hāsya)列爲文學應備的八味之一,而這類創撰在華夏文壇所占的地位也同然是不可替代的。

　　我國歷代遷延不絶的游戲文學,始發軔於上古社會,恒扎根於民間土壤,在它的編創、傳遞圈内,大多數人爲普普通通的百姓,並能不斷吸納文士和名流的參與介入。就是這麼一個來自不同階層人員組成的羣體,千百年間呈獻了無數飽含"滑稽味"的創作成果,總體面貌堪謂繁富駁雜。這些作品粗加區劃,即有口頭演繹和書面記載之分,而書面材料所展示的體制形式,又廣泛涉及到戲弄、故事、論議、詩歌和駢散文諸體。對於漢代以降出現的那些運用駢文或散文體制寫成的篇什,我們習慣給它們冠以"游戲文字"、"幽默作品"等一些名目,古代文士便均用"俳諧文"這一稱名予以統括。而首次將"俳諧"當作一類文體來論列的，是梁代文學批評家劉勰，其《文心雕龍·諧隱》曰："並嗤戲形貌，内怨爲俳也"，"諧之言皆也，辭淺會俗，皆悦笑也"。如上評斷言簡意賅，説得相當透徹，其前二句揭示該類文制具備諷刺和戲謔的功能；以下"諧之言皆也"等三句，則强調它們之發生傳播，必須有接受一方的積極配合。故朱光潛先生的《詩論》認爲，劉勰的這種解釋着重在指出"諧"的社會性。按照《説文》的訓釋，"俳，戲也"，"諧，合也"，前者是指戲謔取笑，後者乃謂衆口迎合，在同一個詞裏兼容了它産生和接受兩個方面。"俳諧"亦作"誹諧"、"排諧"，亦屬"滑稽"的同義語，它不祇是講娱樂調劑精神，猶有利導智慧的意思。《一切經音義》卷五十六云："滑稽，猶俳諧也……以其諧語滑利智計疾出者也。"錢鍾書先生《管錐編》謂："'滑稽'訓'多智'，復訓'俳諧'，雖義之轉乎，亦理之通耳。"藉此正可説明俳諧文之創構，即屬人類情智活動的一種喜劇化表現。這些撰作緣蘊含諧趣而常和幽默相連，復因明察世相而輒與嘲諷同體，以其雋永之内涵激起社會各界別人士的普遍喜愛，讓讀者於笑聲中獲得倫理和審美的感觸，終能貫穿時空，久衍不衰，在中國文學史上形成一道奇恢獨特的風景綫。

　　參照劉勰《文心雕龍·諧隱》的説法，我國文學史上破土而出的俳諧文，實由先秦之諷刺、戲謔歌謠與倡優滑稽言辭而來，在漢魏南北朝時期確立起了與之相應的體制，並隨着時代的遷移，逐步鑄就了它們應對各種題材的文章結構完形。這一軌迹甚明的趨進過程，標誌着此方的游戲之作由口頭演繹轉化成爲書面文字，從片言隻語蜕變爲獨立完整的文學篇章，其形式體制的整合提升，決然融會了漢、魏以來駢、散文創作與文體學的成就。鑒於當世崇尚通脱不拘，滑稽戲玩可被借來宣泄胸中鬱結，裁作這類篇什雅爲許多士人所喜好，非但屢有文章巨擘參預其間躬親捉筆，連一些無名之輩亦藉此爲自己大造聲勢。顔之推《顔氏家訓・文章第九》一處記述，即道出了其中熱鬧情狀之一斑：

> 近在并州，有一士族，好爲可笑詩賦，誂擎邢、魏諸公，衆共嘲弄，虚相讚説，便擊牛釃酒，招延聲譽。[①]

按“誂擎”音“調皮”，即“戲言”是也；而“虚相讚説”，乃云設虚辭以加推挹，實爲揶揄譏刺。“邢、魏諸公”指邢劭、魏收等北地名流，在這裏確被此公當作了戲弄和諷刺的對象。這位“并州士族”隆重推出的可笑詩賦，必定有相當一部分應歸入“俳諧文”内，可惜我們已無法睹其真容。游戲文學的遭遇就是如此，它們縱能“衆共嘲弄”，聳動社區，但事後往往隨手拋擲，待時間一長大多滅没無聞，果能留傳於世間者爲數寥寥。今考南北朝季世流行的俳諧文集，據《隋書・經籍志》集部總集類所載，計有“《誹諧文》三卷；《誹諧文》十卷，袁淑撰。梁有《續誹諧文集》十卷；又有《誹諧文》一卷，沈宗之撰。”上列多種文集嗣後咸告佚失，唯與之相關的作品資料，尚有不少輯録在《藝文類聚》、《初學記》、《太平御覽》等類書裏面。近人王運熙、秦伏男、譚家健、朱迎平諸先生，曾對本時期此類撰述作過考釋推求，認爲可從現存的古籍中間，勾稽出完整或比較完整的漢魏南北朝俳諧文五十篇左右。這個數字同當時俳諧文創作的實際總量相比，恐怕衹抵極小一部分。不過它們終究是幾經淘汰而保留下來的鳳毛麟角，藝術水平之高固不待言，而且多有佳作出自名家之手，故例能顯示儕類撰作於其中古昌盛時期的美學特徵和文體因革。

大凡屬俳諧文者，自然都滲透着追求滑稽效果的審美趣味，究其形貌風神當亦大致相近。但考以作品内容與其文體之間的對待關係，則上述五十來篇俳諧文可劃爲兩個主要分支。其一是以賦體爲主的詼諧文章，題目除稱“賦”外，間而又用“文”、“論”、

① 参見王利器《顔氏家訓集解》卷四《文章第九》，中華書局，1993 年。

"説"等名號，雖云稱謂有異，惟形制大抵還是賦體。僅舉其久負世譽者，即可列出揚雄《逐貧賦》、張衡《髑髏賦》、曹植《鷂雀賦》、左思《白髮賦》、束皙《餅賦》、盧元明《劇鼠賦》、張敏《頭責子友文》、陸雲《牛責季友文》、魯褒《錢神論》等篇。其它由知名作家寫成的同類篇幅還有好多，於茲莫能一一枚舉。賦體在俳諧文中顯示的優勢，良由辭賦體制恢張、擅長鋪叙，較之彼時諸多它種文體，愈其適合表現縱情嘲謔的滑稽内涵，遂素有"莊諧雜出，快意爲主"的傳統，成爲當世作者創構俳諧文的體裁首選。這部分作品的形式結構自漢代已臻成熟，經長期積累數量頗豐，在文學史上恒居俳諧文的主流地位。它們的顯著特徵在於順沿着援用文體的習慣思路，讓須予傳遞的滑稽意蘊得到正面的表達。也就是説，它們内容和文體的相互配合，體現出了一種很順當的關係。其二，乃一些特殊的摹擬文辭，即本文論題所語及之"擬體俳諧文"是焉！倘質其曲意模仿的對象，則必爲施諸莊重、嚴肅場合的各種應用文體，包括了公文體和私家所用的文辭體裁，題目較多以"文"來稱呼，有的給套上"牋"、"表"、"詔"、"檄"之類名目。略如劉宋袁淑所撰的《鷄九錫文》、《勸進牋》、《驢山公九錫文》諸什，梁代沈約的《修竹彈甘蕉文》，孔稚圭的《北山移文》，即允爲這一支族裁製的傑出代表。此等撰作憑借摹習某些應用文體的格式套路，實則灌入了與文體本該具有的内涵絶不相容的旨趣，爲了克服和消解這層扞格，需由作者在撰寫時反向叙説、化莊爲諧，從被摹擬者的背面把超常的滑稽、嘲弄意味擠兑出來。謂曰"擬體"，實爲相反相成，個中任何一篇文章的寫就，無不經歷了一道拗强的逆反運作，其所具之創意也正在於此。擬體俳諧文成立相對滯後，要到南北朝時才正式登場，其篇幅固屬少數，卻顯得異軍突起，別具一格。若此同時涵蓋兩個主要分支的俳諧文營壘一旦形成，便在歷史傳承過程中產生出很强的慣性力量，不但穿越隋唐宋元，甚至及於明清時代。明代中葉以後社會孕育變數，士風恣肆逸蕩,滑稽常被當做反抗思想禁錮的手段,由此而演成游戲文學大放光彩。這時寫作俳諧文的技巧不斷有所創新,牽涉到的文體早已突破它初創階段的界限,爰觀其大端則依然保持了這一基本格局。

按"擬體俳諧文"作爲一個概念被提出,目的是將上述擬體之作和一般的俳諧文區別開來,此爲徐可超博士從事學術探討所獲的一項成就。徐氏在他的博士學位論文《漢魏六朝詼諧文研究》中,嘗闢專章檢討此項議題,談到了不少前人尚未經意的創作現象,對有關原始材料的梳理也做得相當扎實。論文作者在此基礎上指出:"詼諧作家有時喜歡使用或摹仿某種實用文體,而出之以戲謔的内容,通過文體與内容的不協調,營造或增强文章的喜劇效果。"①此類從文體與内容的不協調中來提汲滑稽味的創造活動,即是所謂"擬體俳諧文"的來由。將擬體俳諧文與賦體爲主的俳諧篇章比較,蓋大多"具有一定的現實針對性和較明確的諷刺目的"。筆者基本上同意徐可超氏的主張,認爲挑明這層以往常被掩蓋着的關係,殊有助於研究者弄清俳諧文裏一部分作品的獨有質性,特別是由他首次明確提出的"擬體俳諧文"這一概念,當可視爲游戲文學研究正在趨向深入的標誌。但要在學術實踐中正確運用這一概念,就必須對它所涉及的範圍作出清晰的界定,俾避免在判斷某些撰作的歸屬時掌握尺度發生游移。應該强調説明,徐氏所述的這些被"詼諧作家"模仿的"實用文體",照例都得施用於莊重、嚴肅的場合,而且又是當時的文體學所認可的文章體裁。鑒於我們是從文學創作的視角來考察擬體俳諧文的話題,故確定在各色應用文體裏頭哪些可以被它當做模仿對象,還得要以摯虞《文章流别論》和《文選》、《文心雕龍》所肯定的一些文學體裁爲準。至如王褒《僮約》、石崇《奴券》、范曄《和香方》諸作,

---

① 徐可超《漢魏六朝詼諧文研究》,復旦大學博士學位論文,2003年。

雖然其間各有仿傚祖本，唯供其參照摹襲者只是世俗書契和藥方之類，殊難與人們常説的"文體"相提並論。筆者並不懷疑《僮約》、《奴券》等篇曾經擔任了擬體俳諧文出世的先導，但它們本身還不是這一族羣的合格成員。正因擬體俳諧文所摹襲的是施諸莊重、嚴肅場合的文學體裁，並對於前者負有"反向叙説"、"化莊爲諧"的職責，故愈能凸顯出其鮮明的針對性和現實諷刺意義。

三

我們對漢魏南北朝的俳諧文達成了如上瞭解，即無妨跟隨着其興起和傳承的蹤迹，把目光漸移到產生敦煌 P.4978《王道祭楊筠文》的唐代。李唐之世俳諧文的創撰，在民間社會依舊非常活躍；反觀文人士大夫一頭，卻多少顯得有些遜色，此期間固有韓愈《毛穎傳》這等驚世奇作出爐，總的説來卻遠不如漢魏南北朝那樣發揚聲采。今按《舊唐書》之《經籍志》與《秦景通傳》附傳，嘗著録袁淑撰《俳諧文》及本朝劉訥言撰《俳諧文》各十五卷，根據莫道才先生的考訂，此後者系不同於袁淑前書的另一種俳諧文結集[1]。儘管二書亡失彌久，但藉助《舊唐書》的記載，猶可略知一些俳諧文章在有唐流傳的態勢。現存之唐人俳諧文篇什或其片斷，主要見於《舊唐書》、《朝野僉載》、《北夢瑣言》、《太平廣記》諸書，另在敦煌文書裏亦保存了若干資訊，匯羅起來其數尚屬可觀。如戴令言的《兩脚野狐賦》，劉朝霞的《駕幸温泉賦》，都因寓含諷刺而馳名當世。如專以擬體俳諧文言，目前所掌握的材料確實不多，不過僅就既有的幾篇來作考察，也足以表明它們是南北朝同類撰作在新的歷史條件下的延續。

---

[1]　莫道才《〈舊唐書〉本傳所叙唐人著述〈經籍志〉未見載者知見録》，河池學院學報，2004 年第 5 期。

　　擬體俳諧文自南北朝至唐代的郵遞承接，同樣顯現了一項文學創作傳統的推演綫索。我們將這一長段時間該族羣之作品舉要做些梳辨，大致能列出如下幾種具體的類型：

　　1. 彈事移文——彈事與移文，分別用於彈劾、責討等嚴肅政事場合，號稱"辭剛而義辯"，然而到了俳諧文作家手裏，竟一變爲嘲謔玩笑內容的載體，輒與彈事、移文之要求大相徑庭。這類文章有沈約《修竹彈甘蕉文》、孔稚圭《北山移文》。顧敦煌唐五代人寫卷中有《燕子賦》一篇，其嘲戲之構思特點頗與沈約《修竹彈甘蕉文》相通，唯此篇依俗賦體寫成，誠不宜作擬體俳諧文觀。

　　2. 封授典策——是類俳諧文章最著名者，是袁淑《鷄九錫文》、《勸進牋》、《驢山公九錫文》、《大蘭王九錫文》、《常山王九命文》諸篇。蓋封授典策，本屬皇王發號施令之言，例必"騰義飛辭，渙其大號"（《文心雕龍·詔策》），益極其莊嚴、雅馴之氣氛，是典型的廊廟文字。而袁淑居然襲其套路，改弦更張，玩弄筆底，煞有介事，措滑稽嗤戲之辭，陳荒誕不經之義，讓鷄、驢、猪、蛇等動物一一受到封賞，委實有點"大不敬"的味道。第言厥後文士步袁淑後塵所撰之續作，尚有王琳《鱔表》和陶弘景《授陸敬游十賚文》。

　　3. 征討詔檄——原爲軍事討伐發布的文告，所謂"震雷始於曜電，出師先乎威聲"（《文心雕龍·檄移》），向屬"威猛之辭"（《六臣注文選》卷四十四李周翰注）。而與之相對應的擬體俳諧文，乃參仿其文體，別敘以他事，由此轉移並抽掉它的實用目的，在充滿殺伐之氣的外罩下，強力反襯出擬作對某些事物肆意嘲弄的旨趣。如《弘明集》卷十四所載釋智静《檄魔文》、釋寶林《破魔露布文》，《廣弘明集》卷二十九存錄元魏佛徒撰述之《伐魔詔》、《檄魔文》、《破魔露布文》，梁代吳均之《檄江神責周穆王璧》，究其作意蓋率皆若此。又據《舊唐書·李義府傳》載：權奸李義府受賕事發，經司刑太常伯劉祥道與侍御詳刑對推，制下除名長流振州，朝野莫不稱慶，"或作《河間道元帥劉祥道破銅山大賊李義府露布》，牓之通衢”。相信這條材料裏提到的《露布》，定然是一篇在當時大快人心的諷刺傑構。

4. 祭文墓誌——祭文是對死者的悼念，墓誌用以銘刻墓主的姓字、年里、行迹，這兩種體裁均需體現凝重深沉的氣氛，其容易重合之處在於習慣上都要追叙文中主人公生前的景行功業。按撰成於盛唐時代的《王道祭楊筠文》，即是印模祭文的體裁，棄其實用功能，並在該文體要當叙及事主行狀業迹的部分，反其道而行之，付以冷嘲熱諷，譏刺之矛頭所向至爲明顯。要説與它相仿佛的實例，我們目前還未找到比它時代更早的資料，但肯定不會像項楚先生所説那樣“是絶無僅有的一篇”。根據此後的一些記載推斷，筆者仍堅信歷史上確有這麼一類模擬之作的存在，其説詳見後文。

綜合以上四個類型，可略窺南北朝至唐世擬體俳諧文蕃衍及分蘗的概況。備呈於這些篇什中醒目的共同特徵，首先在故意摹仿世間拿來應對各種莊嚴場合的實用文體，如政界之彈事移文，朝廷之封授典策，軍旅之詔檄露布，喪家之祭文墓誌，在蹈襲彼等格式的同時，又賦予作品與文體要求毫不相干的滑稽内容，使之與原來鎖定的實用目的完全脱鈎。這就像徐可超博士在他論文裏説的：“通過文體與内容的不協調，營造或增強文章的喜劇效果。”

莊嚴與滑稽是同一對矛盾的兩極，它們之間的關係，既是互相依存又能互相轉化。有些詼諧文的作者藉助莊嚴的形式來寫滑稽，往往倍增其篇章之滑稽效應；而有些作者把滑稽的情事寫得非常莊嚴，則他心目中的所謂莊嚴很可能已經變成了滑稽。如是莊、諧二者的背反交感，通常總會同某些諷刺的意向聯繫在一起。當然諷刺並非都像《破李義府露布》那般，純粹是爲了某一個人或某一件事而發，從更加完整的意義上説，諷刺乃是對於社會各種病態現象切中腠理的針砭。例如歷來受到駢文家好評的孔稚圭《北山移文》，就借用移文居高臨下的莊嚴形式，盡情地發露南朝士人"身在江湖之上，心存魏闕之下"的異化現象，俾極顯其滑稽可哂之情狀，雖然此篇不一定被用來諷刺文中的當事者周顒，但它對古代隱士這種人格缺陷的嘲弄還是極其辛辣的。再者如袁淑的《鷄九錫文》、《驢山公九錫文》諸篇，竟將魏晉南北朝政權更迭時常見的九錫文施諸鷄、驢等動物，明明是在寫卑陋、猥瑣的事物，反又竭力渲染出其無比莊嚴榮耀的氣氛。此中展示的是一幅幅荒誕乖謬的怪異畫面，雖用尋常邏輯難以獲致悟解，卻十分貼切地印證了法國浪漫詩人戈蒂埃的一句名言："極端的滑稽就是荒謬的邏輯。"作者通過一番以莊飾諧，即活現出那些領受九錫的强權者僞善而邪惡的嘴臉。袁氏這組冠時獨絶的諷刺傑構，當是"從一個側面反映了封建時代攘奪帝位的醜劇"[①]，字裏行間均透射出機智的批判鋒芒。概括地説，擬體俳諧文之所以比一般的游戲作品具有較强的現實諷刺性，多半要歸因於它特殊的文體配置結構。

　　既然擬體俳諧文常被施於諷刺，姑不説它們演叙的内容如何誇張、誕幻，要之必定具備某些現實生活依據；第因它們已失去了所擬文體原有的應用價值，凡碰到這類文體涉及之時間、地點、官職和作者署名等套語部分，亦慣常故弄玄虛或任情拉扯杜撰。像這樣的虛實相攪、真假互動，又構成了擬體俳諧文的另一突出表徵；這些作品愈是針對明確的嘲弄對象，就愈加需要依靠虛構來牽挽出搞笑的緣由。爲了弄清此中的底細，兹選摘幾篇南北朝擬體俳諧名作的相關段落略見其例：

　　　　長兼淇園貞幹臣修竹稽首。（沈約《修竹彈甘蕉文》）

　　　　維神雀元年，歲在辛酉，八月己酉朔，十三日丁酉。帝顓

---

①　王運熙先生《漢魏六朝的四言體通俗韻文》，收入《漢魏六朝唐代文學論叢》（增補本），復旦大學出版社，2002 年。

項遣征西大將軍下雉公王鳳、西中郎將白門侯扁鵲,咨爾浚雞山子。維君天姿英茂,乘機晨鳴,雖風雨之如晦,抗不已之奇聲。今以君爲使持節、金西蠻校尉、西河太守,以揚州之會稽封君爲會稽公,以前浚雞山爲湯沐邑。(袁淑《雞九錫文》)

爾有濟師旅之勛,而加之以衆能,是用遣中大夫間丘騾,加爾使銜勒、大鴻臚、班脚大將軍、官亭侯,以揚州之廬江、江州之廬陵、吳國之桐廬、合浦之珠廬封爾爲中廬公。(袁淑《廬山公九錫文》)

大亥十年,九月乙亥朔,十三日丁亥,北燕伯使使者豨豨,册命大蘭王曰:咨惟君稟太陰之沈精,標羣形於玄質,體肥腯而洪茂,長無心以游逸。(袁淑《大蘭王九錫文》)

臣鱔言:伏見除書,以臣爲糝蒸將軍、油蒸校尉、臞州刺史、脯臘如故者。肅承明命,灰身屏息,臨憑鼎鑊,俯仰兢懼。(王琳《鱔表》)

大夢國長夜郡未覺縣瘴語里六自在主他化皇帝,報檄於高座大將軍、南閻浮提道綏撫大使、佛尚書安法師節下:音耗自遠,喜同暫接,尋覽句味,良用欣然,方見大國之臣禮義高矣。(《廣弘明集》卷二十九所載《魔主報檄》)

上引各段文字戲筆縱橫,迭呈詭趣,其於時間、地點、官爵及當事者的記叙交代,靡不服膺篇章敷演滑稽内容之需要隨意編派,堪發噱處輒足令人忍俊不禁。試以袁淑《雞九錫文》一篇爲例,此作凡是涉及年號、干支、人名、官爵封號,幾乎無例外皆與文中擔任主角的雞有關。如"神雀"之"雀"及"下雉公"的"雉",二者同雞一樣是屬禽類;而"辛酉"、"己酉"、"丁酉"中的"酉",又恰好是十二生肖裏雞的代稱。以古代的五行説觀察,雞與"金"相配令主西方,故有所謂"金西蠻校尉"、"西河太守"的封授;以下"浚雞山"的"雞"和"會稽"之"稽",誠然亦是由於諧音關係而被牽扯在一起的。爰言"扁鵲"之與"王鳳",按諸先秦、漢代史籍殆確有其人,但他們絕不可能前來參與這場鬧劇,本篇以上兩個名字之得來,端委還在"鳳"和"鵲"都應該算作鷄禽大家庭的成員。再看《驢山公九錫文》所述之"廬江"、"廬陵"、"桐廬"、"珠廬"等地名,《大蘭王九錫文》標識之"大亥"、"乙亥"、"丁亥",亦無非是照着《鷄》文的虚幻叙事方式如法炮製。更具諧趣者乃《驢山公九錫文》内"使銜勒"這一官銜,當是對古代史籍常見之"使持節"一稱的花樣翻新,好像是説獲賜者握有節制一方的權力,卻因此巧妙地刻畫出了毛驢被繩索縮銜羈勒的相狀。而《大蘭王九錫文》寫的那位受命册封的豪貴,實即豢養於圍欄之中的一頭大肥豬是。王琳《鱔表》謂鱔因可充美味佳肴而得封賞,故其除授之"糝蒸將軍"、"油蒸校尉"等官名,悉數不離開它的各種烹調食用的方法。其餘如沈約《修竹彈甘蕉文》修竹自署的官號"淇園貞幹臣",北朝佛徒《魔主報檄》魔主自報的住地"大夢國長夜郡未覺縣㝩語里",或采事典張本,或按性分撰造,憑虚設置,無中生有,可以全然不顧這些名稱究竟有無反映客觀實在事物的品格,表面上看是對所擬文體的刻板效仿,實際目的則在藉此加强篇章的嘲謔力度。上述一些牽强附會的撮合,出現在一般駢、散文中難免要遭人指摘,唯獨置於擬體俳諧文内,方能如魚得水,奇趣横生,這不能不説是由此類創作本身的性質所決定的。

四

現在我們回過頭來看《王道祭楊筠文》,它用唐代社會流行的鬆散駢文體制寫作,叙述相當簡約,好用俚詞俗語和民間謡諺。文章自"敬祭"二字以下始,即送給楊筠"没逗留風狂子"和"朱沙染痴兒"兩個"雅號",稍後又説此公"生愛落荒,不便雅語",藉以突出這位當事人的行爲、話語特徵。按"没逗留"一詞,筆者以爲可解釋成"鮮知止足"。又《一切經音義》卷二引《孔注論語》注"風狂"曰："狂妄抵觸人也，失本心也。""朱沙"亦作"朱砂"，舊説朱沙可化黃金，"朱沙染痴兒"是説楊某爲利欲染著，乃至痴狂不能自持。"落荒"一詞，蔣禮鴻《敦煌變文字義通釋》釋作"詭譎不實和狂言"。而殘卷末尾"鴝鵒上於鐵牛"這句俗諺，其意略謂縱巧舌能言如鴝鵒，上於鐵牛殆無所施其技也。我們將該篇殘留文字貫通起來研讀，可知祭文摹狀刻劃的楊筠是一個官迷心竅、不知止足的家伙。他狂躁詭譎，虛妄不實，滿口粗俗之語，因渴望向上爬而不擇手段。雖然有人曾受蒙蔽，讓他沾到某些便宜，然而到了選場中間，任憑巧舌如簧，也沒有人再來理睬他，終於落得個"竹籃打水一場空"的結果。這哪裏是什麼對"死者"的哀悼和褒美，讀者所能體驗到的祇是一連串負面的倫理評價。我們細數文中叙及之情事，差不多全被用於冷嘲熱諷，語調異常刻薄，若説開玩笑亦實在有點過火。作者所以抓住這些事由絕不放鬆，主要原因是他的諷刺有一個明確的現實對象，假如楊筠已經離開人世，其態度必不致如此執著。可見茲文之作，並非楊筠真的死了要拿它來充當奠祭的哀告，而恰恰是在對方活着的時候，作者巧妙借用祭文的形式對他進行挖苦戲弄。如是則《王道祭楊筠文》顯已擺脫祭文原有之實用目的，又通過"反向叙説"納入嘲謔的内蘊，它就從根本上具備了構成擬體俳諧文的條件。

　　像這樣在對方活着的時候寫篇祭文予以嘲諷，在古代實際生活中數量不會太少。它們産生於民衆的土壤，傳播在社會的各個角落，爲不同階層的人士爭相傳觀，通過"衆共嘲弄"的途徑獲致其最大的藝術感染效果。唯因此類俳諧之作不登大雅之堂，而諷刺過分集中在一個具體對象身上，亦限制了作品的流傳，緣兹很難進入簡册記載，絕大部分都隨着時間的流逝而散失了。倘若我們尋檢古代典籍，依然能夠找到證明它們曾經顯身露臉的若干蛛絲馬迹。例如李燾《續資治通鑑長編》卷一百八十五，就有一條材

料記述北宋嘉祐二年（1057），歐陽修知貢舉，極力排斥"太學體"，
致使太學內以文名世者多未被録取，引起士子們憤而鬧事：

> 嚚薄之士，候（歐陽）修晨朝，羣聚詆斥之，至街司邏吏不
> 能止，或爲《祭歐陽修文》投其家。

此間説到的《祭歐陽修文》未能傳世，但聯繫它的撰作背景推考，
其爲一篇針對活人進行諷刺攻訐的擬體俳諧文應無疑問。按明
人賀復徵《文章辨體彙選》卷七百五十五，又嘗收録當朝名家屠隆
的《戲爲生祭周叔南文》一篇，僅從"生祭"一語，就能知道屠氏撰
作此文時周叔南猶活在世間。這一戲作用意不在挖苦攻擊，卻還
是帶有明顯的諧謔調侃成份，論其性質亦當不出擬體俳諧文的範
圍。不管是《王道祭楊筠文》，抑或《祭歐陽修文》和《戲爲生祭周
叔南文》，其創作動機俱非真要吊祭亡靈，作者的主觀意向都在於
從中求取某種嘲謔世間人的樂趣，遂而均與其摹擬文體之應用目
的實現了完全的隔離。縱然它們有的殘缺不全，有的甚至祇存一
個篇名，舉凡有了以上提到的幾處材料記載，就足以表明這一類
型的擬體俳諧文在歷史上的客觀存在。

　　明乎擬體俳諧文之大致情形，我們不妨把《王道祭楊筠文》置
入這一族羣當中進行分析，並就其某些看來像是實録的文字背後
隱含着的奧秘達成明晰的認識。這篇摹擬之作諷刺的是一個活
動在作者身邊的人，其身份與作者一樣爲生活於民間層面的普通
知識分子，雖然素質良莠有別，但同處在一個文化氛圍中間，彼此
熟悉對方的情況。這個羣體以入仕爲理想的進身之階，十分關注
科選場屋的動態和情勢消長，以故《祭楊筠文》內所寫的一些東
西，對於作者來説無疑是異常敏感的現實問題。因此該文就時
間、地點和祭奠者身份所作的交代，並不像袁淑《鷄九錫文》、《驢
山公九錫文》、《大蘭王九錫文》那樣誕幻悠謬，還能透現出比較濃
厚的人間生活氣息，第論其叙事之基本傾向，則同然顯露出它虛

實相攪、真假互動的固定朕兆：

　　第一，筆者大致同意項楚先生的説法，認爲《王道祭楊筠文》
的具體寫作時間，應在盛唐開元、天寶之際，且以開元末年至天寶
初的可能性最大。就像項氏在《王梵志詩校注》附録裏講的，"因
爲作者挖苦楊筠，不過是取快一時的玩笑，祇求立即見效，用不着
去編造另外的時間"；采取這種簡捷的處理方法，當然也會考慮到
讓作品帶給當世讀者較强的實際生活感受。故該祭文叙及之"開
元二七年"，乃是作者根據當下所處的時序順手拈來的一筆；至於
其後之"癸丑"云云，則顯示了他的率意牽合。盡管開元二十七年
的干支並非癸丑，然而這種年代和干支不合的現象出現在擬體俳
諧文内，實屬司空見慣。既然袁淑的《鷄九錫文》可縱心所欲地編派
諸如"辛酉"、"己酉"、"丁酉"等一些名號，其《大蘭王九錫文》又照樣
搬弄諸如"大亥"、"乙亥"、"丁亥"之類稱謂，那末本文的作者於此隨
便寫上一個"癸丑"，對這類游戲文字而言，固屬未嘗不可的事。項
楚先生緣此懷疑這裏或有訛文，並推斷敦煌原卷中的"二七"兩字很
可能是由"元"字誤析而成，倒反而顯得有點過於認真了。

　　第二，祭文所作的"東朔方黎陽"的地域表述，校諸事實顯有矛
盾，這一點戴密微氏早加指出。數年前筆者曾就"東朔方"一事，請
教過復旦大學史地所鄒逸麟教授，蒙其示知有唐一代並無"東朔方"
的區域建制，唐人習慣上也從不用這一概念指稱某個地區，祭文裏
忽然冒出這麽一個地名，完全是出於作者的故意撰造。按黎陽今稱
浚縣，其地在今河南省境，唐時爲衛州之屬縣，《桂苑叢談》記録的王
梵志傳説就講他是"衛州黎陽"人。然黎陽與唐人所説的朔方間隔
不啻千里之遥，拿一個誰都没有聽説過的"東朔方"來替代"衛州"，
無論怎麽説總是違背普通常識的。而祭文竟置事實於罔顧，遽然把
黎陽塞入"東朔方"的管轄區内，原其旨趣實亦在適應擬體俳諧文創
作之需要，就像袁淑的《驢山公九錫文》擇取"廬江"、"廬陵"、"桐廬"
等幾個不同州治的屬縣勉强捏合一樣，目的都是想讓作品增添些喜

劇意味。因爲將兩個或兩個以上原不相干的事物率爾牽扯在一起，本來就是滑稽文的作者慣常操演之故技。

第三，關於"通玄學士"這個封號，亦屬子虛烏有之談，信如南北朝擬體俳諧文内所署的衆多官爵名目，差不多全是憑空想象的產物。袁淑和王琳的作品固然如此，甚至有的文章在提到佛教裏的文殊菩薩和觀音菩薩時，也要給他們加上一長串世俗官名，看似大張聲勢，實則不倫不類。如是以虛代實的種種綴飾渲染，可謂此類滑稽文章"化莊爲諧"的一項重要手段。魏晉以降祭文的製作，素來喜歡炫耀有關人物的官階職位，連平生從未進入官場的人還得送他一個"徵士"的頭銜。《祭楊筠文》唯有給王梵志加上一頂官帽，方才能滿足摹習祭文典範形式的需求。《舊唐書·方伎傳》載，開元年間唐玄宗曾賜張果"通玄先生"的稱號，本文所説的"通玄學士"，看來衹是前者簡單的翻版，了無客觀事實依據可言。在諸如此類俳諧文字中間，作者把虛假和不倫不類的東西越是説得當真，就越能催生出一股引發笑料的張力。

第四，最後説到"王梵志直下孫"的載述，按王道是否真爲祭文之作者，無疑是能否正確理解該文性質的核心問題。項楚指出楊筠是本文作者熟悉的現實中人，而王道則純粹出自作者的主觀編造，這一推斷洵屬的論。爰言作者撰寫此文緣何要放上王道的大名，卻未必如項氏所講的那樣是泊於"匿名"的考慮，更準確地説這中間乃體現了古典詩文一種常見的手法。我國文學史上饒多代言體詩文，假他人之口吻，宣一己之話語，而屢被作者借來傳遞其心聲之代言者，既有現實人物和歷史人物，兼有神話傳説人物或臨時虛構的人物，乃至遍及一切有情衆生及無情界的事物。這種創作主體身份轉換的現象，在擬體俳諧文内比比皆是，譬如北朝僧人就以釋道安的名義寫過《檄魔文》等篇章，唐代長安士人又按劉祥道的語氣撰作《破李義府露布》，沈約《修竹彈甘蕉文》通過"修竹"彈劾"甘蕉"引發話題，孔稚圭《北山移文》中起代言作用

的便是"北山"，袁淑幾篇《九錫文》全部仿照帝皇的詔策來作編
派，王琳《鱔表》之首句即爲"臣鱔言"，《祭楊筠文》的作者不過是
隨其前例轉手搬演而已。抬出這位王梵志的裔孫，自然可以提高
祭文的聲價，暗示文中所作的諷刺大有來頭，如楊筠之遭此奚落
挖苦亦真是活該。我們應注意"直下孫"一語，堪云蓄意標榜不遺
餘力，仿佛市場上的小老闆把假冒商品説成是天下無雙的正宗名
牌一樣，終至在有意無意之間泄露出他憑虛結撰的心迹。

　　通過以上幾個部分的論證，則《王道祭楊筠文》爲一擬體俳諧
文已毋庸置疑。基於該族羣作品之普遍脾性，可知這篇祭文内諸
多貌似記實的叙寫，實際上均係作者的率情牽挽杜撰，而且愈是
那些被治史者視爲緊要的部位，如對時間、地點、官職、人物之交
代，則愈需依仗挖空心思的虛構創設以生發出滑稽的審美趣味。
故該文絶不是一條史實材料，若拿來考訂王梵志的生平、時代，就
難免會進入與探涉目標暌違的誤區。唯材料之真偽乃一相對性
問題，《王道祭楊筠文》雖缺乏考證實際事件的史料價值，但它作
爲在一定文化背景下萌生的游戲文學作品，仍然具有文學研究和
民俗學研究上的意義，殊不能嫌它包含了滑稽味而付諸輕忽或委
棄。法國喜劇理論家 H·柏格森説得好："我們認爲滑稽味首先
是個活生生的東西。不管它是如何微不足道，我們也要以對待生
活同樣的尊敬來對待它。"①因目前世人對唐代擬體俳諧文的情況
所知不多，這篇藏匿在敦煌遺書中的"祭文"得以發現，決然是給
厥類摹擬之作增加了一個新的例證。它非惟讓擬體俳諧文在上
述特定時代留下了腳印，也揭櫫了盛唐民間士人生活圈内某些習
俗風情，凡是研究人文科學的人，倘能懷着實事求是的態度對其
盡心解讀，肯定可以從它那裏發掘到多方面的學術信息。

　　近世學術界就王梵志詩作者問題發生的爭議，除植因於人們

---

①　柏格森《笑——論滑稽的意義》第一章，徐繼曾譯，中國戲劇出版社，1980 年。

對梵志詩作品本身理解之不同外，還主要牽涉到兩條相應的材料記載。其一是《桂苑叢談》、《太平廣記》輯錄之《史遺》關於王梵志的傳說，另一條即本文正在討論的敦煌 P.4978《王道祭楊筠文》。《史遺》傳說大約誕生於唐初時期，嘗經無數羣衆的口傳而形成較完整的故事，宜爲探索王梵志詩極具關鍵作用的基礎材料，研究者對該材料持有何種認識，會明顯地影響到他們各自的觀點趨向。入矢義高和戴密微兩教授的研究成果，一致認定它是屬於神話類的故事，並不具有記録或暗示真人真事的史料價值，而"王梵志"這個名字，很可能已經和好多人寫的新詩聯繫在一起。筆者緣受這一抉示之啓發，於上世紀九十年代嘗撰成《關於王梵志傳説的探源與分析》一文，該文指出《史遺》王梵志傳説的主要情節，悉皆出於對佛典裏面"柰女降生"物語的移植和附會，甚至連"梵志"一名也是襲取了其故事原型中某個人物的身份稱謂。因此沒有理由將王梵志看成真實的歷史人物，王梵志詩本質上是一種口頭文學，爲很長一段時間裏衆多無名詩人的集體創作；就在《史遺》傳説的背後，乃隱藏着一個範圍非常廣大的羣衆詩歌創作活動的事實。比較起來，《王道祭楊筠文》的産生帶有一定的偶然性，它不像前者那樣同王梵志詩維繫着"如影隨形"的關係，儘管它已被證明不是史實材料，卻無法從其身上推導出如筆者分析《史遺》傳説時所獲得的那些結論。唯該文説到底還是梵志詩熾盛流布風氣下的産物，我們在辨明它的性質後抽繹其内涵，必能對梵志詩在盛唐時代的傳播狀況增進若干瞭解。

2005 年 10 月

〔**著者附識**〕兹文爲臺北大學召開的"唐代文化學術研討會"而作，於撰寫期間承王小盾教授及朱剛、王焰同志熱情幫助檢索抄示相關資料，令我獲益甚多，謹致謝忱。

《目連變》故事基型的
素材結構與生成時代之推考
——以小名"羅卜"問題爲中心

　　近世有關目連救母傳説的戲文、寶卷和其他講唱材料，凡演及故事主人公目連的身世，異口同聲都説他早年未出家時有一小名"羅卜"，而"目連"則是其隨佛出家後另外取的名字。鑒於目連傳説緊貼着民間生活，内容通俗易懂，所宣揚主人公的孝行又至感人心，在中國被覆彌廣而影響極其深遠，其中許多情節常熟談於耕夫文士及市民商賈、婦孺老幼之口，不脛而走在閭巷村墅及驛舍旅途之間，故"羅卜"這個小名能爲我國各地民衆所熟習知聞，幾乎可與目連之本名相埒。我們自書面記載上推溯該小名之由來，實於敦煌出土的唐五代《目連變文》寫卷中早已有之。

一

　　敦煌變文寫卷之目連冥間救母變文，是我們目前所能見到該傳説故事最早的書面記載，也是唐五代後繁多紛衆續出目連作品的共同祖本。目連傳説之興起有賴於佛教的弘傳，是華夏文化吸收外來養份醖釀出的一大碩果，而質其最初之生就，實由本土僧俗羣衆以《佛説盂蘭盆經》爲依托，並雜取《撰集百緣經》、《經律異相》等多種佛典記載糅合敷衍而成。雖素材大多從外來，但傳説的創成卻全在中國，因此它本質上已不算印度故事而是一個中國故事。該物語經衆口授受不斷發育成長，演變至唐代，羽翼日趨豐滿，體制愈益恢張，情節跌宕起伏，爲當世最通行的俗講題材之一。在本世紀初敦煌莫高窟發現的變文資料裏，牽涉到《目連變》的寫卷即有十六件之多。有些學者根據孟棨《本事詩》、王定保《唐摭言》中關於白居易和張祐相互調誚對方詩作的那條記載，認定至遲在中唐時期，上述傳說已熾盛暢行於世俗社會。

出於探涉本文論題需要，我們翻檢王重民、向達等編《敦煌變文集》收入之三種不同《目連變》寫卷，即具知其間皆不乏目連早歲嘗取小名"羅卜"的叙説。如 S.2614《大目乾連冥間救母變文并圖一卷并序》云：

> 昔佛在世時，弟〔子厥號〕目連，在俗未出家時，名曰羅卜。①

P.2193《目連緣起》云：

> 昔有目連慈母，號曰青提夫人，住在西方，家中甚富，錢物無數，牛馬成羣。在世慳貪，多饒殺害。自從夫主亡後，而乃霜居，唯有一兒，小名羅卜。②

北京所藏成字 96 號《目連變文》殘卷中，還保存了一段目連自述身世口吻的文字，其謂：

> 貧道生自下界，長自閻浮，母是靖提夫人，父名拘離長者。貧道少生，名字號曰羅卜。③

這幾個卷子叙事取捨詳略差異甚大，分別代表了目連傳説在唐五代一些不同的演播形態。講僧們搬演故事儘可各顯神通，但及於小名"羅卜"則一概没有遺漏。而作爲一個重要旁證，在《敦煌變文集》所輯 P.2418《父母恩重經講經文》裏，又明明白白有着"書内

---

① S.2614《大目乾連冥間救母變文》，《敦煌變文集》下集，人民文學出版社，1984 年，714 頁。
② P.2193《目連緣起》，《敦煌變文集》下集，701 頁。
③ 成字 96 號《目連變文》殘卷，《敦煌變文集》下集，758 頁。

曾參人盡說，經中羅卜廣弘宣"①兩句唱詞，索性將羅卜與曾參放
在一起加以褒揚。一位天竺佛子救度母親的事迹，居然可與本土
孔門哲嗣曾參的卓行相提並論，真是夷夏同尊，聲被四表，讓普天
下男女老少一并受到潛移默化，足見唐代人對目連的這個小名多
麽熟稔於心了。

　　如我們所曉知，目連是古印度佛教創立時代一位真實人物。
他全稱拘律陀·大目犍連，其中"拘律陀"是其原名，"大目犍連"
爲彼所屬之姓氏。據有關佛教史料稱，目連出身豪族，父爲輔相，
家道煊赫，資財無量。在宗教信仰上，他起先奉持六師外道，旋與
舍利弗一起於王舍城從佛出家，成爲積極追隨釋迦的忠實弟子，
爲弘揚佛法、擯斥異教不遺餘力，並以通達神足著稱於世，這一點
也許就成了從他身上產生諸多奇異傳聞的種因。後在激烈宗教
冲突之中，他被婆羅門教衆梵志圍困杖死，故其入般涅槃要早於
佛世尊。現今所見佛經中與他相關的諸多記載，大量的是虛荒誕
幻的誇飾之辭，但亦包含着不少事實成份，用心剔去那些黏附在
上面的神秘傳說，方能大致瞭解其本來面目。約一百多年前，英
國殖民者關寧漢氏在今南印度山奇大塔東北，發掘到了刻有他名
字的骨灰石函，該石函爲阿育王時代所鐫，内中存放的確實是大
目犍連本人的舍利骨②。斯人之歷史存在無可懷疑，不過問題湊
巧出在，所謂小名一說卻是茫然難能稽考。我們翻閱記及目連比
丘事狀的漢譯天竺佛典，發現裏面衹是說到他加入佛教僧團之
後，世尊認爲"拘律陀"一名屬"高世之號，花而不實"，敕其"還字
大目犍連"③，他即遵奉佛旨不再使用原名，改以"大目犍連"這一

---

① 　P.2418《父母恩重經講經文》，《敦煌變文集》下集，676 頁。
② 　參見法舫《舍利子及大目犍連的舍利發現考》，《佛教文史雜考》，大乘文化出版社，
　　1979 年，132—134 頁。楊曾文主編《當代佛教》第二章第二節，東方出版社，1993
　　年，61 頁。
③ 　《中本起經》卷上，《大正藏》第 4 册，154 頁。

族姓作爲名字行世,而從未提起過他曾别有一個叫做甚麽"羅卜"的小名。

　　《目連變》是個通俗講唱作品,決非旨在爲大目犍連尊者樹碑立傳,當然允許跳越生活中的具體事實進行虚構。爲了求得取悦聽衆的效果,給主人公添上個小名本不足怪。我們看待這處細節,大可不必從是否符合歷史真實的角度去衡量其利弊得失,需加深思的倒在這一稱謂本身的來歷。有位俗文學研究工作者説得好:"民間故事固然都是虚構的藝術創造,但是其形象和情節的構成卻不是無源之水。"①傳説創作仍有其自身的規律要遵循,照樣不給事出無因的東西留下任何地盤。"羅卜"這個小名作爲《目連變》故事整體内容的一份子得以成立,總應該先具備某種在當時人看來可供挪借、附會的由頭,其特點在於多少能從哪個方面同目連這位故事人物掛得上鈎,而後纔會有好事者將它拿來翻個花樣與其他素材一起加以編織。諸如此類情形,往往没有很多大道理好講,其手法之幼拙可笑亦儘堪指摘,但放到俗文學演進流程中去考察,那就顯得一點也不稀罕。極有可能,這種導致故事結撰者依傍撮合的誘發性因素,就潛藏在參與了目連救母傳説生成的那些原始材料中間。

　　基於如上思路,多年前臺灣羅宗濤先生便對這個問題付諸研究,他以檢討《目連變》故事形成之緣由爲立論背景,將勘合作品人物的翻譯名義做着眼點,認爲目連傳説之所以能憑藉《佛説盂蘭盆經》衍生出一個形制完整的故事來,頗得力於《撰集百緣經》卷五《餓鬼品》内一些緣起的附益和沾溉。此經很早由東吴支謙譯出,《餓鬼品》内共收入十則餓鬼故事,詳參其第六則《優多羅母墮餓鬼緣》的情節構成,與目連救母故事對照"實極接近",宜其曾

① 　張紫晨《孟姜女和秦始皇》,《孟姜女故事論文集》,中國民間文藝出版社,1983 年,129 頁。

對後者基本形態的確定起過顯著影響。而梵語音譯人名“優多羅”一詞，按照它的意思來翻譯應作“上”。據此羅先生即懷疑，《目連變》裏“羅卜”這個小名，乃由“羅”、“上”二字的連文訛變而來：“羅”是《優緣》中人名“優多羅”的最後一個字，“卜”爲該人名意譯之“上”字由形體相近而發生的訛奪，此二者上下相連配合，就演成了變文裏采用的“羅卜”一名①。

　　在近期敦煌變文研究領域中，羅宗濤先生所從事的工作自爲一家之學，具有較强的系統性。爰及“羅卜”是名成因之推考，羅氏注意到了作品人物翻譯名稱的音義互連，力圖從與變文故事生成相關的佛典資料中去尋找它的來源。這些考慮把握到了變文故事情節產生的源流因果關係，本應説大方向不謬，沿着這條思路去認真摸索，當有希望將問題解決得很好。但遺憾的是，結果仍然產生了偏差。試就羅先生對該小名由來提出的解釋作些審度，可察知其中之主觀臆斷尚不能免。例如，他自“優多羅”這個音譯名裏，單獨挑出一個字來與該詞之意譯作搭配，實在叫人參不透采取此項舉措的理由及可行性究竟何在；更何況從他所説的“羅上”二字蜕變至變文内的“羅卜”，還必須藉助於可能發生的訛變。這一通考釋全部建築在假定之上，而羅先生又把假定當作了現實，其任意處置的弊病至爲明顯，對事情去來脈絡的交代也顯得彎彎繞繞，很難講具有多大的説服力。在俗文學現象的探治方面，舉凡論證甲事物和乙事物之間的傳遞影響關係，應以明確瞭達的説明爲第一義諦，如果在這兩者中介環節上兜的圈子越多，對主觀設想的前提和可能性執持得越牢固，所作出結論的可信性就必然越加薄弱。故羅先生關於上述問題的探溯，並没有指出一

---

① 　羅宗濤《敦煌講經變文研究》，第一章第九節，文史哲出版社，1972 年，239 頁。另臺灣静宜學院《中國古典小説研究專集》第 4 輯所刊陳芳英《目連救母故事的基型及其演進》一文，對羅宗濤先生這方面的觀點亦有介紹。

個正確而合理的答案。

　　既然羅先生原先想法大致對路，何以到後來又偏偏走錯了門户呢？求其症結所在，恐即植因於他在觀察《目連變》故事的鈎結生成時，對參合其間各種因素取捨委納狀況的判斷尚不明晰，有意無意地將《撰集百緣經·優多羅母墮餓鬼緣》一篇起到的作用估計得太高了些。《優緣》無疑曾給目連傳説施加了難以磨滅的影響，它介入此傳説故事的形成過程，能在《盂蘭盆經》這塊襯底的布料上穿針度綫、擴其規模，對於《目連變》演成一個人情味很濃的家庭故事格局頗關緊要。但《優緣》叙述的物語與大目犍連其人原不相干，它所塑造的一位男青年角色優多羅，也根本説不上是變文裏目連的原型。目連傳説自該緣起中移挪過來的若干情節，較多還是被嫁接在青提夫人這個人物形象上面，波及到目連的衹是少數事例。而真正被變文演繹者用來着力表現主人公稟賦品質和行爲活動的那一連串情事，則大部分是融攝、提煉了佛經中間與大目犍連直接相關的記載。這些佛典原始材料分布面廣，移植遞轉亦較方便，與《目連變》關係之密切理應比《優緣》更進一層，哪怕具體到如"羅卜"這個小名，誘致其生起之由頭最大可能即或出自此間。羅先生因過分看重《優緣》而忽略了這部分材料的價值，這不能不説是一種認識上的偏頗，其運用於研究實踐後果如何就可想而知。

　　認真研析一下構成《目連變》故事梗概的諸多素材，有充分證據表明它確實主要是在佛典目連記載的底架上搭建起來的。《佛説盂蘭盆經》早見著録於梁僧祐《出三藏記集》卷四及隋費長房《歷代三寶記》卷一四，又爲僧祐同時代人寶唱等輯入《經律異相》卷一四，唐初道宣《大唐内典録》卷二將它置於"西晉朝傳譯佛經録"内，至盛唐智昇《開元釋教録》卷二始謂其爲竺法護所譯。大抵此經乃西晉時代佚名者翻出，智昇把它繫於竺法護名下顯屬誤會。有些研究者抓住這部經典宣揚了"孝親文化"而斷言它是中國人寫的僞經，則未免失諸輕率，因爲類似這樣的思想，實際上在印度早期佛典中表現非常普遍。按是經演繹的目連設盂蘭盆解救其母倒懸之苦一事，包括他以"道眼"見其亡母在餓鬼中不得飲食，"即盛鉢飯往餉其母"，"食未入口，化爲火炭"，以及他"馳還白佛"，佛告以"汝母罪根深結"，並爲説"救濟之法"等，乃變文全部內容之核心，整個講唱故事即由此胚胎轉變、衍生而成，其於作品中間占據的主導地位自然不容稍加移易。

其次談到《撰集百緣經》卷五《餓鬼品》，此中自第一至第五則緣起，依次爲《富那奇墮餓鬼緣》、《賢善長者婦墮餓鬼緣》、《惡見不施水墮餓鬼緣》、《槃陀羅墮餓鬼身體臭緣》和《目連入城見五百餓鬼緣》，悉皆以目連尊者與餓鬼答問爲貫穿物語首尾之綫索。它們演示各色人物墮入餓鬼道受苦，述其原因則無非都是"心生慳貪"、"不施沙門及辟支佛故也"，由此業緣招來無量罪報。此類顯示因果報應明驗有徵的物語結構，對目連傳説形成所起的作用亦甚顯著。至如變文中目連上天入地尋訪慈母一節，鋪叙形容益極精彩，主人公精誠感人至深如是，輒令聽衆們爲之含悲欷歔。兹考其參照摹襲之藍本，實即該品第五則《目連入城見五百餓鬼緣》如下一段摹述：

> 時大目連即便入定，觀諸餓鬼爲在何處。於十六大國，遍觀不見。次閻浮提，至四天下，及千世界，乃至三千大千世界，都觀不見。[①]

這段文字扼要簡短，但一到《目連變》裏，就敷衍出長長大篇的情節。所謂"上窮碧落下黃泉，兩處茫茫皆不見"，以上文學作品感觸相通所引起的連瑣反應，還輾轉傳送給了白居易《長恨歌》和陳鴻的《長恨歌傳》，成爲中印兩國文化交流史上一椿絶妙佳話，其

---

① 《撰集百緣經》卷五《餓鬼品·目連入城見五百餓鬼緣》，《大正藏》第4册，224頁。

始作俑者便是這個古老的目連記載。

其它佛典同類題材對《目連變》故事熏染較顯著者，尚有《目連弟布施望即報經》、《佛五百弟子自説本起經》第三《摩訶目犍連品》和《賢愚經》卷四《出家功德尸利苾提品》等。《目連弟布施望即報經》可見於《經律異相》卷一四，它"不僅是目連勸母施善情節的素材，還是目連父因施善而進入天堂享樂的原體内容"[①]。又傳説關於目連是個孝子的説法，蓋出自《佛五百弟子自説本起經》第三《摩訶目犍連品》以下四句偈贊："是故當悦心，至孝事父母，用歡悦心故，人得勝天上。"[②]而《賢愚經》卷四《出家功德尸利苾提品》，講到目連憑神足帶尸利苾提飛行詣彼地獄，目睹銅鑊、刀山、毒箭、白骨等衆多屬怖醜惡事物，也爲變文有關這方面的描寫開啓了先例。

佛典目連記載在《目連變》故事中體現的素材優勢既如上述，而變文主人公目連之所以成爲我國俗文學史上一個著名人物形象，同樣離不開這些原型材料的舉托和鋪墊。於此聯繫到他小名"羅卜"來源的考溯，若然要找個合適的突破口，與其像羅宗濤先生那樣在"優多羅"一詞上打主意，毋寧直截了當去稽考一下目犍連本人譯名的音義問題，這或許能幫助我們找到某些解開疑問的蛛絲馬迹。

二

按"大目犍連"一詞，梵文爲 Mahā-maudgalyāyana，如純用梵音對譯則稱"摩訶目犍連"。其它省去了詞頭 mahā 的音譯名，尚有"目乾連"、"目揵蘭"、"目伽連"、"目伽略"、"目犍連延"、"毛馱

---

① 朱恒夫《目連戲研究》第一章第三節，南京大學出版社，1993 年，26 頁。
② 《佛五百弟子自説本起經》第三《摩訶目犍連品》，《大正藏》第 4 冊，191 頁。

迦羅"、"没特伽羅"等。"目犍連"一稱出自鳩摩羅什所譯《法華》、《維摩》、《彌陀》等中土流播極廣的大乘經裏,雖因對音訛略而爲唐代的譯經家們詬病,但仍在歷史上最爲通行。復論其意義之翻譯,mahā(摩訶)應譯作"大"無任何異義,而欲探明小名"羅卜"一詞來歷所必須弄清楚的關鍵問題,正是 maudgalyāyana(目犍連)這個名號所指的實際意義。洵如上文叙及,"目犍連"起初是個姓氏,嗣後被人們當做名字來稱呼這位比丘,故未嘗不可與"羅卜"置於對等地位上來作些研究。考慮到目前學術界的看法,猶普遍認爲《目連變》故事興盛的時間是在唐代,我們的調查也就先從唐代的佛典翻譯資料做起。

　　李唐之世,佛教在中國的流布達於鼎盛,翻經事業取得長足進步,所著譯的内典亦浩如煙海。然而説到對經書事類名相翻譯音義的解釋,則搜羅之廣莫過於唐初玄應《大唐衆經音義》及中唐慧琳《一切經音義》。慧琳《音義》成書居後,其纂集過程之中嘗廣收玄應、慧苑諸家成果,博引佛典及外書注疏,勒成洋洋百卷,尤稱豐贍詳備。按該書之卷六、卷八、卷一二、卷二七、卷八六,均有與"目犍連"音義問題相關的述解,兹迻録其卷六、卷一二兩條略見其例:

　　　　采菽氏,古譯梵語云大目乾連,訛略不正。正梵語云摩訶没特伽羅,唐云大采菽氏,俗云菉豆子,古仙人號也,目乾連是此仙種。[①]

　　　　目犍連,梵語訛略也,正梵音云没熊奴得蘗囉(轉舌)。唐云采菽氏,此大阿羅漢上祖是采菽、菉豆仙之種裔,日以爲氏也。[②]

---

①　慧琳《一切經音義》卷六,《佛藏要籍選刊》第 3 册,上海古籍出版社,1994 年,30 頁。

②　慧琳《一切經音義》卷一二,《佛藏要籍選刊》第 3 册,71 頁。

而玄應之《音義》卷六,則嘗於釐析"目犍連"新譯"没特伽羅"一語
時曰:

> 没特伽,此云緑豆;羅,此云執取,或云挽取。[①]

唐人涉及佛經翻譯名稱,講究正音和精確轉述原義,這是當
時譯事趨向成熟的表徵之一。上面所引三條資料,咸以"采菽"或
"菉豆"充當"目犍連"(没特伽羅)的意譯名;若再加仔細區別,"采
菽"應屬比較雅訓的正譯,"菉豆"便是一個攝意不很全面的通俗
稱呼。反正"菽"者即"豆"是也,兩方面指的都是豆類植物,涵義
差別不大,無妨在社會上一並流通。爰論及該姓氏爲傳說中遠古
菉豆仙人種裔云云,那就像説釋迦牟尼所屬氏族爲甘蔗王種一
樣,自不乏文獻和古德授受的依據,非常切合古印度人的傳統觀
念。而考以同時期佛僧另外一些著述,所説亦大要不出上述樊
籬。如唐釋宗密《佛説盂蘭盆經疏》卷下云:"此人姓大目犍連,唐
言菉菽氏,彼國上古有仙,常食菉豆,尊者是彼之種族也。"[②]敦煌
寫本 P.2188 唐中京資聖寺沙門道掖《净名經集解關中疏》卷上
云:"目連,此云采菽性也,輔相之族。"[③]總而言之,與李唐王朝三
百年興衰的歷史相始終,當時人們所認可的"目犍連"意譯,應該
是"采菽"或者"菉豆"。

以上初步的調查結果,似並未爲本文需解決的問題提供甚
麽啓示和證據。目連的小名叫"羅卜",而其佛經原型人物"目犍
連"這個名號的意譯卻是"菉豆",它們明指兩種不同的事物,殊
難相互遞嬗或合二而一。倘然説"菉豆"與"羅卜"在均可供給人
類食用這一點上相同的話,言物種則判然有異,"菉豆"顯系豆
類,"羅卜"當屬菜類,祇要稍具生活常識的人,即不致於會把這

① 玄應《大唐衆經音義》卷六,轉引自羅宗濤《敦煌講經變文研究》,235 頁。
② 宗密《佛説盂蘭盆經疏》卷下,《大正藏》第 39 册,507 頁。
③ P.2188 道掖《净名經集解關中疏》卷上,《大正藏》第 85 册,455 頁。

兩樣東西混淆起來。所以無論"目犍連"的意譯名叫"采菽"還是
"菉豆",都不大可能成爲引發起《目連變文》内"羅卜"這個小名
的潛在因素。

　　但面對着此重隔閡,我們全無必要認爲事情到這裏已徹底碰
壁了。就以"羅卜"、"菉豆"兩種類別不同的事物論,它們在通常
情況下固然不致混淆;問題是到了轉梵爲華的佛典翻譯中,就説
不定會發生陰差陽錯。誠如歷史上許多譯師們感嘆的,將印度佛
典傳譯到中國,委實是一件煩難的工作。且不説佛理的深奧難
懂,即便是原經中提到的一樣極平常的東西,也常苦於"華梵所
分,致形扞格",竟然在很長一段時間内未能準確傳達出它的本
意,乃至誤譯若"指鹿爲馬"者亦未嘗少見。需經好幾代譯人的反
復斟酌,厥後甫能獲得一個與原經所指事物如實相應的翻譯名
號。關於 maudgalyāyana 一語的譯義問題,固然反映出"定文若
斯之難",它一路上過來費盡翻譯者的腦汁,譯名亦不斷在翻新,
"采菽"和"菉豆"無非是到很晚纔形成的確定譯法。而在此前出
現的多個舊譯名内,確有將它同"羅卜"不加分辨地牽扯在一
起的。

　　關於"目犍連"的意譯舊名,多散見於佛藏部分譯經的附注及
疏解之中,片羽碎金,查找起來很不容易。宋代姑蘇景德寺僧法
雲《翻譯名義集》卷一《十大弟子篇》,則有一長段文字用以介紹
"目犍連"譯名之由來及沿革,兹引録其全文如下:

　　　　大目犍連。(鳩摩羅)什曰:目連,婆羅門姓也,名拘律
　　陀。拘利(律)陀,樹名,禱樹神得子,因以爲名。《垂裕記》:
　　問:《大經》云,目犍連即姓也,因姓立名目連,何故名拘律陀
　　耶? 答:本自有名,但時人多召其姓,故《大經》云耳。《净名
　　疏》云:《文殊問經》翻萊茯根,父母好食,以標子名。真諦三
　　藏云:勿伽羅,此翻胡豆,綠色豆也,上古仙人,好食於此,仍

以爲姓。正云摩訶没特伽羅，新翻采菽氏，菽亦豆也。《西域
記》云：没特伽羅，舊曰目犍連，訛略也。①

這條材料詮次舊說，不無參考價值。當然其間叙述"目犍連"譯義
的沿革尚不完整，諸如湛然《法華文句》道及之又嘗譯爲"讚誦"等
皆付闕如，唯於本文所亟需查明的問題上看，卻已經透露了一些
確鑿消息。據此我們再作些考覈，可瞭解到唐代以前出譯的佛典
中，最先使用豆類植物名稱來翻配 maudgalyāyana 這個詞的，實
爲南北朝末陳代真諦（499—569）翻譯的《部異執論》。若時間更
向前推一些，即有《文殊問經》曾將它翻成"萊茯根"。這是一種顯
著不同於"胡豆"、"菉豆"、"采菽"的異譯，反過來倒可以與"羅卜"
搭上些關係，不能不引起我們的高度注意。

按《翻譯名義集》稱《净名疏》提到的的《文殊問經》，原屬大乘律
藏中一部典籍，計有二卷，其全名爲《文殊師利問經》。梁武帝天
監十七年(518)，敕扶南國沙門僧伽婆羅於揚都（即建康）占雲館
譯出，袁曇允任筆受，光宅寺沙門法雲參與詳定。此經《歷代三寶
記》卷一一、《開元釋教錄》卷六俱有著録，並收入宋《磧砂藏》第二
十函第 193 册及日本《大正藏》第 14 册《經集部》。今檢《磧砂藏》
本該經卷上之《序品》"大目犍連"名下，附有一行簡短注文，謂：

此言羅茯根，其父好噉此物，因以爲名。②

如是寥寥數語，看上去一點也不顯眼，卻是中古譯經師曾用"羅
卜"一類事物抵當"目犍連"譯義的原始記載。校以其它刊本文
字，《大正藏》及《乾隆版大藏經》與之完全相同。而寓目所見後世
徵引過這條材料的佛教著述，除宋代法雲《翻譯名義集》外，尚有

① 法雲《翻譯名義集》卷一《十大弟子篇》，《佛藏要籍選刊》第 3 册，上海古籍出版社，
　1994 年，633 頁。
② 《文殊師利問經》卷上《序品》，宋《磧砂藏》第 20 函第 193 册，30 頁。

唐天台宗荆溪大師湛然《法華文句》卷一、敦煌 P.2049 佚名《維摩經疏》卷三。我們的查考迄止於此，總算觸摸到了《目連變文》中主人公小名"羅卜"來源的邊緣，相信它的出現肯定與《文殊問經》"羅茯根"這個譯名頗有瓜葛。殊令筆者感到欣喜者，是近年出版的朱恒夫先生《目連戲研究》一書，似對於個中干係早已有所察覺。該書之第一章第三節在解釋目連出家前何以定名爲"羅卜"時説："大概是漢譯佛經中把目連名字翻譯成'大萊茯根'，而'萊茯'和'羅卜'諧音，民間就把'萊茯'喊成'羅卜'了。"①其説庶幾近之。

　　不過朱先生這一看法，主要是通過直覺得來的，故還略嫌未能盡其了義。按所謂"羅茯"、"萊茯"之與"羅卜"，非特諧音相關，實則共爲一物。"羅茯"《爾雅》作"蘆萉"，有些中古的史料則稱之爲"蘆菔"或者"蘿菔"。如《後漢書》卷一一《劉盆子列傳》云："時掖庭中宮女猶有數百千人，自更始敗後，幽閉殿内，掘庭中蘆菔根，捕池魚而食之，死者因相埋於宮中。"②《北史》卷七三《張威傳》云："在青州頗事産業，遣家奴於人間鬻蘆菔根，其奴緣此侵擾百姓。"③《太平御覽》卷九八〇引《正論》云："理世不真賢，猶治病無真藥，當用人參，反得蘿菔根。"④按照魏晉南北朝時人們的用語習慣，凡涉及到"蘿茯"、"蘿菔"、"蘆萉"、"蘆菔"，所指的事物皆是"蘿蔔"，其讀音亦與"羅卜"大致相同。《爾雅注疏》卷八《釋草》一三"蘆萉"一條郭璞注云："蘆音羅，萉薄北切。"⑤由此可知是時"蘆"、"羅"、"蘿"三者的發音相仿，而"茯"、"菔"、"萉"則均應讀作入聲促唇音 buk。《爾雅注疏》卷八同條邢昺疏云："紫花菘也，俗

————————

①　朱恒夫《目連戲研究》第一章第三節，南京大學出版社，1993 年，23 頁。
②　《後漢書》卷一一《劉盆子列傳》，中華書局點校本，1965 年，482 頁。
③　《北史》卷七三《張威傳》，中華書局點校本，1974 年，2532 頁。
④　《太平御覽》卷九八〇，中華書局影印本，1960 年，4340 頁。
⑤　《爾雅注疏》卷八，中華書局影印《十三經注疏》下册，1980 年，2626 頁。

呼温菘,似蕪菁大根。一名葵,俗呼雹葵。一名蘆萉,今謂之蘿蔔
是也。"①又郝懿行《爾雅義疏》卷四《釋草十三》"蘆萉"條曰:"蘆萉
又爲蘿蔔,又爲萊菔,並音轉字通也。"②郝氏所云的"萊菔"一詞,
多見於唐宋時代典籍,估計它的出現當與"羅"、"蘿"在隋唐音裏
需讀成 la 有關。故《法華文句》、《翻譯名義集》徵引《文殊問經》這
條材料時改"羅茯"爲"萊茯",大略就是考慮到了上述讀音的變
化。而"羅卜"這一草本植物被人們拿來食用的,主要是它根的部
分,所以在一般人的觀念中,"羅茯根"與"羅卜"實無多大區別,甚
至乾脆將它的根部叫做"羅卜"。例如《本草綱目》卷二六《菜部》
"萊菔"條李時珍《集解》即云:"菘乃菜名,因其耐冬如松、柏也,萊
菔乃根名。"③這樣説到最後,無非證明了"羅茯根"也可以稱作
"羅卜"。

　　章炳麟的《初步梵文典序》一文,嘗發言縱論我國佛經翻譯演
進大勢,其云:"佛典自東漢初有譯録,自晉、宋漸彰,猶多皮傅。
留支真諦,術語稍密。及唐玄奘、義浄諸師,所述始嚴栗,合其本
書。"④非常有意思的是,如果我們比較一下"羅茯根"、"胡豆"、"采
菽"這三個不同時代譯出的名稱,其間呈現之狀況實與章氏論述
的趨勢大致相當。這裏面"采菽"這一動賓結構的譯名,可確認是
合於梵文原經本意的正譯;陳代真諦翻的"胡豆"糾正了前譯的疏
失,但並没有把原文"執取"、"挽取"的意思體現在内,衹能説是給
maudgalyāyana 的意譯確定一個較具體的範圍。爰論及梁武帝時
僧伽婆羅《文殊師利問經》譯本注出的"羅茯根",則連梵經原文指
的是甚麽東西都没有搞清楚,就衹好歸入"猶多皮傅"的誤譯一類

---

① 《爾雅注疏》卷八,中華書局影印《十三經注疏》下册,1980 年,2626 頁。
② 郝懿行《爾雅義疏》卷四《釋草十三》,國學基本叢書簡編,商務印書館,31 頁。
③ 李時珍《本草綱目》卷二六《菜部》"萊菔"條,人民衛生出版社,1978 年,1616 頁。
④ 章炳麟《初步梵文典序》,《章太炎全集》第 4 册《太炎文録初編》,上海人民出版社,
　　1985 年,488 頁。

了。該條附注言及"大目犍連"一姓來歷,還將"上古仙人,好食於此"錯解作"其父好噉此物",這位外來沙門的翻譯水準如何由茲可見一斑。儘管"羅茯根"這一譯法並不可取,流行的時間總共不過數十年,但要尋找變文内目連小名"蘿卜"的淵源所自則非其莫屬。它終究是歷史上的客觀存在,加上《文殊問經》系奉梁武帝詔旨所譯,而參與詳定該經譯文的光宅寺僧法雲,又號稱"學徒海湊,四衆盈堂"①,在一段時間裏照樣能散布其社會影響。反之,從演繹目連傳説的講唱僧這方面看,"羅茯根"(蘿卜)之譯名本身即爲故事原型人物大目犍連所有,自然不妨信手挪動一下,將它附會成一個小名連帶套在變文主人公目連的頭上。無論"小名"一説怎樣出自他們的杜撰,像這麼捕風捉影、拆東補西地穿插情節,正好就是俗文學故事創造者的慣用伎倆。對於面向平民大衆的變文講唱來説,要激起聽講對象的興趣,決不能缺少此類遷想牽合的敏感和叙事能力。

《目連變文》給目連添置這個小名,顯然是根據我國僧伽制度和出家人的實際情況加以敷衍的,目的在於使整篇講唱更利於對本土羣衆進行化俗宣傳。變文裏的目連性行至孝,柔順溫和,極受世間人的器重愛憐,不用分説已染上了濃厚的本土情調。他以一位良家子弟身份皈依佛門,必須像許多普普通通的中國僧人那樣,在出家時另取一僧名代替原有的俗名。僧、俗名字之更換是中國佛教長期堅持的一項制度,於此置若罔聞便得不到聽衆的首肯。爲在説故事時滿足上述需求,"目連"一名就被講唱者安插於僧名的位置上,而小名"蘿卜"之施設,則多半是要用它來填補俗名的空缺,不過這一處置也迎合了此方人士喜歡用動植物名叫喚孩子的好尚。雖然"蘿卜"僅僅是 maudgalyāyana 的意譯,與其音譯"目連"同出一個梵文詞語,但有變文這番分拆和就近的編派,

---

① 道宣《續高僧傳》卷五《法雲傳》,《高僧傳合集》,上海古籍出版社,1991 年,144 頁。

殊能讓人體驗到一種宛然如真的感受。在廣大羣衆心目中,羅卜
真是個善良誠樸的好小子,青提夫人身上則有較多缺點,這樣平
凡而關係簡單的家庭,在中國的城市、鄉村幾乎到處都有。故事
說到母子倆因施捨沙門而産生意見分歧,在平静家庭生活中掀起
了無形的波瀾。羅卜外出經商前叮囑母親,要她設齋供養佛、法、
僧三寶,青提卻陽奉陰違、隱匿財物,及至兒子歸家又説謊搪塞,
羅卜便信以爲真。這些瑣碎細事的叙述,均彌漫着真實的人間氣
息,仿佛事情就發生在每一位聽衆的近旁,由此非常有效地强化
了作品的特定氛圍。而隨着故事矛盾冲突的越加激化,目連的一
言一行又時時引發起他們心靈强烈的回應。如此親切的藝術感
染力,不會出自那些原封不動的異域之談。《目連變》故事之所以
能千數百年來在震旦大地上持久繁衍、長盛不衰,根本原因是由
於它相當徹底的實現了本土化,泄導出了成千上萬普通百姓的感
傷悲喜之情,與此地民衆的生活意識、倫理觀念和審美趣味達成
忻合無間。小名問題縱然細微,同樣是古代講唱者力求適應中國
現實生活的一處心眼所在。

三

　　"羅卜"一名來源既如上述,隨着此宗疑案的開曉,又觸發起
我們對《目連變》故事生成時代的思索。信如前文所論列,蓋"羅
卜"小名之設本服膺於敷演故事的需要,而敷演出基本成型的故
事又少不了一個小名。那就理所當然,它的形成亦必然爲後人鑒
别目連救母傳説分娩出世的時間留下一瓣清晰的痕記。

　　自南北朝迄於唐代,關於"目犍連"一詞的本義存在着多種異
譯,至有唐之世基本上將"采菽"及與其相關之"菉豆"定爲正譯。
但是我們從敦煌三種卷子一皆以"羅卜"作爲目連小名的情形看,
好像全然未顧及到當時大家公認的翻譯習慣,硬是掏出了數百年

前梁代的一種陳舊譯法來作張本。細參個中之緣由，誠然不能歸
諸於唐五代講僧們的"信而好古"，也不見得是"羅卜"一定比"胡
豆"、"菉豆"更適合擔當物語主人公的小名。如是態勢反映在晚
唐五代時抄録的《目連變》寫卷中，剛好證明該傳說並非是晚及此
際方始形成，它的誕生時間應上推至幾百年前的南北朝時代。因
爲此類通俗物語之興起，一樣要受到時代整體文化環境的制約，
並爲它周圍的各種關聯所左右，唯能憑藉當時實際提供的條件去
從事措思經營。《目連變》故事移用"羅卜"這一譯稱來做主人公
的小名，乃無異是在向後人暗示，它起初生成的年代，即在《文殊
師利問經》注出的上述譯名尚猶行世，而還沒有被其它新譯名所
替代的那段時間之內。祇是由於小名較快爲羣衆熟悉認可，纔獲
得一股穩定的力量，即使後來"目犍連"的譯義名號幾度翻換，也
無法再改變這個約定俗成的事實，於是便成爲一份歷史積澱被唐
五代人沿襲並保留了下來。

　　現存敦煌變文卷子大多抄成於晚唐五季，絶不意味着這就是
其間所記作品産生的時間斷限。我國的佛教講唱發端於佛法東
傳之初，經東晉高僧廬山慧遠（334—416）"躬爲導首"、鼎力提倡，
兹後僧人"唱導"作爲一門有規定法式的佛事，在南北朝之世蔚然
興榮，而又説又唱地演繹佛經事緣正是它時常具備的特色。早在
二十世紀六十年代，程毅中先生即嘗懷疑變文在六朝時就已流行
了①。最近，姜伯勤先生又從隋代三論宗大師吉藏《中觀論疏》裏
找出"變文易體"一語②，這是變文研究在文獻資料上的重大發現，
其積極意義在於可以幫助我們澄清好些至今懸而未決的問題，同
時也證實變文講唱之濫觴確要早於唐代。參據近年在饒宗頤先

---

① 程毅中《關於變文的幾點探索》，《敦煌變文論文録》上册，上海古籍出版社，1982
　年，380 頁。
② 姜伯勤《變文的南方源頭與敦煌的唱導法匠》，《華學》第 1 期，中山大學出版社，
　1995 年，150 頁。

生主持下，項楚、榮新江教授等攻治敦煌晚唐邈真讚所見"唱導法
將"這一名銜，進而論之，譬如我們過去習慣上把"唱導"當做"變
文"前身的看法，恐即屬强生分別之斷見。第按其實，所謂的"唱
導"和"變文"，不外乎是針對着同一事物的兩種不同説法。"變
文"主要從文體上言，乃指其體；"唱導"則着眼在其演播方式及功
用，乃言其用。二者一體一用，相即而不相離。這種與佛教傳播
相關的口頭文藝，自南北朝到唐五代從未間斷過，其間雖有儀軌
之損益、語言的通俗化及講唱地點場合之轉換，但基本體制並無
明顯改創，也不存在分甚麼兩個發展階段的問題。它一以貫之地
活躍於這漫長歷史時期，日益擴大其影響被覆之範圍，受到不同
階層人士祖祖輩輩相承的歡迎。而俗文學蘊蓄着的巨大慣性，也
會造成某些故事題材被講唱者當做拿手的節目來"控引"，經由他們
迴環反復地宣講，給好多世代的聽衆帶來了慰安與悲辛。故目前我
們見到的敦煌變文作品，了無可能悉數萌生、長成於這些卷子寫出
前較短時間之內，其中自有相當一部分在隋唐以前就得到流播。

　　《目連變》傳説能夠生起於南北朝時代，從它的故事結構上
看，是由於類似於此宣揚諸行無常和因果報應的物語，在當時佛
教化俗講唱中早已占據顯赫地位。粤自唱導這一宣傳形式始興，
即對於"雜序因緣"、"傍引譬喻"寄予充分的重視。梁慧皎《高僧
傳》卷一三《道照傳》，述及釋道照於宋武帝內殿齋初夜導引，"略
叙百年迅速，遷滅俄頃，苦樂參差，必由因果"①。可見這位唱導師
爲了向齋會信衆開示緣起因果法理，的確是借助了人生苦樂變遷
具體情節的演叙。該書同卷《唱導傳論》，則另有一段文字與我們
討論的問題關係更爲密切，其云：

　　　　至如八關初夕，旋繞周行，煙蓋停氛，燈帷靖燿，四衆專

―――――――――
① 慧皎《高僧傳》卷一三《道照傳》，廣文書局影印海山仙館叢書本，1971年，26頁。

心，又指緘默。爾時導師，則擎爐慷慨，含吐抑揚，辯出不窮，言應無盡。談無常則令心形戰慄，語地獄則使怖淚交零，徵昔因則如見往業，覈當果則已示來報，談怡樂則情抱暢悦，叙哀感則灑泣含酸。於是闔衆傾心，舉堂惻愴，五體輸席，碎首陳哀。各各彈指，人人唱佛。①

此條記載屢爲變文研究者所徵引，然大略均被用來考證、描述南朝唱導的程式及周圍氣氛，鮮少從故事本身具呈的形態上去作些推敲研究。今細揣引文内所説的“談無常”、“語地獄”、“徵昔因”、“覈當果”、“談怡樂”、“叙哀感”等六句話，顯而易見是指“爾時導師”在齋會上演繹物語的若干内容成份。它們共同組合在一個故事體内，相輔相成，緊密銜連，着力展現出作品人物遭逢經遇的“苦樂參差”，以明示一切困頓與不幸皆爲業感招致，唯賴如來慈悲指點救法，祈福積聚功德，到最後纔演出一個“消災除患”的大團圓結局。此類講唱作品的内容結構，總是那麼固定的幾個部分，頗易流於公式化，但照例不乏世態人情的切近描摹，散發着極其濃烈的悲劇氣息，善於引導聽者在“碎首陳哀”的藝術感受中，懷着敬虔之心去體會故事寓托的儆戒意味。

返顧《目連變》繹述的事緣，實則就是這一類型的物語。它從題材、思想到故事的具體表現形態，均與之有着驚人的一致性。試對《目連變》故事的主體結構作些擘析，蓋亦一似《高僧傳·唱導傳論》這條材料所記載的那樣，完整無缺地包括着“談無常”、“語地獄”、“徵昔因”、“覈當果”、“談怡樂”、“叙哀感”等方方面面的内容成份，其情況略如下表所示。

談無常——青提夫人欺誑凡聖，不久即告命終。

語地獄——目連往地獄尋母，備見種種畏惡慘狀。

① 　慧皎《高僧傳》卷一三《唱導傳論》，33—34 頁。

　　徵昔因——青提不施沙門，謊稱已依羅卜囑咐行事。

　　覈當果——青提墮餓鬼及阿鼻地獄，受無間之餘殃。

　　談怡樂——目連救母，青提生天，母子皆大歡喜。

　　敘哀感——目連獄中見娘，切骨傷心，哽噎聲嘶。

這些情節成份經過巧妙編結，給聽衆設置了一重重的懸念，而講唱者貫徹勸善懲惡的意圖則始終不懈。即論它的藝術感染效果，亦極能以哀傷慘惻的主調叩動人心，令舉座聽衆跟着法師"含吐抑揚"的演述而"灑泣含酸"或至"怖淚交零"。敦煌變文中的《歡喜國王緣》，同樣也是一個帶有悲劇性的"消災除患"故事，但《歡喜國王緣》祇有天上的描寫，並無"語地獄"的內容。因此像《目連變》呈現的這種影似雷同，真可說與《高僧傳》所言者如出一轍了。在這裏我們縱然不宜遽然認定慧皎提到的物語即爲《目連變》，但至少說明在他生世的梁代，産生出如目連救母這樣一個情節不太單純的口頭傳説，完全符合我國中古時期通俗叙事文學的發展趨向。

　　探涉《目連變》故事生成所必須顧及的另一要素，是它在南北朝後期，還得天獨厚地承受了一股特殊的驅動力。佛教倡行的"盂蘭盆會"風靡梁代朝野，這在《荆楚歲時記》、《佛祖統紀》諸書中均有明確記載，"七月十五日，僧尼道俗，悉營盆供諸佛"，"乃至刻木割竹，飴蠟剪綵，模花葉之形，極工妙之巧"①。大同四年（538），梁武帝又親臨同泰寺設盂蘭盆齋。此風很快延及北方，連顏之推亦在《家訓》卷七《終制》中叮嚀後輩："有時齋供，及七月半盂蘭盆，望於汝也。"②"盂蘭盆會"直接導源於《佛説盂蘭盆經》，營盆設齋之動機，乃是效仿經中目連所爲以超度歷代宗親亡靈。這

---

① 宗懍《荆楚歲時記》，臺灣商務印書館影印《文淵閣四庫全書》第589册，24頁。

② 顏之推《顏氏家訓》卷七《終制》，王利器《顏氏家訓集解》（增補本），中華書局，1993年，602頁。

一儀式出現於大力揄揚孝道及宗法思想的中古社會，竟演成一項重要習俗標誌而被納入了本土人的精神生活範疇，作爲其帶動俗文學創作的一面，也有力促成《目連變》故事的誕生問世。目連傳説與"盂蘭盆會"同出一個經典淵源，其興起之緣由又顯然是爲了幫助"盂蘭盆會"儀式的推行。正如倉石武四郎先生所説："目連救母的傳説，就是講盂蘭盆底由來的。"①傳説本因配合法會而作，法會則給傳説提供了題材和傳播的條件；而傳説之能夠創成並較快獲得傳播，又是"盂蘭盆會"方興未艾、擁有推廣力度的徵兆之一。既然如此，故兩者在生起時間上相隔不會太遠。筆者以爲這個物語應最初醞釀、萌生於梁代，到南北朝末已具備很廣泛的流傳基礎，小名"羅卜"是其與生俱來的產物，而包括着"談無常"、"語地獄"、"徵昔因"、"覈當果"、"談怡樂"、"叙哀感"等一些主要情節成份的故事基型，也就在這一過程中隨之結撰完成了。目連救母傳説的生起及順利達成粗具完形，曾極大受益於本時期特定社會宗教倫理風氣的鼓扇。

　　殊可引起我們注意的，是唐初道宣在《續高僧傳》卷三〇《興福傳論》中，嘗以"業令自受"、"無有自作他人受果"的觀點來談論"目連飯母事"②。其實他表述的這層意思，已經明顯超出了《佛説盂蘭盆經》的固有内涵，而恰恰是《目連變》故事一再强調的旨趣所在，證明此時早有關於目連救母的傳説在社會上流播。所謂"目連飯母事"的"事"，亦應當作"故事"的意思解。唐初社會流傳的目連故事，誠然祇是該傳説初創階段的成品，不可能像敦煌寫卷呈現的物語形態那樣豐富贍詳。唯因它直接從佛教講唱實踐中來，一開始即負有向聽衆叙述緣起、宣示因果的使命，需

① 倉石武四郎《目蓮行孝戲文研究》，轉引自羅宗濤《敦煌講經變文研究》，229 頁。按，該文原刊時題名爲《寫在目連變文介紹之後》，《支那學》4 卷 3 號，1927 年，130—138 頁。
② 道宣《續高僧傳》卷三〇《興福傳論》，《高僧傳合集》，374 頁。

將故事人物命運苦樂變遷的原委交代得一清二楚，"徵昔因則如
見往業，覈當果則已示來報"，所以非得有個首尾連貫、内部結構
合理的傳説機體不可。縱因文本之缺失，今人無法逐一鈎稽出
其全貌，卻能料斷它爲了要在故事情節中貫穿因果報應思想，一
定罄竭了衆多講僧和佛教信士的心血。在這個故事基型裏面，
目連母親青提的形象無疑已經確立，她所擔受的罪報，亦宜當於
《盂蘭盆經》的墮爲餓鬼進一步墜落地獄深淵；倘究其"罪根深
結"的宿因，則不外乎是同《撰集百緣經·餓鬼品》内那些餓鬼一
樣"不肯施捨沙門"。自造的惡業終須自己吞咽苦果，她唯有繫
縶囹圄沉淪長夜，備嘗各種駭人聽聞的陰刑折磨，欲求超度難上
加難。目連傳説正是在主人公如何克服重重障礙、拯濟救拔其
母的演述中，變得日益的豐滿和曲折騰挪起來。所有這些新生
情節的演成，都可以説是當時人在《佛説盂蘭盆經》内容的基礎
上，博采、兼融其它佛經故事記載，並注入大量改造製作功夫的
結果。

　　經變故事的衍生發展，總以佛典之傳譯爲其先導。我國的佛
經翻譯迄於梁世，殆迭更數百寒暑，其時大乘、小乘各種要籍翻出
的數量與日俱增，而《本緣》、《經集》等部經典物語之譯述則愈臻
齊備。梁代既有的譯經成果，已能夠提供充足素材滿足結撰目連
傳説的需要，這就從根本上爲《目連變》故事基型的生成解決了前
提條件。關於《佛説盂蘭盆經》、《撰集百緣經》、《文殊問經》的情
況，前文論列頗詳，於兹不再復述。及至《佛五百弟子自説本起
經》和《賢愚經》，其譯出時間分別是西晉太安二年（303）與北魏太
平真君六年（445）。姑以譯出稍後的《賢愚經》論，也要比南朝蕭
梁王朝的建立（502）早五十多年。另《目連弟布施望即報經》，則
爲僧祐《出三藏記集》卷四所著録，並輯入《經律異相》卷一四。按
寶唱等僧纂集之《經律異相》五〇卷，與目連救母傳説形成的關係
亦甚密切。該書於梁武帝天監十五年（516）奉詔輯成，其宗旨在

"博綜經籍,搜采秘要,上詢宸慮,取則成規"①,書中編録的佛經事緣多達六百六十九則。它既是現存中國歷史上第一部類書,又是溝通當時佛教講唱與經典原型材料的津梁,自然成爲衆多講僧參閲利用之常備文本,其於《目連變》故事萌生過程中能起重要的傳媒作用確鑿無疑。《經律異相》除在卷一四同時收入《盂蘭盆經》與《目連弟布施望即報經》甚招人眼目外,爰及卷四九、卷五〇《地獄部》,又盈篇累牘迻録佛典有關地獄可怕景象的演述,所涉及的原典即有《長阿含經》、《樓炭經》、《浄度三昧經》、《問地獄經》、《觀佛三昧經》和《大智度論》等。以上幾個經文段落,俱以誇示泥犁鐵城的陰怪厲怖著稱,對後代出現的地獄變畫影響很大,晚近學者推求《目連變》傳説中大量地獄描寫的淵藪,大抵也都要循蹤追溯到這些經典裏面。

　　在探討《目連變》故事的創作生成時,舊説將《地藏菩薩本願經·忉利天宫神通品》及唐代宗密《佛説盂蘭盆經疏》亦置於其原型材料的範圍内,認爲目連救母傳説最初創撰之際,同樣自個中移借過某些情節。如果單從演示之内容上去勘覈比照,那麽《目連變》故事確與這兩宗材料多有相似應合之處,以故此説爲海内外不少學人所執持,在大家印象中仿佛已成定論。然而認真反思一下,便不難明白,上述觀點之所以能在學術界通行無阻,實同長期以來人們對目連傳説生成時代問題認識上的模糊有關,總覺得該傳説必定是産生在《地藏本願經》和《盂蘭盆經疏》的後面。現在當我們對《目連變》故事基型形成的時間有了明晰判斷,舊話重提,就發現這種看法實際上與事情的本來樣子大相徑庭。它們兩造之間具體情節上的印同毋庸置疑,問題的要害在於究底是誰影響了誰?

　　對萌生於梁世的《目連變》傳説而言,不管是《地藏本願經》或

---

① 　寶唱等《經律異相》卷一,上海古籍出版社影印《磧砂藏》本,1988 年,1 頁。

宗密《盂蘭盆經疏》，無疑都衹能算爰居其後的遲來者，談不上在傳説的創撰階段提供和輸送過甚麼原始材料。宗密（780—841）其人處值中唐，一生歷德、順、憲、穆、敬、文六朝，他撰述《佛説盂蘭盆經疏》時，《目連變》故事早已大行天下，這一點從前文提到的《本事詩》、《唐摭言》那條材料裏就能見出某些端倪。又《地藏菩薩本願經》二卷，雖題爲唐初實叉難陀譯，卻不見於自唐至元諸家舊録，一直要到明代纔被編入藏經，吕澂先生《新編漢文大藏經目録》即將其列爲“明初新得”的“疑僞之經”①，它對《目連變》故事的影響更無從説起。倘論這兩者有關事緣與《目連變》之印合，主要是因爲彼等在不同程度上均受到過目連故事熏習濡染的緣故。例如《地藏菩薩本願經·忉利天宫神通品》所演婆羅門聖女入地獄探尋其母一事，實即汲取了目連救母傳説與《賢愚經·出家功德尸利苾提品》的若干情節素材捏合而成，這正是辨明《地藏菩薩本願經》確係僞經的有力證據之一。

　　《佛説盂蘭盆經疏》與《目連變》內容上的相重，則主要反映在該經疏以下一段文字中間：

　　　　有經中説：定光佛時，目連名羅卜，母字青提。羅卜欲行，囑其母曰：“若有客來，孃當具膳。”去後客至，母乃不供，仍更詐爲設食之筵。兒歸問曰：“昨日客來，若爲備擬？”母曰：“汝豈不見設食處耶？”從爾已來，五百生中，慳慳相續。②

此段引文係宗密爲疏解《盂蘭盆經》“佛言汝母罪根深結”一語而撰，兹考其間記叙之具體事狀，包括“羅卜”這個名字在內，幾乎全部從《目連變文》中來。如《佛説盂蘭盆經疏》一類材料，其撰作之目的當然是爲了向羣衆進行普及宣傳，與變文差不多處於同一個

———————————————

① 　吕澂《新編漢文大藏經目録》，齊魯書社，1980年，92頁。
② 　宗密《佛説盂蘭盆經疏》卷下，《大正藏》第39册，509頁。

文化層面上，兩者之間非常容易達成貫通。基於目連救母故事本因配合"盂蘭盆會"儀式而興起，故宗密在該傳説已深廣流播的背景下替《盂蘭盆經》作疏解，反過來撍取吸收它的内容供其所用，就顯得十分順理成章。大略是出於强調"汝母罪根深結"這一題旨，他居然把羅卜説成目連在定光佛時的前身，如是悠謬無根之談，意在由此帶出下面青提夫人"從爾已來，五百生中，慳慳相續"等一些事情的演叙。而所謂的"有經中説"云云，祇不過是隨便開張空頭支票而已。這些闡解雖與所見敦煌變文的物語形態稍有出入，但他使用的那套附會牽合的手法，似仍不脱變文家熟習的路數。宗密利用《目連變》的材料來解釋《盂蘭盆經》的經文，顯示了他對佛教通俗文藝的關心和重視。入矢義高教授所撰之《變文二則》一文，即指出在宗密《圓覺經大疏鈔》中曾有"變家"一詞出現①，證明這位義學大德和變文講唱還是很能投緣的。

1996 年 4 月

〔**附記**〕本文撰作過程中，承江巨榮、雷應行、朱恒夫、荒見泰史諸先生給予材料上的支持，一並致謝。

---

① 　入矢義高《變文二則》，《鳥居久靖先生華甲紀念論集》，鳥居久靖教授華甲紀念會，1972 年，146 頁。

王維《輞川集》之
《孟城坳》佛理發微

　　王維《輞川集》詩語言清麗秀雅，造境透剔圓成，以極有限的篇幅含蓄豐富內涵，顯示出詩人在山水田園題材創作上的高度成就，歷來引起論詩家的矚目。這二十首小品，依次繪寫藍田輞川別業周遭的游止勝景，經作者的精心鈎結而組合成一個有機整體，或前或後都有一定的根據。本文準備要討論的《孟城坳》這一首寫道：

> 新家孟城口，古木餘衰柳。來者復爲誰？空悲昔人有。

此篇被作者明確置於全帙之首端，由此可知它在這組作品中地位的顯要。

　　按王維之輞川別業，地在藍田縣輞川山谷，其先爲唐初著名詩人宋之問別圃。不晚於唐玄宗開元中葉，王維即購置了這份產業，重加修葺經營，除了作母親崔氏"持戒安禪"的山居外，也供他自己及兄弟王縉等人游賞棲息。《輞川集》列舉其游止有二十處，便大致闊劃出了這個莊園的輪廓界限。長期在藍田縣工作的樊維岳先生所著《王維輞川別墅今昔》一文，嘗根據該縣文管處所藏北宋郭忠恕臨摹的《輞川真迹》跋拓石刻，考以輞川天然地貌及本地羣衆傳說，並參詳《輞川集》詩句提供的綫索，對這二十處游止故地作了全面勘察。在談到"孟城坳"的地理位置時，樊文指出其地今名"官上村"，屬南朝宋武帝北伐時所建"思鄉城"舊址，這一帶輞水的川道最爲寬闊，是王維與王縉居住過的地方。又《藍田縣志》講到此處,亦云:"即孟城口,右丞舊第也。"復徵諸右丞《孟城坳》詩暨裴迪之同詠,均證明這裏確是王維創作《輞川集》時之第宅所在,與詩人的日常生活關係自然愈加密切。故王氏題詠輞川諸景以《孟城坳》爲第一篇,實非出於偶然。

　　然而,《孟城坳》一詩在晚近唐詩研究成果裏,似乎並未得到應有的重視。當今學人探治王維《輞川集》者可謂多矣,但大家的注意力,往往祇放在《鹿柴》、《木蘭柴》、《竹里館》、《辛夷塢》等幾首上面,鮮少有人對《孟城坳》作過一些具體的分析評論。至少在他們中間大部分人看來,此詩充其量祇是《輞川集》中一首普通的作品,大可不必拿出來加以單獨介紹。如分別由馬茂元和社科院文研所編選的兩種《唐詩選》,都沒有選入《孟城坳》這首詩;而近些年來出版的王達津《王維孟浩然詩選》,亦依然是將該詩刊落在外。自建國至今這一長段時間,數較有影響的古詩選本采入《孟城坳》的,就祇有陳貽焮先生的《王維詩選》一家。

　　與上述情形相反,《孟城坳》在古代的詩歌研究者那裏,所得到待遇卻要比現在好得多。近來筆者翻檢了幾本易找的前人唐詩選集,如明代高棅的《唐詩品彙》,清代徐增的《唐詩解讀》和沈德潛《唐詩別裁》,發現它們的選目之中,居然都有《孟城坳》這一首五言絕句在。按高棅分體論列唐詩,推王右丞爲五絕一體之正宗,《品彙》一書選入《輞川集》詩計有九首,《孟城坳》即其中之一。又沈德潛《唐詩別裁》僅屬一中型選本,右丞五言絕句共取十三首,而同樣包括着《孟城坳》此篇在內。尤應一提的,是昔人在評論該詩時所表現出的觀點取向,與晚近研究者的論詩標準每有不盡相同之處。譬如元人方回《瀛奎律髓》論及王維的《終南別業》,即有一段別出心裁的話説:

　　　　右丞此詩,有一唱三嘆不可窮之妙。如輞川《孟城坳》、
　　《華子岡》、《茱萸沜》、《辛夷塢》等詩,右丞唱,裴迪酬,雖各不

　　過五言四句，窮幽入玄，學者當自細參則得之。

　　方虛谷的這些論斷，顯然是把《孟》詩作爲《輞川集》中一篇佳構來加以推挹的。他接下去提到的《華子岡》與《茱萸沜》，這兩首亦不屬於近人探涉輞川詩時所關心的重點。在方回的眼光裏，這幾首作品之價值所在，主要是由於它們在模山範水中寓托着某種"窮幽入玄"的理旨。

　　反映在《孟城坳》這首小詩上的古今看法差異，說起來祇是一個細小的認識問題，但這種分歧既已在一定時間範圍內帶有了普遍性，那說到底還是同人們審察認知對象時所持的觀念有關。

　　遵照晚近研究者論詩的習慣，判定一首山水田園詩的得失優劣，關鍵是看它是否展現了一幅具體可感的自然美圖景，而對隱括在這幅形象畫面裏的理念倒並不太在意。像《孟城坳》這樣一首小詩，其中直接用於摹狀自然景象的僅止"古木餘衰柳"一句，倘孤立地以詩歌應有鮮明生動形象這根標尺去衡量，它無疑會讓人感到單調，而不具備構成一首優秀作品的條件。最近數十年裏該詩遭逢如此之不濟，恐怕多半得歸因於上述觀念所起的支配作用。

　　而古人論詩所秉的宗旨則異乎是，他們對山水田園詩內容範疇的理解似更豁達些，故在評論這類作品呈現的直觀畫面同時，或多或少都要談到一些內中"窮幽入玄"的理致。這種理致並非用"理語"直接說出，而是融攝於詩內，與作品的感性形象互爲表裏，無論管它叫作"理旨"、"理趣"還是"別趣"，總不外乎是從具體事物現象中抽繹出來的東西，充當着詩歌內容不可割裂的一部分。有的寫景詩描摹的形象比較簡單，卻在純淨的畫面裏寓含着深邃哲理，就照樣可以認爲是一首好詩。這些看法注意到了詩歌形象的外觀形式與內在理念的關係，較符合"理事一如"這個中國哲學史上自南北朝即開始確立起來的通識，能夠爲多數詩歌批評家所接受。如前面提及的方回、高棅、徐增、沈德潜等，他們的論詩主張本非一致，然而在如何看待《孟城坳》這首詩的問題上，竟殊途同歸地取得了一定共識，足可説明此種傳統論詩觀念影響是很深遠的。

　　但古人探究山水田園詩的理性成份，大抵還沒有超出零敲碎打的局面，觸涉的深度也相當有限。他們中好多人常犯的一個通病，在於缺乏對詩歌深層趣蘊作出透徹的揭示，而喜歡像評點派那樣隨便發點玄乎的議論，其中大多數情況，袛是對作品本然易了的意思做點張揚，或者剛才觸及到些實質問題即戛然而止，而求其抉隱索微之功殆什不及一，故仍免不了給人以淺嘗輒止的印象。我們查考前代論詩家品評《孟城坳》的若干説法，的確能獲得如上一份感受。譬如高棅《唐詩品彙》卷三十九，嘗於此詩之末後摘録南宋劉辰翁評曰："如此俯仰曠達，不可得。"而沈德潜《唐詩別裁》卷十九則云："言後我而來者不知何人，又何必悲昔人之所有耶，達人每作是想。"這兩段話皆寥寥數語，歸結起來，無非是説在《孟》詩中流露出了王維曠達的人生觀，此外便別無深意可啓發人處。這樣的評論縱然挑不出什麼錯誤，但亦談不上有何鞭辟入裏的精見，如果拿它們來作爲對本詩理趣的闡發，那實在是太不着邊際了。

　　徐增《唐詩解讀》卷三對《孟城坳》一詩内容的評釋，要比劉辰翁、沈德潜的説法詳細得多，其謂：

> 此達者之辭。我新移家於孟城坳，前乎我，已有家於此者矣，池亭臺榭，必極一時之勝。今古木之外，惟餘衰柳幾株。吾安能保我身後，古木衰柳尚有餘焉者否也。後吾來者，不知爲誰？後之視今，亦猶吾之視昔，空悲昔人之所有而已。

上述這段引文的中心意思，主要體現在首句"此達者之辭"一語之內，其大旨與劉、沈兩人的觀點正同。談到徐氏對原詩文義的疏通，除解釋"古木餘衰柳"這句略見瑕疵外，總的說來尚與詩歌的精神面貌相吻合，而發揮確屬精當之處亦不可掩。如文中所說的"前乎我，已有家於此者矣"，"後吾來者，不知爲誰"，"後之視今，亦猶吾之視昔，空悲昔人所有而已"，強調了原作俯仰時流的抒情特色，從過去、現在、未來三個視角上去觀察世間勝事之不可常保，宜其深得詩人詠嘆景物遺意。儘管類似於此的想法，在劉、沈的評語中已微露端倪，徐增卻在這裏申發得非常充實具體，使之成爲一種清晰的認知呈現在讀者面前。但遺憾的是，徐氏並未指出這種理念思維的文化特質及其來源，他講到這裏就留步不前了，結果還是把它當做一般的"達觀之辭"來作闡介。

　　與高棅、沈德潛等相比，徐增在文學批評史上的名氣要小得多，然頗以精熟禪理著稱。他的《而庵詩話》一卷，論詩標榜"寄趣"、"妙悟"，雖並舉太白、子美、摩詰三大家，實則對王右丞的詩歌情所獨好。徐氏《唐詩解讀》選釋的王維詩作數量不少，其間搜剔《藍田石門精舍》、《終南別業》、《鳥鳴澗》諸篇所寓佛理，輒有獨到悟解。至如該書卷三，運用大乘中道觀透示《鹿柴》一詩意象，會通真、俗二諦逐層深入剖析，愈益見其精彩紛泊。這樣一位妙解古詩別趣的善知識，處於當時洵屬罕見難能，問題恰恰在他談到《孟城坳》時，不知甚麼緣故，始終沒有把這首詩中的情識同佛學思想挂起鈎來，真可謂老於此道而偏巧失之眉睫了。其實《孟》詩中反映的理念形態特徵，加以識別並不困難。因爲如此從過去、現在、未來三世領略塵寰滄桑之變，正是釋氏觀察世間一切事相的根本方法，佛教思想本身即曾被人稱爲"三世之説"。要是我們抓住這條綫索認真作些披尋思考，則決然能夠了達，此詩究竟包孕着的理旨，實際上就是佛教的"無常"、"無我"思想。

　　"無常"、"無我"是釋迦本人奠定的佛學教義，它們不像後來的大乘中觀、唯識學那樣充滿着哲理思辨，而是針對人生現象提出的一種樸素理論見解。“無常”即佛經所說的“諸行無常,是生滅法”(見《大般涅槃經》卷十四《聖行品》)。從佛教緣起因果的觀點看,世間諸法刹那生滅,現象界之一切盡處於遷流不居的變異之中,包括人和有情眾生在內的森羅萬有,其生起之初就意味着要歸於寂滅。人有生老病死,物有成住壞空,沒有任何人可以常駐世間,而所有事物對每個人來說亦不能保其恒有。總之,一切世間情事悉無有不變常住者,這就是原始佛教確立的“無常”説。若持“無常”的觀念去體察人生本相,則又構成了“無我”説。所謂“我”者,即常一之主體。釋尊認爲,人乃四大、五蘊諸元素的因緣假合,生命之存在祇是上述元素刹那生滅的連續顯現,人與一切有情眾生,都沒有一個常住不變、起着主宰作用的自我,故稱之爲“無我”。佛教喜歡用“三世”代表無限時間流程,它不論講“無常”或“無我”,一概要放到這個特定範疇之內來論證其究竟。鑒於這些思想是佛陀宣說的法,後世的佛教宗義學說皆倚之爲指歸,加上道理不太深奧,又涉及人們的切身問題,所以很容易在社會上得到廣泛流播。

　　按《輞川集》二十首,大約寫成於王維移家孟城口不久。其時詩人尚值盛年,可是在仕途上已經受過了挫折,他對世事翻覆所產生的感觸,時而會同佛教消極的人生觀發生共鳴。因此當其移居新宅之次,與道友裴迪共詠《孟城坳》時,他驟然想到了別墅主人的新舊更換。這一份產業先前嘗爲宋之問所有,斯人於武后朝頗受寵信,其詩文尤負時譽,不難意料當日輞川風物,池亭臺榭必極一時之勝,詩酒賓客足盡嘉會之樂。但曾幾何時,彼即以行爲不檢而被御史劾奏賜死,空留下此處別圃任其破敗荒蕪。待得轉賣到王維手裏,面對着新主人的莊園已非疇昔舊貌,雖有殘剩下來的衰柳可供記別,物業之故主今又安在? 關於“古木餘衰柳”這句,陳貽焮先生《王維詩選》解爲“祇見衰柳而不見昔日植柳之人”,較諸徐增“古木之外,惟餘衰柳幾株”云云,似更貼近於詩人

當時的寄意。這裏的"古木"即指"衰柳"，索其全句所詠嘆的對
象，確應包括物與人兩個方面：即言柳非當初生意蓊鬱、垂條青青
之柳，植柳之人則早已化爲灰土。是以世上一切緣生羣品，都會
隨着歲月的流逝而衰頹泯滅，沒有任何東西具有恒常的意義。以
上說的這些，是詩人站在現今立足點上感念往事，撫今追昔，述明
人生飄忽短暫，與之相關聯着外境諸有亦不可常保。而下半首
"來者復爲誰？ 空悲昔人有"兩句，則用觀察過去所得到的經驗推
斷未來，轉入對他自身命運的沉思。意謂今吾縱爲輞川的新主，
此間之第宅、生資、車馬、田園、丘壑一皆爲我所有。奈吾生同若
古人之短促有涯，到頭來別業又將歸屬他人，則今日之有復何足
恃。吾不知後我而來者爲誰？ 唯了然遷化靡停，有非恒有，"後之
視今，亦猶吾之視昔"，那又何必獨獨因此地曾爲昔人所有而徒感
悲傷呢！ 以上所說的這幾層意思，講的正是佛教"諸行無常"的法
理。王維依其實際經遇托興詠懷，將自己信解的宗教義理巧妙地
灌輸入這首小詩裏面，達成了情、理與景物三者交叉互融的效果。

　　《孟城坳》詩的"無我"思想，則隱括於作品描寫事物的譬喻意
義當中。"無我"是"無常"觀念在人生問題上的拓展，即謂假合刹
那生滅之四大、五蘊的世人，無有常恒而能主宰身心的自我主體
是也。佛徒爲了向信衆宣揚上述義理，通常借用一個淺顯的比
喻。他們將人比作一座宅屋，而把所謂的"自我主體"喻爲居住在
屋內的主人，因宅屋有世代更替、轉手賣買而居無常主，故人與有
情衆生亦無常恒固定之自我。試舉例說明之，敦煌卷子王梵志詩
中有一首《年老造新舍》云：

　　　　年老造新舍，鬼來拍手笑。身得暫時坐，死後他人賣。
　　千年換百主，各自循環改。前死後人坐，本主何相在。

這首通俗勸世詩，諷刺世間愚人不解"無常"之理，到了年老時還
熱衷於營造新舍，一旦身死便撒手成空，屋舍旋爲他人所賣。詩

的後半部分"千年換百主,各自循環改。前死後人坐,本主何相在"這四句,固然仍不妨説是在繼續發揮"諸行無常"思想,但我們注意到該詩在叙説過程中,已順勢納入了人與宅屋這個古老譬喻,故其中所講的宅無本主,究其實亦包含着人無固定常住自我主體的喻指意義在内。王維《孟》詩先從正面表現作者對世事無常的感悟,而其詠嘆的具體題材、情事,又幾乎同前面引録的這首梵志詩完全一樣。因爲在輞川這份偌大的産業中,孟城口的詩人住宅即處於他隱居生活的中心位置上,故而《孟》詩寫到的這個新家,就象徵性地代表着王維所擁有的輞川別業全體。現實中的人、物關係經過如此單純化的處理,確在顯著程度上增强了作品上述的譬喻效應。既然可將人比作一座宅屋,那末住在屋舍内的主人過去、現在、未來三世的嬗變替代,不正好能用來喻明人生同然没有一個固定的主體自我嗎? 精通内學的王維,即是順沿着這條思維邏輯,遂促成了《孟城坳》這首詩由抒泄對無常的感嘆,進而推衍到揭示佛説"苦空無我"的理諦。

在釋迦所説的原始佛學教義中,"無常"與"無我"本是一對連環相扣着的概念,並自佛法最初東傳之際即與此方人士發生接觸。第因"無我"一義來源於形而上的繁瑣分析,不像"無常"那樣可藉助對諸多自然、人生現象的觀想而得到瞭解,它的本意真正爲中國人所明了,要到南北朝的初期,"至什公(鳩摩羅什)而無我義始大明"(湯用彤《漢魏兩晉南北朝佛教史》第十章《鳩摩羅什及其門下》)。又因它討論的是人的本體問題,亦較難在詩歌中加以直觀的表現。縱觀唐代以前的文人詩,没有看到誰的作品通過具體的藝術形象來觸涉這宗理旨,王右丞《孟》詩之所以能從喻指意義介入此境,看來必定借鑒過佛教的説法手段或通俗佛理詩之叙事技巧。

爰論"無常"思想對中國古代詩歌的影響,則在王維之前就已經有了很長歷史,倘要找個承接這種外來宗教意識浸染的標誌,可向上直溯到三國時代應璩的《百一詩》。嗣後整個兩晉南北朝詩壇發出的那種生世飄忽的吟唱,絕大部分都夾雜着感念"無常"的凄苦音調。迨至有唐初年,以七言歌行來縱情詠嘆世變滄桑蔚爲時代風尚。這一特定詩體,被普遍用來抒寫天道悠遠與人壽短促的矛盾,還涌現出了劉希夷《代悲白頭翁》、張若虛《春江花月夜》等感人肺腑的名篇。不過這些詩什在含攝佛理方面,尚顯得不太得心應手,其基本傾向是情勝於理。它們或由着力展露詩人内心震蕩而缺少睿智的明辨,有的則因述情體物着筆過多而導致作品的理性大大淡化,概而言之均未能從了義上去對"無常"進行具足的開示。王維《孟城坳》作於唐詩氣象彬彬大備的時期,它一共祇有四句二十個字,作者憑其把握事物形象的高度敏感,益以自身對佛理之明晰了達,仰觀俯察,妙手別裁,交替使用象徵、移情及譬喻,觸類旁通地將"無常"、"無我"的義旨一並充分遞達出來。摩詰居士持如是簡括數語弘宣他所諦觀之勝義,委實與六祖大師慧能"菩提本無樹"一偈有異曲同工之妙。而反過來講,唐初以來佛僧題吟的詩偈日益精煉與文學化,對王維那些寄托佛理的律詩、絕句似亦不無啓迪。

《輞川集》是王維閑居學佛、寄情游賞生活的寫照,所涉的時間、地點又相對集中,這二十首五絕之間彼此呼應、緊密銜連,隨處都能見出作者經營布局的匠心,誠不愧爲一組整合性强、措思精密的傑構。趙殿成《王右丞集注》卷末附録董逌《廣川畫跋》語云:"《輞川集》總田園所爲詩,分序先後,可以意得其處。"復引黄伯思《又跋輞川圖後》云:"輞川二十境勝,概冠秦雍,摩詰既居之畫之,又與裴生詩之。其畫與詩,後得贊皇父子書之,善並美具,無以復加。"今揣詳本集作品銜接首尾的序列,疑其頗與二十處游止地理方位及王、裴昔日同游之路綫有關,當然這並不排斥作者可根據情況對某些篇章作出特殊的安排。唯據我們目前所掌握的資料,尚不能一一盡道内中之實情。但王維的居宅明明設在孟

城坳，這一點確然無疑，此地之爲他們兩人游歷經行的起點乃勢
所必然。何況右丞《孟》詩開頭說的"新家孟城口"，這話本來就有
一些帶起下文的性質，是必當於該篇面貌基本定型之後，才跟着
有其他十九首續申之辭的題詠。故《孟城坳》可斷然肯定是《輞川
集》裏最先吟出的篇制，它能在體制風格上爲後面衆多續篇做出
表率是不需懷疑的。而更有意思的是，即從整帙《輞川》詩中所滲
入的佛學理趣來看，《孟》詩同樣能起到引發、照管全局的作用。

　　如同我們所知，佛教義學思想自古而來經由了漫長的發展道
路，若欲研究其中的每個名相、每宗義理，必須從源流上去弄清它
們產生的時代及其相互之間的關聯。釋迦牟尼在他草創佛教之
時，就揭櫫了"諸行無常，諸法無我，涅槃寂靜"的基本教義，而以
後部派佛學、大乘佛學中衍生出來的各種學說，皆莫不以"無常"、
"無我"等原始說教爲其立論之印鑒和準繩。從蒙受佛旨沾染的
角度去仔細考核《輞川集》中諸作，固不宜一概而論地說它們"字
字皆合聖教"，但應承認確有相當多的篇什與佛理的關係甚爲融
洽。這些精緻小品各領一方天地，分別包容着龐大佛學思想體系
不同層面上的旨趣，合在一起如天珠交涉、相映增趣，但俱能從
《孟》詩表現出來的思想中找到其淵源所自。例如集中第二首《華
子岡》云："飛鳥去不窮，連山復秋色。"意在示現世界萬類的瞬息
遷滅，《華嚴經》就說過"了知諸法性寂滅，如鳥飛空無有迹"，寓藏
在此類描寫徵狀中的作者主觀意圖，即在對"無常"努力作出形象
化的演繹。緊隨其後之《文杏館》一首，又側重在抒泄王維厭患人
間苦空無常所產生的超世想象。而本集刻畫自然美最可注意的
特色，則無過於移借大乘中道觀的思辨形式來施諸賦物造形，舉
凡《斤竹嶺》、《鹿柴》、《木蘭柴》、《欹湖》、《北垞》等篇，其間均以塑
造空靈微淡、閃爍明滅的境界爲主，信如佛家所云之"眞空妙有"
"甜徹中邊"，都貫穿着般若中觀派"不捨幻而過於色空有無之際"
的觀察世界方法。中觀說是大乘空宗的精義所在，溯其早源殆亦

不出佛説"諸法無我"的窠臼。另外如《茱萸沜》、《竹里館》、《辛夷
塢》之什，頗多以紛藉羣動來襯托清净悦樂的詩人自我形象，在生
滅不息的環境中追求一種超越，這多少受到些涅槃佛性説的影
響。《大般涅槃經》主張法身常樂我净，聽起來似乎與"無常"、"無
我"的説法有點相悖，但佛學史總結的諸多事實業已表明，它也不
過是前者自此岸世界向彼岸世界不斷伸張的新産品罷了。

　　綜縈上述所論，可知《孟城坳》這首詩在《輞川集》中，其地位
作用非啻是詩人周遍賦詠輞川勝景的首發端緒者，而且還從思
想、藝術上爲其餘十九首作品奠定了基本格調。它作爲一首融會
浮屠微旨的山水田園短章，實兼有形象醒目、寓意富贍及理事關
合自然等優點，感情深沉並饒多儆戒意義。《孟》詩在這些方面取
得的成就，使它明顯勝過前代詩人許多内容類似之作，即令與本
集的一些姊妹篇相比，也是顯得頗爲警拔突出的。

1995 年 9 月

王維輞川《華子岡》詩與
佛家"飛鳥喻"

　　趙殿成《王右丞集注》卷末附錄引《朱子語録》云:"摩詰《輞川詩》余深愛之,每以語人,輒無解余意者。"這種深趣獨得、惜無知音的慨嘆,出自一位談論文學篇章的哲學家之口,其注意力顯然是集中在王維詩歌的思想義理上面。而《輞川集》這組反映王維在藍田輞川別業隱居習禪生活的代表作,也確有當時一般賞析者不易參透之意蘊在,就像後來一些論詩家指出的,它們往往在經意刻劃的山水自然美形象中間,寓托着佛家幽奧的哲學理旨。譬如《華子岡》這首詩,即是一個頗能説明問題的實例。

　　《華子岡》在《輞川集》二十首詩裏列居第二,按次序緊隨於首篇《孟城坳》之後。該詩承上啓下,運用與《孟城坳》一樣清新宛轉的筆調,描述了作者共友人裴迪秋日薄暮登上華子岡所得的感受,詩云:

　　　　飛鳥去不窮,連山復秋色。上下華子岡,惆悵情何極!

若此五言四句,一共祇有二十個字,論形制至爲短小,所叙之情事亦非常單純。但就是這麽一首小品,卻曾引起元人方回的青睞,他在《瀛奎律髓》一書中評論王右丞《終南別業》等五言近體諸篇,即將此詩與《孟城坳》、《茱萸沜》、《辛夷塢》等一並指爲"窮幽入玄"之作,並聲稱學者祇有虛心静氣地去參詳,方能領略這幾首詩語言文字背後的幽趣。可見《華子岡》詩内隱括着某些形而上的哲學理念,前代的論詩家早已有所察覺。

　　如王維、裴迪那樣對輞川二十處游止逐個加以賦詠，從我國山水田園詩的發展過程來考察，應算得上是開了一種結構形式的先例。美國漢學家斯蒂芬·歐文《盛唐詩》談到《輞川集》時説："兩位詩人依次處理了一組擬定詩題，這些詩題以別業的各個景點爲描寫對象，合起來則構成對全景的有計劃游覽。"此類聯綴衆多寫景短章，彼此之間的内容又互相呼應的作品組合模式，其成立之前提是王維輞川別業本身具有的規模。與此同時，還部分植根於唐代五言絶句形式技巧之成熟，以及王、裴兩人"彈琴賦詩，嘯詠終日"的閒情逸致。《輞川集》全帙貫穿着一條既定思路，包括其間作品或前或後的編排，也都很有講究。要是我們耐着性子做點解讀尋繹，自不難從中找出一些時間、空間和情理上的因果聯繫。試舉集中第一首《孟城坳》言之，該篇狀述歌詠之背景，實即詩人之居宅所在，爲王維於輞川一帶棲止游賞得最多的地方，他和裴迪要對別業各處景點"有計劃"地游覽，其始發點便捨是而莫屬。第論《華子岡》在《輞》集中的排列位次，亦足表明本詩寫到的這個景點，與王維的日常游憩活動關係一定非常密切。

　　考諸輞川山谷方位地貌，華子岡正好是王維別業東北邊緣輪廓綫上一處醒目標誌。藍田縣文物管理處樊維岳先生所撰《王維輞川別墅今昔》一文，曾參據該處藏品北宋郭忠恕臨摹的《輞川真迹》跋拓石刻，並對照輞川實際地形和若干歷史遺迹，勘定別業二十游址之一北垞，實爲聳立原欹湖北端一高大土丘，其地乃在今輞川鄉界内之閻家村；而該村後面一片與東邊大山相連的起伏岡巒，即華子岡之故址是也。按《輞》集裴迪同詠詩中有"落日松風起"、"山翠拂人衣"等句，證明華子岡在當時是一片"林木蔥鬱"的"秀山翠嶺"。由於它地勢超拔，遂成爲輞川北區的制高點，登其上可俯瞰這一大片範圍裏諸多景觀，當地羣衆還把昔年王維"上下華子岡"的山路叫作"華坡"。自閻家村出發，經過與之毗連的何家村循谷道東南行不遠，就抵達今輞川鄉人民政府所在地官上

村,右丞所云之孟城坳"新家"即卜居於兹。徵核樊先生這些勘察
結果,是知華子岡與孟城坳的確近在即目,兩處游止之間來往原
甚方便。王維想在住宅周圍挑個縱覽輞川景色的地點,最佳之選
擇亦莫如上華子岡,宜其經常被詩人當做一個登高覽勝的去處。
《王右丞集》卷十八《山中與裴秀才迪書》一篇,屬摩詰閑居輞川生
活情景最直接的記録,其中作者自叙游賞行止,就忍不住傾吐出
了他的一段雅興:

> 夜登華子岡,輞水淪漣,與月上下,寒山遠火,明滅林外。
> 深巷寒犬,吠聲如豹;村墟夜春,復與疏鐘相間。

別業主人寄語裴某來春同游輞川,所渲染者主要是他自己冬夜登
陟華子岡的經遇。大凡《輞川集》中列舉的衆多游止名稱,到了作
者其它的詩文篇章裏,也祇有"華子岡"於兹一見,如若不是它留
給王維的印象特深,恐怕未必會出現上述這種情形。

　　關於"華子岡"一名之來歷,明人顧起經《類箋唐王右丞詩集》
就指出它沿用了謝靈運詩的典故。按謝康樂出任臨川內史時邀
遊名山,曾作《入華子岡是麻源第三谷》詩一首,據游國恩先生的
論文《謝靈運詩華子岡麻源辯證》推考,原華子岡的地理位置,當
在今江西省南城縣麻姑山中,傳云因仙人華子期嘗翔集於此山而
得名。《太平御覽》卷九五七《木部六》引謝靈運《名山志》曰:"華
子岡上杉千仞,被在崖側。"如許林木繁茂、滿山青葱的景象,與輞
川的這一處山岡宛然相仿,王維或即持此作爲他依傍附會的由
頭。右丞出身太原華貫望族,早歲即有從岐王範游宴的經歷,開
元九年擢進士第,"昆仲宦游兩都"(《舊唐書》本傳),"豪英貴人虛
左以迎,寧、薛諸王待若師友"(《新唐書》本傳),平生篤信釋氏,又
性好山水,其蒙受前代文士之熏習影響實以謝靈運爲最著。雖他
有時頗以陶淵明的高逸標榜自己,唯執著於其門第及社會地位的
體認,加上物質生活條件的優裕,王維終究不可能從五柳先生那

裏找到太多共同語言。他的思想傾向和習性愛好，還是同謝靈運
這位"慧業文人"更親近些。故王維之撽拾謝詩典實來給自己別
業的游止命名，縱與當年此地的自然景觀有些關係，而究其潛在
之深意，則未嘗不可理解成是對一種特定生活意識和審美趣味的
認同。

　　辨析《王右丞集》寫景篇什的繼承淵源，可謂於陶、謝二位前
驅者咸有借鑒吸收，其中田園題材創作受陶詩的影響較爲明晰，
傳寫山水則努力躡蹤謝詩的聲文形象之美。而總論其鏤刻物象
之工巧，精神陶冶之深入肌骨，似主要來自謝靈運這一方面。王
維正是借助盛唐各類藝術蓬勃發展的時代優勢，針對謝客之山水
篇章芟汰繁冗，攝其精華，從而在自己作品裏重鑄了一個詩情、畫
筆與理味完美交融的新型範。其與前者相比，不僅"意新理愜"、
音律調諧，境界玲瓏天成而無雕鑿痕，使用的語言也益趨純熟凝
煉。詩人這種改製創闢之功，在《輞川集》中展露得異常充分，歷
來學人談到這二十首傑作，蓋莫不以唐五言絕的神品目之。胡應
麟《詩藪·內編》卷六就說："右丞《輞川》諸作，卻是自出機軸。"方
東樹《續昭昧詹言》卷三又謂："《輞川》於詩，亦稱一祖。"紀曉嵐氏
之《批蘇詩》還指出："五絕分章模山範水，如畫家有尺幅小景，其
格創自《輞川》。"爰論及《華子岡》單獨一篇，亦堪稱藝術水平相當
出色的佳構，謂其"窮幽入玄"或"高度情景交融"均當之無愧。儘
管《輞》集各章在歷史上流播的情況不一，《華子岡》並沒有達到像
《鹿柴》、《竹里館》、《木蘭柴》、《辛夷塢》那樣廣傳人口。但粗略統
計一下采入該詩的古今著名選本，亦尚有高棅《唐詩品彙》、王士
禎《唐賢三昧集》、管世銘《讀雪山房唐詩鈔》、高步瀛《唐宋詩舉
要》、陳貽焮《王維詩選》和高文主編的《全唐詩簡編》等。一首小
品能招致這麼多詩學方家的垂顧，反映出它的感人魅力非同
尋常。

　　與《華子岡》相關的一些基本情況，即如上文所述。現在我們

需要進一步探明的,是此詩所蘊含的"窮幽入玄"之理究竟何在?這個問題倘單從詩歌的表層文義上去尋探,殊不免令人感到難以捉摸。因爲《華》詩之寓佛家諦義於山水題材,本非訴諸直接説理,故毋宜從言筌一路強事索求。像這樣外表看來衹在寫景,藉此而將作者的説理意圖掩蓋起來的做法,又剛好是《輞川集》内許多作品普遍具有的徵候。本文在開頭時提到,朱熹的同時代人對其"深愛《輞川詩》"輒無所解會,這多半要歸因於當世文士還不太清楚個中的奧妙。"以禪喻詩"的説法本起自南宋,唯彼時論者對詩與禪關係的理解尚屬膚淺,遠未取得詩壇大部分人的認可。浸至明清之際,士大夫以禪説詩積習彌固,而注意對上述創作現象進行研究的批評家亦不在少數。儕輩評論詩歌悉主"妙悟",標舉所謂"三昧興象"和"鏡花水月",甚至認爲"王、裴《輞川》絶句,字字入禪",力圖透過詩歌的直觀形象去抽繹玩味某種隱藏着的真意。與本文之論題相關亟需一提的是,清人張謙宜《絸齋詩談》卷五評述《華》詩,乃用"根在上截"一語道破了它所包藏的玄機,明確指出該篇引起詩人興發感動的根本旨趣,就埋伏在它上半首"飛鳥去不窮,連山復秋色"兩句裏面。

　　按《華子岡》一詩的篇句結構,略可分爲上、下兩截,上半首以繪寫山水景物入手,下半首則重在宣泄情感,而作品之抒情實委原於其寫景筆墨中包含的理致,因此全詩的根柢仍在張謙宜所認定的上截。如果我們不過分拘泥作品的文字含義,多從意識形態方面對本詩前面兩句的内涵作些開掘,即可曉知其間着力刻劃的"飛鳥"、"連山"、"秋色"等形象,都無一不經過作者的精心設置和盡意染化,除了表露出鮮明的主觀審美取向外,依稀還有某種冥搜象外的微妙意趣在。它們決然不是客觀自然事物的單純印模,而是作爲在一定理念思想觀照下繪寫出來的東西,確與佛教的某些義學旨趣有着内在聯繫。首先説"飛鳥去不窮"這一句,它圖形飛鳥既拓展出寥廓無邊的空間視野,又因表現飛鳥之逐個飛逝而體現了時間上的連續性,其本身就是王維引伸佛家譬喻意義的產物。

　　所謂"譬喻"(avadāna),系佛門權巧方便的説法手段之一,由其運用普遍而很早就列入初期結集佛經的"九分教"中,其特點在利用淺近和具體可感的事物,"托此比彼,寄淺訓深",俾以幫助信衆喻解抽象難懂的法理。古印度高僧衆賢《順正理論》第四十四云:"言譬喻者,爲令曉悟所説義宗,廣引多門,比例開示。"這套方法之濫觴,可追溯到印度《奧義書》時代和佛教初創階段,釋迦本人就是一位善用譬喻開悟衆生的語言大師,他講述道理每因多方比喻而能深入大衆心坎;又見諸漢譯藏經無數妙譬紛泊的記載,亦如繁星閃爍而顯得慧光照眼。王維素以精熟内典著稱,對《法華》、《維摩》、《般若》、《涅槃》、《華嚴》等一批譬喻極多的大乘經造詣尤深,故其從事繪畫和詩文創作,愈喜吸收、熔煉佛經譬喻題材,旨在塑造富於神悟意味的藝術形象。例如他的著名寫意畫"雪中芭蕉"(原名《袁安卧雪圖》),殆即依據《維摩》、《涅槃》諸經所載的"芭蕉喻"措思經營,通過他的生動筆法將佛説四大和合之色身虚空不實的觀念寓托於畫景之中。返顧《華子岡》此詩摹述之"飛鳥去不窮"云云,在采取"狀物態以明理"的喻指手法上正與前例相同;至於講到這中間到底包含着什麽樣的思想理念,則需對佛典裏涉及飛鳥的衆多譬喻記載做點調查研究後再作結論。

　　舉凡提到佛經演繹的"飛鳥喻",輒易使人聯想起舊録記及的那本《飛鳥喻經》。今按僧祐《出三藏記集》卷四、費長房《歷代三寶記》卷三、智昇《開元釋教録》卷二,均曾著録失譯人名之《飛鳥喻經》一卷,而《歷代三寶記》又指出它的内容出自《增一阿含》。苦於此經佚失時久,現已無從考知其原來面貌,幸今所存漢譯《增一阿含經》内,猶有一處與此經題名相關的記載可供檢討。《增一阿含經》卷十五《高幢品》叙述佛陀以正法教化事火外道優留毗迦葉兄弟後,坐尼拘律樹下給衆弟子現身説法,因設多重譬喻示彼神足境界,其中一喻爲:“或結跏趺坐,滿虛空中,如鳥飛空,無有罣礙。”此條材料引譬連類,取飛鳥能在空中自由遨翔一端,轉而揭示出世尊可藉三昧定力通達神足、完全擺脫世間之染著縛結的法道。洎於它載入《增一阿含》,故起源一定很早,而與之内容大同小異的點滴記載,亦時見於繼《阿含》後陸續產生的佛典之内。諸如《法句經》卷上《羅漢品》云:“如空中鳥,遠逝無礙。”又八十卷本《大方廣佛華嚴經》卷七十七《入法界品》云:“所行無動亂,所行無染著,如鳥行虛空,當成此妙用。”以上一類型假飛鳥而説法的譬喻文字,宗旨都在强調佛教徒依法修習三昧妙用無邊,能於諸法處無有罣礙而得大自在。

　　《增一阿含》這個譬喻雖很明白,無如拿來箋解右丞《華》詩首句,卻是斷然不適合的。《華子岡》詩作爲一首托物起興、意境完整的佳作,其上、下兩截自能保持渾然一體,我們從頭至尾細心揣摩該詩的含意,無論怎麽説也不可能同“三昧”、“神足”等一類内容挂起鈎來。何況像王維這麽一位維摩詰式的大乘居士,他的佛學愛好又總是偏重於慧解方面,其與常以“慧業”自伐的謝靈運確實很能達成思想上的溝通。儘管《舊唐書》本傳嘗謂其“退朝之後,焚香獨坐,以禪誦爲事”,但這些行爲體現在王摩詰身上,無非是他仕宦和游賞的餘業,與精修定學的要求相去甚遠,更説不上什麽“三昧神足”和“無有罣礙”了。細心的讀者或許早就注意到,《增》喻及《華》詩各自形容的飛鳥,所表現的形態原本就不一樣,前者系展示其自由翺翔之無復拘礙,後者乃描述它們高飛遠逝終至靡有蹤影。這樣一點差別似乎是個細枝末節問題,其實於此已顯露出了雙方曉喻的理旨必不能吻合之朕兆。在爲數無量的佛典譬喻中,同一件客觀事物無妨被不同的譬喻援引做喻體,而喻體在形態叙述上的差異,又決定要導致喻意的分道揚鑣。看來對於王維構思《華子岡》詩起過顯著影響的佛經“飛鳥喻”,決非《增一阿含》、《法句》等述及的這類作品,疑詩人之擬容取材抑别有他屬者焉！

撇開《增一阿含》、《法句》的材料不講，漢譯藏經裏還真有另一類“飛鳥喻”。它們同樣以飛鳥擔任喻體，所不同者乃是取其高飛遠逝無有蹤迹這一徵狀，用來顯示佛説世間諸法緣起生滅的原理。此類譬喻分布的面頗廣，並較多備存於王維最熟悉的那幾本大乘經典裏，於兹轉録其中數條記載略見其例：

> 如盲者見色，如入滅盡定出入息，如空中鳥迹，如石女兒，如化人煩惱，如夢所見已寤。如滅度者受身，如無烟之火，菩薩觀衆生爲若此。（《維摩詰所説經》卷中《觀衆生品》）
> 諸佛覺悟法，性相皆寂滅。如鳥飛空中，足迹不可得。（六十卷本《大方廣佛華嚴經》卷三十四《寶王如來性起品》）
> 了知諸法性寂滅，如鳥飛空無有迹。（八十卷本《大方廣佛華嚴經》卷五十《如來出現品》）

按佛教依緣起論説“諸行無常，諸法無我”，認爲包括有情衆生在内的世間森羅萬象，皆悉處於連續不斷的刹那生滅過程中間，没有常住不變的固定自性。凡有生者必然有滅，當生起的一瞬間就包含着對自身的否定，念頃地消失乃是存在與生俱來的性質，故一切諸法終歸於“寂滅”。這些觀念最初由釋迦牟尼親自提出，反映了他看待世界人生的基本思想，必須讓教團的每個成員牢固地掌握。而説教者慮及其義旨之抽象精微，就把廣引譬喻當作一條達到預期弘法效果的方便通徑。洵如飛鳥遠逝及“盲者見色”、“無烟之火”種種事相之汲引，不外乎服膺於其“寄淺訓深”的宗教宣傳需要，俾誘導大衆從他們直覺感受中觸發起聯想，進而對佛陀關於“無常”、“無我”、“寂滅”的言教獲得一種理性的悟解。上面轉録的三處經文縱然簡單，卻喻體、喻意配置齊全，無疑都已具備了構成一個譬喻的必要條件。爰論其喻體飛鳥的形態特徵，亦與王維《華》詩中所寫的情況完全一致。

　　漢譯佛典中這類開曉世間諸法實相的"飛鳥喻",不啻因借助色聲形相之表現而帶有幾分文學趣味,同時也爲詩歌通過具體的景物描寫來隱托佛理提供了有益啓示。既然世界之真如可以利用感性事物的相狀來加以彰顯,那末參照這種方法在山水題材詩歌裏摹狀某些呈現特定形態的風景物色,就順理成章地會被部分詩家視爲一條抵達真如世界的捷徑。王右丞作詩擅長捕捉稍縱即逝的紛藉羣動,奉佛則尤善於發慧觀想諸法畢竟空寂,是類假念頃消失之物象、明苦空寂滅之法理的短小譬喻,可謂適值投其所好。又王維嘗仿效《維摩詰經》内的主人公爲自己取字"摩詰",並在大薦福寺華嚴宗高僧道光座下十年"俯伏受教",精通《維摩》、《華嚴》義學,前文徵引這兩部經典的三處譬喻,對他來説應該了如指掌。故當詩人向晚偕裴迪登上華子岡、目送衆鳥相繼高飛遠去漸至影蹤消匿之際,憑他平時研習佛典積累的體驗,能借用這些譬喻於介爾一念間契入悟境,由鳥飛空中之次第杳逝而了知世上所有事物的空虛無常。就同樹木百草春榮秋謝、含生羣品死亡相逼一樣,人縱爲萬靈之長亦安能歷久住世。它們全都處在刹那相續的生滅變化之中,猶如飛鳥行空不稍停歇,前者方去後者又接踵消失,如是更迭遞嬗了無窮盡,留不下任何一點永恒的東西,唯有寂滅才是一切有爲法的真正歸宿。《華子岡》發端"飛鳥去不窮"一句,即屬王維在這個特殊場合下情智活動的産物,它一方面是作者寓目所見景象的真實寫照,另一方面又是同佛經譬喻所設喻體的感觸相通。這兩方面因素的交叉作用,依靠創作主體直覺和經驗的挪移,便隱蔽地將上述"飛鳥喻"的理性内涵引入其間。該句所塑造之山水自然美形象,乃遂而被賦予了宗教哲學思想的象徵意義。

　　以上詩歌感性形象融攝佛教義理的過程,透露出王維竭盡其可能爲自己世界觀張本的殷切期盼。綜觀《輞川集》内刻劃的自然界各種物色光景,雖具體之姿態狀貌變化多端,實則傾注着詩

人同一份懇摯不變的主觀潛願。這些著名的寫景文句輕清秀雅，
所描繪的事物照例都有很強的簡擇性，故殊易與作者之審美情趣
和諧親合。並且它們中間的大多數，是可以通過對其各別形象特
徵的引伸和分析，然後同釋迦教義的某些理念求得觸類旁通的。
就拿《華子岡》"飛鳥"以下"連山復秋色"這一句看，它描述的對象
固已非同於前者，第究其承托之理蘊，卻仍不出上文所說的那些
意思。此句與前句屬並列結構又前後應合，而圖狀之景物則從飛
鳥轉移到了周邊叢山上的墜日餘輝。其時方當清秋漸暮，天上眾
鳥悄然飛逝，遠近一片寧靜。詩人環顧四野，滿目金燦燦的夕照
緣有連亘不盡之山巒作映襯，顯得無比蒼茫和美麗。然以法眼視
之，這樣美好的景色無非是黃昏前的短暫現象，因缺乏固定自性
而不能光彩常駐。它本身亦要隨着時間流注分分秒秒地發生變
異，過不了多久就完全滅沒在漆黑的夜幕之中。面對如此幻化不
實的景象"即色達於真際"，同樣能夠把握到世間諸法空相終歸寂
滅的諦義；而詩人將這些幽奧理致融入詩歌，又同前句一樣做得
非常貼切隱蔽，絲毫看不到有意造作的痕跡。

　　綜合前文之論列可知，《華》詩上半首"飛鳥去不窮，連山復秋
色"兩句，俱不應被誤解爲泛泛的述景辭語，而有深邃的佛理含藏
在其感性形象裏面。詩人於玆所展示的高度結撰技巧，最突出的
一點是，他極善抓住對自然現象的刹那感受妙思精撰，令難以形
求之佛學義理從中得到象徵性的顯現。雖然此間前句有一個佛
經譬喻充當傳導，後一句得主要依靠作者的生活經驗進行推演，
但概而言之，兩者的思維認識特點均脫不了唐人所謂"因物直觀
悟道"的軌轍。仿佛大千世界内的日月山川、竹木花鳥，一縷光、
一片雲、一泓水，悉數具有表示精微義理的德性，祇要在一定理念
支配下恰到好處地描繪出它們某種徵狀，就意味着詩人已經走進
了冥神超悟的界域。惟因"飛鳥"、"連山"兩句有佛教哲理之輸
入，其本身內容之得到充實饒益固不待論，且就它們對本詩全篇

所能起的作用而言,也成了引發作者在其後二句中宣洩自己情感的緣由。以此返觀張謙宜氏之稱《華子岡》詩"根在上截",誠不失是個識力過人的見解。

　　按取有形之物態來隱寓無形之佛教哲理,是唐人在拓寬山水詩形象功能上的一項卓著成就。始自東晉初年釋氏深入中華文化,即於詩歌領域內激起一連串譎蕩演變,就如本土佛理詩、玄言詩和佛徒化俗歌辭的出現,大率都受到佛教這種外來文化因素的沾溉,其波及影響的層面亦相當廣泛。然而如何將佛理與山水詩的藝術形象貫通融合起來,卻是長久困擾着文士們的一宗難題,凡致力此苦心摸索者代不乏人,唯所得結果總不那麼讓大家滿意。包括南朝的詩壇巨擘謝靈運,他曾撰作《辨宗論》支持竺道生的頓悟說,還寫過《維摩經十譬贊》等佛理韻語,論其佛學修養之高堪稱在當代士大夫中獨秀一枝,但其山水詩表現佛玄結合的理旨,也不免要借作者之口直說,景物描寫對說理部分衹是起到些鋪墊和營造氛圍的作用。在中國文學史上,佛教哲學思想真正滲入山水詩的形象裏,要到公元八世紀的盛唐時代。此際佛法於華夏之盛傳猶如麗日中天,與此方民眾生活習俗、思想風貌的關係也更趨調合,般若空觀常被一些士人拿來察看風雲月露的變幻,涅槃理論則擴展遍及一切無情物悉有佛性。借此時流行的一句話來表述,即"青青翠竹,盡是法身;鬱鬱黃花,無非般若"(見敦煌出土本《神會語錄》),大自然中形姿各具的感性事物,概莫能外都可以被認為是佛教真理的顯相。這套時新意識降低了禪思過程中邏輯推理的地位,導致眾多信士對止觀法門掉以輕心而愈加倚重直觀悟道,由兹乃為實現山水詩中佛理與景物形象之成功結合解決了認識論前提,使詩思與禪悟在一種特殊條件下合二而一,為山水題材詩歌內涵的深化提供了前所未有的機遇。

　　反過來講山水詩的創作實踐,倘要達成抽象理念與具體景物的融合無間,當然必須移用詩人的學識和生活經驗以彌補兩者存

在的距離;而佛典譬喻這份現成的思想資料,便可以充分發揮其
傳媒牽合的輔助效益。就像《華子岡》那樣融攝《維摩》、《華嚴》等
經"飛鳥喻"内涵的情形,於唐代其他作家的詩集裏亦不乏相同類
例。諸如岑參《因假歸白閣西草堂》云:"惆悵飛鳥盡,南溪聞夜
鐘。"王縉《同王昌齡裴迪游青龍寺曇上人兄院集和兄維》云:"浮
雲幾處滅,飛鳥何時還?"錢起《遠山鐘》云:"欲知聲盡處,鳥滅寥
天遠。"皇甫冉《送志彌師往淮南》云:"眷屬空相望,鴻飛已杳冥。"
柳宗元《巽公院五詠·禪堂》云:"心境本同如,鳥飛無遺迹。"同人
《江雪》云:"千山鳥飛絶,萬徑人蹤滅。"釋護國《臨川道中》云:"舉
頭何處望來蹤,萬仞千山鳥飛遠。"這許多例句的具體景物描寫固
然多有差别,但論及其思想寄托,則在不同程度上皆與無常、無我
和寂滅的微意有關。

處於龐大複雜的佛教學説體系中,無常、無我及寂滅均屬佛
陀説法之精髓。無常與無我是他依緣起論審度世間諸法而確立
的基本觀點,寂滅即爲一切有爲法之實相和究竟歸趣。這三者總
攝羣品、互相證發,涵蓋了釋迦言教的核心要義,後世衍生出來的
小乘、大乘諸部法理盡皆委源於此。而"寂滅"又是"涅槃"的同義
語,意謂"無生無滅"、"離一切相",即滅生死之流轉,得虛寂之無
爲,因此它也可闡釋爲福德圓滿的人生解脱境界,又是佛教思維
修證之勝妙大果。按《大般涅槃經》卷十四《聖行品》謂:"諸行無
常,是生滅法","生滅滅已,寂滅爲樂"。《無量壽經》卷上亦云:
"超出世間,深樂寂滅。"一個證知了寂滅(涅槃)的人,已遠離種種
迷障,絶不執著於外物,對各種世俗的情緣心無繫念,將生死問題
完全置之度外,緣惑業、煩惱之火斷滅而獲得無可比擬的寧静安
樂。結合佛教思想之演進源流來勘驗《輞川集》的内容,其開頭兩
首《孟城坳》和《華子岡》,就恰好被定位在釋尊本人奠基的原始佛
學範疇内。《孟》詩係嘆詠作者輞川的居宅所在地,它以别業换主
與衰柳猶存的對舉起興,順此提挈出佛説"苦空無我"的真諦;

《華》詩乃初叙詩人登高覽景觀感,通過"飛鳥"、"連山"、"秋色"等形象的專注摹寫,進一步由體識世間萬有之無常、無我而達於"寂滅"真際。比照這兩首詩觸涉的佛理,《華》詩顯然要較前者更深入些。即如謝靈運《辨宗論》所說的"寂鑒微妙,不容階級",搜討到這個冥符實相的地步,似乎離王維一心嚮往的精神解脫衹有咫尺之遥了。問題是當在此時此刻,他是否真像佛經上講的那樣"深樂寂滅",或者至少流露出一些證智悟道的喜悦呢?

事實卻作了否定的回答。王維燭照寂滅至理的自我感覺,非但沒有給他帶來什麼安穩快樂,反而因此發泄了一通濃重的感傷情緒。我們並不懷疑這位摩詰居士奉佛心意的虔誠,不過要擺脫對"人我"的計著又談何容易,他盡可從飛鳥、夕色之變滅認識萬物殊途同歸的必然,但必定無法消解感觸自身存在終將泯滅的厭患。在右丞心目中的人生,恍若往返上下於華子岡的坡路,而時光就在這上下往返裏悄悄流逝,每走一遭即與生命的大限越來越接近,想起這個誰也難以逆轉的前景,不禁使他憂從中來。《華》詩下半首"上下華子岡,惆悵情何極"兩句,正是詩人的求生意志對睿智了別之消極反響,綴一"極"字即遞達出了作者内心世界劇烈衝突的消息。王維説到底還是個眷戀現世生活的人,其棲心浮屠主要是爲求得心靈的慰藉,而決非準備全面履行釋氏提出的宗教主張。特別是在生命的最後歸宿問題上,他固難欣然樂處"寂滅"之類非生非死的超驗境界,也不甘心效學陶淵明之委心順化,每當詩人理性推求涉及那個杳不可測的未來去向時,他就唯有感到生命迫蹙的惆悵了。類似於此的惆悵憂惱,在王維的前輩謝靈運及後來者白居易的作品中均有表現,這以佛法論之未免會被當做煩惱起見,但從文學的角度看乃是真情實感的流露。唯因如此,才有可能讓王維在以佛家慧眼剖析種種自然現象虛空本質的同時,帶着無限懷戀的深情去細緻地刻劃它們,即便這些紛紛藉藉轉眼就成烏有,也不惜爲之罄竭自己的心血。可見詩人的着眼

點並不在其逝滅的將來，而恰恰在它們現時短促的存在。《輞川
集》中所描繪的那些乍明乍滅、若即若離、將盡而未盡的自然美形
象，之所以包含着特殊的美學意義極能扣人心弦，不正是他這份
鍾愛和珍惜換來的結果嗎？

　　　　　　　　　　　　　　　　　　　　1997 年 11 月

王維《鹿柴》詩與大乘中道觀

　　王維《輞川集》二十首作品，寫成於同一時期，其題材與文化思想內涵相互之間又有緊密聯繫。前些年筆者嘗對《孟城坳》、《華子岡》兩詩分別做過專題論列，現在則要將目光轉向該集的第五首詩《鹿柴》。《鹿柴》作爲這個五言絕句組合的成員之一，形制之短小是其無法改變的既定事實。然而本篇根據題詠處所的自然徵狀，敏銳地揀取若干在常人看來屬於很普通的物候，通過詩人的澄心構思和巧妙織合，融會其周密細緻的觀察，祇驅駕極有限之文字，即描繪出了他別墅周圍一處游止深邃幽美的景象：

　　　　空山不見人，但聞人語響。返景入深林，復照青苔上。

如此一首詠景小詩，純用直敘聞見的手法，刻畫的物象令人應接不暇，堪謂言約而含攝甚豐。這裏頭尤其值得注意的，是作者傾意提煉聽覺和視覺兩方面的感觸，於筆致精微的形象畫面中，展露出盛唐時代山水田園詩所特有的興象，以故備受後世讀者及文士的熟誦欣賞。

　　《輞川集》是表現詩人輞川隱居生活樂趣的一組代表作，這層意義在《舊唐書》王維本傳的記載裏早就加以確認；試以其中之單個作品來分別審度，則由於彼等各自傳鈔流播，旋後因迭受贊譽而躋身名篇者又爲數不少。檢索元、明以降衆多頗具影響力的唐詩選本，可知該集內之《孟城坳》、《華子岡》、《鹿柴》、《木蘭柴》、《欒家瀨》、《白石灘》、《竹里館》、《辛夷塢》各篇，大率均曾借助當時一些唐詩選本的媒介迄至膾炙人口。如果要在它們中間舉出一篇獲選幾率最高的詩作，勘諸實情便非推《鹿柴》而莫屬。按《鹿柴》詩於元末至正年間，就較早被采入楊士弘《唐音》一書。而明、清兩朝凡是涉及到本篇的唐代詩歌輯集，僅據筆者個人之眼目所及，即有高棅《唐詩品彙》、李攀龍《唐詩選》、鍾惺及譚元春《唐詩歸》、唐汝詢《唐詩解》、王士禛《唐賢三昧集》、徐增《唐詩解讀》、孫洙《唐詩三百首》、王堯衢《古唐詩合解》、沈德潛《唐詩別裁》、黃叔燦《唐詩箋注》及王闓運《手批唐詩選》等好多種。至於晚近學者纂撰的同類讀物，除極個別特例外，通常也都把《鹿柴》詩囊括在其選目之內。此間最突出之一例，是於上世紀風行一時的中華書局上海編輯所《唐詩一百首選注》，該書共收入王維的近體詩四首，而屬《輞川集》內的裁作就祇有《鹿柴》一篇。如許一首摹狀景物的小詩，能在這麼長的時間裏牽動着選詩士子和受眾的心靈，卒至極大程度上的普及，這不能不歸因於它本身的藝術水平委實高超。

　　《鹿柴》詩備列於《輞川集》中，與其姐妹聯章咸出同一規模，所敷寫者必爲詩人別業周邊名勝的實地景狀。王右丞長期棲隱之輞川，乃藍田縣境終南山陲一片自西南向東北鋪展的峽谷地帶，其谷口南距縣城約四公里，外圍羣山聳峙起伏。輞川發源於它上游的采玉河，順沿峽谷的低平處流淌，沿途集納山澗小溪，形狀宛如車輻，古代水勢衍盛之時，嘗於谷地中央匯成一個欹湖，復由東北之嶢山口（即谷口）注入藍溪。王維與裴迪在《輞川集》裏逐次吟詠的二十游止，或屬天然景觀，或經人工卜築修葺，傍偎山澤，亭館相望，猶若點點星辰，散處在這塊滿布岩壑林泉的土地上面。關於鹿柴這一游止所處的方位，據藍田縣文管處樊維岳先生《王維輞川別墅今昔》一文的考證，認爲其地當在輞谷西側諸山中的啞呼山，它適占該山脈的居中部位，登臨東望剛好面對當年欹湖的寬闊處。樊文將鹿柴的遺址確定在這座山上，所述的理由十分清晰：

（啞呼山）山頂突出斷崖，勢如老虎，羣眾稱爲"老虎崖"。
《陝西名勝古迹》載，這裏就是鹿柴。與王維詩相對應，這一
帶乃是空山、深林、青苔。《輞川圖》上鹿柴的方位亦在此處，
圖上崖畔置欄柵處亦很近似現在的山形地貌。

以上引文所作的結論，有縣文管處所藏北宋郭忠恕臨摹王維《輞
川圖》之跋拓石刻可依，文章的作者還對這兒的山形地貌作過仔
細勘合，足稱信而有徵。十數年前筆者因赴西安參加王維學術研
討會，幸能跟隨與會同仁一起去輞川考察。這次活動由樊維岳先
生自任向導，行至孟城坳（今輞川鄉人民政府所在地）以南的山道
上，他西向指點遠處一座山巒，告訴大家說這就是鹿柴的所在地
啞呼山。從我們站立的地點眺望兹山，可見它崖頂中部呈凹陷狀
斷痕，形態宛如卧虎之脊背，而整個山體全爲稠密的樹林所覆蓋，
在快近中午的陽光照射下，顯得格外葱翠鬱茂，確是一個幽邃僻
靜的去處。既然鹿柴被列爲輞川谷内的游止，其地形必定是西倚
啞呼、東朝谷地，此間午後的斜陽較早碰到山崖的遮蔽，值逢薄暮
時分倘然有人於此逗留，很容易感受到如同"返景入深林"那樣的
一類景色。

在輞川的眾多游止中，鹿柴的地理位置相對偏僻。這一帶巒
嶂復沓，林木窈杳，就近又無村落民居，其與王維常住的孟城坳來
往亦不太方便。但正是因其幽僻寂靜、地迥人稀，鹿柴才有了殊
異於輞川其它諸勝的獨特品格，它不啻被詩人視爲一處可滿足自
己精神需求的景點，而且他還從這裏拓展出一份必須由安靜的環
境來配合的產業。談到"鹿柴"一詞的解釋，明人顧起經《類箋王
右丞詩集》以爲，"柴"是指"木柵"，"鹿柴"的意思是"言置鹿守其
中也"。清人趙殿成《王右丞集注》則云，"柴，士邁切，音與砦同，
柵也"，"立木爲區落，謂之柴"。合兩家的説法簡言之，即於周邊
樹立木柵圍一區間，俾能將鹿置放其内令不致逃逸焉。而前者所

引樊維岳先生文章裏的一段話，亦嘗指出宋人臨摹《輞川圖》石刻
及於"鹿柴"之部位，在山崖畔顯有安置欄柵的畫象。這些情事提
供的切實依據，都可説明鹿柴其地應是王維一家子用來飼養麋鹿
的場所。日本學者入谷仙介先生《唐詩的世界》談到本篇，就曾指
出它"吟詠了這個圍着欄柵的養鹿場一帶的氣氛"。

考察王維在輞川的實際行蹤，游賞和吟詠並不是他生活的全
部。他携挈一家大小止住於此，既要奉侍孝養母親，又需照顧諸
位弟妹，兼之家内僮僕盈門，屢興卜築，遇事總得講求點清貫華族
的排場，其經濟開支之鉅乃可想而知。他身爲輞川莊園的主人，
無疑會考慮利用當地的自然條件，通過雇傭勞動和租佃的方式，
去從事諸如園藝、養殖等一些產業的規劃實施，使之盡量做到物
盡其用、增加收入，以彌補他全家奢華生活造成的耗費。就拿啞
呼山上這處養鹿苑來説，游憩觀賞恐怕祇是其辟設時的目的之
一，我們毋宜忽略了它還是王氏別業賴以生息營利的一份資產。
再説如"木蘭柴"、"茱萸沜"、"辛夷塢"、"椒園"、"漆園"等數處圃
場園地，大致都依各自栽種的主要植物予以命名，而此等不同品
類的花卉草木所具之功用，亦不是純粹限於悦人心目，它們有的
經過加工可以入藥，有的本來即屬價值較高的經濟作物，其成品
一旦送進流通渠道，咸能給莊園帶來一定的經濟效益。唯輞川峽
谷的地域範圍很廣，王維山莊所能支配的土地祇占其中的一小部
分，且彼此區隔，並非連成一片，遂而形成一個多點分布的開放型
田園結構，但總的説來尚有頗大規模。現在我們誠然無法弄清，
在這座山莊的經濟運行中，王維究竟作了何種程度的介入；但有
一點可以肯定，舉凡詩人作品裏曾經提及的輞川別業諸多興營造
作，決計少不了他的創擬、籌劃和關懷。王維是名噪一代的園林
藝術宗匠，他對藍田輞川山莊所做的布局設計，貴乎尋找到游目
娛心和經濟實效之間的平衡點，並努力使其二者天衣無縫地彌合
一體。同時他亦是山水田園詩創作的大師，確嘗繼承和提升了這

類篇什的傳統審美理想,故每當他的詩筆觸涉本地的一些游止設施,例能將其間所有功利性的東西過濾殆盡,使之以一種最純净的美感形態來加以表現。

　　從《輞川集》作品的編排次序看,《鹿柴》位列第五固然不怎麽顯眼,但細心做些推敲,卻仍有耐人尋味之處。按該集之第三、第四、第六篇,寫的俱是輞川南區的游止,此中當以王維母親崔氏止住的文杏館最爲重要,斤竹嶺就在文杏館的背後,木蘭柴與文杏館亦相距不遠。然而當詩人吟成《文杏館》、《斤竹嶺》後,並未隨即去唱詠就近的木蘭柴,反倒是一下子把他的關注點轉向輞川西隅的鹿柴。這樣的處理方法如可看作一種跨越,那也真是挑明了他對此偏僻的游勝投寄着愈多的關愛。我們祇需把裴迪同詠的《鹿柴》詩細讀一過,自能窺測出王維身臨其地時的某些心態。裴氏的《鹿柴》寫道:

> 日夕見寒山,便爲獨往客。不知松林事,但有麢麑迹。

今考《輞》集輯存之裴迪同詠諸作,言賦物述情殆與右丞本人的詩什略無異致,在少數篇制中偶或有明確的觀賞主體出現,其摹寫之對象蓋無一不是這座莊園的主人公。按上引詩内提及的"獨往客",要當必指王維無疑。此下之"松林"二字,顧本《王右丞詩集》及洪邁《萬首唐人絕句》均作"深林"。將"不知深林事,但有麢麑迹"兩句串連起來解釋,是説這位莊園主日夕獨往鹿柴,用不着過問林間的事務,祇是企求與這裏出没游憩的鹿羣爲伍。詩人抒泄意願常不免挾帶主觀想象,鹿柴的羣鹿明明是被欄栅圍養着的,但在厭患世網羈束的王維心眼裏,簡直成了天地間無憂無慮、絕對自由的驕子,他前往觀賞並與之親合,洵爲一椿順遂其人生理想的稱心樂事。

　　裴迪詩講到的摩詰這層心思,允屬洞曉對方真情的摯友知言。不過王維所詠之《鹿柴》詩卒未正面刻劃養鹿場上的"麢麑蹤迹”，而是繞到一個側面，去着意渲染鹿柴近旁山林的幽寂氛圍。
該絕句描寫的是“日夕”際次的景物徵狀，這對王維的詩歌來説具
有相當普遍的意義，我們通過將《王右丞集》裏的作品歸類排比可
知，詩人最喜歡敷陳的就是此種落日晚照下的山水雲林圖景。第
以《輞川集》之裁作論，凡可確認係描寫黄昏時刻自然景象的，即
有《華子岡》、《鹿柴》和《木蘭柴》三首。相比較而言，《華》、《木》兩
詩摹劃秋晚的連山夕色或長空飛鳥，同以其物色蒼茫、境界開闊
的特點取勝；反之，《鹿柴》的視野始終局限在深山密林之一隅，它
對相關事物形象的塑造，亦偏重於采取細緻雕鏤和綴染的筆法。
運用過細的方法固然寫不出氣派很大的作品，卻能讓詩人保持着
一份不遺纖屑的獨特敏感，由此可體察到光影聲色在身旁的瞬間
消長，捕捉到周圍萬有的相互交觸和刹那變化。按《鹿柴》詩所展
現的深山日暮的空靈氣象，在萬籟俱寂中又添上一筆輕微的聲息
描寫，益見動静相參之妙。詩人當此白日光景逐漸收斂之際，偏
能逆向獲得一宗詩料，其時落日的餘光正從樹隙縫中穿進林間，
斑斑點點地灑落在濕厚柔軟的青苔上面。類似於此的場景也許
有好些人都經歷過，然而唯獨王維才創構出了這麼一幀富於靈感
的畫面，令讀者仿佛覺得那些微弱而淡幽幽的光華還在閃動。這
是特定的地、時場合呈現的特定情景，詩人能將其摹狀得若兹精
美逼真，主要是獲益於他超强的藝術造詣和對外境事物的攝受
能力。

　　《鹿柴》刻劃的自然美形象具備上述優勢，已足以使它成爲古
代傑出的寫景詩隊列中的一員，但問題是元、明以還一些批評家
給予《鹿柴》極高的評價，尚不單是因爲該詩對輞川一處游止的景
致做了真實的寫照。鑒於本時期的詩學批評領域，標舉盛唐正音
屢占主導地位，且其理論形態受嚴羽《滄浪詩話》以禪論詩之影響
尤深。緣兹衆多文士邂逅談詩，輒好將詩人的創作構思與釋子悟
道維繫一起，强調作詩應貫注佛家提倡的“透徹之悟”，務必教作

品顯現出所謂"透徹玲瓏,不可湊泊"的妙處。於是講求篇章包含
的至理底蘊,抉示詩歌櫽括的禪機,遂蔚爲我國封建社會後期詩
壇的一股羣趨風尚。處在如是之結習長久張揚的情況下,王維
《輞川集》内那些"一味妙悟"的"入禪之作",自然被許多人當做契
合厥類理念的詩歌圭臬。清人張謙宜《絸齋詩談》卷五語及《鹿
柴》,即盛贊該詩"悟通微妙,筆足以達之";又晚近俞陛雲《詩境淺
説・續編一》亦謂,《鹿柴》所描繪的情景"惟妙心得之,詩筆復能
寫出"。這兩條材料以同一個視角審度作品,一致認爲右丞這首
五絕取得成功的關鍵,乃在作者運用其詩筆傳遞出了他所悟解的
微妙諦義。

　　如上張、俞二氏所作的點評,雖不缺乏啓迪意義,但畢竟顯得
有些籠統。原詩人王維兼爲義學修養很高的佛教居士,其於詩情
與禪思之交叉融會甚有拓進之功,倘説"悟通微妙"或者"妙心得
之",誠屬他親手裁製的好多篇帙共同具有的德性。而若類詩章
在《輞川集》裏,也決非僅止於《鹿柴》一篇。吾人果欲探汲《鹿柴》
詩與佛教義理思想之間的糾葛,就不光要指出該篇之創作構思竟
能"悟通微妙",並且必須弄清它究底是受過何種"微妙諦義"的浸
染潤益,進而又是怎樣影響到了詩歌藝術形象的醖釀和塑造。其
實與此相關的一些問題,至前清晚近已有少數論詩家嘗予述及,
他們發表的議論儘管比較零碎,卻不無精鑿可取之處。本文就在
綜合前輩成説的基礎上,參酌筆者個人的心得,希望通過比較切
實具體的論證,藉兹辨明《鹿柴》的作者於其摹寫山林自然圖景的
同時,還有意讓作品的美感形象呈現出他心歆神往的精神面貌,
俾力求從中開示大乘佛教積極提倡的"中道觀"。

　　"中道觀"(madhyama)略稱"中觀",它的宗旨是給大乘佛徒
觀察世界樹立根本正規,故爲整個大乘佛教學説的核心思想。吕
澂先生《印度佛學源流略講》指出,中觀思想的雛形較早就見存於
小本《寶積經》内,嗣後經過大乘學説的組織者龍樹(Nāgārjuna)

所著《中論》的透徹闡發，才演爲指導大乘學人成就菩提的系統方法和完備理論。龍樹立"中觀說"以解釋世間緣生諸法，一方面着重斥破小乘一切有部"諸法實有"的觀點，另一方面還擯棄大衆部内一些派别"執着取空"的態度，主張離開空、有兩邊而從中道去悟入諸法的真體實相。

　　至於龍樹爲"中道觀"所下之定義，則集中體現在他《中論·觀四諦品》的一首四句偈裏，兹迻録該偈之譯文如次：

　　　　衆因緣生法，我説即是空，亦爲是假名，亦是中道義。

"緣起説"乃佛法之基本原理，緣起與緣生諸法的有無問題，向爲古印度佛教各派争論的焦點。龍樹認爲緣起是一切事物産生的依據，不妨在概念上承認它是有的，實則緣起空無自性。而由緣起引發出來的種種關係，如生滅、有無等，亦盡是就其時間、空間上的因果相待而言，不能執着於其中任何一邊。此偈首先駁斥一切有部的看法，有部承認有緣起因果，卻不懂得緣起並無固定的自性，以致誤以爲凡是緣起所生之法"皆爲實有"，這顯已墮入執着於"有"的一邊。正確之認識應了知諸法畢竟空寂，故云"衆因緣生法，我説即是空"。然而這個"空"並非實在的空，它唯有依賴言説才得以表現，故稱之爲"我説"。而世間諸法按其實際，本來無所謂什麼"空"與"不空"，如大衆部一些派别把"空"當做實在的"空"，便墮入了執着於"空"的一邊，此與有部之執着"實有"同屬戲論範圍。大乘學者依般若智慧觀照森羅羣品，能察識諸法僅爲一種"假名"，即通過語言文字有意施設的名言；而"假名"之所以被設立，主要是爲了避免否定一切，使人們能在經驗界中區分千差萬别的事物現象。據此龍樹提出，對緣生諸法當作以下兩層理解：

　　（1）要看到諸法無有自性（空）——離"有"

　　（2）又要看到它們是假名（假有）——離"空"

上列兩個層次緊密銜聯、互爲因果。肇於諸法空無自性,故謂諸法之有,乃唯有其假名而已;復因諸法莫非假名,故從本質上看都是空的。這種見解一不執着於"有",二不執着於"空",脱略極端,離絕邊見,從"中道"勝義諦去理解"空"的真實相狀。這就是龍樹宣説的"中道觀",所以偈頌末後兩句謂"亦爲是假名,亦是中道義"。

　　龍樹在佛教史上號稱特善解空,其説法也完全是從認識論的角度着眼的。他依大乘"中道觀"演説的"空",常被稱作"自性空"或者"畢竟空",它不是指事物的虛無空洞,而是指其缺乏獨立而固定的實在性的東西。若然要對這種空做一相應的説明,簡單地講那就是"非有非無",即《中論·觀涅槃品》中説的"非有非無,非有無,非非有非非無"。按空之淵深微妙實難可盡言,"非有非無"不過是個近似性的説法,但對世人掌握空義仍有重要參照價值。爰用"中道觀"作些反向透視,這裏的"非有"是説離"有","非無"是説離"空",故"非有非無"即是"中道";又因"非有"始知其爲"空",藉"非無"乃謂其有"假名",可見"空"所包攝的真實涵意中間,"空"與"假有"還保持着一重"相即而不相離"的關係。夫欲論空殆弗應離絕説假,明乎"假有"則方才切入了"空"之真諦。如是辯證理念的確立在認識論上的意義,正如吕澂先生《印度佛學源流略講》所云,"中觀把空同假名連帶起來看,乃是對空進一步認識所必然得到的結論"。這一嶄新觀法,堪稱整個龍樹學説的精髓和樞要,亦是識別大乘義學的主要標誌之一。故隨着大乘佛教由印度向東亞各國的傳播,"中道觀"作爲一項活躍的意識形態因素,倒能在它的所到之處生根發芽,引起當地人士的新鮮感和理論探討的興趣,其深刻染著還涉及哲學、倫理和文藝創作等領域。

　　我國漢地對佛教之承傳,從兩晉始即呈大乘一支獨榮的局面,到王維生活的盛唐時代,又適值其弘化的鼎沸階段。原先在中土成長起來的幾個大乘理論宗派,至此悉已完成其教義學説的構建，且如三論、天台、華嚴、禪宗等派裔，率將龍樹奉爲它們的傳法祖師，故“中道觀”的義理於此方所獲得的普遍闡揚，與印度相比實有過之而無不及，端爲促成華夏士人觀念與思想方法潛移默化之屢預其力者矣。

　　根據現有的資料推斷，王維平生服膺的佛理主張，略以華嚴宗和禪宗南、北兩家的説法爲主，他兼又精熟大乘般若、方等經典，注重慧解且長於辨析空、有，如果要尋找此公嘗受龍樹“中道觀”熏灼浸染之痕記，則於其詩文別集内往往隨在可睹。譬如該集卷二十五所收之《能禪師碑》，暨卷三《胡居士臥病遺米因贈》、《與胡居士皆病寄此詩兼示學人二首》諸作，彼等之創作目的不盡相同，但覆蓋的主要内容均係宣揚慧能的曹溪頓門法理。我們無妨留心一下個中“無空可住，是知空本”、“有無斷常見，生滅幻夢受”、“礙有固爲主，趣空寧捨賓”等一些語句，即可審知作者對“中道觀”要義之把握的確非常堅牢。不過《王右丞集》裏同本文的論題關係更直接的材料，還得要數卷十九的《薦福寺光師房花藥詩序》。此篇是摩詰爲薦福寺大德道光品題之《花藥詩》所寫的序言，文中博采釋典相關故實廣事形容，並力圖從大乘佛學的義理上來説明，像道光這樣一位空諸所有的高僧，何以會把那些兼具形色香味的花卉藥草拿來當做自己歌詠的對象。文章開宗明義即云：

> 心舍於有無，眼界於色空，皆幻也，離亦幻也。至人者，不捨幻而過於色空有無之際，故目可塵也，而心未始同。

細究王維的這一段話，實則講的全是龍樹“中道觀”的道理。其大意是説，深通般若的“至人”應對一切事物，必當置心眼於有（色）、無（空）兩端之中間部位，儘管世界萬類俱屬假名幻有，唯撇開此假有幻覺，亦將陷入迷幻。因爲佛教的本體之道，總是不離事物現象，“道無不在，物何足忘”，實相非有非無，必即假而方可鑒真者也。若説最好的辦法，蓋莫如"不捨幻而過於色空有無之際"，透過耳濡目染的假象，從"非有非無"的"中道"去認識世界的本質空虛。以故王維斷言：道光之裁詩吟詠各種"異卉奇藥"，非但不能誤會成他承認客觀事物的實際存在，反而證明這位上人對"畢竟空寂"的諦義有着超凡的識解。

按王維的這篇《薦福寺光師房花藥詩序》，是站在大乘佛教認識論的立場上對傳統詩學的背離，作者奉持龍樹"中道觀"評議道光《花藥詩》的創作實踐，致力調和佛家法空思想與詩歌賦物造形功能之間的對立，其重點在講明詩人應如何看待和摹劃外境事物的真實相狀問題。緣乎此文的觀點業經高度抽象，已跨越了作品所涉具體事物區類的拘限，在接受過大乘宗教意識浸漬的景物詩系列内，理當具有較廣的適用範圍，也完全可移來審視他自己題寫的《鹿柴》詩。

毫無疑問，《鹿柴》作爲一篇狀述山林美景的佳構，主要是通過刻劃自然景物的感性形象來贏得讀者的激賞的；但我們亟應看到，此詩作者在攢組這些具體事物形象過程中，又自始至終貫注着他的理念思索，且同樣是以如何彰顯大乘佛教體察外物的觀法爲其依止。此種理性思維活動被引入作詩實踐，必能起到制約藝術形象塑造的作用，由此也使得作品的内涵益趨於多元化。《鹿柴》一詩固緣摹狀物色而極富審美趣味，然亦不乏詩人別具隻眼的智慧考量，這中間既穿插了針對若干事相而設的有無之辨，兼之還將營造佛説之空境當做它的出發點和最後的歸宿。先説它的上半首，該篇之發端即以"空山不見人"一句開局，表明"空山"確係作者規摹的客體對象，再經過其下之"不見人"從視覺上的托墊，顯已指出此間整個山林環境的幽靜空寂，遂爲全詩着眼於勾畫空境定下主調，可説是離開了"有"的一邊。復因作者所營求之空境，決非枯槁冥漠的虛無，以故詩的第二句"但聞人語響"，需從聽覺上點綴些許人語的聲響來作調合。所謂"礙有固爲主，趣空

寧捨賓”,這轉移到賓位的輕輕一筆,倒反能造成皴染空山闃寂氣
氛的效果,因而也就離開“空”的一邊。清代徐增《唐詩解讀》卷三
論及於茲,就一針見血指出:

> 空山不見人,但聞人語響。“不見人”是非有,“人語響”
> 是非無。

詩人以鋪展空境爲其本旨,雖盡力摹空而未嘗止住空、有兩端,所
呈獻給讀者的又是“非有非無”的相狀。這一套綴寫物色風貌的
路數,折射着他直探事物究竟的思維軌迹,看上去幾乎有點程式
化的味道。如是特殊的思辨結構得以在《鹿柴》詩中形成,顯然是
由於作者接受了大乘中道觀法的熏習和影響。

　　《鹿柴》下半首“返景入深林,復照青苔上”兩句,頗以形容夕
色之體貼入微著稱,乍一接觸好像純是實寫眼前的客觀景象。惟
究其鑽求物候情貌所泄漏出來的喜好意向,即可察覺此中仍然隱
伏着作者的理智訴求;詩人之所以動輒化實就虛,讓他劖雕的自
然美形象時常帶着些變幻不定的徵狀,説來還是服從於其經劃特
定詩境的那一份主觀需要。在捕捉、摹刻形象方面,本詩這上、下
兩截略有分工,前者偏重於躡蹤聲息,此處則罄意圖形色相。詩
歌第三句所稱的“返景”,當指落日的餘光,也就是夕日西沉後的
回光反照。殆暮間之殘照餘光,原本已萎弱無力,加諸尚需穿過
一道邃密的林子,能夠掉落於這青苔上的這一地幽淡閃爍的光
斑,真可謂是欲盡未盡、微乎其微的了。它猶在念頃相續地發生
變異,必將隨着時間的流駛而疾速泯滅,無多片刻就全爲漆黑的
暗夜所吞没。像這樣朦朧若幻而又稍縱邃逝的夕色,恰好處在
“有”和“無”的臨界綫上,它的存在和滅没都是因果相待的。你若
説它是“有”,卻非固定常住之“有”而是“假有”;你若説它是“無”,
亦非空無所有之“無”而是言其“自性空”。講到最後,仍然要拿前
面論及的“非有非無”來作表述。對於熟解龍樹“中道觀”的王維

來説，其題詠《鹿柴》一詩時描繪上述圖景，就可照搬他自己在《薦福寺光師房花藥詩序》中講過的那套辦法，做到"心舍於有無，眼界於色空"，但依當下攝受的感覺爲素材，使其涉筆離間二邊，"不捨幻而過於色空有無之際"，通過摹狀"非有非無"的事物現象來體現無所不在的道，終至讓這兩句話續演並深化了上半首詩裏已曾揭示的"中觀空"境界。

　　綜觀《鹿柴》全篇，交替采用思辨詮表和圖形象徵的手法，前、後兩半部分達成高度的統一，毋論其運思措辭抑或叙述見聞，悉皆圍繞經營作品完整的詩境有序地展開。該絶句的撰作成功，標誌着《輞川集》眾詩與佛法之感觸相通，已漸次進入大乘義學的層面，其表現技巧亦愈臻多樣。倘與祇是寓托"無常"、"寂滅"等原始佛理的《孟城坳》和《華子岡》相比，《鹿柴》無疑注入了更多的創新構思，又通篇透溢出澄明瑩徹的哲理意味。按原始佛學旨在宣説人生解脱之道，不太重視形而上的玄理推求，唯有到了龍樹及其弟子提婆手裏，佛教才鑄成了精緻玄妙的哲學思想體系，以故受大乘義理沾溉的中土山水田園詩什，往往更能體現"言有盡而意無窮"的優勝。清初詩學大家王士禛《漁洋詩話》卷上，猶輯録如下一條記載：

　　　　余兄弟少讀書東堂，嘗雪夜置酒，酒半，約共和王、裴《輞
　　　川集》。東亭（士祜）得句云："日落空山中，但聞發樵響。"兄
　　　弟皆爲閣筆。

顯而易見，這段引文所言王士祜吟出的"日落空山中，但聞發樵響"兩句，定當是從王維《鹿柴》"空山不見人，但聞人語響"那裏摹襲而來，士禛兄弟共相贊賞乃爾，可表明他們對寫景詩歌藉助具體形象寄寓哲學理趣的認同。而《鹿柴》厥篇之所以能別開生面，使其藝術上的創意超過與它同處一集的《孟城坳》、《華子岡》等作，根本原因亦即在於此。非常有意思的是，這首詩歌摹狀"空"

境的創作意圖,卻必須依靠刻劃有聲有色的物象來實現,正像清人李鍈《詩法易簡錄》卷十三説的,此詩"寫空山不從無聲無色處寫,偏從有聲有色處寫"。諸如此類容易被人們看做存在扞格的問題,放到大乘"中道觀"相對主義的理論框架下面,居然也可以得到圓融無礙的合理解釋。龍樹的中觀學説將"假有"與"空"連帶起來探討,主張證空必不離"假有",即色而達於真際,反復强調"假有"和"真空"二者的相即相依,早已替繪聲繪色的形象化筆墨留下很大空間。復就其産生之深層影響論,它含納着精美思辨的諸多理念,則還給後人裁作那些"透徹玲瓏"的篇章提供了哲學思想背景和方法論上的借鑒。

2006 年 10 月

"牛鬼蛇神"與
中唐韓孟盧李詩的荒幻意象

　　"牛鬼蛇神"一語,嘗於十年内亂期間廣爲流行,一個普通成語被不適當地古爲今用,致使無數人心靈一度蒙受沉重陰影。在這些記憶逐漸得到洗滌的今天,筆者欣幸自己生活在春天的明媚陽光下。故本文以此爲題作些學術考察,非欲重提當時舊事,而主要想從歷史文化源流的視角來回溯一下這個詞語的始原意義,通過給它準確定位,兼而論及"牛鬼蛇神"一類事物在中國文學史上所發生的若干影響。

上　　篇

　　談到"牛鬼蛇神"的來歷,諸多方家均指出它首見於唐人杜牧的《李賀集序》。此文系大和九年杜牧應集賢學士沈子明之請,爲李賀遺集所撰的一篇序言。文中除交代作者撰成該序的因由始末外,尚有一段文字借用各種譬喻,來評論李長吉歌詩那種寓多樣於整一的藝術特色。其云:

　　　　皇諸孫賀,字長吉,元和中韓吏部亦頗道其歌詩。雲烟綿聯,不足爲其態也;水之迢迢,不足爲其情也;春之盎盎,不足爲其和也;秋之明潔,不足爲其格也;風檣陣馬,不足爲其勇也;瓦棺篆鼎,不足爲其古也;時花美女,不足爲其色也;荒國陊殿,梗莽丘壠,不足爲其恨怨悲愁也;鯨呿鰲擲,牛鬼蛇神,不足爲其虛荒誕幻也。

李賀以少年置身中唐詩壇,特以卓具才華著稱,他的樂府歌辭構思幽眇恍惚,設色濃麗多采,《舊唐書》本傳謂其“文思體勢,如崇巖峭壁,萬仞崛起”,精心營造了一個奇幻幽奧的詩歌境界。昌谷詩最早得到韓愈的首肯,亦與韓愈、孟郊、盧仝等人的篇什一樣,共同呈現出某些趨險尚怪的傾向。杜牧此序作於詩人殂落十餘年後,不失是深入長吉詩歌奧域的體驗之談。所謂“鯨呿鰲擲,牛鬼蛇神,不足爲其虛荒誕幻也”等幾句,蓋主要針對李賀詩中的尚怪特點而發。意思無非是説,縱然如“鯨呿鰲擲”、“牛鬼蛇神”云云之荒怪不經,拿李長吉歌詩裏某些意象來與之相比,其譎異奇恢就顯得有過之而無不及了。

　　如果祇需給“牛鬼蛇神”指明一個出典,那末上述的查考誠然沒有找錯門徑。因爲在我們所能見到的古籍之中,如是將“牛鬼”和“蛇神”聯綴起來合成一個詞組,確然要以杜牧此篇序文爲時最早。但是僅僅説明這一點,實則並未抉示出“牛鬼蛇神”一語的本來意義和它賴以生成的文化背景。希望尋根究柢做些探討的讀者,必然由此連帶想起另一個問題:既然杜牧擇用“牛鬼蛇神”來譬喻、形容李賀的詩,可見他心目中應該還有一個“牛鬼蛇神”的原型在。

　　這個“牛鬼蛇神”的原型究爲何物? 我以爲就是指當時佛教藝術裏所塑造的鬼神形象。

　　衆所周知,佛教產生於宗教想象特別豐富的南亞次大陸,在其自身發展過程之中,又一再受到當地神話傳説的浸染。大乘佛教成立後所出的諸部經典,往往着力於渲染某些遠離現實的幻想境界,其中常有林林總總的神魔性動物形象出現。大乘教義宣傳有隨機應身的菩薩,能夠隨時化現各種動物相狀。這方面最著名的例子,是説曠野菩薩現爲鬼身,散脂菩薩現爲鹿身,盡漏菩薩現

爲鵝王身,慧炬菩薩現獼猴身,離愛菩薩現殺羊身等。至於説到
諸方神魔以或牛或蛇的姿態現身,這在佛典記述中則尤屬屢見不
鮮。例如《大方等大集經》卷五十一《諸惡鬼神得敬信品》云:"爾
時於彼鬼神衆中,有羅刹王名牛王目。"《寶星陀羅尼經》卷三《魔
王歸伏品》復云:"爾時衆中,復有一魔,説如是偈:'我今化現可畏
事,師子駝象虎水牛。'"《妙法蓮華經》卷二《譬喻品》云:"復有諸
鬼,首如牛頭,或食人肉,或復噉狗。"又《維摩》、《法華》等經中談
到的天龍八部之一"摩睺羅迦",即爲蛇首人身的"大蟒神"。這些
較爲原始的材料表明,佛經内容裏面所涉及的鬼神,在不少場合
被賦予了牛和蛇的形體特徵。而且,如《妙法蓮華經》"復有諸鬼,
首如牛頭"這一叙述,其實已清楚地顯示出了它與"牛鬼"一詞之
間的内在聯繫。我們順沿着上述思路去作推考可知,就連中國封
建社會後期小説《西游記》裏描寫的牛魔王,也不外乎是利用這種
奇思異想而塑造出來的神魔形象。

　　作爲一項特殊文化因素,李賀、杜牧所處之中晚唐,正是佛教
密宗盛行中國漢地的時代。密教是佛教與婆羅門教的混合物,在
西方管它叫"呾特羅佛教",特以怪力亂神炫耀於世。這一教派自
盛唐由善無畏、金剛智、不空三大士傳入中國,開出密法一宗而後
又迅速傳遞到日本。密宗極力把抽象的佛教義理具體化,奉行直
觀主義的施教,其祭祀道場必須設立"曼荼羅畫"(mandala),讓它
的信徒們從事禮拜供養。所謂的"曼荼羅畫",即描繪密宗祭祀壇
場之全體及其所供一一諸尊的圖相。這些圖畫裏固然不無諸佛
瑞相,但菩薩的相貌卻已發生變異,及至明王、金剛等一大批護法
神,則造型差不多全部以奇猛怪險爲崇尚。密教典籍《尊勝佛頂
修瑜伽法儀軌》,嘗叙及"曼荼羅畫"具體構圖云:"西面門南,西方
水天神,披甲頭上蛇頭,手把龍索。"又《頂輪王大曼荼羅灌頂儀
軌》云,"曼荼羅畫"中的"賀野紇里縛大明王",其形狀"鼻如猿猴,
以蛇莊嚴瓔珞";而另一位尊神號曰"無能勝忿怒王",則以"虎皮

爲裙,蟒蛇爲耳珰"。《聖賀野紇哩縛大威怒王供養念誦儀軌法品》談到"八大龍王像法"時説:"此八大龍王者,同體無異,龍頭蛇身,遍身皆有火焰。"又《攝無礙大悲心大陀羅尼曼荼羅儀軌》謂"曼荼羅畫"中,第三院西北軍荼利(Kuṇḍali)的形象爲:"白蓮承兩足,十二蛇圍繞。二蛇在頸垂,二蛇繞兩膊。八蛇繞八臂,甚大怖畏相。"又謂東北之閻鬘德迦(Yamāntaka)則爲:"輝焰過衆電,水牛以爲座。"西藏拉薩市大昭寺内,至今還保存着一幅《金剛大威德像》壁畫,所描繪的即是一尊牛首人身多手足的惡相護法神。參據以上密教"曼荼羅"儀軌提供的資料,可知我國密宗神變畫出現的衆多尊神相狀,亦常與牛、蛇等類動物的形體結合在一起。

　　豈但"曼荼羅畫"如此,當時密教寺廟的造像亦不例外。唐代密宗寺院的像法特點,保留下來的確切記載不多,但嗣後蒙藏喇嘛寺所建之神像,大致上還能體現出密教像法的共同姿態。這些寺廟中供奉的尊神,面容多半現大忿怒相,表情凶惡獰厲,而與牛、蛇等動物形狀混合一體者亦隨處可見。吴世昌先生《密宗塑像説略》一文(收入吴氏《羅音室學術論著》一書)中説:蒙藏佛教祀奉之桑堆佛,即有三眼六臂,它的腦袋猶如牛首,怒髮似熾火冲冠。另一位爲密宗崇拜的尊神"閻鬘德迦",據説是文殊菩薩的化身,它最簡單的形相是牛首、二臂、三目、髑髏冠。而素爲中國羣衆所熟悉的觀世音菩薩,其造像至密教中就變成了馬頭觀音、十一面觀音、千手千眼觀音、如意輪觀音、大忿怒觀音,乃至索性被塑爲一個手執三尖叉、身上蟠旋大蛇的惡相神道了。

　　如同此類帶有動物徵狀的鬼神,在演述地獄情景的佛書記載和講唱變文裏,亦殊能起到聳人聽聞的效果。所不同的是密教藝術側重在塑造尊神,而地獄傳説則主要表現惡鬼。後者作爲一種書面記載不勝其多,我們祇從中略引幾條材料以見其例:

　　(一)《大智度論》卷十六:"見合會大地獄中,惡羅刹獄卒,作種種形,牛馬猪羊,獐鹿狐狗,虎狼師子,六駁大鳥,雕鷲鵃鳥,作此種種諸鳥獸頭,而來吞噉齡嚙,齛掣罪人。”

　　(二)《地藏本願經》卷上《觀衆生業緣品》,言及地獄中陰怪可怖的慘象,有云:“鐵蛇鐵狗,吐火馳逐,獄墻之上,東西而走。”

　　(三)《大佛頂首楞嚴經》卷八,謂陽世造惡業之人命終之後,神魂歸向地獄:“亡者神識,見大鐵城,火蛇火狗,虎狼師子,牛頭獄卒,馬頭羅刹,手執槍矟,驅入城門,向無間獄。”

　　(四)敦煌變文《目連緣起》稱言:地獄中間受罪繫縶之人,一日萬生萬死無有間斷,“枷鎖杻械,不曾離身,牛頭每日凌遲,獄卒終朝來拷。鑊湯煎煮,痛苦難當。”又云:“冥官業道成悲念,獄卒牛頭及夜叉。”

　　(五)《大目乾連冥間救母變文》所述之故事謂,目連至阿鼻地獄(即無間地獄,爲八大地獄之最底層,墜入其内者受苦無有間斷)尋訪母親,目睹種種怪險可駭的情狀:“空中見五十個牛頭馬腦,羅刹夜叉,牙如劍樹,口似血盆,聲如雷鳴,眼如掣電。”兹後演叙他看到地獄中摧殘囚人的場面,又謂:“鐵蛇吐火,四面張鱗;銅狗吸烟,三邊振吠。”

　　按照佛教的説法,地獄在有情衆生的輪回六道中最可憎厭,是充滿着殘忍和暴力的黑暗世界。這裏面的官吏、獄卒、夜叉、惡鬼,一個個都長得面目猙獰,而且大多數亦呈現動物的形態。要説個中最習見的事物,即上文所謂之“牛頭馬腦”及“鐵蛇鐵狗”是也。特別需要一提的,是那個高翹着兩支頭角、手持枷鎖和槍矟的牛首阿旁,在佛教傳入中國以後漫長的歲月裏,尤爲一般世間羣衆所熟知。它既是一位執法無私的倫理道德維護者,又是一個叫衆生聞其大名而戰栗的惡相神道,歷時彌久地對人們起着鎮懾和恐嚇的作用。

　　佛教的發祥地印度土地廣袤,熱帶和亞熱帶雨林植物繁茂密布,它非但是世界上水牛族類的故鄉,亦以盛産各種蛇類馳名於世。故而崇拜牛神和蛇神,對於勞作生息在此方的古先民來説,實在是一件司空見慣的事情。該國著名學者馬宗達、賴喬杜里、達塔三教授合著的《高級印度史》談到史前印度文化時指出：“吠陀雅利安人崇拜母牛，印度河流域居民則崇拜公牛。”印度學者R.塔帕爾在她的《印度古代文明》一書中也説：“母牛的經濟價值增加了它經常受到的崇敬，這或許就是後來那種把母牛看作是神聖的非理性態度的起源。”根據古老的傳説，大史詩《摩訶婆羅多》的全部内容，被認爲是在一次規模盛大、歷時十二年的祭蛇會上唱誦出來的。祭蛇是古印度許多部族圖騰崇拜的標誌，而以蛇爲主角的 Nāga 故事，竟在這個國家的民間文學史上發展成爲一個龐大的族羣。這種奇突的現象，在維吉爾《印度的蛇傳説》、B.哈辛《古代印度的蛇崇拜》兩書中，曾經作過饒有趣味的探涉。所以古天竺人奉祀之鬼神多呈牛形或蛇形，有着很長的歷史源流，不言而喻可從他們所處的生態、人文環境中找到原因。正如錢鍾書先生在《管錐編》裏説的：“原始多荒幻之想象，草昧生迷妄之敬忌。”在駕馭自然能力極低的遠古人生活圈子裏，凡是那些與人們治生和衣食住行關係最密切的動物，非常容易同當地人對神道的敬畏心理牽合起來，並通過一定的渠道和手段逐漸反映到宗教藝術上面。

　　從佛教同古印度另外一些宗教派别的關係來看，它所供奉的相當一部分神像，都在極鮮明的程度上摻雜了原來婆羅門教的觀念，而且越到後來這種滲透亦越加顯著。婆羅門教的形成早於佛教，它的前身是古代的吠陀教，流傳了千數百年後又經改革而發展成爲印度教，至本世紀六十年代還擁有三億多信衆，在印度各個宗教派别中形勢最爲壯觀。該教比較原始的形態，崇奉梵天、毗濕奴、濕婆三大神，倡言祭祀萬能、婆羅門至上，反映出濃重的神學色彩。佛教創立之初，頗以反婆羅門的姿態出現，但隨着時間的推移，終究不能抵制對方的影響而容納了它的意識形態。包括大乘佛教和密教多用牛、蛇等動物相狀來描述鬼神，其思想根源同樣要追溯到以婆羅門教爲代表的古印度雅利安人的觀念。現存埃羅拉和象島的一些婆羅門教（印度教）雕刻，大部分是爲崇拜濕婆而造，它們醒目的特點即是保留着動物的形態，相狀猛厲可畏之至。濕婆（Śiva）亦稱大自在天，爲婆羅門教崇拜的毀滅之神，也是恐怖之神、苦行之神和舞蹈之神，其造型頸上纏繞一蛇，坐騎爲一頭白牛。這些雕像刻鑿的年代並不很早，但它們蘊含着的荒幻悠謬的意念卻是由來已久，未嘗不能視爲中國佛教造像中那些凶神惡煞的印度標本之一。常任俠先生《印度與東南亞美術發展史》談到上述雕刻時説："所謂牛鬼蛇神，正是對這類雕像的印象。"

　　返顧中國的情況，華夏民族誠然亦經歷過它的幼年時期，並在衆多文獻記載裏留下了祖輩艱難步履的印迹。我國遠古時代傳説裏的部族領袖，同樣曾爲誕幻的色調所塗抹，具備動物的形體者比比皆是。例如《山海經》、《帝王世紀》中所説的女媧和伏羲，均是"人首"而"蛇身"；漢武梁祠石刻即雕有女媧、伏羲的人首蛇身交尾像。其餘略如鯀死化爲黄熊，大禹治水變作熊形，精衛溺而爲鳥；舉凡獾頭、人面、鳥喙、有翼之類，殆無一不是顯示着古代人那種把先祖聖賢與圖騰觀念合二而一的傾向。原始想象可以成爲强勁的驅動力量，它孕育的民風習俗與審美好尚綿延歲月，一直波及到我國封建社會前期神廟祭殿裏面的塑像造型。漢代王延壽所撰的《夢賦》云："悉覩鬼神之變怪，則蛇頭而四角，魚首而鳥身，三足而六眼，龍形而似人。"簡短的幾句話，可謂集古代荒怪之大成，其名之曰賦夢，實則是寫了作者在當時祠廟裏目睹的種種鬼神形象。錢鍾書先生《管錐編》評論至此乃云："真牛鬼蛇神也。"它們在顯現人類早期連犴偶詭的思想意識方面，與古天竺的鬼神造像真有異曲同工之妙。

　　不過，仔細分析一下中土古代神像呈現的具體徵狀，與印度的情況又不完全相同。人類處於草昧階段，浸習於幻想勢所難免,但華夏民族的原始藝術仍具備獨特的個性。就拿女媧、伏羲的人首蛇身像來說,儘管其相狀包含着一些後代人匪夷所思的神秘觀念,第論其整體形象卻並不怎麼讓人感到可怕,非如印度的神像那樣張口瞋目、威勢煊赫,能夠給觀者以巨大的壓力感。這兩位神話人物對大多數中國人而言,縱會感到距離遙遠,然而並不缺乏人情味。袁珂《中國神話通論》一書提到漢畫石刻的一幅"女媧伏羲圖",有趣的是它"還在當中着一天真爛漫的小兒,手拉兩人的衣袖,雙足卷走,狀似飛騰,給我們呈現了一幅非常美妙的家庭行樂圖"。從該圖中透示出來的意念取向,較之古印度毗濕奴和濕婆的凶猛造像,其神性就顯得相當淡薄了。

　　中國進入農耕社會時間甚早,農業上的精耕細作,也較早開發了土地開發者的理智,人們一向對耕牛懷有親切質樸的感情。牛通常被用來象徵着勤勞、善良和堅韌,絕少有人在它的形體上面想入非非。我國西北出土中古墓磚刻劃的"耕牛圖",即是一件洵能說明問題的文物,它的圖形單純寫實,綫條明確簡潔,整塊磚面找不到任何一點神化其表現對象的成分。唐代柳宗元《牛賦》一文對牛所傾注的同情與贊美,同樣也體現了這種崇實樸素的民族審美理想。按韓愈《雜說》之三嘗云:"昔之聖者,其首有若牛者,其形有若蛇者,其喙有若鳥者,其貌有若蒙倛者。"韓公此段議論後面三句所說的情形,徵諸古代舊籍蓋不爲無據;至於叙及"其首有若牛者"這一句,則亦有個別載記足資稽考。如《太平御覽》卷七十八引《帝王世紀》云:"神農氏姜姓也,母曰任姒,有喬氏之女,名登,爲少典妃。游於華陽,有神龍首感女登於常羊,炎帝人身牛首。"這說明我國西部氏、羌等游牧民族聚居地區,在上古時確曾有過"人身牛首"的傳說。唯因年代悠邈,地域殊隔,其能施加於唐代中原以農耕爲主地區的影響幾近式微,遠不能與當時流行的佛教藝術相比伴。

　　現在回過頭來說《李賀集序》的作者杜牧。杜牧處世年代比韓愈、李賀略晚，曾見到過上述荒誕獰惡的鬼神形體本無疑問。
而且在他的文集中，即有《杭州新造南亭子記》一篇，該文之主旨
在褒美唐武宗會昌年間的滅佛舉措，其中開頭一段，還特地記述
了作者對地獄變畫的感觸印象：

> 佛著經曰：生人既死，陰府收其精神，校平生行事罪福
> 之。坐罪者，刑獄皆怪險，非人世所爲，凡人平生一失舉止，
> 皆落其間。其尤怪者，獄廣大千百萬億里，積火燒之，一日凡
> 千萬生死，窮億萬世，無有間斷，名曰"無間"。夾殿宏廊，悉
> 圖其狀，人未熟見者，莫不毛立神駭。

杜牧是個無神論者，他對佛教流播的消極面作過嚴肅的審察。在
唐代著名作家所寫的散文中，將地獄圖形叙述得這樣具體細緻
的，《杭州新造南亭子記》算得上是個突出例子，可見杜牧不乏切
身體驗。基於這一前提及上文論列的諸多原委，我們可斷定他在
《李賀集序》裏提到的"牛鬼蛇神"，顯然同本土固有文化直接滋生
出來的東西關係不大，而主要是指佛教藝術中那些明顯保留着異
域風味的神魔鬼怪形象。

下　　篇

　　有唐一代，中土佛法之興隆達於鼎沸，大乘諸宗與密教並行
布道，神學思想籠蓋震旦大地，造像藝術、寺廟壁畫及變文講唱亦
隨之而繁衍。地獄畫是本地人融會印度傳說的新創造，它最早發
軔於唐初張孝師，後經吳道子、盧棱伽等幾代畫師的推廣，爲數衆
多地鋪展在都會伽藍的夾殿宏廊。這類圖相筆力勁怒，變狀酸慘
陰怪，時以其逼人藝術力量引起觀者心靈的震蕩。密教自玄宗開
元、天寶間在漢地勃興，至中唐惠果始合胎藏、金剛兩部一并傳
授，此際天下密刹競設灌頂道場，"曼荼羅畫"遍立堂宇而張皇幽

眇。惠果住持的長安青龍寺,則尤爲密法弘傳之一大中心。韓愈
《游青龍寺贈崔大補闕》一詩前半部分,即着力再現了詩人於該寺
目擊的"曼荼羅畫"景象。差不多與杜牧同時代的日僧圓仁所著
《入唐求法巡禮行記》中,亦有他大量臨摹製作"曼荼羅畫"的記
載。鑒於這些宗教藝術與世人日常生活關係甚密,致使"牛鬼蛇
神"一類的凶神惡煞,在唐代社會幾乎達到盡人皆知的地步,不管
王公貴族還是職官士流,抑或最普通的老百姓,乃至婦孺老幼,均
從其直觀形象中獲得一份深刻的感受。處於這樣的文化環境裏,
它們能與當時文人的詩歌創作發生某些感觸相通,完全是一件不
足爲奇的事情。

　　包括李賀在内的韓孟詩派一羣士子,悉數長成在中唐時代特
殊的政治氣候下,有着近似的思想氣質和藝術稟賦。儕輩大多是
仕途蹇舛的失意者,重視實現自我價值而遭際潦落,心里充滿着
厄塞不平之氣,性格乖異内向,感情勝於理智。經過"安史之亂"
這一巨大事變,曾煊赫一時的唐王朝面臨深重的危機,國運之板
蕩衰落已顯得不可逆轉,這作爲一個非常敏感的問題,乃是衆多
士大夫心病的症結所在。此時盛唐士人熱烈的浪漫氣息早已消
失殆盡,退避山水田園亦得不到寧靜和安慰。現實困境不斷擠逼
給人造成的性格變異,尚不啻反映在孟郊、盧仝、李賀身上,就連
號稱"一代文宗"的韓愈,實際上就是一位倫理主張和精神需求嚴
重脱節的人物,其一生業績成就之願望與躁動的心態始終沒有取
得調和。他們憤世嫉俗,恃才傲物,對現實生活中爲常人所習慣、
適應的一切,均投以不屑和同的眼光,決意追求一種與世態人情
相背向的超越。正因受此潛在意識的支配,這些人在詩歌創作方
面也力求貫徹"背俗反常",所謂"規模背時利,文字覷天巧",主張
將南北朝以還圓轉流美的詩風當做平庸的東西撇在一邊,俾讓他
們來爲詩壇注入一股拯濟頹敗的力量。然而矯時去俗一旦被引
伸過了頭,結果無非是走到崇尚險怪;不滿足於流俗的審美習氣,

便渴望有强烈的刺激填補這一空缺。故佛教藝術中那些遒勁怒張的"牛鬼蛇神",對於他們來説恰好正中下懷,殆即由趣味之忻合無間而理所當然地成爲其詩歌摹寫和融攝的對象。錢鍾書先生《談藝録》論及李賀時一針見血指出:"牛鬼蛇神,所以破常也。"韓、孟、盧、李諸公爲了另闢作詩的途徑,可説在不同程度上都受到過此類虚荒誕幻形象的濡染影響。

在中國文學史上,韓愈的詩素以雄桀險怪著稱,其聯句及五、七言古體大篇,則尤喜摹述、鋪演各種光怪靈異的圖相。他的這一部分詩歌神龍怪獸雜出其間,硬語險韻交錯盤薄,讀起來顯得强勁拗折而具有高度的表現力。論其意象特點之形成,確曾顯著地得益於佛教藝術的感染啓迪。譬如他和孟郊合詠的《城南聯句》,就是一首彙集衆多詭異觀感的扛鼎之作。在這首篇幅冗長的聯句詩裏,"二公競自務爲奇語",力争以夸奇斗險取勝對方。篇中韓愈所綴的"泥像對騃怪"一句,明明白白是在寫寺廟裏姿態怪譎的泥塑像;而另一處的"裂脅擒撐振,猛斃牛馬樂",則津津樂道於地獄内牛頭馬面摧殘衆生的慘狀。韓氏這種好以獰惡怪丑爲美的僻習,在他《嘲鼾睡》第一首中表現得尤爲淋灕盡致。詩人本性"好戲玩人",爲了給一位睡覺時打鼾的僧人開玩笑,竟不惜從阿鼻地獄裏搬出尸鬼、羅刹和牛頭馬面來做詩料:"有如阿鼻尸,長唤忍衆罪。馬牛驚不食,百鬼聚相待。"詩中形容該僧鼾聲之凄厲宏壯,直與冥間因人忍受陰刑而發出的大聲唤叫差相仿佛,連牛頭馬面及百鬼聽到後亦爲之驚恐莫名。這一詩境參合着韓愈得自地獄變畫的印象毋庸置疑,唯因作者帶着嘲謔之筆調去刻劃泥犂中的事物,總不免給人以"過諧近俳"的感覺,哪怕是一點點勸善懲惡的味道都没有了。

韓集中《陸渾山火》這一七言古體長篇,是詩人傾其全部身心描繪怪異之觀的一首力作。此詩第二大段摹狀衆神在大火映照之中聚集宴飲的場面,他們根據位次之尊卑分别就坐,"齒牙嚼齧

舌顎反，電光礚礋頹目暖”，熙熙攘攘地共同享受豐盛的供養。這
些神道中有的“頰胸垤腹”猶如菩薩，有的就像金剛護法那樣衣甲
莊嚴。宴飲所在地四周有高大的墙垣，苑內的芙蓉花鮮繁盛開，
寶珠、美玉雜陳瑩光照眼，鼓樂齊奏其聲填咽沸天。這是一幅充
滿詭秘和靈異怪險色彩的圖相，但其間所繪之事物卻體現出一定
藝術規範。清末民初學者沈曾植先生《海日樓札叢》論及此詩，認
爲應將它“作一幀西藏曼荼羅畫觀”。沈先生這一揭示孤明先發，
可從密教像法儀軌中找到大量根據，而且經過後人的反復論證，
至目前已成爲好多韓詩研究者的通識。不過類似這樣的情況，其
實在韓愈別的詩裏還有所表現。試舉著名的《南山詩》言之，這首
五古大篇末段關於墙垣宅院的一串描寫，亦然顯得荒怪離奇，倘
質其造物賦形特徵之淵源由來，似同樣需要追究到“曼荼羅畫”這
個藍本。《南山詩》此段摹寫全文如下：

> 閽閽樹墙垣，嶷嶷架庫厩。參參削劍戟，煥煥銜瑩琇。
> 敷敷花披萼，閬閬屋摧雷。悠悠舒而安，兀兀狂以狃。超超
> 出猶奔，蠢蠢駭不懋。

印證以上詩句模狀的各種事物，也仍然跳不出密宗壇場圖畫的窠
臼。儘管此中並無火焰及宴飲的直接描寫，但在刻劃諸尊晏居的
院落屋宇方面，卻比《陸渾山火》詩更接近於“曼荼羅畫”的原來樣
子。這裏面涉及到頂披陡峻的宅屋，其周邊有高大的墙垣，院內
架設倉庫馬厩，美玉寶珠閃閃發光，鮮艷的花朵在紛披怒放。所
謂“悠悠舒而安”正是主尊怡熙安詳的容止，“兀兀狂以狃”則活現
出那些神魔性動物的獰惡相狀，此外便是一羣瑣屑而跳踉驚擾的
鬼怪形象了。在一首盡情抒寫終南山方亘連隅、高大特異地貌的
長詩中，快到結尾時忽然插上如許一段悠謬無根的摹述，宜主要
歸因於作者對佛教神變圖畫印象的深刻。這也證明，《韓昌黎詩
集》內與“曼荼羅畫”發生觸染感應的作品，並不衹限於沈曾植先

生指出的《陸渾山火》一篇。

　　韓愈詩中荒幻意象與佛教藝術的關係，牽涉到詩與畫兩類不同藝術形式之間的相通相生，其中又包含着某些宗教觀念的傳遞和涌動，這本來是一個内涵很豐富的研究課題。可惜在沈曾植先生以前，歷代論詩家們對此並未引起足夠的重視，殊少有人將詩、畫兩方面結合起來作些深入的探求。清人馬位《秋窗隨筆》談及韓詩嘗云："退之古詩，造語皆根柢經傳，故讀之猶陳列商、周彝鼎，古痕斑然，令人起敬。時而火齊木難，錯落照眼，應接不暇。非徒作幽澀之語，如牛鬼蛇神也。"這段評論不可謂無見，但終究還有些隔靴搔癢。誠如馬位所説，昌黎好讀三代兩漢之書，腹笥富贍而精熟經傳，其古體詩歌的奥衍博雅確能自爲一體，簡單地把它們説成"徒作幽澀之語"是不全面的。然而他恰恰忽略了一點，即韓公因久受當代佛教美術的熏陶而喜歡表現"牛鬼蛇神"，卻是一個毋庸諱言的客觀事實。

　　韓孟詩派另一位主將孟郊，其作詩趣味與韓愈間有共通之處。許多唐詩的愛好者接觸《孟東野集》，往往祇挑選《游子吟》、《苦寒吟》、《長安羈旅》、《贈崔純亮》等一些真率的抒情篇章來讀，而不大注意詩人喜好怪險蹶張的一面。其實談到中唐元和詩壇的尚怪潮流，孟郊正可與韓愈雲龍上下、旗鼓相當，若以時間的先後論，或許孟郊還要比韓愈先走一步。無怪韓昌黎每次提到東野的詩，總是延譽推挹不遺餘力。如《薦士》云："冥觀洞古今，象外逐幽好。橫空盤硬語，妥帖力排奡。"《孟生詩》云："晶光蕩相射，旗戟翩以森。遷延乍卻走，驚怪靡自任。"以上兩段贊辭特别强調孟詩的幽奥怪譎，誠不免挾帶着韓公自己的創作經驗在内，但要是孟郊的作品本身並無此特徵，則韓公亦未必會作出這樣熱情的評價。故韓愈、孟郊詩之異同，洵如劉熙載《藝概》所説："昌黎、東野兩家詩，雖雄富、清苦不同，而同一好難争險。"細參《城南》、《納涼》、《秋雨》諸聯句，自不難察覺他倆這種詩心的印合。兹僅舉

《城南聯句》中孟郊“土怪閃眸偵”這一句爲例，顯而易見，它寫的即是泥塑鬼神眼睛閃閃發亮的那種怪模樣。該句在誇示奇險景象方面，真堪與同詩韓愈所詠的“泥像對騃怪”互相頡頏。需要指出的是，對於鬼怪、雜獸閃灼目光的精彩刻劃，係唐代佛教造型藝術取得的一項特殊成就。其時造像畫壁的高手們巧奪天工，創造出諸多神魔性動物“轉目視人”的逼真形象，這些傑構曾被嘆爲一代觀止，其所生的强烈感染力委實非同尋常。我們發現在韓愈和李賀的詩裏，也屢次描寫到鬼神怪獸睒睗的眼光。

　　孟郊的詩多涉鬼怪，以《峽哀》、《秋懷》兩組作品表現最爲突出。這兩組詩合計共二十五首，頗能代表孟東野的創作個性。它們分別叙寫峽江窮山惡水和深秋蕭瑟景物，讀起來簡直就像走進了精靈魑魅游蕩出没的世界，仿佛到處潛伏着險象和殺機，容不得你不感到毛骨悚然。鍾元凱先生《孟郊》一文認爲：孟郊崇尚的厲怖之美在《峽哀十首》裏達到登峰造極，詩人在此“假借一個逐客充分發揮想象”，“展現了一幅活似地獄變相圖的獰惡畫面”，從而“給詩壇製造了一種新的戰慄”。這當然主要是從作品審美趣味的相通投合上來説的，並不是指《峽哀》詩有意去模擬地獄變畫的具體景象。但孟氏《與王二十一員外涯游昭成寺》一詩中，所呈現的情形又進了一步。該詩所謂的“粉壁畫塋神”、“頹廊芙蓉霽”兩句，便是明白無誤地觸及了圖形寺廟長廊的“曼荼羅畫”。因爲“曼荼羅畫”除要羅列形貌詭異的列位“塋神”外，通常還得描繪衆多蓮花（芙蓉）圖案來做莊飾，而且它整個畫面敷涂的顔料，亦然是以紅色（頳色）爲主。

　　綜觀韓孟詩派中的作家，盧仝寫鬼神形象尤其直截了當。此人好以“怪辭驚衆”，其作品風格可單用個“怪”字一言蔽之，同時在打亂詩歌原有節奏、摒棄音調和諧之美方面亦走得甚遠。推求此種特點形成之諸原委，不能忽視佛偈譯文體制對他的潛移默化。蓋佛典之翻譯至唐時彬彬大備，而佛偈這一類似詩非詩的韻語在社會上廣泛流布，對中唐以後文人詩語言風格的感染日益顯著。韓愈、孟郊的若干詩什，受佛偈熏習之痕迹已宛然可辨，但是它們與盧全的作品相比，在同偈頌體制的形似影合上尚有較大差距。盧全作詩摹襲佛偈，經常直來直去殊少變通。例如他《月蝕詩》中的"眦目釁成就，害我光明王"，《哭玉碑子》中的"驢罪真不厚，驢生亦錯誤"，《寄男抱孫》中的"傳讀有疑誤，輒告諮問取"，《感古》中的"唇吻恣談鑠，黄金同灰塵"，《冬行》中的"污泥龍王宫，恐獲不敬罪"，《觀放魚歌》中的"勝業莊中二桑門，時時對坐談真如。因説十千天子事，福力當與刺史俱"等等，其句格、氣調及修辭特點，均與傳統詩歌迥然相異而非常接近於佛偈體。甚至他《走筆謝孟諫議寄新茶》中"七椀喫不得也"這一招人疵議的名句，也不過是詩人故意效仿佛經裏面世尊與弟子們對話時所操的腔調而已。

　　上文引録詩句提及的"龍王"、"光明王"，皆與唐世密教像法之傳播有關，雖"光明王"一詞在盧氏詩中被用來喻指月亮，而索其本意則仍屬密壇供奉本尊的稱謂。洎於盧全對這些神異虛幻事物的嗜愛，故極以羅織、吸收儕類入詩爲其能事。著名漢學家饒宗頤先生的論文《韓愈〈南山詩〉與曇無讖譯馬鳴〈佛所行贊〉》指出，盧全之成名作《月蝕詩》，即參照了地獄鬼神的模樣來描述天宫的魔鬼。又盧詩詭幻的藝術意象，亦直接影響到韓愈《月蝕詩效玉川子作》的創作構思。《月蝕詩》是盧全獻給中唐詩壇的一首駭世之作，該篇專事搜集一些令人畏惡的東西加以張揚，好像從這些狂野雜亂的圖形中，硬是能擠逼出一點詩人自己所需要的"美"來。例如：

　　　枉矢能蛇行，眊目森森張；天狗下舐地，血流何滂滂。譎險萬萬黨，架構何可當。眦目釁成就，害我光明王。

詩篇筆觸之險譎如是，與其認爲它是寫月蝕的景象，毋寧説是作者借此抒泄了一通地獄情狀的詭思異相。無數迅速游動的毒蛇目露凶光，貪婪的惡狗在舔着地上的鮮血，這裏絲毫察覺不到普通人所嚮往的詩意和美，衹有血腥、暴殄和那種人們難以置信的生命強度。盧仝的詩受地獄變畫的浸益，還表現於另一首《與馬異結交詩》裏。此篇有一段詩謂：

> 天公發怒化龍蛇，此龍此蛇得死病。神農合藥救死命，天怪神農黨龍蛇。罰神農爲牛頭，令載元氣車。不知藥中有毒藥，藥殺元氣天不覺。

詩的本題是與馬異論交，卻引起作者漫無邊際的聯想，不能否認，這裏面有可能隲括着某些政治寓意。唯從這一段詩示現的直觀形象看，其中不僅有爲佛畫所常見的龍蛇一類神魔動物，而且還把中國古代傳說裏的神農請了出來，讓他爲這些龍蛇合藥救死病。然而天公又嗔怪神農黨同龍蛇，一怒之下竟罰其變成牛頭牽曳元氣之車。以上描述可謂"牛鬼蛇神"全部登臺亮相，就因爲盧仝的意念受到地獄變相與本土傳說的交互濡染，才使這首原來反映現實生活題材的作品顯得如此的怪怪奇奇。

最後談到李賀。這位家道衰落的"唐諸王孫"雖屬孟郊、韓愈的晚輩，但其詩趣同樣爲中唐尚怪之風所左右。他與韓、孟等人一樣，注力於追求一種反常和怪奇的美。李賀作詩標榜"筆補造化"，重視主觀感情對客觀素材的潤飾和改造，與韓愈的主張大體一致。關於長吉詩歌與唐代佛教藝術之間的瓜葛，沈曾植先生亦早有揭示，其於《海日樓札叢》中說："吾嘗論詩人興象與畫家景物感觸相通。密宗神秘於中唐，吳（道子）、盧（棱伽）畫皆依爲藍本，讀昌黎、昌谷詩，皆當以此意會之。"這種詩歌興象與圖畫景物的感通，最重要的無疑就是前面所說的那些神魔鬼怪形象之移挪和轉遞。所以杜牧用"牛鬼蛇神"來譬喻、形容李賀的詩，肯定是由於他已體察到了這層關係所顯示出來的某些迹象。清人葉矯然

《龍性堂詩話初集》論及於兹嘗云：

> 長吉好用"牛"、"蛇"字，如"黄金絡雙牛"，"牛頭高一
> 尺"，"書司曹佐走如牛"，"道逢驅虞，牛哀不平"。用"蛇"字，
> 如"舞席泥金蛇"，"蕃甲鎖蛇鱗"，"竹蛇飛蠱射沙金"，"丹成
> 作蛇乘白霧"，"蛇子蛇孫鱗蜿蜿"。信樊川謂"牛鬼蛇神，不
> 足爲其虚荒誕幻也"。

昌谷好用"牛"、"蛇"字，猶如他多用"老"、"病"、"死"、"鬼"、"龍"、
"血"、"凝"等字一樣，大多爲詩人沉積心中念慮、意象的外化和投
射。例如《五粒小松歌》"蛇子蛇孫鱗蜿蜿"這一句，被詩人拿來歌
詠五鬣小松屈曲盤旋的姿態，這樣的描寫很容易使讀者一下子聯
想到密宗尊神身上衆多蟠繞糾結的大蛇。李賀另一首《羅浮山人
與葛篇》采用"蛇毒濃凝洞堂濕，江魚不食唧沙立"一聯來誇張悶
熱的氣候，"極言暑溽之象，以起下文命人剪葛製衣之意"，其間貫
注着的審美理想與前例正同。《李長吉歌詩外集》還有一首《假龍
吟歌》，此詩"窅中跳汰截清涎，隙牆卧水埋金爪"兩句，把龍的狀態
寫得多麽富於質感和動勢，真可視爲是對佛寺壁畫中蛟龍形象的逼
近寫照。這篇作品是否確系長吉所作尚難斷言，但即便屬僞作，也
不能不承認它深得昌谷詩的神髓。像此類以醜爲美、愛好描繪獰惡
事物的創作傾向，反映了這位沉淪仕途詩人的盱怪心理，並照樣能
在韓、孟、盧等人的詩歌意象中找到很多相似點。宋代張表臣《珊瑚
鈎詩話》云："如李長吉錦囊句，非不奇也，而牛鬼蛇神太甚，所謂施
諸廊廟則駭矣。"又明人許學夷《詩源辨體》談及後人作詩喜效長吉
體，即徵引胡應麟的説法，認爲此"猶畫家之於佛道鬼神也"。這兩
位批評家的識見，都有意無意地觸及到了昌谷詩與佛教藝術的關
係。可見李賀嘔心鏤骨所營造的詩歌意象，的確包蘊着一部分他在
日常生活中與佛教"牛鬼蛇神"圖象接觸而獲得的體驗。

　　誠然，李賀在他的詩歌裏表現鬼神，並不像韓愈、盧仝那樣刻

意求怪而直接搬演牛頭馬面,而是具有更爲離奇傀詭的個性色
彩。今考長吉歌詩之文學繼承源頭,應主要歸結到中國古代南方
的楚騷,漢魏六朝的游仙詩和宮體詩;特別是劉宋時代鮑照的樂
府歌辭,在"詞詭調急"、"色濃藻密"等方面亦早已爲渠拓開了先
河。始自兩晉以來數百年間産生的無數神仙鬼怪故事,又從作品
内容構成上爲詩人提供了豐富的養料,這些物語寓含着的宗教意
識形態,毫無疑問是以道教思想的成份居多。如果説外來的"牛
鬼蛇神"能夠充當一項觸發因素,曾激起了李賀表現鬼神的創造
冲動,那末他在大多數場合所實際描寫的神和鬼,卻遠不是單純
參照佛畫的奇蹤異狀去進行摹述。詩人超現實幻想受道教觀念
的影響,可從他醉心於刻劃飛仙、神女之類的習性中得到證明;而
且李賀詩集涉及的"鬼",也大抵是些道書常説的那種隨時起滅的
精靈,並不具備固定的形體和容貌。如《秋來》云:"秋墳鬼唱鮑家
詩,恨血千年土中碧。"《南山田中行》云:"石脈水流泉滴沙,鬼燈
如漆點松花。"《神弦曲》云:"百年老鴞成木魅,笑聲碧火巢中起。"
《神弦》云:"呼星召鬼歆杯盤,山魅食時人森寒。"《長平箭頭歌》
云:"蟲棲雁病蘆笋紅,回風送客吹陰火。"它們在詩中與佛教藝術
特具的怪誕氣氛會合一起,展現出極其陰森淒幻的場面,幽幻恍
惚而又無處不在,就像謝榛《四溟詩話》描述的那樣,"險怪如夜壑
風生,暝巖月墮,時時山精鬼火出焉"。論其虛荒迷離及變幻無
定,確乎要勝過當時佛教雕塑、繪畫中習見的"牛鬼蛇神"形象。

　　事實表明,杜牧《李賀集序》在列舉構成昌谷詩獨特風格的其
它諸多徵候之後,又稱長吉歌詩"鯨呿鰲擲,牛鬼蛇神,不足爲其
虛荒誕幻也",真是貼切而無溢美之談,非常符合評論對象的客觀
情況。而恰恰在這裏,又未必自覺地觸摸到了中唐佛教文化藝術
與本土詩歌融合交會的一個側面。

1996 年 2 月

韓愈《南山詩》與密宗"曼荼羅畫"

　　韓昌黎《南山詩》，雄奇恣縱，氣勢盤薄，獨闢詩家之蘊叢，爲韓集中形制最長的一首五言古體大篇，洵能代表詩人鋪張排宕和追求險怪的創作風格。見諸於北宋詩話記載，當時人就喜歡取該詩與杜甫的《北征》比較優劣得失。如胡仔《苕溪漁隱叢話》前集卷十二引《潛溪詩眼》云：

　　　　孫莘老嘗謂老杜《北征詩》勝退之《南山詩》，王平甫以謂《南山》勝《北征》，終不能相服。時山谷尚少，乃曰："若論工巧，則《北征》不及《南山》；若書一代之事，以與《國風》《雅》《頌》相爲表裏，則《北征》不可無，而《南山》雖不作未害也。"二公之論遂定。

《北征》、《南山》二詩題名對舉，其共同點都是篇幅充分展開，但題材及創撰之意圖、背景本不一致，要在兩者之間作一切當比較誠非易事。如方世舉《韓昌黎詩集編年箋注》就說："《南山》、《北征》，各爲巨製，題義不同，詩體自別，固不當並較優劣也。"然而按照我國傳統的論詩標準，作詩無疑應以觸涉時世、親近《風》《雅》爲其圭臬，《南山詩》之形容景物固屬精彩旁魄，論工巧確實有餘，但顯然缺乏《北征》所具有的那種巨大歷史意義和深刻的思想內容。因此黃山谷所發的這通議論，能夠得到古代多數士大夫的認同而成爲"定論"，是一點也不出人意外的。

　　《南山詩》是一首體物逞才之作，它取長安附近的終南山爲其題詠和刻劃的對象，在很大程度上是根據作者自己的想象來"虛

摹物狀",表現詩人對自然景物的主觀感受即創撰此詩之直接目
的。故其現實生活氣息之缺失淡薄,自然毋庸諱言,但因此而像
黃庭堅那樣將其看成一首可有可無的詩,完全否定它在文學史上
的存在價值,則未免失諸過當,由茲引起晚近一些韓詩研究者的
不滿亦在情理之中。譬如程學恂《韓詩臆説》即云:"要知《北征》、
《南山》本不可並論。《北征》,詩之正也;《南山》乃開別派耳。"又
徐震《南山詩評釋》謂:"昌黎《南山》,取杜陵五言大篇之體,攝漢
賦鋪張雕繪之工,又變謝氏軌躅,亦能別開境界,前無古人。"又
曰:"予謂《北征》主於言情,《南山》重在體物,用意自異,取材不
同,論其工力,並爲極詣,無庸辨其優劣也。"平心而論,這兩位韓
詩研究者提出的《南山》另創詩境一説,殆不可謂無見地。《南山
詩》與老杜的《北征》相比,除了對照出它思想內涵的不充實外,又
標誌着從前者到後者作詩風格和技巧手法上的重大變化,而且同
注重抒情寫實的《北征》詩一樣,達到了各自成就的極至。故云其
"別開境界,前無古人",決非泛泛的虛美之辭。單憑這個客觀事
實,即足以使它在中國古代詩歌史上占有一席地位。

諸如此類詩歌藝術的改創,顯然不可能是在全無依傍的情況
下完成的。文學史上任何一位天才詩人,不管他的詩歌創作取得
何種卓異獨特的成就,都無法凌駕於本民族文學的傳統和現實之
上,也不可能游離於他所處的那個特定歷史文化環境之外。歷來
論詩者談到《南山》一些新特點的形式,大抵均歸諸於韓愈對我國
賦體文學的參承與借鑒,如徐震《南山詩評釋》所言"攝漢賦鋪張
雕繪之工"即是一例。而方世舉《韓昌黎詩集編年箋注》亦云:"退
之《南山》賦體。賦本六義之一,而此則《子虛》、《上林》賦派。"及
於方東樹之《昭昧詹言》,便乾脆認爲"《南山》蓋以京都賦體而移
之於詩也"。他們這些推斷評析,確乎道中了某些事實真相,對當
前研討韓詩的學人亦不無啓發意義。按通過吸取漢賦之語言形
式特點來創撰詩歌,正是韓愈實現"以文爲詩"目標的一條重要途

徑,況且關於這方面的草蛇灰綫,在《南山詩》中就有好多事例可供稽考。但僅僅抓住這條綫索,哪怕再加上"杜陵五言大篇"、"謝氏軌躅"等其他類型文學作品的浸習,其實也仍難具足説明《南山》這首詩藝術特點複雜的淵源所自。《南山詩》對大量虛荒誕幻事物的着力表現,其間之詭思異想恣肆奔放,這畢竟不同於漢賦中繁富工麗的景物描繪。與此同時,我們也不能因爲該詩之"鋪張雕繪"曾接受過漢賦若干影響,從而將它那種崇尚奇崛險怪的風格説成來源於"《子虛》、《上林》賦派"。《南山詩》生成於有唐詩壇,不可否認它嘗示現出一些前所未有的姿態特徵。特別在此詩的下半篇,就有一長段居然連綴了五十一個"或"字,緊隨其後之一段又"復用十四叠字"。這種殫思竭慮從事鋪張的篇製結構,不惟語言格式叫人感到突兀,其摹寫之事物形象又顯得怪怪奇奇,看起來似與我國原先的詩歌創作好尚頗多乖間。而近人研究結果恰好表明,韓愈《南山詩》之所以呈現出如是特異的面貌,"以京都賦體而移之於詩"此宗原因自不待論,另外尚有一個更值得我們去注意的方面,即作者於此中亦曾大膽移植和融攝了某些外來的佛教文化藝術成分。

　　韓愈生活着的唐代,是我國歷史上以佛教爲媒體之中印文化交會融合最活躍的時期,由兹而激起的本土各體文學的深刻演變,則遍及於詩文、小説、戲曲和俗文學。姑以詩歌這一領域而論,舉凡孟浩然、岑參、王維、李白、杜甫、韋應物、白居易、柳宗元等大家的作品,都以不同表現形式留下了是類異質文化灼烙染著的痕迹,韓愈的詩亦如此。此公雖以激烈排斥浮屠著稱,卻頗好事出新奇的博雜之談,醉心於背俗反常的詭異之觀。他反對佛教往往祇表現在政治教化方面,在另一些場合則態度相當隨便,其情感行爲活動又經常同他的倫理主張發生尖鋭冲突。例如他一邊在《論佛骨表》中大聲疾呼要將佛牙"投諸水火,永絶根本",另一邊卻酷愛出入寺廟觀賞佛教壁畫,面對這一幅幅表現力强勁的怪譎圖相充滿着獵奇心理，以致在他自己構思、寫作詩歌時亦不免受其潛移默化。清末民初學者沈曾植先生所著《海日樓札叢》，談到佛畫與韓愈詩歌的關係，即一針見血地指出："吾嘗論詩人興象與畫家景物感觸相通。密宗神秘於中唐，吳（道子）、盧（楞伽）畫皆依爲藍本，讀昌黎、昌谷詩，皆當以此意會之。"第論及韓集中之《陸渾山火》一詩，沈氏《札叢》又云："作一幀西藏曼荼羅畫觀。"繼後陳寅恪先生於一九五四年發表《論韓愈》一文，則從唐代文化運動的大趨勢來全面評述韓愈的思想和文學創作。該文認爲，韓昌黎於中國學術思想史上的獨特地位，主要體現在他首先采納禪宗的頓悟佛性説而直指人倫心性，一掃東漢以來繁瑣章句之積弊，爲後來宋代新儒學的發展奠定堅實基礎。在談到文體問題時，陳先生説：

> 蓋佛經大抵兼備"長行"，即散文及偈頌即詩歌兩種體裁。而兩體辭意又往往相符應。考"長行"之由來，多是改詩爲文而成者，故"長行"乃以詩爲文，而偈頌亦可視爲以文爲詩也。

而韓愈改革詩體方面的一大貢獻，乃是他有意參仿佛經偈頌"以文爲詩"的特點，努力進行創作實踐，又注意避免其"音韻不叶"、"生吞活剝"等缺陷，由之使韓詩達成了"韻散同體，詩文合一"的理想藝術效果。

以上兩位前輩學者所作的論述，將韓詩與外來佛教文化藝術之間的關係作爲一個問題明確提到讀者面前，一下子打開了大家的學術視野，真可謂隻眼獨具、孤明先發，給韓愈詩歌的研究考索指出向上一路。但沈、陳兩先生這些觀點的得來，主要是靠他們深湛的學養和敏鋭的洞察力，而並没有運用多少具體材料來説明問題，尚不能完全擺脱憑自己治學經驗推測的成份。縱然這種高瞻遠矚的預見性異常難能可貴，不過像這樣未經嚴密論證的創獲之見，講到底還不能算實證研究的成果，故不大容易爲衆多學人所普遍接受。即如陳寅恪先生的《論韓愈》這篇論文問世之後，在差不多十年的時間裏非但無人應和，甚至反而引起某些研究者的挑剔和非難。從這些人的狹隘眼光看來，似乎一談到韓愈承受過佛教的某些影響，簡直就是一種奇談怪論。而真正從材料和觀點的結合上予以充分辨析論列，俾沈、陳二氏所做的體察和判斷成爲確鑿可信的事實者，當首推饒宗頤先生對韓氏這首《南山詩》的精闢研究。

　　一九六三年，饒先生由哈佛燕京社資助至印度考察，並受聘於該國班達伽東方研究所從事研究工作，作爲此期間的學術成果之一，他撰成了《韓愈〈南山詩〉與曇無讖譯馬鳴〈佛所行贊〉》這篇重要論文（原刊日本京都大學《中國文學報》一九六三年第十九册，後收入作者《中印文化關係史論集·語文篇》及《梵學集》二書），從中印文化關係之廣闊視角，對陳寅恪先生《論韓愈》提示的綫索重加細緻檢討。饒公此文把《南山詩》與《佛所行贊》（Buddhacarita）兩篇分別産生於不同國家的文學作品進行比較，並在前文述及之《南山詩》内連用五十一個"或"字的那個部分找到了突破口。該段文字主要被施用於摹狀終南山諸峰各種怪險蹶張的態勢，若兹每一句詩的開頭都用"或"字來作排比鋪陳，蓋脱胎於曇無讖譯《佛所行贊·破魔品》的一段譯文。《佛所行贊》系公元一世紀時印度佛教詩人和戲劇家馬鳴（Aśvaghoṣa）所著，爲演繹佛陀生平傳記故事的一部長篇叙事詩，曾風靡於古代五天竺全境。而北涼曇無讖的譯本，在現有三種漢譯本中譯出時間最早，也最具有文學價值。它的譯文整飭華美，通篇都以五言偈頌體貫穿始終，這同《南山詩》之爲一首五言古體大篇形式上非常接近。考曇譯《佛所行贊》，經常出現這種連續在句首使用"或"字（原本"或"字之梵語爲 kācit，kāścit）的句式，如在《嘆涅槃品》、《離欲品》、《父子相見品》等篇章中咸有所見。而《破魔品》裏的一長段偈頌，叙述釋迦在菩提樹下静坐悟道，魔王波旬率衆眷屬前來破壞，其間形容衆多魔軍之怪相，亦在每句之首用"或"字共三十餘次。這段佛經偈頌與《南山詩》上述段落相比照，無論語句格式抑或繪寫事物形象之詭異怪險，皆能顯示出兩者一脈相承的軌轍。據此，饒宗頤先生指出：

> 《南山詩》之冗長，在五言詩中罕見疇匹。此種作法，似與曇無讖譯馬鳴《佛所行贊》之爲五言長篇，在文體上不無關涉之處。疑昌黎作《南山詩》時，曾受此贊之暗示。

毫無疑問，饒先生此項探索成果，是非常具有説服力的。而其學術價值之高，不僅爲陳寅恪先生的説法提供了翔實可靠的論據，同時亦在韓詩體制風格的來源問題上闡明自己透徹的見解，並由兹而將韓愈與佛教文化藝術關係的探治納入了實證研究的軌道。

饒宗頤先生發現《佛所行贊》與《南山詩》之間的瓜葛，與沈曾植、陳寅恪先生同樣顯示出一份難得的學術敏感，這與其被認爲是在觀察某個問題上目力之尖鋭，更不如説是體現了從晚近至當今治學大師們所特有的通識。自研究方法上看，他的這篇論文采取域外故書與吾國之舊籍互相參考，充分注意對實際材料的論證，力求"突破一點，縱深開掘"，通過一個久已積疑案例的究竟解決，再由具體推及一般，進而對與此相關的諸多現象獲致一種新認識。此文之最後一段寫道：

> 唐代中印文學之相互關係，自敦煌變文出見以後，引起多方面之討論。然在古典詩中如《長恨歌》之與《目連變》爲人所習知外，若盧仝之《月蝕詩》，其鋪張之處，似參用佛經中之描寫地獄，以描寫天上之魔鬼，爲其誇飾之手法；此與《南山詩》之用"或"字乃仿自曇無讖之譯文，同一途轍。文學作品之取資釋氏，亦文人技巧之一端；爰爲指出，爲治文學史者進一解焉。

以上引文取博用宏,概括着饒先生綜合研治中外古代文史達成的特識精見。唐世佛教瀰漫於整個社會,華梵文學之交感傳遞層出不窮,如韓昌黎《南山詩》之參仿曇無讖《佛所行讚》譯文以結句謀篇,固僅屬此中所包含衆多現象之一端,但發生在韓愈這個高唱反佛的人物身上就具有不尋常的意義,將它作爲一個例證來進行觸類旁通的研析,殊有助於人們增進對當時"文學作品之取資釋氏"多種方式、途徑的理解。

極有啓發意味的是,饒先生在這裏指出的盧仝《月蝕詩》參襲佛經地獄描寫一事,實際上亦已觸及到了沈曾植先生所說的詩人興象與佛畫景物感觸相通的問題。因爲佛典中有關地獄及其他神變内容之叙述,至唐世轉而在寺廟壁畫裏得到越加有力的表現。這些從佛經内容中轉變出來的直觀圖相變怪百出,熒煌亂眼,爲數衆多地鋪展於都會伽藍的夾殿長廊,尤其能給人強烈印象,它們對同時代詩人的作品發生熏陶感染,當然要比佛經裏面的文字記載更方便、直接一些。試以韓愈、孟郊、盧仝、李賀諸家詩中所具呈的荒誕意象論,可斷言其中必有很大一部分,乃是經由了佛畫、詩歌相通相生的這條渠道才形成的。例如"地獄變相"所展示的慘慄可怖的景象,在韓愈《陸渾山火》第一大段、《元和聖德詩》關於行刑場面的描寫中均有清晰的反映。倘我們取《南山詩》之賦物構思特點再仔細推考一下,則不難覺察它同樣還受到過佛教壁畫的沾益,而被韓氏用來參照摹襲的藍本,又偏巧就是沈曾植先生《海日樓札叢》提到的密宗"曼荼羅畫"。

作爲一項特殊文化因素,印度密教在中國漢地的傳播,至中唐之世亦達到登峰造極。密宗傳授秘密陀羅尼真言,極力把顯教抽象的佛理具體化,奉行直觀主義的布道方式,其祭祀道場必須設立"曼荼羅畫"(mandala),以便讓它的信徒們禮拜供養。所謂"曼荼羅畫",實即描繪密宗壇場之全體及其所供——諸尊方位及形貌的圖像,因此俗間亦稱它叫做"壇城"或者"壇像"。此類體現特定宗教內容的圖畫，常輔以蓮花、寶珠、瓔珞、旗幡、傘蓋、塔婆及金剛杵等飾物的刻劃，周匝密布火焰圖紋，整個畫面則以毗盧遮那佛（即大日如來）爲中心，逐次向外鋪排諸佛、菩薩和金剛護法等一系列尊神；主尊及諸佛菩薩皆悉晏坐於各自院落屋宇之內，而金剛護法大率都是些"牛鬼蛇神"之類神魔性動物形象，它們衣甲莊嚴，容貌獰惡，多傍門而立作侍衛狀，其主從尊卑之方位，畫法均有嚴格的規定。爲了標明壇場輪廓界道，"曼荼羅畫"外層繪有高大的墻垣，表示衆神可在內中盡情地享受善男信女的供養。

　　鑒於是時"壇像"遍立於佛刹僧宇，韓愈有機會接觸這類宗教神變圖畫絕對不成問題，他在元和初年所撰《游青龍寺贈崔大補闕》一詩之前半部分，即從寺內柿葉寫起，再現出了詩人在這個著名密宗道場目擊"曼荼羅畫"的觀感。至若沈曾植先生指的《陸渾山火》，乃是韓集內最長的一首七言古體詩，其於誇張、渲染詭異景觀方面，殆與《南山詩》差相仿佛。此詩第二大段摹狀衆神在熊熊大火映照之中聚集宴飲的場面，彼等根據位次之尊卑分別就坐，熙熙攘攘地共同饗餮着豐盛的供品。這些神道有的袒胸露腹猶如菩薩，有的就像金剛護法那樣渾身披挂鎧甲。宴飲所在地四周築起高大墻垣，苑內芙蓉花鮮繁盛開，寶珠、美玉雜陳瑩光照眼，鼓樂齊奏，其聲填咽沸天。如許一幀充溢詭秘和靈異怪險的圖相，若質其整體構思及諸多細節描寫的來源，則非追溯到密宗的"曼荼羅畫"不可。同《陸渾山火》繁密周詳的鋪衍剛好成對比，《游青龍寺》詩在這方面所作之摹述要簡單得多，唯考以表現"曼荼羅畫"藝術形象的主要特徵，卻仍然與《陸渾山火》保持着明顯的一致。正因如此，故沈先生《海日樓札叢》論及該詩嘗云："竟是《陸渾山火》縮本。"

　　現在我們回過頭來看《南山詩》，就在它連用五十一個"或"字那部分的後面，與之緊相銜接着的還有一小段詩，於每句的開頭

重複運用叠字,而所演之内容亦頗耐人尋味。這一段詩共有十四
句,其前面“延延離又屬,奂奂叛還遒,喁喁魚闖萍,落落月經宿”
四句,顯係承接上文意思,被用來進一步炫叙終南山遠近衆峰相
互掩映的瑰奇景觀。爰自第五句“閽閽樹墻垣”開始,作者突然將
筆鋒一收,轉而在以下十句詩中揭示了另一幅排空生造的畫面:

> 閽閽樹墻垣,巉巉架庫厩。參參削劍戟,煥煥銜瑩琇。
> 敷敷花披萼,閎閎屋摧霤。悠悠舒而安,兀兀狂以狃。超超
> 出猶奔,蠢蠢駭不懋。

這段悠謬無根的叙寫,好像是描繪了一個怪象迭出的宅院,同詩
人要表現的終南山並無必然聯繫,但竟然堂而皇之地陳列在這首
《南山詩》裏,真叫人猜不透韓氏的用意何在。不過逐一徵核以上
詩句牽涉到的各種事物,可了然它照樣没有跳出密宗壇場圖畫的
樊籬。

　　今按《胎藏金剛教法名號》、《法華曼荼羅威儀形色法經》、《攝
無礙大悲心大陀羅尼曼荼羅儀軌》等諸部密典,都强調“曼荼羅
畫”應非常重視對供奉神道宅院的細緻印摹。如《法華曼荼羅威
儀形色法經》,就很具體地叙述了法華會曼荼羅内院、次院、外一
院等三重院落及其所居尊神一一名稱。密宗把佛教世俗化的潮
流引向極端,它所祭祀的神祇必須和世間人一樣獲得各種生活享
受,“曼荼羅畫”中摹狀的宅院本爲尊神而設,尊神則是這些宅院
的主宰,故兩者相輔相成,很難把它們截然分開。儘管《南山》此
段詩内並無火焰及宴飲之直接描寫,但在刻劃密宗諸尊晏居的院
落屋宇方面,卻比《陸渾山火》、《游青龍寺贈崔大補闕》更接近於
“曼荼羅畫”的原來樣子。這裏面叙及頂披陡峻的宅屋,其四周樹
立高大的墻垣,苑内架設倉庫馬厩,美玉、寶珠閃閃發光,鮮艷的
花朵在紛披怒放。以上這些爲詩人刻意摹寫的事物會聚一起,表
面看來雜亂無章,實則還是遵循着一定的藝術規範,均可從“曼荼

羅畫"展列的圖象當中找到與之相對應的東西。

在這裏,我們要就"參參削劍戟"一句詩多作些推敲。該句所謂的"劍戟"二字,爲一偏義複合詞,重點是在寫"戟",按其實際意義,乃是喻指密教常用的法物金剛杵。

金剛杵(Vajra)音譯稱"伐折羅"。原爲古印度傳說中鋒利無比的武器,密宗假之以標堅利智慧,用它斷除煩惱、降伏惡魔。因其象徵性的用途至爲廣泛,連密宗觀世音"六字真言"之"吽"字也拿它來做代表,故"曼荼羅畫"多有金剛杵形體的描繪。考密教經典《一字奇特佛頂經》卷中《成就毗那夜迦品第五》談到"曼荼羅畫"時云:"於一髻羅刹尊處,對門作青幡,其幡作三橛金剛杵形,於幡上以自嚕地囉,畫三股金剛杵。"又《一字佛頂輪王經》卷一《畫像法品第二》云:"佛右畫金剛密迹主菩薩,面目熙怡,身紫赤色,右手把金剛杵,左手把白拂。"《金剛頂瑜伽十八會指歸》亦云:"第三說微細金剛曼荼羅,亦具三十七聖衆,於金剛杵中畫,各持定印。"參據上述數條材料,足見金剛杵在密宗"曼荼羅畫"裏,確屬屢見不鮮的物件,它既可作爲尊神執持之器杖,又能以包含象徵意義的莊飾品出現。而且,還有部分漢譯密典,在某些場合轉翻"金剛杵"的梵語原文,索性就取本土的"戟"來與之相對譯。如《大毗盧遮那成佛神變加持經》卷五《秘密曼荼羅品》一首四句偈謂:

> 夾輔門厢衛,在釋師子壇,商羯羅三戟,妃作鉢胝印。

該四句偈内道及之"商羯羅三戟",實即密教尊神骨鎖金剛手執之"三橛金剛杵"是也。這種譯法固然有點"格義"的味道,但終究是被大家接受了,而且一直到今天,人們習慣上依然是喜歡把"三橛金剛杵"稱爲"三叉戟"的。既然佛經譯文在混同"戟"與"金剛杵"這一點上早開先例,那末韓昌黎這樣一位教外人士,憑藉他平時觀賞寺廟壁畫所得的感受,在此處用"參參削劍戟"一句來表示和形容"曼荼羅畫"裏習見的金剛杵物象，就顯得未嘗悖於情理了。

　　《南山詩》這段文字後面四句，則重在復現"曼荼羅畫"中祭供諸尊的儀形色相。"悠悠舒而安，兀兀狂以狃"一聯，前者寫主尊和諸佛菩薩安詳熙怡的容止，後者乃活現了金剛護法的獰惡相狀。根據"曼荼羅畫"的繪製法則，凡遇大日如來及諸佛菩薩，當力求刻劃出他們安住靜穆的姿態。例如《金剛頂一切如來真實攝大乘現證大教王經》卷中《大曼荼羅廣大儀軌品之二》云："於中曼荼羅，安立佛形像。"《大毗盧遮那成佛神變加持經》卷五《入秘密曼荼羅位品》亦指出，主尊與諸佛悉當"安住瑜伽坐"。又《法華曼荼羅威儀形色法經》，叙及法華會曼荼羅供養的諸大菩薩，其中文殊菩薩"寶花以為座，安住月輪中"，藥王菩薩"寶蓮以為座，安住月輪海"，妙音菩薩"蓮華以為座，安住滿月輪"，觀音菩薩"寶花承兩足，安住月輪殿"。所以，惟此"悠悠舒而安"五個字，就道出了密教這些主要神祇的莊嚴相好。而其下"兀兀狂以狃"句中之"狃"字，錢仲聯先生《韓昌黎詩繫年集釋》引徐震舊注，依《說文》將它解釋為"獸足蹂地也"。返顧密宗神壇張皇的金剛護法，其頭部與手足呈獸形者確實不在少數。如西藏拉薩市大昭寺内現存的一幅《金剛大威德像》壁畫，畫中繪了一尊牛首人身多手足之惡相神道，神態極顯威猛，他的足趾即均作牛蹄狀。"兀兀"為聳立不動貌，"狂"是指狀態的恣肆蹻張，所謂"蹂地"蓋與"踏地"義同，並不一定包含"奔走"的意思。綜觀全句一體的叙述，凸現出了摹寫對象聳然兀立、奇猛蹻張的威儀，殆同"曼荼羅畫"裏金剛護法等一類神魔性動物形象達成了高度契合。最後"超超出猶奔，蠢蠢駭不懋"兩句，"駭不懋"作可怕而瑣屑難看的樣子解，這就説到了藥叉和羅刹身上，曹輩不過是些跳踉驚擾或者蠢蠢欲動的醜惡鬼怪，常被置於畫面的邊緣角落，是"曼荼羅畫"中間地位最卑賤的一輩。

　　按佛教發展到了密宗，早就把釋迦牟尼提出的某些平等思想丟到九霄雲外，在它宣揚的秘密教義中，更多的是對尊卑區分、權力意志的體認和附同。"曼荼羅畫"迎合封建社會等級森嚴的制度，有意識地將虛幻的密宗世界理想化和圖案化，尊神們在圖畫裏面所處方位及像身大小畫法的差別，即是其主從尊卑地位和享用供品份額的差別。這是一片狂野雜亂中的秩序，也是密教迷離惝恍想象的現實支撐點。而韓愈《南山》如是短短的一段詩，可謂同樣鮮明地透示出這一徵兆。

1996 年 5 月

賈島詩"獨行"、"數息"
一聯詞義小箋

　　賈島初入空門,中歲遇韓愈勸令還俗應舉,但他畢生未能爲自身的仕進打開暢順的通道,倒是由其作詩時常沉浸苦吟而飆名世路。今按《賈島集》卷三,嘗收入一首題爲《送無可上人》之五言律詩,其云:

> 圭峰霽色新,送此草堂人。麈尾同離寺,蛩鳴暫別親。
> 獨行潭底影,數息樹邊身。終有烟霞約,天臺作近鄰。

詩歌指稱的那位"無可上人",實即賈島之從弟,彼居住之草堂寺爲長安南郊的一座名刹。當時無可適踐東南遠游,詩人至此殷勤相送,緣是遂有厥篇之占吟。可見該詩所唱咏者,乃是唐人五言律中幾乎已寫濫了的送行題材,且其大多數的句子賦物述情率皆平平,總的說來差無新意可陳。然觀此中之"獨行"、"數息"一聯,卻特以精湛警拔著稱,它非惟能引起詩人傾情的自賞和嘆誦,歷代的論詩者如方回、李東陽、都穆、馮班、紀昀諸家評點至此,於其構思屬對的精切亦皆不吝褒美之辭。足見這一聯詩在它千數百年時間的驛遞過程中,是長期被人們當做賈浪仙嘔心煉詩一項成功的實例來加以播揚的。

　　"獨行""數息"一聯佳句固負盛名,但個中究竟表達了何種意趣,這對當今的古典詩歌愛好者來說,還不免存在着認識上的誤區。甚至有相當多的研究者,他們縱然經常提到賈島這副名聯,卻不怎麼在意弄清它的真實寓義。爰尋檢時下既刊的幾種《賈島集》注本,如陳延杰《賈島詩注》、徐文榜《賈島集校注》、黃鵬《賈島詩集箋注》、李建昆《賈島詩集校注》等,略凡涉及這"獨行"、"數息"兩處,殆一概未予以相應的詞義解釋。偶或有少數學者在順便論及這兩句詩時,曾做過一些文義的纂解工作。無何他們把事情看得過份簡單,一開始便接受了文字表層意思的誤導,以至竟將"獨行"等同於一般的"獨自行走",將"數息"轉譯爲"數度憩息"或"一再歇脚"。依照這一思路去進行纂解,即使勉强湊成若干解會,也難以準確傳遞就中詩人所隱括的本旨。譬如有人根據《送無可上人》全篇設定的送行主題,斷言此二句乃圖狀無可登程之後行進止憩的情況;又有人抓住該聯的氛圍描寫至爲幽僻,便指認它活現了賈島孤身游處水側樹邊的情景。以上兩種説法不管是哪一種,似乎都能從詩句的文字中間找到某些理由,然稍加勘核輒顯露出冲碰扞格的形迹。這一聯詩的文義解讀長時期來懸而不决,根源盡在於對"獨行"、"數息"二詞作了望文生義的錯解。

　　賈島平生處境迫蹙而作詩特別專摯,其興趣和創造力的投向,往往只集中在表現那些離羣索居的狹隘生活場景,今究其作品内確曾被詩人殫思竭慮去精細摹寫之情事,大率都是他人生經驗裏尤能引起自己珍視的東西。如果説他的"鳥宿池邊樹,僧敲月下門"(《題李凝幽居》)兩句,可折射出詩人嘗一度爲僧的特殊經歷的話,那麽現在我們正在討論的"獨行"、"數息"一聯,無疑就宣露了他對佛徒蕭散禪居生活的歆慕。徹查這一聯詩中"獨行"、"數息"二詞之含義,實則俱與佛教徒平素修習之禪行有關。所謂"獨行",即禪門常談"經行"之代稱。至於"數息"一詞,"數"在這兒宜釋作"計數"、"計算","息"者應解爲"鼻息",合起來就是指禪家恒持的那種計數鼻息出入以安定心樞的静修方法。鑒於"獨行"只屬代稱,相比而言"數息"乃更具禪學專門術語的性質,我們針對這兩個語詞分別進行尋證搜討,姑且把"數息"放到"獨行"前面先行作些審度。

（一）數息

　　"數息"一詞,原爲梵文"安般"（ānāpāna）的翻譯名,舊譯之全稱叫"數息觀",新譯曰"持息念"。而 ānāpāna 的音譯除"安般"外,亦譯作"阿那般那"或"阿那波那"。《一切經音義》卷二十六云:"阿那波那,此云數息觀也。""數息"之與"持息",雖然譯法有異,但所説的意思完全一致,都是指佛徒坐禪之時,專心計數鼻息之出入,"繫意著息,數一至十","數終於十,至十爲竟",俾制止精神上的散亂以利於進入定境。北周慧遠法師《大乘義章》卷十二云:"數息觀者,觀自氣息,繫心數之無令妄失,名數息觀。"此種修習禪定的方法從形式上看,直與華夏古代方士吐納之術相差無幾,故由方便此間信衆服習而率先流行於中土。

　　後漢安世高所譯的《安般守意經》,其全稱爲《佛説大安般守意經》,爲中土出譯很早的一部講述"數息"的禪經。該經宣説的主要思想,是通過"數息"控制習禪者的意念活動,令彼去欲存浄、厭離生死,努力體認佛教所確立的一系列基本觀點。而"數息"這個經過梵漢對譯所形成的新詞彙,亦於此部經典中反覆彰顯它的存在。兹據輯入《大正藏·經集部》之《佛説大安般守意經》上、下卷,節引幾段經文以略見其例:

> 安般守意有十點,謂數息、相隨、止、觀、還、浄、四諦。（《佛説大安般守意經》卷上）
>
> 數息有三事,一者當坐行,二者見色當念非常不浄,三者當曉瞋、恚、疑、嫉念過去也。（《佛説大安般守意經》卷上）
>
> 雖數息,當知氣出入意著在數也。（《佛説大安般守意經》卷上）
>
> 數息、相隨、止、觀、還、浄,行是六事,是爲念三十七品經也。行數息,亦爲行三十七品經。（《佛説大安般守意經》卷下）

上引四條材料散見經文各處,內中"數息"一詞凡共五見,一皆與佛教徒修習之禪法密切相關,其詞義應有嚴格之規定性,毋宜任意牽挽强生別解。洎乎魏晉以來的文學創作不斷與佛教文化接觸交會,"數息"這個禪學術語進入文士的詩篇,在南北朝之季即曾露頭。例如《廣弘明集》卷三十輯録陳代江總《攝山栖霞寺山房夜坐》詩裏,就有"梵宇調心易,禪庭數息難"兩句,考其寫作的時間要比賈島的那一聯早了二百多年。對照此雙方前後所綴的"數息"一詞,不啻含義相承一致,且旨趣也都是重在表現佛徒的宗教修持行爲。

明乎前文所述諸端,我們便能曉知賈島的"數息樹邊身"一句,無非是在規摹習禪者在樹邊以身踐行"數息"的情狀。參照《佛説大安般守意經》譯文的提示,奉持"數息"之法"當坐行","數息意定,是爲坐",即必須憑藉結跏趺坐來進行。如《洛陽伽藍記》卷一"景林寺"條云:"静行之僧,繩坐其内,殄風服道,結跏數息。"唯有依止宴坐,摒除雜念,甫得"繫意著息",故結跏趺坐乃實踐"數息"一法不可或缺之條件。蓋佛徒安禪須擇僻静處所,若禪房精舍固爲此輩日常打坐比較合適的地點,但野外的樹邊亦應算做他們坐禪的理想場合。考溯佛教史料披露的聖迹,釋迦牟尼本人正是在鹿野苑的一棵畢鉢羅樹下静坐思維,因徹悟四諦、十二因緣、八正道等諦義才豁然成道的。又見諸《中阿含》、《增一阿含》兩經,也屢有釋尊於尼拘律樹下安詳坐禪的記叙。這項自佛陀時代就確立的僧伽宗教生活習慣,饒能幫助弟子們離絶煩囂、洗滌塵勞,不會因爲佛教傳播的時、地遷徙而輕易改變,賈氏此句着意繪事一位佛門中人安坐樹邊躬行"數息",誠然寫出了包括詩人在内的衆多釋子、信士坐禪修道的切身體驗。

(二) 獨行

賈島這兩句詩所叙的事物涉類相通,既然"數息"應作坐禪計數鼻息之出入解,則與之相對的"獨行"一詞,就必定是指禪家常説的"經行"了。"經行"同是禪法的一種,它以徒步爲職志,主要用來克服坐禪之際睡眠欲的困擾,兼而達到散鬱消食、袪病養身和堅固道心等目的。如《十誦律》卷五十六云:"若喜鼾眠,應起經行;若不能起,應屏處去。"《妙法蓮華經》卷一《序品》云:"又見佛子,未嘗睡眠,經行林中,勤求佛道。"《王右丞集》卷十七《請施莊爲寺表》云:"臣遂於藍田縣營山居一所,草堂精舍,竹林果園,並是亡親宴坐之餘經行之所。"同書卷二十五《大薦福寺大德道光禪師塔銘》亦云:"誓苦行求佛道,入山林割肉施鳥獸,煉指燒臂,入般舟道場百日,晝夜經行。"這些典籍記載表明,"經行"一法於浮屠興盛之初即被納入禪行中間,而後又爲天竺和華夏的佛弟子恒久地堅持歷練。按"經行"通常皆由習禪者單獨履行,故詩人於兹稱之爲"獨行"羌無大礙。

夫禪門四衆之奉持"經行",照例都把它看成與坐禪配合的日常功課,因此"經行"往來的活動踪迹,殊不可能超出他們安禪處附近的地界。在《十誦律》和義淨《南海寄歸內法傳》裏,即有兩條與此相關的記載:

> 經行法者,比丘應直經行,不遲不疾。若不能直,當畫地作相,隨相直行,是名經行法。(《十誦律》卷五十七)

> 五天之地,道俗多作經行,直去直來,唯遵一路,隨時適性,勿居鬧處,一則痊疴,二能銷食。(《南海寄歸內法傳》卷三)

佛教徒衆踐履"經行"之法,亦得挑選一個清静的地方,如是庶能摒卻喧鬧、愜適性情;復其徒步行進之次,還得保持"不遲不疾"的節奏。以上兩段引文所見之"直"字總計出現五次,試質其包攝與體現之義涵,大略均與"值當"、"臨當"、"順沿"、"遵循"的意思相仿。所謂"直去直來,唯遵一路",並非説"經行"往返都要走砥直的道路，而應理解爲務必遵循着一定的路綫去來往復。至於"若不能直，當畫地作相，隨相直行"云云，猶言倘然遇到某些場合并無現成的路徑可走，還需畫地做出便於識別的標記，再按標記指示的方向依次行進。像這樣往復去來始終走在同一條路上，使之不致遠離安禪的地點，兼可避免中途折返，最好的辦法誠莫如在一個範圍很小的區間內旋轉繞行。近人丁福保的《佛學大辭典》詮釋"經行"的詞義，乾脆就用"於一定之地旋繞往來"一語予以概括，真堪謂策片言而挈其樞要者矣。

　　"經行"令習禪者獲得調劑身心的機會，它簡單易行且能帶來愉悦的感受，無需完備的客觀條件與之伴配，可在不同的處所便宜行事。諸如伽藍的夾殿宏廊，佛塔的基址周邊，郊野之山陬澤畔，鄉里之田疇村巷，乃至一切通衢、仄徑及露地空閑處，皆無妨成爲釋徒奉行此項修持方法的道場。試想一位歷久宴坐的佛門子弟，若是他的近旁適有一處清幽静謐的水潭，就決計會被他目爲起身放鬆"經行"的理想場所。這不光是由於水潭周圍本屬天然形成的繞行通徑，而且潭中澄净的止水虛明似鏡，能夠隨時引起衲子與信衆空靈的禪思。賈島"獨行"一句，正是藉助對詩中人水底倒影的精緻刻畫，巧妙地映襯出他正在沿着水潭邊上的小蹊獨自旋繞經行的姿態。

　　弄清了"數息"、"獨行"二詞之含義，我們要探討的這聯詩所隱包的意思，也就隨之渙然冰釋了。毋庸置疑，詩人於此耐着性子刻鏤雕繪的，乃是一位自甘寂寞的參禪者的形象，前句是説他圍繞着水潭去來"經行"，後句則言其身靠樹邊計數鼻息專心"宴坐"。而"宴坐"以及"經行"，説到底都是佛教禪法的有機組成部分。緣"宴坐"時久易生困倦，必當起身"經行"稍事活動；而"經行"之所以具有宗教修持意義，也主要是因爲它可以用來配合"宴坐"。如《十誦律》卷二十五云："佛在舍衛國東園摩伽羅母堂上，晡時從禪起下堂，在露地經行。"又同書卷三十四云："爾時世尊，即於經行處坐。"透過這兩條見存於小乘廣律中的原始記載,足可說明在佛教初創時期,"宴坐"與"經行"兩者輔依同體,已經確立起彼此互相支撐的關係。佛徒身處某一固定的地點交替賫持上述兩法,遂而構成了他們安居參禪生活的基本內容。賈島該聯詩句最爲醒目的特徵,恰好體現在詩人采取駢偶對舉的形式,藉助不斷琢磨產生的藝術強力,把"經行"與"宴坐"二者整合在同一幀畫面當中,由茲勾繪出了一重意蘊深雋而又趣味獨特的入禪境界。從唐代律詩一般的對仗技巧上講,此聯"獨行"之"獨"字與"數息"之"數"字,所顯示的詞性實不相類,前者爲副詞而後者是動詞,若斯率爾屬對看似不太貼切。然而考慮到中國文字的多義性,這個"數"字在其它諸多場合,又完全可以當做副詞來使用,賈島持此直與"獨"字配對,似未嘗不可視爲詩人結撰過程中的遷想妙得。再則如"數息"的"息"字,於此處固屬名詞,又因它在別的場合可作動詞用,故詩人徑直取之與充當動詞的"獨行"的"行"字互對。錢鍾書先生《談藝錄》五七"葯石萃古人句律之變",論及賈浪仙"獨行"、"數息"一聯,嘗明確地將其稱做"不類爲類"、"愈見詩人心手之妙"的特例來給以肯定的。

　　這麼簡短的兩句詩,竟能把詩人企圖摹述的意象和盤托出,遽令讀者嘆服賈島苦心吟哦之功力。但若將此聯放在《賈島集》中做點橫向的比較,卻不難發現它所刻劃的那樣一類情景,委實不是什麼有獨無偶的現象。今見歐陽修《六一詩話》內,尚有以下一則評論:

> 如賈島《哭僧》云:"寫留行道影,焚卻坐禪身。"時謂燒殺活和尚,此尤可笑也。若"步隨青山影,坐學白塔骨",又"獨行潭底影,數息樹邊身",皆島詩,何精粗頓異也。

按引文首舉之"寫留行道影,焚卻坐禪身",當出自《賈島集》卷三之《哭柏岩禪師》詩,這同樣是一首五律,所謂的"哭僧"只是它原題的略稱而已。而其下之"步隨"、"坐學",則爲《賈島集》卷一《贈智朗禪師》裏的詩句。《贈智朗禪師》的體制當屬五古,惟該聯除了平仄不協外,大致還算保持着駢偶雙行的形式。加上《送無可上人》的"獨行潭底影,數息樹邊身",歐公這一則評論薈萃了賈氏三聯儷句,指出它們縱然都是詩人苦心吐屬的産物,第因其間有的營思賦物猶未進入佳鏡,有的則由過度"貪求好句"而掌理並不盡當,故在藝術上顯出精粗之分那是必不可免的。像這樣品評詩人集內三聯出處不同的詩句孰精孰粗,誠然要以其間所涉的情事具備一定的可比性爲前提。也就是説,如上三聯儷句果能同時引起《六一詩話》作者的關注,根本原因是由於它們之間存在着某種相互引爲同類的關係。

要闡明上文所説的這層關係,當然還有一些詩句文義解讀上的障礙需待消除。談到《六一詩話》援引的前面兩聯詩,乍看起來仿佛意思並不複雜,但若認真推究,如個中之"行道"及"白塔骨"二處的含意,似都讓人感到較難把握。而現有的幾種《賈島集》的注本所作的纂解又輒多歧義,亦限制了讀者去搜求彼等整聯詩句的真義所在。關於"行道"一詞,徐文榜《賈島集校注》、李建昆《賈島詩集校注》分別釋爲"修道"或"行其所學之道",黃鵬《賈島詩集箋注》又解作"行路"。這兩種説法前者純係誤會,後者的解釋雖較接近"行道"的原義,然因其忽略了該詞的宗教意味而仍顯得不夠貼合。實則"行道"這個詞兒在義浄《南海寄歸內法傳》卷三"經行少病"一條中,早已做了非常明確的闡釋。義浄的原話是這樣説的:

> 經行乃是銷散之儀,意在養身療病。舊云行道,或曰經行,則二事總包,無分涇渭。

義浄之《南海寄歸內法傳》,爲實錄天竺僧人戒行儀軌之重要文獻,於佛學與佛教史的研究領域號稱"信史"。根據上引義浄記述的這條材料,可知"行道"即是"經行"的舊稱,"行道"與"經行"二者仍屬"異名同實"、"無分涇渭",它作爲一個對應佛教徒特定修持行爲的專用名詞,捨"經行"外實別無其它的正解。

　　至於"坐學白塔骨"這句詩,注家嘗引魏慶之《詩人玉屑》卷十五"枯寂氣味"條"可見禪定之不動"一語,認爲此句道出了釋徒禪坐時的安定寂靜。按佛門弟子結跏靜坐思維,屢以白骨爲凝心觀想的對象,了知諸色悉皆不凈,由此感念人生無常而袪除對自身之執着,這就是佛家通常所説的"白骨觀"。賈島詩的注家依照《詩人玉屑》指出的方向去鈎索該句的攝義,決然有其愜當之處,唯禪坐的安定寂靜何以要用"白塔骨"來形容,則尚未看到有哪一位注家發表過相應的説辭。我們探索魏慶之《詩人玉屑》"可見禪定之不動"這句話的意思,不言而喻是講禪師入定際次其身軀如同白塔那樣安然穩著。這"坐學"句中不説"白塔身"而説"白塔骨",除了該句末尾需押入聲韻的要求爲詩人不能不忖度的因素外,更重要的還在於人的骨架乃是身體的支拄,"骨"之於"身"血肉相連,對於喜歡用通感去摹劃事物的賈島來説,綴上"白塔骨"一詞無異就是寫"白塔身"了。就在詩人運用感覺挪移的技巧圖狀詩中人形象的瞬間,又順便將對方坐禪觀想的具體内容納入其中,此種出人意表的替代手法,洵可視爲賈島作詩耽愛奇思僻想的表徵之一。

　　勘明了"行道"和"白塔骨"的詞義,甫能對以上兩聯詩句的意思獲得較透徹的理解。按《哭柏岩禪師》一詩,爲詩人哭吊長安章敬寺僧釋懷暉之作。釋懷暉係中唐時代著名的禪宗大德,其言行在《祖堂集》卷十四、《景德傳燈録》卷七、《五燈會元》卷三、《宋高僧傳》卷十咸有記載。師初禮洪州馬祖道一,頓明心要,旋北上歷岨峽、中條諸山。緣其一度駐錫定州柏岩寺,弟子遂因以爲號焉。唐憲宗元和三年(808)奉詔入京,居章敬寺,備受朝廷之優待,至元和十年(815)示疾遷化。賈島是詩之撰作,在禪師方滅度後,以故"寫留行道影，焚卻坐禪身"兩句叙述之情事，悉皆與新近發生的這一變故有關。上句是説禪師的那一幀寫真畫像，留下了他往來"經行"的瀟灑姿影；下句謂禪師圓寂後僧衆依照教團世代沿襲的慣例，以荼毗禮焚化他生前用來坐禪的真身。説到另一首作品《贈智朗禪師》，其所奉贈的對象釋智朗，實即柏岩禪師的嗣法弟子。所謂的"步隨青山影，坐學白塔骨"，不外乎是對釋智朗的禪風作了一番稱揚，説這位禪師舉步"經行"每見其人影偎傍青山往復去來，而當他坐禪入定則望其身軀猶若白塔巋然不動。這兩聯詩無論用作哭吊還是酬贈，都會被作者隨機切入形容釋子參禪境界的正題，舉凡聯句當中所摹狀的人物行爲，亦一概把"經行"和"坐禪"二者完整地包括在裏面。

本文圍繞賈島的一樁詩案議論至此，牽出的話頭也在不斷增多。現在我們就根據歐陽修《六一詩話》那則評論提到的先後順序，將賈氏的三聯詩句列成一表作些綜合的比照考量：

　　寫留行道影，焚卻坐禪身。
　　（經行）　　（坐禪）
　　步隨青山影，坐學白塔骨。
　　（經行）　　（坐禪）
　　獨行潭底影，數息樹邊身。
　　（經行）　　（坐禪）

如上這道序列的構成單元，分别出自賈島三首不同的詩篇。我們在確定詩歌所描摹的人物俱爲佛門徒衆的基礎上，察看這幾聯詩叙寫相關事件所呈現的形態，盡力追踪作者塑造藝術形象的特定軌迹，就不難發現它們之間確實存在着多方面的雷同：（一）以上三例皆爲奇、偶相對的儷句，其中之一切賦物圖形，宗旨俱在敷演合成一個詩禪溝通的境界；（二）三聯詩句經意刻劃的釋子形象，不管是事後追叙抑或當時直寫，均注重展示對方清幽晏處、單獨一身的生活場景;(三)每一聯詩的上句都被用來表現"經行",至下句則一律轉向規摹坐禪;(四)三者上句的結尾處悉著"影"字,下句之末端有兩例皆著"身"字,另一例改用"骨"字來替代"身"。三例總共六個五言句,"影"字與"身"("骨")字在各句之中全都擔當主語,借此愈能窺見詩人摛容物色的着力點所在。匯總以上四點作些歸納,可知歐陽文忠公《六一詩話》這條材料裏羅致的浪仙三聯詩句,所刻畫的乃是同一類型的釋子安禪境界,它們通過動靜相間、行坐交替的人物舉止描寫,在上、下駢對的句式内達成了托顯參禪主體單身隻影之目的。盡管這幾聯詩寫成的時間或有先後,論藝術構思卻始終遵循着一個固定的套路,其間必定還掩蓋着詩人苦吟生涯中一段特殊的創作經歷。

同一類型的禪境出現在一位作家多首詩内,適給衡量它們藝術上的優拙短長確立了可比性。正是由於《六一詩話》的著者熟察此中造境之酷似,才對賈島以上三聯詩句訴諸比較,結果表明這些同出一人之手的儷句,儕等藝術品位之"精粗頓異"乃是一宗不爭的事實。詩話材料首先提到的"寫留行道影,焚卻坐禪身",顯然是歐陽修批評的重點,他拈出世人戲稱的"燒殺活和尚"一語作證,認爲賈氏於兹罄意求工反致貽人笑柄,它明明白白是被當做一處不足取法的敗筆來加以針砭的。又清人潘德輿《養一齋詩活》卷七,則力主"步隨青山影,坐學白塔骨"亦非精品,並指出這兩句詩透溢着"幽怪酸澀"的氣味,不用分説這也是一種負面的評價。至於大家看好的"獨行"、"數息"這一聯,歐陽修與潘德輿迄無異詞,可見他們兩人之識解,與歷來主流批評的觀點是基本保持一致的。

按賈島詩歌營造禪境體現的上述類型化特徵,主要是導源於詩人對自己熟悉生活題材的咀嚼和回味。倘有某些與其切身經歷相關的東西被他反覆地摹寫,則確如聞一多先生所説的那樣,恰好説明這位苦吟者正在藉助作詩來"温尋他的記憶"。(參看聞

一多先生《唐詩雜論》中《賈島》一文）緣於賈氏早歲結習佛門，兼
又秉性孤僻，耽好執持一已積澱之生活經驗，以故佛徒那種獨自
參禪的清寂景況，對他來說就如一件需予不時"端詳"、"摩挲"的
"心愛什物"，苟能運用詩篇雕鏤出其體貼入微的感性形象，縱需
投注巨量的心力他也在所不惜。對於"寫留行道影，焚卻坐禪
身"、"步隨青山影，坐學白塔骨"這兩聯詩，他站在詩歌原作者的
地位，固然難免會心存祖護，決不致於像歐陽修、潘德輿那樣遽然
將它們視爲敗筆。但他畢竟是一個頗有造詣的詩人，面對藝術水
準參差不齊的裁作，又何嘗沒有自己的掂量和取向，實際上此二
聯詩均因不甚符契作者的期許，終究未曾獲得他的真正悦可。只
有"獨行潭底影，數息樹邊身"一聯，它的誕生讓詩人經歷無數次
搜索枯腸，爲苦吟而一再陷入勞思神悴，終究在靜思默會中邂逅
得之。這聯佳句全寫人物行爲與自然環境的對應關係，居然能把
釋徒向往的禪境表現得若斯圓滿具足，無怪它會招來賈浪仙本人
的極度嘆賞，並激發起他所謂"兩句三年得，一吟雙泪流"那種超
常的深情反饋了。

2018 年 11 月

李賀——詩歌天才與
病態畸零兒的結合

　　中國封建社會曾出現過爲數衆多的怪僻之士,而唐代的李賀
作爲詩歌天才與病態畸零兒的結合,可以説是這個羣體家族中最
特殊的人物之一。此公短命夭折衹活了二十七歲,生平經歷至爲
簡單,性格乖異而感情勝於理智,既無高行特識流播於世,更談不
上有什麼積極的功業建樹。同阮籍、嵇康等一些著名先輩相比,
在他身上顯然缺少一種充實而堅強的人格力量。然而理性氣質
的乏匱倒反而有利於他發展成爲一個感情意味特別濃的詩人。
李賀的思想是比較單純的,他把詩視爲性命所繫,也唯有詩歌才
顯示出其生命的價值。他終生嘔心瀝血地構築詩國的華麗宮殿,
並以其脆弱的身心支撐着自己巨大的藝術創造力。這個世界對
於詩人的報償真是太刻薄了,他罄竭所有精力爲世間讀者奉獻了
數百首光彩眩目的作品,自己吞咽的卻是一枚愁痛慘怛的人生
苦果。

一

　　李賀字長吉,在他這個名字中間寄托着美好的人生願望,不
幸的是詩人偏巧生活在一個必須承擔衆多痛苦和災難的時代,就
像某些哲人所説的那樣,造化總是喜歡把充滿缺陷的生存環境安
排給天才,而且讓天才人物本身也帶有許多克服不了的缺陷。
　　根據近世文學史家的考定,李賀生於唐德宗貞元六年(790),

卒於唐憲宗元和十一年(816)，在他短促的一生裏，就經歷了中唐德、順、憲三朝。這個時期上承安史大亂浩劫之餘，唐代社會的各種矛盾在繼續深化，盤踞在河北、山東等地的强藩交亂不止，朝中的宦官跋扈擅權也給政局造成新的危機。隨着統治集團腐朽的日益暴露，其内部傾軋亦愈演愈烈，致使中唐的政治氣氛變得越來越沉悶窒塞。這個曾在歷史上譜寫過輝赫一頁的大唐帝國，正受到一股慣性力量的牽引而逐漸走向衰落。昔日的盛世景象已成往事，它作爲一個光榮的幻影祇能激發起人們的懷戀和哀悼，而對時局的發展前景也難以寄予樂觀的企待。生活在這一時代的多數知識分子，由於不安定情緒的增長普遍感到精神空虛，開元、天寶年間的那種熱情的浪漫已轉化爲冷淡的憂傷，内傾的怪譎則代替了外露的坦蕩。與此同時，人們的價值觀念在迅速改變，傳統見解開始受到懷疑，正視現實被認爲是一種鄙俗的陋習，嚴肅的理性思考亦爲很多人所抛棄。人們對於客觀現實的沮喪和失望，終於導致他們盲目地去追求主觀心靈。無數的事實説明，中唐社會所呈現的那種厄塞、衰頹的生活現實，乃是醞釀與萌生衆多病態人格的温床。

從詩人《南園》、《昌谷詩》、《蘭香神女廟》、《昌谷北園新笋》等篇所做的描述來看，李賀的家鄉河南福昌縣昌谷(即今河南省宜陽縣三鄉西柏坡)，是一個自然風景極爲幽美的地方。這裏爲洛水及其支流昌谷水所經，明净的曠野四望葱青，周圍遠山綿延傾疊，隔着洛水可與隋代故福昌宮相望。到了農曆的五月間，水田裏蒔滿了秧苗，涼風從遠處吹來，好像在天空裏發出悦耳的音響。由此向西南行三十里左右，便到了女几山，這山上有一座蘭香神女廟，裏面形貌娟秀的仙女塑像栩栩如生，她經久地在詩人的潛意識中激起遐想。山中雲霧繚繞，崖巖上時見溜泉湍瀉，叢生的雜樹懸挂着紅色、紫色的果子，到處是野花和鋪滿了青苔的礫石。詩人住宅附近有南園、北園，則是一片桑竹掩映的景象，春水初生之際乳燕交飛，蜜蜂在花叢中來回忙着采蜜。每當月夜泛舟於清溪之中，那簡直是像在色彩變幻的天光雲影裏遨游，要是此時從遠處的古刹裏再傳來幾下鐘聲，就益發令人感到悠然神往。

　　束髮之前的李長吉，他的生活空間就是這麼一方天地。雖從行為上説，李賀是屬於"弱不好弄"的一類，但在内心世界他卻頗好放縱自己，並很早就養成了耽於非非之想的習慣。鑒於受到的家教不很嚴格，李賀對儒家經世致用之術殊少興趣，他的精神養料大部分是來源於道書和佛典，在文學方面則酷嗜楚辭、樂府、六朝小説及游仙宫體詩。他重視感情的體驗而與人交流不多，喜歡獨自跑到田野裏去觀察大自然的各種變化，在他眼裏的自然美形象總是帶有很强的主觀色調。他的詩歌非常善於刻劃處於瞬間的自然事物的直觀形象，對於色彩和聲音的感受尤其敏鋭，這些創作特點的來源可以追尋到作者兒時的性格和經驗。顯然昌谷的山水美景及較長時間的鄉居讀書生活，不但涵育過李賀幼稚柔弱的靈魂，同時亦確定無疑地培植了他最初的詩情。在這一階段李賀生活中具有特殊份量的，是母親鄭氏對他纖屑不遺的關懷和鍾愛。李賀幼年同父親的關係不甚密切，母親則是整個家庭裏的中心人物，她悉心照料李賀各方面的物質需要，還不斷地從感情上給予他贊賞和袒護。與他的兩個弟弟和一個姐姐相比，李賀顯然是最受他母親寵愛的驕子。這一地位與隨之而產生的優越感，對詩人的性格發展無疑具有重大的影響。

　　從上述這些情況來判斷，似乎李賀應該有一個十分快樂的童年。但實際情況並非如此，這個天分極高的孩子在人生道路上起步不久，馬上就覺察到他所賴以生存的世界充滿着陰差陽錯。在他出生以前的十餘年裏，昌谷這塊地方四邊遠近動亂彼伏此起，許多州郡都潛孕着危機和不安定。李賀誕生的唐德宗貞元六年，恰值江淮一帶發生大旱，河北鎮州和山東淄青的藩鎮互相攻殺，西陲吐蕃入寇截斷河西走廊，唐王朝與安西四鎮所屬的大片土地從此便失去了聯繫。至於這一連串事件所造成的生民困乏、騷擾，那就愈加不堪盡言了。昌谷的地理位置離東都洛陽不遠，且當連接秦、楚驛道沖要，基本上是處於唐王朝的中樞神經地帶，故外部世界發生的每一次劇烈震動，隨時都可以打破這裏寧靜的田園生活。還是齔齒之年的李長吉，即遭受到時代變亂衰薄氣氛的侵襲，經常爲一些兵燹災荒的傳聞所紛擾，在他早慧和敏感的心靈之上，無可避免地留下許多現實衝突對它叩擊的傷痕。在李賀一生情感活動中表現出了那麽多的煩惱和失望，不言而喻是同唐王朝面臨着的江河日下的頹勢分不開的。

這種個人心態與時代的微妙聯繫，從李賀本人所具的特殊身份來看，就顯得非常容易理解。按名義上説，李賀算是本朝皇室的一位裔孫，他的貴族世家一直可以遠溯到唐高祖李淵的叔父大鄭王李亮。這一名份賦予詩人一種自覺意識，使他在很多情況下都將自己的感情傾向與唐王朝的命運維繫在一起。李賀固然是一個政治意識極薄弱的人，但出於其家庭及本人種種利益的牽纏，故他亦不能漠然完全忘情政治。在《李長吉歌詩》中間，確有一小部分作品現實性較強，如《馬詩》、《雁門太守行》、《呂將軍歌》等，它們有的對於強藩割據叛亂深寄痛恨，有的歌頌唐軍將士奮不顧身的赴敵場面，説到底都離不開他貴族立場這一本位。他還寫過不少探尋前事之作，其中隱約露出所謂"宗國傾覆"的擔憂，也未嘗不包含着這位唐室貴胄對李氏皇朝前景黯淡的天才預感。

但是，從大鄭王李亮到李賀，時間差不多有兩百年，這中間的世代傳承關係推考起來就叫人覺得渺茫。憑着這一支疏淡了的血脈，當然不可能給李賀一家沾溉多少實惠。他的父親李晉肅不過是"邊上從事"的小官，母親鄭氏亦同普通婦女相差無幾，家中雖蓄少量奴婢，但實際景況已甚爲廓落，以至他的小弟不免要到南方廬山一帶去謀生。不過在長吉的眼光裏，遠祖的闊綽就意味着自身人格的尊嚴，家境墮入困頓則更易於滋長起懷舊的熱情，這一份光榮家世終究是值得誇耀和矜伐的。他個性高傲而衰於偶合，在窮愁潦倒之中還要擺空架子。康駢《劇談錄》記載，著名詩人元稹明經擢第以後去拜訪他，李賀竟然攬刺而不答，這種行爲不只是禮儀上的失檢，而是反映了這位貴族青年的虛榮輕嫚和天真的勢利心。

　　天才的藝術家縱有高渺的想象力，但在實際生活中間同樣也擺脱不了世俗觀念的束縛。李賀唯恐別人忘記了他高貴的身價，在其《金銅仙人辭漢歌》、《仁和里雜叙皇甫湜》、《許公子鄭姬歌》、《酒罷張大徹索贈詩》等篇中，嘗一再以所謂"唐諸王孫"、"皇孫"、"宗孫"來稱呼自己，而且還把他的籍貫定到遥遠的唐宗室發源地"隴西成紀"，對自己的詩歌亦極盡其吹噓之能事。恐怕他絕不懷疑，像他這樣兼有詩人和貴公子雙重身份的，就祇有魏國的曹植方能與他比擬。按《許公子鄭姬歌》末二句云："蛾鬟醉眼拜諸宗，爲謁皇孫請曹植。"如此在引人注目的女性面前誇揚自己的才氣與身價，顯然被長吉視爲一件最得意的事。處在這種特定場合，他總是滿足高興之情溢於言表。

　　儘管此類自我標榜，有時反而會招致別人的厭煩，但對李賀來説卻是一帖强化情緒的興奮劑。當這個生活得很不如意的"唐諸王孫"在確切體認自身的價值時，就極容易進入一個由他自己心造的境界，於是專斷而固執地認爲：致身通顯並享受與這貴公子地位相稱的物質待遇，本來就是他理所當然地應得的一份人生權利。今檢其詩集中雅多宫體樂詞，如《難忘曲》、《貴公子夜闌曲》、《夜飲朝眠曲》、《梁臺古意》、《賈公閭貴婿曲》等，俱專意去摹寫五光十色的貴胄宴飲游樂生活，其中誇揚形容得淋漓盡致之處，真好像作者自身亦參預在裏頭而所有的感官都充分擴張開來一樣。日本有一位研究者談到《貴公子夜闌曲》"裊裊沉水烟，烏啼夜闌景。曲沼芙蓉波，腰圍白玉冷"這四句詩，指出它們分別寫到詩中主人公嗅覺、聽覺、視覺、觸覺等諸多方面的感受，而最後

"腰圍白玉冷"一句摹述的觸覺尤其靈敏真切,非常符合李賀這樣年齡的青年人的生理特點。但此情此景與李賀的實際生活畢竟隔着一道屏障,從褊執的意念裏想象出來的東西無非夢幻泡影,而欲望得不到滿足便産生痛苦。也許就是因爲詩人的主觀意念過於執着專篤,使他更加不能掙脱苦悶情緒的包圍。李賀一生思想處於幻想和現實的冲碰當中,其人生觀流露出濃重的世紀末情調,在這裏面起着重要作用的是他那根深柢固的貴族觀念。

詩人對他所處的現實生活環境感到不圓滿,而他自身亦存在很多缺陷。李賀自小體質羸弱,長相亦殊不盡人意。今據其《巴童答》、《高軒過》詩及李商隱所撰之《李長吉小傳》,可知渠之狀貌特徵爲"細瘦"、"通眉"、"巨鼻"。"通眉"亦曰"龐眉",是指兩條濃黑粗大的眉毛通連在一起,而鼻子過分的肥大,當然也會影響到臉部五官的正常比例。《李長吉小傳》還説李賀"長指爪",以此後人把他稱爲"長爪生",這種變態現象應有它的心理原因,在某種程度上可説是詩人對他器官生長過度現象的人爲延伸。如這樣一副瘦弱而近乎怪醜的外在形象,表現在頗以風流逸蕩自命的李賀身上,實足以成爲他的心病。詩人在《巴童答》詩中所寫的"巨鼻宜山褐,龐眉入苦吟"兩句,即表明他對自己的長相缺陷未能置之度外。周閬風所著的《詩人李賀》一書還認爲,長吉《河南府試十二月樂詞》的《十月》一首"長眉對月鬥彎環"這句詩,也是他感念自己眉毛的相狀而觸動靈犀的一處神來之筆。

而且,使人煩心的事情還不以此爲止,與李賀年歲增長伴隨着的是疾病的摧逼。他的體弱可能有些先天原因,而在備受母親愛撫和照料之中長成的脆肌弱骨又缺乏抵御疾病的能力,性格上的多愁善感也嚴重損害了他的健康。長吉《昌谷讀書示巴童》詩云:"蟲響燈光薄,宵寒藥氣濃。"《南園》詩云:"瀉酒木蘭椒葉蓋,病容扶起種菱絲。"證實了病痛和服藥乃是李賀生活當中一項重要内容,其心情亦顯得相當慘淡。他尚未到達成年,頭上的鬢髮已開始斑白和凋落了，詩人對此深感眩惑和苦惱，他創作於不同時間的眾多篇章，都涉及到了他的這一病象。如《詠懷二首之二》："日夕著書罷，驚霜落素絲。"《感諷五首之二》："我待紆雙綬，遺我星星髮。"《仁和里雜敘皇甫湜》："歸來骨薄面無膏，疫氣衝頭鬢莖少。"《崇義里滯雨》："壯年抱羈恨，夢泣生白頭。"《公無出門》："鮑焦一世披草眠，顏回廿九鬢毛斑。"《春歸昌谷》："終軍未乘傳，顏子鬢先老。"這個早衰的徵兆對於一個身體很差的青年人來說，所引起的反應誠然是驚心動魄的，更何況病魔對於他的壓迫，還在日甚一日地顯示出它的威力呢！

　　李賀對生活有自己的目的，他感到世間人生的許多現象殊難理解。既然人之生存於世為受諸快樂創造了一個自我主體，那末為什麼這個主體從外部世界所得到的總是痛苦居多，而人的本身又是如此脆弱不堅，同時免不了還會有這樣和那樣的缺陷呢？由於詩人實際生活的不充實，這些古老的人生疑問經常在吸引着他的注意。在我國歷史上為數甚多的文學天才中，李賀也許是最早熟、最敏感地體驗到了人生滋味的苦澀，這決定了他詩歌的基調是相當憂鬱的。信如袁行霈先生在《苦悶的詩歌與詩歌的苦悶》一文所云："李賀是一個苦悶的詩人，他的詩歌主題，一言以蔽之就是抒寫內心的苦悶。"雖然造成他這一精神特質有來自社會方面的影響，但詩人至為關切的事物卻較少跳出一己生活的狹隘圈子。他在《傷心行》這首詩裏說："咽咽學楚吟，病骨傷幽素。秋姿白髮生，木葉啼風雨。"這正是一個久嬰沉痾的感傷者在其身心交病中發出的微弱吟唱。而綜觀李賀一生徘徊、蹭蹬於世途的全過程，這種凄惶的思緒就從來沒有離開過他。

二

　　大約在唐憲宗元和二年（807），十八歲的李賀從家鄉來到唐王朝的東都洛陽，爲了求取功名而投入一種與他性格很難調諧的生活。

　　像李賀這樣的世家子弟，仕宦當然是其理想的進身之階，而且唯因其迫切希望改變家庭的没落境遇，所以他的功名意識要比一般士子更爲強烈。李賀少年時代就有出人頭地的願望，而形成他這種觀念的重要因素在於受母親的潛移默化。他的母親曾有力地促進了孩子天資的發展，同時也在家中給予李賀以特別優厚的待遇，使他習慣於凌駕在姐弟之上而不是處於相同的地位。這些早年生活中逐步形成的心理積澱，成爲一種無形的力量在左右着他對自身功名前途的看法。他需要獲得一般人所得不到的高官厚禄，以便讓他能夠親自去體歷一下人世間最豪華的生活方式，並對能否達到這個目的不抱多少懷疑。譬如他明明是一個體質和意志都很薄弱的人，卻總喜歡在詩裏把自己稱爲"壯士"，還時常以駿馬、寶劍、新笋等事物托意自喻，好讓他内心渴望進取和超越的冲動由此得到一些宣泄。

　　然而問題還有另一方面，這就是李賀實際上並不具備從政的才能，他長時間的處於母親的照料和愛護下面，養成了他對母親的依戀和依賴，一旦離開了這個環境他就感到無所措手足。他不會料理自己的生活，感情的自控能力及與人的親合力極差，更不用説要去應付那些繁紛複雜的官場事務了。我們細讀李賀的作品，從來没有發現他對爲政之道提出過甚麼切實的見解，與同時代柳宗元、劉禹錫、白居易等富於政治理想的作家相比，他的功名願望就顯著地帶有一些近乎本能冲突的性質。總之，李賀所具有的那種感情過於濃厚的詩人氣質，是同封建社會對於一名官吏的要求是完全相悖的，他不可能在政治上爲自己打開一條康莊的通途。但李賀並没有意識到身上這些弱點，出於他的幼稚和自負，還天真地認爲祇消他在某個時候稍稍一蹴，便能立即身登要津取得奇迹般的成功。他初離昌谷時寫的《走馬引》一詩云，"我有辭鄉劍，玉鋒堪截雲"，證明他在當時的自我感覺確實不錯。這種置事實於不顧的盲目心理狀態，早就預示出詩人不管如何熱衷仕進，其結果祇能是一個悲劇。

　　唐代的洛陽是僅次於長安的都會，這裏居住着很多權貴勢要，他們占盡了滿城春色，和暖的風卻很少吹到地位低微的寒士身上。李賀到了洛都以後，在城南仁和里向族人借了一處房屋權住，寄希望於受到社會名流的推薦。由於環境的變換，他在這裏已無法得到母親給他的那種無條件的愛護，而埋藏其心間的渴望贊譽和照顧的意向又沒有人來理會，這不能不使他在精神上感到異常孤單。李賀對於母親過度的愛成爲他進入成年正常生活的一項干擾因素，他的精神畸形部分地導源於早期的家庭生活，慈藹的母親確實要爲他一生的心靈趨向負責。他的自信心本來就是一種虛假現象，說得地道一點，正是爲了掩蓋他的怯懦。依賴性的背面是壓抑感，李賀作爲一個浸習於依靠別人幫助的被保護者，在失去他所需要的保護時就產生焦慮和不安。這一年剛好時疫大行，弄得洛陽一帶人心浮動，李賀很擔心自己因而死去，其《綠章封事》一詩中所說的"願携漢戟招書鬼，休令恨骨填蒿里"，即表現出了他在當時思想上的恐懼和紛亂。他的這種極不踏實的精神狀態，要到遇見大文學家韓愈以後才有一些改變。

　　韓愈和李賀在同一年到達洛陽，他倆雖然年輩處境都不一樣，但不同程度上均有一點怪僻心理，感情與社會流俗格格不入，其詩歌創作亦皆以好奇背俗爲常。文學主張和處世見解的投合，使他們很快成爲莫逆之交。張固《幽閑鼓吹》記載，李賀在洛都曾帶了自己的作品去拜謁韓愈，值韓公送客歸來甚覺怠倦，但他讀到第一首《雁門太守行》"黑雲壓城城欲摧，甲光向日金鱗開"兩句時，即大爲欣賞亟命邀入相見。李賀的詩譽始盛於他游歷洛下期間，他的一些名篇由此而流傳到長安，其甚者據說爲樂工伶官譜入管弦，能夠形成這種局面當然離不開韓愈的首肯之力。昌黎在

當時已有很高聲望,居然不耻下接,還同門人皇甫湜一起去仁和
里探訪過李賀,這一特殊舉動意味着他們對這位後輩的提掖,而
李賀在這時最需要的恰恰也就是這些。基於雙方感情的合拍,李
賀即順理成章地把韓愈看作自己的另一位保護者,從而將其原來
對母親的信任和依賴,在並非完全自覺的情況下部分地轉移到了
韓愈的身上。他寫成於韓愈、皇甫湜過訪後的一首《高軒過》中
説,"龐眉書客感秋蓬,誰知死草生華風","我今垂翅附冥鴻,他日
不羞蛇作龍",就是這種依賴和感激心理的真實寫照。接着,李賀
於元和五年(810)參加河南府試獲雋,被選拔去長安應對當年舉
行的進士考試。在這過程中他從韓愈那裏得到的獎助和鼓勵極
多,因此也增長了他以爲功名輕易可得的錯覺。長吉西入長安準
備就試這一階段,對仕途前程頗有信心,眼前閃爍着希望的光彩,
堪稱他一生之中難得的生活意識的高漲時期。

　　但這種躊躇的心情未能維持多久,他的入仕通道馬上就被一
件意外的事情堵塞了。這時長安舉場中有不少人懷着習俗偏見,
硬説李賀父名中有一"晉"字與進士的"進"同音,認爲李賀應避家
諱不參加考試。這件事情發生以後,皇甫湜和韓愈都站在李賀一
邊,韓愈還專門寫了一篇《諱辨》爲之力争,但他們這些努力擋不
住世俗力量的逼迫,長吉最後仍被剥奪應試的權利。這是詩人平
生所遇到的一大挫跌。宋人洪邁《容齋隨筆》談及於此,説唐朝人
避家諱甚嚴,韓愈作《諱辨》論之至切,尚不能解除衆惑,《舊唐書》
還把該文指爲文章之紕謬者,"則一時橫議可知矣"。這一事件對
李賀所具有的嚴重意義,不啻是使他喪失了一次入仕良機,並且
還在於多次向他施與保護的韓愈在這場風波中竟亦未能俾其免
受傷害,其内心潛抑着的不安全感在此時又重新占了上風。李賀
落第離京時寫的《出城》一詩,正是他心靈受到極度壓抑的產物,
詩中作者把自己比作經雪摧殘的桂花,被彈丸擊中的啼鳥,他還
有什麼可以依恃的呢? 擺在他面前的唯一可走的路,就是回到故

鄉昌谷去接受他母親的撫慰了。

　　還在名諱事件創痛未愈時，李賀的仕途有點小小的轉機。元和六年(811)春，他應朝廷的徵召，離家去長安擔任奉禮郎一職。此項任命可能是照顧門蔭，這一年恰好韓愈入京爲行尚書職方員外郎，李賀之得官疑與其之薦引有關。據新、舊《唐書》官志記載，奉禮郎爲太常寺下屬官，位不過從九品上，職務是掌執朝會、祭祀和巡陵的活動儀式調排，在百官跪拜時充任贊導。這個職務不僅品位低下，所做的事情亦非常委瑣刻板，容不得半點自由舒展。它加在內心世界處於異常躁動活躍狀態的李長吉身上，是無論如何不能顯得協調的。李賀受其沒落貴族脾性的支配，一向自視甚高，現在叫他來充當這樣一個形同皂隸的角色，準會產生一種怨恨自己不被人尊重的屈辱感。況且這幾年來他爲追逐功名不辭辛勞，身上的宿疾有增無減，苦於體力方面的衰竭，也會對絲毫引不起他興趣的職事感到厭倦。詩人於此期間所作的《贈陳商》詩，就忍不住向他的朋友大發牢騷：“禮節乃相去，顑頷如兒狗。風雪直齋壇，墨組貫銅綬。臣妾氣態間，唯欲承箕帚。”這些話出自一位屢好矜伐的“宗孫”之口，聽起來未免讓人感到太寒酸了，但同樣也是他虛榮誇誕心際的誠實鳴響。李賀一方面好自尊崇要求確立個人的獨立品格，另一方面又顧影自憐冀求別人的提攜和保護，這對矛盾顯示出他求仕過程中病態心理的主要特徵。他在自大和自卑這兩個極端中間，始終沒有達到一種真正的平衡。

　　李賀這段供職長安的經歷，前後相續不到三年，其生活異常窘絀與封閉阨塞。他寄住的崇義里寓所，屋外便是一條荒涼而波光刺目的水溝，門是用柴草編織起來的，院子裏那株老柳樹也早已被蠹蟲蛀空了。處在這樣一個寒愴仄陋的環境裏，更能使他感受到孤單凄涼空氣的壓迫。他自云“掃斷馬蹄痕，衙回自閉門”(《始爲奉禮憶昌谷山居》)，除了陳商、李漢、權璩、楊敬之等少數朋友外，平時絕少與人發生往來，而習慣於在憂愁和蔽塞中獨自消磨光陰，心間填塞着迷茫的雲愁海思。有時他亦偶應鄰客之邀去作一夕痛飲，或聽賞別人爲他彈奏箜篌和古琴，酒力和音樂的感染會喚起他各種離奇的幻覺，從而放任自己的心靈處於一種顛倒的混亂狀態。如果在秋天遇上霖雨不止，他就一連好幾天索居寓址，拿些朽敗的草料喂自己騎的牲口，看着不停的雨點在溝水上激起一陣陣泡沫，然後又慢慢地飄蕩而去。"落漠誰家子，來感長安秋"（《崇義里滯雨》），沉淪者最能體味到秋雨羈旅的悲苦，現實生活中他到處碰壁，功成名遂的大願祇剩下空話一句。而"憂眠枕劍匣，客帳夢封侯"，潛存在心坎裏的熱望唯有到夢境裏去求其達成了。他還夢到過自己返回昌谷，母親怡然的笑容就像滲入其心中的一滴甘泉。沉溺於夢境、幻想以及種種神秘的内心體驗，乃是李賀在日常生活當中的一個重要方面。這些日子疾病在不斷侵蝕他的身體，鬢髮的凋零斑白也變得益發不可收拾，他的性格在朝着更加孤僻旴怪的方向發展。李賀卓異的詩歌才華，在某種程度上説亦得力於他的反常性格。按其詩集中撰作於這階段的一些名篇，如《李憑箜篌引》、《崇義里滯雨》、《聽穎師彈琴歌》、《申胡子觱篥歌》等，蓋無一不是詩人内心世界錯寞侘傺的懇摯陳述，它們通過有力的迴環復沓的個性描述，把他本人那種神經質的痛苦作了極深刻的藝術表現。

　　一直捱到唐憲宗元和八年（813）初，李賀終因病勢轉劇而辭去奉禮郎的職務，又一次離別長安登上通向他故鄉昌谷的路。此時長吉已二十四歲，但於通達世事人情方面極少長進，還牢固地保持着孩童時代的意識境界。"自言漢劍當飛去，何事還車載病身"（《出城寄權璩楊敬之》），當初他曾滿懷自信躋入官場，現在卻身荷疾病重擔與之告別，其情緒之悶鬱慘痛就可想而知。他在當時的健康狀況確實很糟，祇覺得自己的身子就像一堆死灰那樣怎麼也振作不起來，甚至連即目眺覽所見的春天駘蕩景象，似乎也顯得有些變形而能給他以强烈的刺激了。

　　但越是身心困乏，李賀的創作欲望就越加旺盛。他獨乘一輛僅及容身的小車，路上留意於尋訪前朝遺迹與帝王行宮，所到之處皆有題詠。今見存於長吉歌詩中的《經沙苑》、《過華清宮》、《三月過行宮》諸篇，均爲是年詩人返家途中有感而作。另外一首著名傑構《金銅仙人辭漢歌》，據朱自清先生《李賀年譜》的推考，宜亦創制於長吉去官初離京師之際。描寫離宮行館是李賀這位唐室貴胄的特殊癖好，但他在詩中表現的卻是一個具有普遍意義的人生主題。這些作品就像杜牧所説的"能探尋前事，所以深嘆恨古今未嘗經道者"，多述廢苑隊宮荒蕪衰敗的景象，從中盡情地發泄作者人生飄忽的意緒。世界上自然與人事的變遷悠遠無窮，而個人的存在卻恍如風中之燭，這是一對任何人也無力加以克服的矛盾，而李賀所感念之人生最大缺陷亦莫過於此。如這些離宮在其繁華之時嘗爲帝王后妃所居，他們恣情極欲享盡榮華富貴，但到頭來一樣不能逾越生年有限這個規律，空留下一片荒蕪的園囿供後人來憑吊。既然逝者的遺蹤能引起今人的悲哀，那末後來者也定會以同樣的心情來感嘆今人的一切，自己爲了功名而汲汲牽牽又有什麼意義呢！詩人至此陷入了生命的惶惑不能自解，他那顆本來渴望舒張的心靈，也經過生活的消磨在漸逐趨向於萎縮。

　　出於對官場生活的厭倦，李賀到家後頗有隱遁的想法，但這個人是注定不可能長時間獲得平靜的。此時他父親似已去世，家境日見困乏迫蹙，不管李賀的思想何等迷茫若乎，對於生計的威脅他的感覺還非常清晰。而一向爲他所眷戀和依賴的母親，在這種情況下亦已殊難很好地履行她保護者的責任。故詩人於返回昌谷的翌年，又隻身抱病遠適潞州，去依靠在那裏做官的朋友張徹。張徹是詩人張籍的長兄，亦爲韓愈的侄婿和門人，李賀可説是終生受到了韓愈的恩惠。他活在世上的最後三年，主要是在潞州張徹效命的幕中度過的，並寫下了《客游》、《浩歌》、《長平箭頭歌》、《潞州張大宅病酒》、《酒罷張大徹索贈詩》等一些詩篇。這位

心氣彌高的天才詩人，到臨終之前還沒有擺脫依賴於人的地位，
其景況也真夠冷落淒涼的了。

　　李賀自昌谷往潞州的行蹤，目前我們瞭解得還不很清楚。大
約長吉於赴潞之前，又曾去過長安一趟，不過這次在京中逗留的
時間很短，旋即返回家鄉，而後又經洛陽、河陽等地北上。元和九
年(814)七月一日早晨，他乘車驅馳在太行山麓的崎嶇道路上。
這時北方的秋意已濃，灰白色的曉霧彌漫在山間，露水沾濕了低
矮的蔓草，路旁的莎草好像一簇簇利箭展示着乾瘦的姿態，深藏
在灌木叢中的秋蟲在發出嘶啞的哀鳴，一股冷森的寒氣透過衣裳
浸入他的病骨，好像一切都面臨着行將衰謝的厄運。而詩人自
己，也在彷徨和困惑之中逐漸接近他人生旅程的終點。

三

　　從李賀初次入洛到末後漂泊寄食潞州，這十年是他短促一生
中最重要的時期。他苦於遭逢不偶，始終處於思想和行動嚴重脫
節的狀態，面對着世俗社會的輕視與擯斥並無什麼作爲。由諸多
原因造成了李賀人生觀中的消極面，他唯有虛生浪迹、用種種怪
癖的行爲來消磨自己，說到事功立業則終於一無所成。然而在中
唐俊傑輩出的詩苑裏，李賀卻是一位得天獨厚的受寵兒，他的才
華有着過人的天資作爲憑藉，而其敏感和乖異的性格又促使他特
別專注於藝術上的積極追求。我們歷數這一時期的著名詩匠，他
們中間號稱開創某一個風格流派者誠然不乏其人，但要説到將自
己的生命和詩歌完全地融爲一體，令其作品閃射出鮮明獨特之一
代異采者，恐怕就非李長吉而莫屬。

　　現存李賀的詩傳爲二百五十餘首，其中除了《李長吉歌詩》所
附《外集》中舛入少量僞作外，約有二百四十首左右可確定是出於
他本人之手。這些詩歌大多撰於長吉成年以後，體現了這個愛和

憎的傾向都很强烈的畸人深情和敏感的一部分,其藝術成就愈爲
世人所矚目。李賀的創作活動主要在元和年間文學風尚大變時
期,故與韓愈、孟郊、賈島等人一樣倚重苦吟。清人葉衍蘭《李長
吉集跋》云:"李長吉詩如鏤玉雕瓊,無一字不經百煉,真嘔心而出
者也。"如果説李賀在生活當中曾被迫地承擔了很多痛苦的話,那
末他的作詩便是自爲地投入了一種苦痛的熬煎。李商隱《小傳》
嘗記及長吉苦吟的一些狀況,説他經常騎驢背一古破錦囊去野外
搜集詩料,遇有所得即書投囊中,及暮歸家再重新加以編織提煉,
"非大醉及弔喪日率如此"。他每一首詩的寫成,都需要消耗掉過
量的精力,難怪他的母親看到這副樣子要感到疼惜和焦慮了。這
種嘔心瀝血的苦吟習慣,確實使體軀瘦弱的長吉付出了極高的代
價,他不能不爲此提前預支自己的生命。早夭的李賀一生創作了
這麽多的佳篇,真可列爲中國詩史上的一項奇迹,它們就像一大
片夭艷繁麗的花朵,開放在由於過早地貢獻出自己的肥力而變得
乾枯的土地上面。

　　李賀如此苦心雕鏤,當然並非單純爲了增加作品外觀形式的
美麗,同時亦旨在尋求他所需要的刺激,藉助於眩人的藝術形象
來發泄一下幽閉在他内心中的力量。長吉的歌詩是苦悶的象徵,
也是畸零者人格不和諧的外化和投射,在詩人所刻意摹劃渲染的
直觀事物形象背後,總是隱藏着極其濃烈的感情。錢鍾書先生
《談藝録》嘗指出,長吉歌詠草木好用"啼"字、"泣"字,如《蘇小小
墓》"幽蘭露,如啼眼",《昌谷詩》"草髮垂恨鬢,光露泣幽淚",《春
歸昌谷》"細緑及團紅,當路雜啼笑",《黄頭郎》"竹啼山露月",《秋
涼詩寄正字十二兄》"露光泣殘蕙",《傷心行》"木葉啼風雨",《李
憑箜篌引》"芙蓉泣露香蘭笑",《南山田中行》"冷紅泣露嬌啼色",
《湘妃》"九山静緑淚花紅",《昌谷北園新笋》"露壓烟啼千萬枝",
《五粒小松歌》"月明白露秋淚滴"等,這一系列寓情於景物的生動
描寫,仿佛要强使草木來償還自己的一份恨意與淚債。另外,他

還喜歡在詩裏用"死"、"病"、"血"、"凝"、"鬼"、"龍"、"蛇"等一些
犖確驚人的字眼,這些地方也恰恰是長吉的感情和注意力的積聚
所在。由於李賀一味追求作品的表現力度,就時常把他的偏執和
狹隘帶進詩篇,而過於濃重的感傷氣質總使他塑造的藝術形象呈
現出一種病態美。

　　早在中、晚唐之交杜牧寫的《李長吉歌詩叙》中,就對李賀詩歌
的藝術成就作了極高的評價,與此同時又指出它們存在着"理不勝
辭"的弱點,這個批評道中了問題的要害。綜觀李賀的詩集,其中雖
有《雁門太守行》、《老夫采玉歌》、《送韋仁實兄弟入關》、《感諷五首
之一》、《呂將軍歌》等現實內容較爲充實的作品,但對於這位閲世殊
淺的青年人來説,他的大多數詩篇顯然並未灌注入多少深刻的社會
意義。與其像清代某些論詩家那樣把李長吉歌詩當做中唐時代的
詩史來讀,還不如將其視爲作者一顆不斷震蕩着的心靈活動軌迹的
記録,因爲後者要比前者更接近於事實的本來樣子。其實,李賀這
個人的襟懷是比較儇淺的,他過多地注意自己的感覺,理性思考則
異常的不成熟。我們看他在詩裏所表現的一套悠謬恍惚的理念,其
間意思重複雷同的地方甚多,充其量還沒有完全超越出人類早年的
那個樸素的思想框架。李賀不可能像杜甫那樣賦予其作品嚴肅的
政治、倫理色彩,詩人的天才創造主要是被用來表現他自己精神上
的傷痕和缺陷。可以毫不誇張地説,中國歷史上也許還沒有別的一
位詩人,能夠像李賀那樣猛力地去發掘自己的靈魂,從而把深藏在
他思想中的幽暗面充分地發露在讀者的面前。

　　李賀的詩歌作爲一個整體,它在各個部分中寓有的思想內容
是互相溝通的,而其中絶大多數作品的寄怀所繫,還在於表現作
者多方面的意願受到壓抑以後所引起的矛盾沖突。《李長吉歌
詩》的核心內容,要而言之是反映了一個人生悲劇,而强烈的情欲
則是李賀與生俱來的悲劇根源。當然在形成詩人性格沖突的過
程中,時代和社會的原因也起過不可忽略的作用,他的繁紛意念

仍有相當大的一部分，在中、晚唐時代的文士身上也能找到類似的表現。

　　一般地說，貴族觀念是很容易和享樂思想連在一起的。但也可能由於李賀年輕任性而特別缺乏理智，他對於一個人生活的許多方面，總是像孩子那樣保持着熱烈而固執的欲求。諸如他企羨豐盛豪華的物質享受，冀望獲得榮寵的際遇，把功名視爲一種人生權益而很少考慮到爲社會奉獻些什麼。他有緊迫的求生意志，面對着不斷逝去的光陰反應至爲敏感，一想到人有死亡這個大限就刺促不安，有時在表面的曠達下仍隱藏着對人世深摯的眷戀。詩人這種生命的惶惑，不僅體現在《秋來》、《感諷》、《浩歌》、《苦晝短》、《日出行》、《銅駝悲》、《相勸酒》等感嘆生年至促的詩篇裏，而且像《公莫舞歌》、《雁門太守行》、《老夫采玉歌》等現實性較強的作品，也隱匿着他對於生死問題所作的思考。陳貽焮先生《論李賀的詩》一文述及《老夫采玉歌》，就指出其主要作意也是在抒寫和體味人處於生死轉折刹那間的那種心理變化。並出自他耽欲的天性，這個青年人又急於想在男女愛情方面品嘗一下人世間所能給予的快樂。我們從《惱公》、《蝴蝶舞》、《榮華樂》、《花游曲》等一連串仿效宮體的詩歌中，可知他對那些貴公子踰閑蕩檢的縱欲生活十分嚮往，甚至於因爲沒有得到他自己認爲應得的一份而產生憤激和嫉恨。李長吉的思想是朝着一個方向流淌的，斷然不能合理地調節自己的感情，在他內心深處絕少顧及到倫理道德的約束，而是肆志任情地讓功名、長生、衣食、男女等各種欲望充斥着他整個靈魂。

　　具有悲劇性和嘲弄意義的是，李賀的實際狀況又極苦厄，不但他的仕途境遇困躓偃蹇，其風流愛好言色的習性偏又配着一副奇醜的外形，連自己的身體亦久罹痼疾，衰頹病弱的迹象接踵而來，死亡的陰影說怎麼也不能在他心上消釋。不管長吉有無婚配結褵的問題現在大家的意見如何不同，他在愛情方面遭遇的蔽塞這個事實還必須承認。這種主觀願望和現實景況的尖銳對立，乃是李賀常在精神上陷入痛苦和沉淪的主要症結。感情的潛流遇到阻梗時就激起浪濤，執着求取的結果反而會帶來失望的嘆恨，詩人似乎無時不在對人生現象進行究底的探索，但是人生這個疑團委實不是靠敏感心靈的思考所能解開的。長吉的歌詩所以表現得如此思緒綿聯，喜歡穿幽入仄而詞調詭激，慣於從消極方面去透露宇宙人生消息，這一切，都可以歸因於他自己不能正確看待現實與理想之間存在的巨大反差和矛盾。

　　然而我們不能忘記，李賀畢竟是一個愛好想入非非的天才，他縱然無法在現實生活中實現自己的祈願，但決不會放棄通過藝術創作來尋求某種缺陷的補償。李賀有驚人的創造象徵物的才能，他極善於借助幻想和豐富多采的直覺，把自身對於缺失的感受靈敏地轉換到它的相反方向，由之使這種補償以一種想象性的願望形態出現。例如他經常憾恨自己的身軀多病脆弱，就偏愛去刻劃描摹堅固強硬的事物，乃至在摹狀一般的自然景象之際也好取金石一類堅硬的事物來作比喻。又由於他對時光流注及包括人類在內的世間萬物處於不斷的生滅變化之中懷有恐懼，詩人就尤喜描繪凝固狀態的東西，而在動詞的應用方面亦多著"凝"字。錢鍾書先生《談藝錄》論及長吉歌詩，曾很敏銳地注意到上述問題，並列舉衆多作品作爲例證，來和戈蒂埃、赫貝爾、愛侖坡及波德萊爾等外國作家的詩文特徵進行比較。如這種創作上的特異現象，出現在中國古代詩人的作品裏確爲少見，倘要究其根源來由，就祇能從這位病態詩人的幽眇心理狀態中得到解釋。

　　比以上兩事更爲有趣的，是詩人長時期受到鬢髮斑白和凋落的困擾，而對這一缺陷的煩惱，反使他特別傾心地去摹寫青年女子美好的頭髮。見於《李長吉歌詩》中，這樣的例句實不勝其多。如《惱公》"髮重疑盤霧"，《詠懷二首之一》"春風吹鬢影"，《蘭香神女廟》"密髮虛鬢飛"，《大堤曲》"青雲教綰頭上結"，《洛姝真珠》

"寒鬢斜釵玉燕光",《湖中曲》"蜀紙封巾報雲鬢",《屏風曲》"將鬟鏡上擲金蟬",《江樓曲》"曉釵催鬢語南風",《追賦畫江潭苑四首之一》"小鬟紅粉薄",《馮小憐》"鬢濕杏花烟",《神仙曲》"垂霧娃鬟更傳語",《夜來樂》"綠蟬秀黛重拂梳"等,大率都應屬於上述所說的這種情況。又《美人梳頭歌》一篇,則專以細緻摹狀少女濃密沉膩的美髮而著稱,其中所謂"雙鸞開鏡秋水光,解鬟臨鏡立象床","一編香絲雲撒地,玉釵落處無聲膩","纖手卻盤老鴉色,翠滑寶釵簪不得",真是把人體所具備的這一裝飾性的部分寫得美極了。此詩全篇"奇藻倩艷,極盡形相",凝聚着生活枯槁而又受疾病侵害的李賀多方面的欣羨和渴望。

按李賀《高軒過》詩中嘗有"筆補造化天無功"一語,這句話屢被論者用來說明他的創作思想,其實包含在這裏面的主要意義,無非是要用想象和藝術的創造來裨補現實生活的缺陷。在長吉看來,一切造化生成的自然狀態的和客觀的東西,它們本身並無任何美學價值可言,而唯有經過爲詩者大力的陶鎔提煉,用想象和藝術的再創造來彌補潤色其缺陷,才能在詩歌形象中體現出契合於他主觀情趣的美來。詩人久厭於自己所處的現實世界,遂尤好作超越時空的幻想,他力求將願望和沖動的縱情表露放在自己的幻覺世界裏。

鑒於如此,故李長吉詩中描寫的形形色色意中樂土,總是爲各種繁麗繽紛的念慮所籠罩。例如《大堤曲》、《江樓曲》、《江南弄》諸調,詩人的想象飛馳到南朝樂府濕潤的故鄉,好像他已看到這裏風情綺靡的美景,聞到了洌酒的清香,並從大堤、江樓女兒綽約丰姿的敘述中獲得了一些人生的快慰。又如《夜來樂》、《石城曉》等篇,它們對南國歌樓舞榭的形容極其細緻,幾乎讓人感到作者本人亦深臨其間。李賀好用兩漢六朝的艷麗記聞來刺激靈魂的興奮,這些樂府所做的大膽輕褻的藝術描摹,一定程度上也象徵着他那好奇的狎昵欲望在幻景中得以實現。此外如《宮娃歌》、

《榮華樂》、《上雲樂》、《秦宮詩》、《牡丹種曲》等，則極意鋪陳前朝宮闈及豪貴之家的生活場面，在詩人羨慕的筆意中有時還帶着幾分嘲誚的語調，他深恨這樣的奢侈生活屬於他人而非自己。這類詩裏曾寫到許多宮嬪姬妾，作者對她們任人擺布的遭遇不無同情之辭，但隱蔽着的潛願，是想使那些自己鍾愛的靈魂撤開障礙而完美地歸屬於他。至於《天上謠》和《夢天》兩首游仙詩，則是從更高目的上來升華作者的世俗欲望。詩中描述詩人神游於沒有死亡脅迫的寥廓天界，並有遇合弄玉、嫦娥等仙姝的賞心樂事，似乎他已進入一個圓滿體現着其人生憧憬的理想樂園。詩人在實際生活裏碰到的各種矛盾和苦惱，到此似乎也得到了片刻的調和。

　　長吉的歌詩又多表現鬼魅世界，這種特殊的藝術創造，來源於他心靈苦悶極至而生起的幻影，也標誌着詩人的精神冲突發展到了最後的迸裂。因爲不論李賀怎樣沉湎於豐饒的夢幻，這些憑主觀願望臆想出來的樂土究竟缺少長時間的維繫人心的力量。一旦他從幻覺中清醒過來，就會感到失魂落魄，而死亡作爲一個嚴酷的存在，對人生的價值問題最終提出了否定的答案。他不能指望生命的長存，就把自己的注意轉移到死亡的神秘體驗中去。《李長吉歌詩》中有好幾首詩寫到墳墓，極形象地烘托出詩人絕望和幻滅的心境。但這樣的歸宿並不是李賀樂於接受的，他至爲珍惜依附於自己生命的活力和才華，不甘心大暮永恒的淪滅，譬如《秋來》的終篇兩句，"秋墳鬼唱鮑家詩，恨血千年土中碧"，就是從他鬱結情懷裏迸發出來的抗議和絕響。而在《蘇小小墓》這首詩中，他由悼念一位六朝名妓而化出幽界熱戀的描述，這裏面融合着溫馨和淒冷，形象綺麗夭冶亦頗涉邪惡，還夾雜着一點幽靈的恐怖。苦悶中的李賀就是這樣尋求曇花一現的歡樂，向荒誕裏去追索異乎尋常的美麗，他的詩歌經常是美感與道德相悖，妍麗與可怖並存，體現出鮮明的唯美主義傾向。歷代的評詩家所以把長吉稱爲"鬼才"，除了因其在詩中多寫鬼魅外，同時也是將他當做倫理規範的異端來加以貶斥的。

　　詩人在心神顛倒當中激起靈感,這種不自然的精力消耗帶來了惡劣的後果,他的思想積久盤桓在渴望中的愛情國度裏,終至要為那些縹緲的女神們貢獻出自己的性命。李賀客游潞州期間,軀體的惡化已到達臨近崩潰的邊緣,他為了增加生命密度而不停地飲酒,也在痛飲生命之酒的過程中加速毀壞自己。到元和十一年(816),詩人的身體狀況再也不能支撐下去了,一種對死的預感驅使他匆忙回歸故鄉,氣絕的時候有他的母親和家人在身旁。《李長吉小傳》述及他彌留之際,“忽晝見一緋衣人,駕赤虯”,“持一板書若太古篆或霹靂石文者”,來召他到天帝新成的白玉樓中去當書記。這當然是他譫妄和心神迷亂中產生的幻覺,李賀在臨終的一剎那間,仿佛感到通向天上樂境的大門已向他洞開,自己久藏在心中的隱情和宿願就要得到滿足了。體現在這個白日夢裏的錯亂意識,多麼有力地反襯出詩人一生遭遇的不幸和悲慘。

　　“天上玉樓終恍惚,人間遺事已成塵。”李賀這位奇特的天才離開世界已有一千多年,這段漫長的歲月銷鑠了許多歷史陳迹,而他苦心營造的詩歌藝術迷宮卻依舊矗立在人間,並以其異情幻彩與高度的獨創性贏得了後代無數讀者的驚嘆,這一點足以使長吉留名千古而不朽。但李長吉歌詩終究是畸零者扭曲精神狀態下的產物,它們顯示出來的是一個古代沒落貴族詩人瘦弱疲憊的背影,本身就是帶有病態和充滿缺陷的,當然不可能從正面給人以生活的啓示。今天世界已經進入了科學昌明的時代,我們沒有理由拋棄智慧和理性精神而專重感覺。現代的青年人閱讀李長吉歌詩,應從李賀的人生悲劇當中吸取教訓,要充實自己的生活,學會用理智來審視世界的一切,努力促進性格和情感的健康發展,投身到寬闊的光明裏去。

1988 年 9 月

李賀《秦王飲酒》辨析

　　李賀《秦王飲酒》一詩，很能代表詩人的創作風格。由於這首詩發揮詩人豐富奇突的想象，把歷史人物和神仙故事融合一起，語言譎異隱晦，境界恍惚迷離，給讀者理解詩意確實帶來一定的困難。直到現在，對於這首詩所涉及的有關問題，譬如詩中的"秦王"究竟是誰？這篇作品的主題又是什麼？學術界還存在許多分歧和爭論。弄清這些問題，其意義決不限於如何準確把握這首詩歌本身的內容上面，而且對於探討李賀相當一部分作品的思想特徵，實事求是地評論李賀，都是很有必要的。本文僅就有關這首詩的爭論中所涉及的兩點，談一些極不成熟的看法。

一、詩中的"秦王"究竟是誰？

　　《秦王飲酒》一詩中的"秦王"究竟是誰？這並不是一個單純的人名考據問題。"秦王"既是這首詩所描寫的中心人物，那末弄清其指意所歸，對於我們準確理解作品的思想意義，顯然是必不可少的。

　　對"秦王"的解釋，異說紛紜由來已久，除了有些見解已被學術界證明確屬錯誤而外，到目前爲止大抵還有三種不同的看法：

　　一是認爲"秦王"指秦始皇。在清代以前關於李賀詩歌的注本和論著，對這個問題的看法是非常一致的，如宋代吳正子的《李長吉歌詩箋注》，明代徐渭的《李長吉詩集注》，曾益的《昌谷詩解》，都認爲"秦王"應該指秦始皇。近年出版的文研所的《唐詩選》，就基本上采納舊注的意見，肯定了"秦王"是指秦始皇這一説法。

二是認爲"秦王"指唐德宗李适。首先提出這種主張的，是清代姚文燮的《昌谷集注》。姚氏從史家的角度來解釋李賀的作品，把李賀的詩歌視爲唐代的《春秋》，將這些作品同中唐的史實一一比附，提出《秦王飲酒》中的"秦王"應指唐德宗。姚氏的這個意見，旋後得到王琦《李長吉歌詩彙解》的贊同。解放以後出版的葉葱奇同志所注的《李賀詩集》，就完全引襲了姚氏的説法。再如近年來蔣凡等同志在一篇題爲《筆補造化奪天工》的評論李賀的文章中（見《文藝論叢》一九七八年第三期），也用了相當的篇幅來否定"秦王"是指秦始皇，認爲："這詩到底是歌頌唐太宗，或是譏刺唐德宗，這個問題可以爭論，但與秦始皇無涉，這是肯定的。"

三是認爲"秦王"指唐太宗李世民。這種見解最有代表性的，是胡念貽同志在前年發表的《"秦王"辨》一文（見《光明日報》一九七七年八月十三日《文學》）。作者對於"秦王"究竟是誰的問題進行了專門的論列，斷言"秦王"決不是指秦始皇，而是指唐太宗李世民。這一説法，得到了不少同志的響應，例如陳遼等同志在一篇文章中（《文藝史的僞造和"四人幫"的反革命陰謀》，見《鍾山》文藝叢刊一九七八年第二期），就同樣斷然認定"秦王"是指唐太宗。

比較上述三種看法，我對胡念貽同志的意見不敢貿然苟同，也不贊成姚文燮的唐德宗一説，而是比較同意舊注的説法，認爲這裏的"秦王"應該是指秦始皇。如果我們從這首詩的實際情況出發，進行合於情理的推考，就祇能得出這樣的一個判斷。

（一）從詩歌的題目來看

我們探討這個問題，首先不能忽略《秦王飲酒》是首樂府體裁的詩這一重要事實。文學研究所的《唐詩選》在作品的解題中非常正確地指出："古樂府有《秦王卷衣》歌名,這篇是仿古樂府所制的新題。"我們看明代有些李賀詩歌的注本,也曾經指出過這一點,説明《秦王飲酒》的詩題,同古樂府《秦王卷衣》有着直接的淵源繼承關係。

明代胡震亨的《唐音癸籤》,對於李賀樂府詩的創作特徵,作過比較具體的研究。譬如《唐音癸籤》卷一中云："李賀擬古樂府,多別爲之名,而變其舊。"同書卷九又把李賀擬古樂府的作品分爲兩種情況:一種像把《長歌行》改爲《浩歌》,《公無渡河》改爲《公無出門》,"仍詠古題,稍易本題字就新";另一種如據秦皇、漢武故事改創《秦王飲酒》、《金銅仙人辭漢歌》,"將古人事創爲新題,便覺煥然有異"。而李賀的《春畫》一詩,也有"卷衣秦帝,掃粉趙燕"的描寫,即可見出古樂府《秦王卷衣》對他的影響。

關於古樂府《秦王卷衣》的本事,宋代郭茂倩在《樂府詩集》卷七三《秦王卷衣》的解題中,以及王琦在李賀《春畫》一詩的注釋中,都轉引唐代吳兢《樂府古題要解》説,《秦王卷衣曲》"言咸陽春景及宮闕之美,秦王卷衣以贈所歡也",毫無疑問是寫秦始皇的。《文苑英華》卷二二一,收録南朝吳均和陳標《秦王卷衣》兩首,其内容都是描寫秦始皇的宮廷生活題材。李賀的許多擬古樂府,正像杜牧在《李賀集序》中所説的那樣,善於"探尋前事,所以深嘆恨今古未嘗經道者",利用歷史題材繪寫出新的意境。這首《秦王飲酒》,同古樂府《秦王卷衣》相比,雖然它是寫了秦王宮廷生活的另一個側面,把原來的"卷衣以贈所歡"改成宮中夜宴,但是它所寫的宮闕景象和嬪妃情態,就像有的同志在其文章中所説的,意在"着力描繪宮宴聲色之盛",詩歌取材還是不出古樂府《秦王卷衣》的大體範圍,和《秦王卷衣》的本事有緊密聯繫,兩者所寫的中心人物應該是指同一個人。因此,把這首詩中的"秦王"定爲秦始皇,這是一個最爲合理的推斷。

（二）從詩歌的開頭兩句來看

這首詩的開端兩句云："秦王騎虎游八極,劍光照空天自碧。"近年來關於李賀詩歌的注釋和評論文章,在談到這兩句詩的時候,一般都是籠統地認爲這是指"秦王"用武力統一天下的意思,而没有認真地去探討其中所包含的特定的具體意義。我以爲這兩句詩並非泛指統一天下,明確地説,這應該是指秦始皇統一中國以後巡游四方的史實。

必須指出,這裏"秦王騎虎游八極"中的"游"字,解釋爲用兵征伐是很不恰當的,它應該指巡游的意思,至於"八極"乃是指四方很遠的地方。秦始皇在統一中國以後,多次出巡,行蹤東北至碣石,東至之罘,東南至會稽,南至衡山、南郡,西北至隴西、北地。李賀在詩中稱他所謂"游八極",顯得非常確切。在秦始皇巡游時所立的石刻中,我們也能得到一點啓發。例如《泰山石刻》云:"親巡遠方黎民,登兹泰山,周覽東極。"《之罘石刻》云:"維二十九年,皇帝春游,覽省遠方,逮於海隅,遂登之罘。"《會稽石刻》云:"親巡天下,周覽遠方。"憑其威力,恣意游走,氣焰之盛由此可想象,我們把李賀"秦王騎虎游八極"的描寫和秦始皇的行迹相對照,就益發證明《秦王飲酒》寫的是秦始皇。

從這一點來看唐太宗,情況就有所不同,即使在他平定天下期間,其自身行蹤不出關隴、兩河、山東、山西。而他當了皇帝以後,並未有過巡游四方的盛舉,連原定封禪泰山的計劃後來也取消了,雖然他在貞觀十九年率兵遠涉遼東,但也祇是在東北一個方向走得較遠,終究談不上什麽"騎虎游八極"。至於王琦認爲這兩句詩是指唐德宗率兵平史朝義的事迹,其實也是説不通的。因爲唐軍平定史朝義之役,其活動範圍也祇是在兩河一帶。到了德宗即位以後,河北及山東的藩鎮相繼叛亂,唐王朝分裂的局面已經開始形成,那就根本不可能外出到處游走。建中年間因朱泚之亂,唐德宗奔逃山南,顯得十分狼狽,所謂"奉天之窘,可爲涕零",惶惶如同喪家之犬,哪裏有一點"騎虎"的威風呢?

(三)從詩中有關"飲酒"的描寫來看

《秦王飲酒》中有關"飲酒"的描寫,占據了全詩大部分的篇幅,詩人正是通過這種酣暢富麗的筆墨,來顯示這篇作品的内容和主題的,因此怎樣看待詩中"飲酒"的繪寫,對於我們確定作品的中心人物究竟是誰,同樣也有重要的意義。

近幾年來,有許多人談論這首詩時,一般都將詩中的宴飲描寫,説成是一次規模盛大的慶功宴,這種看法是完全没有根據的。我們細心推繹這些形象化的詞句,就不難發現,這首詩裏所寫的宴飲,是在夜間深宫裏舉行的,參加這次宴會的除了"秦王"自己而外,就祇有侍宴的宫娥和仙人,根本没有功臣貴戚與會,其氣氛雖然富艷豪華,但場面畢竟不能同"盛大的慶功宴"相提並論。毫無疑問,這裏所寫的明明是一次"秦王"的内宫曲宴,詩中關於"飲酒"的描寫,都是同"秦王"沉湎於歌舞酒色的宫闈生活分不開的。

我們知道,秦始皇在統一六國以後,喪失了進取的方面,志滿意得,耽於佚樂,修宫求仙,消磨歲月,他的個人生活奢侈豪華,縱欲無度。《秦王飲酒》中有關宫中享樂生活的描寫,同秦始皇的宫闈生活和精神面貌是非常合拍的。還有一點很值得注意,這就是秦始皇的多次巡游,其中一個很重要的目的是追求神仙,企圖由此而得到長生。詩的開頭兩句對秦始皇四方巡游的描寫,同其後宴飲場面中仙女的出現,是有機地聯繫在一起的。李賀在這首詩中,極盡想象形容之能事,塑造了這樣一個歷史人物與神仙故事融合起來的境界,就不能不説這同秦始皇迷戀神仙的行徑有着密切的關係。

而唐德宗李适其人,雖然也有"好宴游"之稱,但是論其豪奢恣睢,就遠不能同秦始皇相比,他作爲一個庸懦的君主,同《秦王飲酒》中豪縱的氣魄是很不相稱的。況且德宗對於神仙一事,有關的史傳並沒有什麼突出的記載。因此從詩中關於"飲酒"場面的描寫來看,他也不大可能成爲這首詩的中心人物。至於唐太宗李世民,他一直被史家稱爲賢明的君主,在他統一天下之後,比較注意吸取歷史經驗,保持積極進取的精神。吳兢的《貞觀政要》卷一記載他自己説過:"朕恐懷驕矜,恒自抑折,日旰而食,坐以待晨。"同書卷三又記載他的話説:"朕每夜恒思百姓間事,或至夜半不寐。"怎麼可以想象,《秦王飲酒》中那種通宵達旦的沉飲,竟是出於他的作爲呢? 唐太宗對於神仙長生,也有其自己的看法。《舊唐書》卷二《太宗紀》記云:

> (貞觀元年)十二月壬午,上謂侍臣曰:"神仙事本虛妄,空有其名。秦始皇非分愛好,遂爲方士所詐,乃遣童男女數千人隨徐福入海求仙藥,方士避秦苛虐,因留不歸。始皇猶海側跚蹰以待之,還至沙丘而死。漢武帝爲求仙,乃將女嫁道術人,事既無驗,便行誅戮。據此二事,神仙不煩妄求也。"

這就説明,唐太宗對於神仙一類荒誕無稽之事,曾經作過有力的批判,比秦皇漢武要清醒得多。雖然在他的晚年思想有所變化,終於因爲服食胡僧那羅邇娑婆寐的長年藥而致死,但這畢竟不是他的主要方面,而且這樣一件事情,是一直爲唐代統治階級竭力加以諱飾的。李賀作爲唐皇室的裔孫,誠如胡念貽同志所説的那樣,他對唐太宗非常崇敬,那又怎麼可能把長夜酣飲,耽於聲色,以及愛好神仙一類荒唐的事情,加到他所"崇敬"的"太宗文皇帝"頭上呢?

(四) 從"秦王"的稱謂來看

牽涉到"秦王"究竟指誰的另外一個問題,是對這首詩中"秦王"這一稱謂不同的理解。胡念貽同志認定,李賀詩集中間説到

秦始皇的，祇有《白虎行》、《苦晝短》、《官街鼓》三首。他首先聲稱
《白虎行》一首可能是僞作，從而把它"撇在一邊"，接着就引用《官
街鼓》中"孝武秦皇聽不得"一句詩，由此斷言："李賀稱秦始皇爲
'秦皇'，而不是'秦王'，這在用字習慣上也不是偶然的。"儘管胡
念貽同志把他這一發現説得非常肯定，然而在他自己的論述中
間，就有一個"不是偶然"的疏忽。因爲在《白虎行》一詩中，就有
"秦王虎視蒼生羣"一語，很明確地把秦始皇稱之爲"秦王"。胡念
貽同志在沒有完全確證這首詩是僞作之前，就遽然將它棄之不
管，這種態度是不夠嚴謹的。而且，他在這裏提出的所謂"用字習
慣"云云，其論據就是《官街鼓》中一句詩，我們自然有理由懷疑，
這種説法究竟是否靠得住？

　　我們再舉李白的《古風》中《秦王掃六合》那一篇，詩云："秦王
掃六合，虎視何雄哉！揮劍決浮雲，諸侯盡西來。"在這首詩裏，李
白把秦始皇稱爲"秦王"。另一首詩《秦皇按寶劍》則云："秦皇按
寶劍，赫怒震威神。逐日巡海右，驅石架滄津。"李白的這兩首詩，
所描寫的中心人物都是秦始皇，而前者稱他爲"秦王"，後者則稱
他爲"秦皇"，足見按照當時對秦始皇稱呼的通行習慣，這兩者之
間並沒有什麽嚴格的區分。

　　其實，把秦始皇稱爲"秦王"，其習慣由來甚久，譬如漢代賈誼
的《過秦論》，就不論秦始皇當皇帝前後，一概稱他爲"秦王"。而
在唐人寫到秦始皇的詩歌中，許多地方也都以"秦王"相稱。如陳
子昂《燕太子》一詩云："秦王日無道，太子怨亦深。"岑參《終南雲
際精舍尋法澄上人不遇》云："石鼓有時鳴，秦王安在哉！"徐晶《阮
公體》云："秦王按劍怒，發卒戍龍沙。"宋務光《海上作》云："漢主
探靈怪，秦王恣游陟。"顏真卿《刻清遠道士詩因而繼作》云："吳子
多藏日，秦王厭勝辰。"元積《四皓廟》云："秦王轉無道，諫者鼎鑊
親。"溫庭筠《舞衣曲》云："不逐秦王卷象床，滿樓明月梨花白。"可
見唐代詩人的"用字習慣"，經常用"秦王"來稱呼秦始皇。胡念貽

同志僅僅根據一首詩中"秦皇"一語,就推衍出一個所謂的"用字習慣",轉而又以此來否定《秦王飲酒》是寫秦始皇,那是根本站不住腳的。

綜上所說,關於這首詩中的"秦王"究竟是誰的問題,至此所應該作出的結論就非常明顯。李賀的《秦王飲酒》,作爲一篇仿照樂府古題改制的新詞,同古樂府《秦王卷衣》有着直接的淵源繼承關係,它所描寫的中心人物是秦始皇,而不是唐德宗或者唐太宗。

二、《秦王飲酒》的主題是什麼?

《秦王飲酒》的主題是什麼? 從它的本來意義上說,是一個很爲具體的學術問題。由於這首詩包含着許多奇突的想象,語意隱晦不顯,詩人的作意所在,確實比較難於理解。因此清代以前的注家,除了指出這首詩中的"秦王"是指秦始皇外,就祇是對詩中的有關詞句作過一般性的解釋,並沒有就整篇作品的主題進行詳細明確的論述,更沒有像現在這樣在這個問題上有那麼多的爭論。

到了清初姚文燮的《昌谷集注》,完全把李賀的詩歌當作中唐的歷史來讀,聲言"賀之爲詩,其命辭、命意、命題,皆深刺當世之弊,切中當世之隱",由是到李賀所有的作品當中,一一求索其所謂諷刺時政的含意,把《秦王飲酒》也説成是一篇諷刺唐德宗"飲酒爲樂"的作品。姚氏的"諷刺"一説,在清代就有人表示異議,王琦的《李長吉歌詩彙解》談到這首詩時,雖然也主張詩中的"秦王"是指唐德宗,但是他又認爲,這篇作品不過是"長吉極意抒寫,聊以紀一時之事,未必有意譏誚,其説之不當過於侈張",對姚文燮的説法采取了保留的態度。所以後來的有關李賀的論著,間或談到此詩,大抵祇是附提一筆,並沒有去專門宣揚詩中所謂的"諷刺"意味。

　　然而,江青一夥出於反革命需要大講"儒法鬥爭"時,忽然給予這首詩以特殊的寵遇,《秦王飲酒》從此身價百倍,竟被捧成一首"古典詩歌中少見的"作品,那個所謂的"歌頌"説也就應運而生了。他們首先把這首詩的開頭兩句,完全解釋爲詩人對於秦始皇統一中國事業的歌頌,接着又把詩中有關"飲酒"的描寫,説成是一次"規模盛大的慶功宴會",就匆忙宣布他們發現這是一首"熱烈贊美秦始皇功業的頌歌",據稱其中還表現了甚麼"反對復辟倒退"的"法家思想",從而造成了對這首詩主題理解上的極大混亂。

　　《秦王飲酒》究竟是不是歌頌性的作品?判別這個問題的標準祇能是作品形象本身所呈現的客觀内容。在這裏,我們仍然要回溯一下這首詩和古樂府《秦王卷衣》的關係。前面説過,《秦王卷衣》這一樂府舊題,内容多涉秦始皇與嬪妃宫女調笑戲謔之事,自然是屬於宫體一類題材。正如許多文學史著作所指出的那樣,李賀詩歌的某些方面,頗受梁陳宫體的影響,他所寫的《貴公子夜闌曲》、《夜飲朝眠曲》、《宫娃歌》等篇,明顯屬於宫體的流亞,而這首《秦王飲酒》,同樣也與《秦王卷衣》有着題材上的聯繫。我們祇要看一看詩中大部分的形象繪寫,都是圍繞秦王宫中曲宴而展開的。詩人極意鋪陳宫闈裝飾的富麗堂皇,宫女侍宴的綺靡奢華,秦王痛飲的酣狂情態,輕歌曼舞的紛然雜沓,真是把那種内宫聲色之樂寫得淋漓盡致,分明是一首深受宫體影響之作。再則詩中有關仙女的描寫,同樣也看不出同秦始皇統一中國的功業有什麼聯繫,如果我們把這首詩和李賀其它許多描繪仙人的作品一起來考慮,倒是可以看出詩人還在很大程度上受過游仙詩的影響。

　　至於所謂"諷刺"一説,近年來頗爲某些同志所接受,有些同志由於不同意把《秦王飲酒》説成一首"頌歌",就轉而強調詩中的"諷刺"意味,其實這種説法同樣也是缺乏根據的。我們這樣説,首先是指姚文燮的所謂諷刺唐德宗之説純屬臆測,而且認爲詩中所涉秦王曲宴的描寫,主旨也並非在於什麼諷刺。儘管這篇作品

在我們面前所展現的，是一幅光采眩目的宮闈行樂、奢侈淫靡的
圖景，但我們細按作品所體現的旨趣，卻看不出任何顯著的諷刺
意味。必須指出的是，李賀作爲一個皇室的後裔，雖然他的仕途
境遇牢落慘淡，在其困頓阨塞之中，有時也對貴戚權豪醉生夢死
的生活作過一定的嘲弄，但是出於其自己引以爲榮的貴族身份，
他對那種豪華的生活方式思想上還是有所懷戀的。詩人屢效宮
體，盡情抒寫貴公子縱情酒色之樂，就是一個明證。乃至像《將進
酒》一類發泄苦悶情緒的篇章，詩人也沒有忘記謳歌所謂"琉璃
鍾，琥珀濃"，"皓齒歌，細腰舞"，足見他於此道並非全無嚮往之
情。作者寫這篇《秦王飲酒》，可謂極盡其渲染形容之能事，字裏
行間多少有點生活感情上的共鳴。如果我們把這首詩的主題歸
結爲諷刺，那末這些現象都是無法得到合理解釋的。

　　我認爲，《秦王飲酒》一詩的主題，既非歌頌，也非諷刺，它並
不包含什麼美刺褒貶的政治意義，而是寄托着詩人另外一種思想
感情。誠如前面多次提到，《秦王飲酒》這一首詩，受到古代游仙
詩和宮體詩很大的影響，這個顯著的特徵，同它的主題是緊密地
聯結在一起的。我們知道，古代的所謂游仙詩，其主要内容往往
不離感慨人生短促，表現作者企圖從時間和空間超逸現實世界，
到仙境靈域中去追求長生。而南朝出現的宮體詩，宣揚肆志縱欲
和及時行樂，作爲一個時代在貴族階層中間盛行的思潮，也是同
他們感嘆光陰飄忽和年命短暫的消極思想有着聯繫。李賀善於
運用文學史上陳舊的題材，寫出"今古未嘗經道"的新意。儘管他
在《秦王飲酒》這首詩中，不是完全蹈襲一般游仙和宮體的内容，
而是在其抒情特點上有着很多的創新，但我們仍然應該看到，這
首詩畢竟有着它特定的思想淵源，因此歸根結柢地説，它的主題
同古代的游仙詩和宮體詩還是有很大的一致性。

　　錢鍾書先生的《談藝錄》一書，在談到李賀詩歌的内容特徵
時，講了一段很爲精到的話，其云：

　　　　細玩《昌谷集》，舍侘傺牢騷，時一抒泄而外，尚有一作
　　意，屢見不鮮。其於光陰之速，年命之短，世變無涯，人生有
　　盡，每感愴低迴，長言永嘆。

錢先生在這段話的下面，還列舉出《天上謠》、《浩歌》、《秦王飲
酒》、《古悠悠行》、《三月過行宮》、《日出行》、《夢天》等篇，指出其
間"皆深有感於日月逾邁，滄桑改換，而人事之代謝不與焉"。這
一論述，透過李賀這些詩篇的感性形象，揭示出它們所體現的思
想本質，確實是發人之所未見，說到了問題的點子上面。我們仔
細尋繹《秦王飲酒》的詩意，從其一連串的形象內在聯繫中找出它
的思想脈絡，可以發現詩人的寄悰所在，正是在於抒發這種日月
逾邁、光陰消逝的感慨。

　　爲了說明問題，我們不妨引錄《秦王飲酒》全詩，來作一簡要
的分析。詩云：

　　　　秦王騎虎游八極，劍光照空天自碧。羲和敲日玻璃聲，
　　劫灰飛盡古今平。龍頭瀉酒邀酒星，金槽琵琶夜棖棖，洞庭
　　雨腳來吹笙。酒酣喝月使倒行，銀雲櫛櫛瑤殿明，宮門掌事
　　報一更。花樓玉鳳聲嬌獰，海綃紅文香淺清，黃鵝跌舞千年
　　觥。仙人燭樹蠟烟輕，青琴醉眼淚泓泓。

　　這首詩擇取秦始皇做中心人物，把這樣一條感愴光陰飄忽的
思想綫索貫串全篇，是有其史傳根據可資依憑的。詩人於此借用
秦始皇縱情極欲、追求神仙，而最終不免一死的故事，寓托着自己
對於天道年命的冥思苦索，慨嘆縱如秦始皇這樣一個英雄豪縱的
君主，不管他怎樣千方百計企圖得到長生，但是他處在日月行邁
的無窮變遷之中，終於無法違拗"人生有盡"這一古今常例。

　　詩的發端兩語，描述秦始皇憑其顯赫的威勢，遠陟八極，到處
巡游，"求仙人羨門之屬"，"冀遇海中三神山之奇藥"，旋即點出題
意。所謂"羲和敲日玻璃聲，劫灰飛盡古今平"，就及時地從時間

觀念上點明"天道"的變化。"羲和"是傳說中駕御日車之神,"敲日"的形象描繪,意爲"策之而使之行也",它巧妙地顯示出日月光陰運行之速。"劫"本是佛家的語言,它把世界的變化解釋爲無數連續的成壞過程,每一個成壞過程稱之謂"一劫"。關於"劫灰"一句,錢鍾書先生有個很好的解釋,他説:"夫劫乃時間中事,平乃空間中事,然劫既有灰,則時間亦如空間之可掃平矣。"而"劫灰飛盡",即不復再有劫數的循環,其騞括之旨同"古今平"是一樣的。這是李賀運用其奇突的構思,意想秦王能夠依恃武力平一天下,其氣焰之盛真大有掃平時間之勢,似乎他可以超越時間之上,使自己的生命獲得永恒不滅的意義。

緊接上文,詩人就着力形容秦王內宮曲宴的具體場面,所謂"龍頭瀉酒邀酒星","洞庭雨腳來吹笙",都使人感到一種仿佛置秦王於神仙境界的氣氛。"酒酣喝月使倒行"一句,是全篇十分關鍵的地方,它和前面的"劫灰飛盡古今平"互相呼應,意在描述秦王企求長生,試圖憑其威力阻擋時光的行駛。郭璞的《游仙詩》云,"愧無魯陽德,回日向三舍",其主旨也是在於表現作者幻想使時間逆轉,人由此而可以不死。然而,就在"銀雲櫛櫛瑤殿明"的夜景中,傳來"宮門掌事報一更",表明光陰仍在無情地消逝,即使是宮娥跪舞捧獻壽觴,祝他千秋萬歲長生無極,也終究不能排遣他生命短促的悲哀。"仙人燭樹蠟烟輕"之句,注家説法不同,實則"蠟烟"即"蠟烟"也,燭之飄烟當爲熄滅之象,全句旨在説明一宵已過,清曉來臨,時不我待,長命難期。秦王的痛苦至此而倍增,以致"青琴醉眼淚泓泓",連陪宴的仙女也爲之悲淚盈眶,使全詩的意境染上了濃重的悲劇情味。

詩人在這裏表現秦始皇的悲劇,實際上寄托着自己的感傷情緒。關於李賀寫秦始皇的詩,並非如胡念貽同志所説的那樣,祇有《白虎行》、《苦晝短》、《官街鼓》三首,而是應該再加上《秦王飲酒》、《春晝》、《長歌續短歌》。其中除了《春晝》、《白虎行》之外,其它幾篇所表現的思想，同《秦王飲酒》幾乎是完全一致的。如《苦晝短》云，"吾不識青天高，黃地厚，唯見月寒日暖，來煎人壽"，"劉徹茂陵多滯骨，嬴政梓棺費鮑魚"。《官街鼓》又云，"曉聲隆隆催轉日，暮聲隆隆呼月出"，"磓碎千年日長白，孝武秦皇聽不得"。這兩首詩，都是詩人有感於人之年命短促，世界現象循環變化悠遠無窮，從而借助秦始皇和漢武帝這兩個企求長生的歷史人物，來發泄詩人自己鬱結於胸中的愁思，而不是什麼諷刺秦皇漢武"長生無術"。

至於《長歌續短歌》一篇，前幾年也被"四人幫"歪曲得面目全非。他們妄稱這首詩中"秦王不可見，旦夕成內熱"兩句，表現了甚麼"李賀渴望追隨秦始皇的強烈願望"，同樣把它說成一篇體現"法家思想"的作品。胡念貽同志《"秦王"辨》一文，對這首詩的解釋意在撥清混亂，但他認爲這是一首歌頌李世民的詩，這種意見也是難於成立的。實則《長歌續短歌》一題，顯係出於古樂府《長歌行》及《短歌行》，這兩個樂府古題，本事都與歌詠"人命不久"有關。詩人在這首詩的開頭，即云"長歌破衣襟，短歌斷白髮"，極言形容自身苦悶衰頹的情狀，其取意是十分明晰的。"秦王"兩句的真正意思，是說如同秦始皇之祈求長年，也終究離開人世，現在已經無法再見到了，詩人想到這一點，不禁引起無限煩悵和愁苦，乃至旦夕於腸內煎迫。這首詩中顯示的內容，同《秦王飲酒》所表現的思想內容實質是一樣的。

李賀的這種思想感情，作爲其世界觀的組成部分，滲透在他的許多詩篇之中，就以錢鍾書先生所舉到的幾篇來說，雖然它們取材或有不同，但在表現"世變無涯，人生有盡"方面，卻是大旨相通的。諸如《天上謠》"東指羲和能走馬，海塵新生石山下"，《浩歌》"王母桃花千遍紅，彭祖巫咸幾回死"，《夢天》"黃塵清水三山下，更變千年如走馬"，《古悠悠行》"今古何處盡，千歲隨風飄"，都是極力描述自然界滄桑變化恍如走馬，光陰消逝不捨晝夜，人之處世更是須臾的一瞬。特別有意思的是,如《秦王飲酒》中"酒酣喝月使倒行"一句,在李賀其它詩裏就有很多類似的描寫,如《日出行》"羿彎弓屬矢,那不中足,令久不得奔,詎教晨光夕昏",《苦晝短》"吾將斬龍足,嚼龍肉,使之朝不得迴,夜不得伏",《拂舞歌辭》"東方日不破,天光無老時",《梁臺古意》"朝朝暮暮愁海翻,長繩繫日樂當年",《相勸酒》"彈烏崦嵫竹,抉馬蟠桃鞭"。詩人采用了許多有關日月運行的神話傳說,描繪一系列生動而離奇的感性形象,旨在想象人們能夠駐息日月的運行,停止光陰的奔馳,超脫時間的限制,在生命問題上追求絕對的自由。這種體現着共同特徵的寫法,當然是同他對於年命短促的感慨分不開的。

經過上述比較分析,可以概括地說,《秦王飲酒》是詩人有感於光陰消逝,年命短促,世變無窮,人生有盡,於此借秦始皇內宮夜宴爲題,集中描寫秦始皇追求長生而不得實現的悲劇,抒發詩人自己人壽短暫的感傷情緒,顯示出他思索生命問題而在內心所引起的劇烈衝突。這一主題,在李賀詩集中具有一定普遍性。諸如《天上謠》、《浩歌》、《夢天》、《日出行》、《苦晝短》、《官街鼓》、《相勸酒》、《銅駝悲》、《古悠悠行》、《拂舞歌辭》、《梁臺古意》、《三月過行宮》、《長歌續短歌》、《王濬墓下作》等等,就其所寫的主要內容而論,基本上屬於同一類型。它們不啻藝術水平很高,而且作爲寓托着一定哲理思想的篇章,也曲折地反映出作者的宇宙論和人生觀。因此,準確地把握這些作品的精神實質,對於我們研究李賀的思想和創作,無疑有着十分重要的意義。而我們把《秦王飲酒》當做詩人的一篇代表作來進行剖析,其目的也正是爲了進一步研究這個課題。

1979 年 10 月

説李賀《秦王飲酒》中的"獰"
——兼談李賀的美感趣味和心理特徵

　　李賀的《秦王飲酒》,系《昌谷集》中一篇描繪虛荒誕幻形象的名作。此詩摹寫作者想象中秦始皇舉行的一次内宫夜宴,借詠嘆始皇追求長生而不得實現的悲劇,來發泄他自己的人生願望和對光陰消逝的感傷。在這首詩中,圍繞着秦王感於人有死亡之脅迫而痛飲解憂、縱情聲色這一情節,大肆鋪張其宫室的豪華,侍宴宫女和仙姝的窈妙,音樂歌舞的紛然雜陳,而主人公秦王豪縱奢侈、恣睢極欲,但終究不能擺脱其痛苦的情態,都被寫得躍然紙上。這作爲顯現李賀内心世界矛盾冲突的傑構之一,在讀者面前展示出一幅神秘而色彩斑斕的古代宫闈行樂圖。

　　讀這首詩,我們不禁會傾服詩人那種虛構歷史場面的想象能力,也十分驚嘆他對於事物色彩和聲音的高度敏感。因爲《秦王飲酒》所作的一系列描繪,不但能以很强的力度從視覺上唤起讀者的注意,而且其中有關音樂的描寫也極有特色。如在作品的前半部分述及秦王曲宴之始,即有"金槽琵琶夜根根,洞庭雨脚來吹笙"兩句詩,這仿佛就從荒古黄帝張樂的洞庭之野傳來了一陣繁紛而浩茫的仙樂,給整篇作品的意境立刻又增添了悠謬恍惚的氣氛。值得注意的是,這首詩還在形容秦王宴席之間歌舞並陳的情景時寫道:

　　　　花樓玉鳳聲嬌獰,海綃紅文香淺清,黄鵝跌舞千年觥。

以上這幾句詩寫的内容,大略是講宫女們載歌載舞,捧舉壽觴跪祝秦王千秋萬歲長生無極。論其色澤之富艷醒目,繪聲的傳神動聽,確實把秦王宮中的歌聲舞姿表現得十分逼真而帶有很强的刺激感,以此頗受歷來評詩家的稱道。但這裏卻偏偏出現了一個小問題,即"花樓玉鳳聲嬌獰"這一句中間的"獰"字,到底是不是李賀寫作這首詩時所著的原文,竟在一千多年來引起了許多人的興趣和推敲。

細繹"花樓玉鳳聲嬌獰"這句詩的涵義,當然是在寫宮女的歌唱。但是問題在於,詩人在描摹這種女子歌唱的聲樂形象時,卻出人意外地使用了"嬌獰"這兩個字。如按照一般的解釋,"嬌"字固然是指"美好",而"獰"字則應釋爲"粗惡",李賀把這兩個字連在一起來寫音樂之美,讀起來總給人一種不和諧的感覺。爲此歷史上有不少李賀詩集的注家,注釋到《秦王飲酒》中的這一句,往往就把這個"獰"字視爲書本傳刻中的誤文。

按這個看法的由來,可以一直追溯到宋代的吳正子。吳氏所著的《李長吉歌詩箋注》,是現存各種李賀集注中最早的一本。此書注及《秦王飲酒》時謂:

> 獰,惡也。獰當作儜,弱也,困也。《劉禹錫傳》:"鼓吹裴回,其聲偵儜。"

這裏所説的"儜"字,與《秦王飲酒》中的"獰"屬同旁而形似,而"嬌儜"一詞也可以用來形容歌唱的聲音。僅據此吳正子即認爲,《秦王飲酒》中的這個"獰"字,應是"儜"字的誤文而可以解釋爲細弱的意思。吳氏這個實際上不很審慎的推斷,卻得到後來許多注家的同意,例如曾益的《昌谷集解》,王琦的《李長吉歌詩彙解》,近人葉葱奇的《李賀詩集》以及林同濟的《李長吉歌詩研究》,凡涉及到這個問題基本上都采取了他的這一説法。甚至於在前幾年出版的社科院文研所編的《唐詩選》中,乾脆就把《秦王飲酒》一詩正文中的"獰"徑直改爲"儜"字。這樣一來,好像這個"獰"字之爲誤文,已經被當作一個確定無疑的結論而没有任何討論的餘地了。

　　然而,問題卻並未到此了結。就在最近幾年問世的若干詩選和論作中,又有人對這個説法提出異議。例如吳企明、尤振中同志的《李賀詩選析》,尤振中的論文《説李賀〈秦王飲酒〉中的"秦王"》(載《江蘇師院學報》1981 年第 1 期),王檣、史雙元同志的論文《"鬼才"自有"神仙格"》(載《南師學報》1981 年第 3 期),都在分析《秦王飲酒》詩意的基礎上,提出了不同的看法,一致認爲這個"獰"字本來不錯,它可以解釋爲"激越"或者"險急"的意思,不宜遽然把它看作"儜"字的誤文。儘管這些意見所持的論據還不很充足,其具體的説法亦不盡一致,但它們的出現,畢竟打破了歷代注家在這個問題上轉展因襲的局面。作爲一個經過思索後提出來的新見解,仍然應該引起我們的注意。

　　兩種意見針鋒相對,好像祇是在一個很小的問題上發生爭執,實際上它的背景不僅涉及對這一句詩和整篇《秦王飲酒》應該怎樣來準確地理解,而且還牽連到李賀創作中關於形象塑造、語言風格、審美趣味以及詩人自身的心理特徵等一些重要的問題,其意義就不是一個字的辨正校勘所能概括了的。這正像從一滴水珠中可以看到大千世界繽紛多彩的顏色,弄清楚這個問題,也有助於我們進一步地瞭解李賀的創作個性,把握到他作品中在賦物造形方面某些共同的特點。爲此,本文想就這個問題做點探索。

　　對於上面兩種不同的意見,我比較傾向於後者,即認爲《秦王飲酒》的這個"獰"字應屬李賀詩中的原文。這裏最直接的一條理由,是因爲那些主張"獰"字之爲誤文的注詩諸家,作出這樣一個判斷没有任何版本根據,這從校勘的角度上看是根本不足據信的。更有意思的是,倘使我們在一個比較開闊的視野上來考察這個問題,聯繫到詩人所處的時代整個社會審美意識及文藝創作風氣的變化動向,來進行知人論世、觸類旁通的分析,就能發現李賀在這裏特意用一個"獰"字來描寫音樂,這恰恰正是顯現他詩歌創作特徵的一個具有關鍵性的字眼。

　　我們知道,李賀是一個才華出衆、立意高卓的詩人。他極其短促的一生,在困頓的環境中刻苦吟詩,嘔心鏤骨,把詩歌藝術美的創造作爲他最主要的生活内容。人們讀他的詩,總是能得到一種強烈的藝術感受,乃至深嘆其中摹寫的許多事物形象,是顯得那樣地瑰詭怪誕而具有刺人心目的魅力。關於他詩歌的藝術特點,杜牧的《李賀集序》曾作過很形象的評述,甚至用"牛鬼蛇神,不足爲其虚荒誕幻"來形容它風格的怪險。嚴羽《滄浪詩話》在談到"長吉之瑰詭"時,亦云:"天地間自欠此體不得。"與歷史上很多詩人相比,李賀確實能以一種出俗反常的面目,標新立異於中唐的詩壇。

　　任何一個有創造性的藝術家,他祇能是在一定的歷史條件和文藝風氣下進行創作。《李長吉歌詩》這種特點的形成,當然有很複雜的原因,但歸根結柢,還是受到了當時整個社會審美意識的制約和影響。按李賀從事創作活動的貞元、元和年間,正是文學史上詩風發生急變劇轉的時代,這時舊的傳統在被破壞,新的東西正在興起,這種除舊布新的破裂和替代所引起的動蕩,波及到這一時期很多的作家。而李賀,作爲一個時代美感趣味的敏鋭感受者和體現者,我們確實能夠從他的詩裏,包括在"獰"字這個小小的問題上,看到當時社會上美學理想所發生的急轉。這就像錢鍾書先生在他《中國詩與中國畫》一文中説的,"好比從飛沙、麥浪、波紋裏看出了風的姿態"。

　　我們從李賀上推數百年,可以看到這一長段時間詩壇上沿襲相承的傳統,評論一首詩歌的好壞,一般都是以能否達到清新自然和圓美流轉作爲標準的。譬如鮑照把謝靈運的詩稱作"如初發芙蓉,自然可愛",謝朓認爲好的詩應"圓美流轉如彈丸",一直到盛唐的李白,也還是用"清水出芙蓉,天然去雕飾"來形容他心目中的佳作。可見由南朝到盛唐，當時大多數詩人的創作，總擺脫不了南朝民歌中所謂的"慷慨吐清音，明轉出天然"那種明朗、清新、自然、宛轉的風格的影響。即使像杜甫，他的詩實質上已在孕育着某種變革，但他又照例還是在提倡"清詞麗句必爲鄰"的。這使我們看到，在詩歌中塑造那種清圓流麗、自然和諧，而足以使人賞心悦目的藝術形象，在這長達數百年時間内，是如何被當作一個做詩的金科玉律而受到大家的歡迎了。在這種情況下，就很難設想有哪一個詩人，在描寫清歌曼舞時會用一個"獰"字來形容歌聲之美妙。

　　但是，到了李賀所處的中唐，這個長期以來暢行無阻的習慣，卻遭到了嚴重的挑戰。在貞元、元和之際，有一批新進的詩人崛起，他們打着革新詩風的旗子，主張抛棄這個一味崇尚清新自然的舊傳統，試圖從一個不同的方向去尋找詩歌創作的新途徑。他們鄙薄大歷詩人沿着舊路子寫出來的圓熟的近體詩，也看不起白居易輩爲達到"老嫗能解"而創作的平易通暢的作品，認爲這不過是些平庸淺俗的東西應該被撇在一邊。他們自己則致力於苦思冥索，務求在詩裏表現出一種不平凡的境界，以此來一震世人的耳目。然而，他們把清麗圓熟的詩當做俗套來反對，卻使自己的作品趨向於險怪。中唐時人李肇《國史補》嘗謂"元和之風尚怪"，説明在元和年間作詩之崇尚險怪，是一個帶有普遍性的現象。在這中間，韓愈當然是一位最有代表性的巨擘。其他如孟郊、皇甫湜、盧仝、馬異，其餘的如張碧、莊南傑、韋楚老等，皆推波助瀾爲其羽翼。而我們在這裏所説的李賀，也正是在這股潮流中嶄露頭角的佼佼者。

　　作家藝術趣味上的尚怪，往往是他們怪僻的精神世界一種折光的照射。按發生在唐玄宗天寶年間的"安史之亂"，是導致唐王朝由盛轉衰的一次巨大的事變。嗣此以後數十年間，唐代社會各種矛盾日益激化，政治局面窒息混亂，這對中唐許多地主階級知

識分子的精神面貌，無疑起過很消極的影響。他們精神上的空
虛，需要用感官的刺激來填補。近人王禮錫的《李長吉評傳》，在
談到《昌谷集》中追求奇險這一特點時，就指出這是經過社會變亂
後人們在精神上需要尋求強烈刺激的產物。其實包括韓愈、孟
郊、盧仝在内，情形亦莫不如此。即以韓愈而論，此公的性格就多
少有些怪僻，他喜歡在詩裏描寫一些光怪陸離的幻象，也經常是
爲了取得某種精神上的刺激，從這裏顯露出了他在說理散文中極
力加以掩蓋的内心世界深邃的一角。鑒於他們這種變異了的心
理狀態，這些詩人一般都不很樂意單純去寫人們日常生活中被認
爲是賞心悦目的東西，也經常有意識地去破壞作品藝術形象在感
覺上的自然與和諧。他們最大的興趣，是在搜羅一些平常人看起
來是屬於醜惡和可怕的東西，然後用很強的力量把它們納入詩的
世界。劉熙載《藝概》云："昌黎詩，往往以醜爲美。"張表臣《珊瑚
鈎詩話》云："如李長吉錦囊句，非不奇也，而牛鬼蛇神太甚，所謂
施諸廊廟則駭矣。"他們就是受這種反常的美感趣味所支配，極力
在詩中塑造一些容易引起精神上顫栗和震動的形象，使自己在這
個創作過程中得到某種心理的滿足。

　　《昌谷集》中《公莫舞歌》這首詩以歌詠鴻門宴這個著名的歷
史事件爲題，同《秦王飲酒》略有近似之處，也是一首"探尋前事"、
全力描摹幻覺中怪誕形象的作品。詩人在這裏用粗獷有力的綫
條和斑斕刺目的色彩，勾勒了一幀象徵着古代英雄蠻勇力量的險
怪畫面。詩中寫道：

　　　　方花古礎排九楹，刺豹淋血盛銀罌。華筵鼓吹無桐竹，
　　長刀直立割鳴箏。橫楣粗錦生紅緯，日炙錦嫣王未醉。

這一段詩描述項王軍中開宴的場面，顯得何等奇壯粗惡，倘拿來
和所謂"初發芙蓉"等一類詩境作比較，簡直是隔着兩個世界。方
扶南《李長吉詩集批注》談到"方花古礎排九楹"這四句時說："起

四語狰獰高會如見。"林同濟先生《李長吉歌詩研究》論及此詩,亦指出:"日炙錦嫣,蓋謂粗錦經日光薰炙也竟生妍。此用一'嫣'字襯出堂中其他一切都狰獰也。"讀這樣的詩,有誰不能從其中形象的詭怪而感到一股强迫人接受的感染力呢?

詩歌是語言的藝術。詩人塑造體現一定美學理想的藝術形象,總需要有一套與之相適應的文學語彙來加以表現。中唐詩壇這一陣趨險獵奇的風,使當時一部分詩人的用語習慣也變得很乖異。就像韓愈和李賀,他們在作品中使用的語言,經常會有一些出人不意的地方,有時甚至可以超出人們一般審美經驗所許可的限度,來達到一種不尋常的激發感情的作用。韓愈所謂的"橫空盤硬語,妥帖力排奡","險語破鬼膽,高詞媲皇墳",這些看起來立論很高的主張,歸結到一點,就是要用許多生僻怪屬的"硬語"和"險語",來爲自己的作品增加些"惡氣力"和"獰面目"。李長吉歌詩用語之奇,也極受古今論詩家的注意。如毛稚黃的《詩辨坻》,即謂長吉"刻於撰語"。近人錢鍾書先生《談藝録》亦云,李賀善造"爽肌戛魂之境,酸心刺骨之字"。而李嘉言先生《李賀與晚唐》一文(見《古詩初探》一書,古典文學出版社 1957 年出版),對於這個問題論述尤爲詳到,其云:

> (李賀)愛用驚人的字眼與句法,如腥、瀉、慘、死、古、冷、狐、仙、龍、蛇、鬼等,這分明是在極度的感傷中需要一些刺激來麻醉一時,也是他對於時代失望疲倦之餘的一種不正常的病象。

李嘉言先生的這一觀點,頗能道中李賀創作的要害,說明他在那種特有心理的支配下,在遣字造句上故意追求奇險和拗戾的傾向,有着它深刻的時代根源。

現在,我們回過頭來說《秦王飲酒》中的這個"獰"。像這樣一個字,當然同"粗惡"和"狰獰"的概念有密切的聯繫,人們一看到它,往往會在精神上產生一種挺不愉快的感受,算得上是一個“酸心刺骨之字”。爲此,在六朝至盛唐一片作詩好尚清圓流轉的氣氛下,它和詩歌的關係幾乎是絕緣的。這是因爲當時人作詩,務求在語言上達到一種“珠圓玉潤”之美,要是有哪個作家在某一首詩中用了這個字,則難免會被人認爲破壞這整篇作品的自然與和諧。所以我們翻閱這一長階段的詩作,就找不出多少使用過“獰”字的例句。但是到了韓愈、孟郊和李賀的筆下,情況就大不一樣,因爲這幾位詩人措思造語所希望達到的目的,恰恰就是要打破這種美感的和諧。對於“獰”這樣一類看起來覺得不自然的字,他們不但不嫌厭而是采取了歡迎的態度。於是這個向來被隔絕在欄圈外的“獰”,就在此際幸運地擠進了詩歌的苑圍。

　　真是對傳統習慣的一種嘲弄。我們讀韓昌黎、孟東野、李長吉的詩,數其中使用“獰”字例句之多,就仿佛這些詩人在挑揀狀詠物態的語彙時,不約而同地一齊找到了它。如韓、孟《城南聯句》云:“桑蠖見虛指,穴狸聞鬥**獰**。”又《征蜀聯句》云:“生**獰**競掣跌,痴突爭填軋。”韓愈《送無本師歸范陽》云:“**獰**飆攪空衢,天地與頓撼。”《赴江陵途中》云:“吏民似猿猴,生**獰**多忿很。”孟郊《峽哀詩》第八首云:“仄田無異稼,毒水多**獰**鱗。”同詩第九首云:“峽水劍戟**獰**,峽舟霹靂翔。”其《品松》又云:“擘裂風雨**獰**,抓拏指爪脼。”李賀《猛虎行》云:“乳孫哺子,教得生**獰**。”《感諷五首之一》云:“縣官騎馬來,**獰**色虬紫鬚。”以上這一些例句,每一例中都有一個“獰”字。而這種情況在衆多的中唐詩人中,恰恰集合在韓、孟、李三家,該是説明他們喜用“獰”字的很確鑿的證據。

　　韓愈、李賀等這種在修辭技巧上一反傳統的大膽創造,雖然是一個很小的細節,但其產生影響之深遠,卻一直到晚唐詩人的某些作品裏還有表現。比如杜牧《題關亭長句》中的“霜後精神泰華**獰**”,李商隱《無愁果有愁曲北齊歌》中的“麒麟踏雲天馬**獰**”,莊南傑《雁門太守行》中的“跨下嘶風白練**獰**”,吳融《簡人》中的“簾旌繡獸獰",皮日休《初夏游楞伽精舍》中的"遺畫龍奴獰",陸龜蒙《江南秋懷寄華陽山人》中的"穿籬守犬獰",韋莊《觀浙西府相畋游》中的"紅旆風吹畫虎獰",這些例句當中所表現出來的藝術趣味,差不多全屬韓、李諸家上述詩作的流亞。特別是李商隱的《無愁果有愁曲北齊歌》,此詩與李賀集中若干摹仿宮體之作氣味愈相接近。陳貽焮先生《李商隱的詠史詩和詠物詩》一文(載《文學評論》1962 年第 6 期),即指出它"完全采取李賀的構思和表現方法,用所謂'長吉體'的歌行寫成的"。而莊南傑則是李賀的傳人,辛文房《唐才子傳》稱其"工樂府雜歌,詩體似長吉",他的這首《雁門太守行》,是很明顯地學李賀寫的同名樂府詩的。就在這兩首深受李賀作品影響的詩裏,恰好都有一個"獰"字。

從上面舉的許多例子可以看出,就是我們要說的這個"獰",不管它在文學史上如何受到過詩人們的厭惡而對它避之惟恐不遠,但在韓、孟、李賀及其後繼者的一些詩裏,卻變成了一個時常出頭露面而且很有表現力的字眼。在這中間,它能夠被拿來摹寫衆多不同的事物形態:如人物容貌的凶惡,動物形狀的怪異和行動的健疾,山勢的崇峻陡削,飆風、峽浪的猛烈險急,以及松樹鱗皮粗拙的外表,一直到婦女閨房中辟邪等飾物的怪樣子,都可以通過在詩句中著上一個"獰"字,把它們"桀驁犖確"的精神面貌一下子提挈出來,在形象中表現出一種振奮情緒的渴望和力量。既然這些情況中有李賀在,而他的性格又特別喜歡使用這一類足以使人感到"酸心刺骨"的字眼,那末就在他《秦王飲酒》這首整體形象很有刺激性的詩裏出現一個"獰",有什麼理由一定要當作一件大爲不可理解的事情來進行挑剔呢?

誠然,從這個"獰"字的語原意義看,一般都是用在表現人們所感受到的某種事物的視覺形象。但李賀《秦王飲酒》中的"獰"字,則是被用來摹寫聽覺範疇内的音樂形象。這看起來有點離奇,但在藝術創作中卻並不稀罕。我們前面提到的韓、孟《城南聯句》，其中明明有一句“穴狸鬬鬬獰”，就是用“獰”字來形容狐狸在洞穴裏相互爭鬬所發出的聲音的。這個很有趣的例子，對我們理解《秦王飲酒》中“獰”字包含的意義，應有一定的啓發性。像這樣把兩種不同感覺範疇所得到的印象拿來挪移借用的辦法，我們把它稱爲“通感”或者“聯覺”，這作爲一種特定的心理現象在文藝創作中的反映，其來源往往是憑作家個人的直覺和幻覺。文學史上有許多事實表明，一些作家喜歡運用這個手法，也經常同他們企望給自己描繪的形象增加一點刺激性有關。基於這個原因，“通感”在中唐的韓、孟一派性格多少有一些畸形的詩人作品裏，就遠比盛唐詩人以及當時的元、白等作家用得多。例如孟郊《秋懷詩》中的“商氣洗聲瘦”，賈島《客思》詩中的“促織聲尖尖似針”，這兩個以尖巧瘦削而出名的例子，就清楚地顯出窮困潦倒的作者内心極度幽峭冷僻的感情意蘊。這種情況，也是同他們提倡的怪僻詩風有機地聯繫在一起的。

　　李賀詩集中大多數作品，注重在描寫個人的直覺和幻覺，這樣的現象主要是由於他本身生活圈子的狹隘和性格的内傾所決定的。他無疑缺少對現實生活中社會問題深刻的思索和高度概括的能力，但他特別善於捕捉瞬息之間所感受到的事物的直觀形象，也喜歡在詩中津津有味地描摹他主觀精神上浮現的各種幻景。這些東西作爲藝術形象出現在他的作品中間，體現着一種直覺、幻覺和他自身感情特殊的融合。因此李賀在創作中間大量地運用“通感”，這在整個中國文學史上也是顯得非常突出的。錢鍾書先生的《談藝錄》涉及李長吉，就舉出很多實例，有專門一節來討論這個問題。例如《自昌谷到洛後門》中的“石澗凍波聲”，《難忘曲》中的“簫聲吹日色”，《潞州張大宅病酒》中的“軍吹壓蘆烟”，《詠懷》中的“春風吹鬢影”，《天上謠》中的“銀浦流雲學水聲”，《夢天》中的“玉輪軋露濕團光”，《春坊正字劍子歌》中的“隙月斜明刮露寒”，《金銅仙人辭漢歌》中的“東關酸風射眸子”，《蝴蝶舞》中的

"楊花撲帳春雲熱",這些久已傳誦人口的名句,在不同情況下都借用過感覺印象的挪移,通過直觀的形式給讀者一份新穎強銳的感受。而《秦王飲酒》一詩,在描繪這種"通感"的形象方面,尤有它鮮明的特色。譬如這首詩的第三、第四"羲和敲日玻璃聲,劫灰飛盡古今平"兩句,就連續兩次用了這樣的表現手法。現在的問題是,就在這同一篇作品中間,詩人又借助於這種感覺印象的挪移,在"花樓玉鳳"一句當中特意綴上一個"獰"字來形容一番他幻想境界中宮女歌唱的聲音之美,這無疑應該是他"繪聲奇切"的一處神來之筆,和詩人在其它許多作品中表現出來的創作精神面貌是完全一致的。如果按照某些注家的意見,硬要把這個"獰"當作錯字而把它改爲"儜",好像是讀起來比原來通順一點,實際上恰恰是抹煞了李賀在塑造形象手法上的一個重要特點。

在《秦王飲酒》"花樓玉鳳聲嬌獰"這句詩中,還有一個特殊點,這就是李賀把"嬌"和"獰"兩個意義剛好相反的字,放在一道來形容女子的歌唱。這看起來似乎亦違背了生活中的常情,實則十分符合他本人的美學理想。李賀在他的《高軒過》一詩中,嘗稱韓愈"筆補造化天無功",這句話也是貫穿在他自己詩歌創作中的一個指導思想。他認爲世界上一切自然形態的東西,對於詩歌來說祇能作爲最原始的材料,它們本身並沒有什麼美的價值可言,而唯有經過作詩者的一番大力的驅遣陶鎔之後,用藝術的再創造來彌補、潤飾它們原來的缺陷,才能在詩歌的藝術形象中體現出契合於他主觀感情的美來。很顯然,李賀並不欣賞那些自然、本色的東西,他要在寫詩過程中有意識地撇開和改造它們,就必然導致他把自己的注意力轉移到它們兩個相反的極端,去尋找那種異乎尋常的"美"和十分怪誕的"醜"。正像十九世紀法國的浪漫派詩人曾將"美人"和"野獸"並列起來在作品中着力地加以表現一樣,李賀也極喜歡把杜牧在《李賀集序》中所說的"時花美女"和"牛鬼蛇神"、即"嬌"和"獰"這兩個方面夾雜在一起來繪寫他心目中美的事物形象。我們就以《公莫舞歌》一篇爲例,這首詩的整體形象當然寫得很粗惡,但是在"日炙錦嫣王未醉"一句之中,作者卻偏偏又用上了一個色調極妍麗的"嫣"字。再如《梁臺古意》、《秦宮詩》、《榮華樂》等一些鋪寫古代貴族豪家生活場面的篇章,其中除了極力渲染種種嬌奢眩目的景象外,還穿插着一些獰厲怖畏的刻劃。如《梁臺古意》中的"撞鐘飲酒行射天,金虎蹙裘噴血斑",《秦宮詩》中的"禿襟小袖調鸚鵡,紫綉麻緅踏哮虎",《榮華樂》中的"金鋪綴日雜紅光,銅龍齧環似爭力",都有意要在富艷媚麗的畫面當中點綴一些刺眼的東西,這就是李長吉和一般的詩人趣味迥異的地方。就以《秦王飲酒》來說,其實作者同樣也是把"宮女如花滿春殿"的綺麗景象,和主人公秦王豪縱淒厲的情態放在一起來描寫的。從這首詩整個形象的構成來看,也分明地體現着"嬌"和"獰"的結合。這樣此詩中間有一句"花樓玉鳳聲嬌獰"的出現,就顯得絶對不是偶然的了。

作爲一篇顯現李賀内心世界冲突的作品,《秦王飲酒》曾受到過古代游仙詩和宫體詩很深的影響,其中表現了作者十分複雜的思想情緒。按詩人描述這樣一個古代宫闈生活的題材,基本上是憑藉自己的想象,他的自身感情同他所描繪的這一幻想境界是完全融成一體的。他一方面像詩中的主人公秦王那樣,爲光陰不斷悄悄地流逝感到極度的不安和悲哀;而另一方面又神往秦王那種縱情酒色之娱的享樂生活,從中流露出他日常生活中那些被壓抑了的情緒和願望。就在作者沉溺於這種幻想生活創造的一瞬間,他懷着最熾烈的感情用這個"獰"字——它包含着吴企明等同志所説的"激越"、"險急",甚至於有些淒厲的意味——同"嬌"字放在一起來摹狀宫女們歌唱的聲音之美,借助於這種在一定程度上經過了歪曲的音樂形象,使對象與心靈發生同情的共鳴,在精神上得到一種更爲强有力的刺激。這樣一個特殊的現象,是可以從李賀特有的心理狀態和美感趣味中找到根據的。

　　談到這裏,問題的結論就很明顯:李賀《秦王飲酒》中的這個
"獰",非但不是什麽錯字,而恰巧是反映詩人創作個性的一處"精
神心眼"所在。

1984 年 2 月

李賀詩中的"仙"與"鬼"

在中國文學史上，論藝術才華之卓犖驚挺，李賀算得上是屈指可數的一位詩人。然而，人們閱讀《李長吉歌詩》，常會碰到一層困難，這就在於李賀的許多作品語言隱晦，景象恍惚，如杜牧所說的"理"不勝"辭"，作者的真意究屬何在，不免要費人苦猜。而緣其特異於他人之裁作而致使讀者尤難理解者，是他在詩歌裏寫了許多"仙"和"鬼"。

李賀現存的詩作，共計二百四十多首，數其間與神仙內容直接相關的，就有近四十篇。詩人廣徵道書事典，博采仙家異聞，馳騁奇想，隨意揮灑，從西王母寫到東王公，從弄玉寫到青琴，又從王子喬寫到李少君。還有古代神話中的嫦娥、瑤妃，方誌傳說裏的蘭香神女和貝宮夫人，道家典籍內所記的萼綠華，乃至興許是他自己臆想出來的博羅老仙，包括穆滿遠游、瑤池盛宴、羲和鞭日、湘妃滴淚，一概被他搜籠於筆端，綴編入詩。他繼承魏晉以還游仙詩的傳統，撰作新篇想象自己輕舉昇天，遨游仙境，"秦妃卷簾北窗曉，窗前植桐青鳳小"（《天上謠》）、"玉輪軋露濕團光，鸞珮相逢桂香陌"（《夢天》），處身仙界居然可以"遇合仙姝"，顯得十分快樂逍遙。

至於李賀寫鬼的詩，其數也在十篇以上，這種特殊嗜好，確屬甚爲罕見。蓋詩人之刻意寫鬼，可謂匠心獨具，他的筆墨所至，那些鬼蜮精靈，山魈木魅，青狸白狐，無不畢現，煞是一片衆鬼出没的世界。這些詩裏所描摹的景象，盡是什麼"鬼燈如漆"，"鬼雨灑草"，"墳樹蕭條"，"陰風窸窣"，充滿着滲淡厲怖的氣氛。例如詩人生命最後階段寄食潞府時所寫的《長平箭頭歌》一詩，叙述自己乘馬車行尋訪長平古戰場，在那石田蒿塢之下，與無數被箭鏃射死的冤鬼相遇，並於祭奠之間同他們發生了悲情的交流："風長日短星蕭蕭，黑旗雲濕懸空夜。左魂右魄啼飢瘦，酪瓶倒盡將羊炙。蟲栖雁病蘆笋紅，回風送客吹陰火。"詩歌營造氛圍如此淒其，所謂的"左魂右魄"又向身邊紛至沓來，足令受其感染的讀者爲之寒顫。

　　李賀少年才雋閱世不多，他的詩歌何以會寫這麼多的"仙"與"鬼"，似乎是個比較難於解釋的問題，然細加推究則確有詩人自身的思想根源可找。早在唐代詩人李商隱撰寫的《李長吉小傳》中，就記錄了由李賀親姐所口述的一則傳聞：

> 長吉將死時，忽晝見一緋衣人，駕赤虬，持一板書若太古篆或霹靂石文者，云："當召長吉。"長吉了不能讀，欻下榻叩頭，言"阿㜽老且病，賀不願去"。緋衣人笑曰："帝成白玉樓，立召君爲記。天上差樂不苦也！"長吉獨泣，邊人盡見之。少之，長吉氣絶。

上述傳聞情節俶詭離奇，宜屬李賀臨終時次譫妄與心神迷亂產生的幻覺，遂而讓其在這不經意間"泄其隱情，償其潛願"，"賀惟畏死，不同於衆，時復道及死，不能去懷；然又厭苦人世，故復常作天上想"（朱自清《李賀年譜》引洪爲法語），表現在這個白日夢裏的錯亂意識，極清晰地透露出詩人平生思想的偏畸與糾結。寖至北宋時代宋祁評論唐詩，又把李賀稱之爲"鬼才"，若斯名號之得來固與昌谷多寫鬼魅有關，同時也是宋祁站在封建正統思想的立場上，把李賀當做異端而給予他的一種貶斥。按名號終究是名號，要是施諸於實際研究就並無多大意義。近些年來有好多古代詩歌的研究者，喜歡把李長吉歌詩當做熱門話題來探討，他們但凡觸及到李賀詩中"仙"與"鬼"一類問題，從不聯繫詩人的世界觀和思想傾向進行具體的分析,説來説去無非都是以"想象豐富"來一言蔽之。讀者單憑此類千篇一律的説辭,仍然無法克服閱讀詩人作品時碰到的困難。

　　毫無疑問,以李長吉詠詩才情之富,能將超離現實生活的仙道鬼怪刻劃得這樣幽眇詭異,誠然同他善於運用豐富的想象來進行藝術構思大有關係。但是文學作品的想象所關涉之範疇,當決不止於形式且亦在乎内容。故詩人李賀抒發之想象,作爲背俗反常的觀念形態,不管它的表現形式怎樣超塵軼世,情節内容何其虛荒誕幻,均爲現實中人對客觀環境擠逼的逆向反饋,説到底還受制於創作主體所秉持的世界觀和人生理念。李賀畢竟生活在現實社會,他有貴胄的血統渴望出人頭地,心氣彌高藐視世俗常情,拗腸眇眼耽愛想入非非,吟成的詩歌總是那麼思緒綿聯,詞調詭急之外又喜歡穿幽入仄,包括上文所説的酷嗜摹畫仙道鬼魅云云,諸如此類衆多因素在其情智活動中共相推激又互爲依存。這一切,都可歸因於他不能正確看待自己的意願和現實狀況之間的巨大反差。我們從整體上考察《李長吉歌詩》的内容特徵,首先必須牢牢把握住這個矛盾主軸,然後根據詩歌題材類型之不同,再細心推繹出詩人創作思路的來龍去脈。唯有如此,才能準確地闡釋李賀那些仙鬼題材詩歌的真實寓義。

　　倘將李賀的詩歌作爲一個整體來觀察,則雖有《馬詩》二十三首、《送韋仁實兄弟入關》、《感諷五首》之一、《猛虎行》、《吕將軍歌》、《黄家洞》、《老夫采玉歌》等現實内容較爲充實的作品,但其絶大多數篇製顯然没有灌注多少深刻的社會意義。與其像清代某些評論家那樣把李長吉歌詩當作中唐的詩史來讀,還不如將其視爲一顆不斷震蕩着的心靈活動軌迹的記録。李賀絶大多數詩作深藏着的意涵,還在於表現作者多方面的人生意願受到壓抑後所引起的矛盾冲突。有一宗現象非常值得注意,舉凡詩人言及生死問題,都會顯得愁緒縈懷或至驚心動魄。他有緊迫的求生意

志,對不斷逝去的光陰反應極爲敏感,一想到人有死亡這個大限就刺促不安。錢鍾書先生《談藝録》一四"長吉年命之嗟"指出:

> 細玩《昌谷集》,舍侘傺牢騷,時一抒泄而外,尚有一作意,屢見不鮮。其於光陰之速,年命之短,世變無涯,人生有盡,每感愴低徊,長言永嘆。

錢先生的這一研判,有數量甚多的李賀詩篇可作見證。譬如《天上謠》、《浩歌》、《秦王飲酒》、《古悠悠行》、《三月過行宮》、《後園鑿井歌》、《日出行》、《拂舞歌辭》、《相勸酒》、《夢天》等詩,作者盡意描寫天地悠悠,人生奄忽,光陰遷移,晝夜不息,"皆深有感於日月逾邁,滄桑改換,而人事之代謝不與焉"。就像這些詩中所揭示的,與悠遠無窮的天道變化相比,個體生命之處世簡直只是須臾一瞬,宇宙無窮與人生翕忽修短若斯不類,乃爲人人所必須面對而永遠難以克服的矛盾。李賀的作品與他人同類詩作之不同,在於它們不單是抒發年命短促的感傷情緒,又兼能"獨純從天運著眼",往往寄托着詩人沉綿的生命哲理思考。

　　根據李賀在詩中的自述,他的體弱多病可能有些先天不足,而性格的多愁善感,經常沉溺於毫無節制的苦吟,更是嚴重地損害了他的身心健康。長吉《昌谷讀書示巴童》詩云:"蟲響燈光薄,宵寒藥氣濃。"《南園十三首》其九云:"瀉酒木蘭椒葉蓋,病容扶起種菱絲。"《傷心行》云:"咽咽學楚吟,病骨傷幽素。"《出城寄權璩楊敬之》云:"自言漢劍當飛去,何事還車載病身。"《示弟》云:"病骨猶能在,人間底事無。"《潞州張大宅病酒》云:"病客眠清曉,疏桐墜綠鮮。"足以證實病痛和服藥確是李賀生活中的一項重要内容。加上他仕途牢落,一生多數時間虛耗在潦倒落魄之中,因此心事鬱結,恒爲生死問題浸沉在"雲愁海思"之中。他生活在這個變遷無窮的世界,目睹萬物欣榮消歇,感念人有生老病死。"暘谷耳曾聞,若木眼不見,奈爾礫石,胡爲銷人"(《日出行》),"吾不識青天高，黄地厚，唯見月寒日暖，來煎人壽"（《苦晝短》）。那種焦慮於衰老和死亡的念頭，幾乎無時不在纏擾着詩人的心靈。甚至於秋風吹落一片桐葉，竟然會使他由此驚恐不安；頭上長出幾莖白髮，也立刻給他帶來許多哀愁。很有意思的是，在《李長吉歌詩》之中，頻繁地用了很多"老"字和"死"字，其中"老"字多達五十餘個，"死"字亦有二十餘個。其樂府歌辭《老夫采玉歌》詩句加上題目共著三個"老"字，五古長篇《春歸昌谷》同著三個"老"字；而在外集一首題爲《南園》的短詩裏，就接連綴用了三個"老"字。這種與其他詩人顯著不同的用字習慣，凸顯出李賀内心活動的意念所注，宜屬破解《昌谷集》中間某些詩歌深藏奥密之窗口所在。

　　李長吉這類悲嘆人壽短促的詩什，並非簡單地憾恨人生好景無常，亦不屬於一味鼓吹縱情及時行樂，而是深刻地表現了詩人彷徨生死之際，在苦心思索着生命的玄奥，幻想尋找一條可以擺脱死亡的道路。詩人百無聊賴卻又心存僥幸，明知無望還要企求慰藉，其精神上久爲生存、死亡、時間、空間一類概念所盤踞，有時還在表面的曠達下仍隱藏着對人世深摯的眷戀，要説這裏面所包含着的哲理性，則誠然没有跳出人類幼年時期就已具備的那個思想框架。李賀慣常沉湎其間不能自拔，偏好從消極方面去透露宇宙人生的消息，這樣的狀態斷然不能表明他智力的成熟，相反倒是彰顯了他認知的幼稚。

　　正是在畏懼衰老和死亡的思想支配下，昌谷對於神仙一途，曾寄托莫大的希望，詩人在作品中摹寫了這麽多神仙，都是和他這種特定的心態分不開的。譬如他的《瑶華樂》一詩寫道："鉛華之水洗君骨，與君相對作真質。"按此中所謂之"真質"者，即仙家得道必備之純真體質是也。曾益《昌谷詩解》注謂："洗君骨，令脱去凡骨；作真質，抱真以游；相對，與神母俱仙。"王琦《李長吉歌詩匯解》注曰："仙家丹法，先用黑鉛一味，煉起鉛華之水，蓋謂金丹神水也。洗骨：洗去凡質濁垢；真質：長生不老之質。"李賀這兩句詩所説的意思,就是采用道教丹法來强固自己的骨肉之軀,使之足以抵禦光陰之銷鑠而達成生命的永存。其《貝宫夫人》詩又云:"長眉凝緑幾千年,清涼堪老鏡中鸞。"《假龍吟歌》亦云:"木死沙崩惡溪島,阿母得仙今不老。"宗旨俱在强調神仙不同於世間萬類,其生命永不衰頹可以無限地延長,作者於此流露出的艷羨之情,真是溢於言表。

以故在他詩歌中顯現的種種超塵絶世的想象,就不能不説同他的出世觀念有着密切的關聯。例如《天上謡》所説的"東指羲和能走馬,海塵新生石山下",《夢天》所説的"黄塵清水三山下,更變千年如走馬",詩人設想自己凌空遨游天國,徜徉於霄漢之間,俯視世界滄桑塵水變化無窮,其藝術構思確實新巧離奇,然而察其思想本質,還是表現了他以神仙自比,幻想高蹈於塵世之上,不受時間和空間的束縛,在生命問題上追求絶對的自由。

盡管李賀把神仙境界想得那麽美妙,無奈這條烟雲微茫的道路,並没有讓他的精神得到真正的寄托。因爲神仙長生一説,實在顯得過於荒誕無稽,詩人歷數古往今來追求神仙的人固然不少,但畢竟没有一個成功的實例。即便像秦皇漢武那樣威勢顯赫的君主,熱烈向往追踪神仙謀求長生,利用手中的權力派人到處采集不死神藥,但最終還是"劉徹茂陵多滯骨,嬴政梓棺費鮑魚"(《苦晝短》),"碓碎千年日長白,孝武秦王聽不得"(《官街鼓》)。這些按之有據的事實,悉皆令其感到神仙之説渺茫無驗,從而産生愈來愈多的苦悶和惆悵。他在《苦晝短》這一首詩裏,情不自禁地發出了"神君何在,太一安有"的疑問。長吉對主宰造化的神道産生懷疑,並不意味着他在"批判宗教迷信",而是恰恰表明,他祈求長生的幻想已告破滅,從上述兩句詩裏透示出來的是一種無可奈何的感情,這位畸零兒離開他精神上的崩潰已經爲期不遠了。

我們把李賀許多詩篇聯繫起來看,他有時向往神仙能够長生,有時意想如何阻止光陰的流注,有時又企圖寄情及時行樂,有

時只能發出無可奈何的悲嘆。凡此種種現象,適足說明在李賀的
靈魂深處,充滿着生與死冲突所激起的痛苦。求生的欲望曾激起
他無數妄念,但没有任何一種念慮可使他的情緒獲得安定,超驗
的仙境終究不能恒久地維繫人心,一旦從幻覺中清醒過來就會感
到失魂落魄。他慨嘆瑰麗神異的天國難以到達,就把注意力游移
到棘草叢生的墓場;他無法肯定自己的生命可以得到長存,就轉
而去揣摩和描寫對死亡的體驗,謳歌操縱命運的神秘力量。他的
詩中經常寫到鬼,又經常寫到墳墓,蓋無不是其內心碰撞不可調
和之產物。尋檢《昌谷集》中《將進酒》、《秋來》、《追和何謝銅雀
妓》、《金銅仙人辭漢歌》、《王濬墓下作》、《浩歌》、《蘇小小墓》、《感
諷五首》其三等諸多篇章,俱曾摹狀與世人命終身亡密切相關的
墳墓。"墳"的形體介入到長吉的歌詩內,展示出了覆蓋在他心靈
上的巨大陰影,亦是象徵着其生命垂將逝滅的休止符號。它們或
在荒草田壠的包圍之中,或在冷雨凄風的侵襲之下,或孤獨處在
樹木蕭條、磷火飄忽的原野,或籠罩在縱情聲色、及時行樂的盡
頭,非常形象的顯示出詩人絶望和幻滅的心境。《感諷五首》之三
着力渲染人死之後進入墳墓的情景,其云:

　　　南山何其悲,鬼雨灑空草。長安夜半秋,風前幾人老。
　　低迷黄昏徑,裊裊青櫟道。月午樹無影,一山唯白曉。漆炬
　　迎新人,幽壙螢擾擾。

這麽一首讀來陰森可怖的詩,以其突兀的意象指明了詩人考慮生
命問題的最後歸宿。

　　　　　　　　　　　　　　　　　　　1980 年撰稿
　　　　　　　　　　　　　　　　　　　2018 年修改

李賀《許公子鄭姬歌》與變文講唱

　　《許公子鄭姬歌》由長吉羈居洛陽期間撰就，係一首七言歌行體的贈妓詩。此刻詩中所提到的這位許公子，正與新近到洛陽的歌妓鄭某發生熱戀，不惜因她拋擲大量錢財，並在鄭園設席邀請友好諸宗共同游賞。李賀適在與會者之列，遂應鄭姬本人及其他游客的懇求，寫下了這篇專叙艷情的詩章。按給曲里名妓題贈詩作，是唐代文士前行後效的羣趨風尚，爰至中唐則結習尤甚。這種受到商業經濟支配的交流方式，對被贈者來説可賣此抬高身價，詩人則將它當作展露才思的機會，從而形成了大唐都市生活的一道風景綫。

　　泊於本篇發端即有"許史世家外親貴"一句，故徐渭、王琦均曾指出，許公子應是當時唐室的外戚親貴。這一論斷應無疑問，正因爲許某身屬戚畹世家，所以在與鄭姬交好時會表現得如此豪奢。反觀李賀是時之處境相當迫蹙，與這種買笑遭遇固然無法沾邊，唯出於其嚮往欲樂的天性，一旦在作品中間寫到上述風流韻事，總難免泄露出些内心的羡慕。雖然這首歌行缺少積極社會意義，論藝術性也不是李賀集内的上乘佳作，但從瞭解詩人的貴族意識及唐世民間文藝風行狀況等方面看，卻具備重要的材料價值。

　　考以出身名份，李賀算是本朝皇室的一位裔孫，其家世可遠溯到唐高祖李淵的叔父大鄭王李亮。但從大鄭王李亮到李賀，其間歷時約兩百年，這一支經過世代傳承而疏淡了的血脈，不可能給他一家帶來多少沾溉。不過在長吉的眼光裏，遠祖的闊綽就意味着自身價值的貴重，家道墮入困頓更容易滋長起執着的懷舊熱情。這首《許公子鄭姬歌》，寫在鄭園的一個集會上，當於斯時駿馬驕行，宮錦溢彩，賓主雜沓，催人心奮，鄭姬又拜請諸客懇求"皇孫"給她賦詩，這一切都爲詩人出來作自我誇耀造成了極合適的氣氛。此詩除了標榜作者的貴冑地位外，還對他的詩才極盡吹噓之能事。恐怕李賀絶不懷疑，像他這樣兼備名詩人和貴公子雙重頭銜的，古往今來祇有曹植可與比擬。所謂"相如塚上生秋柏，三秦誰是言情客？ 蛾鬟醉眼拜諸宗，爲謁皇孫請曹植"，聽起來真有點陶醉，能夠在引人注目的女性面前張揚自己的才氣和身份，顯然被長吉視爲平生很得意的一件事情。

　　《許公子鄭姬歌》"長翻蜀紙卷《明君》，轉角含商破碧雲"兩句，又涉及到唐代社會變文講唱的一些具體情況。所謂"明君"即指"昭君"，鄭姬在她園中當衆引吭高唱的，就是在唐世非常風行的《王昭君變文》。變文原其性質是一種口頭文學，它主要靠"講"和"唱"敷演故事，但在較多場合下，輒采用相關的圖畫形象與之配合。這種圖畫形象頗似現今的連環畫，即按照變文故事的情節發展綫索，先將多鋪畫面依次繪在長幅紙上，然後把它收卷起來如若圓筒狀，至臨場時則根據講唱者演繹的順序和進度，漸次展開畫面使内中的圖相逐一同步地顯現出來，俾聽衆再從視覺上加深印象。徵核敦煌藏經洞發現的變文寫本，其中P.4524R《降魔變文》、S.3491《破魔變文》及 P.5039《孟姜女變文》，即附帶着此類圖畫。另有 S.2614《大目乾連冥間救母變文並圖一卷》、S.5437《漢將王陵變》、北京圖書館所藏《八相變》等數種，若勘察其間所著之題記或標識，同然能表明它們當年演播時曾用過圖相配合。説到轉變昭君故事的文本，殆僅存 P.2553《王昭君變文》一卷。此卷開頭部分已告缺損，然於其内一段唱詞之後面，猶插入"上卷立鋪畢，此入下卷"兩句話，這也被好多研究者引爲可拿圖畫來相配的確證。按《全唐詩》裏的作品記及女子轉變昭君故事者，還可舉出王建《觀蠻妓》、吉師老《看蜀女轉昭君變》兩首，且以後者提供的信息愈爲翔實。該詩"翠眉嚬處楚邊月，畫卷開時塞外雲"一聯，實乃明白告訴人們，那個"蜀女"是憑借了圖畫來幫助她進行講唱的。如果曉達此中之委曲，則長吉茲詩"長翻蜀紙卷《明君》"一句蘊含的意思，便顯得殊易理會。然因注釋賀詩諸家出自不同原委，如曾益、王琦生世時代敦煌文獻尚未出土，而晚近問世的一些集釋、箋解，又殊少顧及變文研究的進展情況，結果竟致所見各種本子俱悉莫能獲其正解。相反從探討變文的這一頭看，倒是有幾位學者很早注意到這條材料。例如程毅中先生發表於 1962 年的《關於變文的幾點探索》一文，就對變文與變相圖的配合關係作過深入論證，又依據李賀《許公子鄭姬歌》及吉師老《看蜀女轉昭君變》兩詩，指出講唱變文的"並非都是和尚"，也包括了"歌妓一流人物"在內。

　　變文風靡於唐代都會通衢街坊，聽衆涉及面之廣涵蓋着整個市民階層，兼有不少上層社會的愛好者摻雜其內。它作爲一項娛樂羣衆的説唱技藝，不惟演繹之内容迎合流俗所好，原其唱詞又大量吸納民間俚歌俗曲的成份，每每引起士大夫的好奇心和新鮮事物感，故對本朝文人詩的影響亦甚可觀。如是特定藝術創作經驗的傳遞推廣，嘗鼎力促成了白居易詩歌淺俗風格的形成，試以樂天之成名作《長恨歌》言，其實就是在當世變文的熏陶下誕生的一大創新成果。至於白氏的《新樂府》五十首，如《杜陵叟》、《鹽商婦》、《縛戎人》等衆多篇章，還有意識地襲用變文唱詞内常見的那種"三三七體"。陳寅恪先生之《新樂府箋證》論及於此，認爲詩人上述新作"乃以改良當日民間口頭流行之俗曲爲職志"，遂而演成了一代圓熟流暢的通俗詩歌格調。

　　李賀本人曾經接觸過變文講唱，按諸《鄭姬歌》所叙之情事足可證明。據此我們再去審視他的部分七言歌行，則屢能察識有這類俗曲濡染灼烙的痕迹在，至論其間最顯眼之徵狀，即在喜歡借

助"三三七體"來結句行篇。這樣的情形在長吉歌詩裏洵屬司空見慣,兹舉數處以見類例:

> 穆天子,走龍媒,八彎冬瓏逐天迴。(《瑶華樂》)
> 吕將軍,騎赤兔,獨携大膽出秦門。(《吕將軍歌》)
> 琉璃鍾,琥珀濃,小槽酒滴真珠紅。(《將進酒》)
> 歌淫淫,管愔愔,横波好送雕題金。(《相勸酒》)
> 三皇后,七貴人,五十校尉二將軍。(《榮華樂》)

李賀作詩力主背俗反常,務欲凸顯其詭幻峭奥之特色,但有了如上"三三七體"詩句結構的介入,無疑就把變文唱詞所常有的氣韵帶進了他作品中間。《許公子鄭姬歌》這首詩,似亦充斥着浮世風情,雖然它的語言不如《長恨歌》那麽圓熟流轉,不過在《李長吉歌詩》内部,卻算得上是最接近變文唱詞的一種類型了。姑以"莫愁簾中許合歡,清弦五十爲君彈。彈聲咽春弄君骨,骨興牽人馬上鞍"四句爲例,即於很短篇幅之内連續兩處蹈襲了民歌"頂正格"的手法,這未嘗不是詩人試圖"改良當日民間口頭流行之俗曲"的表現。更有意思的是"自從小蠻來東道,曲里長眉少見人"兩句,爲了强調女主人公的美貌絶倫,其使用之摹述方法,竟與《長恨歌》"回眸一笑百媚生,六宫粉黛無顔色"同一套路,從中透露出來的確實是一股徇俗的味兒。明乎此端,則吾儕於研究李長吉歌詩之際,就應注意到它主導傾向掩蓋下的另一種傾向。

2002 年 5 月

李賀與漢魏六朝樂府

　　李長吉歌詩號稱"騷之苗裔"，自文學史的視角探究它的傳承由來，當然可直溯至楚辭。但論以篇章句式結構，李賀的詩又不同於楚辭，而普遍采用漢世以還逐步成熟起來的樂府歌辭體制。漢魏六朝樂府上承風、騷傳統，下啓隋唐五代詩歌，以其殊勝姿態開闢了中土文學的新生面，同楚辭一樣曾給李賀的詩歌創作提供了豐富滋養，對後者特定風貌的形成也起過舉足輕重的作用。甚至無妨這樣説，楚辭給予千載之下的李賀所傳送的影響，在相當大的程度上是通過樂府這一中介環節來達成的，詩人《巴童答》一詩所云"非君唱樂府，誰識怨秋深"兩句，即異常清晰地透露出此中消息。

　　有唐詩壇俊彦輩出，譜寫了華夏詩歌史上最輝煌的一章，舉凡本朝才名卓犖的優秀詩人，悉數都把漢魏六朝樂府奉爲自己學習和仿效的對象。李長吉置身這個時代，其與古代樂府之間的糾葛關聯，頗能顯出迥異他人的獨特徵狀。他不像李白那樣罄其篇什純用古樂府舊題，也不像杜甫、白居易那樣一味講求"無復依傍"，今存錄在他詩集内的樂府篇制，稱得上寓復古、新變於一體，兼而包容了三種不盡相同的處理方式：一、沿用樂府舊題的，如《將進酒》、《艾如張》、《巫山高》、《大堤曲》、《雁門太守行》等；二、即事名篇、自撰新題的，如《高軒過》、《殘絲曲》、《李憑箜篌引》、《貴公子夜闌曲》、《金銅仙人辭漢歌》等；三、參承舊題而稍加變化的，如《惱公》、《石城曉》、《月漉漉篇》、《長歌續短歌》等。以上三者輪換交替使用，信非出於李賀不忍割捨舊有的樂府題名，而恰好說明他寧可背離流俗所尚，必欲打破古今常規自主擇題，使之匯成更強的張力來貫徹他設定的創作意圖。

李賀平素好言調律，《昌谷集》內專寫音樂形象之美的詩即有四五首，而且經過他手創的樂府詞章，個中之絕大部分，亦概以"歌"、"引"、"行"、"曲"、"樂"等名目來酌定其詩題。根據他爲《申胡子觱篥歌》一詩撰寫的小序，可知該詩在創成之當下，隨即就被旁人配聲"合噪相唱"。然而如上這些情況，實不足表明李賀的許多樂府詩輒有樂曲與之相配。盡管《新唐書》本傳謂其"樂府數十篇，雲韶樂工皆合之弦管"，問題乃在這條記載不過是掇拾小說家言，質其原由當屬李賀詩名大振後附會的傳聞，殊難當做可信的史實材料看待。而反觀長吉同時代人沈亞之的《送李膠秀才詩序》一文，就十分明了地披露出了事情的真相："余故友李賀，善擇南北朝樂府故詞，其所賦亦多怨鬱悽艷之巧，誠以蓋古排今，使爲詞者莫得偶矣，惜乎其終亦不備聲弦唱。"

按沈亞之係李賀的摯誼至友，厥篇《送李膠秀才詩序》又作於長吉歿後，理應具有較高的史料價值。審茲我們方才了達，昌谷題咏之樂府詩數量雖多，卻基本上是一種書面文學而"不備聲弦唱"的。詩人熱衷創製此類作品，聚焦點還是放在同前代故詞取得心靈的溝通上面，俾藉此盡情地發抒積壓在他胸次的"怨鬱悽艷"之思。

《昌谷集》受漢魏樂府的沾溉，在不少作品裏留下顯著印迹，它們多半襲用古樂府舊題，所演之情事亦與前者大體保持一致。譬如《艾如張》、《猛虎行》、《公無出門》各篇，俱着眼反映與現實人生相關的社會問題，肯定寓含了若干諷喻意味。另如《巫山高》一首，則注重描繪巫峽的山川形貌和神話境界，營造的詩境顯得惝恍窈冥，就中有機地貫穿着作者自身的幽眇思緒。李賀學習漢魏樂府的可喜收穫，又備見於《感諷其一》這篇五言佳構中間。此詩依題名看似乎更像古風，唯其觸涉之內容乃全從樂府裏面淌出。

它運用質樸生動的敘事筆法,訴述了廣大農民在重重盤剝下無計存活的遭遇,針對催租胥吏醜態的刻畫又那麼惟妙惟肖,真堪謂深得漢代風人遺意。

南朝樂府按產生的地域區劃,可分成“吳聲”和“西曲”兩大類,彼等各自展現一方風土人情,並悉以大膽唱咏男女艷科爲其職志。吳聲、西曲進入上層社會,與梁、陳間文士裁製的宮體詩同氣合流,向被長吉當做一份精神養料來填補他實際生活的空缺。賀集之內緣受斯風熏習而轉生的新篇紛衆雜沓,唯順沿舊題者僅限於很少幾篇,多數作品業已完成題名的轉換,字裏行間凝聚着詩人渴望求得異性愛戀的潛願。昌谷這一大批詩主體風格秀拔清越,若單就此點而言,蓋其所受西曲之影響要明顯超過吳聲。如是態勢之所以造成,除因西曲的傳播區域恰值楚辭之發祥地、殊易引起詩人的眷顧外,王運熙先生還提示以下兩點:其一,長吉的家鄉宜陽昌谷,與西曲熾盛暢行的襄陽、江陵相距不遠;其二,西曲的樂辭多用長句,句式參差不齊且富有變化,較之吳聲似愈能契合李賀個人的愛好。第論及其思想上的感觸相通,固無論西曲或吳聲描摹的賞心場景,乃同屬長吉潛意識裏所全神貫注向往的樂土,故二者在咸能幫助詩人開拓悠謬迷幻的想象空間方面,委實看不出有什麼差別。

正因如此,我們誦讀《大堤曲》、《江樓曲》、《湖中曲》這幾首儕類篇章的代表作,可察覺其間恒爲種種繽紛繁麗的意念所籠罩。詩人苦於現實生活的枯燥窘乏,其神思便飛馳到南朝樂府温馨濕潤的故鄉,仿佛他已經聽到這兒水波涌動的聲響,看到這兒的天光雲影及蓮風梅雨,聞到了洌酒和菱藕的清香;遂而再從大堤、湖中女子情感訴求的敘寫中,使他獲得了某些人生祈願滿足的快慰。至如《石城曉》、《夜來樂》諸首,它們對南國勾欄舞榭的形容益極細緻,如帳簾、茵褥、燈盞之類皆盡量凸顯其質感,同時又夾帶着隱秘氣息和暗示性,幾乎讓人感到作者自身亦曾深臨其間。

李賀好用兩漢六朝的艷麗記聞來充當興奮劑，使他的心情處於持續的亢奮狀態，其集内樂府擬作所做的諸多大膽輕褻的藝術藻繪，一定程度上也象徵着他那好奇的猥昵欲望在幻境中得以實現。不管這裏面的意象被詩人摹劃得如何逼真，説到底，無非只是主觀想象的産物，絕不具備客觀真實存在的品格。這樣的詩歌付諸賞析抽繹猶可，如若移挪過來用於考訂實事則殆焉！多年來有好幾位研究者試圖憑藉上述作品，硬要給詩人補充一段親身漫游吴越、湘楚的經歷，那決然是徒勞無益的。

卧佛像的起源與藝術流布

　　在世界宗教美術史上，佛像藝術是一個淵遠流長的分支。約自公元一世紀至今兩千年内，東方佛教傳播國的藝術家們，曾爲雕刻、塑造釋迦牟尼像殫精竭慮，取得的成就亦堪稱圓滿具足。目前保存在這些國家的衆多佛像，表現了這位富有探求精神的智者各種莊嚴相好，它們凝聚着東方人的創造力，並以其相互殊異的時代民族風格，給予人們極深刻的宗教和美學的感受。

　　就如丹納在《藝術哲學》中所説："藝術是文化最早而最優秀的成果。"佛像藝術的演變經歷了漫長歲月，蹤迹遍布於大半個亞洲，但是從它最根本的性質來看，卻始終不離開它特定的宗教内涵。而前後參與這個演變、流布過程的雕塑者們，也似乎都在尋找一種佛法得以弘傳的共通文化基礎，努力在造像中寓托佛陀的宗教精神。儘管佛教的像法在不斷擴充發展，與之相關的刻劃、修飾技巧層出不窮，但擇其大端作一區分，佛陀像最常見的形式，要之不出坐像、立像和卧像三種類型。坐像是置佛身於法座之上，兩足結跏趺坐，旨在顯示世尊悟道的寧静與説法的莊嚴。立佛像大抵作正面直立狀，或呈寬鬆自如的站立姿勢，表示佛陀正在向衆生施舍慈悲與無畏。第三類，即本文所要談的卧佛像，按其嚴格意義應叫做"佛入涅槃像"。這類佛像的顯著特徵，是世尊的軀體呈右側累足而卧之狀，右手曲肱支頤，左手置於身體左側，給人的感覺好像他已經進入了熟睡一樣。卧佛像在佛像藝術中間，被專門用來表現釋迦入般涅槃境時的莊嚴法相，在它有限度的感性形體裏，驟括含納着非常豐富的宗教文化内容。

一

入涅槃像作爲佛陀造像的一種特殊形態，是佛教藝術發展到一定階段的産物，它的出現離開世尊的生活年代至少有四五百年。但是追溯它的題材淵源，則同釋迦牟尼本人的事迹密切有關。根據《長阿含經》、《灌頂經》、《佛所行讚》和《大般涅槃經》的記載，佛陀在菩提伽耶證悟得道後，數十年間不斷教導度脱衆生，至八十歲時化緣既盡，決定不再住世，遂率徒衆自王舍城北上，渡過恒河，到達拘尸那迦城外跋提河邊娑羅雙樹下，一日一夜説法囑咐畢，即頭北面西、右脅側卧而歿，從容安詳地進入了無餘涅槃的境界。時衆弟子皆悲痛哭泣，並將遺體火化，分其舍利到各地建塔供養。北凉曇無讖譯馬鳴《佛所行讚》卷五《涅槃品》，有一段詩偈描述釋迦入涅槃時的具體情狀：

> 告敕阿難陀，於彼雙樹間，掃灑令清净，安置於繩床，吾今中夜時，當入於涅槃。阿難聞佛教，氣塞而心悲，行泣而奉教，布置訖還白。如來就繩床，北首右脅卧，枕手累雙足，猶如師子王。畢苦後邊身，一卧永不起，弟子衆圍繞，哀嘆世眼滅。

上述傳説的最早來源，蓋出於佛陀隨從弟子的口述，其後輾轉相承而爲佛經所記載，具有很高的資料價值。它長時間的在佛教徒衆中流播，無論在題材或表現形式上，都爲入涅槃像的出現提供了充足的準備。

然而，涅槃像是一種象徵性的事物，單憑佛陀入滅的真實故事傳説，還不足以促成它的誕生，這裏面起着關鍵作用的是一種宗教觀念。由於釋迦牟尼是佛教僧團中的先知和導師，他的一切很容易被追隨者和後人賦予特殊的意義。在後世的佛教信奉者看來,世尊的示寂不能簡單地理解爲生命的終了,而是他的慈憫、智慧和活力充實到了更廣大的時空範圍。"涅槃"一詞在佛教學説中的含意,是指斷滅了世間諸苦以後所達到的解脱之境。所謂的"無餘涅槃",亦稱"般涅槃",則意味着色身諸蘊的完全止息,滅盡有漏依身之苦果而無有遺餘。《大智度論》卷三十一云:"聖人今世所受五衆(即五蘊)盡,更不復受,是名無餘涅槃。"世尊不再住世而入般涅槃,是一位聖者獲得了徹底的解脱和安樂,其個體生命亦轉化爲無限的存在。佛傳文學在叙述到釋迦入滅之後的情景時,特別强調了當時樓陀長老所説的一句話:"他終於永遠從覆障中解脱出來了。"一些研究印度佛教史的西方學者曾指出,在釋迦牟尼離開世間後的一二百年裏,印度的佛教徒們,很快地把佛的涅槃同佛陀精神的永恒聯繫在一起。隨着時間的不斷推移,這種聯繫便愈加執着牢固,觀念本身也愈加神聖化。到了這個時候,建造一個具備可感形式的偶像來進行膜拜,無疑就顯得很有必要。

　　與此同時,有關佛陀入涅槃的故事傳説,亦因其在流播中不斷增殖而帶有更多神話色彩,個中不啻有天人、菩薩、國王、大臣的介入,而且故事也日見曲折生動而富有戲劇性的效果。這些物語極符合古印度人的宗教概念,其中包含的豐富想象力,爲發展佛教的藝術開拓了思路。英國學者渥德爾在《印度佛教史》中説:關於佛陀的神話故事是普及佛教的主要工具,並激發鼓舞了很長時間的印度藝術。而從次大陸佛教美術本身的發展勢頭看,也亟需對釋迦生平的一些主要事迹進行多樣化的表現,一種追求創造的渴望,驅使雕刻家們接近了佛入涅槃這個題材。他們通過自己的摸索和實踐,終於將這個古老的宗教故事轉變爲美術形象,在印度的佛陀傳記雕刻中率先出現。

　　古印度的佛雕導源於阿育王時期,至公元前一世紀的巽伽王朝達到空前的繁榮,今見存在巴爾胡特、菩提伽耶、山奇的石雕,

即屬於這個時期精湛的代表作。這些雕刻多數取材於本生故事
和佛傳故事，畫面中有人物和各種禽獸，顯示出佛雕藝術天真健
康的童年魅力，但奇怪的是凡遇需要顯現佛像的地方，均無例外
地予以迴避並用各種象徵性的事物來替代。例如，著名的山奇大
塔欄楯上的雕繪，就以刻劃七座窣堵坡（塔）的圖象，來表示包括
釋迦在內的已入涅槃的“過去七佛”。正因爲釋迦入滅後其舍利
嘗建塔供養，這些塔婆在一個時期內就成爲佛教徒的崇拜對象，
故窣堵坡在佛雕中具有特殊的象徵意義，佛的涅槃一般都用它來
做代表。以上的避忌習慣如作一種邏輯解釋，可能是認爲已進入
了般涅槃境的佛陀，不應該再用色身形相去刻劃表現，否則就是
一種褻瀆聖者的行爲。日本學者佐佐木教悟、高崎直道等著的
《印度佛教史概說》則説：“在把佛陀作爲超人間的存在而加以神
格化的時候，有意避開用人的形象來表現佛陀，這是古代期佛教
中可見的一個特徵。”

　　但是，佛教藝術中這種原始現象，不久就受到了外來思潮的
冲擊。至公元一世紀貴霜王朝時，天竺西北部犍陀羅地區雕刻藝
術大興，這一帶聚居着衆多大夏王朝的後裔，希臘人的神明觀念
與造像意識，打破了次大陸原來迴避佛像的禁忌。從犍陀羅的出
土文物中可以發現，當時這裏不僅雕刻了許多佛的坐像和立像，
而且在佛傳圖的浮雕中也出現了涅槃佛的本相，這是迄今爲止世
界上所見到的最早的佛入涅槃像。這些浮雕的特點是在同一塊
石頭上，分別摹刻佛的降生、出家、悟道、降魔、説法和涅槃等場
面，將世尊生平主要事迹加以連續的表現，是一種形式別致的連
環圖畫。法國文化史家雷奈·格魯塞《印度的文明》一書，曾對其
中的涅槃圖作過如下介紹：

　　　　至於“涅槃”圖，這自然是最常見的：佛側身右卧，以右手
　　支頤；雖在這種位置，衣服的折紋卻保持直立時的形狀。在

他身旁圍繞着哀悼的比丘和比丘尼。

這種雕刻雖然祇是一種胚胎，但基本輪廓已經具備，它們作爲後世參照摹仿的藍本，其歷史價值不容否認。需要指出的是，這時犍陀羅的造像運動，在佛教內部幾乎是同大乘教派的崛起同時並興的。大乘佛教秉其應世入俗的宗旨，主張以善巧方便化導衆生，理論上也認可借助色聲形相對世尊進行藝術的表現，它對佛像的出現確實起了較大的推動作用。然而，佛像在雕刻藝術中一旦成立，小乘佛教亦立即隨之望風披靡，顯出的造像熱情愈不減於大乘佛教。犍陀羅的佛教雕刻，總的來說還是以表現小乘佛教的內容爲主。特別是涅槃像所刻劃的佛入無餘涅槃的境界，就完全是小乘教徒的宗教理想，與一般大乘教義主張的"無住涅槃"恰好相背。因此臥佛這一造像形式，就其包含的宗教思想的來源和特質而論，它始終同小乘佛教保持着更爲親近的關係。

犍陀羅發現的佛入涅槃雕刻，僅僅是將這個傳説主題用佛陀的本像來顯示，而並沒有如當時已有的坐像、立像那樣，構成獨立意義上的臥佛像。它們充當佛傳圖畫中的一部分，本身尚未具備可以單獨存在的藝術品格。這些帶有外來風味的淺浮雕畫，綫條單調粗率，人物刻劃平凡委瑣，面部表情冷漠呆板，説什麼也無法讓人從中體會到佛陀那種溫暖的、撫慰人心的教義，與絕大多數印度居民對這個題材的理解相距甚遠。值得注意的是，這時期印度各地佛教雕刻的發展情況極不平衡，一直到公元二世紀，在南印安達羅王朝阿瑪拉瓦提的雕刻中，世尊的形體還照樣是用象徵性的事物來代替。

印度佛像藝術變化的進程十分緩慢，入涅槃像要在這裏的美術中獲得更成功的表現，需要實現兩個必不可少的步驟。其一是在犍陀羅的基礎上實現印度本位化，以鑄成一個本土民族喜愛的模式來體現佛教的思想內涵。其二是要從佛傳圖畫中分化脱離出來，成爲獨立完具的佛入涅槃像。這裏面肯定經過了較長時間嘗試和蛻變，吸收融匯天竺各地雕刻的特色，大約要到公元二、三世紀之間，這個過程纔告初步完成，至四、五世紀笈多王朝時期始進入它創作上的成熟階段。現存戈拉克普爾以東之卡西亞（即古代的拘尸那迦城）原佛入滅處一尊七公尺長的卧佛像，就是公元五世紀笈多時代建造的傑構。另外在印度南方著名的阿旃陀石窟26窟中，亦有一尊同樣大小的卧佛像，雕刻的風格亦屬於笈多式，不過它的建造時代已經到了七世紀。笈多時代的卧佛像已從佛傳圖的隸屬地位中擺脱出來，一般都是取材於岩石的圓雕或高浮雕，佛陀本人的形象具備獨立性，與鹿野苑的坐像、秣菟羅的立像一樣具有型範的價值。卧佛頭頂刻有髮螺和肉髻，佛像整體已顯得十分柔和，衣褶也符合人們着衣側卧而顯示出來的那種態勢。而更重要的是佛的面容慈祥，神情恬和，雙瞼下垂，如熟睡狀，仿佛真的進入到涅槃解脱的樂境，這就在甚深層次上達到了揭示其宗教内涵的目的。

　　印度馬宗達、賴喬杜里、達塔三教授合著的《高級印度史》指出，笈多時代印度的雕刻進入了古典階段，藝術技巧臻於完美，明確的風格有了發展，雕刻的美感形式也得到準確的規定。這個時期所雕刻的卧佛，代表了佛入涅槃像從佛傳圖中獨立出來以後的完形，它把宗教觀念融化在優美的形式裏，深邃的玄思與豐滿的感性形象達成高度的結合，反映出一個統一繁榮的時代文化藝術的主流和方向。笈多卧佛體現了印度本土意識的回歸，貫穿着雕刻者對於這一宗教題材的透徹了解，它所産生的藝術魅力是屬於東方型的。卧佛像顯然不像十字架上的基督那樣飽含酷烈的悲劇氣氛，而純粹是在追求一種恬和與圓融無礙的境界。這或許就是印度佛教徒所嚮往的歸宿，以此在卧佛超塵絶俗的面容中，總讓人感受到釋尊禪思的靜穆與無爲的悦樂。到達這個地步，可以説印度的雕刻家們已給涅槃像造就一套穩定的美感形式，至於在

佛像身旁悲痛哭泣的衆弟子像，也因爲它們能起到陪襯、烘托主
尊的作用，而在某些場合被保留下來。

二

　　印度佛教向其它亞洲國家傳播，主要通過南北兩路。南方由
海路，經斯里蘭卡再輸送到東南亞各國。北方則由陸路經中亞，
然後沿絲綢之路向東達於中國、朝鮮和日本。臥佛像的東方旅
程，也是遵循着這兩條路綫。既如上文所述，臥佛像自其產生至
成熟，經過了好幾個世代，那末它作爲一類宗教藝術品向天竺境
外流布，未嘗不能從印度毗鄰地區二、三世紀的遺物中找到它的
蹤迹。但是就大趨勢而言，卻主要是在笈多時代具備了它自己的
完形之後。這種情況在南邊一路表現尤爲明顯，今保存在斯里蘭
卡、緬甸、泰國、柬埔寨等南傳佛教國家的臥佛像，成熟的立體圓
雕即居於主流，藝術造型也基本上都是笈多式的變通。這個事實
極能說明，一種經過了規範化的完美藝術形體，它所發生的影響
是深遠而强有力的。

　　地處亞洲南端的印支半島，是古印度貴族和商主心目中的
"金色土地"。儘管佛經中把通向彼岸的海路説得非常艱難，但冒
險和獲取財寶的願望，卻不斷在鼓舞着人們遠航的熱情。這個半
島與外界接觸，最早受到印度文化的被及，在佛教的承傳方面曾
有大乘流播，但後來小乘上座部佛教取得了"定於一尊"的地位。
該部派由斯里蘭卡傳入，持誦宗奉巴利文佛典，僧徒修行以證得
涅槃爲最高究竟，寺廟裏通常只供養釋迦牟尼一尊佛。中國元代
旅行家周達觀所著的《真臘風土記》，記述此方宗教風俗云："寺亦
許用瓦蓋，中止有一像，正如釋迦佛之狀，呼爲孛賴。"這樣就造成
一種精神氣候，使此間的雕匠有更多機會從事世尊入涅槃像的製
作，而無需再去顧及大乘教中名目繁多的諸佛菩薩。再則，是這

裏的自然條件和地理環境,包括氣候酷熱、空氣濕潤和林木叢生等特點,與印度的恒河流域非常相似,居住在這一大塊熱帶、亞熱帶土地上的僧侶士衆,長久以來養成的生活習慣和審美觀念亦與印度人大體相仿,他們的性格比較柔和,愛好耽於想象,美的意識大體是傾向於崇尚優美、柔和與典雅。如臥佛這樣衣着單薄、形體優雅的造型,極容易引起他們内心的鍾愛和美感上的認同。出於這些原因,故釋迦牟尼入涅槃像的營造,在這些國家裏是一項歷久興隆不衰的事業。人們走進當地的伽藍、佛塔,攀登崖岩去禮瞻造像的壁龕,幾乎到處都能看到臥佛的身姿形迹,其數量之夥何啻百千,蔚爲該地區佛教設施的一種突出標誌。

　　如果以斯里蘭卡爲起點,沿着南傳佛教的行進路綫,對所在各國的主要臥佛像作一番巡禮,那真是一條趣味無窮的文化旅程。斯里蘭卡的佛雕,得阿瑪拉瓦提與笈多的風氣於先,著名的美術史家庫瑪拉師瓦密曾經談到,這裏四、五世紀雕造的大佛像,可以與印度最好的佛像相互媲美。但現在所能見到的涅槃像,年代可考者至早的也要與印度笈多時代差後數百年。例如在波隆那魯瓦的伽爾寺,有一尊十五公尺長的石雕臥佛,該像造於公元十二世紀,頗能代表錫蘭島上僧伽羅人的雕刻風格。令人難忘的是在臥佛身旁,還站立着一尊七公尺高的阿難像。這位佛弟子面對世尊入於寂滅,"雙手交胸,凝哀肅立,如有所吁告",看樣子難以抑止他内心的痛苦,臉上憂悶愁悵的表情極爲傳神。該島雕建時代較早的古臥佛像,可能是在首都科倫坡東北之丹波拉,它的形制奇偉,妙相莊嚴殊特,係用整塊岩石雕鑿而成,身長約十四公尺。除此之外,斯里蘭卡現有的大涅槃像,尚有科倫坡市郊克拉尼亞大佛寺裏的入涅槃像,以及拉特納普拉城附近"法顯石村"石廟裏的大臥佛。"法顯石村"是爲紀念到過這裏的中國高僧法顯而建,傳說當年法顯從阿努拉達普拉前往亞當峰途中,曾在此地一個巨大石洞旁棲居。該村的大臥佛開雕於本世紀八十年代,佛身長達十八公尺，是中、斯兩國人民友好往來的象徵。

　　緬甸和斯里蘭卡一樣，上座部佛教有很長的流傳歷史，也是目前世界上珍藏臥佛像最多的國家之一。這一片林莽叢生、四季常綠的國土，從首都仰光沿着伊洛瓦底江通向名城蒲甘和曼德勒，數不清的佛塔干霄聳立、遠近相望，金色的塔尖映在碧綠的江水裏，構成了充滿詩意和幻想情調的佛國境界。佛塔內部的像龕中，則布滿坐、立、臥各式佛像，其中有不少是精緻的玉石雕刻。如在仰光著名的瑞光大金塔內，就供養着一尊玉雕臥佛，其神態韞麗秀美，像身清瑩細潔，洵爲緬甸佛像雕刻中一件不可多得的珍品。不過玉雕臥佛的裝飾成份畢竟多了些，能工巧匠的精細琢磨，往往超越不出工藝美術的界限，而過多地用寶石去點綴，也只能留給人們物質桎梏的印象。如此反而掩蓋了佛陀造像的內在含蘊，殊難體現出釋迦牟尼入涅槃時的肅穆氣氛。緬甸境內更有價值的入涅槃像，還得要數那些真率渾樸的石雕大臥佛。如仰光稍達支塔內的大涅槃像即是其一，尤負盛名者則是勃固的瑞達良大臥佛。瑞達良臥佛氣勢雄壯，爲緬甸藝術家卓犖可駭的創造，它在近世發現於勃固以西勃固山麓的叢林裏，相傳是公元994年達來蘭王所立。約在1756年，緬王雍藉牙進軍勃固，當地德楞族人撤退時把它埋入地下，至1881年修築鐵路纔被發掘出土。這軀大臥佛采用巨型岩石雕刻，周身鍍金，"瑞達良"在緬語中即是"金"的意思。像身右脅側臥，作微笑狀，全長爲五十四公尺，肩寬十五點七五公尺，耳長四點五公尺，小指長三公尺，肘至指尖長十四點二五公尺，可推爲整個東南亞地區大佛的觀止。另據莊伯和《佛像之美》一書提及，在仰光市的郊外，還有許多煉瓦製成的大涅槃像。這些涅槃像外圍涂以金箔，其中最長的可達四十公尺。

　　泰國的佛像雕刻，兼受印度、斯里蘭卡、高棉的熏習，在協調各種風格的同時求得獨創。這裏曾流行過大乘佛教與密教，上座部佛教至十三世紀素可泰王朝時始確立正統的地位，佛像雕刻也差不多由此時進入古典主義的階段。雷奈·格魯塞談到暹羅古典雕刻時説:"它是佛教藝術中一朵遲開的花,有其獨特的微妙香氣。"現今在著名文化古城素可泰的祇園寺,以及佛教都城佛統市的帕巴吞金塔,都有一些年代相對較早的卧佛像。祇園寺的那一軀卧像,雕刻家似乎僅着眼於表現世尊的一種生活形態,反映出暹羅人古典雕刻素樸真率的本色。泰國亦有很多玉雕像,其精工並不亞於緬甸,但這個國家聲聞遐邇的大涅槃像,卻無過於首都曼谷之越菩寺大佛。越菩寺亦名卧佛寺,位於曼谷大王宮以南,在此寺大殿中央的壇基上,橫卧着一軀鐵鑄紋金的大卧佛,佛身鏤鑲寶石,顯得華光閃爍,從頭至足全長四十五公尺,肩寬十五公尺,足掌長五點八公尺,並有精緻圖案印刻其上。它的碩大身材,幾乎占滿了整個殿堂,寺前有多尊石獅拱衛,接受過無以數計人羣的朝覲和禮拜。此外在信武里府拍儂節詩寺宏敞的佛堂内,也有一尊釋迦牟尼入涅槃的巨型造像,其身長達四十五點九五公尺,爲泰國境内保存的最大卧佛。

　　印支半島東部的老撾、柬埔寨,早先都流行過大乘佛教,後來受泰國的影響而專弘上座部,卧佛像的雕刻似不如緬、泰兩國發達。但在老撾琅勃拉邦以北的北烏石壁,這種佛像形式依然找到了自己合適的位置。柬埔寨高棉人的佛雕藝術在東南亞旁秀一枝,現保存在吳哥窟近旁的荔枝山波列昂通寺内一尊卧佛像,就是這根枝條上開出的一朵奇花。這尊卧佛已有近千年的歷史,在一塊高達二十五公尺的巨大山石上進行雕刻,後人依石勢建成三節扶梯,拾級而上可進入卧佛的廳堂。卧佛身長九公尺,石質紋理細膩,造型生態栩栩,眼睛微閉,安詳自在,含笑的表情玄奧地示現出世尊對涅槃的了悟,恍如真正解脱了塵世的一切煩惱和羈縶。

　　從緬甸、泰國下行至馬來半島,這裏雖屬佛教早傳地區,但十五世紀時伊斯蘭教被定爲國教,佛教則漸見衰微,出現大乘、上座部、密教並存的局面。上座部在此地的勢力不如大乘佛教，臥佛像的建造也不像緬、泰兩國那樣有悠久的傳統。但在近一二世紀內，經常有泰國和中國的比丘至此弘道，佛教呈現復興的趨勢，營建臥佛像的風氣亦在東南亞後來居上。馬來西亞目前有幾軀巨大的臥佛，多爲近世泰、中兩國僑民所建，頗能聳動當地羣衆和旅游者的注意。例如著名的檳城泰禪寺大臥佛，全長爲三十三公尺，此像周身潔白如玉，壇基裝飾卻非常華麗，刻以繁縟的浮雕，與佛像形成鮮明對比，藝術上有自己的特色。另在怡保的暹羅廟內，亦有一尊二十四公尺長的大涅槃像，佛像的頭部珍藏着一小片佛骨。本世紀七十年代，於吉蘭丹州道北市菩提威寒廟內新造了一尊大臥佛，長達四十一點二公尺，肩寬十點四公尺，號稱丹州大臥佛。這尊臥佛由華裔沙門曇華主持建造，神態自然逼真，臺基上雕刻的一系列圖畫，景象輪廓清晰。臥佛的外殼是用鋼筋混凝土澆成，體內空心，游人可從底部進入，裏面陳列着同佛教有關的雕刻和其它物品，就像一個展覽的廳堂。這一軀臥佛像的設計思想，考慮吸引旅游的需要，已超過佛像本身的宗教、藝術意義，應該説是一種很現代化的觀念了。

三

　　從北傳佛教方面來考察，自中亞越過葱嶺，進入今中國新疆維吾爾自治區境，至南疆沿塔克拉瑪干沙漠邊緣分成南、北兩路，爲天竺佛法陸上向東傳播的主要途徑。這一大片高原上的土地古稱"西域"，至公元三、四世紀佛教已極隆盛，小乘和大乘各有數處布道中心，佛教石窟之多亦冠絕世間。這些洞窟絕大部分已經荒圮，但依稀保留了古代藝術的燦爛遺影，藏蘊着一個遥遠時代的宗教文化潮流。我國新疆境內的佛窟，多數是在南疆北道小乘流傳的路綫上。今自阿富汗的巴米羊石窟起，至南疆的克孜爾、

吐魯番的伯孜克里克諸窟尋訪壁畫殘迹，可發現佛入涅槃的題材
在這裏表現相當普遍。日本學者宮治昭，曾對這些圖象做過考
察，認爲它們和小乘涅槃諸經承傳的内容極爲接近，而且顯示了
從佛傳圖畫中分化獨立出來的性質。金維諾《新疆的佛教藝術》
一文，還指出克孜爾重要洞窟的結構，一般都是分爲前、後兩室。
前室正壁用於繪製佛傳故事與佛的塑像相配，後室奥壁則作涅槃
變畫，以烘托壁底塑建的釋迦入涅槃像。可知這個地區卧佛像的
雕刻塑造，在歷史上一定有過非常煊赫的時期。

　　要説明這個問題須藉助史料記載。如果我們讀一下法顯《佛
國記》與宋雲《行記》，即可瞭解四、五世紀時西域地區建造佛像的
盛況。而且確確實實，在公元五世紀，阿富汗喀布爾西北的巴米
羊石窟，還雕造了一尊世界上首屆一指的巨大卧佛。這一大佛嘗
爲中國唐代高僧玄奘西行時所目擊，並在他的《大唐西域記》卷一
梵衍那國"大佛像"條下記云：

　　　　城東二三里伽藍中，有佛入涅槃卧像，長千餘尺。其王每
　　（於）此設無遮大會，上自妻子，下至國珍，府庫既傾，復以身施。

玄奘的記載，爲這尊巨佛的存在提供了歷史性的真實憑證，也記
録了它誕生地無比熱烈的宗教氣氛。中亞地區自然條件的嚴酷
制約，從反面激勵了人們的創造欲望，佛教藝術取得了生命力旺
盛的民族表現，雕刻追求體積與壯實崇高之美，造像尤以巨大偉
岸著稱。這一尊"長千餘尺"的"佛入涅槃卧像"，當年它沉酣雄卧
於這興都庫什山麓的交通要道上，展示出振觸無邊的宏大氣魄，
使來往過路的僧侶、商賈無不爲之震懾。可惜在後來外教徒掃蕩
佛教偶像的行動中，它與諸多佛像俱遭毁壞，至今已無法見其影
蹤。除了這種不同文化互相冲碰的原因外，在這裏的佛像還遭到
自然災害的洗劫，後來又備受文化侵略者的偷盗掠奪。例如，在
克孜爾石窟摩耶洞内僥倖留下來的一軀泥塑卧佛像，到了近代亦

被西方的探險家劫走。面對這些有着輝煌過去的古西域文明遺址，只能使臥佛像的尋覓者發出"靡有孑遺"的浩嘆。

　　佛教由西域繼續東傳，總的情形是小乘佛教漸見消沉，大乘佛教愈益弘揚，而佛入涅槃像的遞送和流布，亦自西向東呈現出逐步減弱的勢態。這反映出古老冥漠的宗教理想精神在衰退，企求感化和溝通神靈的願望在增長。我國東部地區，至隋唐後本土的禪宗、淨土等大乘宗派熾盛暢行，入涅槃像的流播輒受到限制。在北傳佛教的東方終點站日本，雖然也有個別寺廟、如奈良法隆寺和鐮倉圓覺寺曾雕塑過一些入涅槃像的造型，但比起那些到處都是的彌勒、藥師、天王、羅漢、千手眼觀音，它的影響就顯得微末而不足道了。至於説到佛教傳播的另一個區域，即屬於藏傳佛教系統的我國西藏和尼泊爾，這裏的造像主要受孟加拉密教雕刻的影響，寺廟之內多供密教神祇，所以鮮能見到釋迦牟尼的入涅槃像。

　　中國漢族地區盛行大乘佛教，無論寺宇與石窟，均廣祀大乘諸佛菩薩，淨土思想流行導致人們企慕往生阿彌陀佛的樂土，民間的菩薩崇拜也冲淡了佛陀信仰。然而，由於漢民族是一個藝術天賦優厚而修養廣博的民族，造像事業在此歷來發達，故涅槃像的營造從總體上看仍很可觀，其造作之起始大約在公元四世紀。周叔迦《法苑談叢》一書，把公元四世紀到八世紀，定爲印度石窟藝術由陸路向東傳播的時期，這個判斷符合中國佛像雕塑興起、發展的實際情況。今按劉義慶《世説新語・言語篇》，裏面涉及東晉士子入浮屠見到臥佛的記載即有兩條，説明五世紀時長江流域已出現這種佛像形式，在西北地區恐怕時間還要早一些。現存江蘇省連雲港孔望山的摩崖石刻中，有一軀臥佛的半身浮雕像，近些年來被專家們認爲是二、三世紀之交東漢末年的作品，其主要依據是孔望山的浮雕像具有漢代石刻的風味。其實漢畫石刻中的某些風格技法，作爲一種民族的繪畫特色有它自己的延續性，在很長時間裏被本土的雕刻家當做準則來加以摹襲，類似於此的特徵在以後北魏的石刻裏也有體現。從涅槃像的演變與佛像傳入中國這兩方面的進程結合起來推測,孔望山的這幅摩崖卧佛像,雕刻時間最早也得在西晉王朝,更確切地説,應該在北魏以後。

　　從分布上看,我國漢地目前保留下來的古卧佛像,主要是在甘肅省境内自敦煌至天水一綫。這裏是古代絲綢之路的通道,南面是綿延不斷的祁連山脈,北邊是茫茫的沙磧,佛教經像即由此而進入内地,歷代的石窟造像保存完好,形成了一條多姿多采的佛像藝術長廊。鑒於這一帶的石質鬆軟,不適宜於進行雕刻,故卧佛像一般都用泥塑,其中以麥積山和炳靈寺的造像時代較早。天水麥積山第 1 窟的卧佛身長六點三公尺,右脅累足而卧,安詳熟睡,如得自在,身後塑有十大弟子像。該卧佛始塑於公元五世紀之北魏,雖經唐、明兩代重加整修,但仍未盡失其古拙莊嚴的原形。炳靈寺 16 窟有一尊長達八公尺的泥塑涅槃像,亦屬北魏原塑後代重修。與此時代相近的古卧佛像,還保存在天水縣仙人崖的涅槃庵中,這尊卧佛身長爲九公尺。西邊一頭的敦煌莫高窟,則是我國現有佛入涅槃像最多的一個寶庫,相傳北周以前就有五個洞窟塑造過涅槃像,如今見於 148、158、225、332 諸窟,尚保存着塑於初、盛、中唐的四幅卧佛像,158 窟的一幅長達十五公尺。敦煌的泥塑施以彩繪,卧佛形體豐潤圓滿,它們沐浴着鳴沙山麓的靈境花雨,顯得分外的絢麗輝煌。這條路綫上張掖宏仁寺的大殿内,又供養了一尊身體長至三十四點五公尺的木胎泥塑大卧佛,它的造型端嚴莊重,具有鮮明的西北地方色彩,但是它的建成已晚至西夏時期。另在蘭州五泉山的卧佛殿内,亦供一尊塑於晚近,長九公尺左右的涅槃卧像。也許這一帶是曇無讖譯的《大般涅槃經》最初流播的區域,古代當地的人對於佛入涅槃的故事一定非常熟悉,我們尋找河西走廊附近卧佛建造興盛的原因,看來不能忽略這一精神氛圍的影響。《大般涅槃經》宣揚"佛身常在"的大乘思想,同時它又包含着許多小乘佛教的内容,這兩者不論哪一方面，都可以爲臥佛的塑造提供宗教思想的依據。而事實上，某一個體現宗教内涵的題材在藝術家靈魂中的印象越是深刻，它在藝術領域裏就越能得到清晰而長久的表現，從而也越能夠在歷史上留下顯著的痕迹。

另外在西南的四川盆地，唐宋以後佛法隆盛，形成了我國建造涅槃像的又一個重心。不過這裏不再是泥塑佛像的天地，而是劈山鑿岩雕鐫了衆多的摩崖石刻，在蜀山川江中間成長起來的藝術家，賦予這裏的臥佛像以特有的秀麗和精緻。四川省境内著名的臥佛像，有大足寶頂山總長三十二公尺的巨型釋迦涅槃聖迹圖，廣元千佛崖的摩崖臥像，樂至回瀾場十點五公尺的摩崖臥像，安岳八廟場二十三公尺的摩崖涅槃像等。遠在雲南安寧的東法華寺石窟中，亦有一軀長四點二五公尺的臥佛像。及於我國東部廣大地區，佛教叢林供奉神像大致都有一套固定格局，現在所能見到的臥佛像爲數甚少，略可稱道的就衹有北京十方普覺寺五公尺長的元鑄銅臥佛，山西靈丘覺山寺塔的宋代木雕臥佛像，河南洛陽龍門普泰洞的北魏涅槃像浮雕，以及近世在上海玉佛寺所供的一尊玉雕小臥佛。

綜觀我國臥佛像的造作，是以泥塑和摩崖石刻兩者居多，比較起來泥塑的水平尤高，代表了我國入涅槃像建造的主流。當然泥塑有容易脱落損壞的缺點，但較之金石材料更能自由地發揮想象，便於藝術家去創造情、意、理並重的理想美造型。毫無疑問，我國西北地區的臥佛塑造，早先曾承受了犍陀羅雕刻較多的影響，然而外來的影響終究是暫時的，根植於本地深厚土壤中的民族審美意識更有持久的力量。隋唐以來中國的臥佛吸取笈多藝術的長處融會變化，民族風格即占主導地位，其最突出的優點是形神兼備，在相好莊嚴中又不失宏壯的氣派。以臥佛的身長而言，張掖宏仁寺三十四點五公尺的大涅槃像居全國室内臥佛之首。而上海玉佛寺的那軀玉雕臥佛，身長僅九十六厘米。這一臥佛由清末行脚僧人慧根自緬甸賷歸，後又經中國匠師精心加工，是凝聚着中、緬兩國玉工心血的藝術結晶品。

在我國現有的卧佛像中，論藝術成就卓異而贏得世界聲譽者，當首推敦煌莫高窟 158 窟的大涅槃像。這尊卧佛造於中唐時代，泥塑兼施彩繪，全長爲十五公尺，橫卧在該窟主室西壁的佛壇之上。西壁及南、北壁上方，則有涅槃變的壁畫圖象與之相配。衆弟子悲慟不能自止，菩薩因了悟涅槃的意義，故神情泰然自若。舉哀的王子聚集在釋迦足側，沉浸在一片哀號之中，有的甚至剜心刺腹，因世尊的寂滅而痛不欲生。在周圍悲痛紛擾的氣氛籠罩下，右脅累足而卧的佛陀像顯得越加寧静恬和。佛像造型端莊優美，雙目自然合閉，嘴唇略微隆起，鼻子好像在隨着呼吸輕輕地翕動。藝術家對佛像各部位的比例掌握適度，衣褶綫條的刻劃簡潔流暢，並盡可能使胴體透過褑裟隱約地示現出來。不管建像者在它的感性形象内灌注了多少佛教理念，但因爲它塑造得實在太美了，以致對於大多數的參觀者來説，未必會去思索其中所涵蘊的神聖超凡意味，而是親切地感受到現世人們一種活生生的情態。

1990 年 3 月

〔作者附識〕本文參考的文獻，主要有格魯塞《印度的文明》、常任俠《印度與東南亞美術發展史》、渥德爾《印度佛教史》、埃里奧特《印度教與佛教史綱》、佐佐木教悟等《印度佛教史概説》、羽田亨《西域文化史》、金維諾《中國美術史論集》、宫治昭《關於中亞涅槃圖的圖象學考察》、周達觀《真臘風土記》、連雲港博物館《孔望山摩崖造像調查報告》、閣文儒主編《麥積山石窟》、敦煌文物研究所《敦煌莫高窟内容總録》、甘肅省博物館等《炳靈寺石窟》、大足縣文物保管所《大足石窟》、世界宗教研究所《各國宗教概況》、上海辭書出版社《中國名勝詞典》、新華出版社《世界名勝詞典》等。

敦煌壁畫飛天及其
審美意識之歷史變遷

　　敦煌鳴沙山的莫高窟,地處絲綢之路東段古陽關附近,是馳名世界的佛教藝術寶庫,壁畫之富尤爲亞洲各國佛教石窟之冠。莫高窟現有 492 個洞窟,其中 469 個洞窟還保存着壁畫和彩塑,壁畫總面積達到 45 000 多平方米。這些爲不同時代衆多無名畫師創作的傑構,寓有豐富新奇的想象力,技法變化多端,造型傳神生動,表現了多種多樣的宗教題材和世俗生活內容,匯爲琳琅滿目的人間奇觀。而飛天,作爲這些畫面中最活躍而極優美的藝術形體,總是給前來禮瞻的人們留下深刻難忘的印象。

　　飛天梵名"乾闥婆",意譯爲"天樂神"或"香音神",原爲古印度婆羅門教中的神道,在佛教傳說裏則轉爲世尊釋迦牟尼的八部護法之一,據說他們不食酒肉,唯以香氣資養陰身,並經常參與佛陀的法會。《維摩詰所説經》首卷《佛國品》云,一時佛於毗耶離城庵羅樹園演示妙法,即有大威力諸天、龍神、夜叉、乾闥婆、阿修羅、迦樓羅、緊那羅、摩睺羅迦等八部天衆悉來會坐。乾闥婆即是其中之一部。《撰集百緣經》卷二《乾闥婆作樂讚佛緣》云:"佛在舍衛國祇樹給孤獨園。時彼城中,有五百乾闥婆,善巧彈琴,作樂歌舞,供養如來,晝夜不離。"又《妙法蓮華經》卷一《序品》云,世尊在王舍城耆闍崛山中説法時,亦與"四乾闥婆王"、"樂音乾闥婆王"、"美乾闥婆王"、"美音乾闥婆王"及其眷屬等俱處。現存日本奈良興福寺西金堂的"八部立衆"像,是天平時代塑造的藝術精品,其中乾闥婆像一軀爲獸冠武士裝束,直立兩手置胸前作沉思狀。這尊塑像主要顯示乾闥婆的脅侍身份,在佛教藝術當中表現並不普遍。人們更加感興趣的是,乾闥婆又爲"凌空之神",具有在空中飛行的神通,而且與音樂、舞蹈的關係非常密切。他們與梵名"緊那羅"之伎樂天相互配合,專以樂舞供奉娛樂於諸佛菩薩。因此我們在佛教美術中見到的飛天,大率俱以凌空翔舞奏樂或拋撒香花爲其特點,用以渲染佛國境界的歡樂和莊嚴。

　　佛教美術飛天形象千變萬化,在印度就呈現出多種不同的姿態。中國漢地佛窟壁畫中所繪的飛天,形狀殊接近於西域的飛天模式。我們從古代新疆龜兹地區克孜爾石窟和庫木吐喇千佛洞的壁畫遺迹可以發現,這裏的飛天形象與内地諸窟描繪之飛天在藝術上屬於同一個類型。而佛教飛天這一造型之傳入漢地,實亦當於此地輸送轉遞,約在公元四世紀左右,隨佛像、經卷的大量涌入而飛進了華夏的藝術殿堂。洎自十六國時期至於唐代,在我國北方很廣大的一個地域範圍内,如雲岡、龍門、麥積、響堂、天龍、炳靈寺、文殊山諸石窟,都曾出現過一些飛天的浮雕和壁畫圖像,其中有不少作品是相當出色的。例如雲岡第 7 窟的飛天石雕,龍門古陽洞和看經寺的飛天圖像,麥積山第 4、5、74 窟壁畫中的飛天,炳靈寺 169 窟繪製的飛天,其藝術成就均屬上乘。但這些事實顯然被大多數人忽略了,獨有敦煌莫高窟的飛天,卻時久不衰地受到大家的青睞和贊揚。試求此中的原委,除了數量上的優勢之外,更主要的恐怕還在於莫高窟飛天本身具備的特殊的美和魅力。它們就像開放在藝術之樹最高枝條上的奇葩,顯得格外的鮮艷耀眼。從很準確的意義上來説,飛天乃是敦煌壁畫藝術的突出標誌之一,它們堪稱鳴沙山麓的驕子,歷百千年而始終在吸引着世人的注意。

　　鑒於飛天的身份是佛的侍從,在佛畫中間並不占據顯要的地位。與其它石窟的布局差相類似,莫高窟壁畫飛天通常也是畫在主題畫的上方空間,或者描摹於洞窟頂部的藻井和人字披上,有的則是置於佛像龕楣的邊緣，甚至鑲嵌在狹小的平棋岔角裏。然而這些人天形象就是憑其輕舉飄忽的氣勢，以及美妙而變化不拘的身姿，似乎超越了他們原來那種脅役從屬的地位，從畫家的筆下獲得了自己獨立的藝術品格。在瞻觀者的心目之中，則儼然成爲一羣驕傲的寵兒。莫高窟的飛天，不像印度山奇雕刻的乾闥婆那樣長着一對羽翼，也不像阿旃陀壁畫中的飛天那樣需要靠雲氣來承托，而祇是身穿輕盈的衣裳，以幾根很長的飄帶和人體本身的動作，來顯示出他們正在空中疾速飛翔。這樣的飛天所具有的美，主要來源於人體自身的稟賦，並不過分依賴於其它的附加成份，是人的現實生活升華了的表現。當我們走進莫高窟的石室翹首仰望，看到這些快樂的精靈翔馳於天宇之上如得大自在，就會情不自禁地感到悠然神往。

按莫高窟石洞的開鑿，始於十六國時期的北涼，至元代末年纔告消歇。在此漫長的歲月推遷過程中，可以説每個朝代的洞窟裏都有飛天的形象出現，其造型之美亦順隨着時代文化習尚之差異而不斷地變演。世界上佛教石窟藝術的創造者在地域上分布甚廣，看起來從未曾有像敦煌這個地方的藝術家那樣，能夠長時間地對刻劃飛天保持着誠篤和旺盛的熱情，在這一特殊種類的藝術形象上傾注自己的才華和精力。美的創造是富有感情的勞動，純熟的技巧離不開反復的實踐，而一種普遍而持久的風氣足以造成驚人的奇迹。加上敦煌恰好處在中外文化藝術交會融合的敏感地區，印度、波斯和西域繪畫作風的影響總是最先到達這裏，就更有力驅策着在此辛勤創作的畫師們，去努力創造各個不同時代千姿百態的飛天形象。這一切，正如段文傑同志在《飛天——乾闥婆與緊那羅》這篇論文裏面所指出的，莫高窟飛天與洞窟的開鑿相隨始終，在一千多年的時間裏，敦煌飛天形成了自己獨具特色的演變發展歷史。

敦煌的飛天作爲一種藝術造型，分散在莫高窟各個石室，要從中清理出一條歷史發展綫索誠非易事。在談到這個問題時，我們首先不能忘記張大千、王子雲、謝稚柳、史岩、李浴等前輩藝術家和學者的勞績。他們發弘誓願，不憚險阻，遠涉流沙，在莫高窟做過大量的調查研究，爲探討敦煌壁畫的藝術美開拓了道路。與此同時，我們也要感謝以常書鴻、段文傑爲代表的敦煌文物研究所的同志們，他們獻身事業，克服困難，數十年如一日堅持在莫高窟工作。該所長時期來對莫高窟的壁畫進行系統的臨摹、考察和研究，並先後出版了《敦煌莫高窟内容總録》、《敦煌的藝術寶藏》、《敦煌藝術小叢書》等著作，發表了許多學術研究論著。這不僅爲我們研究敦煌石窟提供了信實可靠的資料，也給從美學的角度去探涉敦煌壁畫指明了途徑和方向。

　　莫高窟最早的飛天創製於北涼，這在當時還是從西域傳入的一種外來事物，其造型明顯地受到中亞犍陀羅晚期藝術風尚的影響。這些神靈的形象不乏新鮮感，但與本土人的生活卻有較大的距離。例如 268、272 兩窟中的飛天，上身均爲裸露，頭部的裝束純爲印度式，多數頂後畫有圓相，臂間繞着飄帶，身體大致與水平綫保持垂直，四肢則伸展舒張，示現出多種姿態凌空而飛。北涼飛天有激烈的運動感，造型粗獷豪放，質直遒勁的綫條旨在强調一種騰空飛行的力，敷色采用了印度繪畫中的凹凸暈染法。缺點是變化太少了些，飛天的臉部表情也顯得有點滯訥呆板，對域外技法的掌握也遠未到達得心應手的程度。造型藝術的水準離不開對客觀事物的熟悉和理解，如果説這些形象具備一種幼稚拙樸之美，那也説明了畫家對於他們所刻劃的對象還不是很親切的。莫高窟所有的北涼飛天體型粗勁壯實，這是較多地受到了犍陀羅晚期風格的熏習，不過這種情況到了北魏時期就有所改變。

　　北魏敦煌飛天加强了動作的變化，造型的綫條在趨向柔和，身體姿勢亦開始由垂直式逐漸轉向於"U"字狀的俯臥式。他們往往成羣結隊，在經變圖的上方散花奏樂，舉措姿態無不具有舞蹈的律動感。我們從當時鑿建的 248、257 窟裏,即能見到一些身材苗條修長的飛天,身上穿的已是中國式的圓口衲衣,頭挽高髻而腰繫長裙,顯示出較明晰的女性特徵,飛行的神態從容不迫,繁多的衣帶隨風晃動,猶如在水面上掀起的一層層波浪。她們身旁時而點綴着片片雲彩,這並非意在給予飛天活動於空間的一種憑藉,而是表現了畫家企圖利用對比映襯的方法,爲創造飛速運動的藝術效果而所做的努力。

北魏實現了北方的統一,當時佛教美術亦呈現出某種統一整合的兆頭。如莫高窟 248、257 窟的飛天形象,在麥積山北魏洞窟繪製的飛天中即有相似的表現,與今故宮博物院收藏之北魏正光年間的碑頭飛天像亦多吻合之處。這些形象無疑已有若干漢化成份,連臉型長相亦比較符合本土的審美要求,也許因爲她們產生在少數民族聚居的北方,在美麗的造型中總帶有一點蕭瑟的氣息。然而就整個莫高窟北魏時期的壁畫形象來说,以上的轉變還衹是一種探索和嘗試,如在同期開鑿的 251 窟所繪的散花飛天像,就照樣保持着濃郁的犍陀羅風味。事實說明,敦煌飛天至此尚未根本擺脱域外風氣的籠罩。

真正的轉變發生在西魏,此際北方民族大規模漢化的浪潮,已有力地波及到敦煌地區,中原文化把它的豐厚的養分送進了莫高窟。本土生活觀念與審美意識的加強,極明顯地改變了敦煌藝術的發展傾向,這裏面尤其值得注意的是道教文化藝術的滲透。道教原來盛行於我國濱海一帶,經北魏統治者的提倡遂遍及於中原大地,到西魏就把它的勢力延伸到了敦煌。在莫高窟西魏建造的洞窟裏,道家羽仙與佛教乾闥婆經常共處一室。這兩種形象本來蘊蓄着不同的内涵,但在時人心目中可能就是體現着同一種遁世的憧憬,藝術造型彼此之間亦多感染影響。簡單地說,此期間敦煌飛天的身姿形相,乃較多地注重中國繪畫氣韻生動的準則,肢體大抵纖巧修長,額廣頤窄而兼眉目疏朗,穿着基本上是漢人的裝束，風格上頗接近於同時代龍門、麥積山的那種“秀骨清像”。封建士大夫的情愫在這裏獲得了充分的宣泄，飛天主要被用來表現中國本土出世主義的理想美。常書鴻先生在爲《敦煌的藝術寶藏》畫册所寫的序言中説：“敦煌飛天造型的成功之處，即在於氣韻、形似兩者兼而有之。”道教清静無爲思想的介入曾經推動了佛教的中國化，而把中國繪畫的美學理想融入佛教壁畫，也同樣促使敦煌飛天向着形神兼備的目標大進了一步。西魏飛天雖無頭後圓光，卻具備着“仙風道骨”，其神情灑脱優游，甚至穿了大袖寬袍在空中逍遥舞轉。他們凌躡虛無之境，游心太玄之域，徜徉超絕於萬物之表，那種俯仰自得的姿式，真好像已經徹底忘卻了塵世的憂患。例如在 429 窟及 285 窟描繪的飛天圖形，就十分清楚地反映出這一轉變時期畫風的特有徵候。

北周時代莫高窟的壁畫，兼受着中原、印度和西域繪畫作風的交叉感染，藝術上的演變趨勢亦顯得動蕩不定。這個時期的文藝領域多元並存，同整個社會一樣處於大統合的前夜，各種風格流派都在力圖加强自己對未來的影響，新與舊之間的裂變和回歸層出不窮，故飛天形姿之紛雜多樣亦殊能引人入勝。大概在北齊、北周時代，世人對飛天的鍾愛又有增進。莫高窟現存北周開鑿的洞窟不多，但每一個洞窟都能見到乾闥婆的畫像，歸結起來則鮮明地顯示了兩股潮流。一是出世主義的“秀骨清像”在逐漸世俗化，玩味眼前生活的情趣掩蓋了超脱塵埃的馳想，衣服裝飾與時世的愛好越來越靠攏，飛天兩頰好用赭紅色來塗抹，臉容則由瘦長轉向於“面短而艷”的中原新風。另一股潮流是域外畫風繼續不斷地輸入，印度暈染法再次受到重視，增强了繪畫形象的明暗對比和立體感，一種新穎的身健體壯的飛天又在此間壁畫裏得到表現。與此方人士欣賞習慣迥然相歧的是，在北周鑿建的428 等洞窟中，還冒出了一批全身裸露、舞蹈動作劇烈誇張的飛天。像這樣無保留地對人體作大膽的刻劃，看來並非有意與本土儒家的倫理觀念相悖，很可能是與當時北方流行的净土思想有關。一羣裸體飛天圍着窟頂平棋中央的蓮花圖案縱情歡舞，寄托着人們對極樂世界一切生命在蓮花中自然化生的嚮往。不過這種現象演出在敦煌洞窟畢竟是短暫罕見的，據《敦煌藝術小叢書》的編者之一施萍亭同志的介紹，莫高窟這一類飛天形象共有 15 身，其中北周一朝就占去 13 身，在這以後裸體飛天即迅速消失。

在飛天藝術造型演進過程中，隋代是一個極重要的階段。這期間飛天畫法上獲得的一大進展，即是將北魏始有的那種"U"字形的俯卧式改進得愈加和諧柔軟。飛天的頭部略微抬起，雙足則向後上方傾斜延伸，整個身體自胸部以上呈一彎曲狀的轉折，雙臂與手的動態靈巧多樣，使之成爲一種寬鬆自在而富有變化的形式而極臻於完美。這種姿勢就好像人在水裏游泳，用來表現飛天在廣闊的空間馳翔真是最合適不過了。與此相應的是誇張過度的動作描繪已被排斥，襟帶飄曳的舞蹈美代替了原來激烈的運動感。莫高窟飛天演至隋代，一變而專重以女性爲型範，布色亦喜歡多用土紅、青綠、白黑色，疊染的技法加強了渲染效果。可謂濃妝淡抹相間，筆調瀟脫疏朗，在靈活飄逸的藝術形象裏，更加親切地體現着這一代人對歡樂和幸福的現世追求。

敦煌隋窟的頂部，經常被用來描繪飛天的羣像。她們在蔚藍色的天空中縱身齊飛，快樂地飄蕩旋舞，周圍散以繽紛的花雨，其輕盈活潑的姿態真使觀者流連忘返。這些飛天與其説是在高空中緊張地飛行，還不如説在充滿聲音和色彩的天海裏自由泳翔。金維諾先生的《智慧的花朵》一文，在談到隋代 407 窟藻井上一羣繞着中央三兔蓮花圖案旋轉追逐的飛天時説，她們就像在"音樂聲裏不停地回旋"。另外，在 412 窟西龕龕頂描摹的飛天羣，也顯示出畫家精湛的構思和技巧。衆多的飛天展示出各種舞蹈姿勢，上方布以靈芝狀的雲氣，波浪形的白色飄帶隨風晃擺，使整個畫面洋溢着動蕩的氣氛。隋代飛天面相豐潤修整，體型圓碩優美，於表現對象的內心情緒方面亦有獨到之處。所有這些迹象，無疑都標誌着民族統一時代的審美意趣。説明飛天這一外來的繪畫藝術造型，經過了此方藝術家數百年的栽培和灌溉，確已在中國土地上扎下根子，在它機體之中也浸透着華夏民族的美學理想，並即將進入它創作的最高階段。就以 266 窟那一身凌虛起舞的飛天來説，她的姿勢即是很柔和的"U"字形俯卧式，穿戴服飾全爲漢裝，繁頭舒手的舞姿絶爲美妙，柔順的長帶隨着她的動作自由飄卷，身側還有兩盤卷邊狀的圓形蓮葉在應手起落，整個形象給人以倩麗而不失其嫻雅的感覺，在藝術上已經離唐人的風味不遠。

　　唐代莫高窟的藝術家們，創造了世界上最美好的飛天形象。當時大一統的局面開拓了畫家的視野，積極奮發的時代精神給壁畫形象灌注了新生命。敦煌唐窟中的飛天是青春和健美的化身，她們面容飽滿，形貌昳麗而氣度瀟灑，宛轉的舞姿純熟優美，仿佛在其輕柔健康的軀體內還有血液在潛流，一舉一動都顯示出她們是活生生的存在。而且與北朝洞窟中那些茫然顧望天際的造型不同，唐代的飛天大多數是把眼光注視着下方，這一點恰好顯現出藝術形象與世間生活的聯繫。如這種生動典雅的造型，固然不無印度笈多藝術熏陶濡染的痕迹，但主導風格卻完全是民族化的。唐人就是善於吸收外來藝術的精華爲自己所用，並在本土佛窟壁畫成就的基礎上不斷創新，從而建立起一種與此強盛朝代相稱的民族氣派。那些含有宗教意味的浪漫想象，在這裏與對現實事物的深入觀照取得了協調與一致，不管畫師們要表達的感情何等熱烈奔放，但賦物造型還認真地堅持着工整細膩的寫實作風。重視綫條與加強暈染同時並舉，柔和與剛健得到了適度的調節。這時期莫高窟創作的飛天，不僅筆意明快流暢，色澤鮮艷富麗，而且展示的舞姿亦益極其變化。無論是張臂俯卧作平衡的回旋，還是隨着氣流任意飄蕩，雙手合十胸前以及側體婆娑起舞，冉冉升空或徐徐降落,都顯得神情悠然自若,舞蹈動作婀娜多姿,把她們最爲動人的一瞬間恰到好處地表現出來。

　　宗白華先生在《略談敦煌藝術的意義和價值》一文中説:"敦煌的藝境是音樂意味的,全以音樂舞蹈爲基本情調。"唐代飛天的主調樂觀、明朗,其樂舞性質亦在壁畫中得到充分發揮。就譬如44窟中描繪的一身持琴彈撥的飛天,148窟中精細刻劃的六臂手持多種樂器在進行演奏的飛天像,音樂舞蹈意識都被畫家作了極度的強調。當時社會上净土教盛行,往生西方净土是衆多民衆士子的願望,而這個宗教理想世界本身就充滿着樂舞意味。佛教大型經變畫至唐世獲得高度發展,敦煌唐窟尤多鋪張宏麗的"净土變"。這種變畫莊嚴彩繪極樂世界的種種情景,其中宮殿樓閣高敞焕顯,百千比丘諦聽阿彌陀佛説法,觀音、勢至二菩薩脅侍左右,七寶水池盛開蓮華,旗幡幢蓋光彩昱爍。阿彌陀佛法座之前有伎樂舞女當筵獻藝,其上空則是飛天活動的領域。照例佛國應該是永恒清净的彼岸世界,但鋪展在壁畫觀賞者面前的卻是一個個繁麗喧鬧的藝術王國,飛天則是其中最令人注目的角色。如在172、220窟"净土變"的上方,即有衆多飛天出没於天華祥雲之間,她們一邊奏樂舞蹈,一邊在空中散花,紛衆的飄帶隨着風勢翻飛卷揚,宛如無數被曳動着的彩虹映在藍天,給人的感受真是美極了。"净土變"裏的飛天是極樂世界無憂無慮的生靈,她們的感性形象與整個畫面表現的題材達到了和諧的統一,極能引發起善男信女對超世幻境的想往。因爲敦煌唐窟好用宗教樂境來召喚羣衆,故以上所説的這種特點亦多反映在其它主題畫中,例如329窟"乘象入胎圖"和"逾城出家圖"上方,就繪有無數動勢美麗的飛天,其與畫面表現的題材內容互相配合,同樣造成很好的整體效果。這兩鋪壁畫借助於飛天形象的塑造,將釋迦牟尼降生、出家的故事化爲樂舞並陳的場面,洋溢着熱烈和歡樂的情調。

　　唐代藝術崇尚駢偶,如建築、舞蹈、詩歌、工藝美術莫不如此。

莫高窟唐代飛天圓滿具足的創造，無過於雙飛天形象的出現。雙飛天是由兩身姿態優美的飛天在空中追逐周旋，各自的舞蹈動作和情感傳遞都能得到對方的回響，兩個形象的組合就構成了一個靈動的空間。與單個飛天和飛天羣相比，雙飛天顯然更符合於對稱均衡的原則，也更富有抒情味和音樂舞蹈美。現存 220 窟和 320 窟兩對雙飛天，就是這類佳構的代表作品。220 窟中的一對由兩身互爲對應的飛天在空中飄流回旋，其中一身兩手抱頭擎鉢倒栽而飛，另一身則作胸前合掌之狀憑虛升騰，雙方身上所繫的長帶按着運動的相反方向裊裊卷動，與飛天近旁的螺形雲彩自然地連成一片。而飛天與飄帶、雲氣的複雜弧形綫條，使整個畫面呈一圓形的回環，在勻稱的構圖美中體現出很強的流動感。320 窟那對雙飛天畫於“説法圖”的右上側，與左上側的另一對雙飛天相對應。這對雙身飛天的造型靈巧生動，刻劃精妙無比，衣裳、飄帶褶襉的紋路及明暗細膩寫實，充分展露了畫家熟練卓越的藝術技巧。她們一者回首顧盼生姿，一者緊緊跟隨其旁，雙方傾斜的身姿前呼後應，縱身於空曠寥廓的高天，絢麗的花朵隨着其優美的手勢紛紛墜落，圖畫裏流溢着活潑盎然的生活情趣。這一對雙飛天具有無可爭辯的藝術價值，以致在近數十年人們的觀念裏，她們竟成了敦煌壁畫的一個具有象徵性的幟志。

　　從隋朝到唐代中葉，給飛天圖形粉壁是當時畫家的一種普遍愛好。唐代詩人宋昱、王維、李白、顧況、元稹、李紳的作品中，都有過一些在寺窟瞻觀飛天畫像的記述，這表明這種藝術造型曾在很廣的範圍内進入了人們的精神文化生活，莫高窟的畫師正是憑藉這個基礎實現了飛天形象的整合規範。蘇聯學者德·烏格里諾維奇在《藝術與宗教》一書中指出，審美規範是“把一定歷史時代最高成就記載下來”。鳴沙山麓唐窟裏所繪的諸多飛天形象，即攝取、融合了各地石窟寺廟不同身姿式樣飛天的長處，將熱烈的宗教想象與典雅的形式結構糅合於一體，在我國飛天藝術創作的最高點上樹立了一塊豐碑。然而規範化了的藝術形象,總是只能在一定歷史時代的條件下創造出來,一旦這些條件發生了變化,人們的藝術意識和審美趣味也會隨之而改變。莫高窟飛天最輝煌赫奕的時代是初、盛唐,而後即隨着唐王朝國勢的衰薄而日益減褪其光彩。中唐的洞窟裏描繪飛天的數量驟然減少,藝術上的特色亦不那麽令人矚目,看來這種宜於用明朗、樂觀的色調來表現的優美藝術形象,是很難與彌漫於當時社會的感傷主義情緒相容的。這裏飛天創作的盛衰變遷,反映了中國封建社會一個巨大的轉折,而更直接的是顯示了當時人們心理狀態的嬗變。中唐158窟"佛入涅槃像"的上方,有一軀壁畫飛天像仍然是很美的,但感情基調卻起了明顯的變化。她雙目凝視下端,手捧瓔珞花鬘,從繚繞的雲彩中徐徐降落,朝着已進入涅槃的佛陀奉獻自己一份虔誠的敬意。如果我們聯繫這時飛天創作的具體情況來看,她的那種表情和姿態,則仿佛也是在悲悼她自身的孤單和榮華歲月的消逝。

　　想象力的退化和純粹裝飾功能的强調,是五代、北宋時期莫高窟飛天的基本特色。世俗煩瑣的欲求充斥畫面,對於供養人的刻劃過多地轉移了畫家的注意,飛天則成了現世圓滿福德果報的點綴品,其形姿亦顯得呆板平庸而缺乏生命力。藝術家的筆鋒總是浸透着一定的生活觀念,在因循苟安和貪圖享受的時代很難創造出靈活躍動的藝術造型。既然世人感到宏麗的净土世界與自己所隔的距離過分遙遠,那末對現實物質利益的逼近追求必然會削弱飛天形象原有的美。在西夏統治時期及元代,莫高窟曾出現過一些風格較爲別致的飛天,體現了另外一種美的意趣,這也許是不同民族的審美意識讓這類形象展示一下最後的丰采。例如西夏97窟和327窟的持花、吹簫飛天,元代13窟和95窟作胡跪狀自天而降的飛天,均能見出畫師措思經營的新意,在當時同類圖像中誠然屬佼佼者。然而他們終究缺少些輕靈和灑脫,看上去總不免有一種身軀沉重的感覺,倘與唐代全盛時期那些流動美妙的飛天相比較,即殊不能望其項背。藝術美的失落未嘗不是痛苦的,倩麗動人的形象只記録着令人懷戀的過去,那股靈動回旋的活力也永遠召不回來了。迨及於此,莫高窟飛天的演變歷史就到達了它的終結點。

　　世界上没有一種常盛不衰的造型藝術,而藝術造型所具有的美卻是永恒的。雖然佛教飛天主要是古印度人宗教幻想的産物,但他進入中國以後不很長的時間内就成爲本土藝術文化的構成部分,並在這塊土地上獲得了最高度的發展。它在一千餘年的時間裏,罄竭了衆多中國畫家的才智和創造力,感染激動過無數本地羣衆的心靈,從本質上説,還是貫注着我們民族的審美意識。莫高窟壁畫的飛天,把中華各族人民兒女的形體作了理想化的表現,它們是從優美的心靈中綻開出來的花朵,也是生命之活力與旋律的無聲贊歌。這一份文化藝術遺産之所以值得珍視,首先是因爲它形象地揭示了華夏民族在一個很長歷史階段中的感情特質,其間展示的一切美都離不開人的自身生活。

　　是人用自己的形象來描摹飛天,而飛天又以它特有的美來償還給世人。

1989 年 11 月

　　〔作者附識〕本文的主要參考文獻,有敦煌文物研究所編《敦煌莫高窟内容總録》、《敦煌的藝術寶藏》、《敦煌藝術小叢書》,段文傑《飛天——乾闥婆與緊那羅》、《飛天在人間》,金維諾《中國美術史論集》,莊伯和《佛像之美》,沈以正《敦煌藝術》,李澤厚《美的歷程》,宗白華《美學散步》,龐薰琴《中國歷代裝飾畫研究》,潘丁丁《龜兹壁畫綫描集》,烏格里諾維奇《藝術與宗教》等。

雲南大理佛教藝術禮瞻

　　一九九三年七八月間，我因參加在昆明召開的全國高校中文專業教學研討會，路遠迢迢作了一次滇中之行，感謝會議主辦單位雲南大學中文系楊振昆、那世英、段躍慶等老師，他們給全體與會者所作的安排至爲周到，並利用會議的間隙，組織大家一起前往大理參觀游覽。

　　自昆明西行至大理，有四百多公里路程，這一條交通線爲抗戰時期滇緬公路東段，沿途要翻越好幾座大山，汽車在崎嶇的山道上彎繞行駛，近旁往往就是懸崖削壁，形勢號爲險峻。但改革開放以來，雲南省加快建設步伐，昆大公路經過拓寬路基，改澆上高質量的瀝青路面，原先幾處容易發生險情的地段，亦重點加以改造整修，到現在早已變成一條平夷的坦途了。

　　八月一日天蒙蒙亮時，我們從雲大學術交流中心乘車出發，中午在楚雄師專用餐並稍事休息，抵達大理下關市已是黃昏時分。下關地處古代大理國城的南入口，現在是自治州的經濟、文化中心，州政府就設在這裏。此刻該市一切都浸沉在夜幕之中，恬靜而夾雜着一點幽奧，蒼山斜陽峰黑巍巍地迎面矗立，從它身旁撒下一大片輝煌的燈火。穿過城區的洱河悠然淌流，以其粼粼發光的水波含納着月色，遠處一座大橋半圓形的鋼架則給它增添一些現代生活的情調。初番領略這座西南邊城的夜晚奇觀，幾疑置身童年夢幻中的世界。説來頗有點羞澀，我這個人出門常要暈車，有時竟折騰得嘔吐狼藉，故很怕坐汽車長途旅行。然而剛纔一整天隨着車子驅駛，居然未有一點不舒服的感覺，反倒顯得精神分外爽朗,致使一路同行的柯楊等老師亦爲之詫異。這大概是由於游歷一個久已意想神往的所在,心情特別興奮的緣故罷。

大理素被世人譽爲靈異之境,有它獨特優厚的自然條件。這裏屬我國西南橫斷山脈旁一塊面積較大的平壩,氣候温煦濕潤,利於莊稼及各種綠色植物生長,野外遍布茂林修竹,春天裏繁花似錦。高聳的點蒼山南北綿延駢列,海拔數千米以上的羣峰終年積雪,其景象渾莽又不乏毓秀之態。而美麗的洱海,固然有它烟雨迷朦、波濤競涌的日子,碰到風平浪静時則如一面瑩澈的明鏡,可清晰地映現出岸邊山巒、佛塔、竹樹和民居的倒影。每當皓月升空的清夜,就愈加增添詩情畫意。遠方的行客入此佳境,没有人不感到目迷心醉。就連明代的大旅行家徐霞客,他飽覽全國各地山川美景,來到這裏也不禁爲此絶妙風光駐足流連,以後在他的《游記》裏留下情文並茂的記載。

我們參觀日程祇有兩天,故活動安排相當緊湊。八月二日清晨,在下關碼頭登"杜鵑號"游船,冒雨暢游洱海。儘管此際濃雲蔽空、亂珠跳船,除了茫茫一色水天外,無法欣賞到其餘的景色,但大家興致依然很濃。中午至周城附近上岸,這時天已放晴。到周城飽吃了一頓白族名菜"沙鍋鯽魚",又購買些蠟染紀念品,隨即去尋訪蝴蝶泉、三月街蹤迹,瞻仰崇聖寺三塔,漫游大理古城。入夜,假住地洱海賓館舉行白族"三道茶"晚會,由自治州歌舞團表演精彩文藝節目。大理歷史悠久,聚居着多個兄弟民族,文化習俗各不相同,附近人文景觀星羅棋布,幾乎每個景點都包含着一些動人的故事。因爲我在近些年來,主要從事佛教文學與佛教文化的學習研究,所以較多注意考察、瞭解這方面的設施。非常欣幸的是,八月三日參觀自治州博物館,就看到許多佛教藝術珍品,真令我彌增不虚此行的感覺。

大理自治州民族博物館,位於下關市洱河南路,占地面積寬廣。院内矗立一座重檐懸山式雙披屋頂的主樓,鴟尾飛甍高挑,氣度恢宏莊嚴,所有結構均按當地白族人民喜愛的形式設計。主樓處在院落中軸綫上,正對博物館的大門,樓前置一方水池,樓址四周則砌以漢白玉的護欄,有石級可拾級而上進入廳堂。該館共闢八個展廳,另設音像廳和報告廳,兼有庫房及辦公用房。主樓與輔助建築之間樹木扶疏、綠草映階,並通過高敞的廈廊互相銜接,屋外空地上亦布置各種盆景。整個建築羣古樸典雅,構思精審合理,環境至爲清幽。憑一個邊疆民族自治州的財力,能夠建立起這麼一座甚具規模的展館,就可見州政府和這裏廣大羣衆對民族文化事業的重視了。

那天上午,我們先游洱海公園,約十時許驅車抵州博物館。穿過樓下的大堂,由工作人員延至報告廳小坐,請館長張楠先生爲大家作些介紹。張館長看起來已有五十開外年紀,但精力相當旺盛,寬闊的前額下雙眉舒展,憑直觀印象就知道是一位事業心很強的學者。他簡單地說了一下這個館的歷史和現狀,接着就談到大理在歷史上爲一特殊文化區域,它的地理位置聯接内陸、西藏及印、緬諸國,是古代西南絲綢之路即“蜀滇身毒古道”上的樞紐。不晚於公元前二、三世紀,這裏和印度東北地區就存在着事實上的溝通,如蜀地的絲綢、筇竹也經由這條道路傳送往南亞次大陸。迨至南詔時期,佛教密宗又自西藏流播到這裏。不過密教進入這塊地方,又和當地少數民族的文化交匯融合,本地的巫教又反過來改造外來宗教,從而産生種種微妙的變化,呈現出若干與其他地區密教迥然相異的徵候。張館長認爲這些問題都很值得探討,他希望我們把博物館當作瞭解大理的一個窗口,爲這趟遠行增添豐饒的文化内涵。

自治州博物館陳列的展品,起自新石器時代,迄於元明清,有關本地的物産和民族風情,則另作詳細介紹,可謂琳琅滿目。此中保留着大理一帶多個民族成長步履的印迹,讓數千年地區文明的燦爛遺影交相輝映。但是我個人的興趣,主要還是集中在南詔、大理兩朝的佛教藝術部分，這不啻因爲上述兩個王朝是大理古代著名的承平之世，而且此地佛教也從彼時開始流播，並很快發展到它極隆盛的階段。根據展廳提供的文字、圖片資料，説明在南詔、大理時代，能仁之教於此獲得廣泛的流傳。那時候的蒼山之麓、洱海之濱，號稱"佛教之齊魯"，寶塔、石幢相望道路，鐘磬清音不絕於耳，儼然是雲貴高原上的一處莊嚴佛土。大理朝《張勝温畫卷》對法界聖僧與國王禮佛的熱烈描繪，又展示出本地區佛教史上最有光采的一頁。按此方的佛教通常稱作"阿吒力"佛教，"阿吒力"一詞即由密教僧侶"阿闍黎"（ācārya）的名號轉化而來，這非常清楚地説明了大理佛教的内在性質。與密宗的弘傳相並行，禪宗於大理王朝後期也將它的影響傳遞到這裏，賓川縣的鷄足山，相傳是大迦葉捧金縷衣修行入定的道場，佛刹禪堂陸續增建，終於演成我國西南地區一大禪家叢林。而劍川石鐘寺、獅子關、沙登箐等洞窟的開鑿，金華山摩崖石像之鐫刻，又跟着出現了一批雕刻藝術具足成就的傑構。

此地的佛教文物數量既富，保存又相當完好，拿到博物館裏展出的，僅僅是一些經過了精心挑選的代表作。如石鐘寺第二窟的雕刻，表現護持佛法的南詔國王與臣僚議事的場面，造物賦形的技巧達到高度嫻熟，綫條刻劃沉穩有力。該窟布局如一富麗廳堂，飾有重帳垂幔，頗能給人立體感，雕造的人物多至十六軀。王者頭戴峨冠，端坐於雙龍首椅中，神情嚴肅莊重，座前卧伏二獸。其兩側之侍從人像，有二位身穿唐服的清平官相對而坐，並有數名武士手執瓶、旗、罌、劍等物。尤可注意的是一位手持念珠的佛僧，盤膝坐在須彌座椅上，他的位置緊靠着國王。從雕刻者這一構思措意，即可曉知佛教在南詔王朝舉足輕重的地位。許多雲南學者認爲，該窟中所雕的王者即南詔第五代君主閣羅鳳，近旁的佛僧則是其國師閣陂和尚。閣羅鳳在位時南詔國力發展到鼎盛，這種場景的表現無疑有着特殊的歷史意義。

　　大理地區的佛教造像，並不追求像身的偉岸和巨大，藝術家的才華和創造能力，通常是體現在對有限形體的精雕細刻。我們在展廳裏所見的多尊佛像，它們分別屬於石刻、木雕和金屬澆鑄，或坐或立姿態各異，俱以形制精巧、綫條細膩取勝，主體風格基本上是屬於"笈多式"，與四川大足等地的造像屬於同一個系統。而佛像的穿着，似乎亦無太嚴格的規定，甚至不妨給聖者加上南詔、大理朝王公貴族的衣冠。既然宗教已經深入世俗生活，那麼人們用世俗觀念來理解宗教也是非常自然的。需要一提的是石鐘寺第四窟"華嚴三聖"的摩崖像，其中共造像七軀，"華嚴三聖"及獸奴爲高浮雕，後旁的迦葉、阿難爲陰綫淺浮雕。該窟所雕的毗盧遮那佛刀法細緻，呈右袒跣足、結手印狀，衣紋流暢圓潤，面部神情軒昂，富有個性。左右文殊、普賢的造像亦甚傳神，可惜文殊菩薩之坐騎青獅及獅奴已部分毀壞。這裏還展出一尊很小的銅佛像，釋迦趺坐於蓮花座上，兩手交迭膝部作禪定印，頭上覆蓋螺髻，面相豐隆飽滿，顯得眉目疏朗，圓口衲衣上方袒露出一片光滑的前胸。就它的體型和相貌而言，與這兩天我們所見到的某些大理人絶爲肖似。這一秀雅的佛世尊造型，灌注着特定的民族審美意識，在它的創作過程中，顯然是擇取了本地白族青年男性作爲它模刻的型範，由此示現出鮮明的寫實作風。

　　大乘佛教神祇觀世音菩薩和四天王，爲此方石窟、寺廟備受青睞的表現題材。觀音在大理地區的實際影響要遠遠超過佛陀，當地觀音寺廟之多不可勝計，如南詔最大的伽藍崇聖寺即是觀音寺。州博物館展列一尊甘露觀音，原像在石鐘寺第七窟，其大小與普通人的身材相當。該像頭戴化佛冠，冠披雙肩，左手托鉢，右手執楊柳枝，容止安詳端嚴，衣褶清晰齊整，像身後面崖石上刻有數行藏文題記。這一造像的異樣之處，是在胸腹之間開一方孔。此種別致手法洵屬罕見，不知這究竟是爲了披露尊者大悲慈憫的心懷，還是意味着菩提薩埵能夠廣納無量衆生。另一尊銅胎鍍金的阿嵯耶觀音像模，雖體積不大，卻極盡良工巧匠刻鏤之能事。大士爲站立蓮臺之男身像，寶髻聳頂，長裙垂足，身佩瓔珞花環，左手結"安慰取印"，姿態頎長宛約。但藝術上更成功的是菩薩臉部淵默神情的刻劃，透溢出造像柔和與聖潔的内在精神。這一精品現存美國聖地亞哥，與之同類的觀音像，在克利夫蘭、紐約、芝加哥、波士頓的博物館裏也有收藏。七十年代之末，當地清理崇聖寺千尋塔内文物，則又有阿嵯耶觀音的發現。它們大約鑄造於公元十二十三世紀，最能體現大理一帶觀世音像的典型形態，以致被某些西方學者稱爲"雲南福星"。"阿嵯耶"一詞本身與梵語的譯音有關，因此不能忽視這種藝術造型所承受的印度影響。

觀世音是半個亞洲的信仰，佛經描述他具有無上法力，對世間含生羣品關愛備至，因而引發出無數人們度脫苦厄、企盼幸福的祈願。在大理白族、彝族的民間傳説中，觀音更是獨一無二的救世主和英雄，他氣勢凛冽、無所不能，不但降伏了一切妨礙人們正常生活的鬼魅，還教化過南詔的開國君主細奴邏，其地位自然凌駕於其他諸神之上。本地區雖有少量文殊、普賢、地藏的造像，但菩薩崇拜明顯呈現出單一化的趨向，觀音是這裏所有善男信女心目中深情獨鍾的偶像。

至於四大天王，從館藏大理時代"佛頂尊勝寶幢"浮雕像的拓本，可以瞭解本地區雕造這類神祇的基本模式。四天王手執之兵器主要是劍、斧和三叉戟，神態剛毅雄武而並不過分強調其畏惡厲怖之相，冠帶服飾亦較多顧及民族的好尚。譬如沙登箐甲子寺懸崖上刻的增長天王和多聞天王像，金華山多聞天王的摩崖石刻，都是造型生動、表現力度頗強的作品。在劍川沙登箐石窟，尚刻有一軀印度大黑天的造像，像身約高二米，其狀一頭三眼六臂，張口瞋目，情態威猛，手中各執鉢、鼓、劍、叉、索、念珠等法物。其尤爲醒目之處，是它的頭上、腰際均串佩骷髏多枚。大黑天原名克利希納（Krishna），他在印度大史詩《摩訶婆羅多》中充當般度族英雄阿周那的馭者與謀士，後來和另一部史詩《羅摩衍那》中的主人公羅摩一起，被人們認爲是大神毗濕奴（Visnu）的化身，於是他就變成印度教毗濕奴派的神道，在中世紀的孟加拉地區特別受到尊崇。大黑天進入大理一帶，時間上要比佛陀、觀音來得更早一點，他在這裏不單作爲密教的尊神出現，同時還被當地人奉爲巫教的本主。我們從大理歸源寺，禄勸密達拉摩岩石刻，以及弘聖寺出土的造像中，都可以看到他奇猛的身影蹤迹。一個印度教神祇，能在此方寺廟、洞窟中大模大樣地占一位置，是古代大理與南亞文化往來頻繁的直接表徵。或許由於地緣的接近，本地雕刻的大黑天尚猶保持較多印度特點，從造像軀體上透射出來很强烈的神性。要是把眼光轉移到亞洲的東端，現今在日本佛教聖地比叡山亦能見到一尊大黑天像，但此像襆頭寬衣，笑容可親，體貌宛如常人，似作鞠躬之狀，所表露的那完全是一種貼近生活的浮世風情。

爰及其它佛教題材的作品，石鐘寺第五窟雕的一軀"愁維摩像"亦頗引人注目。這身維摩像頂挽高髻，上纏一帕，扎在頭部的飾帶貼耳披肩下垂，寬衣趺坐説法，形相清癯，愁容示疾，憔悴的臉龐布滿皺紋，好像他已經嘗夠了塵世的憂患和滄桑。與敦煌莫高窟 103 洞壁畫中飄逸瀟灑的維摩詰像相比，它顯然融攝着雕刻者對這位白衣居士人生境界的獨特理解。另外梵僧像刻造之多，堪爲本地佛教藝術的特色之一。此類具有特定身份的人像，在獅子關第九第十窟、石鐘寺第一窟裏屢有所見。例如獅子關第九窟雕刻的那一軀，顯得形體肥碩，衣着異樣，"螺髻短鬚，披罽挂杖"（《劍川縣志》），第因年久風化剥蝕，面目已難辨認，像傍石崖上又題有"波斯國人"四字。據李家瑞先生《南詔以來來雲南的天竺僧人》一文考證，這幾座石雕刻劃的對象，當爲自南詔時代起遠來此地弘法的印度僧侶。但有一件事實殊不宜忽略，在大理地區歷史上廣泛流播的著名傳説《觀音鬥羅刹》中，觀音菩薩初來蒼山洱海,嘗化成一梵僧與患害人民的羅刹鬥法,結果降伏了惡羅刹,人民從此安居樂業。該傳説祖輩相承,長時期來支配着當地人的精神生活,在民間幾乎將它當作南詔的一部開國史來看待。故上述梵僧像於其經營雕造之初,很可能就是把它當作大士的化身來加以鑄刻的,所以説到底仍同這裏盛行的觀音崇拜有關。

南詔、大理時代的造型藝術,佛塔之美亦足令瞻觀者難忘。首先是崇聖寺三塔鼎足峙立,拔地高聳雲表,羣體風貌巍峨秀特,宜爲蒼山、洱海之間一大景觀標誌。其中主塔名千尋塔,總高69.13米,爲密檐式方形十六級磚塔,塔頂置四只銅鑄迦樓羅鳥,用以鎮厭洱海中的惡龍。餘二塔各高43米,同爲十級八角形磚塔結構。三塔約建造於南詔保和時期,是雲南密檐塔的代表作。千尋塔的形狀,中部略微向外擴充,下面和上方逐次向内收縮,站在遠處任何一個角度眺望,塔身外緣兩條勻稱、流暢的弧綫清晰可見。以上這種被日本學者稱作"凸肚式"的塔型,是雲南省境内佛塔的常見形式,像賓川鷄足山金頂寺的楞嚴塔,大理古城西南的弘聖寺塔,下關東北俗稱"蛇骨塔"的佛圖寺塔,巍山圓覺寺的北塔,昆明的東寺塔和西寺塔,其建築風格與千尋塔大致相同。倘再作仔細比較,可發現其中還有差異。譬如昆明東、西寺二塔,就偏重於强調"凸肚"的特徵,整體形象顯得穩重舒張;而洱海周圍諸塔則主要向修長這方面發展,愈能給人輕靈獨絶的感覺。例如矗立鷄足山金頂的楞嚴塔,朝霞夕霏掩映,大有超塵陟天的意味。儘管四方形的密檐磚塔在中原地區出現較早,但賦予此類塔婆以如此優美悦目的外觀,卻是古代西南邊疆地區建築師們卓越的創造。

博物館裏展出的佛教器物,較能吸引參觀者注意的是金剛杵。在古天竺的傳説中,金剛杵(vajra)是一種鋒利而無堅不摧的武器,亦稱"雷杵"。《梨俱吠陀》中重點叙述的天神因陀羅,就是依靠了它攻城克敵、所向披靡。然而如今展示在我們眼前的物件,卻是那麼玲瓏小巧,彌富觀賞價值。這些展覽品常在杵尖部分輔以"∞"形的外環,其下則刻鏤着細密精緻的蓮花、卷草圖紋;有的乾脆將四個杵頭兩兩相背地銜接起來,看上去純粹是一具按照對稱圖形鑄就的金屬模型。還有一些金剛杵的模具,則在兩個杵尖的結合部刻劃一個儺面,那就從根本上改變了它作爲一種兵器的性質。真是有趣得很,這裏的匠師們似乎對金剛杵的無比威力並不太在意,擺弄這些東西主要是爲了磨練一下自己的雕琢技能。泊於對莊飾美的極端重視,它們原來的功能衹是得到象徵性的表示。

十分意外,在劍川石鐘寺的第八窟,還雕有一女陰的形體,當地白族人呼之爲"阿央白"。該女陰刻於洞窟正面須彌座上,雕工非常粗率,當然談不上什麼藝術性,兩旁題有墨書一聯,上聯爲"廣集化生路",下聯是"大開方便門",其兩側之窟壁上則雕刻佛菩薩的形象。如是造型在我國其他佛教洞窟絕少見到,但在大理這塊地方卻被奉若神明,讓它與衆多莊嚴佛像同時受到人們的供養。到這個洞窟來頂禮者幾乎全部都是女性,她們在跪拜之餘兼用香油塗抹其上,祈求早生孩子。每年的農曆八月初,附近白族、彝族、納西族、傈僳族女青年成羣結隊而來,祭拜者填咽山道,景象熱鬧非凡。久而久之,該雕刻前的石板上留下了很深的跪拜痕迹。在白族的語言中,"阿央"意爲"撒下嬰兒","白"即指"女陰",可見它一定是古代生殖崇拜的遺物。

州博物館是一條歷史文化的多采長廊,不同的展廳又分別揭示了大理人民生活的各個側面。如果要仔細瞻看,恐怕至少得花上兩天時間。可惜我們去來匆遽,只參觀了一個半小時,就懷着不無遺憾的心情離開了。在坐車返回住地的路上,適纔目睹的一串串景象不斷在我腦海裏浮現。古代大理的藝術家,憑其優厚秉賦及純情的敏感,創造了那些端秀和智慧溢露的諸佛菩薩像,在融匯外來藝術影響的同時又堅持其民族愛好,殊足以在世界佛教藝術之林自樹一幟。雖然這裏石窟的規模無法同雲岡、龍門、敦煌、大足相比，但給我精神上的陶冶亦至爲深刻。唯從理性認知上去推敲，總覺得有些事情尚未弄清。譬如張楠館長提到的密宗影響一事，當然確定無疑，此間石窟中雕有大黑天、千手眼觀音、四大明王，彼等俱屬密教之神祇固不待論。但現在的問題是，密教在雲南的傳播，實際上並未完全形成一個以大日如來（毗盧遮那佛）爲中心的神靈體系，供奉的神道較之漢地、西藏更有地方特色。除了上述這些尊神造像之外，在本地佛教藝術中，到底還有哪些特徵是密教像法的具體表現，似仍難以捉摸。恰好當天晚上，張楠館長來洱海賓館參加州裏的招待會，中山大學的吳定宇老師最近也在研究宗教文化藝術問題，跑來興冲冲地告知我這一消息，並約我一起前去求教，請他爲我們兩個參學者開示究竟。

　　張館長性格爽快，經我們表明來意，就熱情招呼讓坐，像許多知識淵博的學者一樣，談到自己感興趣的理論學術問題總是顯得津津有味。他說：雲南大理地區的密教，堪稱是一種多元文化交會的產物，但又具備着自身獨特的宗教特徵。它既不同於印度的呾特羅（tantra）佛教，與漢地、西藏的密教相比，也有顯著的差別。針對其實際情況，應該管它叫作"南密"，即"雲南的密教"，肯定它是同"漢密"、"藏密"、"東密"相平行的一個密教傳播分支。考察這裏的佛教藝術，必須注意其與"南密"的關係是不言而喻的。不過"南密"並無系統的佛學理論，在這一點上與"藏密"非常重視義學的研究相去甚遠。本地密教寺廟縱有《妙法蓮華》、《金剛般若》、《金光明》等經的流布，但大理的密僧並不以鑽研經義爲尚。他們注重事相，念誦咒語，替人造福禳災，卻看不出這些闍黎特別尊奉哪一部經典。這大概是個民族性問題，所以禪宗雖然傳到這裏，但在兄弟民族中間卻很難推廣開來。此地的一些宗教觀念，多數來自土生土長的巫教，有的則是外地傳來的迷信思想。舉個例子來講，你們上午參觀博物館，一定看到好些金剛杵和蓮花的造型，其實它們不光有觀賞價值，在有些特殊場合，還被寓有男女兩性的象徵意義。這就如劍川石窟裏雕刻的女陰"阿央白"那樣，均爲古代生殖崇拜與密教包含之原始意識的顯現。再如普遍爲護法尊神四天王造像，同樣可算此方密教雕刻藝術的一宗特點，而四天王的排列次序，亦與漢地的制度不盡相同。大理這一帶的民衆，歷來最崇奉南方增長天王和北方多聞天王，並且喜歡將大黑天與多聞天王並列雕刻在一起。在他們的觀念裏，增長天王就是大黑天，多聞天王即爲大自在天。

　　受張館長提示的啓發，使我想起了以下一個事實：古印度流傳的大自在天"摩訶提婆"（Mahādeva），系著名大神濕婆（Śiva）的別稱，他與作爲毗濕奴化身之大黑天，分別代表着印度教中的兩大派別，即毗濕奴教和濕婆教。這兩位神祇威靈赫赫，在印度家喻户曉，而其影響之深遠，亦波及到諸多亞洲國家。法國學者雷奈·格魯塞《印度的文明》一書提到，隨着印度教諸神合一說的産生，在印支半島的雕刻藝術中曾出現過一些復合神，例如"訶里—訶羅"（Hari-Hara），就是毗濕奴（Hari）和濕婆（Hara）的結合，其一身而兼兩任焉。見於柬埔寨吳哥時代的石刻，即有一尊復合神像，它的左半身是毗濕奴，右半身則是濕婆。世界上宗教文化藝術的傳播，經常會出現此類引人入勝的重新組合和變化。像大理地區這樣將印度教的兩位主神和佛教的護法天王嫁接起來，極能反映出人們的風俗習尚和文化心態。

　　當話題轉到佛塔建築時，張館長告訴我們，大理固然流行密教，但建塔並不崇尚窣堵坡式，這裏的一些密檐塔，一般都没有地宮，而且層級常呈偶數。例如崇聖寺三塔中的千尋塔爲十六級，其餘二塔各爲十級。此外大理古城附近俗稱"一塔"的弘聖寺塔，同千尋塔一樣是十六級。在整個雲南省境，呈偶數級的佛塔一共有十八座，可以説唯有偶數級的密檐塔纔算典型雲南佛塔。這種現象頗爲特殊，和全國大多數地方建塔崇尚奇數的習慣比較，形成了很鮮明的對照。根據雲南學者的考察，認爲營造塔婆對於偶數的喜好，可能同本地巫教和密教盛行的女性崇拜有關。

因爲談話很融洽，張館長又叙及自己的一些研究狀況。他早年畢業於雲南大學歷史系，長時間工作在大理，對這裏的山川風土、文物民俗傾注着誠摯的愛，把弘揚、探究本地的佛教藝術和民族文化視爲生命的一部分。目前他與人合編的《南詔文化論》與大型畫册《雲南佛教藝術》，已分別由雲南、上海的出版社出版，另有哈佛基金會資助的項目也正在進行之中。這數十年來，雲南省大理、麗江地區的文物考蹟，不斷有可喜的新發現，證明該地域範圍確是古代西南對外交通道上的一個"鏈環"，其與印度、緬甸的交通可直溯到秦漢時代。這些考古成績加上四川省的地下發掘，對拓進亞洲民族文化史的研究具有重要意義，不少外國學者亦涉足於這方面的探討。就拿麗江納西族的東巴文化來説，美、英、法、日、澳的學者都取得可觀成績，這對於我們確是一種鞭策。張館長説，一個學術工作者越是希望有所創獲，就越要堅持嚴格的科學態度，尊重事實而不爲現有的概念所拘限，立論之前一定要充分占有客觀材料。他本人從事雲南佛教藝術的研究，非常注意野外調查，所接觸的實物已超過兩千件，從來不發缺乏材料依據的空泛之論。

關於藝術學的研究方法，張館長主張在兼備文獻、文物雙重證據同時，還必須加入民族生活這個關鍵性因素，力求做到這三者的互補與綜合。這是一種多方位的立體觀察，有助於我們了解事物的本來面目，文獻、文物的考據是進行實事求是研究的基本手段，輔以民族生活的深入探究則如虎添翼，從而也將藝術創作的主體放到你的視野裏面了。他深有感觸地説，世界上任何藝術都由人類創造，宗教造像説到最後無非是人類自身生活的表現，而藝術品之間内涵和形態的區别，往往植因於不同的民族生活及與之相聯繫着的民族審美意識。在我們面對大理精美的佛教雕刻讚嘆不止時，絕對不要忘記造就了這些感人藝術形象的白族、彝族和其他兄弟民族的人民，他們是藝術真正的主人。

　　張館長這一席話，使我們兩人大開眼界，真欽佩他對問題理解的透徹。翌日早上，匆匆用過早餐，我們就背上行包，揮手告別大理怡人的晨曦，取道昆明回到各自原來的地方。任憑流光消逝，生活的具體內容輪替不息，但這次大理之行，卻時常在勾起我美好的回憶，仿佛虔誠的信士朝參名山以後法喜充滿，心頭恒久保持着一絲恬和的歡愉。藝術文化熏育是靈魂的再塑造，可以幫助人們克服物欲的煩惱和迷妄，把人生看作一條樂趣無窮的旅程。現在提起筆來寫幾句感言，我謹以此種心情爲大理人民祝福，也向賜給我教益的張楠館長奉達一份遙遠的思念，願未來的大理會比今天更美。

1994 年 5 月初稿

1996 年 4 月修改

　　〔**附注**〕本文的參考文獻，主要有鄒啓宇主編《雲南佛教藝術》，楊仲錄、張福三、張楠主編《南詔文化論》，張文勛主編《滇文化與民族審美》，張楠《南詔大理國的石窟寺藝術》，王海濤《南詔佛教文化的源與流》，李家瑞《南詔以來來雲南的天竺僧人》，蔣印蓮《生殖文化在洱海地區的遺留》，楊憲典《大理白族的巫教調查》，雷奈・格魯塞《印度的文明》，海倫.B.查平《雲南的觀音像》等，特加注出，以明來源。

鄭筱筠《佛教與雲南民族文學》序

　　坤輿所鍾,在雲之南,景淑氣清,水澄岡翠。轄區地勢懸殊,形勝秀特,高岫則薄霧披紗,平壩則繁花似錦。節序諧和,煦衆栽於沃野;風操淳樸,聚各族於曠原。祖輩相承,織耕互補,創闢家園,興營貨殖。期歲治功,用舍非遵一例;黎民結習,奉持示現多元。然率禮儀懇至,歌舞雜陳,敬崇遠客,貴稟藝能。其趾銜接蕃、桂,倚爲邊陲郵路;毗鄰緬、印,號稱亞陸鎖環。古昔西洱,值當冲要。由此指趣撣邦,潛通天竺;溯由雅礱,迄抵邏些。厥途煩劇,跋涉維艱。怪石嶙峋,叢林窈杳,惟鳥道之僅存,嘆筚橋之險絕。商旅馱幫,含飢忍渴;旄牛香象,叩塞款關。是以蜀中邛竹絲麻,市諸身毒;域外琉璃寶飾,賚及此方。交播華梵文明,佛法時充主體,紛紜派裔,絡繹來滇。曰上座部,曰曹溪禪,曰阿叱力,曰坦特羅。源流既別,悉皆茂暢枝條;顯密攸分,咸自具呈軌轍。第言文學,表裏宗教,方圓嗜好,物語是耽。略如金翅劈波,海龍遭食;觀音負石,羅刹見驅。動輒采摭佛典,敷演奇聞,固屢聽而無厭,雖詳熟而長新。又謂天人昳麗,王子甘墮愛河;奸慝敗亡,情侶終成眷屬。夫史詩《召樹屯》,亦移植《本生經》,意浮屠所觸染,何縱廣若乃爾? 鄭君筱筠幼育春城、懷故鄉之洵美;身當教席,了素業之可欣。即兹領域,施設課題,發心著述,銳意推尋。念彼研練有素,宜祛蔽以起予;求索彌久,必精思以開慧。頃獲鄭君手札,報余《佛教與雲南民族文學》一書撰畢,愧受隆企,遂而爲署,俾聊抒引玉拋磚之寄旨者焉!

2001 年 7 月

於江灣復旦宿舍雲在水流齋寓所

李小榮《變文講唱與華梵宗教藝術》序

　　敦煌郡治，毗接陽關，四圍磧鹵，獨枕綠洲。自博望侯奉使闢西域道還，其地緣處所日趨重要。遂能控引河隴，充邊陲出入之頸咽；親和夷夏，爲民族雜居之塵會。信若《漢書》應劭注云："敦，大也；煌，盛也。"大而復盛，置彼周行。物産殷阜，貿郵輻湊，迭更世代，例屬雄都。商旅興生，往返波斯粟特；游僧振錫，遠來天竺乾陀。弘宣佛法，暢布慈風，賫糧欲達中原，悉盡由此東趣。莊嚴山麓，層構洞龕，窮形彩塑，繪壁丹青。駝鈴脆亮，頻逸蕩於雲霄；花雨暄繁，輒繽紛於絲路。薈萃諸方習俗，總持異質文明，攝受交叉影響，宜當深且著矣！洎乎宿甬曝光，發密藏之難計；寰球矚目，喜材料之增廣。勘研石室遺編，遽乃蔚成顯學，爰及變文，愈豐纂述。具識通人，競躋身以執炬；騁時才彥，並涉足以預流。或表詮名色，或掇理叢殘，或評品藻翰，或鉤稽故實。開釋疑區，則考賾屢呈嘉獲；了明真際，則操觚豈乏鴻裁。式樹高標，培壅後進，承緒百年，濟航一筏。舉凡氣息所噓，莫不情欣有托；性分既適，咸皆意樂相從。友生李子小榮，啓趾南康故府，虔化乃心，豫章其質。好學敏求，惜寸陰而爭晷；厲行無厭，恒竟夕而忘劬。歆茲術藝，別立新題，參證浮屠講唱儀軌，叩尋華梵遞傳蹤迹。辨梳脈絡，抉示幽微，憑其精勤，踐乎拓植，累年甫畢是功，靡負覃思苦撰。曩於厥篇，余嘗謬尸指導；今值付梓，寧辭稍綴數言。願同公議，非敢私阿，但彰奮迅之智，兼叙沉吟之效云爾。

2001 年 8 月

於江灣復旦宿舍雲在水流齋寓所

吳海勇《中古漢譯佛經
叙事文學研究》序

　　在昔釋迦潛寂，荼毗禮終，哲師雖没，訓誨尚存，彼比丘弟子，
集羅閲祇城。首座尊者會同大衆，樓七葉而安居；合誦遺箴，攝九
分而甫定。普雨千花，盡歸萬法，既判頌文體制，復甄記述類型。
舉若因由化迹，行業本生，牽例袪疑，徇機曉悟，曲呈微旨，洞啓妙
門，咸皆摹刻世情，依憑物語。稍間慧炬高燃，宗輪異執。布現垂
來，《出曜》破惑網幽昧；致真涵博，《放光》演正等覺知。施教答
問，握諦開權，明蓋積於《五陰》，縱梯航於《六度》。身中四結，户
外三車，八筏濟河，二牛竪角，把金錍以刮眼，賫石蜜以貽人。般
遮婆瑟，敷《賢愚》之茂辭；阿鉢陀那，造《莊嚴》之淵鑒。《雜譬》
《雜藏》，《百喻》《百緣》，韞珠韞玉，導聖導凡。采撮難罄，籌計無
央，弇事相之繁多，介閻浮而特絶。迨及㳺幡東指，儀像北傳。筴
書重譯，翻梵字爲華言；徒侶廣宣，變傀奇爲養料。觸染娠新，煦
嘘衍息，共殊僉發，比錯齊融。乃瞍吾方説部之趨熟長成，是亦毋
宜或缺之資糧裨助也歟！晚近沈魯梁胡諸宿，即兹並作推求，校
理混茫，鈎提綫索。統本尋源，援竺天之故實；沿聲緝響，闡委巷
之瑣談。率皆游心印典，騁足首途，輝顯當時，芬熏後學。甬江吴
海勇君托性端遒，操持敏達，早屏塵滓，咨禀遐邇。育王寺畔，聆
唄音而隨喜；夫子廟前，瞻佾舞而凝神。旋又卜鄰滬瀆，住趾旦
園，服勤則綿歷夏冬，叩治則兼包經律。審照覃思，視爬梳爲至
樂；夙興夜寐，藉精進以預流。標榜斷代，綰織聯章，鳩放失之舊
聞，草交往之别史。余與吴君俱耽此道，感受攸通，遂撰弁篇，聊

充條引。夫猶臨壑觀瀾,非短綆所能汲;移燈伏案,誠創獲之可期。粗陳概略,綴序如次,脫逢剩義待昭,揚榷容俟他日云爾。

2003 年 11 月

於江灣復旦宿舍雲在水流齋寓所

夏廣興《佛教與隋唐五代小説》序

　　節屆仲春,歲次癸未,烟景始暄,柳塘回绿。夏子廣興嚴駕治裝,尅日將往東國;置筵守檻,薄宵招飲西園。同窗畢至,闔座盡歡,幸踐業之有階,卜旅居之無恙。復由曩撰論文,鋟刊在即;用斟旨酒,索序及余。蒙啓悃於再陳,豈怜遲乎一諾,遂綴片言,聊抒庂見。

　　謹按隋唐五季傳奇,源出六朝志怪,擴壯波瀾,工施藻繪。題材各别,紛漾猶鳥花猿子;傑作熒羅,暳淵若靈曜星芒。兼且幅制蔓延,描摩委曲,動輒娱心,頗關警俗,誠哉魯迅《史略》嘗云,斯所成就乃特異者。然循文立體,宜適變而暢其神;搦管鋪辭,必致馴而臻其妙。晉宋已還,稗官演進,根株麗土,臭味晞陽。衆因交替,朕形於晦奥之間;殊質競萌,默化於潛流之下。值遇該時,漢地浮圖熾盛;克遵前例,赤縣像法彌漫。歷代翻經,恣肆汪洋,觸涉相徵,尤資博采。夫釋尊九部垂教,莫不量裁譬喻;三藏結集,獨多鳩合事緣。騾括諷規,迭呈智巧,措思則俶詭連犿,記叙則恢張宛轉。類逐品儲,備珍天竺;遠蹈重譯,迄抵禹區。播颺都市,盤固閭坊,順勢安存,寖久漬染,閻中巷議軼聞,偕共滋蕃衍息。圓鑒氛圍,恒折衷以吐故;匯融攝受,惟極貌以追新。黎庶納之而充談藪,才士摭之而寄筆端,具足篇章,增敷瑋曄。大凡冥界游行,邃毛悚於黑獄;浮生夢幻,纔炊熟於黄粱。倩女離魂,龍王供饌,柳毅賚書,華容莊象。蟻穴枝柯之屬,海洲魚背之譚,悉皆摻雜外來觀念,沾濡南亞風情。小説入唐平添羽翼,方當軒轟樊籬;齊整轡鞍,比迹争馳衢路。契愜世尚,標榜翰墨,氣調既靡,終彰厥制。其果爾騰達躋登如此絕勝境域，蓋佛典之旆薰露潤亦參助力也矣！

　　第若咨詮貝葉，針度傳奇，雖曰肇倡晚近，貴能抉發幽微。先輩諸家握機穎脫，睹鴻績之堪銘；負運景從，聆輝音之屢犖。泉岩激韻，球鐸振聲，奏鳴一律，嗣響百年。寐叟迅公，並燭照其首途；霍休季老，俱光揚其專著。夢苕博洽，槐聚迥深，聯宗探汲，銳意討尋。提升研術，闡明藝理攸通；開拓視區，超越封疆隔限。以故功存簡册，澤溉遐邇，常令請益者於焉忻慕，求知者隨想奮飛。廣興早嫻蒼雅，爰習佛檀，率性委和，虛襟向學。叩訊津梁，幾罄梵宮之目；耽搜笈牒，欲窮祇樹之文。承彼命題，躍茲軌轍。閉影燠涼，乃分陰而是惜；傾囊案席，至纖芥而罔遺。辨疏煩冗，消解滯疑，溯究原型，陶鎔灼識。布層條之郁郁，謀構架之彬彬。余忝列導師，豈敢私揄親好；爲簪弁語，但申天道酬勤。子去櫻邦，一衣帶水，願候歸帆，續與細評可耳。

2003 年 4 月

於江灣復旦宿舍雲在水流齋寓所

荒見泰史《敦煌變文寫本研究》序

　　蓋聞茂林翳薈，則鷙鳥雲從；巨壑澔含，則靈鱗競赴。斯近俗謠，可施廣喻，況諸爲學區間，於理誠一如也。

　　夫敦煌掌控岐隴，襟連瀚海，光昌華表，譽滿宇寰。播漢唐之盛韻，弦管紛繁；集夷夏之珍稀，奇瑰畢至。風土殊異，擁綠洲而繞戈壁；景觀特絕，垂翠柳而枕甘泉。指顧率當冲要，玉關陽關；鼓吹以迎遠來，西亞南亞。絲路演文明之互動，嚻霄振昭德之回音。瞻爾山麓窟羣，嘆其閻浮罕匹，甍戶星羅，楣龕櫛比。塑像熙怡，似印心於妙契；罨圖詭幻，恒托迹於微茫。洎乎王圓箓禮懺住寺，平居穿甬，闇室頓開，故書驚現。隔代封藏，終慶一朝覿面；曩時閉卷，將持萬計稱量。爰及變文，暢傳疇昔，出帙夥頤，具形彬備。由此中外通人，探求聯袂；遐邇學者，騰踔預流。掇校遺叢，期毋違乎信達；磨瑩几案，俾務際於精詳。試舉向孫王潘數公，倉石那波諸宿，克偕引領高驤，奮迅以孚衆望；栽培後進，力耘以爲標程。是以芬熏河潤，澤習周被；少輩穎才，思齊共勉。懌其歸趨，貞其職守，芃芃然若嘉禾吐穗，晏晏乎猶喬木貯蔭。按究治變文界域，曜榮蔚跂若兹，且尤適宜隱秀弱齡之嗣興繼起，固非獨繫材料資儲之優勢，亦其大環境之甚多因果相參推轂所致焉！

　　荒見泰史君，東瀛恪勤士也，漢文教席世家，曹洞禪門龍象。幼服惇行，謹銜庭訓；躬承素藝，用副父懷。緬善修之懿範，輒欲響應；諷古哲之規箴，旋增默識。轉而庠序列名，受業於金岡上座；泮宮汲綆，沉耽乎俗講變文。師遽仙升，肅膺囑累，愈堅鋭討，驅役夢魂。願葦航以濟海，目極鷗波；思沙嘯而假裝，心馨花雨。

值己未秋始抵滬城，甫踐訪研之旅；止依復旦，並牽磋切之緣。過吾羈廬，移陰摯話，紹酒留賓，鯿魚享夕，訝涉趣何差同，喜審交已莫逆。自茲以降，常渡滄溟。客游京國，咨闕下之舊耆；造覯敦煌，閱院中之編笈。脫略塵囂，敬崇懋碩。親入谷之溫溫，屬謙言江厦；覗選堂之奕奕，方豫附韓山。久嘗付意遍稽寫本，讎正槧刊，條辨典文制式，叩梳宣唱儀軌，既定之爲撰題，乃挈之以攻博。樹徵實之論，棄憑虛之談，存真祛蔽，竟委窮源。排嫌剖滯，決疑難益進其能；苦體勞神，臨困乏靡捐其志。倍歷艱幸，屢屏營於裁奪；彌綿歲月，卒綴葺而敷章。前賢尾上先生，劻勵有加；內助桂弘女史，酌斟罔倦。迄躋辛巳暮春，順利完成答辯。今荒見君籌劃賫往鎸刻，即以作弁咐余。余學非專篤，辭惟粗疏，欣厥事之足彰，感逝年之堪憶，聊述籬窺，冀充芹獻云爾。

2006 年元月

於江灣復旦宿舍蕉葉梅花行館

馬曉坤《晉宋佛道並興與陶謝之詩歌創作》序

　　嘗聞世亂則人情孕其變，境遷則氣習隨之移，謂能感通樞軸，敷寫性靈，測窺情變，回映習移，崇替與時，環流莫倦，又無虧乎神理者，其唯歌詩而已矣！

　　在昔典午中虞，洛汭遼淪魚爛；琅琊南渡，秣陵忽報璽歸。烟埃相望，連禍旁生；箋表交馳，俱謀勸進。臨半壁以承基，良云寡弱；陟新亭而濺淚，何補安危。況當闔朝軒冕，頗循苟且之途；率土豪門，猶伐僑居之目。士大夫輩厭離現實遷紛，恒慕內觀游託，脫略蹄筌，推尊思辨，湛然方寸，曠達伊懷。至及浮屠道術，乃徇機擴其弘傳；淵鑒清論，亦重構窮其圓照。取資般若，解讀老莊，諸元同體，一味和衷。是以名僧耆宿，齊奮塵於談筵；徒侶法師，共破疑於齋集。探《維摩》之隱，滯賾究宣；張《漁父》之辭，藻華奇拔。支遁標逍遙之了義，遠公發禪詠之微言，逸少結會稽之幽契，太傅賞寒雪之寬餘。聲采溢揚，孰堪比盛，皆悉履綦肇始，馭俗羣先。江左才勝雅好經營丘壑，卜築林岩，遐對森羅，靜參冥造，即此興吟，用舒襟抱。款叩玄關，適足依智顯諦；規摹物色，刻求審美娛心。詩界蕭騷，素材屢換，仙氣挾要妙而遞呈，山水繼田園以飆翠。夫陶謝被浸淫一代之風，酌情裁奪；稟超軼八圻之質，負氣呼應。雖品節有異，奉持非類，第各因其勢，咸展所長，抗首藝壇，聯鑣衢路，每出翰篇，輒含佳趣。若斯示範轉型，著功開派，其屬個人之創製固毋宜磨没，兼亦曩時文化運動衆趨之合力使然者也。

　　馬曉坤女史起家獲鹿，拈筆夢花，周覽綮章，尤耽詩學。初入陝京，踵三唐之遺韻；爰來滬會，徵兩晉之舊軌。考量上述課題，深層觸汲；延拓多維視野，廣角剗研。纂織期年，迄終全稿，苞諸萃羽，匯爲吉光，摭利病於切磋，申遲沉於答辯。彼尋供職杭城，地區稍隔；纏身講席，消息遂稀。頃告該書校理垂成，版行可待，附致悃誠，敦余撰序。余既夙歲尸教，豈以頹齡見卻，故草蔓詞，聊充嚆引。欲副殷隆，塗鴉盈紙；願知涼燠，鴻雁在天。

　　　　　　　　　　　　　　　　　2005 年 7 月
　　　　　　　　　　　　於江灣復旦宿舍蕉葉梅花行館

盧寧《韓愈柳宗元文學綜論》序

　　夫有唐中葉，承安史劫餘，惟久經乎喪亂，焉再鑄其輝煌。況乃兩河多壘，兵燹頻仍；三鎮遘虞，田廬荒敗。謹職薛嵩，豈儀刑於屏翰；祠神王琠，何裨助於政綱。朝典呈蕭衰之兆，弊竇叢生；廟堂乏療救之方，危機四伏。鳳足龍唇，莫問升平舊曲；紅紋金鏤，悚聽夜雨淒鈴。此際衣冠之懷抱，每壓抑而致失衡；文字之叩求，輒矯揉以催遞變。自遭傾圮，垂五十年，紛衆作家，遲回紙墨，靡不權宜以定勢，徇習以推移。原李肇《國史補》云：“大抵天寶之風尚黨，大曆之風尚浮，貞元之風尚蕩，元和之風尚怪也。”是言非啻揭橥當世詩文情貌之演遷，亦粗叙社羣心態輪替之要端也歟！

　　迨及元和繼緒，章武宸臨，委樞歸計於宰臣，耀德觀兵於牧野。剪削屬階，户虻得享細民之樂；申持紀律，驛路頗聞謳誦之聲。是以抗維才俊，盡執擅場，束帶同酬，請纓俱奮。思想辯諍，遂日勝活躍；美文創製，又益極滋繁。儕輩各標杅軸，實該苞稽古鼎新；爰舉匠宗，殆無出白傅韓柳。白傅直宣衷款，韓柳摩戛穹蒼。一者應俗敷教，故熟播於馬走牛童之口；一者背常履道，故焕顯於縉紳徒侶之間。蓋昌黎乃秉堅剛之茂質，被豁達之曠量，游之乎詩書，踐之乎仁義。固護本根，攘浮屠而崇丘軻；更張術藝，搴性理而置傳疏。其也邁辭幽谷，登陟高岑，俯視寰瀛，躬操斗柄，摧陷廓清，紹軌扶統，拯濟頹萎，遐邇僉附。而子厚則聰警絶倫，鴻材適以圖治；湛精懸判，淵鑒堪以洞微。果詣會通儒釋，拈示大中；追省周秦，剗陳封建。嗟縻羅兮竄斥，卒厄困兮埋沉，凡興所感，動必爲文。山阿懟賦，攄逐客之牢愁；澤畔孤吟，蘊騷人之鬱悼。竊謂韓柳氣調殊科，對待遽然互借；悴榮弗類，丕揚毋妨並稱。吏部若洪鳴之鸞鳥，鼓翼凌霄；永州若巧冶之良工，鍛鏐在手。率共負依機運，罄竭智能，改革體裁，彌綸彝憲，司木鐸振其逸響，俾席珍劭其潛光。縱韓矜奇崛，柳涉艱深，過正糾枉，未傷博雅。相與發引首途，締就千秋之型範；服膺終始，克充百代之祖祧者矣。

　　噫！二公巍績孔昭，齊名而炳譽簡策；駿音寥遠，激韻而穿越時空。曩昔搦管染毫之耆宿，咸虛襟咀嚼其英華；守虔希聖之角巾，皆戮力恢弘其峻業。隨之摭采遺篇，聚鳩佚作，審加輯集，用付剞劂。宋明沿降，詁注贍羅；乾慶以還，礱磨稠迭。或競事規摹，迄至拓開流派；或獨耽評點，從容挈括菁醇。寖乎晚近先驅，研討轉趨密合，參伍資儲，交叉證繹。徹照窮搜，如寅恪翁之彰韓愈；闓詮妙解，如行嚴老之指柳文。度其嘉稼，特逾前修；紹其準繩，恒援後進，既普潤於黍苗，喜延陰於春夏。盧寧女史謙挹立身，敏勤好學，外著敦誠，內存孝悌。早誕藏區，牽錦虹之夢憶；稚居洛下，覬天闕之象緯。稍長稟咨梁汴，則奉筆菀園；寄住滬湄，則燃藜南舍。寓目詞林，棲魂冊籍，斟量韓柳，探涉課題。即此遣施個案，因比較而具論；總攝全編，別品分而重構。綜縫表裏，尅期底於完成；數易寒暑，將欲授諸剞氏。余嘗忝為導師，應囑草摛小序，但述緣起，奚敢偏私，冀略啓於今茲，庶共商於來哲。

　　　　　　　　　　　　　　　　　　2006 年 3 月
　　　　　　　　　　　　　於江灣復旦宿舍蕉葉梅花行館

袁書會《佛教與
中國早期白話小説》序

猶聞學壇求索，神用無央；術藝陶甄，妙應有緒。然謀劃多端，理歸一揆，蹊畦雖別，鍵軸盡同。要必該包道器，總攝宏微，擬獻言以闡釋課題，需據實而依憑材料。爰當新材料之千時出見，輒致新課題之乘運遞增。是以博覽知幾，紛呈迪契，宛轉超騰，循環沿革。任兹趨勢遝亘討汲，蓋科研之績效亦隨而躋陟抬昇矣。

按吾國元明已降，白話小説昌盛。儕等操持口語，貼合庶甿，祈受衆之悦娛，重社情之瀉泄。擘析章回，俾形容益發紆徐委備；規模搬演，令樣式愈加切愜可親。固遑論昭著忠奸善惡，榮辱貞淫，否泰窮通，恩讎向背。抑摹狀鬚眉烟粉，豪杰靈異，乞丐囚徒，潑皮醉漢，行商估販之羣，游子耕夫之屬，照例彰顯炎涼世態，彙羅苦樂人生。倚彼浸熏殊特，滲透肌肌，刻印浩繁，散播市井。衍叙悲歡，頃珍傳於閨閣；品評治亂，每聳動於里坊。沈之以怛傷哀感，則墮泪霑巾；即之以酣暢瀏漓，則興嘆擊節。迄至老少共忻，嫗童齊解，周遍普及，恣肆汗漫，蔚成創作茂林之秀樹，閻浮欲界之狂瀾。但逢搜泝肇淵，詢咨耆宿，大抵追攀説部，指點勾欄，悉取汴杭兩地爲聚焦，趙宋一朝爲斷限。設更前瞻，殆踪迹鮮能辨焉；決非他故，唯訊資不足征也。

洎乎晚近敦煌蕭擾，圓篆怔營，鳴沙禮窟洞開，叩壁閟藏驚曝。積楮夥頤，饒具名緇素手抄遺物；疏經稠迭，率在籍僧伽躬製幸存。而唐五代變文寫卷千年封土，還窺麗日天光；一旦現身，遂入方家視野。於是雅洽先賢，僉加注目；彬綸迅達，競踶赴流。如王靜安，如鄭振鐸，如孫楷第，如程毅中。俱皆審詳字誼，斟酌筆談，披直尋鮮活之內涵，卜縱廣悠遙之影響。觀渠雜序因緣，貫銜首尾；鋪張軌制，輪替表吟。或假綿聯駢句，夸耀其排場；或由脅挾關津，捱延其交待。押座莊嚴，啓清聲以拯惑溺；援詩證詠，揚美韻而輔傾聽。舉凡王嬙辭闕，伍員奔吳，擒虎彎弓，義潮驅虜。且若遠公敷化，醜女完婚，目乾連救母，舍利弗紓難。靡不伺機造境，留心綴染氛圍；布局穿綫，着力鈎陳故事。賣之比對《種瓜》《碾玉》，《簡帖》《山亭》，《香球》《珠鳳》，《水滸》《金瓶》，克臻體裁彌仿，血脈丕承，果乃嗣後鼓吹彈詞之鼻祖，垂來白話小說之雛型。顧此久懸疑案，終定讞於知幾；喜獲楚材，得班功於迪契者歟！

袁君書會質淳含樸，思敏通諳，溫謹涉學，礪括去奢。夙栖楊嶺，傍英髦薈萃之曠原；甘飲渭河，啜歲月嬗遷之和味。弱冠就讀西都，屏居南郭，辜負杏園花信，熟參雁塔瑞光。酷馨小說，恒以晝宵諷誦是耽；頻撰翰篇，習以箋墨墾耘爲勵。初試毫穎，紬悼紅軒之一夢；再登臺級，覈嘉靖本之三分。戊寅秋爽泊舟滬瀆，止舍虬湄，倍惜移陰，覃伸踐業。檢閱貝編，嗟譬喻何琳琅滿眼；鑽探俗講，惱唱宣忒曲折牽腸。繼而熔精錘識，據實獻言，爬梳階段，推究俑源，依憑唐季埋殘變文，闡釋早期白話小說。針度隙縫，饋施苴補；剴辭勝意，兼併考論。挈莫高梵宮之新材料，犁文學專史之新課題，步武往修，稽深極摯。辛巳夏滋馳返奧區，遂執鞭於民院；蕘從公務，仍訪舊於昨礬。欸快咸陽古道，未絶音塵；曦苑芳徑，又迎綦履。驟聞厥稿厘磨甫畢，將圖送付梓刊。感君敦請，勉草絮煩，藉之聊紀根株，俟充弁引云爾。

2006 年 5 月
於上海江灣蕉葉梅花行館

《佛教文學精編》序

　　宗教之與文學，俱屬精神現象，表花異簇，托體同根，皆悉委源現實人生，接趾閻浮世界。若論潛移情志，感動靈犀，其揆一也。

　　原夫釋氏本懷，循機啓化，普施甘露，廣造福田。揭橥理諦，去伏累以求解脱；提挈藝文，俾易知而立信心。故其轉輪鹿野，演法鷲峰，伽他兼俗語齊陳，智慧與悲憫共濟。爰入三藏，長行偈頌具焉；判分二式，聖典刊垂永則。而後名王獎披，檀越護持，八河向慕，四衆欣然。比丘發咏，吐口敷華；尼德寄悰，結言成偈。按之律呂，被入管弦，勒彼《小部》，數各逾千。復由印地風規，例尊物語，域界滿中，孕蓄滋長。嘉言童話，隨處可聞；佛傳因緣，應時而作。諸經掇拾，匯集大觀。紛泊累編，擬恒沙之無算；琳琅熒目，猶繁星之燦天。譬如《行贊》《本生》，《生經》《莊嚴》，《百喻》《百緣》，《雜藏》《賢愚》，杰構鴻裁，擅勝冠絶，莫不冶陶羣品，傳譯亞歐，豈直著隆名於古天竺境哉！

　　未幾大乘崛起，貝書遞替質文，詭思彌富，繪飾益張。《法華》《維摩》，合璧聯瑾；《華嚴》《涅槃》，包山涵海。金粟如來，權方便而示身疾；善財童子，踐難行以證種智。商人告倦，化境現前；天女散花，聲聞變幻。示蓮華藏，必致風輪香水；狀極樂國，則云寶樹金埔。乃贊乃言，無窮無盡，圓珠交涉，帝網該羅。五十三參，一百八句，恣縱壯浪，閎深博辯。蓋摩訶衍道弗絶六塵，假名萬有，摛文振彩，理或使然。即若《普門》《行願》，中夏盛傳，淄伍白衣，精勤持誦。其果爲佛弟子必熟修之功課者，固非其義理殊深微妙，第徇善於調和世習，符契眾心，又可充美化文之佳構歟！

　　震旦印邦，毗鄰亞陸，古來通塞，邈遠悠荒。傳云西扇慈風，漢室初開絲路；東被澍雨，洛宮宵夢金人。白馬負經，譯人度意。佛書裁制，華土是瞻；唱導變文，儀形厥體。摭敷故事，列韻散以相間；配攝宮商，暢音辭之諧會。方軌典轍，作範後途，吾國明清小説，藉茲見其胚胎。而江左詩潮，類多新變。許孫支遁，意托玄圭，但陳要妙，殊乏精榮，情既離去比興，格有借承偈語。永明之世，聲律大昌，低昂互節，緩促更次，流輩睹乎此隱，頗緣悉曇梵唄。爾時道侶，雅好哦吟，參照伽陀，嘆宣法旨。或糅俚語，或付雜謠，流俗所趨，蒸騰日繼。迨至李唐，勢炎愈熾。村坊野老，競諷梵志之謳；寺刹逸僧，坐嘯寒山之什。龐蘊詩偈，了達三乘真覺；船子棹歌，亡機一葉虛舟。又若《禮山》《望月》，《百歲》《五更》，揄美釋倫，泄抒襟抱，存在敦煌遺卷，足資取閱研尋。

　　且乎中土民風，主尚質實，傳奇志怪以興，每沾外來觀念。舉凡形魂離合，幽顯輪回，芥子須彌之辨，業因果報之談。本即印人意識，備呈漢譯經文，浸沉殆甚，染化斯融。匪夷所思，適致炫稱眾口；不脛而走，慣能聳動一區。嗜者布揚，稗官采撮，披之載記，想象特豐。倩女分身，奔亡夜半；鵝籠寄迹，吐納須臾。菩薩救難，閻摩度牒，店婦驢鳴，沙門虎變。曲折離奇，但聞必録；惝恍謫秘，無誕不容。至於事胥那伽，叙寫靈異，饋香飯兮給琦珍，叱烟雲兮召霖雨。叢殘小語，時鼓鱗須；片斷仄言，未全首尾。《柳毅》一篇，別加熔煉，正搜旁紹，集其大成。設情宛摯，着墨醇濃，圖形世貌，附益仙氛。不惟蘊含富贍，兼頻添搖曳之姿矣！

　　復次歷代詞家，多親方外，筆參造化，神合自然。乘理超詣，因言切入，揣稱侔色，洞豁頓通。翠竹青青，盡屬真如顯相；黃花鬱鬱，寧非般若當行。是故才士半成居士，文心屢雜禪心。詩壇佛道，感應遞傳；妙解精思，共殊交發。謝客劚雕山水，炳焕聲文，辭旨淵玄，天聰雋越，執湛深之理念，坼清綺之英葩。右丞體物蕭

疏，寓禪於咏，《輞川》遺響，得助空王。縹緲靄氜，乍明乍滅；玲瓏
興象，不即不離。語無背觸，甜徹中邊，驟欲赴之而安可得，遣諸
所有而契其宗。少陵涉景優游，留連三昧；白傅任緣曠放，榮辱一
如。荆公屏卻羈鞅，虛融默照，暮年律絕，標格自高。麥漲川雲，
澄其心以遐觀也；風涵笑語，洗其慮以傾聽也。動靜輔依，蔚朗掩
映，象外冲含，伊人獨悟。東坡亦禪悦是耽，灑脱穎敏，了諦詮於
慧業，妙言説於翰章，話頭公案，迸出機鋒。按衲子之詩，又汗牛
充棟。大抵唐僧好鏤境證智，宋釋秉述情見趣，逐世推遷，膺需沿
革。或矜賈島瘦冷，刻削窮形，挾枯寂之胸，索漠冥之道。終墮末
流，枉捐苦力，乃名爲"蔬笋氣"，何如"醍醐味"乎？

　　夫佛教文學者，枝分條派，播馨列國，强半亞洲。他方典籍，
縱暫闕如，僅舉華言資料，固已彰其崇光。求迹探徑，縈乎晚近；
鈎深溯遠，功在前修。寐叟任公，著先鞭於晨路；規庵選堂，暉麗
景於中旬。比及錢鍾書、任半塘、季羨林、金克木、常任俠、向達諸
氏，相與根基舊學，揮發新知，卓異成就，蔑聞夙昔。筍小若予，值
生僥幸，挹風餐露，傍水聽琴，思欲稍窺涯際，期以宏贊斯文。奈
何學殖淺塞，莫非因循色聲香味；義途乖謬，不禁混同戲論正觀。
偏離實相，歛悟維艱，靡花拈已失笑，當棒喝猶隨眠。良由塵勞久
封，宿因迭結，徒從衣褐，愧未預流。而是書之編撰，殊賴善知識
安慶、引馳暨研究生筱筠楫濟和衷，會同檢討素材，商詳疑義。舉
張綱目，求彼門類增廣；抉注幽微，冀其文情曉達。協力分工，剖
章析句，部別離成三峽，賫持請益十方。顧蕉身之有漏，恐疏失之
難違。倘蒙博雅君子、達識通人、善御上士、細心讀者暇日寓覽，
敬祈惠賜教言。

1996 年 7 月

於上海江灣復旦二舍

《佛經文學粹編》序

　　天竺南臨滄海，北背雪山，境劃五區，狀如半月。信度殑迦，貫穿曠野；猴猿象鹿，出没稠林。土壤良沃，氣序温暑，花果競繁，谷稼時殖。傳曰梵王創字，具成四十餘言，擬造化之羣形，窮音聲之妙辨。牽輔就元，反承轉用；蘖枝衍派，雅俗兼陳。民性尚智，頗工玄眇幽求；寄悰悠闊，特富詭異遐想。怖畏冥報，輕賤生資，福祉是崇，恭誠向學，易耽宗教，益好藝文。親朋嘉會，輒作舞以相娱；歲節禮覲，恒咏歌而贊德。史詩戲劇，都熟識能詳；譬喻傳聞，則坐聽忘倦。至於《吠陀》神駿，《奥義》彌綸，固遥深之懿府，亦美奂之驪淵。南亞古來撰述，大率留意經營篇制，莊嚴詞章，今稽考其原由，豈人文地理氛圍之陶冶使然歟！

　　爰云浮屠衆經，孕育醖釀印陸。滋榮一木，禀受攸當；薰染同風，表徵尤著。夫瞿曇氏者，初號悉達多，甘蔗仙人苗裔，迦毗羅國儲宫。博習典墳，練嫺技術，幼操冲睿，長擅沉思。偶值四門，感死生之煩惱；厭離五欲，慕解脱之高蹈。遂謝世榮，逾城悄逝，孤游岩谷，獨止荆榛。誓尋真諦，廣參耆宿名師；詢察社情，迨及漁樵農牧。已爾證覺伽耶，開筵舍衛，徒行峻坂，褰涉駛河。熱浪檀香，久浸酣其骨髓；暴流澍雨，屢澤酌其靈犀。是以釋典籌量體式，提煉素材，例皆纂緒前軌，騰驤衢路。舉凡五時三請，四帙九分，佛説抑非佛説，世間或出世間。莫不剟詩緝頌，忻合吟諷；馳辯摹容，切加繪飾。托胎垂迹，曲叙悲歡；説有談空，劃雕虚實。婉辭與微理交融，妙趣偕隱衷共發，浩汗紛綸，彬焉悉備。毋論顯揚聖道，即以詮評文心，猶足颺芳塵於贍部，播殊譽於緊鄰。

余也不敏，睹斯鬱盛，常企采擷佳勝，方便賚呈讀者。本集編次，蓋因乎是。昔年秋杪始冬，亟賴胡君襄助，要諸學契，了彼夙敦。研核舊藏，抄摭往記，勘驗精華，疏通辭句。別類增門，逐條比例。鈎索事源，務期脈絡昭彰；商詳疑點，願令經文曉達。投筆下筆，常存紕繆之慄；讀書注書，盡屬因緣所係。淹遲日積，甫畢厥功。猥蒙上海古籍寬弘見錄，惠予審稿付梓。新鐫捧手，得失自知；友輩斷金，慰欣何限。縱伊懷之難述，惟樂悅之在茲。淺才末照，識解未周，明哲倘覽，揮哂可耳。

1999 年 11 月

於上海江灣復旦二舍

陳子展教授與《詩經》研究

《詩經·淇奧》篇云:"如切如磋,如琢如磨。"這兩句詩的含意,本來是指匠師們攻玉治石而言的。然而古代有些注家,往往從這裏得到啓示,用它來闡發一種帶有普遍意義的生活哲理,來形容那些專心治學,不畏艱難,有進無已,成就卓犖的人們。陳子展教授就是這樣的一位學者,他用數十年的心血和精力,對《詩經》進行深入的探討,覃思精研,切磋琢磨,終於取得了煥然的成就。上面這兩句詩,正是最恰當地表現了他研究《詩經》的工力和匠心,概括了他治學的精神和風概。

(一)

陳先生研究《詩經》這部古籍,經歷了很長的過程,逐漸形成"爲學自立"的體系。

和一般治《詩》學者不同,陳先生不是單純地從一個學科領域,孤立地去討論《詩經》某一方面的問題,而是基於他對這部古籍本質的認識,廣泛涉及各門學科的知識領域,把《詩經》作爲一部反映上古社會生活的百科全書,來進行全面的綜合的研究。

陳子展先生的家鄉湖南,是中國近代學術文化的發源地之一,辛亥革命前後出現過不少研究《詩經》的學者。早在私塾讀書時代，他就在四年之内讀完《四書》、《五經》，其中《詩經》一部，特別引起他的愛好，朝夕誦讀至於三百篇全部都能背出。到了一九一五年，王先謙的《詩三家義集疏》刊印問世，這部不同於《毛詩》傳統説法的著作，使陳先生開闊了眼界，有志要對《詩經》進行新的探索。但是出於長遠考慮，他並没有匆遽地去從事著述，而是化了相當長的時間，在廣闊的學術領域中努力鑽研和積累，思考和尋求一條研究《詩經》的正確途徑。

　　同其他許多學者相比，陳先生有其獨特的幸運，他不啻很早受到黨的影響而成爲一個進步作家，而且也是我國最先接觸馬克思主義的少數知識分子之一。大革命前夕，他有將近兩年時間，寄住於長沙船山學社和湖南自修大學，有機會閲讀到這時剛剛傳入中國的馬列書籍。他不僅讀了陳啓修、陳望道、李達重譯的一些馬列著作，而且還通過日文，讀了河上肇、片山潛翻譯的許多單篇小册子。他孜孜不倦地到馬列著作中尋求真理，體會到馬克思主義的出現，是整個社會科學的一次偉大革命。他經常提到恩格斯的《家庭、私有制和國家的起源》一書，認爲它所闡明的一整套歷史唯物主義的觀點，爲研究古代社會及與之相關的歷史文學現象，提供了一把極好的鑰匙。

　　正是這個原因，陳先生對用唯物史觀和其他新思潮研究歷史、文學的論著，有着特别濃厚的興趣。諸如普列漢諾夫的《藝術論》，厨川白村的《苦悶的象徵》，摩爾根的《古代社會》，丹納的《藝術哲學》，以及盧那察爾斯基的作品，都成了他精心揣摩的讀物。陳先生在具體的學術見解上，與郭老時有不同，但是他對郭著《中國古代社會研究》、《青銅時代》、《奴隸制社會》等書，卻作了很高的評價，認爲：“首先用唯物史觀來研究三代之書，語言文字，歷史文學，這是郭沫若最大的貢獻。”值得注意的是，他研究《詩經》，論及《北門》、《定之方中》、《黍離》、《兔爰》、《楚茨》、《生民》等篇，都對郭老有關的成果作了汲取。在用唯物史觀進行學術研究方面，陳先生和郭老有相通一致的地方。

在唯物史觀的指導下，陳先生經過長期的思考，逐漸對《詩經》的性質形成一套比較完整的看法。他在早作《國風選譯導言》和《關於詩經的話》，即《詩經直解代序》中，都明確地指出："《詩經》是我國最古的一部詩歌總集，也是反映上古社會生活的一部百科全書。"陳先生認爲，《詩經》首先是一部文學作品，而且又是一部最可信的上古史料，同時還表現古代人民的生活經驗和哲理思想，它包括着朝廷政事、宗廟祭祀、軍事活動、經濟制度、農業生產、男女愛情、音樂歌舞、風土習俗，涉及社會生活的各個方面，同文史哲經各門學科都有關係。因此他認爲，用唯物史觀來研究《詩經》，不能把問題完全局限在文學的範圍之內，而必須非常重視研究古代的社會形態，研究社會思想意識與物質生產方式的關係，把握《詩經》反映的社會生活中間涉及到的各種知識的相互聯繫。

爲了進行這樣的探求，陳先生以堅韌的意志博覽羣籍，從了解古代社會的要求出發，廣泛接觸各個方面的知識。他曾經精讀和翻閱"十七史"和《通鑒》數遍，寫出《孝經在兩漢魏晉南北朝所生之社會影響》、《秦漢隋唐間之百戲》、《史田拾穗》、《八代的文字游戲》諸文，對古代社會歷史文化的關係，進行綜合的探討。他在語言文字方面也很下功夫，除了熟悉《說文》、《廣雅》兩書以外，還很重視清代及晚近諸家研究小學的成果，参合自己的心得，在辨正《詩經》字義時屢出新意。他對現近發現的出土文物，寄予極大的關注，力求從這些銅器、鐵器、農具、樂器中，加深自己對古代社會的認識。他十分注意古代勞動人民的生產活動，對上古的耕作制度，農事節令，技術水平，都作了一番摸索。他的《雅頌選譯》一書，引了胡厚宣《殷代農作施肥説》，周堯《我國古代人民對昆蟲的觀察和研究》，來進深一層地論述《詩經》的社會意義。

陳先生研究《詩經》，還把他的探索擴展到自然科學的領域。

"其於今之社會科學家,自然科學家涉及《詩》義,輒有新解,見聞所及,必予網羅。"他留心考察《詩》中的鳥獸草木蟲魚,非但在植物學方面采擇童士愷、陸文鬱諸氏的成果,而且在動物學方面還融會許多自己的知見。用現代動物學的知識來解釋《詩經》,這是陳先生治《詩》著作的一個特點。他寫過《談詩經的科學研究》一文,運用動物學研究的新成果探求《詩》義,強調治《詩》學者必須關心自然科學的發展,"從舊注舊疏的迷霧中冲出來,對《詩經》作出正確的解釋"。

就是這樣,陳先生以唯物史觀爲武器,在積累各門學科豐富知識的基礎上,把《詩經》作爲上古社會的百科全書進行研究。從抗戰以前所試撰的《詩經語譯》,到五十年代成書的《國風選譯》、《雅頌選譯》,直至他近年完成的力作《詩經直解》,這一漫長的述作過程,留下了他在方法上不斷求索從新的足迹,也顯示出他學術研究逐步取得的進境。他的這些著作冲破舊學的藩籬,真正做到了博觀而約取,厚積而薄發,從歷史唯物主義的高度,去揭示《詩經》所包含的本質問題,讓讀者通過《詩經》來了解古代社會生活的各個方面,得到許多益人心智的東西。因此陳先生的論《詩》著作,尤其是《詩經直解》,凝注着很深的工力,見解非常精闢,體現着時代的水平。

(二)

陳子展先生的《詩經》研究,是一項帶有批判總結性的工作,又是一項在學術事業上承前啓後的工作。他不像近世某些"疑古派"那樣,對歷史遺産采取虛無主義的態度,而是充分運用前人研究《詩經》的成果,在有所繼承的基礎上做到推陳出新。

《詩經》的研究作爲一門學問,已有很長的歷史,其中著作卷帙之浩繁,見解之分歧復出,真可以説是"處則充棟宇,出則汗牛馬",給治《詩》學者帶來許多困難。《藝文類聚》引《物理論》云,

"白能絲,可讀《詩》",意謂能够理清亂絲者方可談《詩》,説明研究《詩經》之難。陳先生自己也説:"《詩》有今古文學,《詩》有漢宋學,《詩》有無家法、無師法之學。兩千多年來治《詩》學者,不乏大家名著。第論其一般數量之多,豈止千家注杜,五百家注韓?"在這樣豐富而繁亂的遺產面前,究竟怎樣去着手進行研究,怎樣理清亂絲找出一條綫索? 陳先生爲了弄清《詩》學研究的歷史狀況,在搜集羅網有關材料方面,化過大量的心血。現存關於《詩經》的研究資料,約計近一千種,他就讀了六、七百種。他除了精心閱讀"大家名著"以外,還通過《皇清經解》、《續皇清經解》、《通志堂經解》擴充自己的見聞,利用《四庫珍本叢書》發掘宋元明人的研究成果,又泛覽《叢書集成》和清人文集博采諸家遺説。有一段時間他住在李青崖先生家裏,閉門翻檢《叢書集成》,這對他後來寫書很有幫助。他平時勤於摘記,博聞強識,對各家有關的説法,歷歷如數家珍。所以他的書取材宏富,廣徵博引,探討某一個問題,總是掌握充分的事實根據,把所有可取的材料都告訴給讀者。陳先生説過,如果他不讀正續《皇清經解》、《通志堂經解》和《叢書集成》,就寫不出他的這一著作。

　　但是,僅僅以取材之富,還不足以概括陳先生治學的工力。對於一個研究工作者來説,必須具備"才"、"學"、"識"三個方面,而其中"識"是最重要的。陳先生認爲"博觀約取"一途,"博觀"是手段,"約取"是目的;"博觀"是奠基,"約取"是在基礎上進行建築;"博觀"是增加感性認識,"約取"要經過理性的思考。這兩者之間,"博觀"還比較容易做到,真正難的則是"約取",能不能在"博觀"的基礎上做到"約取",這就需要高度的見識。他經常引用明人筆記中的一段話,用繩索和散錢來比喻觀點和材料的關係,指出只有用觀點的繩索把分散的材料貫串起來,才能成爲一種融會貫通的學問。他研究《詩經》,正是在觀點和材料的結合上,對《詩》學遺產進行系統的清理,想從中發現帶有規律性的東西。

陳先生是一個有思想的學者，他不喜歡前代經師們的迂腐習氣，敢於擺脫傳統因襲的重擔。他之清理歷代治《詩》成果，並不囿於枝節問題上衡量得失異同，而是把他的主要精力，放在整體上去把握它們的本質特點和基本傾向。他從橫的方面弄清每個歷史時期的思潮特徵，探求時代經濟政治對學術文化的影響；又從縱的方面條辨每個學派的演變源流，揭示各家學說之間的對立和繼承關係。他把今文三家和古文《毛詩》之爭，遵《序》與反《序》之爭，考據義理之爭，漢學宋學之爭，乃至每一個學派的長處和短處，每一種有影響的看法形成發展的過程，都搞得非常清楚。這就在學術研究中掌握了主動權，不論探討什麼問題，都能由此及彼，觸類旁通，憑其銳利的眼光，抓住問題的要害。

對於各家不同的說法，陳先生堅持具體分析，不蹈門户宗派之見。他認爲不管今古文學還是漢宋之學，都是封建社會的産物，從《詩》學源流上看只是"同源異流"，"他們都有對的地方，也都有不對的地方"。盡管在許多場合，他很重視今文三家詩的優點，對魏源《詩古微》、陳喬樅《三家詩遺說考》、王先謙《詩三家義集疏》間有好評，但他並不是經今文學派，對三家詩的荒謬之處，他也有極其嚴格的批評。他很明確地指出，我們今天研究《詩經》，必須打破門户宗派的成見，掃除死守家法師法的陋習，"不要作毛（毛亨、毛萇）鄭（鄭玄）佞臣，三家媚子，也不要作朱子信徒"，一切唯以客觀事實是從，否則"就根本談不到從事科學研究"。他在論及大雅《皇矣》一詩時，很欣賞范家相《詩瀋》的見識，以爲范氏"傾向三家，但又不專從三家，於訓詁上也不全從毛鄭，較《集傳》於訓詁上多可靠，從詩的本身細心推究，他在這詩上表現的治學態度和方法，可算是難得的了"。事實上這一段話，也是反映了陳先生自己治《詩》的態度。

陳先生研究《詩經》，體現廣博和專精的結合，他從數量衆多的《詩》學資料中，列出九種最有代表性的著作，以示"爲治《詩》學者所不可偏廢"。這九部著作是：孔穎達《毛詩正義》，朱熹《詩集傳》，明末何楷《詩經世本古義》，清初官修《詩傳說匯纂》，陳啓源《毛詩稽古編》，陳奐《詩毛氏傳疏》，馬瑞辰《詩傳箋通釋》，胡承珙《毛詩後箋》，王先謙《詩三家義集疏》。他指出《正義》和《集傳》分別爲漢宋之學的集大成者，是研究《詩經》最基本的書籍。而《傳疏》專治古文毛氏一家之言，《集疏》則專治今文三家之説。《稽古編》與《傳箋通釋》，"皆續《孔疏》，以通毛鄭之郵"，是今古文通學一派的代表作。《後箋》"自守漢學，而不甚囿於漢宋門户之見，時亦攝取兩宋學者之正解"。《詩經世本古義》在漢宋之外自辟蹊徑，"以世系爲次而務求古義"，自成一家之説。《詩傳說匯纂》"采擷宋元明以來諸家論《詩》之專著散記"，其宗旨羽翼《集傳》而不全廢棄《毛詩》。陳先生的這些意見，是他總結歷代治《詩》成果的扼要概括，是多年沉思得出的知言。他的《詩經直解》等著作，在解釋詩義方面多取上述九書分析比較，并且會萃其他各家之長參以外證決定取舍，或者從詩的本身找出內證，自立新説成爲一家之言，起着總結舊學、啓導來者的作用。

（三）

　　創造任何一件真正的學術成果，都要經過嚴肅的精神勞動，是生命的大部分或者一部分換來的東西。從一個學者來説，他在學術事業上的探索，始終是同他對於人生的探索維繫在一起的。如果沒有一種對於人生意義透徹的理解，缺乏爲從事科學研究所必須具備的信念，那就不可能在曠日持久的學術鬥爭中，堅持不懈地把自己的工作進行到底。

　　陳先生研究《詩經》，時間已有半個世紀，備嘗到學術鬥爭的歡樂和艱辛。作爲一個真正的學者，他把事業完全溶化在自己的生命當中，把求索學問作爲人生最大的樂趣，要是離開了它，生活就會失去意義和光采。幾十年來的實踐證明，他對學術事業有着發自内心的眷戀，爲追求真知而不辭辛勞地工作，即使是到了生命的極限，也不會感到已經完成自己的責任。這種於生命之途自强不息的精神，正是陳先生最可感人的品質。

說起陳先生的生平經歷，那是一條崎嶇的跋涉之途，在這個風雲激蕩的年代，多少反映了一部分知識分子的共同命運。他在湖南度過了青年時代，當他剛剛跨進生活的門坎，就受到黨的影響而投身進步運動，竟被反動派當做"共黨首要"來懸賞通緝。在白色恐怖下，他的態度是很堅定的，他說："我不是共産黨員，也不願意自首。"後來到了上海，在三十年代反對"文化圍剿"的鬥爭中，他不僅參加了陳望道倡導的"大衆語運動"，給予封建復古勢力以有力的回擊；而且還同魯迅爲首的進步作家站在一起，寫了許多生氣勃勃的雜文，無情地揭露反動派的醜惡嘴臉。他的《詩經》研究，從這個時候開始準備寫書，用歷史唯物主義研究《詩經》，成了他鬥爭生活的一部分。他本着"風雨如晦，鷄鳴不已"的精神，在艱苦的條件下努力探索，在黑闇的歲月裏渴望光明。

人民革命的偉大勝利，使陳先生感到喜悦和鼓舞。然而在人們的生活進程中間，卻有一些無法預測的因素，正當他研究《詩經》邁出新的步伐時，卻遇到突如其來的挫折，一九五七年的一場政治運動，也擴大到他的身上。面對這個嚴峻的現實，需要陳先生有多大的毅力和信心，才能經受這一劇變，把他心愛的研究工作進行下去啊！

經過這場波折，陳先生並沒有使自己的生活涂上灰闇的色調，也不願意牽纏於淺薄的榮辱之感。此後他閉口不談是非曲直，更不屑去辯白自己的冤情，因爲他深知一個人的真正價值，是由其内在的品質所決定的，而不在於附加的帽子和牌子。在這個人生重大的轉折，他終於經得住考驗，依然擁護黨的領導，把整個身心撲在科學研究上面。他杜門謝客，埋頭努力，開始着手撰寫《詩經直解》和《楚辭直解》兩部大書，雖然他身居里巷一隅，門無車馬之聲，平時很少與人交往，處境之寂寞，幾乎到了被人遺忘的地步。但是就在這裏，他的研究工作卻在扎扎實實地進行，生活的辯證法從另一個意義上賦予他以特殊的厚遇。他從書齋裏發現了求索學問廣闊的空間世界，在不停的工作中送走了二十多年的時間長流，他不但體驗到解決難題冥思苦索的滋味，也享受到探求真理、豁蒙一旦的快慰。這一長段時間，他不顧年老多病，把《詩經直解》改了五遍，《楚辭直解》改了三遍，兩書共計一百多萬字，使他的研究工作進入了較成熟的階段。

如同陳先生的爲人一樣，他在學術鬥爭中，始終保持着一種嚴肅誠實的態度。他發憤努力工作，不慕榮利聞達，除了一心追求真知以外，並不希冀別的報償。在他看來，科學研究沒有什麼不可告人的東西，不應該隱瞞自己的觀點，學術上的是非問題，祇有通過辯論才能真相大白。陳先生的性格是很好辯的，對於投人所好、苟容取悅的庸人作風，有着本能的蔑視，即使在他處境十分困頓的情況下，也沒有減退探求真理的勇氣。他自己説，他的《詩經直解》是專門和古人"作對"的，《楚辭直解》是專門和今人"抬扛子"的。有關《詩經》、《楚辭》的古今疑案，他都一一重新作過審理，大膽發表自己的看法，"爲之爬梳而澄清之"，決不願意輕易姑息苟同。特別是在"四人幫"橫行的十年之內，陳先生堅守一個正直的知識分子的節操，不管當時政治氣候如何變幻不定，他還是甘於寂寞，行其素常，從未發表過一點違心之論，也不去理睬那些"儒法鬥爭"之類的調子和口號，堅定不移地在自己科學研究的道路上奮然前行。

學術事業發展的歷史，有時會使某些具有真知灼見的成果，需要經過很大的周折以後，才能把它的價值展現在大多數人的面前。陳先生的勞動畢竟沒有白費，當粉碎"四人幫"的喜訊傳遍中國大地，那些"北門學士"炮製的所謂"戰斗文章"，象肥皂泡一樣在晴空中消散的時候，他的《詩經》、《楚辭》研究顯示出了真正的意義。現在,組織上已爲陳先生作了徹底的平反,也爲他的研究工作創造了良好的條件,這位年逾八旬的老教授,將在爲霞滿天的未來作出更大的貢獻。

原刊於《复旦學報(社會科學版)》
1980 年第 5 期

王運熙教授和
漢魏六朝唐代文學史研究

　　從東漢後期開始，經魏晉南北朝迄於唐代，是中國封建社會發展過程中的一個大階段。這長達七、八百年的歷史進程極爲引人入勝，而文學作爲反映社會存在的一種觀念形態，亦由此日益擺脫它對歷史哲學著作的依附，進入了一個更加具有其自覺意識的時代。漢魏六朝到唐代文學的發展，從内容到形式都顯出特有的風貌，在中國文學史上起着承前啓後的作用，長時期來一直是古典文學研究者十分注視的領域。

　　但是嚴格地説，把漢魏六朝唐代文學這份遺產拿來進行一種比較系統的總結和探討，還是近世的事情。特別是要到"五四"以後，這項工作才真正走上科學的軌道。像梁啓超、魯迅、黄侃、劉師培、陳寅恪、聞一多、朱自清等現代學者，他們對於這段文學史研究工作的開展都有創辟性的功勞。此外，還有一大批後起的古典文學研究者，他們繼承和發揚先驅的治學精神，窮年累月地從事學術上的探討，在各自涉及的範圍内屢有新的發明，并且至今還在這一塊園地上辛勤地耕耘。王運熙先生正是這樣的一位耕耘者。近數十年來漢魏六朝唐代文學史研究中所取得的進展，就有着他的一份不尋常的勞績。

　　王運熙先生現任復旦大學中文系教授，兼任語言文學研究所所長。倘從年齡論，他迄今未滿六十，屬於"中年"的一輩。但他從事中國古典文學的教學和研究工作，已有近四十年的歷史。在這一段漫長的歲月中，王先生專心揣摩漢魏六朝與唐代文學，兼攻古代文論，任教之餘，堅持研究述作，前後出版了《六朝樂府與民歌》、《樂府詩論叢》、《漢魏六朝唐代文學論叢》等書，主編過《李白詩選》和《李白研究》。這一些成果，加上他不少未經結集的論文，以其發表的時間爲先後，劃出了一條他在科學研究的道路上奮力前行的軌迹。

王先生是一位性格沉静的學者，也是一個温慎篤厚的長者。他作風樸實，胸無城府，在一般人看起來，似乎身上多少帶有一點不諳世務的書生氣。但唯其如此，使他能够脱心志於俗諦之桎梏，從不計較日常生活中的瑣事和得失，而對學問和事業始終保持一種難得的熱忱。他數十年來所走過的，是一條看來似乎平静實際上卻十分艱辛的道路，這裏没有什麽特殊的遭遇，更找不到一點避難趨易的訣竅。他衹是依靠自己的勤奮和努力，老老實實地逐步向前摸索，從而把自己深沉的脚印留給後學者。

王先生研究中國文學史，嚴格地集中在從漢到唐的斷代之内，這無疑是一門專精之學。但是任何一項專門的研究，都離不開"博覽"的基礎。古今學者論及治學，大多主張"博觀約取"，王先生也是走的這條路。在早年曾有一個很長的階段，他潜心閱讀古代典籍和今人著作，廣泛涉獵社會科學各個方面的知識。他不僅十分注意弄清中國古代各體文學流變的歷史，而且對經學史、哲學史、目録學史、民族史、文字音韻學史、史學史、地理學史、繪畫史等方面的基本知識，也盡可能廣爲瀏覽，力求粗知其梗概。這一博覽羣書的過程，大約費去了十多年的時間。

尤其值得一提的是，清代紀昀的《四庫全書總目提要》這部目録學著作，同他治學的關係最爲密切。此書網羅四部典籍，撮舉大旨，旁引羣書，探討問題竟委窮源，善於從不同的説法當中辨析疑難，最後得出精妥的結論，門逕異常清楚。它不僅爲後人提供許多史料綫索，而且在探討問題的方法上亦能使人得到啓發。王先生説過，經常留心翻閱《提要》一書，可以懂得在自己從事研究的範圍之內,應該系統地閱讀哪些書籍,並由此進一步確定考索和研究的重點,仿佛在茫茫的書林學海中間找到了一位最好的向導。他説:"我感到從它那裏得到的教益,比學校裏任何一位老師還多。"以致在王先生日後的文學史研究中,我們可以清晰地看到這部書對他所發生的深刻影響。

一九四七年夏,王先生畢業於復旦大學中文系,留任該系助教。當時的中文系主任是陳子展先生,王先生做他的助手。陳子展先生專治《詩經》、《楚辭》,但他對漢魏六朝的歷史和文學亦有深湛的研究,曾經精讀十七史數遍,並寫出《孝經在兩漢魏晉南北朝所生之社會影響》、《南北朝的漢書學》、《秦漢隋唐間之百戲》、《八代的文字游戲》等一些功力、性情都很出色的文章。陳先生告訴他,研究文學離不開歷史,建議他去系統閱讀史書,並要他從王闓運《八代詩選》末尾一卷"雜體詩"中做點發掘。所謂的"雜體詩",主要是指雙聲詩、離合詩、回文詩等一類作品。陳先生認爲,這些詩歌雖然是游戲文學,但反映了當時文人的藝術愛好和創作趣味,值得進行探討。王先生接受了這個意見,仔細地去閱讀《前後漢書》、《晉書》、《南史》、《八代詩選》、《樂府詩集》、《樂府古題要解》等書,就雜體詩的問題做了一些研究,先後寫成《離合詩考》和《論吳聲西曲與諧音雙關語》兩文。這兩篇文章,討論的問題雖然範圍較窄,但卻培植了王先生對樂府民歌的興趣,成爲他在此後比較系統地研究樂府文學的先導。

關於樂府詩的研究,是"五四"以來文學史研究中很有成績的一個部門,出版的專門著作也比較多。這種情況,反映了近世知識分子逐步擺脱傳統觀念的束縛,開始對歷史上的通俗歌謠給予足够的重視。在這一方面,清華研究院教授黃節是一位杰出的先驅者,其後如聞一多、陸侃如、羅根澤、蕭滌非、余冠英等,都在不同程度上作出了貢獻。王先生涉足於這個領域,頗受他們的啓發,比如他對蕭滌非、余冠英兩先生有關樂府的研究成果,就作過很高的評價。特別是蕭滌非的《漢魏六朝樂府文學史》，最先注意到漢魏六朝樂府產生的歷史背景，發掘了一些極有價值的史料，把它們同樂府詩歌結合起來進行深入的論證，時有新穎獨到的見解。這樣的研究方法，尤爲王先生所欣賞，他說自己在這方面所做的一些探索，正是沿着這條路子走下去的。

王先生的樂府詩研究，是對這些作品的一次全面的清理，涉及的問題甚爲廣泛。但他注意的重點，是漢代的相和歌辭和六朝的清商曲辭，它們都是當時的通俗樂曲，具有較高的文學價值，並對整個中古時期和唐代的詩歌發生過很大的影響。他根據《宋書·樂志》、《古今樂錄》、《樂府詩集》等比較原始的資料，做了大量的鈎稽、核實和發覆的工作。例如他對樂府官署的起始和沿革，某些曲調及曲辭的演變，樂府詩與民歌的關係，樂府與上層貴族社會的聯繫，吳聲西曲產生的時代、地域及淵源等問題，都爲之逐一爬梳推考，原原本本，把自己所得的結論明確地告訴讀者。關於六朝吳聲西曲的作者和本事的考定，他所用的工力最深，也最有創見。譬如，他從現存的樂府歌辭，與《宋書·樂志》等關於它們本事的記載不相符合這一現象中，作了反復的考證，證明吳聲西曲中的《子夜歌》、《丁都護歌》、《碧玉歌》、《懊儂歌》、《長史變》、《前溪歌》等不少曲調，在產生時往往都有一個本事，其作者的身份亦多爲貴族文士。而這些樂府曲調的發展，本身就經歷過一個由里巷風謠演變爲貴族樂曲的過程，因此不能認爲它們是純粹的民歌。這一判斷，指出了許多樂府文學的大致趨向，確實是十分精當的。

自四十年代末至五十年代中，王先生完成了《六朝樂府與民歌》及《樂府詩論叢》兩部論著。兩書共收入論文十五篇，另有三篇文章作爲附錄。這些作品是當時文學史研究中的一項新收穫。如其中《吳聲西曲雜考》、《論六朝清商曲中之和送聲》、《清樂考略》、《說黃門鼓吹樂》等文，它們提出的某些觀點以及作者縝密的考證功夫，直到現在還經常受到學術界人士的稱道。

值得注意的是，就在王先生致力於探討樂府詩的後階段，他的研究工作出現了可喜的變化。這是因爲，他在解放後學習了馬列主義和毛澤東同志的著作，經過自己認真的思考，體會到要從豐富複雜的古代文學中理清它的綫索，就必須有唯物史觀作爲指導。基於這一原因，他在當時喜歡讀從老解放區來的一些同志寫的文章，尤其愛讀何其芳同志寫的文學論文，認爲這些文章從大量材料出發，經過周密的研究，分析實事求是，觀點鮮明而很有説服力。據王先生自述，他讀了何其芳《陝北民歌選序》一文後，即試圖把它作爲一個範例，來促使自己在研究方法上有較大的變化。我們看到，在他《樂府詩論叢》中的《漢代的俗樂與民歌》等三篇論文，就是他在這方面所作的最初的嘗試。而當王先生從樂府詩研究轉向於對唐代文學進行新的求索時，他就不再像早先那樣把主要精力用於考證方面，而是注意從多方面去探尋治學的途徑，在一個比較廣闊的視野範圍内，努力運用馬列主義的基本觀點來分析、探討和評價古典文學。

王先生以一個研究者的身分，跨入琳琅滿目的唐代文學的苑囿，約在五十年代中期。從此，他又在這塊新的土地上灑下無數汗水，並較快地取得了第一批成果。僅一九五七年這一年内，就連續發表了《陳子昂和他的作品》等五篇論文。這些論作，雖然出於一個三十多歲的研究者之手，但立意較高，論證充實，特別是在分析問題的切中肯綮方面，尤能展示出一種新的面貌。它們發表後，立即受到了同行們的注意。

衆所周知，在五十年代中期，唐代文學是許多文學史家競相出入的領域，一方面有陳寅恪、蕭滌非、任半塘、林庚、劉大杰、李嘉言、錢仲聯、馬茂元、孫望、傅庚生等資格較老的專門家在繼續從事他們的研究，另一方面又涌現出一批與王先生年歲相仿的新人。這種局面，多少有點像劉禹錫《唐故尚書禮部員外郎柳君集紀》中所説的：“天下文士爭執所長，與時而奮，粲焉如繁星麗天。”
他們的治學路子，亦各有自己的特長。王先生開始研討唐代文
學，究竟應該怎樣入手呢？

曾有一些人認爲，要研究唐代文學，最好搞一部斷代文學史，
否則就缺乏系統性，但王先生並不這麼看。他覺得，學術研究最
主要的目標，應當是發前人之所未發，善於提出問題和解決問題。
即以唐代文學這個領域而言，過去從事這方面研究的人數雖多，
成績亦不可謂不顯著，但裏面還有大量的問題尚未經過檢討。我
們研究工作的重點，應該放在認真地去發現和解決這些問題上
面，通過對許多個別的具體的問題的研究，由此及彼地得到規律
性的認識。只有這樣，才能使我們的學術水平在原有的基礎上提
高一步。反之，如果不重視這些具體問題的過細研究，一味把編
寫一本斷代文學史之類的東西作爲當務之急需，那祇能是把現有
的成果放在一起做些歸納和纂合的工作，實際上並沒有多大的
意義。

出於這一考慮，王先生鑽研唐代文學積二十餘年，除了一度
主持過《李白詩選》和《李白研究》的注釋編寫外，他的基點始終是
放在探討一些有意義的課題上面。他注重實際，有的放矢，不求
著作卷帙之浩繁，不發空洞浮泛的議論。他化了很大的精力去查
考熟悉原書，強調從第一手材料當中去探明事物的真相。在這中
間，他陸續發表了三十餘篇學術論文，就唐代文學中的一系列問
題，提出自己比較成熟的看法，在當時都有一定的影響，它們多數
已經輯入近年出版的《漢魏六朝唐代文學論叢》一書。而其中最
能反映出王先生研究水平的論作，主要有《陳子昂和他的作品》、
《釋〈河岳英靈集序〉論盛唐詩歌》、《李白的生活理想和政治理
想》、《談李白的〈蜀道難〉》、《李白怎樣向漢魏六朝民歌學習》、《元
結〈篋中集〉和唐代中期詩歌的復古潮流》、《寒山子詩歌的創作年
代》、《韓愈散文的風格特徵和他的文學好尚》、《試論唐傳奇與古

文運動的關係》、《〈虬髯客傳〉的作者問題》和《唐代詩歌與小説的關係》等十一篇。

　　王先生的唐代文學研究，具有自己的系統性，按其接觸面之廣，包括了有唐一代初、盛、中、晚四個階段的許多作家和許多文學現象，從體裁形式上討論到的問題亦涉及詩歌、駢文、散文、小説、變文等幾個方面。但他用力最多的部分，則是盛唐詩歌與中唐的各體文學，這可以説是王先生唐代文學研究中的兩大重心。其它如對初唐陳子昂的詩文所作的全面論述，對唐後期傳奇小説《虬髯客傳》作者的考訂，也包含着他的一些創辟之見。

　　然而，在王先生所有論述唐代文學的作品中，有兩類文章最值得引起注意。其中一類如《釋〈河岳英靈集序〉論盛唐詩歌》、《元結〈篋中集〉與唐代中期詩歌的復古潮流》兩文，它們共同的特點，在於作者通過一個特定的角度，抓住某一時代社會審美意識和創作風氣中具有普遍性的問題，來考察和透視這一階段文學作品的總的特徵，使讀者對於當時文學發展的大勢有一個明晰完整的認識。另外一類，就如《試論唐傳奇與古文運動的關係》和《唐代詩歌與小説的關係》等文章，其特點在注意探討不同體裁樣式的文學作品，在它們演進過程之中的相互聯繫和相互影響，爲揭橥唐代某些文學樣式的發展原因提供了新的一解。這兩類論作，在王先生關於唐代文學衆多的論作中間，起着提挈綱領和貫通其餘的作用，使之形成一個互相關聯的整體。上述這兩種論述問題的方法，雖然並非王先生的初創，比如前一種方法劉師培的《中國中古文學史講義》就用過，後者則主要是受到陳寅恪的影響。但王先生作爲一個尋求新的研究方法的自覺實踐者，在這方面還是有他繼續拓展的貢獻。

　　六十年代初，王先生參與了劉大杰主編的《中國文學批評史》的編寫工作，這進一步引起他對鑽研古代文論的興趣。從這時開始，他在繼續琢磨漢魏六朝唐代文學某些專題的同時，又把研究的重點逐步移到文學批評方面。有些同志爲了强調文學批評史的獨立性，把自己的研究範圍完全局限於理論批評方面，王先生卻一直認爲，研究中國文學批評史，必須對文學史有深入的了解。他經常以郭紹虞、朱東潤、羅根澤等一些前輩學者爲例，指出他們在涉足批評史領域之前，都有很深厚的文學史研究基礎。從歷史上看，中國古代許多著名的作家，亦往往兼擅理論批評，如果能够把他們的創作和批評結合起來考察，這樣的研究就較有深度。王先生在五十年代寫的《釋〈河岳英靈集序〉論盛唐詩歌》、《杜甫的文學思想》等論文，其實已經顯出他把這兩者結合起來研究的端倪；而此後他之致力於探討古代文論，也正是在這一思想指導下進行的。

　　王先生對古代文論的研究，大體亦不出漢魏六朝唐代的界限。他在這一方面發表的專題論文，到目前爲止計有二十餘篇，其中以《〈文心雕龍〉風骨論詮釋》、《從〈文心雕龍‧風骨〉談到建安風骨》、《〈文心雕龍〉的宗旨、結構和基本思想》、《劉勰對漢魏六朝駢體文學的評價》、《魏晉六朝和唐代文學批評中的文質論》等幾篇社會影響最大。這些文章所闡明的問題，主要有三個方面。其一，對《文心雕龍》一書進行整體的研究。説明此書的宗旨在於指導文學創作，結構可分爲寫作總則、各體文章作法、作法統論及附論四大部分，其基本思想是"宗經"和"酌騷"的結合。而《辨騷》一篇，則應歸入全書的樞紐。其二，對"風骨論"和"文質論"提出獨到的解釋。指出劉勰之標舉風骨，即要求文學作品具有爽朗剛健的文風；而他提出的"質"的概念，在絶大多數場合下是指語言風格的質樸。他所主張的"文質彬彬"一説，其實際涵義乃是指文采與風骨的統一。第三，聯繫文學史上的創作現象，對其它一些文學批評的專書進行研究，如在述明《詩品》的體例、品評標準及其受到時代創作風氣的影響等問題上，也提出過一些有益的見解。

　　不難看到,王先生研究古代文學和文論,在方法上較多地吸取了中國傳統史學的優點,他重視實證和知人論世的分析,探討問題時力求尋本溯源弄清它的來龍去脈,通過嚴密的邏輯論證來提出自己審慎的看法。但與此同時,他又非常强調去考察各個時代文學創作中的自覺意識,注意研究文學作品的文采、風格和抒情特徵。他經常引用蕭統《文選序》中所説的"事出於沈思,義歸乎翰藻"這一句話,來闡明文學藝術不同於歷史哲學著作。很明顯,王先生之探討古代的文學批評,目的是爲了更好地研究古代的文學創作;而他對文學史上創作現象的深入了解,也必然導致他從理論上去對它們作出科學的總結。在王先生多年的學術實踐中,這兩者是互爲依輔地結合在一起的。特別是近幾年來,他以探索古代文論爲重心,更加有意識地聯繫漢魏六朝文學和唐代文學,進行綜合的多角度的研究,在這方面所取得的成績,也超過了他過去任何一個時期。上文列舉到的一些代表性論文,就有相當大一部分,是他最近四、五年内發表的。其它如《論建安文學的新面貌》、《陶淵明田園詩的内容局限及其歷史原因》、《鍾嶸〈詩品〉陶詩源出應璩解》等一些新作,無論在廣度、深度和獨創性上,都比他過去的論作有明顯的進境。這説明在粉碎"四人幫"後,經過黨的十一屆三中全會的撥亂反正,王先生不僅在學術研究上對自己提出了更高的要求,而且也取得了更加豐碩的收獲。

　　王先生治學近四十年,積累了豐富的經驗,也表現出一個誠實的學者所具有的可貴品質。他刻苦爲學,淡於名利,數十年如一日,把追求真知當做生活中極大的樂趣。儘管他現在已經是一個著名的學者,但他仍然謙虛持己,誠懇待人,凡是和他接觸過的人,都會感受到從他心底流淌出來的一種懇切的摯情。對於學術上的問題,他敢於直率地發表自己的意見,但未嘗因爲取得某些成績而矜伐自己。他十分尊重別人的勞動成果,從不諱飾自己的不足,亦不以自己之長視他人之短。他不喜歡在人衆喧嘩的場合出頭露面,亦絶不爲計較名譽地位而樂此不疲。對他來説,除了不斷地學習和鑽研以外,就没有其它任何一件事情,能够這麽長時期地吸引着他的注意力。

　　學術史上無數的事例,已經證明了這樣一條真理:那些爲了獵取名利而出入於稠人廣衆之間的"學術活動家",他們只能去寫一些淺薄的東西;而唯有長期在枯槁的生活當中自甘寂寞地從事鑽研的人,才能使自己面對着創造和永恒。以此而論,王先生是一個真正的學者,他的學術研究之所以有境界,是因爲他把治學和治身完全融合在一起了。

原刊於《复旦學報(社會科學版)》

1983 年第 5 期

沿着哲人的軌轍努力探尋

——紀念季羨林先生逝世十週年

方曉燕

佛教東傳爲中印文化交流史上一大事因緣,也是促進我國漢唐文化演進變遷的重要助力。中國文學自魏晉開始,就不斷受到古天竺文化藝術的浸益,被復之廣遍及詩歌、小说、戲劇和民間講唱等衆多樣式。即如唐人柳宗元結撰的著名寓言《黔之驢》,它的出現同樣也承受了來自南亞的文學影響。

陳允吉先生探涉佛教與中國文學的關係頗積歲年,他接受本報的采訪談及上述話題,於華梵文化碰撞的大背景下指點《黔之驢》的前世今生,並以其自身獲得的感受,講述了季羨林先生虛襟待人、獎掖後進的長者風範,以及他在該研究領域中所起的拓荒和引導作用。

文匯讀書週報:您從事佛教與中國文學關係的研究,必然會涉足印度文學對中國文學的影響問題。季羨林先生畢生精研東方學,是這一領域的拓荒者和導夫先路者,請問他的研究成果對您有怎樣的影響?

陳允吉:季羨林先生豐富的學術成果,爲我們打開了一個過去從未探明的領域;具體到專題研究來說,則引領我撰寫和完成了《柳宗元寓言的佛經影響及〈黔之驢〉故事的淵源和由來》這篇長文。

上世紀八十年代中期,我開始探及印度寓言故事對中國文學的影響,較長時間閱讀大藏經收録的故事記載,季羨林譯的《五卷書》,郭良鋆、黄寶生譯的《本生故事選》,考察印度寓言對中國文學的影響。這種考察的方法途徑,除對兩國寓言作品題材和結構形態進行比較外,同時還參鑒魯迅《中國小説史略》、陳蒲清《中國古代寓言史》等著作的既有論述,由此得知印度古代寓言通過佛經傳譯在中土廣爲流播,促成了中唐時代寓言的復興。當時創作寓言都是古文作家,主要有李華、元結、韓愈、劉禹錫、柳宗元等,以柳宗元爲最杰出的代表,作品主要有《臨江之麋》《黔之驢》《永某氏之鼠》《羆説》《鶻説》《蝜蝂傳》等,並很快地把注意力集中到《黔之驢》上。

文匯讀書週報:爲什麼會把注意力單單集中到《黔之驢》這個故事上呢?

陳允吉:因爲《黔之驢》知名度高,其形式結構與漢譯佛典《百喻經》裏的寓言作品一樣精美絶倫。而《百喻經》第77個故事《搆驢乳喻》,與其開頭部分又非常相似,感觸相通的痕迹相當明顯。劉大杰先生一九五六年發表的《柳宗元及其散文》一文,嘗云:“柳宗元是受過印度寓言的影響的。如他的有名的《黔之驢》,在印度寓言集《五卷書》、寓言集《利益示教》(即《益世嘉言集》)和巴利文《本生經》裏,都有類似的題材。”這條信息讓我很感興趣,劉先生本人不懂梵語,對中印文學交流亦無研究,那麼這重關係究竟是由誰發現並點破的呢?

文匯讀書週報:是季羨林先生發現的?

陳允吉:對,是季羨林先生。但開始時想到有四位學者,即許

地山、吳曉鈴、季羨林、金克木，但拿不準究竟由哪一位學者點破
了這重關係。隔了一年多時間，我才從季羨林先生寫的一篇文章
裏獲知，他在一九四八年的《文藝復興》雜誌《中國文學研究號》
上，發表了一篇題爲《柳宗元〈黔之驢〉取材來源考》，明確指出《黔
之驢》故事來源於古印度一個關於"驢"的傳説。在復旦圖書館過
往期刊室找到了這本雜誌，論文中説這一印度故事最初在民間廣
爲傳播，後來分別載入《五卷書》《益世嘉言集》《故事海》及巴利文
《佛本生經》(Jātaka)等故事集，雖記載的具體形態略有差異，但主
幹情節基本一致，講某地有個洗衣匠（或商人）養了一條很瘦的
驢，主人給它蒙上一張老虎皮（或獅子皮）拉到地裏去吃莊稼，看
守田地的人以爲它是真老虎（或真獅子），不敢前去驅趕它，後來
這條驢不慎叫了一聲，看地人才知道它不過是一條僞裝起來的
驢，就把它打死了。該故事與《黔之驢》相比較，貫注着彼此相通
的創作思想，從題材、主角、情節、儆戒意義等多方面看，《黔之驢》
均明顯地保留着上述印度故事感染熏灼的印記，故季先生指出，
印度《五卷書》《益世嘉言集》等故事集記載的這個驢的傳説，即是
柳宗元創作《黔之驢》時取材原型，"黔驢"故事的最早淵源是在南
亞次大陸。

文匯讀書週報：對季羨林先生的這一學術成果當如何評價？
在您當時看來，是否還有需要進一步做些補充的地方？

陳允吉：季羨林先生在這個問題上所作的探索，是中印文學
比較研究的一項重要突破，其意義誠不限於爲一篇本土寓言找到
它的境外淵源，而且也在歷時悠久的中印文化交流史上填補了一
塊空白。此項旨在溝通中國和印度雙方文學關係的專題研究，建
立在兩國文學系統異同與歷史演變整體把握的基礎之上，十分重
視客觀材料的辨析和文學影響實際軌迹的考求，從立論到推導都
體現着一種科學態度，而通過實事求是的分析比較後所得出的結

論,也顯得確鑿可信而能給人以啓益。該文自發表至現在數十年來,得到過許多學者的肯定,包括被文學史家劉大杰先生所轉述,其學術價值之高是無待贅言的。

然而,就《黔之驢》故事接受印度寓言影響的全過程看,季先生的論述還不能説把所有問題都談到了。這種異質文明的影響往往需要經過多次的傳遞才能成功。《黔之驢》的具體故事形態雖與天竺原典有多處承合影似,但細加比較仍有明顯差別。再説,柳宗元未習梵文音義之學,他不可能去直接接觸没有翻入中土的原典故事形態,更有可能他掌握到的是一個漢譯佛經故事的文本。其情節構成要比天竺原典的記載更靠近《黔之驢》的樣子,並在古印度傳説與柳宗元《黔之驢》之間起着中介和傳導的作用。

文匯讀書週報:沿着季羨林先生的思路繼續探索,您確定找到了上面所説的這個漢譯佛經故事的文本嗎?

陳允吉:是的,爲尋找這一起中介和傳導作用的故事記載,讓我耗費漫長時日,最後在藏經中找到西晉沙門法炬翻譯的《佛説羣牛譬經》一卷,其中就講了一個有關驢的故事:

> 譬如羣牛,志性調良,所至到處,擇軟草食,飲清涼水。時有一驢,便作是念:此諸羣牛,志性調良,所至到處,擇軟草食,飲清涼水。我今亦可效彼,擇軟草食,飲清涼水。時彼驢,入羣牛中,前脚跑土,觸嬈彼羣牛,亦效羣牛鳴吼,然不能改其聲:"我亦是牛,我亦是牛!"然彼羣牛,以角觝殺,而捨之去。

此中驢是故事主角,牛僅起陪襯作用,其與《五卷書》等故事集記載之傳説有某種親緣關係。但因傳播之地、時不同,它的具體形態已發生了較多偏離,但在取材、主題及主幹情節等方面,還保留着它承受自母胎的顯著痕迹。

　　當然，《羣牛譬經》的故事情節與其母體有所差別，但拿這些差別來和《黔之驢》相對照，恰好就成爲它與《黔之驢》之間的相似點。（一）兩者均屬純粹動物寓言，驢都是被動物角色結果了性命；（二）兩篇寓言中的驢扮演龐然大物，都是因爲缺乏自知之明；（三）兩篇之中的驢丢掉性命，均與踢了對方一脚相關；（四）兩者結尾對事態的描摹如出一轍。綜合以上數點研究，可知《佛説羣牛譬經》這一漢譯佛典寓言，不但由於經過翻譯消除了語言障礙而易爲柳宗元所閱讀，其多數地方與《黔之驢》的相似重合也比天竺原典的記載要更進一步。足見《羣牛譬經》確實充當了一個中介、傳導因素，其文本藉沙門法炬之翻譯而在中華得到流傳，越數百年後終於促成了一篇中國寓言杰作的誕生。柳宗元撰作《黔之驢》這個寓言故事，與其説是對天竺原典的遙遠仿襲，還不如説是受了《羣牛譬經》譯文直接的啓發影響。

　　文匯讀書週報：怎麼知道柳宗元一定看過《佛説羣牛譬經》呢，您有確鑿的證據嗎？

　　陳允吉：柳宗元的確看到過《佛説羣牛譬經》。這從他文集裏就能找到有力的旁證。柳集有《牛賦》一篇，兩個角色同樣是驢和牛，賦中有一段話説：

> 不如贏驢，服逐駑馬，曲意隨勢，不擇處所。不耕不駕，蒭菽自輿，騰踏康莊，出入輕舉。喜則齊鼻，怒則奮躑，當道長鳴，聞者驚辟。

此賦之寫作年代與《黔之驢》大略相當，同爲柳宗元貶斥永州精神上受到極度壓抑的産物，兩者不惟角色配置相同，連愛憎褒貶和審美評價亦完全一致，且多處細節描繪殊相仿佛。如《牛賦》中所謂的"怒則奮躑"，即《黔之驢》寫的"驢不勝怒，蹄之"；而《黔之驢》有關"驢一鳴，虎大駭遠遁"的描述，與《牛賦》"當道長鳴，聞者驚

555555555
444444444

"辟"事狀亦宛然相似。我們有充分理由肯定,《牛賦》與《黔之驢》兩篇係同出於作者遭貶永州時期讀了《犛牛譬經》後寫出的姊妹篇。《佛説犛牛譬經》乃是柳宗元創作《黔之驢》時所依據的主要藍本。

當然,前面提到的《百喻經》中的《構驢乳喻》對《黔之驢》的開頭部分也有影響。兩個寓言均圍繞着驢來展開,而驢的對方產生的一切誤會亦都是因爲角色生在偏僻之地"不識於驢"。相似的行爲出於相同的原因,故事的笑料總離不開一條外來的驢。要説這裏面的傳遞影響之痕迹,那是最清楚不過了。

文匯讀書週報:您所獲得的這些認知同季先生討論過没有,是否得到了他本人的認可?

陳允吉:經較長時間醖釀和梳理,我將上述這些認知匯總起來,開始撰寫《柳宗元寓言的佛經影響及〈黔之驢〉故事的淵源和由來》一文,進度異常緩慢。其間曾在一次學術會議上作過口頭報告,書面文字則發表於上海古籍出版社出版的《中華文史論叢》第四十六輯。考慮兹文之撰寫,完全是在季羨林先生學術成果的啓導下進行的,約在一九九一年春夏間,我將刊載該文的那册《中華文史論叢》郵寄給季先生,附信懇請他賜教指正,唯心中尚不免悚惶,生怕論文的什麽地方講了外行話。

過些時候就接到季老的覆信:

允吉同志:

你的信和文章早已收到,但因我年老事繁,頭緒過多,稍一疏忽,即易遺忘。所以到現在才寫覆信,實在抱歉,務望原諒。

事實上,在《中華文史論叢》的廣告一在報紙上出現,我就注意到大作,不意竟蒙賜寄,實爲雪中送炭之舉,非常感激。

　　我那篇關於《黔之驢》的短文,搜集材料並不多,只是心有所感,立即命筆,後來也沒有在這方面再繼續進行探索。現讀大作,材料豐富,論證明確,甚佩甚佩。我那篇短文,同大作一比,真如小巫之大巫了。

　　中印文學體裁和題材方面的交流影響,我們所知還相當少,在這方面還大有可爲,光是《太平廣記》中就能够找到不少。如果熟讀佛經,再深入搜諸中國民間文學,必將有衆多巨大發現,可以斷言。

　　你其他有關這方面的文章,我也很感興趣,只是搜求不易,如有多餘副本,能賜寄一些,將感激無量矣。

　　即祝

近安

　　來信請寄北大東語系

　　　　　　　　　　　　　　　　　　　　季羨林

　　　　　　　　　　　　　　　　　　　　1991.7.10

季先生對我那篇論文的肯定,讓我心裏感到踏實一些,他作爲一位前輩學者的恢宏大度,以及對晚輩、後學的親切關懷,尤其令我敬佩折服,剛好此時我手頭還有幾本三年前出版的拙作《唐音佛教辨思録》,就遵照先生的囑咐寄了一本給他,不久又收到他的來信:

　　允吉同志:

　　　　來信和大著均已收到,謝謝!

　　　　我那篇關於《黔之驢》的短文,至多祇不過是材料搜集,沒有多少理論。你的文章則是體大思精,大大地開闊了我的眼界。你對我那篇短文評價過高,愧不敢當。

　　　　我讀了《唐音佛教辨思録》中的第一篇談王維"雪中芭

蕉"的文章，立刻靈機一動，想到《歌德談話錄》中歌德的意見，覺得很有意義，動手寫了一篇短文，題目叫《"高於自然"與"咏物言志"》。發表後當寄上請教。

集中其他文章還沒有來得及細讀。我相信，讀了以後，一定會給我更多的啓發。

再一次致謝。

即祝

暑安

季羨林
1991.7.27

文匯讀書週報：今年適逢季羨林先生逝世十週年，能簡單地談談您對季先生爲人爲學的感想嗎？

陳允吉：季羨林先生是當代哲人、學林巨擘，他探明原始佛教的語言問題，全譯印度古代史詩《羅摩衍那》，審定新疆出土的吐火羅文殘卷爲戲劇《彌勒會見記》，考溯蔗糖製作技術的驛遞與東傳，悉皆通津梵漢，放眼亞歐，闡繹真知，起承絕學。其所撰《柳宗元〈黔之驢〉取材來源考》這篇文章，爲一極具原創精神的開拓性論作，至於我跟隨其後所做的一些搜尋，無非是沿着他的軌轍稍微作點延伸而已。如果沒有他高瞻遠矚指點通徑，我們對這些事情恐怕至今尚處於罔然無知之中。光陰如白駒過隙，彈指之間又過了三十年，先生已在二〇〇九年七月離世，伊人告歿，率土銜悲。眼前我亦步入耄耋之年，頹齡緬思往事，猶常爲此感動不已，謹將這段筆墨因緣講述出來，藉其彰顯前輩師長的行誼風範，以紀念季先生逝世十週年。

原刊《文匯讀書週報》2019年3月18日1—2版

陳允吉談饒宗頤先生：
求知道路上的善導師

方曉燕

　　2018 年 2 月 6 日凌晨，當今學界巨擘饒宗頤先生去世，享年 101 歲。饒先生生前曾三次訪問復旦大學並擔任顧問教授，原復旦中文系主任陳允吉教授也因此與饒先生建立了頗爲親摯的師友情誼，他將饒先生稱爲自己"求知道路上的善導師"，並以自己寫作三篇與佛教文學相關的論文爲綫索，回憶了他向饒先生參問請益及饒先生給予他開導和指點的若干往事。

　　澎湃新聞：從資料上看，饒先生生前跟復旦的交往還是挺多的。
　　陳允吉：對，饒先生曾經三次訪問復旦，參加過復旦主辦的《文心雕龍》國際會議，在中文系和文博學院都做過學術講演。1992 年他應聘擔任復旦大學顧問教授，在頒證儀式上施岳羣副校長講話中就稱他是"當今漢學界的導夫先路者"，饒先生在他的答詞中說，這個"導夫先路者"是一個很高的榮譽，他愧不敢當，但是願意向這個方向努力。在《法華經·化城喻》裏，曾把行路的向導稱爲"導師"，水平特別高的稱"善導師"，因爲饒先生跟復旦關係比較密切，我也屢能獲得向他請益和求教的機會，得到他的指導、鼓勵和幫助是很多的。

　　澎湃新聞：在您的治學道路上，是什麽時候開始從饒先生的學術論著裏獲得啓發的？
　　陳允吉：我在"文革"後期，開始把自己的研究重心放到了佛教與唐代文學的關係上，起初主要圍繞詩人王維探討一些專題，後來又寫過一兩篇涉及李賀的文章。到了 1980 年，目光逐漸轉向韓愈，準備寫一篇《論唐代寺廟壁畫對韓愈詩歌的影響》的論文，韓愈很多詩作寫到他在佛教寺廟裏觀看壁畫的體驗，那些文句都寫得精彩旁魄，非常引人注目。我該篇論文的撰作宗旨，是想探明詩人這種欣賞習慣，究竟如何影響到了他詩歌所創造的藝術形象。這個問題要將平日的欣賞體驗與創作構思兩者聯繫起來，涉及到畫與詩兩種不同藝術之間相通相生的關係。故文章一開始着手就感到寫成不易，因爲有難度而屢遇阻塞，兩年時間內竟四易其稿。1981 年，系裏有位同事翻閱海外高校寄贈的交流資料，從日本京都大學《中國文學報》第十九冊（1963 年出版）裏面，找到一篇饒宗頤先生撰寫的論文，題爲《韓愈〈南山詩〉與曇無讖譯馬鳴〈佛所行贊〉》。同事知道我正在搞與此相關的課題，就借出來提供給我參考。是際我正寫得艱苦，這篇文章恰好跟我要做的題目頗多關聯，饒先生又是一位很有名的專家，我當然是喜出望外。

澎湃新聞：那是您第一次接觸到饒先生的論著？

陳允吉：不是。饒先生的大名我知道得比較早的，就在 1962 年，我剛剛本科畢業，跟着陳子展先生學習《詩經》，陳子展先生當時在做他的《楚辭直解》，涉及很多地理問題，陳先生告訴我這方面已經有了一部專門的著作，這就是饒宗頤的《楚辭地理考》。旋後我在復旦文科教師閱覽室看到了饒先生這本書，是 1946 年上海商務印書館出版的。上世紀五十年代至六十年代初，海外學者的情況我們不太曉得，到改革開放後，才漸漸知道他在甲骨學、詞學、佛學等領域都取得卓著的成就。從我看到饒先生的《楚辭地理考》，再到我閱讀他的那篇文章，中間差不多隔了二十年。

澎湃新聞：能具體説一下饒先生這篇文章對您當時寫作論文提供了什麽樣的啓發嗎？

陳允吉：饒先生這篇文章語約義豐，討論的是韓愈集中最長的一首五言古體《南山詩》，論文旨在説明此詩鋪張排比終南山奇峰異壑怪異姿態那一段，每句詩開頭連用了五十一個"或"字，實脱胎於曇無讖譯馬鳴《佛所行贊》的一段譯文。《佛所行贊》係古印度詩人馬鳴所造，爲記述佛陀釋迦牟尼一生傳記故事的長篇叙事詩，號稱梵語文學當中的"第一作品"。曇無讖在中古時期將它翻成漢語，並以五言偈頌貫穿始終。《佛所行贊》内之《破魔品》，講釋迦牟尼在菩提樹下即將證成佛道，魔王波旬率衆魔鬼前來破壞，其中有一段描述這些魔鬼的奇踪異狀，在每句偈頌開端連用"或"字三十九處。饒先生據此認爲，《南山詩》中摹寫物象的這種語言形式，顯然是受到了佛經偈頌的影響。

當然這篇論文跟我要論述的内容不完全一致，但可説明韓愈一方面高唱反佛，另一方面又對佛教文化的東西特別喜歡，陳寅恪先生就認爲他的"以文爲詩"就是受了佛偈的影響。所以饒先生的文章能讓我整篇論文的立論基礎顯得更加堅實，也充實了我文章第一部分對《南山詩》的論列。因爲饒先生所説之佛偈與佛畫同屬於佛教藝術，我將其觀點融入自己論文的第一部分，無疑是獲得了一個有力的旁證。

看到饒先生這篇文章時，我的論文已經完成百分之七十，前一階段總感覺寫得很苦澀，較長時間處於孤獨無助的狀態，所以文章對我心理上的支持很大，鼓勵我滿懷信心地將自己的論文寫完。

論文完成於 1982 年的秋冬間，接着就在《復旦學報》1983 年第 1 期上發表。這篇文章最初受沈曾植、陳寅恪成果的啓發，又獲致饒公論文的有力支撐，經過反復磨研修改，剛發表出來就得到伍蠡甫先生的稱許，後又被《中國社會科學》《高校學報文摘》

《文藝理論研究》《唐代文學研究年鑒》等多個雜誌摘要轉載。到
1984年，我開始跟饒先生建立通信關係，就把這篇文章郵寄一份
給饒先生，同時把寫作過程講了一下，希望得到他的指教。他不
久就給我復信認可了此文的觀點，并且説已經將該文作爲參考資
料，發給他名下攻修藝術史的研究生閲讀。

**澎湃新聞：您到1984年跟饒先生建立通信關係，那是因爲什
麽原由才開始有信件往來的呢？**

陳允吉：韓愈那篇文章寫好之後，自1983年起我就埋頭閲讀
變文作品，經過一段時期的思考和醖釀，就開始着手撰寫《從〈歡
喜國王緣〉變文看〈長恨歌〉故事的構成》一文。前人有關的科研
成果早已説明，《長恨歌》是對風行於中唐時代的一個李、楊民間
傳説的加工和再創作。根據《麗情集》本《長恨傳》的記載，證實
白居易就是在長安附近仙游谷的游歷途中，從友人王質夫的口
述中聽到這個民間傳説後，遂因感慨而有《長恨歌》是詩之作的。
《長恨歌》詩句的風格就很像變文唱詞，因爲變文唱詞多以通俗
的駢體形式出現，《長恨歌》整首詩歌就充溢着變文的味道。而
其中方士去尋訪貴妃踪迹的一長段，所謂"上窮碧落下黄泉，兩
處茫茫皆不見"，那毫無疑問曾借取了目連救母故事的情節。我
要寫的那篇文章論述的重點，是想證明當時李、楊這個民間傳説
的形成，即交叉承受了《歡喜國王緣》和《目連變文》兩個變文傳
播的影響，而《歡喜國王緣》則是構成《長恨歌》故事主體部分的
主要藍本。

敦煌寫本抄存的《歡喜國王緣》這個變文作品，演繹歡喜王及
有相夫人"人天生死形魂離合"的故事，陳寅恪先生《〈有相夫人生
天因緣曲〉跋》一文，嘗列舉四種典籍，都記載過與《歡喜國王緣》
内容大同小異的故事：一是魏吉迦夜、曇曜共譯之《雜寶藏經》卷
十《優陀羨王緣》，二是義浄譯《根本説一切有部毗奈耶》卷四十五

《入宮門學處第八十二之二》，三是梵文 Divyāvadāna 第三十七
Rudrāyana 品，四是藏文《甘珠爾》律部第九卷。

其間所列之第三種 Divyāvadāna，因我不習梵文不知其究爲
何書。經過近世學者的考證，《歡喜國王緣》的佛經故事原型是
《雜寶藏經·優陀羨王緣》沒有任何疑問，但既然陳寅恪先生提到
了 Divyāvadāna，我文章裏總要有個交代。苦於此際復旦沒有懂
梵文的老師可請教，祇能把問題暫時懸挂起來。

1984 年春，饒宗頤先生應邀前來復旦參加中文系主辦的"《文
心雕龍》國際學術研討會"，我知道他是熟悉梵文和悉曇學的。但
我不是參加會議的成員，開會又在西郊的龍柏飯店，如果直接跑
去會場向饒先生請教準會讓人覺得很冒昧。剛好上海古籍出版
社的李國章兄要去參加會議，我就事先寫好了一封求教信，請國
章帶去轉交給饒先生，懇求爲我解蔽去惑。會議結束後國章傳
話，饒公答應回香港作些查考之後，再將結果直接寫信告知我。

大約半個多月後饒公來信告及，陳寅恪先生文中提到的
Divyāvadāna 第三十七 Rudrāyana 品，應譯爲《天譬》第三十七《黑
天衍那品》。《天譬》是印度古書的一種，在 1907 年《通報》上發表
的法國著名學者烈維(Sylvin Lévi)的論文《Divyāvadāna 的構成因
素》，即從根本説一切有部律書中發現了有關 Divyāvadāna 的二十
六個故事。這本書的原典有 E.B.Cowail 氏的校訂本，1886 年劍
橋出版。我讀信後頓覺釋然，就在論文內把饒先生信中所寫的這
段話全都鈔錄進去，文章寫完之後又在篇末加了一個附注，向饒
先生表示衷心的感謝。

《從〈歡喜國王緣〉變文看〈長恨歌〉故事的構成》這篇論文，經
過反復修改，耗時接近兩年方告完成，1985 年作爲重頭文章發表
在《復旦學報》校慶八十週年特刊上。我自己覺得該文一路過來
寫得異常辛苦，成稿後心情不免有些矜持，曾寄了一册請饒公指
正，但先生並沒有回復，我也不好意思再去信問這個事兒。

澎湃新聞：那後來跟饒先生熟悉之後有再問起過這件事嗎？

陳允吉：隔了六年之後，1991年我去香港中文大學當訪問學者，就去中國文化研究所108室拜謁饒公。那天我們的話題主要集中在謝靈運的山水詩方面，後來先生主動談及那篇論文，衹是簡單地說了四句話："你的文章我看過了，通過不同作品故事形態的對比來討論問題，學術界是有些人這樣做的，但我們更應當提倡歷史的方法。"饒先生這些話講得很誠懇，但我依然覺得分量很重，而且明明白白是對我那篇論文缺失的批評和針砭。我撰作此文所依靠的一條基本材料，就是《敦煌變文集》裏收入的那個五代三界寺僧戒净抄出的《歡喜國王緣》寫本，不僅時間較晚，故事也不完整，其本身即存在着無法彌補的先天缺陷。個別學界知友也對我説過，這篇文章推論花了極大功夫，提出的觀點也不乏新意，可惜尚缺少一條能起決定性作用的實證材料。饒公的批評説中了問題的要害，更從方法論上指出向上一路，對後輩既是愛護又嚴格要求，具有發人深省的力量。

澎湃新聞：您和饒先生交流的學術話題，大體上都集中在佛教文學領域，那此後還就哪些共同關注的專題進行過討論呢？

陳允吉：後來我撰寫《關於王梵志傳説的探源與分析》一文，可以説是從頭到尾得到饒先生支持的，他的幫助貫穿了我思考和寫作的全過程。

新時期以來，國內對王梵志詩的探討一度很熱，七十年代末至八十年代有好些人投入了此項研究，所發表的文章也特別多。受這股風氣的影響，我對王梵志詩亦懷有很大的興趣，因長期關注而看了不少相關的書。上世紀八十年代中期主要看張錫厚的《王梵志詩校輯》，到九十年代初看張錫厚的《王梵志詩研究匯錄》，1992年以後看項楚的《王梵志詩校注》，最後我的注意力集中到了所見的兩條故事材料上面。首先是《桂苑叢談》轉引的《史遺》一條關於王梵志的傳説：説"當隋之時"，衛州黎陽城東有個人叫王德祖，"家有林檎樹，生癭大如斗"。過三年，其癭朽爛，德祖撤去其皮，"見一孩兒抱胎而出，因收養之"。七歲能語，問曰，誰人育我，及問姓名。德祖具以實告，因林木而生，曰"梵天"，後改爲"志"，我家長育，可姓王也，作詩諷人，甚有義旨。這一傳説是研究王梵志詩最基本的材料，國際漢學界人士對這條材料性質的不同認識，由此對王梵志詩作者等問題形成兩種截然不同的看法。比如胡適、潘重規、張錫厚、朱鳳玉及國内許多梵志詩的研究者，都把它看作一條史實材料，認爲可以從中考訂出王梵志的家世和生平事迹，把王梵志視爲一個生活在隋末唐初的民間詩人；而認爲它是神話故事材料的，主要是日本的入矢義高和法國的戴密微。他們倆上世紀中葉各自搞研究，在彼此互不通氣的情況下達成了具有創獲性的認知，一致認定這個故事並不具有記録或闇喻真人真事的價值，而且從王梵志詩作本身來看，也不可能是一時一人之作。

　　再則因我閲讀佛典，在《大藏經》第十四册《經集部》檢到後漢安世高所譯《佛説奈女耆婆經》及《佛説㮈女祇域因緣經》各一卷，這兩卷經書講的是同一個故事，其譯文所演繹的情節亦大同小異。《佛説奈女耆婆經》所講的印度神醫耆婆的故事，情節繁富，篇幅極長，其開頭部分講耆婆母親"奈女"之降生，叙述也比較詳細，其主體是説佛在世時，印度維耶離國有一梵志，他種國王送給他的奈樹苗，三年成實，味大苦澀，了不可食。梵志乃取牛乳，煎爲醍醐，以灌奈根，日日灌之，至到明年，實乃甘美。而樹邊忽復生一瘤節，其杪乃分作諸枝，形如偃蓋。梵志乃作棧閣，登而視之，見枝上偃蓋之中，乃有池水，有一女兒在池水中。梵志抱取，歸長養之，名曰奈女，至年十五，天下無雙。

　　奈女故事與《史遺》王梵志傳説，雖説情節詳略互異，但故事主體部分殊相仿佛，很可能奈女故事就是王梵志傳説的故事原型。弄清楚這中間的源流傳承關係，必能幫助我們對梵志詩研究中遇到的諸多問題達成正確的認識。

　　1992年5月，饒公再次訪問復旦並給中文系學生作《晚期詩論采用佛典舉例》的學術報告。因爲都是我陪着他，他問我最近在搞什麽，我就把上述這些想法簡單地告訴了他，他說："你談到的這些想法，是從根本上去觀察問題的，這件工作可以去做。"這一年的十一月，饒公率助手沈建華先生離香港北上，來復旦接受顧問教授的聘書，並在文博學院作《馬王堆出土之〈太一出行圖〉》的講演，由我和楊竟人、葉保民兩先生全程陪同。他問我對該論題的探討有無進展，還提示我說"要從複雜材料中理出頭緒來"。1993年10月，我去香港中文大學翻譯系作短期訪問，一天下午去文化研究所拜見饒公，他就王梵志詩研究講了兩件事，都蠻有意思的。一是他在德國訪問的時候遇到過一位老太太，年輕時就開始研究王梵志詩，不但作品讀得很仔細，收集的資料亦多，如此用心鑽研，積數十年，但其研究成果迄今還沒有公佈。二是，以往饒公訪問日本時，曾去旁聽入矢義高教授給學生上課，課堂教學的内容就是討論王梵志詩。參加教學活動的人都是研究生，每次上課討論一首梵志詩，先由學生輪流匯報學習心得，最後由入矢教授總結並提出自己的看法，所談的觀點往往非常精彩。饒先生談到這裏，忍不住發出一句讚嘆："Iriya（入矢義高名字的日語發音）厲害！"1993年冬，饒公聽說我看不到臺灣學者朱鳳玉所著《王梵志詩研究》一書，就請當時正在香港做訪問學者的榮新江先生去中文大學圖書館將此書全文複印，然後由饒公的助手沈建華先生郵寄給我，緣茲令我十分感激。

　　就在1993年冬，我開始撰寫《關於王梵志傳説的探源與分析》一文，遵照饒公"從複雜材料中理出頭緒"的提示，對探索本課題時所引的材料逐一進行研判，俾確定其自身性質和適合應用的範圍。然後着重將王梵志傳説與"奈女降生"故事進行比較分析，

闡明"柰女降生"故事在唐初充當一個藍本,爲新生起的王梵志傳
説所移植和附會。而整個王梵志傳説的脈絡結構,差不多完全是
在鈔襲"柰女降生"故事套路上形成的,而且這裏面涉及的一些情
節,也大率屬於後者對前者刻板的模擬。如"樹瘦"與"瘤節"實爲
一物,庚信《枯樹賦》云:"戴瘦銜瘤,藏穿抱穴。"又《本草綱目》李
時珍《集解》云:"柰與林檎,一類二種也。樹、實皆似林檎而大。"
兩個故事裏所説的"柰樹"與"林檎樹",似乎都是爲了交代主人公
名字的來歷而施設的。前者因其從柰樹瘤節中出生,稱作柰女顯
然同那棵柰樹有關;但後者因其從林檎樹瘦中出來就取名"梵
志",總讓人感到難以理喻。所謂"因林木而生,曰'梵天',後改爲
'志'",充其量不過是一種拆字游戲。在這些搪塞附會之辭後面,
被有意無意地掩蓋着一個重要的事實:《史遺》傳説裏"梵志"這一
名字的真實來源,同樣是出於該傳説對佛經原型里人物稱謂的襲
用,並使它由一個原來表示人物身份的普通名詞,變成了一個特
定神話人物所單獨擁有的專有名詞。既然"梵志"一名别有承借,
那麼它前面的這個"王"姓也一定是屬於虛構的了。王梵志詩得
以廣泛流傳社會,是隋末及以後很長一段時間内衆多無名氏作者
積極推動的結果。上述羣體確實同佛教的意識形態有密切的關
係,其主要成分則是在家的普通信衆和知識分子。他們有一定的
文化教養,愛好吟作通俗淺近的詩歌,但目的在於勸誘世俗和表
達自己的生活觀念,而並非計較在詩壇上留下一個真實姓名。總
之對這樣一個階層的人士來説,詩歌用誰的名義傳遞給别人無關
宏旨,你無妨説他姓"張",亦無妨説他姓"王",重要的是必須讓他
們的作品發揮"遠近傳聞,勸懲令善"的作用。如果能將自己的詩
同一位神話人物的名字挂起鈎來,使之獲得一股超乎常情的流播
力量,那一定是爲大家非常嚮往和樂於趨從的。

　　《史遺》傳説誠然不是史實記載,但我們不能因此低估了它文
化史料的認識意義,這個傳説終究是一定歷史文化背景的產物,

在它的背後隱藏着一個範圍廣大的羣衆詩歌創作活動的事實。我們分析這個傳説，可相信王梵志詩最早產生在隋代，衛州黎陽一帶乃是其發源地，它開始時聲勢並不很大，故並未加上一個特別的名稱，到了唐初引起較多人的注意，於是才同王梵志這個大名聯繫起來。

　　論文發表後，我給饒公及項楚、榮新江兩先生各寄了一份，沈建華先生打電話轉告我，饒公讀完該文只説了一句話："基本上是一錘定音的。"得到先生如此的評價，我心裏就覺得踏實了。後來，榮新江先生在給我的信中説："此事一經先生揭出，看似很簡單，而前人繞了這麼多年的圈子，就是没有跳出一些古文獻的糾纏，就如哥倫布可以發現新大陸而别人做不到一樣，您的成果應該給予極高的評價。"項楚先生也來信説："王梵志傳説從此找到了更爲貼切的源頭，吾兄突破一點，縱深開掘的治學特色又增添了一項極佳的範例。"

澎湃新聞：如果讓您來扼要述説一下對饒先生一生學術成就的觀感，您會怎麽説？

　　陳允吉：饒先生學貫中西，思通今古，鎔史哲藝文於一體，納亞歐華梵於兼航。他一生治學非常廣博，嘗涉足好多領域，每進入一個領域即能搞出令人刮目相看的成就。季羨林先生在上世紀九十年代初曾把饒先生的學問分爲八大類，這個分類比較契合饒公本人的原意：一、敦煌學；二、甲骨學；三、詞學；四、史學；五、目録學；六、楚辭學；七、考古金石；八、書畫。這在當時是比較權威性的説法，但現在二十多年過去了，饒先生的著作又出了很多，應該在"考古金石"類裏再加上"簡帛"的内容，同時應再增設"佛典道書"這一大類。饒先生最早是研究地理學的，他所撰作的《楚辭地理考》，可以歸入"楚辭學"一類裏面。我一向認爲饒先生的治學有兩點特别值得注意，一是他掌握的外語多，歐洲語言和日語之外，他在印度訪問研究三年，懂得梵語，以後他還學習巴比倫楔形文字，編譯並出版過楔形文字所刻成的《近東開闢史》。二是饒先生書畫之精妙，近世大學者中罕有其匹。

前幾年我曾經做過一副對聯讚歎饒公的治學境界：

訪鳴沙，游雲夢，登歐陸，陟梵天，學藝貫中外，慧炬高燃；

摩甲骨，釋帛書，辨楚騷，研丹篆，睿思通古今，澄心極照。

謹以此聯來紀念剛剛離開我們的饒先生。

原刊澎湃新聞上海書評 2018 年 3 月 25 日

後　　記

　　夫《佛教中國文學溯論稿》，屬前著《唐音佛教辨思録》續申篇製之匯刊也，二者哀裝雖別，旨趣猶同。更替叩尋梵漢，磋切藝文，窺內涵則氣類相從，談方法則功能適顯。包鎔道器，恒即體以規求；咀嚼英華，輒澄衷而悅繹。踵摩訶衍之遞傳，必依實証；釋修多羅之彝叙，貴綜辨思。然吾雅非開士，甘滯世途，惟戲論是耽，欵俗情所好。舉凡拊掌吐言，吮毫置議，率皆靡關輔教，杜絕炫异，庶可謂援佛法未嘗畈佛，覘文瀾迄不離文己矣！若玆三十年間稽遲薄發，且恤且寬，僵俛敷陳，時停時續。或耗費晷陰，逾月差盈兩紙；或漂淪楮墨，經冬才得一篇。而見存之筆札若干，須結集者尚居過半。叢脞散被，都無鄰紀；萃鱗片羽，並待綴葺。比歲退休牗户，安享晚晴，顧精力之既衰，慚韋編之莫就。上海古籍出版社不嫌斷章纖屑，許以悉數泐編。遽應佳擬，含弘特受扶持；盡出屈儲，次第移將輯剞。蓋敝帚詎珍，榛蕪孰免，奉懇讀書君子，惠予指正舛淆。殊願紉蘭簪菊，咸傾攻錯之誠；玉壺冰心，齊奏析疑之效云爾。

2019 年 3 月 29 日

陳允吉記於蕉葉梅花行館

圖書在版編目(CIP)數據

佛教中國文學溯論稿 / 陳允吉著. —上海：上海
古籍出版社，2020.5
ISBN 978-7-5325-9585-3

Ⅰ.①佛… Ⅱ.①陳… Ⅲ.①佛教—關係—中國文學
—古典文學研究 Ⅳ.①I206.2②B949.2

中國版本圖書館 CIP 數據核字(2020)第 060197 號

佛教中國文學溯論稿

陳允吉 著

上海古籍出版社出版發行

（上海瑞金二路 272 號 郵政編碼 200020）

(1) 網址：www.guji.com.cn

(2) E-mail：guji1@guji.com.cn

(3) 易文網網址：www.ewen.co

浙江新華數碼印務有限公司印刷

開本 890×1240 1/32 印張 13.25 插頁 9 字數 321,000
2020 年 5 月第 1 版 2020 年 5 月第 1 次印刷
印數：1—2,100
ISBN 978-7-5325-9585-3
I·3477 定價：68.00 元
如有質量問題，請與承印公司聯繫